中等职业学校机电类规划教材

计算机辅助设计与制造系列

Pro/ENGINEER Wildfire 4.0 中文版机械设计

谭雪松　张霞　主编

人 民 邮 电 出 版 社

北 京

图书在版编目（CIP）数据

Pro/ENGINEER Wildfire 4.0中文版机械设计 / 谭雪松，张霞主编. -- 北京 : 人民邮电出版社，2009.10

中等职业学校机电类规划教材
ISBN 978-7-115-21368-6

Ⅰ. ①P… Ⅱ. ①谭… ②张… Ⅲ. ①机械设计：计算机辅助设计－应用软件，Pro/ENGINEER Wildfire 4.0－专业学校－教材 Ⅳ. ①TH122

中国版本图书馆CIP数据核字(2009)第173992号

内 容 提 要

本书以机房上课这一环境及教师讲课的逻辑思路为主线，用知识点讲解、范例解析和课堂练习的形式，全面系统地介绍使用 Pro/ENGINEER Wildfire 4.0（以下简称 Pro/E Wildfire 4.0）进行三维设计的方法，具有较强的实用性和参考价值。

全书共分 12 讲，包括 Pro/E Wildfire 的设计思想和建模原理、Pro/E Wildfire 4.0 的设计环境、使用基本绘图工具创建二维图形、二维绘图中的约束和尺寸标注、拉伸和旋转建模、扫描和混合建模、创建工程特征、特征的操作和参数化设计、曲面设计、三维建模综合训练、装配设计和工程图等。每讲的开始都安排了知识点讲解及相关范例解析，能够使学生在理解工具命令的基础上，达到边学边练的学习目的。每讲的最后都精心安排了课后作业，这样可以使学生巩固并检验本讲所学的知识。

本书适合作为中等职业学校机械设计专业及各类培训学校的机房上课教材，也可作为 Pro/E Wildfire 4.0 初学者的自学参考书。

中等职业学校机电类规划教材
计算机辅助设计与制造系列
Pro/ENGINEER Wildfire 4.0 中文版机械设计

◆ 主　　编　谭雪松　张霞
责任编辑　王　平
◆ 人民邮电出版社出版发行　　北京市崇文区夕照寺街 14 号
邮编　100061　　电子函件　315@ptpress.com.cn
网址　http://www.ptpress.com.cn
北京昌平百善印刷厂印刷
◆ 开本：787×1092　1/16
印张：16
字数：419 千字　　2009 年 10 月第 1 版
印数：1 – 3 000 册　　2009 年 10 月北京第 1 次印刷

ISBN 978-7-115-21368-6

定价：25.00 元

读者服务热线：(010)67170985　印装质量热线：(010)67129223
反盗版热线：(010)67171154

序

我国加入 WTO 以后，国内机械加工行业和电子技术行业得到快速发展。国内机电技术的革新和产业结构的调整成为一种发展趋势。因此，近年来企业对机电人才的需求量逐年上升，对技术工人的专业知识和操作技能也提出了更高的要求。相应地，为满足机电行业对人才的需求，中等职业学校机电类专业的招生规模在不断扩大，教学内容和教学方法也在不断调整。

为了适应机电行业快速发展和中等职业学校机电专业教学改革对教材的需要，我们在全国机电行业和职业教育发展较好的地区进行了广泛调研；以培养技能型人才为出发点，以各地中职教育教研成果为参考，以中职教学需求和教学一线的骨干教师对教材建设的要求为标准，经过充分研讨与论证，精心规划了这套《中等职业学校机电类规划教材》，包括六个系列，分别为《专业基础课程与实训课程系列》、《数控技术应用专业系列》、《模具设计与制造专业系列》、《机电技术应用专业系列》、《计算机辅助设计与制造系列》、《电子技术应用专业系列》。

本套教材力求体现国家倡导的“以就业为导向，以能力为本位”的精神，结合职业技能鉴定和中等职业学校双证书的需求，精简整合理论课程，注重实训教学，强化上岗前培训；教材内容统筹规划，合理安排知识点、技能点，避免重复；教学形式生动活泼，以符合中等职业学校学生的认知规律。

本套教材广泛参考了各地中等职业学校的教学计划，面向优秀教师征集编写大纲，并在国内机电行业较发达的地区邀请专家对大纲进行了多次评议及反复论证，尽可能使教材的知识结构和编写方式符合当前中等职业学校机电专业教学的要求。

在作者的选择上，充分考虑了教学和就业的实际需要，邀请活跃在各重点学校教学一线的“双师型”专业骨干教师作为主编。他们具有深厚的教学功底，同时具有实际生产操作的丰富经验，能够准确把握中等职业学校机电专业人才培养的客观需求；他们具有丰富的教材编写经验，能够将中职教学的规律和学生理解知识、掌握技能的特点充分体现在教材中。

为了方便教学，我们免费为选用本套教材的老师提供教学辅助资源，资源的内容为教材的习题答案、案例素材、部分案例的操作视频等教学相关资料，以求尽量为教学中的各个环节提供便利。老师可登录人民邮电出版社教学服务与资源网（http://www.ptpedu.com.cn）下载教学辅助资源。

我们衷心希望本套教材的出版能促进目前中等职业学校的教学工作，并希望能得到职业教育专家和广大师生的批评与指正，以期通过逐步调整、完善和补充，使之更符合中职教学实际。

欢迎广大读者来电来函。

电子函件地址：wangping@ptpress.com.cn。

读者服务热线：010-67143005。

前　言

本书针对中职学校在机房上课的这一教学环境编写而成，从体例设计到内容编写，都进行了精心的策划。

本书编写体例依据教师课堂的教学组织形式而构建：知识点讲解→范例解析→课堂练习→课后作业。

- 知识点讲解：简洁地介绍每讲的重要知识点，使学生对软件的操作命令有大致的了解。
- 范例解析：结合知识点，列举典型的案例，并给出详细的操作步骤，便于教师带领学生进行练习。
- 课堂练习：在范例讲解后，给出供学生在课堂上练习的题目，通过实战演练，加深对操作命令的理解。
- 课后作业：精选一些题目供学生课后练习，以巩固所学的知识，达到举一反三的目的。

本教材所选案例是作者多年教学实践经验的积累，案例由浅入深，层层递进。按照学生的学习特点组织知识点，讲练结合，充分调动学生的学习积极性，提高学习兴趣。

为了方便教师教学，本书配备了内容丰富的教学资源包，包括所有案例的素材、重点案例的演示视频、PPT 电子课件等。老师可登录人民邮电出版社教学服务与资源网（www.ptpedu.com.cn）免费下载使用，或致电 67143005 索取教学辅助光盘。

本课程的教学时数为 72 学时，各讲的参考课时见下表。

讲节	课程内容	课时分配
第 1 讲	Pro/ENGINEER 的设计思想和建模原理	4
第 2 讲	Pro/E Wildfire 4.0 的设计环境	4
第 3 讲	使用基本绘图工具创建二维图形	8
第 4 讲	二维图形中的约束和尺寸标注	4
第 5 讲	拉伸和旋转建模	8
第 6 讲	扫描和混合建模	8
第 7 讲	创建工程特征	8
第 8 讲	特征的操作和参数化设计	4
第 9 讲	创建曲面特征	8
第 10 讲	三维建模综合训练	8
第 11 讲	机械装配设计	4
第 12 讲	工程图	4
课时总计		72

本书由谭雪松、张霞担任主编，参加本书编写工作的还有沈精虎、黄业清、宋一兵、向先波、冯辉、郭英文、计晓明、董彩霞、郝庆文、滕玲、管振起等。

本书由温州机电高级技工学校邱建忠老师担任主审，审稿老师有广州轻工高级技工学校成振洋老师、广州市机电高级技工学校曹琪老师、成都市工业学校李权老师、湖南工业高级技工学校聂辉文老师、武汉机电工程学校宋天齐老师，在此表示衷心感谢。

由于编者水平有限，书中难免存在错误和不妥之处，恳切希望广大读者批评指正。

编　者

2009 年 7 月

目　录

机 房 上 课 版

第 1 讲

Pro/ENGINEER 的设计思想和建模原理

【学习目标】

• 明确 Pro/E 的实体造型原理。	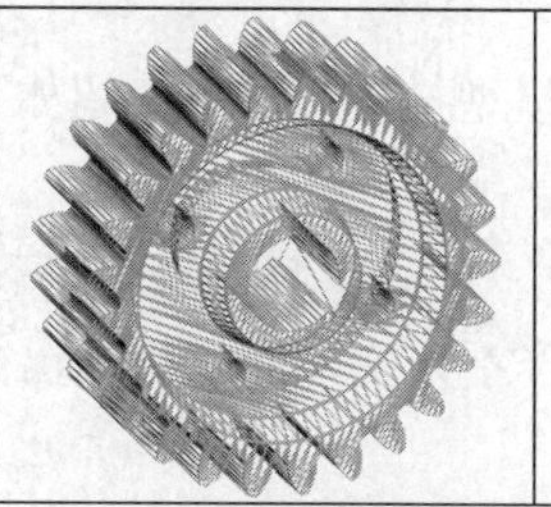		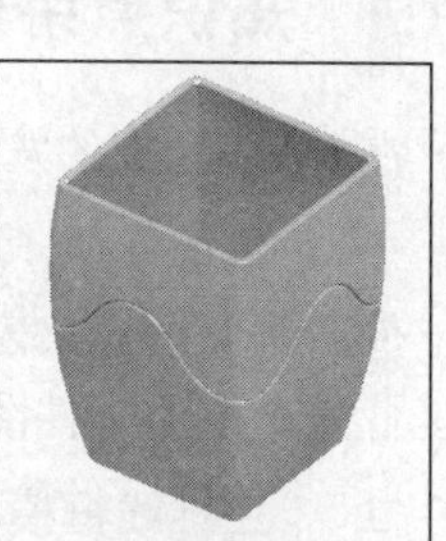
• 明确 Pro/E 的参数化设计思想。		• 理解 Pro/E 的特征建模原理。	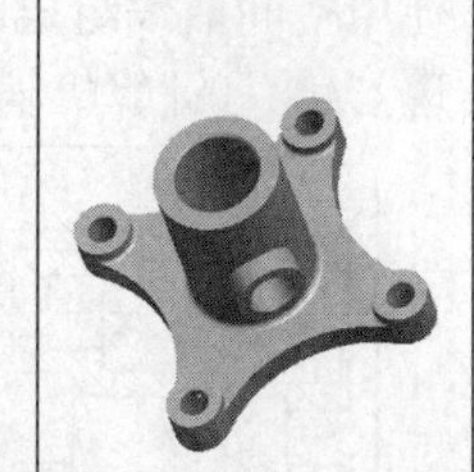
• 理解 Pro/E 全相关单一数据库的特点和用途。			
• 明确使用 Pro/E 创建三维模型的一般过程。			

1.1 Pro/ENGINEER 实体造型原理

在 CAD 技术中，模型是设计信息的基本载体。图 1-1 展示了由曲线到曲面再到实体建模的建模原理，包含了“打点—连线—铺面—填实”的设计思路。

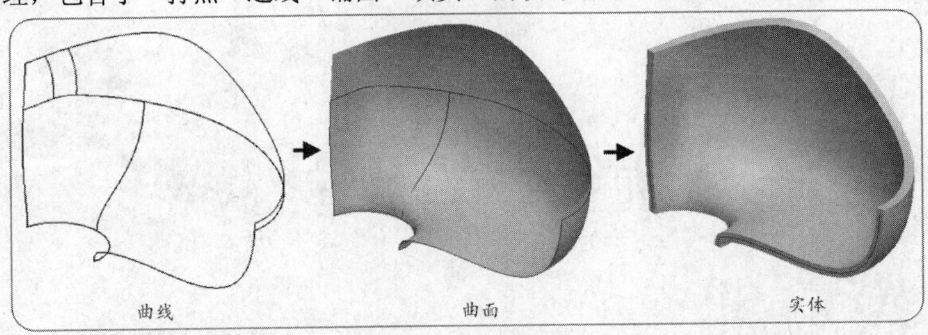

图1-1 CAD 建模原理

1.1.1 知识点讲解

在 CAD 软件的发展过程中，先后使用过多种模型描述方法，介绍如下。

一、 二维模型

使用平面图形来表达模型，模型信息简单、单一，对模型的描述不全面。例如，图 1-2 所示的工业生产中的零件图（局部），这种图形不但制作不方便，而且识读也很困难。

二、 三维线框模型

使用空间曲线组成的线框描述模型，主要描述物体的外形，只能表达基本的几何信息，无法实现 CAM（计算机辅助制造）及 CAE（计算机辅助工程）技术，如图 1-3 所示。

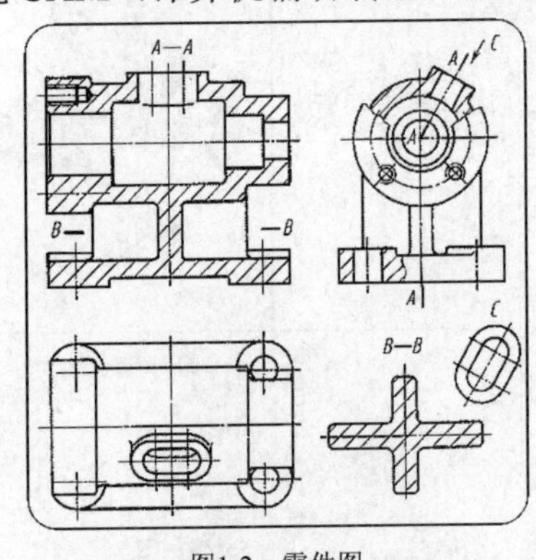

图1-2 零件图

图1-3 齿轮模型

三、 曲面模型

使用 Bézier、NURBS（非均匀有理 B 样条）等参数曲线组成的自由曲面来描述模型，对物体表面的描述更完整、精确，为 CAM 技术的开发奠定了基础。但是，它难以准确表达零件的质量、重心及惯性矩等物理特性，不便于 CAE 技术的实现。

不过，现代设计中可以方便地对曲面模型进行实体化操作获得实体模型，如图 1-4 所示。

四、 实体模型

采用与真实事物一致的模型结构来表达物体，“所见即所得”，直观简洁。实体模型不仅能表达出模型的外观，还能表达出物体的各种几何和物理属性，是实现 CAD/CAM/CAE 技术一体化不可缺少的模型形式。

图 1-5 所示为汽车的实体模型，该模型由一系列独立设计的零件组装而成。

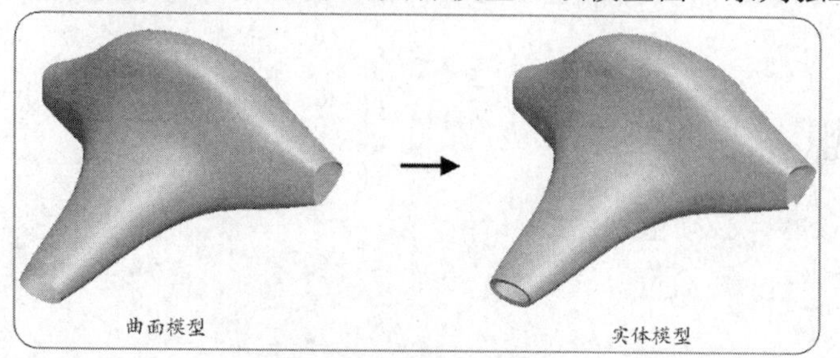

图1-4　曲面模型实体化

图1-5　汽车模型

在现代生产中，三维实体模型从用户需求、市场分析出发，以产品设计制造模型为基础，在产品整个生命周期内不断扩充，不断更新版本，是产品生命周期中全部数据的集合。三维实体模型便于在产品生命周期各阶段中实现数据信息的交换与共享，为产品设计中的全局分析创造了条件。

五、 实体造型

三维实体模型除了描述模型的外部形状外，还描述了模型的质量、密度、质心、惯性矩等物理信息，能够精确表达零件的全部几何和物理属性。使用 Pro/E 可以方便地创建实体模型，使用软件提供的各个功能模块可以对模型进行更加深入、全面的操作和分析计算。

1.1.2 范例解析——认识实体模型

下面结合范例说明 Pro/E 中实体模型的特点和用途。

范例操作

1. 启动 Pro/E。
2. 选择菜单命令【文件】/【打开】，打开素材文件“\第 1 讲\素材\pen_box.prt”，这是一个笔筒模型，如图 1-6 所示。
3. 选择菜单命令【分析】/【模型】/【质量属性】，打开【质量属性】对话框。

(1) 设定该模型的材料为陶瓷，密度为 $2.3g/cm^3$。将其填入【质量属性】对话框，如图 1-7 所示。

(2) 在【质量属性】对话框中，单击 按钮分析模型的物理属性，结果如图 1-8 所示。从图中可以获得模型的体积、质量、表面积等物理属性参数。

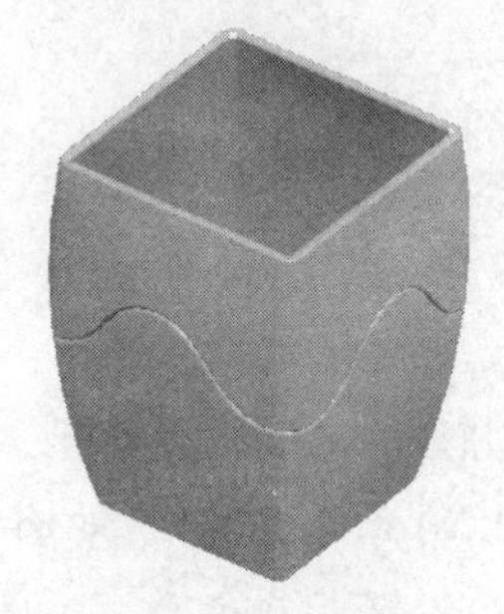

图1-6　笔筒模型

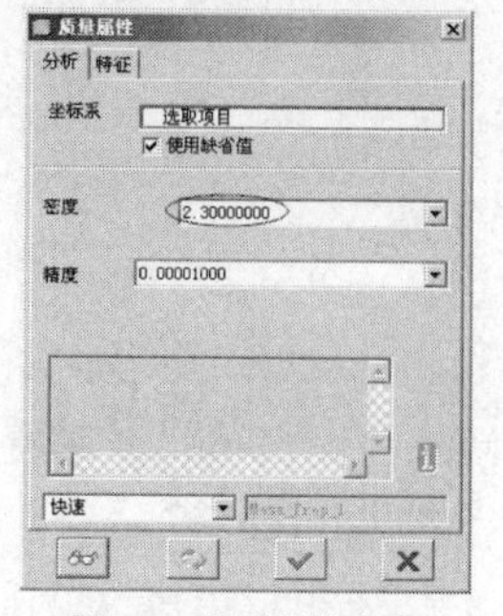

图1-7　设置材料密度

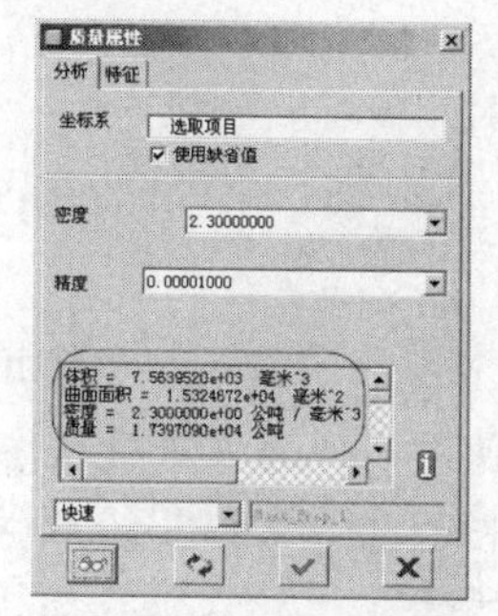

图1-8　对实体模型分析结果

【范例小结】

由这个实例可知，通过 Pro/E 创建的三维模型不再仅仅是一幅图像，其中包含模型更多的重要几何物理信息，在这点必须更新观念。深刻理解实体模型的这个特性能够帮助用户更好地利用三维实体模型指导工业分析和生产过程。

1.2 Pro/E 的参数化设计思想

参数化设计思想是 Pro/E 设计理念的核心，必须重点掌握。

1.2.1 知识点讲解

根据参数化设计原理，用户在设计时不必准确地定形和定位组成模型的图元，只需勾画出大致轮廓，然后修改各图元的定形和定位尺寸值，系统根据尺寸再生模型后即可获得理想的模型形状。这种通过图元的尺寸参数来确定模型形状的设计过程称为“尺寸驱动”，只需修改模型某一尺寸参数的数值，即可改变模型的形状和大小。

此外，参数化设计中还提供了多种“约束”工具，使用这些工具，很容易使新创建图元和已有图元之间保持平行、垂直、居中等位置关系。总之，在参数化设计思想的指引下，模型的创建和修改都变得非常简单和轻松，这也使得学习大型 CAD 软件不再是一项艰苦而麻烦的工作。

1.2.2 范例解析 1——理解尺寸驱动

下面结合范例说明“尺寸驱动”的含义和用途。

范例操作

1. 启动 Pro/E。
2. 选择菜单命令【文件】/【打开】，打开素材文件“\第 1 讲\素材\triangle.sec”，如图1-9 所示。这是一个三角形，其所有尺寸已经在图上标出。
3. 用鼠标左键双击角度尺寸“50.43”，将其修改为“60.00”，然后按 Enter 键。图形将依据新的尺寸自动改变图线的长度并调整图形的形状，如图 1-10 所示。

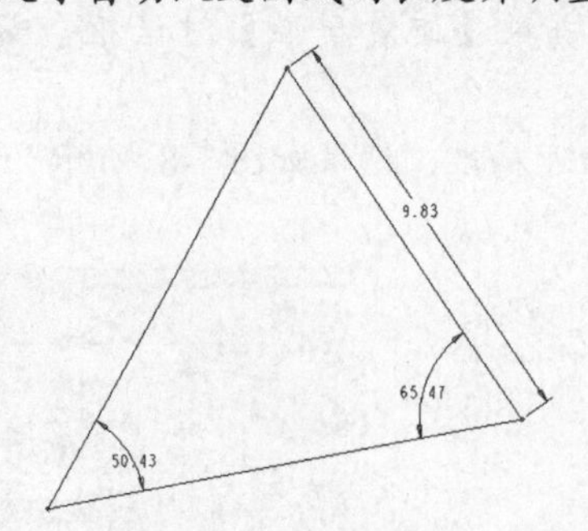

图1-9 打开后的图形

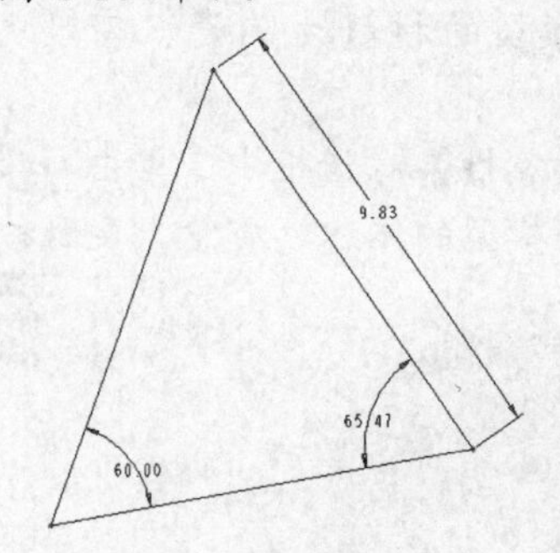

图1-10 修改结果（1）

4. 使用同样的方法将尺寸“65.47”修改为“60.00”，获得一个正三角形，如图 1-11 所示。
5. 将尺寸“9.83”修改为“20.00”，按 Enter 键后得到边长为 20 的正三角形，如图1-12 所示。

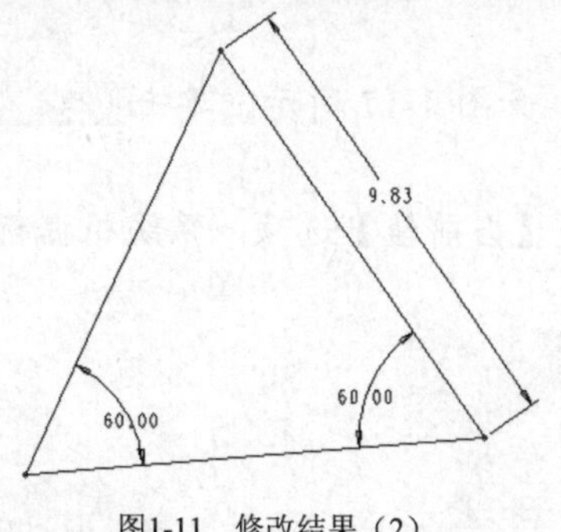

图1-11 修改结果（2）

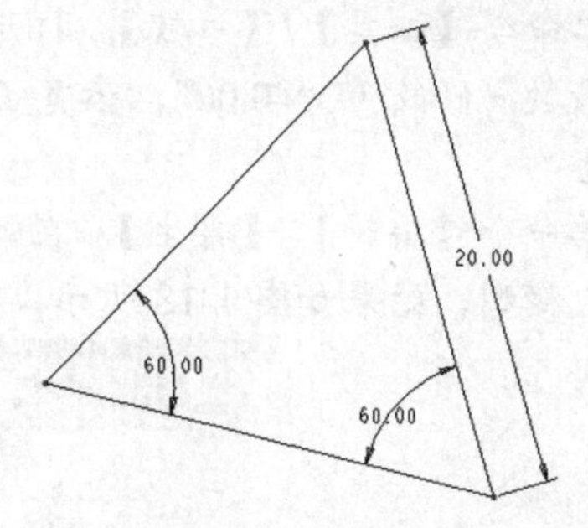

图1-12 修改结果（3）

【范例小结】

在参数化设计中，“参数”是一个重要概念。在模型中设置参数后，使得模型具有更大的设计灵活性和可变性，下一小节将结合一个范例来理解参数的含义。

有了“尺寸驱动”的设计理念后，设计者不必再拘泥于线条的长短以及角度大小等烦琐的工作。把粗放、宏观的工作交给设计者完成，把细致、精确的工作交给计算机完成，这样就增强了设计的人性化。

1.2.3 范例解析 2——理解参数化模型

下面结合范例说明“参数化模型”的特点和用途。

范例操作

1. 启动 Pro/E。
2. 选择菜单命令【文件】/【打开】，打开素材文件“\第 1 讲\素材\gear.prt”。
3. 在设计界面左侧窗口中按住 Ctrl 键选中如图 1-13 所示的项目，然后在其上单击鼠标右键，在弹出的快捷菜单中选择【恢复】选项。
4. 在如图 1-14 所示的菜单中选择【输入】选项。
5. 在如图 1-15 所示的菜单中勾选 4 个复选框，然后单击鼠标中键。

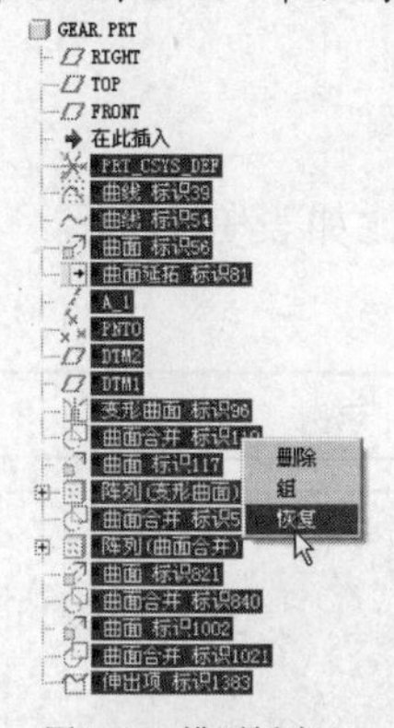

图1-13 模型树窗口

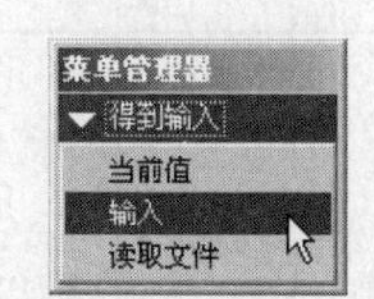

图1-14 菜单管理器（1）

图1-15 菜单管理器（2）

6. 根据系统提示输入齿轮模数 m 的新值“1.5”，然后按 Enter 键。
7. 根据系统提示输入齿轮齿数 z 的新值“30”，然后按 Enter 键。
8. 根据系统提示输入齿轮齿宽 B 的新值“12”，然后按 Enter 键。
9. 经过一定时间再生后，最后创建的齿轮如图 1-16 所示。

10. 选择菜单命令【工具】/【参数】，打开【参数】对话框。
11. 将齿轮齿数 z 修改为 “40.00”，齿宽 B 修改为 “6.00”，如图 1-17 所示。单击 确定 按钮关闭对话框。
12. 选择菜单命令【编辑】/【再生】，在弹出的菜单中选择【当前值】选项，系统根据新的设计参数再生模型，结果如图 1-18 所示。

图1-16 最后生成的模型

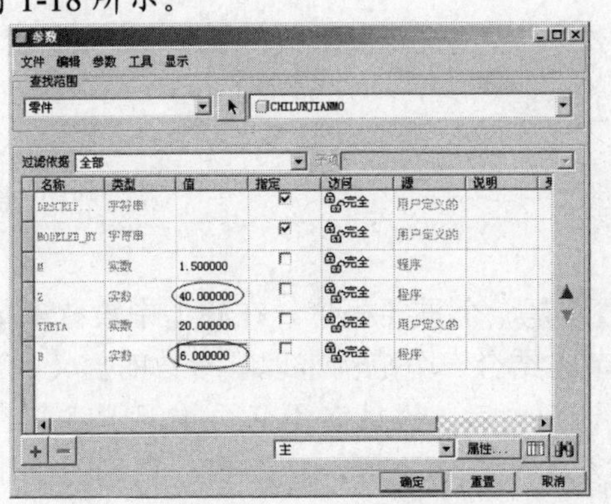

图1-17 【参数】对话框

图1-18 修改后的齿轮

【范例小结】

对比图 1-16 和图 1-18 可知，这里只需要简单修改 m、z 和 B 等几个参数就可以让模型获得不同的设计结果。这里的齿数、模数等就是参数，是控制和变更模型的入口。创建参数化的三维模型。可以大大提高模型的利用率，还能有效提高建模效率。

1.3 Pro/E 的特征建模原理

特征是设计者在一个设计阶段创建的全部图元的总和，是组成实体模型的基本单元。

1.3.1 知识点讲解

特征可以是模型上的重要结构，如圆角，也可以是模型上切除的一段材料，还可以是用来辅助设计的一些点、线和面。

一、 特征的分类

Pro/E 中的特征分为实体特征、曲面特征和基准特征 3 类，其详细对比如表 1-1 所示。

表 1-1 特征的主要类型

种类	特点	示例
实体特征	(1) 具有厚度和质量等物理属性 (2) 分为增材料和减材料两种类型。前者在已有模型上生成新材料，后者在已有模型上切去材料 (3) 按照在模型中地位的不同，分为基础特征和工程特征。前者用于创建基体模型，如拉伸特征、扫描特征等；后者用于在已有模型上创建各种具有一定形状的典型结构，如圆角特征、孔特征等	旋转特征 倒圆角特征 孔特征

续表

种类	特点	示例
曲面特征	(1) 没有质量和厚度，但是具有较为复杂的形状 (2) 主要用于围成模型的外形。将符合设计要求的曲面实体化后可以得到实体特征 (3) 曲面可以被裁剪，去掉多余的部分；也可以合并，将两个曲面合并为一个曲面 (4) 曲面可以根据需要隐藏，这时在模型上将不可见	
基准特征	(1) 主要用于设计中的各种参照使用 (2) 基准平面：用作平面参照 (3) 基准曲线：具有规则形状的曲线 (4) 基准轴：用作对称中心参照 (5) 基准点：用作点参照 (6) 坐标系：用来确定坐标中心和坐标轴	

二、 特征建模的原理

特征是 Pro/E 中模型组成和操作的基本单位。创建模型时，设计者总是采用“搭积木”的方式在模型上依次添加新的特征。修改模型时，首先找到不满意细节所在的特征，然后再对其进行修改，由于组成模型的各个特征相对独立，在不违背特定特征之间基本关系的前提下，再生模型即可获得理想的设计结果。

图 1-19 所示为一个模型的建模过程。

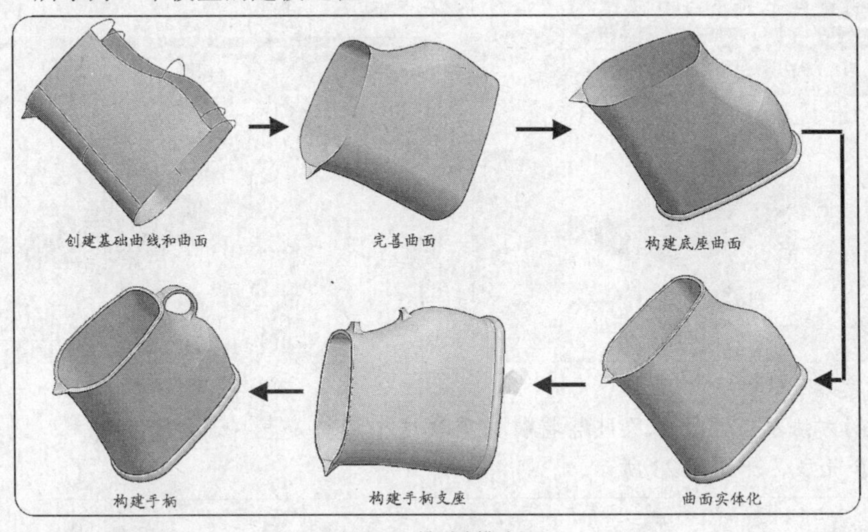

图1-19 模型建模过程

三、 模型树

Pro/E 为设计者提供了一个非常优秀的特征管家——模型树窗口。模型树按照模型中特征创建的先后顺序展示了模型的特征构成，这不但有助于用户充分理解模型的结构，也为修改模型时选取特征提供了最直接的手段。模型树窗口如图 1-20 所示。

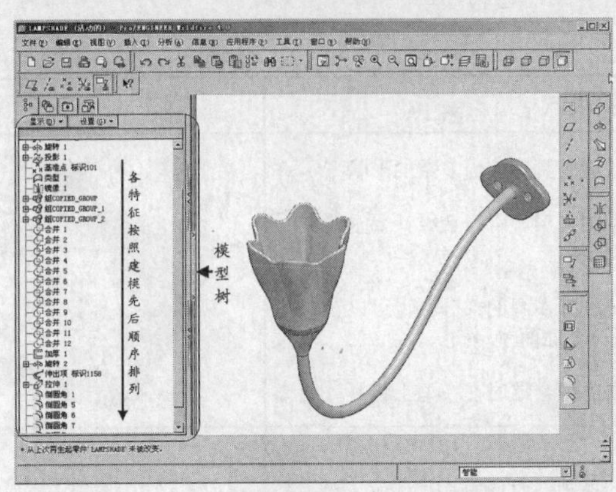

图1-20 模型树窗口

1.3.2 范例解析——认识特征建模原理

下面结合范例说明 Pro/E 特征建模的基本原理。

范例操作

1. 启动 Pro/E。
2. 选择菜单命令【文件】/【打开】，打开素材文件“\第 1 讲\素材\mod2.prt”。
3. 从左侧的模型树窗口中查看模型的特征构成，可见该模型上依次创建了一组拉伸特征、孔特征、镜像复制特征等，如图 1-21 所示。
4. 在模型树窗口中末尾的拉伸特征“倒角 1”上单击鼠标右键，在弹出的快捷菜单中选择【删除】选项，系统弹出【删除】对话框，单击 确定 按钮。将该特征从模型上删除后，在模型上和模型树窗口中将不再有该结构，如图 1-22 所示。

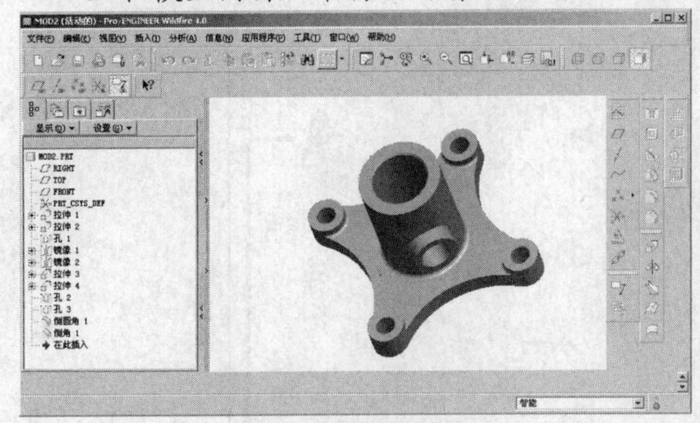

图1-21 模型的特征构成

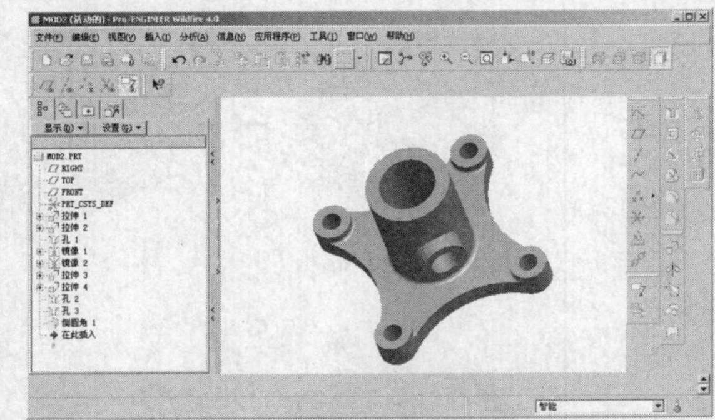

图1-22 删除特征后的结果

5. 使用同样的方法从下至上依次删除特征，观察这个模型是怎样通过“搭积木”的方式由各种特征组合而成，如图 1-23 所示。

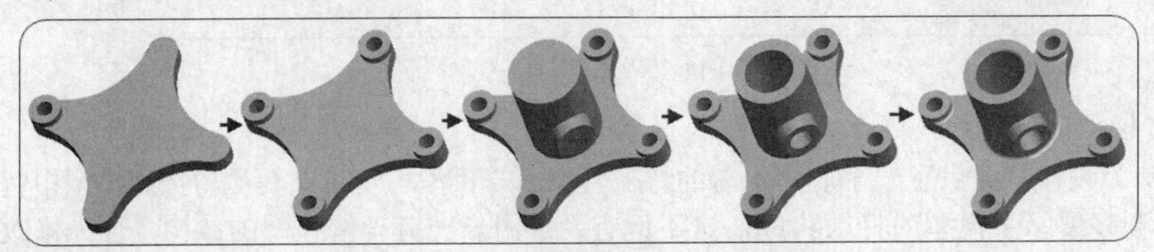

图1-23 模型的构建过程

【范例小结】

特征建模是当前 CAD 技术中最引人注目的理念，采用特征建模构建的模型不但具有清晰的结构，更为重要的是，设计者可以随时返回到先前已经完成的特征对其重新完善，完成后再转移到其他特征创建工作中。

1.4 全相关的单一数据库

Pro/E 采用单一数据库来管理设计中的基本数据。

1.4.1 知识点讲解

所谓单一数据库是指软件中的所有功能模块共享同一公共数据库。根据单一数据库的设计原理，软件中的所有模块都是全相关的，这就意味着在产品开发过程中对模型任意一处所作的修改都将写入公共数据库，系统将自动更新所有工程文档中的相应数据，包括装配体、设计图纸、制造数据等。

1.4.2 范例解析——理解单一数据库

下面结合范例说明单一数据库的特点和用途。

范例操作

1. 启动 Pro/E。
2. 选择菜单命令【文件】/【打开】，打开素材文件“\第 1 讲\素材\组件\zhijia.asm”，如图 1-24 所示。这是由多个零件装配完成后的模型。

图1-24　装配体

3. 在界面左侧的模型树窗口任意一个零件标识“luozhu.prt”上单击鼠标右键，在弹出的快捷菜单中选择【打开】选项，进入该模型的设计环境，如图 1-25 所示。

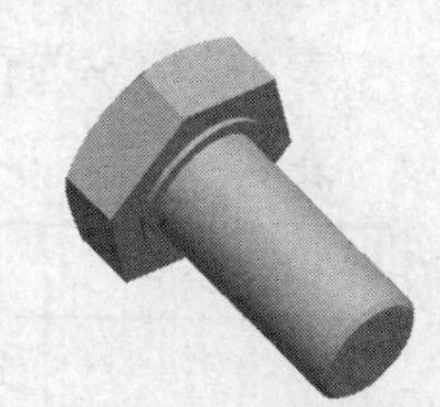

图1-25　螺杆零件

4. 在模型树窗口中的项目【伸出项 标识 181】上单击鼠标右键，在弹出的快捷菜单中选择【编辑定义】选项，如图 1-26 所示。
5. 在图标板上将特征深度参数修改为“60.00”，如图 1-27 所示。

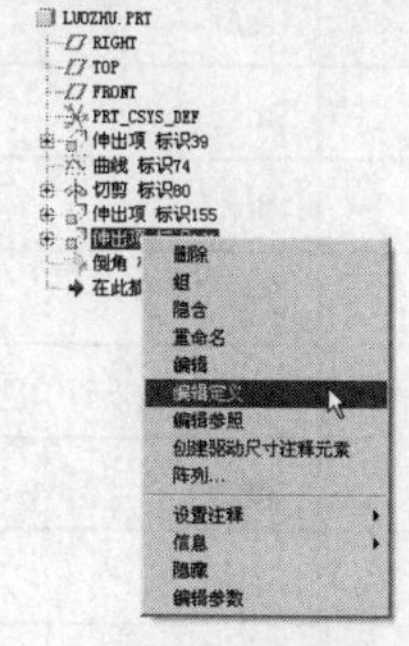

图1-26　菜单操作

图1-27　设计图标板

6. 单击鼠标中键，修改设计后的模型如图 1-28 所示。
7. 选择菜单命令【文件】/【保存】，在弹出的对话框中单击 确定 按钮保存设计结果。

8. 选择菜单命令【文件】/【关闭窗口】，退出模型修改窗口，返回装配环境窗口。
9. 观察发现，装配结果已经改变，螺钉加长了，如图 1-29 所示。这说明在零件建模环境下修改的模型在装配环境下自动更新。读者可以对比图 1-24 和图 1-29 的差异。

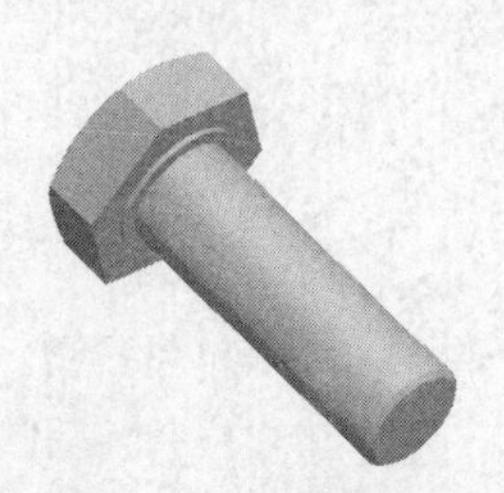

图1-28 修改后的结果

图1-29 装配结果

【范例小结】

全相关的单一数据库的最大特点是数据更新的实时性。当前，通过网络实现产品的多用户协同并行开发是现代设计的主要发展方向。根据单一数据库的设计思想，在并行开发工程中，每个设计者随时可以从数据库中获取最新数据，一旦设计者将自己的数据写入数据库后，这些数据即可被其他设计者使用。

1.5 Pro/E 的建模过程

Pro/E 是由众多功能完善、相对独立的功能模块组成的，每一个模块都有独特的设计功能，用户可以根据需要调用其中的模块进行设计，各个模块创建的文件有不同的文件扩展名。

1.5.1 知识点讲解

选择菜单命令【文件】/【新建】，打开如图 1-30 所示的【新建】对话框。

表 1-2 所示为在设计中可以新建的设计任务类型。

表 1-2 设计任务类型

项目类型	功能	文件扩展名
草绘	使用草绘模块创建二维草图	.sec
零件	使用零件模块创建三维实体零件和曲面	.prt
组件	使用装配模块对零件进行装配	.asm
制造	使用制造模块对零件进行数控加工、开模等生产过程	.mfg
绘图	由零件或装配组件的三维模型生成工程图	.drw
格式	创建工程图以及装配布局图等的格式模板	.frm
报表	在工程图文件中创建由行和列组成的表格	.rep
图表	创建电路图、管路图、电力、供热及通风组件的二维图表	.dgm
布局	创建用于表达零部件结构和布局的二维图形，与工程图类似	.jay
标记	为零件、装配组件及工程图等建立注解文件	.mrk

一、 绘制二维图形

绘制二维图形是创建三维建模的基础。在创建基准特征和三维特征时，通常都需要绘制二维图形，这时系统会自动切换至草绘环境。

三维建模的基础工作就是绘制符合设计要求的截面图，然后使用软件提供的基本建模方法来创建模型。将图 1-31 所示的截面沿着与截面垂直的方向拉伸即可获得三维模型。

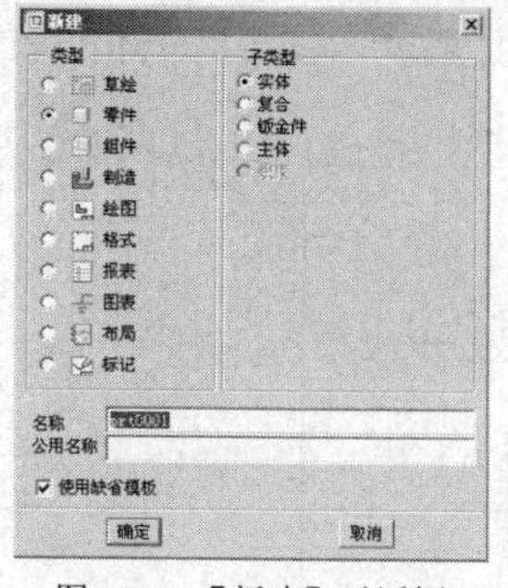

图1-30 【新建】对话框

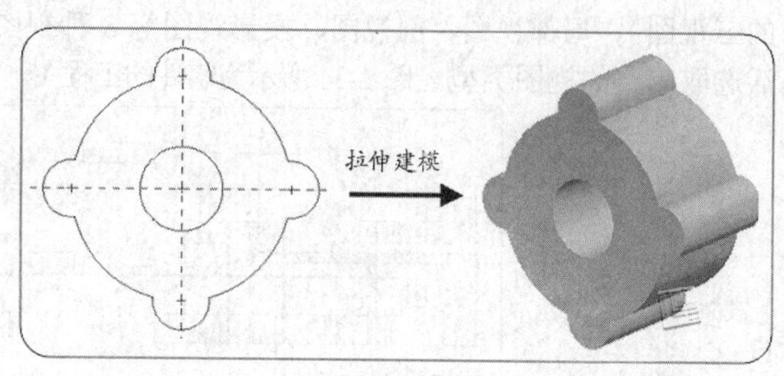

图1-31 拉伸原理

二、 创建三维模型

使用 Pro/E 进行设计的过程实际上是在三维建模环境下依次创建各种特征的过程。

在创建三维模型时，主要综合利用实体建模和曲面建模两种方法。实体建模的原理清晰，操作简便；而曲面建模复杂多变，使用更加灵活，二者可交互使用。

图 1-32 所示为叶片模型的创建过程，其基座部分结构简单，采用实体建模方式创建；而叶片的形状比较复杂，首先由曲面围成其外形轮廓，然后将其实体化。

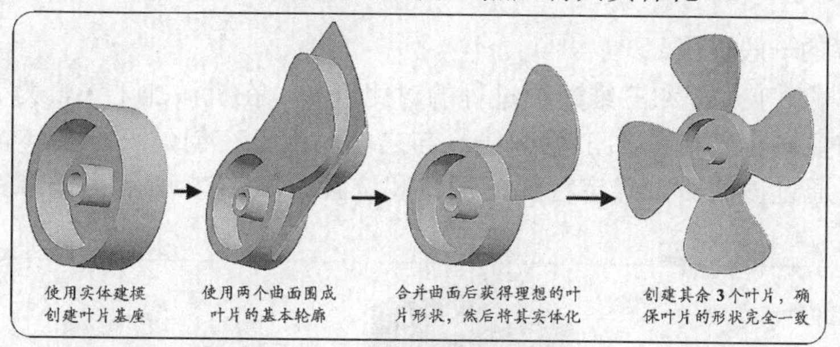

图1-32 叶片模型的建模过程

三、 零件装配

装配就是将多个零件按实际的生产流程组装成一个部件或完整产品的过程。在组装过程中，用户可以添加新零件或对已有的零件进行编辑修改。

在创建大型机器设备时，都是先依次创建各个零件，然后按照机器的工作原理和结构依次将其组装为一个整体。图 1-33 所示为一个齿轮部件的装配示例。

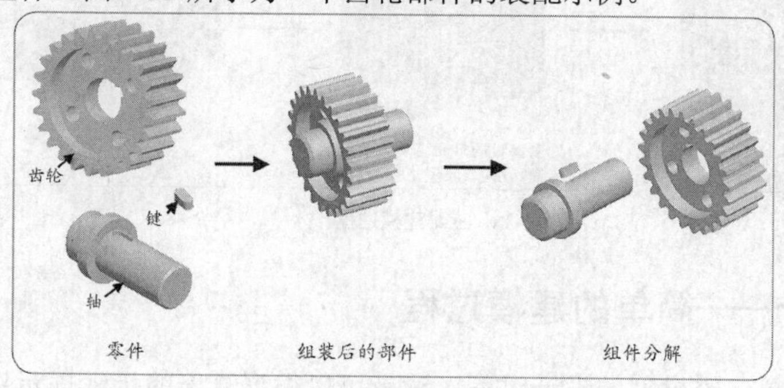

图1-33 零件装配过程

四、 创建工程图

在生产第一线中常常需要将三维模型变为二维平面图形，也就是工程图。使用工程图模块可以直接由三维实体模型生成二维工程图。系统提供的二维工程图包括一般视图（即通常所说的三视图）、局部视图、剖视图、投影视图等 8 种视图类型。设计者可以根据零件的表达需要灵活选取需要的视图类型。图 1-34 所示为零件的工程图。

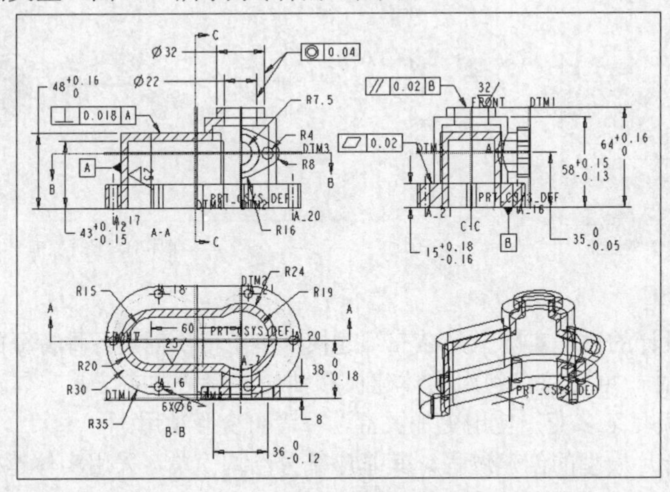

图1-34　工程图

五、 三维建模的一般过程

通过前面对机械加工过程和三维建模过程的对比可知，在机械加工中，为了保证加工结果的准确性，首先需要画出精确的加工轮廓线。与之相对应，在创建三维实体特征时，需要绘制二维草绘截面，通过该截面来确定特征的形状和位置。图 1-39 所示为三维实体建模的一般过程。

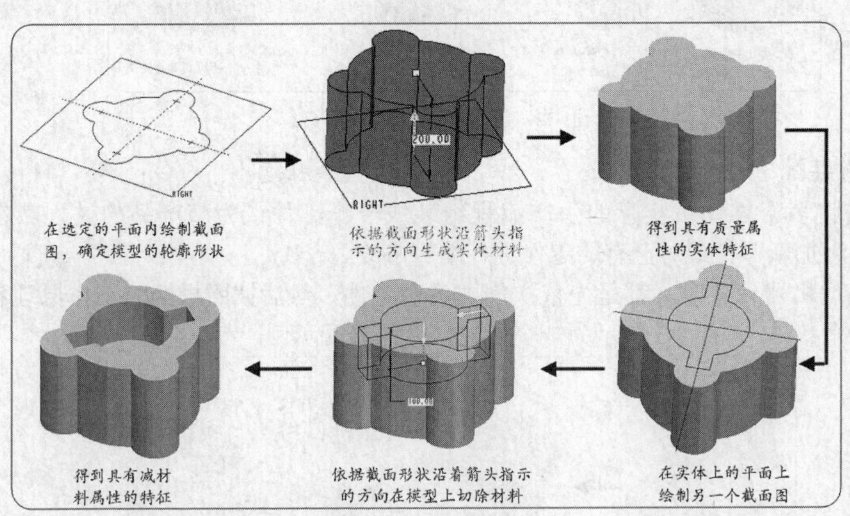

图1-35　三维建模过程

1.5.2 范例解析——简单的建模过程

下面介绍一个简单三维模型的设计过程，读者可以根据给出的步骤提示对照操作，初步了解三维建模的一般原理，为后续深入学习奠定基础。

范例操作

1. 新建零件文件。在设计界面顶部左上角单击按钮打开【新建】对话框，在【名称】文本框中输入模型名称“box”，默认其他设置后，单击鼠标中键进入设计环境。
2. 创建第 1 个特征——拉伸特征。

(1) 在界面右侧的工具栏中单击按钮，在设计界面底部打开设计图标板，如图 1-36 所示。

(2) 在设计界面上的空白处单击鼠标右键，弹出快捷菜单，选择【定义内部草绘】选项，如图 1-37 所示，随后打开【草绘】对话框。

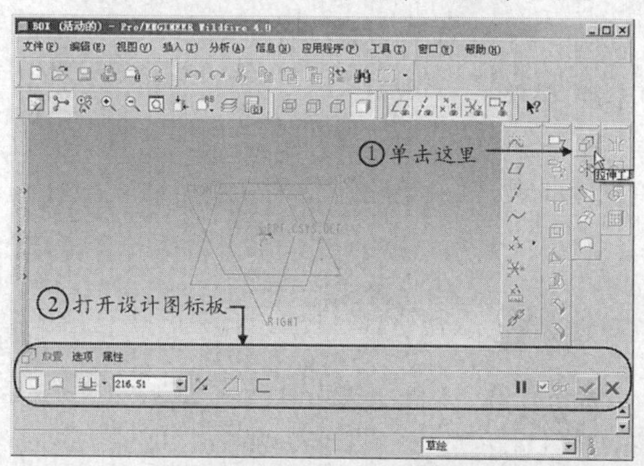

图1-36　打开拉伸建模工具

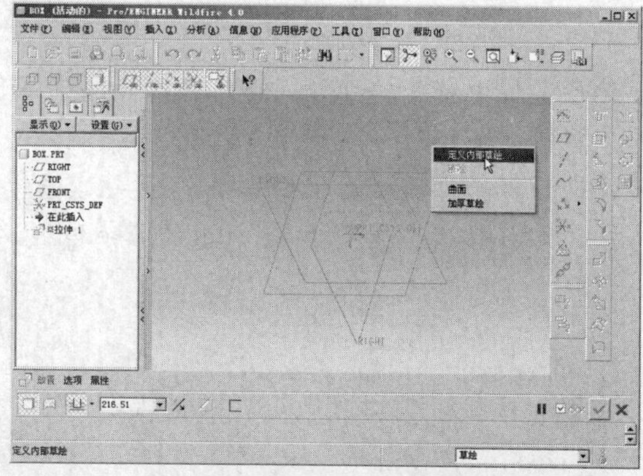

图1-37　选取草绘平面

(3) 在设计界面中选中标识为 TOP 的平面，将其作为草绘平面，然后单击鼠标中键进入草绘环境。

(4) 在设计界面顶部单击上的按钮，关闭基准特征的显示，使设计环境更为简洁。

(5) 在界面右侧工具栏中单击按钮，启动矩形工具，在设计界面中按住鼠标左键拖出一个矩形，具体操作如图 1-38 所示。

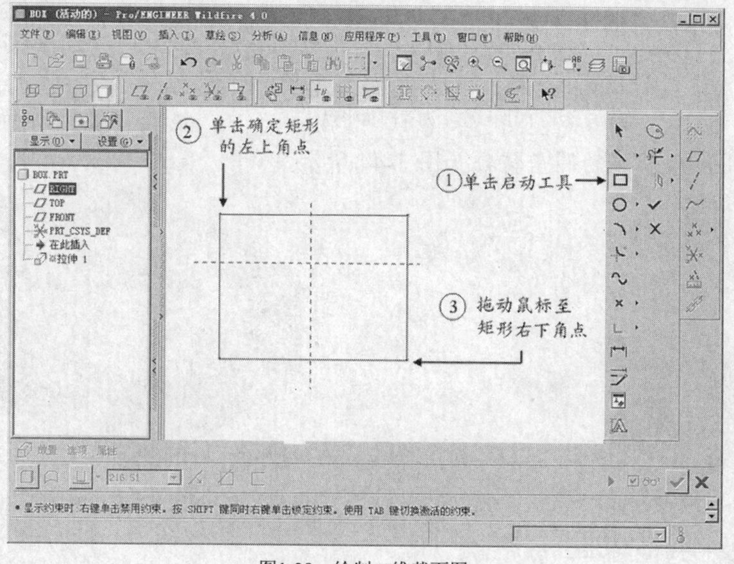

图1-38　绘制二维截面图

(6) 双击图形上的 4 个尺寸，依次将其修改为如图 1-39 所示的数值。然后单击按钮退出二维绘图环境。

(7) 在图标板上设置模型高度尺寸，如图 1-40 所示。

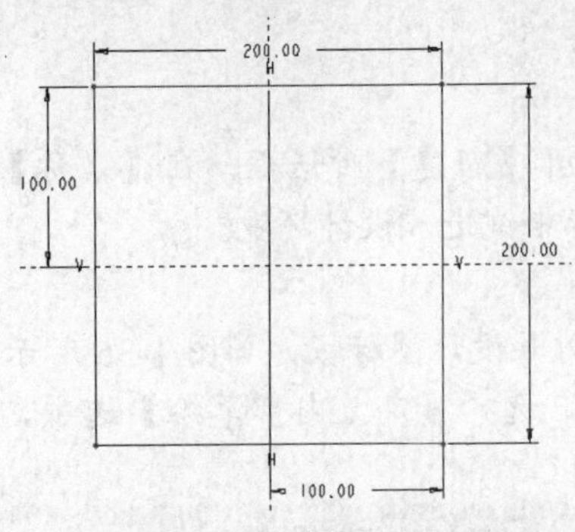

图1-39 修改截面尺寸

图1-40 设置特征参数

(8) 按住鼠标中键旋转模型，观察模型结果，如图 1-41 所示。

3. 创建第 2 个特征——倒圆角特征。

(1) 在设计界面右侧工具栏中单击按钮，启动倒圆角工具。

(2) 按住 Ctrl 键选中如图 1-42 所示的 8 条边线。

图1-41 拉伸模型

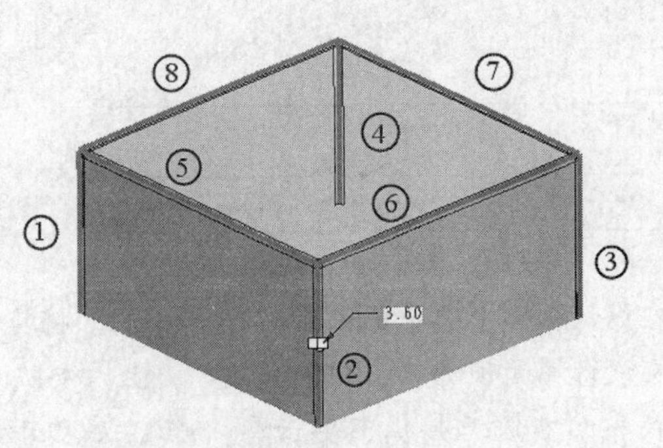

图1-42 选取圆角参照边

(3) 按照如图 1-43 所示设置圆角半径。

图1-43 设置圆角半径

(4) 单击鼠标中键，最后创建的圆角特征如图 1-44 所示。

图1-44 倒圆角结果

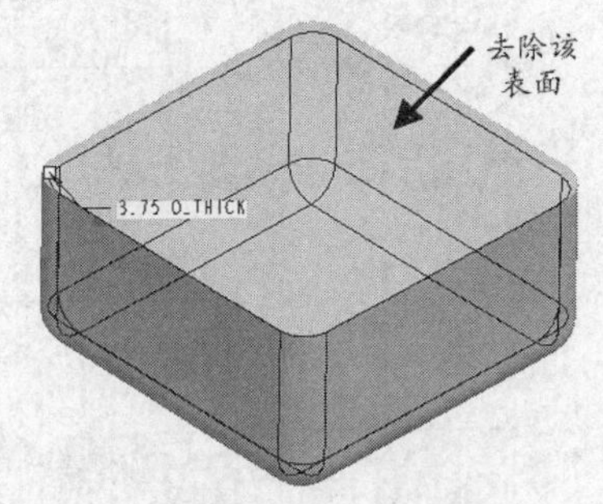

图1-45 选取移除的表面

4. 创建第 3 个特征——壳特征。

(1) 在设计界面右侧工具栏中单击按钮，打开壳体设计工具。

(2) 按住鼠标中键翻转模型，选取模型顶面为创建壳体时去除的表面，如图 1-45 所示。

5. 设置壳体厚度为 5.00mm，如图 1-46 所示。

6. 单击鼠标中键，最后创建的壳体如图 1-47 所示。

图1-46 设置壳体厚度

图1-47 设计结果

【范例小结】

使用 Pro/E 建模时，必须保持清晰的设计思路。系统提供了丰富的设计工具，在熟练使用这些工具的基础上，要根据设计需要灵活选择合理的工具进行设计，以提高设计效率。在创建三维模型时，要深刻理解 Pro/E 特征建模原理的含义。

1.6 课后作业

一、思考题

1. 简述参数化建模的基本原理。
2. 使用 Pro/E 进行设计时，怎样才能方便地变更模型的形状和大小？

二、操作题

尝试使用前面介绍的方法创建如图 1-48 所示的轴类零件。

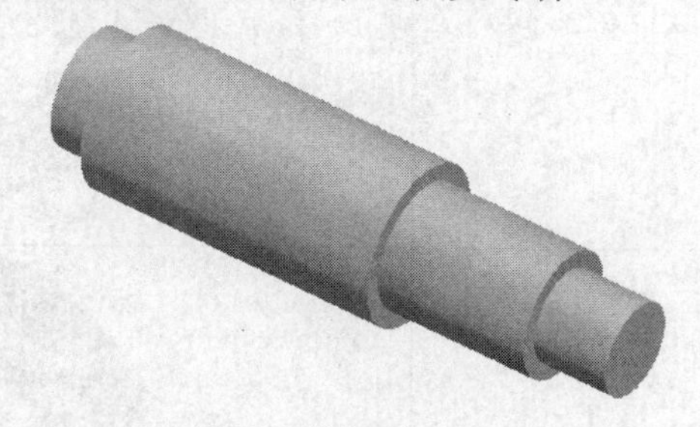
图1-48 轴类零件

第2讲

Pro/E Wildfire 4.0 的设计环境

【学习目标】

• 熟悉 Pro/E 的设计环境。	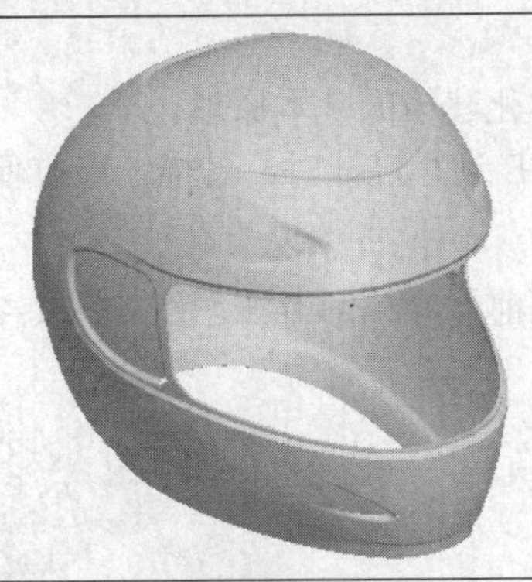
• 熟悉 Pro/E 的常用文件操作。	
• 熟悉 Pro/E 的常用视图操作。	
• 明确图层的含义及其操作要领。	
• 掌握提高绘图效率的一般方法和技巧。	

2.1 熟悉 Pro/E Wildfire 4.0 的用户界面

Pro/E Wildfire 4.0 的用户界面内容丰富、友好，而且极具个性。为了有效提高设计效率，必须熟练掌握用户界面中各个主要元素的用途和用法。

2.1.1 知识点讲解

初次打开的 Pro/E Wildfire 4.0 用户界面如图 2-1 所示。从其用户界面可以方便地访问各种资源，包括访问本地计算机上的数据资料以及通过浏览器以远程方式访问网络上的资源。

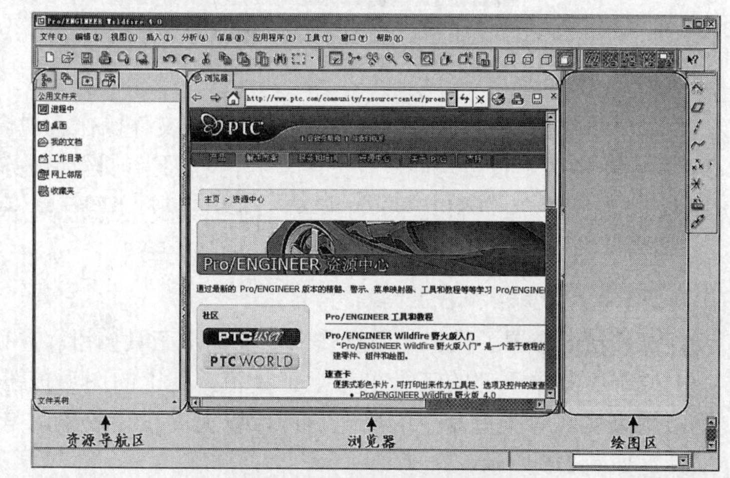

图2-1 Pro/E Wildfire 4.0 用户界面

此时的设计界面主要分为 3 个区域。

- 资源导航区：用于访问本地计算机资源，实现查找和存取设计文件等操作。
- 浏览器：通过网络访问异地资源，是实现交互式协同设计的基础。
- 绘图区：在这里进行各种设计操作，如二维绘图、三维建模、零件装配等。

要点提示 单击导航器右侧的切换开关，可以关闭导航器窗口，使用类似的方法可以关闭浏览器窗口。这时，整个用户界面的中央区域为设计工作区，可以方便设计操作。

在界面顶部单击按钮，然后单击鼠标中键进入三维建模环境，打开一个已经设计完成的三维模型，此时的界面如图 2-2 所示。

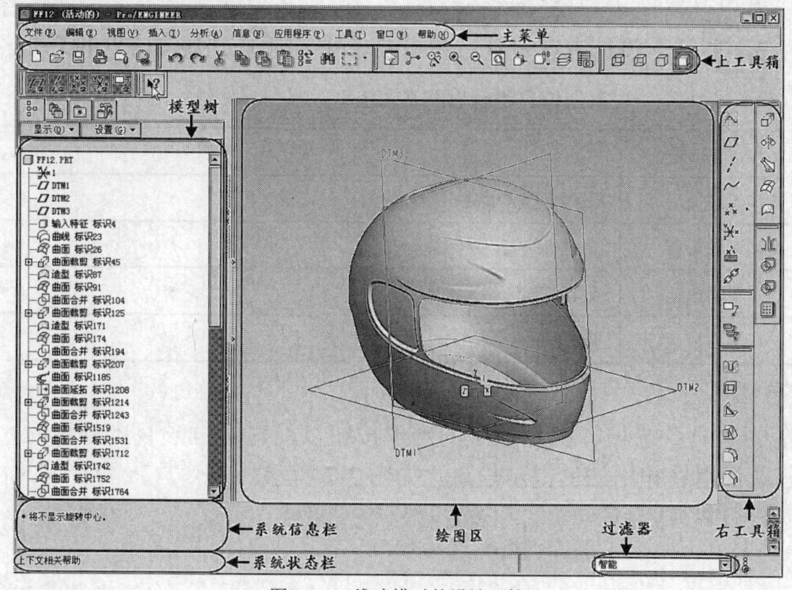

图2-2 三维建模时的设计环境

一、 视窗标题栏

界面顶部的视窗标题栏上显示当前打开文件的名称。

Pro/E 允许同时打开多个文件，分别显示在独立的视窗中，但只有一个为“活动视图”，可以对其进行编辑操作。该窗口中的文件名后面有“活动的”字样，如图 2-3 所示。

选择菜单命令【窗口】/【激活】，可以将指定视窗激活。

POWER_VARSEC (活动的) - Pro/ENGINEER Wildfire 4.0

图2-3　视窗标题栏

二、 主菜单

主菜单包括 10 个菜单项，提供了常用的文件操作、视窗变换以及各种模型设计命令，如图 2-4 所示。主菜单按照功能进行分类，其内容因当前设计任务的不同而有所差异。

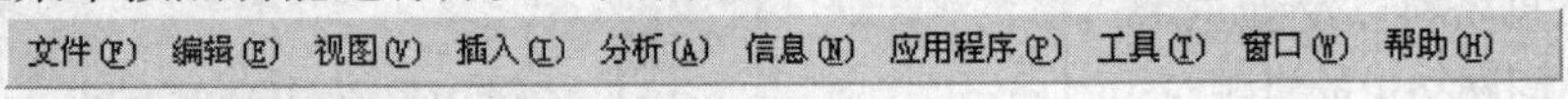

文件(F)　编辑(E)　视图(V)　插入(I)　分析(A)　信息(N)　应用程序(P)　工具(T)　窗口(W)　帮助(H)

图2-4　主菜单

三、 上工具箱和右工具箱

工具箱上布置了代表常用操作命令的图形工具按钮。

位于主菜单下部的工具箱为上工具箱，其上的图形按钮主要取自使用频率较高的主菜单选钮，用来实现对菜单命令的快速访问，以提高设计效率，是各个设计模块中都可以使用的通用工具，如图 2-5 所示。

位于界面右侧的工具箱为右工具箱，其上的图形按钮都是专用设计工具，其内容根据当前使用的设计模块的变化而改变，如图 2-6 所示。

图2-5　上工具箱

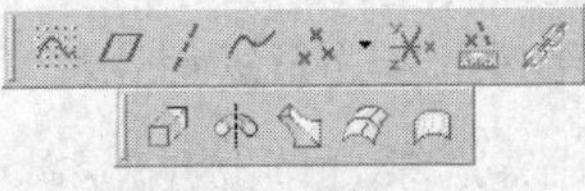

图2-6　右工具箱

四、 系统信息栏

这是用户和计算机进行信息交流的主要场所。在设计过程中，系统通过信息栏向用户提示当前正在进行的操作以及需要用户继续执行的操作。这些信息通常结合不同的图标给出，代表不同的含义，如表 2-1 所示。设计者在设计过程中要养成随时浏览系统信息的习惯。

表 2-1　系统信息栏给出的基本信息

提示图标	信息类型	示例
⇨	系统提示	⇨选取一个平面或曲面以定义草绘平面
•	系统信息	• 显示约束时：右键单击禁用约束
	错误信息	不能放置要创建的特征
⚠	警告信息	⚠警告：拉伸_2完全在模型外部；模型未改变

五、 系统状态栏

当鼠标指针在菜单命令选项、工具栏上的图形按钮以及对话框项目上停留时，在系统状态栏将显示关于这些项目用途和用法的提示信息，如图 2-7 所示。

设置层、层项目和显示状态　　智能

图2-7　系统状态栏

六、 模型树

这里展示模型的特征构成，是分析和编辑模型的重要辅助工具。

七、 绘图区

在这里绘制和编辑模型以及进行其他设计工作，是完成设计工作的重要舞台。

八、 过滤器

这里提供了一个下拉列表，其中列出了模型上常见的图形元素类型，选中某一种类型后可以滤去其他类型。当使用选择工具在模型上选择对象时，配合过滤器的使用可以方便地实现选择操作。常见的图形元素类型包括几何、尺寸、面组等。

2.1.2 范例解析——认识 Pro/E 设计环境

下面结合范例熟悉 Pro/E 设计环境的构成及其操作要领。

范例操作

1. 启动 Pro/E Wildfire 4.0。
2. 打开素材文件“\第 2 讲\素材\mod1.prt”。
3. 认识上工具箱，观察其中各个基本工具的用法并进行操作练习。
4. 认识右工具箱，明确其中各个主要工具的用法并进行操作练习。
5. 认识模型树窗口，观察模型的特征构成。
6. 认识过滤器，练习使用过滤器来选择图形要素的方法。

2.2 文件操作

【文件】主菜单主要用于常用的文件操作。Pro/E 的文件操作比较复杂，下面介绍各种操作的用途和要领。

2.2.1 知识点讲解

Pro/E 中的文件操作与其他软件有所差异，下面重点介绍其中常用的操作。

一、 新建文件

选择菜单命令【文件】/【新建】，将打开【新建】对话框，用于选用不同的功能模块进行设计。各个设计模块的用途见表 1-2，其详细用法将分散到以后各讲中介绍。

要点提示 在为新建文件命名时，不能使用中文字符，通常使用“见名知义”的英文单词。同时，文件名中也不能有空格。如果文件名由多个单词组成，可以在单词之间使用下画线“_”等字符连接。切记不能使用汉字作为文件名。

二、 打开文件

选择菜单命令【文件】/【打开】，系统将弹出【文件打开】对话框，可以从多个位置打开已有文件。

(1) 从“进程中”打开文件。启动 Pro/E 后系统处理过的文件都将保留在进程中，直到用户关闭软件或者将文件从进程中拭除为止。

(2) 从“工作目录”打开文件。工作目录是指系统在默认情况下存放和读取文件的目录。工作目录在软件安装时设定，也可以选择菜单命令【文件】/【设置工作目录】重设工作目录。这时系统会自动切换到该目录进行文件存取操作。

三、 保存文件

选择菜单命令【文件】/【保存】，将打开【保存对象】对话框指定路径保存文件。

保存文件时，注意以下要点。

(1) 新建文件后，第一次保存文件时，在默认情况下都保存在工作目录中。

(2) 仅在第一次保存文件时可以更改文件保存位置，再次保存时只能存储在原来位置。如果确实需要更换文件保存路径，可以选择菜单命令【文件】/【保存副本】。

(3) Pro/E 只能使用新建文件时的文件名保存文件，不允许保存时更改文件名。如果确实需要更换文件名，可以选择菜单命令【文件】/【重命名】。

(4) Pro/E 在保存文件时，每执行一次存储操作并不是简单地用新文件覆盖原文件，而是在保留文件前期版本的基础上新增一个文件。在同一项设计任务中多次存储的文件将在文件名尾添加序号加以区别，序号数字越大，文件版本越新。例如，同一设计中的某一零件经过 3 次保存后的文件分别为 prt0004.prt.1、prt0004.prt.2 和 prt0004.prt.3。

四、 保存文件副本

如果将当前文件以指定的格式保存到另一个存储位置，选择菜单命令【文件】/【保存副本】，此时系统将弹出如图 2-8 所示的【保存副本】对话框。首先设定文件的存储位置，然后在【类型】下拉列表中选择保存文件的类型，即可输出文件副本。

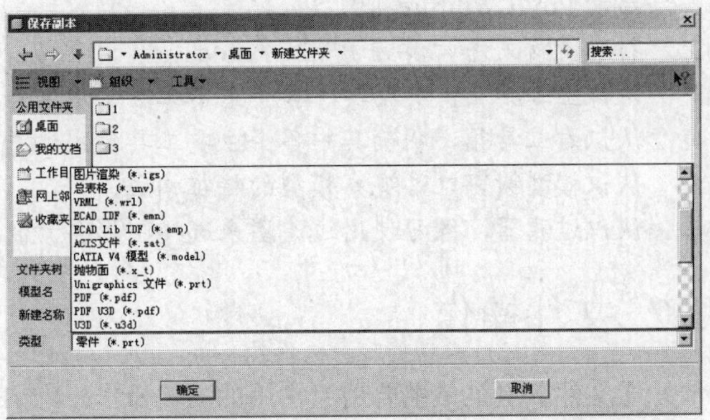

图2-8 【保存副本】对话框

> **要点提示** 保存副本时，可以在【类型】列表中选取不同的输出文件格式，以实现 Pro/E 与其他 CAD 系统的文件交互，并进行文件格式转换。可以把二维草绘文件输出为能被 AutoCAD 系统识别的“.dwg”文件，把三维实体模型文件输出为能被虚拟现实语言 VRML 识别的“.wrl”文件。

五、 备份文件

选择菜单命令【文件】/【备份】，可以将当前文件保存到另外一个存储目录。建议读者养成随时备份的好习惯，确保设计成果安全可靠。

六、 重命名文件

如果要重新命名当前文件，选择菜单命令【文件】/【重命名】，此时系统将弹出【重命名】对话框。重命名时，输入新的文件名称即可。对话框中两个单选钮的用途如下。

(1) 在磁盘上和会话中重命名。同时对进程和磁盘上的文件重命名，这种更改文件名称的方法将彻底修改文件的名称。

(2) 在会话中重命名。只对进程中的文件进行重命名，一旦退出系统结束进程后，命名就将失效，而在磁盘上的文件依然保留原来的名字。

七、 拭除文件

选择菜单命令【文件】/【拭除】，从进程中清除文件。拭除文件时，系统提供了两个选项。

(1) 当前。从进程中清除当前打开的文件，同时关闭当前设计界面，但文件仍然保存在磁盘上。

(2) 不显示。清除系统曾经打开，现在已经关闭，但是仍然驻留进程中的文件。

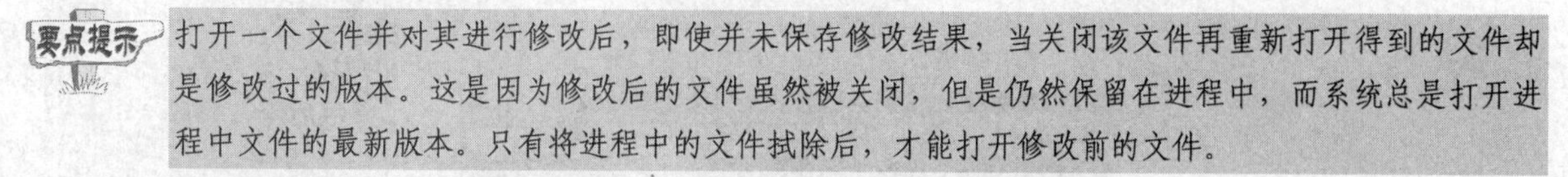

要点提示 打开一个文件并对其进行修改后，即使并未保存修改结果，当关闭该文件再重新打开得到的文件却是修改过的版本。这是因为修改后的文件虽然被关闭，但是仍然保留在进程中，而系统总是打开进程中文件的最新版本。只有将进程中的文件拭除后，才能打开修改前的文件。

八、 删除文件

将文件从磁盘上彻底删除。删除文件时，系统提供两个选项。

(1) 旧版本。系统将保留该文件的最新版本，删除掉其余所有早期的版本。例如，有prt0004.prt.1、prt0004.prt.2 和 prt0004.prt.3 三个版本，则删除 prt0004.prt.1 和 prt0004.prt.2。

(2) 所有版本。将彻底删除该模型文件的所有版本。

2.2.2 范例解析——Pro/E 的文件操作

下面结合范例说明 Pro/E 常用文件操作的用法和用途。

范例操作

1. 启动 Pro/E。
2. 设置工作目录。
(1) 在计算机任意硬盘分区上建立文件夹“ProE 工作目录”。
(2) 选择菜单命令【文件】/【设置工作目录】，打开【选取工作目录】对话框，浏览到刚创建的文件夹“ProE 工作目录”，将其设置为工作目录，以后系统将在这里存取文件。
(3) 将素材文件“\第 2 讲\素材\handle.prt.1”，将其复制到新设置的工作目录中。
3. 打开文件。选择菜单命令【文件】/【打开】，系统自动定位到工作目录，打开素材文件“handle.prt.1”，如图 2-9 所示。
4. 保存文件。
(1) 选择菜单命令【文件】/【保存】，在打开的【保存对象】对话框中单击 确定 按钮保存文件。
(2) 浏览到工作目录所在的文件夹，可以看到其中有“handle.prt.1”和“handle.prt.2”两个文件。说明保存文件时，其旧版本依旧存在。
(3) 选择菜单命令【文件】/【保存】，保存文件“handle.prt.3”。

要点提示 双击【我的电脑】图标，打开【我的电脑】对话框，执行【工具】/【文件夹】选项，单击【查看】选项卡。在【高级设置】列表框中，确保未勾选【隐藏已知文件类型的扩展名】复选框，这样才能看到文件名最后的“.1”、“.2”等后缀。

5. 保存副本。
(1) 选择菜单命令【文件】/【保存】，打开【保存副本】对话框。
(2) 任意指定新的文件保存位置。
(3) 在【新建名称】文本框中输入副本名称“handle2”。注意这里必须输入新名称。
(4) 在【类型】下拉列表框中选择文件类型“STL (*.stl)”，如图 2-10 所示，然后关闭对话框。
(5) 在【输出 STL】对话框中按照图 2-11 所示设置参数，然后关闭对话框。最后输出的文件

"handle2.stl" 可以在 3ds max 中打开，此时的模型如图 2-12 所示。

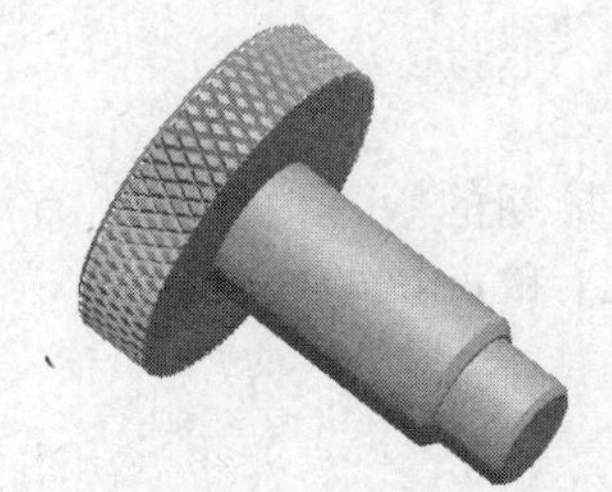

图2-9 零件模型

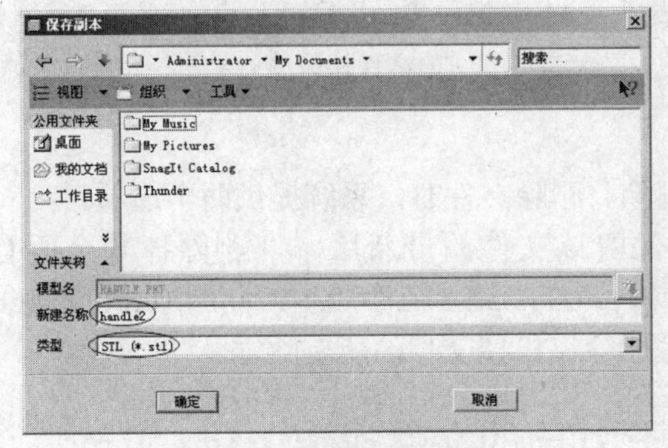

图2-10 【保存副本】对话框

图2-11 【输出 STL】对话框

6. 备份文件。选择菜单命令【文件】/【备份】，打开【备份】对话框，将文件存放到另一目录下，建议备份时不要更改模型名称，以免引起混乱。

图2-12 输出的模型

7. 重命名文件。
(1) 选择菜单命令【文件】/【重命名】，打开【重命名】对话框，设置新文件名为"handle3"。选择【在磁盘和会话中重命名】单选钮。
(2) 浏览到工作目录，可以看到全部文件已经重命名为"handle3"。
8. 删除文件。
(1) 选择菜单命令【文件】/【删除】/【旧版本】，将模型所有旧版本删除。
(2) 系统询问删除文件的名称，单击鼠标中键确认。
(3) 浏览到工作目录，可以看到仅仅剩下最新文件"handle3"。
9. 拭除文件。
(1) 选择菜单命令【文件】/【拭除】/【当前】，确认系统的询问，将当前模型从进程中拭除。但是模型仍然保留在磁盘上，这是拭除与删除的区别。
(2) 选择菜单命令【文件】/【拭除】/【不显示】，将拭除启动系统以来曾经打开过的所有模型，将进程清空。此时系统会给出拟拭除的模型的名称列表。

要点提示 特别注意，从进程中拭除文件不同于删除文件。另外，拭除文件的操作很重要，一方面操作完成后，可以减少内存中的数据量，缓解内存负担。另一方面，可以避免模型之间的干扰，特别是组件装配时。建议在设计过程中在一个设计阶段完成后养成定期拭除文件的好习惯。

2.3 视图操作

【视图】主菜单主要用于设置模型的显示效果，内容包括模型的显示状态、显示方式、模型的视角等。

2.3.1 知识点讲解

常用的视图操作如下。

一、 重画视图

选择菜单命令【视图】/【重画】，或者在上工具箱中单击按钮可以对视图区进行刷新操作，清除视图进行修改后遗留在模型上的残影以获取更加清晰整洁的显示效果。

二、 调整模型视角

设置观察模型的视角。在三维建模时，可以从不同角度观察模型，可以获得更多模型上的细节信息。

在上工具箱中单击按钮，然后从其下拉列表中选择系统预先设定的视角来观察模型。用户也可以单击按钮自定义视角，将定义结果保存到列表中供以后使用。

表 2-2 所示为从不同视角下观察模型的效果。

表 2-2　模型的视角

标准视角	Back	Bottom	Front	Left	Right	Top
从侧向观察模型获得的轴测投影效果图	从模型背面向前看观察到的结果	从模型底部向上观察得到的结果	从模型前面向后面观察到的结果	从模型左侧向右观察得到的结果	从模型右侧向左观察得到的结果	从模型顶部向下观察的结果

三、 视图操作

在三维设计环境，常常需要对模型进行移动、缩放、旋转等操作。

在上工具箱中有以下 3 个按钮来缩放视图。

- ：放大图形，框选需要放大的区域后将其放大。
- ：缩小图形，单击该按钮一次，将模型缩小一定比例。
- ：自动调整模型大小，使其和绘图窗口大小相适应，并完整显示。

在设计中，使用鼠标的 3 个功能键可以完成不同的操作。将 3 个功能键与键盘上的 Ctrl 键和 Shift 键配合使用，可以在 Pro/E 系统中定义不同的快捷键功能，使用这些快捷键进行操作将更加简单方便。

表 2-3 所示为各类快捷键在不同模型创建阶段的用途。

表 2-3　三键鼠标各功能键的基本用途

鼠标功能键 / 使用类型	鼠标左键	鼠标中键	鼠标右键
二维草绘模式（鼠标按键单独使用）	1.画连续直线（样条曲线） 2.画圆（圆弧）	1.终止画圆（圆弧）工具 2.完成一条直线（样条曲线），开始画下一直线（样条曲线） 3.取消画相切弧	弹出快捷菜单

续表

鼠标功能键 使用类型		鼠标左键	鼠标中键	鼠标右键
三维模式	（鼠标按键单独使用）	选取模型	1.旋转模型（无滚轮时按下中键或有滚轮时按下滚轮） 2.缩放模型（有滚轮时转动滚轮）	在模型树窗口或工具箱中单击将弹出快捷菜单
	（与Ctrl键或Shift键配合使用）	无	与Ctrl键配合并且上下移动鼠标：缩放模型 与Ctrl键配合并且左右移动鼠标：旋转模型 与Shift键配合并且移动鼠标：平移模型	无

鼠标功能键与Ctrl键或Shift键配合使用是指在按下Ctrl键或Shift键的同时操作鼠标功能键。

四、 模型的显示方式

在设计中，系统为模型提供了 4 种显示方式，这些模型形式可以分别用于不同的设计环境。在上工具箱中的工具条中可以设置模型的显示方式，具体如表 2-4 所示。

表 2-4 三维模型的 4 种显示方式

模型类型	线框模型	隐藏线模型	无隐藏线模型	着色模型
对应的图形工具栏按钮				
示意图				

五、 设置绘图区背景颜色

绘图区背景颜色在默认情况下为灰色，如果设计者要改为其他颜色，可以选择菜单命令【视图】/【显示设置】/【系统颜色】，打开【系统颜色】对话框。

在对话框的【布置】菜单中可以选择【白底黑色】、【黑底白色】、【初始】等背景颜色。如图 2-13 所示。

图2-13 【系统颜色】对话框

六、 设置草绘线条颜色

系统默认的草绘线条颜色为黄色，如果要修改为其他颜色，可以选择菜单命令【视图】/【显示设置】/【系统颜色】，打开【系统颜色】对话框。单击【预览几何】复选框前的按钮，打开【颜色编辑器】面板，将其中的 R、G、B 颜色滑块滑到最左端，即可将线条颜色设置为黑色，具体操作如图 2-14 所示。

2.3.2 范例解析——Pro/E 的视图操作

下面结合范例说明 Pro/E 中常用视图操作的用途和用法。

范例操作

1. 打开素材文件“\第 2 讲\素材\mod03.prt”。
2. 练习调整模型视角。
3. 练习对模型进行缩小、放大和旋转操作。
4. 选择菜单命令【视图】/【显示设置】/【系统颜色】，打开【系统颜色】对话框，按照图 2-14 所示操作将设计环境背景设置为白色。
5. 选择菜单命令【视图】/【显示设置】/【系统颜色】，打开【系统颜色】对话框，按照图 2-14 所示操作将草绘线条颜色设置为黑色。

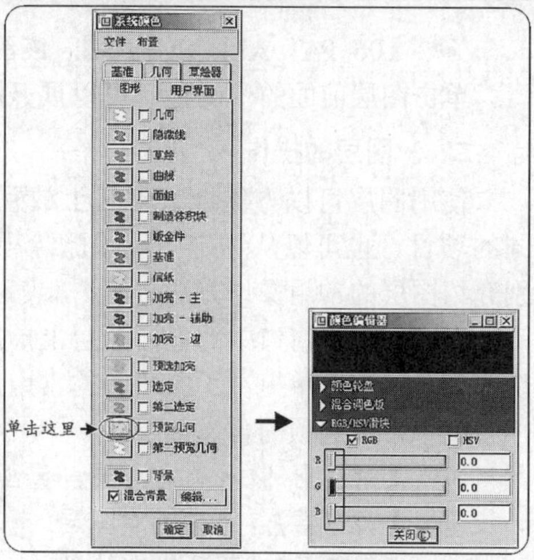

图2-14　设置几何预览颜色

2.4 图层及其应用

使用 Pro/E 设计大型产品时，常常会感觉到用户界面上的设计工作区太小。如果模型上的特征数量较多，在有限的设计界面上，太多几何图元交错重叠，不仅影响图面的美观和整洁，也为设计工作带来诸多不便。这时可以使用图层来管理这些设计要素。

2.4.1 知识点讲解

Pro/E 使用专门的层树窗口来管理图层。

一、　层树窗口

在 Pro/E 中使用层树来管理图层。在三维设计环境中，在模型树窗口顶部的【显示】下拉菜单中选择【层树】选项可以展开层树窗口，如图 2-15 所示。

同样，在【显示】下拉菜单中选择【模型树】选项可以返回模型树窗口，如图 2-16 所示。

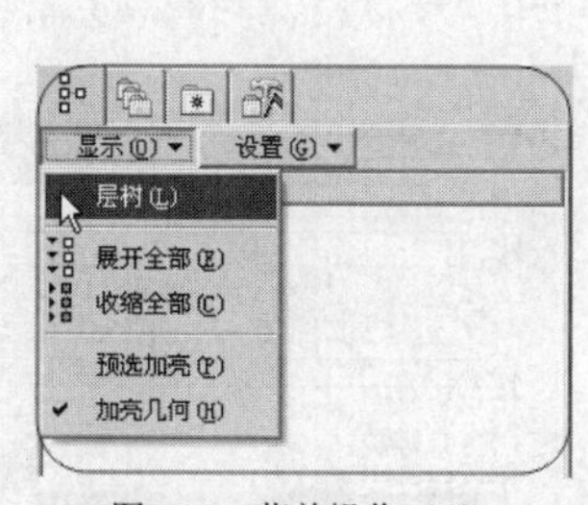

图2-15　菜单操作（1）

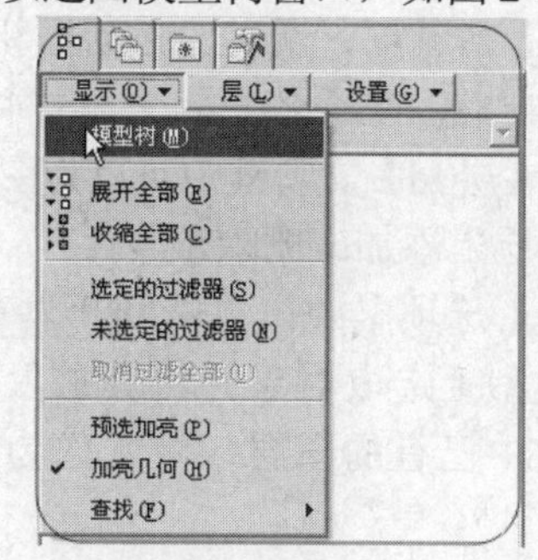

图2-16　菜单操作（2）

在【层树】窗口中列出了系统提供的 8 个默认图层，介绍如下。

- 【01_PAT_ALL_DTM_PLN】：该图层放置零件上所有基准平面。
- 【01_PAT_DEF_DTM_PLN】：该图层放置零件上系统定义的默认基准平面。
- 【02_PAT_ALL_AXES】：该图层放置零件上所有基准轴线。
- 【03_PAT_ALL_CURVES】：该图层放置零件上所有基准曲线。
- 【04_PAT_ALL_DTM_PNT】：该图层放置零件上所有基准点。
- 【05_PAT_ALL_DTM_CSYS】：该图层放置零件上所有坐标系。
- 【05_PAT_DEF_DTM_CSYS】：该图层放置零件上系统定义的默认坐标系。

- 【06_PAT_ALL_SURFS】：该图层放置零件上所有曲面特征。

单击图层前面的⊞图标，可以展开图层中放置的内容。

取消隐藏
隐藏
激活
取消激活
新建层...
删除层
重命名(M)
层属性...
剪切项目
复制项目
粘贴项目
移除项目
选取项目
选取层
层信息
搜索...
保存状态
重置状态

图2-17 快捷菜单

二、 图层的操作

使用图层可以方便地管理其上放置的项目。设计中，可以向图层中添加不同的项目，也可以从选定图层中删除项目，还可以隐藏图层中的项目。下面分别介绍图层的常用操作方法。

在【层树】窗口中的任一图层上单击鼠标右键，系统弹出如图 2-17 所示的快捷菜单，该菜单提供了图层中的常用操作。

其中常用选项的含义如下。

- 【隐藏】：隐藏选定图层，重画视图后其上放置的对象将不可见。
- 【新建层】：用户新建图层。
- 【删除层】：删除指定的图层。
- 【重命名】：重命名选定的图层。
- 【层属性】：系统弹出【层属性】对话框，用于向图层中添加或删除项目。
- 【复制项目】：复制图层中的所有项目。
- 【选取项目】：在指定位置粘贴复制或剪切的项目。
- 【选取层】：选取该图层。
- 【层信息】：系统使用信息窗口显示选定图层的信息。
- 【搜索】：打开【搜索】对话框搜索符合要求的图层。
- 【保存状态】：保存图层设置状态。
- 【重置状态】：重新设置图层状态。

下面介绍图层的几种常用操作。

(1) 新建图层

在前述快捷菜单中选择【新建层】选项后，系统弹出如图 2-18 所示的【层属性】对话框，通过该对话框新建图层并向其中添加或删除项目。新建图层后，在【名称】文本框中可以为图层设置一个便于记忆的名称。在【层 Id】文本框中可以为图层设置一个图层标识 ID。

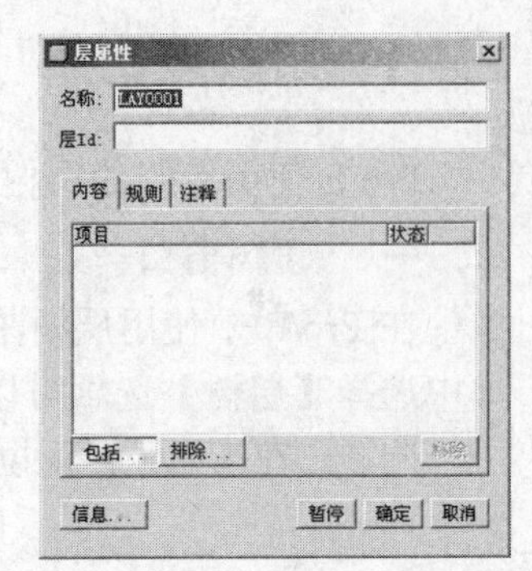

图2-18 【层属性】对话框

(2) 向图层上添加或删除项目

在【内容】选项卡中，单击 包括... 按钮后，可以在模型树或实体模型上选取对象并将其加入到该图层。同时也可以单击层树中已有的图层，将其作为新建图层的嵌套子图层加入其中。

在项目列表框中选择项目后，单击 排除... 按钮，可以将选定项目从层中排除，但该项目仍将显示在项目列表中，还可以随时被重新加入。如果单击 移除 按钮，则将其从项目列表中删除，如图 2-19 所示。

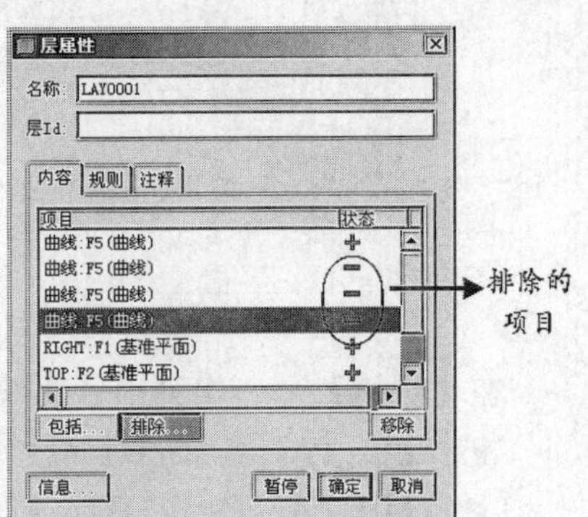

图2-19 向图层中加入项目

(3) 显示或隐藏图层中的项目

图层的一个重要用途就是用来管理其上项目的显示状态，可以根据需要隐藏或重新显示其上放置的项目。

隐藏图层的操作比较简单，在指定图层上单击鼠标右键，在弹出的快捷菜单中选择【隐藏】选项即可。本隐藏的图层其标识前面的图标为黑色，如图 2-20 所示。

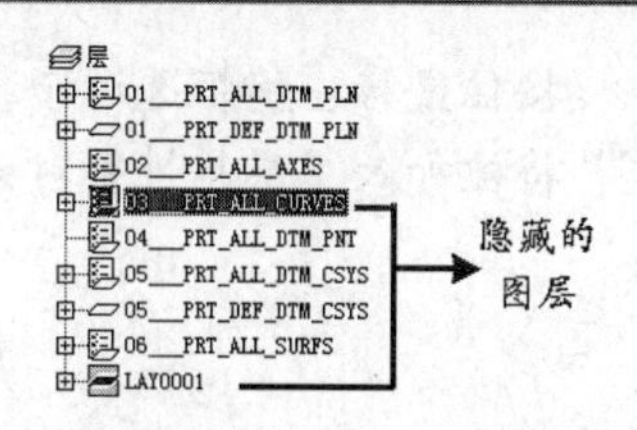

图2-20 隐藏的图层

在隐藏的图层上单击鼠标右键，在弹出的快捷菜单中将增加【取消隐藏】选项，选择该选项可以取消对图层的隐藏，重新显示图层上放置的项目。

要点提示 如果同一个对象被放置到多个图层中，并且在这些图层中被分别设置为不同的显示状态，则只有所有图层都设置为“显示”时，该对象才可见，只要一个图层上设置为“隐藏”状态，该图层即不可见。

(4) 保存图层设置文件

将选定对象放置到特定图层，并设置了图层的显示状态后，如果希望下次打开模型时仍然保留这些图层状态，必须保存图层的设置信息。在任意图层上单击鼠标右键，在弹出的快捷菜单中选择【保存状态】选项即可。选择【重置状态】选项可以恢复保存操作前的状态。如果保存图层状态后，图层设置并未发生改变，这两个选项将不可用。

2.4.2 范例解析——认识图层的用法

下面结合范例说明 Pro/E 中图层操作要领以及过滤器的用法。

1. 启动 Pro/E。
2. 选择菜单命令【文件】/【打开】，打开素材文件“\第 2 讲\素材\lucky.prt.3”，这是一个六角幸运星模型，如图 2-21 所示。

要点提示 模型上有许多基准曲线，这些基准曲线在设计完成后已经结束了历史使用，需要将其隐藏起来。如果逐一选取这些对象，既烦琐又容易出错，这时可以借助过滤器来操作，非常简便。

3. 在模型树窗口顶部选择【显示】/【层树】选项，打开图层管理器窗口。
4. 在图层管理器窗口中任意位置单击鼠标右键，在弹出的快捷菜单中选择【新建层】选项，如图 2-22 所示，同时打开【层属性】对话框。
5. 在界面底部的过滤器菜单中选择【曲线】选项，如图 2-23 所示。这样在模型上只能选中“曲线”对象，其他对象都被滤去。

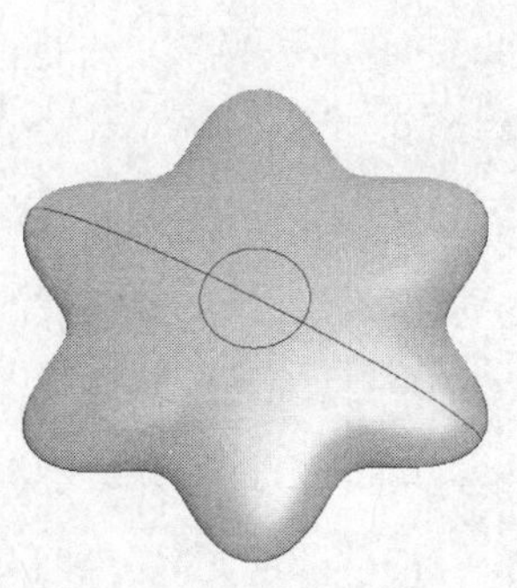
图2-21 六角幸运星模型

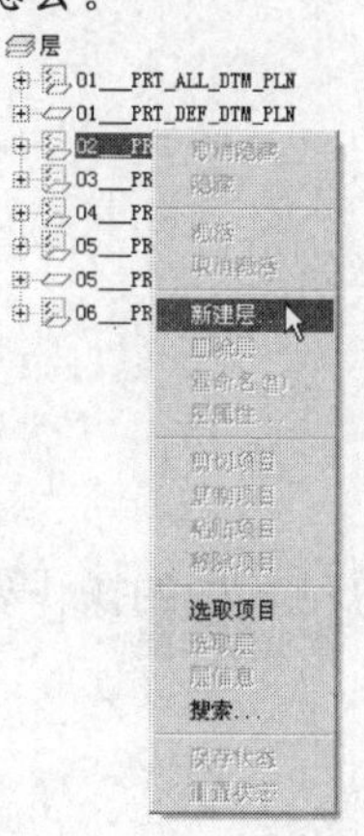

图2-22 菜单操作

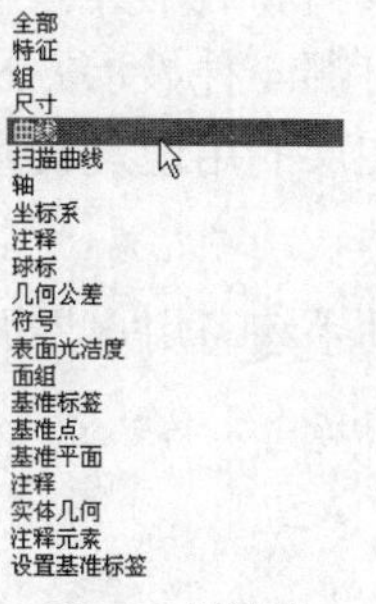

图2-23 过滤器

6. 按住鼠标左键框选这个模型，则所有曲线被选中，如图 2-24 所示。同时这些被选中的对象将被加入【层属性】对话框中，如图 2-25 所示。单击 确定 按钮关闭对话框。

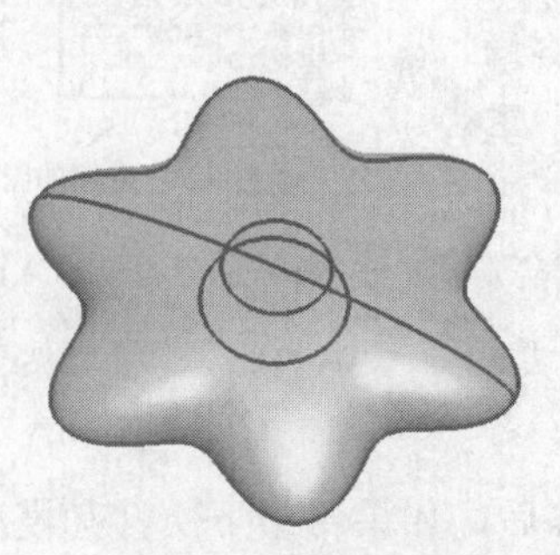
图2-24 选中的曲线

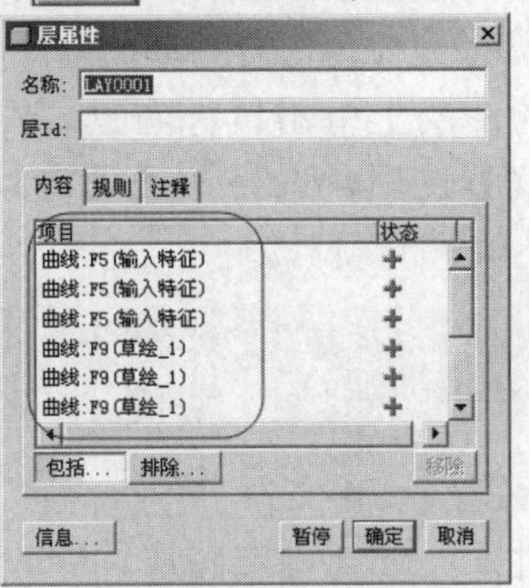

图2-25 【层属性】对话框

7. 在模型树中的新建图层上单击鼠标右键，在弹出的快捷菜单中选择【隐藏】选项，如图 2-26 所示，隐藏图层上放置的基准曲线。
8. 滚动鼠标中键适当刷新视图，可以看到模型上所有曲线已经隐藏起来了，如图 2-27 所示。

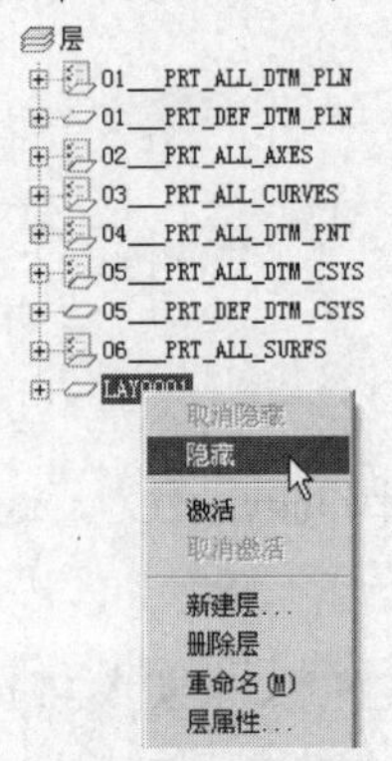

图2-26 隐藏操作

图2-27 隐藏曲线后的结果

要点提示 使用过滤器可以滤去模型上的大部分对象，通常在需要选定对象时启用，缩小选择范围。在选定一类对象后，还可以把不需要的部分对象排除在外。过滤器列表中的项目种类和数量在不同设计环境下也会有所差异。

2.5 课后作业

一、思考题

1. 上工具箱和右工具箱中的设计工具有何区别？
2. 模型有哪 4 种显示方式？各有何特点？
3. 说明图层的用途及其常用操作。

二、操作题

自己动手练习用户界面中的各种操作，总结其中的操作要领。

第 3 讲

使用基本绘图工具创建二维图形

【学习目标】

- 建立对二维图形的直观印象。
- 明确二维图形上的基本组成元素的类型及其用途。
- 理解使用 Pro/E 绘图时的技术特点：尺寸驱动和约束。
- 掌握直线、圆、矩形以及样条线等基本二维绘图工具的用法。

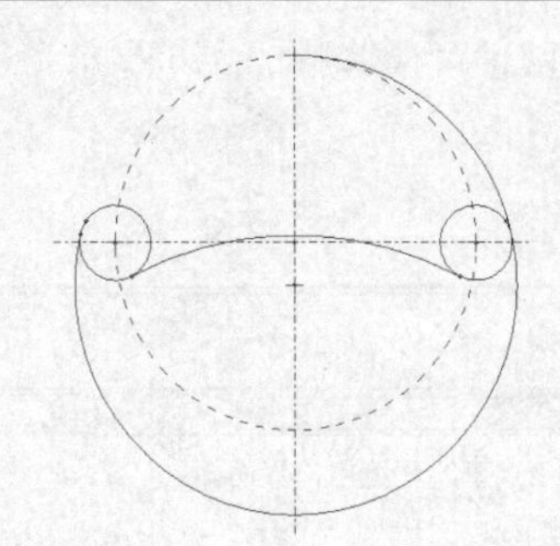

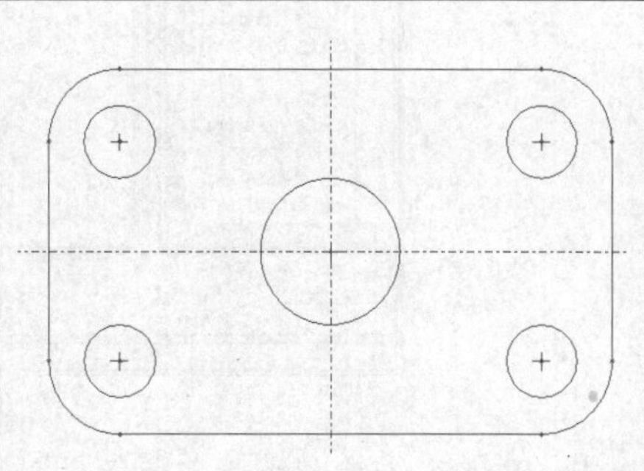

- 明确绘制二维图形时的基本方法和技巧。

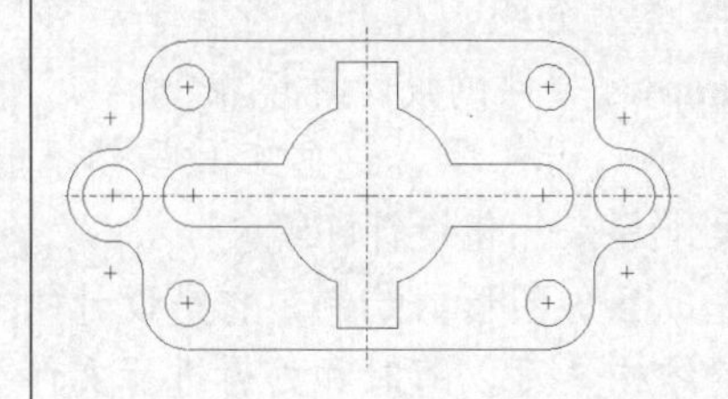

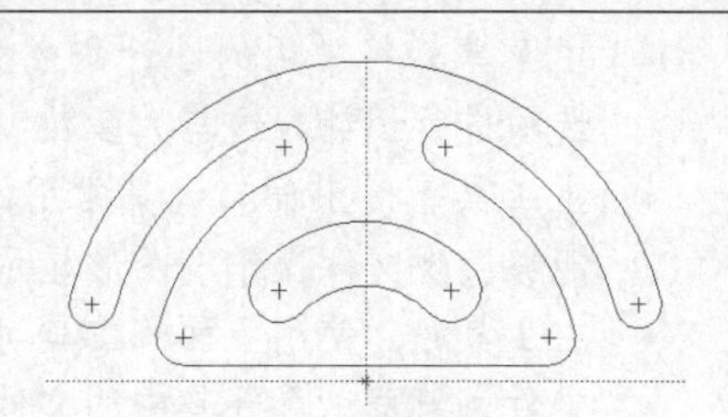

3.1 预备知识——认识二维图形

二维图形主要由线条和各种标记符号组成，是一种平面图形。绘制二维图形是三维设计的基础，三维实体建模与二维绘图之间具有直接联系。

3.1.1 知识点讲解

Pro/E 提供了一个开放的人性化二维环境，可以帮助设计者高效率地绘制出高质量的二维图形。设计过程中，要能够熟练使用系统提供的设计工具来创建图形，同时还要能够灵活使用各种辅助工具，优化设计环境。

一、 二维设计环境简介

启动 Pro/E 后，选择菜单命令【文件】/【新建】或在设计界面左上角单击按钮，打开【新建】对话框，选择【草绘】单选钮，如图 3-1 所示。单击确定按钮，即可进入二维草绘环境，其界面如图 3-2 所示。

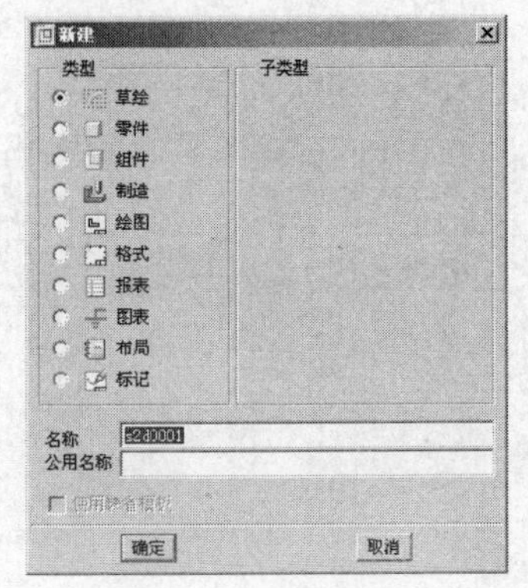

图3-1 【新建】对话框

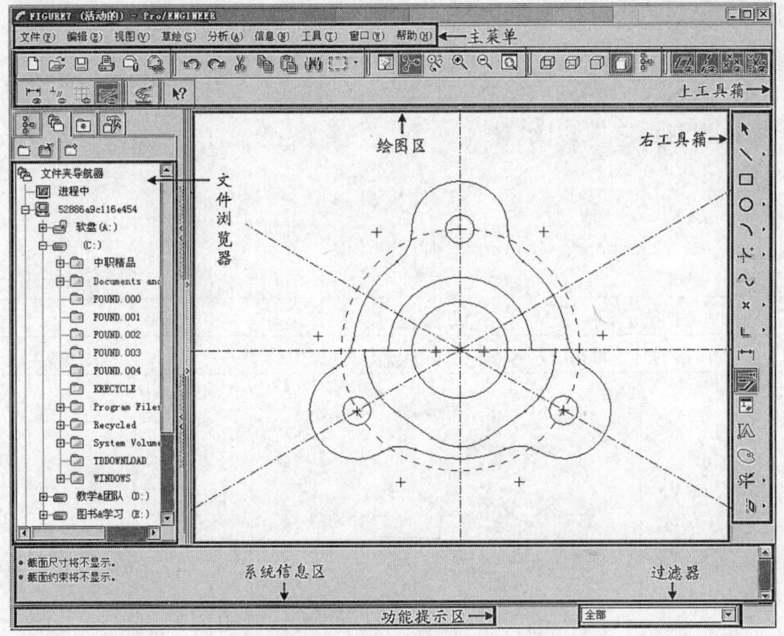

图3-2 草绘环境用户界面

Pro/E 的二维绘图环境主要包括以下内容。

- 主菜单：将常用的设计命令按照类型分组，展开下拉菜单后可以使用其中的命令选项进行设计，这与大多数 Windows 软件的设计环境相似。
- 上工具箱：上面有大量常用的辅助设计工具。这些工具虽然不能直接绘图，但是能够实现文件操作、图形显示操作等来优化设计环境。
- 右工具箱：使用上面的工具可完成各种图形的绘制，它是设计的主工具集。
- 文件浏览器：展开其中的文件树结构，可以随时和外界进行文件交互。
- 系统信息区：显示设计过程中系统输出的信息及其历史记录。

- 功能提示区：提示鼠标指针当前指示对象的功能。
- 过滤器：过滤图形上不同种类的图素，如几何图素、尺寸、约束等。
- 绘图区：在这里完成绘图操作并显示绘制的结果。

二、 认识二维图形

完整的二维图形包括几何图素、约束和尺寸 3 个图形元素。

(1) 几何图素

几何图素是组成图形的基本单元，主要包括直线、圆、圆弧、矩形、样条线等。几何图素中还包括了可以单独编辑的下层对象，如线段的端点、圆弧的圆心和端点、样条曲线的控制点等，如图 3-3 所示。

(2) 约束

约束是 Pro/E 提供的一种典型的设计理念，是施加在一个或一组图元之间的一种制约关系，从而在这些图元之间建立关联，以便达到在修改图形时“牵一发而动全身”的设计效果，如图 3-4 所示。合理地使用约束会大大简化设计方法，提高设计效率。

(3) 尺寸

尺寸是对图形的定量标注，通过尺寸可以明确图形的形状、大小以及图元之间的相互位置关系。当然，由于 Pro/E 采用“尺寸驱动”作为核心的设计思想，通过尺寸和约束的联合作用，可以更加便捷地规范图形形状，如图 3-5 所示。

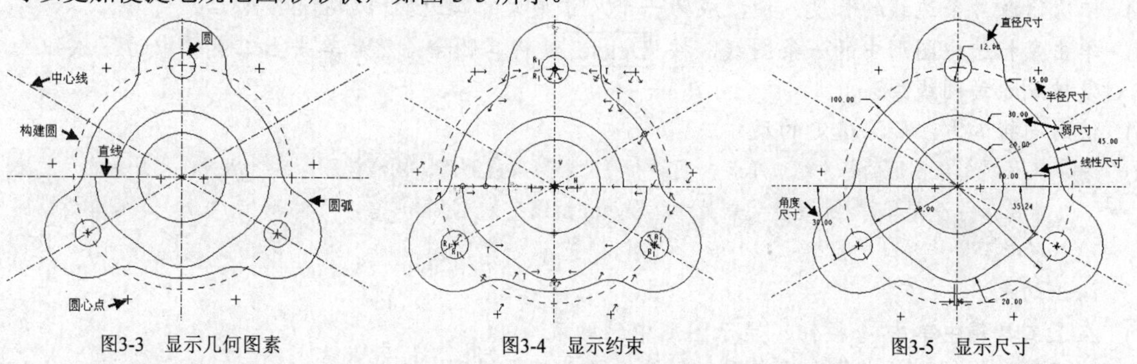

图3-3 显示几何图素　　图3-4 显示约束　　图3-5 显示尺寸

3.1.2 范例解析——认识 Pro/E 二维绘图

下面通过操作演示学习绘制和修改二维图形的完整过程，建立二维绘图的初步印象，同时重点说明使用 Pro/E 二维绘图的特点。理解“尺寸驱动”和“约束驱动”两个术语的含义。

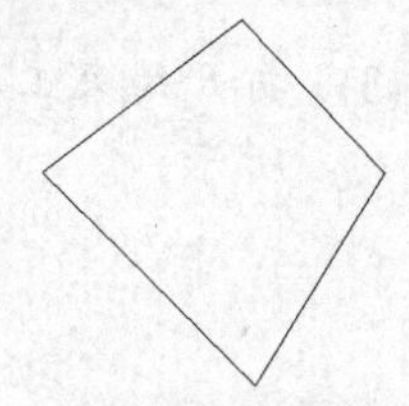

图3-6 绘制四边形

范例操作

1. 认识图线。使用直线工具绘制 4 条线段围成一个封闭的四边形，如图 3-6 所示。

要点提示 绘图时，暂时关闭尺寸和约束显示。二维图形的第 1 个要素：图线——二维图形都是由各种形状和尺寸不同的图线组成的。

2. 认识尺寸。

(1) 在上工具箱中单击按钮显示图形中的尺寸。

(2) 为四边形的 4 个边分别标注边长尺寸和一个角度尺寸，如图 3-7 所示。

要点提示 二维图形的第 2 个要素：尺寸——尺寸用于确定图线的大小、形状以及图线之间的相对位置。

(3) 将 4 条边线的长度修改为同一数值，系统再生图形时，观察图形形状的变化，如图 3-8 所示。

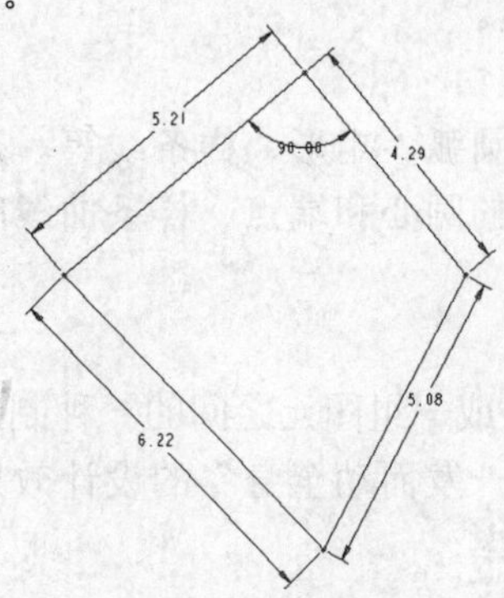

图3-7 标注图形尺寸

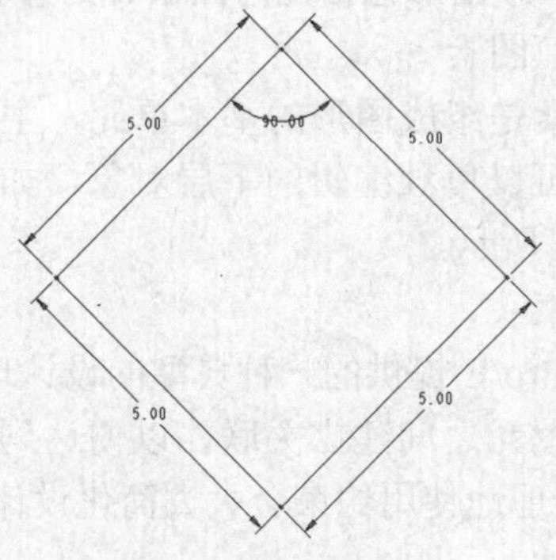

图3-8 修改图形尺寸（1）

要点提示 “尺寸驱动”的含义：要修改线条长度时，不必修改线条本身的长度，只需修改尺寸即可。这样大大简化了操作过程，提高设计效率。这是 Pro/E 绘制的最大特点之一。

(4) 依次修改 4 条边线的长度，使之成为一个尺寸更大的四边形，如图 3-9 所示。

(5) 单击鼠标选中图形中的一条图线，按 Delete 键将其删除，然后单击上工具箱中的按钮恢复被删除的图线条。

(6) 使用同样的方法删除选定的尺寸。

要点提示 图线是二维图形的基本组成单元，图线和尺寸都可以被删除。图线被删除后将消失，但是有的尺寸被删除后并没有消失，而是变为弱尺寸。弱尺寸图线变灰，不再具有“尺寸驱动”能力，只能作为设计参考。

3. 认识约束。

(1) 在上工具箱中单击按钮，显示图形中的约束。

(2) 使用鼠标指针拖动线条，改变图形形状，使之不再规则。

要点提示 明确鼠标拖动操作的含义，这也是操作人性化的具体体现。

(3) 打开约束工具箱，在 4 条边线之间添加等长约束条件。观察此时图形的变化，如图 3-10 所示。

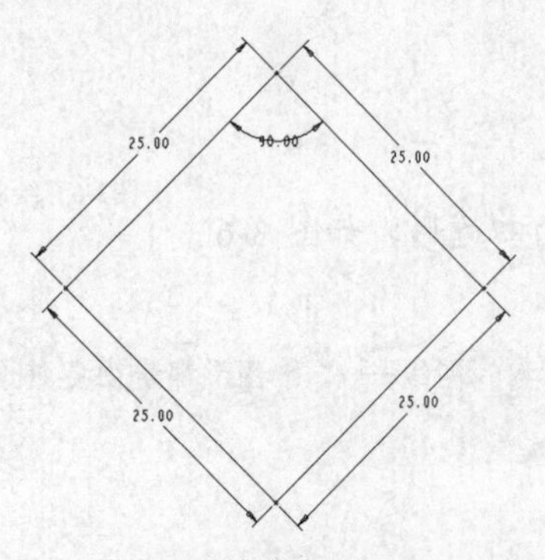

图3-9 修改图形尺寸（2）

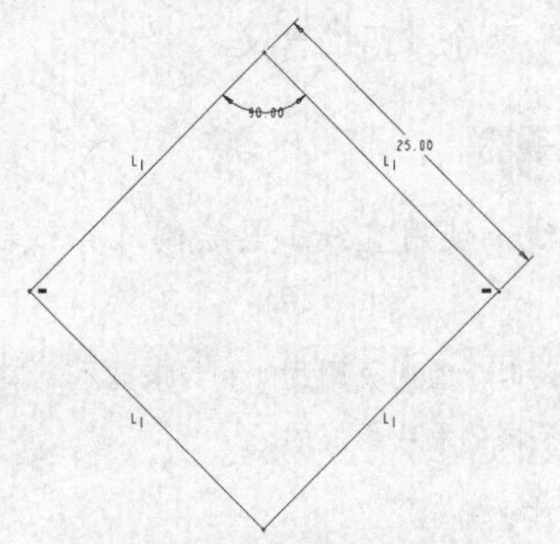

图3-10 添加等长约束条件

二维图形的第 3 个要素：约束——图形内部各要素之间的一种关联关系，如相等、平行、共点等。注意观察约束符号。

(4) 任意修改一个边长尺寸，观察此时图形的变化。

观察此时图形的变化，并对比使用修改这种方法与直接修改 4 个尺寸的方法的优势所在。

【范例小结】

(1) 二维图形三要素：图线、尺寸和约束。

(2) 使用尺寸驱动的原理绘图操作简便，设计效率高，修改方便。

(3) 约束的使用在图形内部建立一种隐含的制约和关联关系，这种关联关系不管图形尺寸怎样变化，始终存在。

3.2 熟悉常用绘图工具的用法

学习二维绘图的核心是掌握各种绘图工具和编辑工具的用法，并能在设计过程中灵活选择正确的工具来绘制图形。

3.2.1 知识点讲解

一幅完整的二维图形都是由一组直线、圆弧、圆、矩形、样条线等基本图元组成的。这些图元分别由不同的工具绘制生成，以下分别进行介绍。

一、 创建直线

直线的绘制方法最为简单，通过两点即可绘制。首先确定线段的起点，然后确定线段的终点，最后单击鼠标中键，结束图形的绘制。

系统提供了以下 3 种直线工具。

- ╲：最基本的设计工具，绘制经过两点的线段。
- ╲：绘制与两个对象相切的直线。
- ┆：绘制中心线。

图 3-11 所示为 3 种直线的示例。

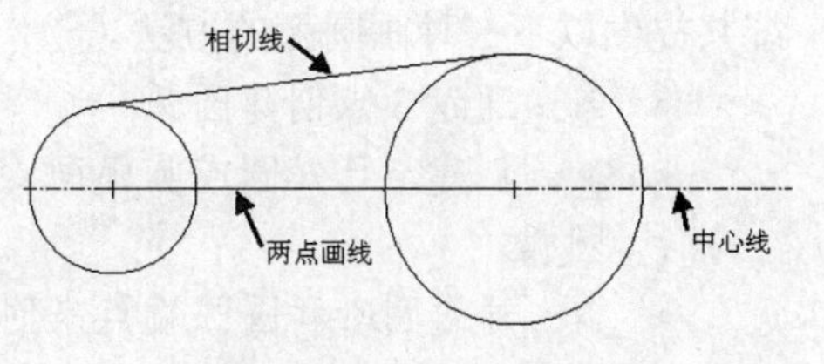

图3-11 直线示例

二、 创建圆

圆在二维图形中的应用相当广泛，虽然完全确定一个圆只要圆心和半径参数就足够了，但是实际设计中往往通过图形之间的相互关系来绘制。

系统提供了以下 5 种绘制圆的工具。

- ○：根据圆心和半径绘制圆。
- ◎：绘制与已知圆同心的圆。
- ○：经过圆上的 3 个点来绘制圆。
- ○：绘制与 3 个对象相切的圆。
- ⬭：绘制椭圆。

图 3-12 所示为 5 种圆的示例。

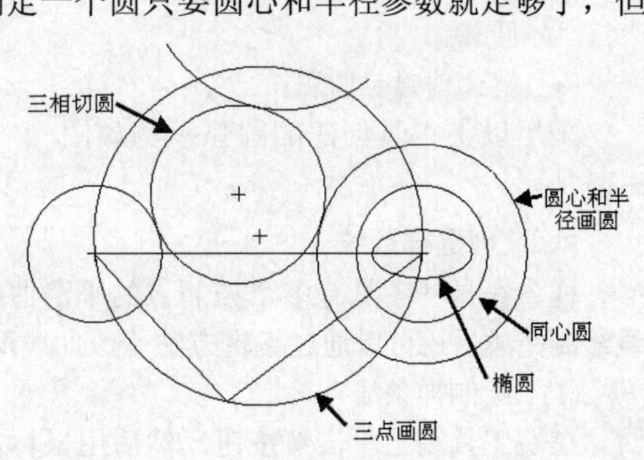

图3-12 圆示例

三、 创建矩形

在 Pro/E 中，矩形的绘制较简单，只需要确定矩形的两个对角点即可。在右工具箱上单击按钮，然后按住鼠标左键从左向右或从右向左拖曳，都可以绘制出矩形。绘制完成后，其边线上自动添加水平或竖直约束，如图 3-13 所示。

四、 创建圆角

连接两个图元时，在交点处除了采用尖角连接外，还可以使用圆弧连接，使用圆弧连接的图形更为美观，同时通过这样的二维图形创建的三维模型可以省去创建倒圆角特征的步骤，从而简化了设计过程。

系统提供了以下两种圆角工具。

- ：在两个图元连接处创建圆角。
- ：在两个图元连接处创建椭圆角。

圆角（椭圆角）的创建过程比较简单，选取放置圆角的两条边后即可放置圆角，然后只需要根据要求修改合适的圆角半径即可，如图 3-14 所示。

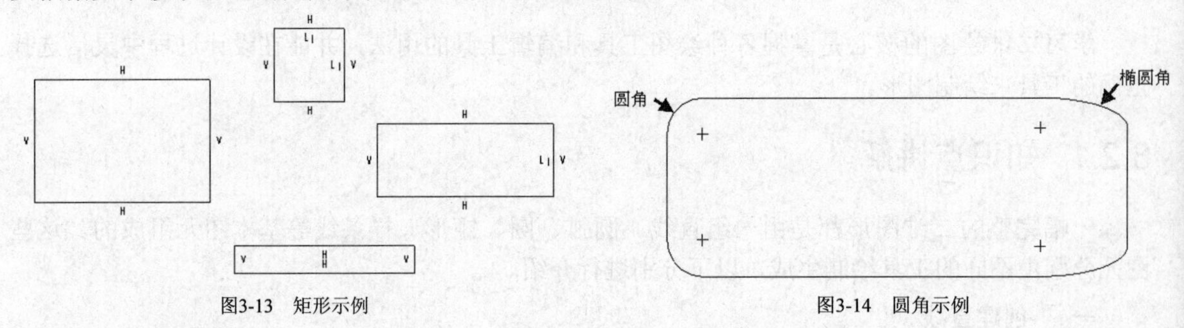

图3-13　矩形示例　　　　图3-14　圆角示例

五、 创建圆弧

圆弧的绘制和圆有一定的相似性，也包括圆心和半径这两个主要参数，但是由于圆弧实际上是圆的一部分，因此还需要确定其起点和终点。实际设计中，通常根据参照来定位圆弧，系统共提供以下 5 种画圆弧的方法。

- ：通过 3 点创建圆弧。
- ：创建与已知圆或圆弧同心的圆弧。
- ：通过圆心和圆弧端点来创建圆弧。
- ：创建与 3 个图元均相切的圆弧。
- ：创建锥圆弧。

采用以上工具创建的圆弧示例如图 3-15 所示。

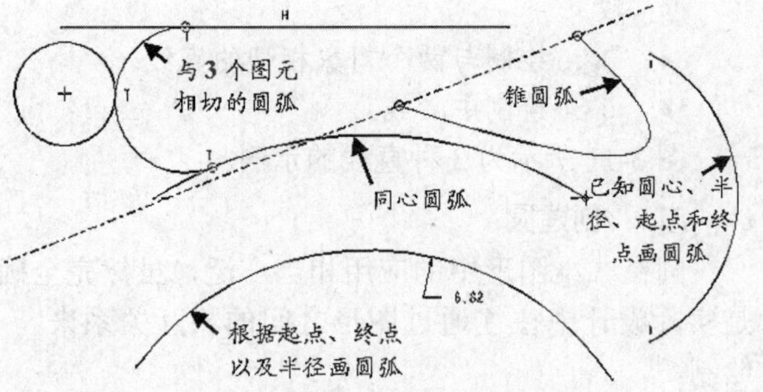

图3-15　创建圆弧的类型

六、 创建样条线

样条线是一条具有多个控制点的平滑曲线，其最大的特点是可以随意进行形状设计，在曲线绘制完成后还可以通过编辑方法修改曲线形状。

(1) 绘制样条线

在右工具箱上单击按钮，然后用鼠标左键依次单击样条曲线经过的控制点，最后单击鼠标中键，完成图形的绘制，结果如图 3-16 所示。

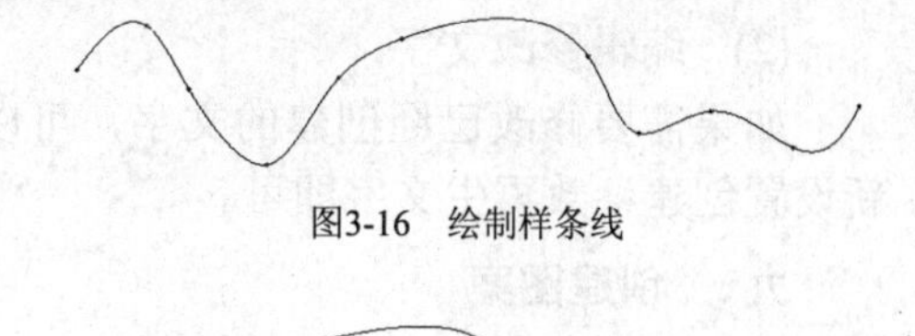
图3-16　绘制样条线

(2)　编辑样条线

线条曲线绘制完成后，最简单的修改方式是按住鼠标左键拖动曲线上的控制点来调整曲线的外形，如图 3-17 所示。

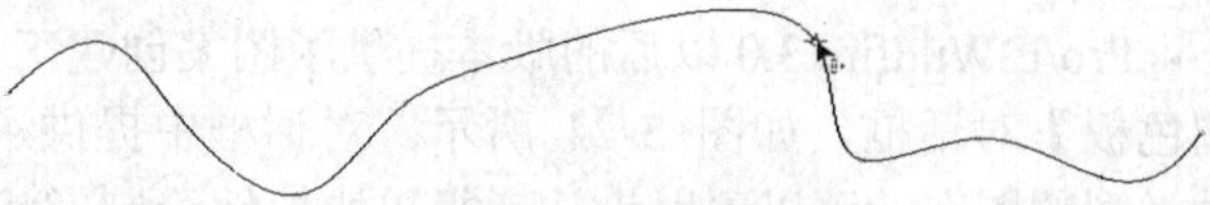

图3-17　编辑样条线

七、　创建点和坐标系

点可以作为曲线设计的参照。坐标系在三维建模中应用较为广泛，可以作为定位参照。它们的创建比较简单，在右工具箱上单击按钮即可在界面中单击鼠标放置点。

单击按钮右侧的按钮展开工具组，单击按钮可在界面中放置坐标系，如图 3-18 所示。

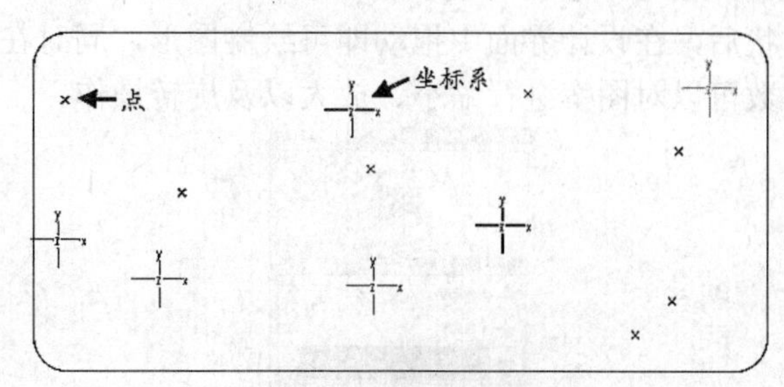

图3-18　创建点和坐标

八、　创建文字

在右工具箱上单击按钮，打开文本设计工具，即可创建文字。

首先根据系统提示选取一点确定文字行的起始点。然后继续选取第 2 点确定文本的高度和方向，绘制文字高度线。

在如图 3-19 所示的【文本】对话框中确定文字的属性参数，如字体、字间距、长宽比等。接着输入文本内容创建文字。最后修改文本高度线的尺寸调节文本大小。

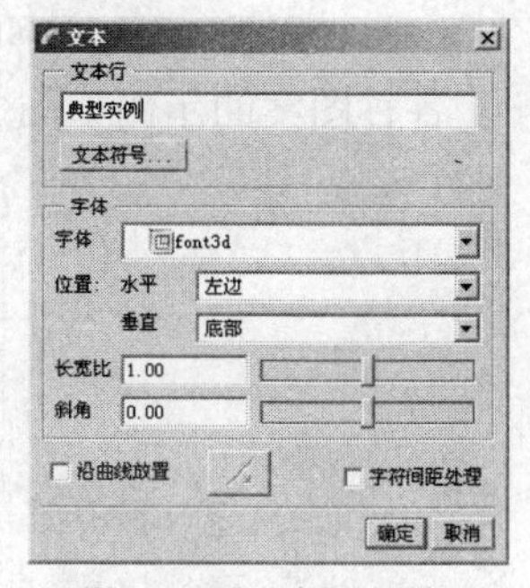

图3-19　【文本】对话框

注意对文字方向的理解，如果从起始点开始向上确定第 2 点，这时创建文字的效果如图 3-20 所示；如果从起始点开始向下确定第 2 点，这时创建文字的效果如图 3-21 所示。

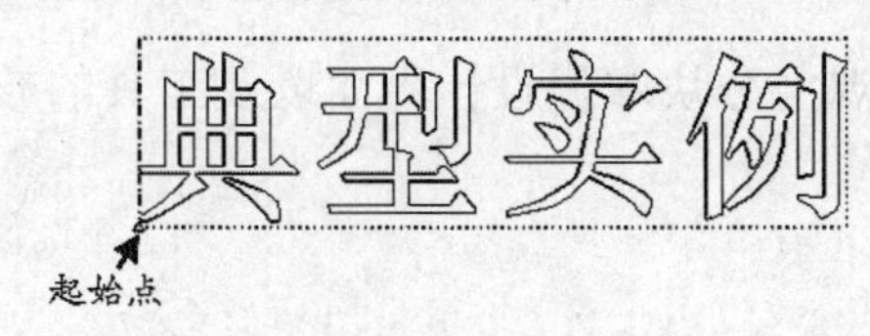

图3-20　创建文字（1）

图3-21　创建文字（2）

(1)　沿着曲线放置文字

在【文本】对话框中勾选【沿曲线放置】复选框，然后选取参照曲线，可以将文字沿着该曲线放置。通常选取事先创建好的样条曲线或基准曲线作为参照曲线，如图 3-22 所示。单击【文本】对话框中的按钮可以调整文本放置方向，如图 3-23 所示。

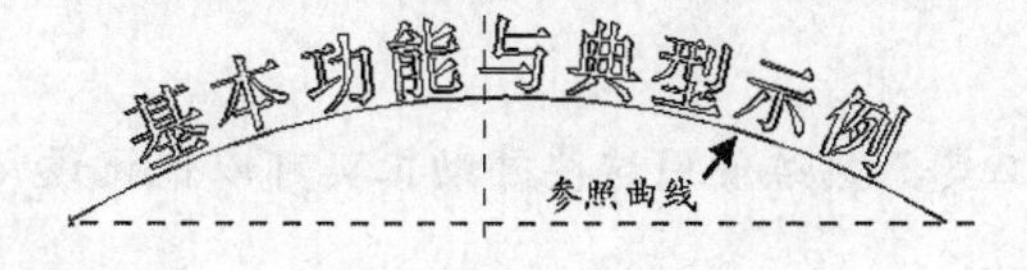

图3-22　沿着曲线放置文字（1）

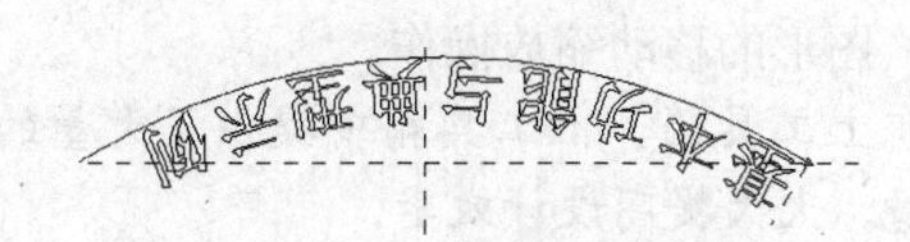
图3-23　沿着曲线放置文字（2）

(2) 编辑修改文字

如果需要修改已经创建的文字，可以在右工具箱上单击按钮，打开【文本】对话框，重新设置创建参数再生文字即可。

九、 创建图案

Pro/E Wildfire 3.0 以后的版本提供了图案创建工具，在右工具箱中单击按钮打开【草绘器调色板】对话框，如图 3-24 所示。对话框中提供了【多边形】、【轮廓】、【形状】和【星形】4 种类型的图案，可以帮助设计者简单快捷地绘制形状规则且对称的图形。

在【草绘器调色板】对话框下部的形状列表中双击需要绘制的图案，待鼠标指针变为形状后，在设计界面中拖动即可绘制图形，同时在如图 3-25 所示的【缩放旋转】对话框中设置参数可以对图案进行缩小、放大以及旋转操作。

图3-24 【草绘器调色板】对话框

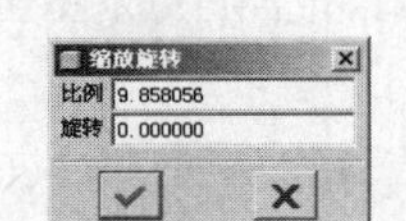

图3-25 【缩放旋转】对话框

各种图案的示例如图 3-26 所示。

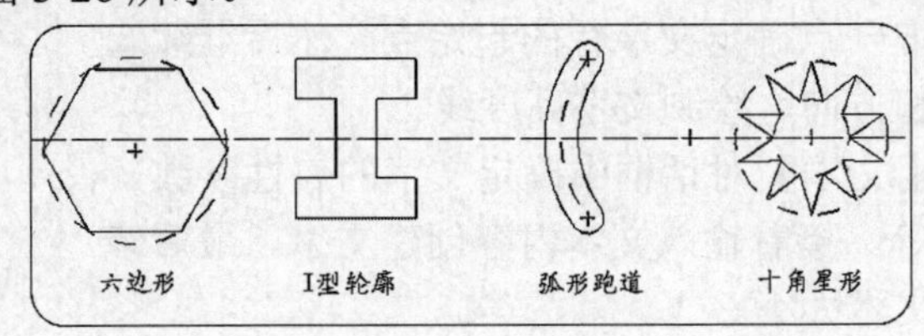

图3-26 图案示例

3.2.2 范例解析——熟悉绘图环境

认识 Pro/E 的二维设计环境以及工具总汇，从宏观上分块掌握设计界面以及工具的布局和分类。

1. 新建绘图文件。
2. 认识绘图环境的主要要素。

   明确绘图环境的主要构成要素，重点明确以下要点。

   (1) 绘制工具的多样性，同一种图线可以使用多种工具打开。

   (2) 打开组合工具的方法。

   (3) 工具箱中工具的分类。

   (4) 图形的移动缩放操作。
3. 认识上工具箱。上工具箱中提供了大量的辅助工具，熟练使用这些辅助工具可以优化设计环境，大大提高设计效率。
4. 认识右工具箱。右工具箱上放置了用于直接绘图的工具，主要包括选择工具、绘图工具、编辑工具等。其中，带有按钮的为组合工具，单击该按钮可以展开工具包。

3.2.3 范例解析——绘制图案 1

本范例将使用二维绘图的基本工具，按照一定的绘图流程创建一个完整的二维图形，帮助同学们巩固练习基本设计工具的用法，最后创建的设计结果如图 3-27 所示。

范例操作

1. 新建草绘文件。在上工具箱中单击按钮打开【新建】对话框，在【类型】列表框中选中【草绘】单选钮。
2. 绘制中心线。

(1) 使用右工具箱中的工具绘制一条水平中心线。

(2) 继续绘制一条竖直中心线，如图 3-28 所示。

3. 绘制圆。

(1) 使用工具绘制圆，圆心在两中心线交点处。

(2) 双击圆周上的尺寸，将其修改为图 3-29 所示的数值。输入文件名“Figure1”后单击鼠标中键进入草绘模式。

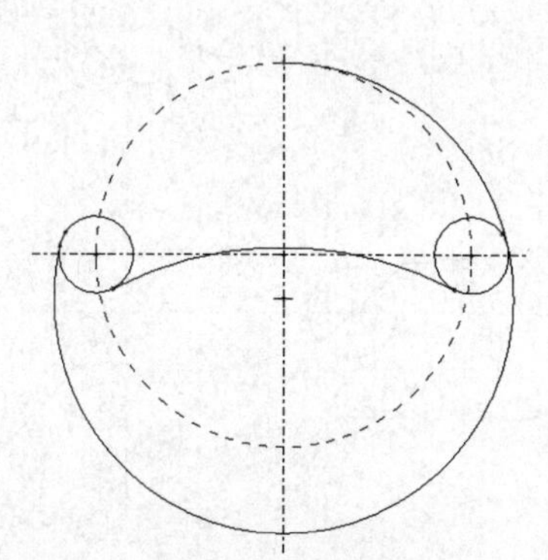

图3-27 设计结果

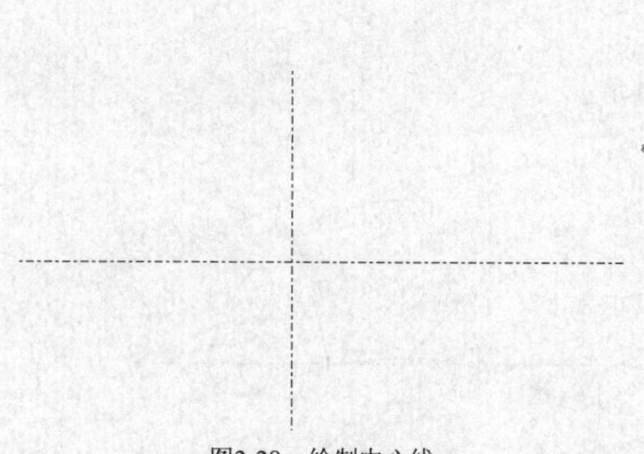

图3-28 绘制中心线

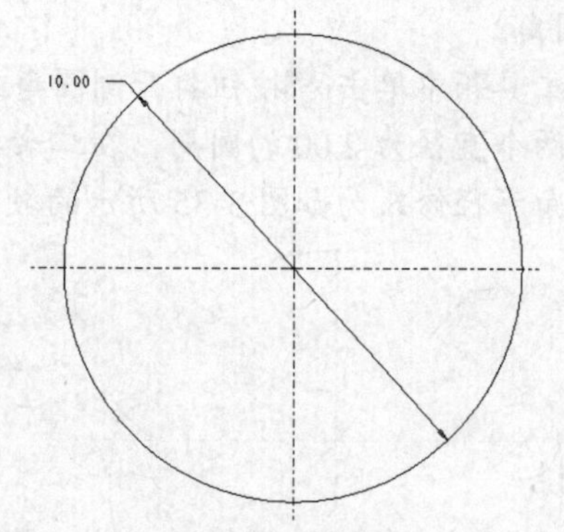

图3-29 绘制圆

(3) 用鼠标选中该圆，在其上单击鼠标右键，在弹出的快捷菜单中选择【构建】选项，将其转变构建圆，其线条为虚线，如图 3-30 所示。

4. 继续绘制圆和椭圆。

(1) 使用工具在构建圆与水平中心线的左交点处创建圆，修改尺寸为如图 3-31 所示。

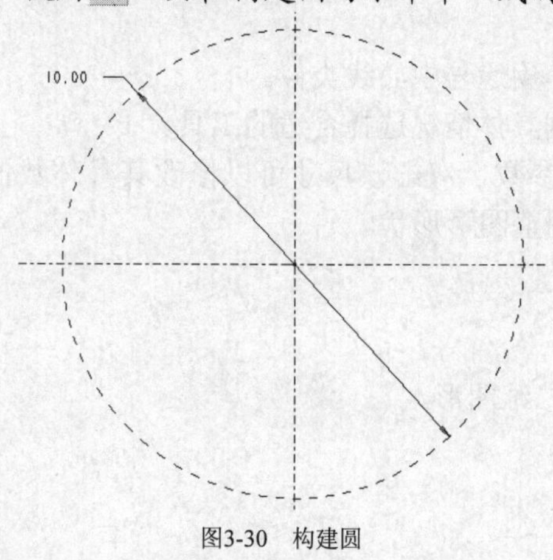

图3-30 构建圆

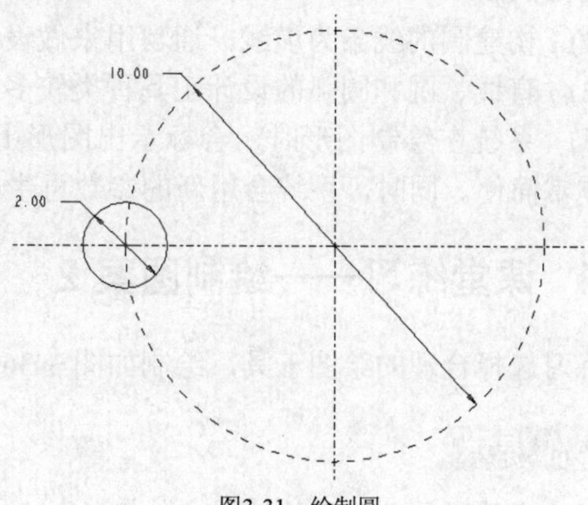

图3-31 绘制圆

(2) 使用工具在构建圆与水平中心线的右交点处创建圆，修改尺寸如图 3-32 所示。

5. 创建圆弧。

(1) 在右工具箱中单击按钮，打开三相切圆弧工具。

(2) 依次选取如图 3-33 所示的图元 1、图元 2 和图元 3，创建与之均相切的圆弧，如图 3-34 所示。

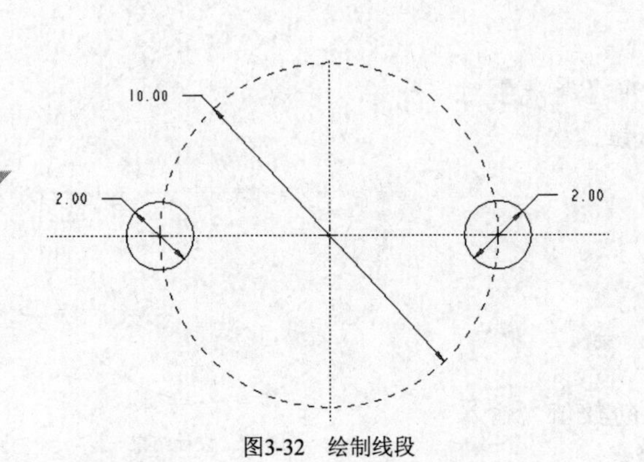

图3-32 绘制线段

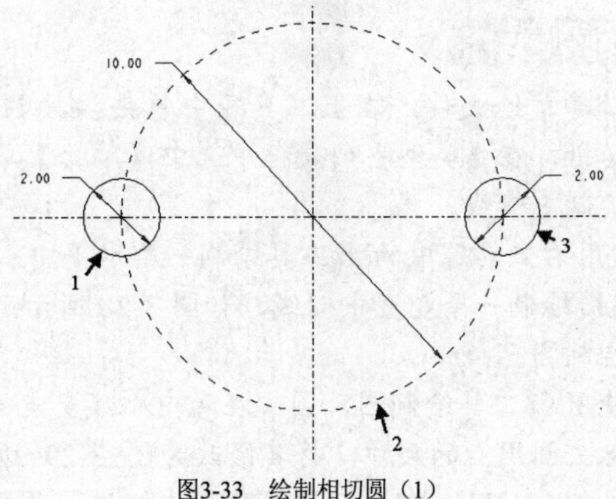

图3-33 绘制相切圆（1）

6. 创建圆角。

(1) 在右工具箱中单击按钮打开倒圆角工具。

(2) 单击两个直径为 2.00 的圆周，在二者之间创建圆角。

(3) 将圆角半径修改为如图 3-35 所示的数值。

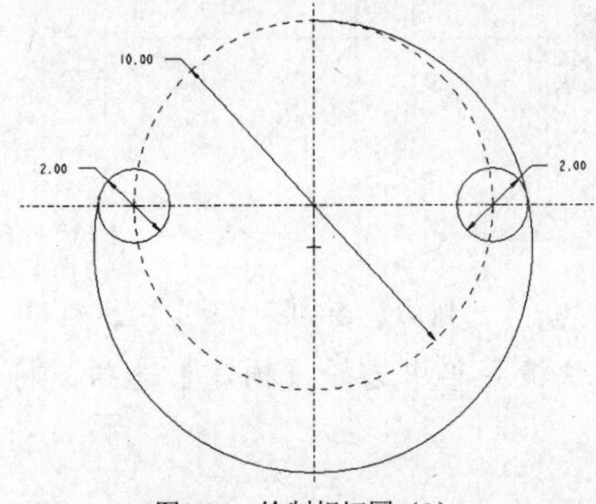

图3-34 绘制相切圆（2）

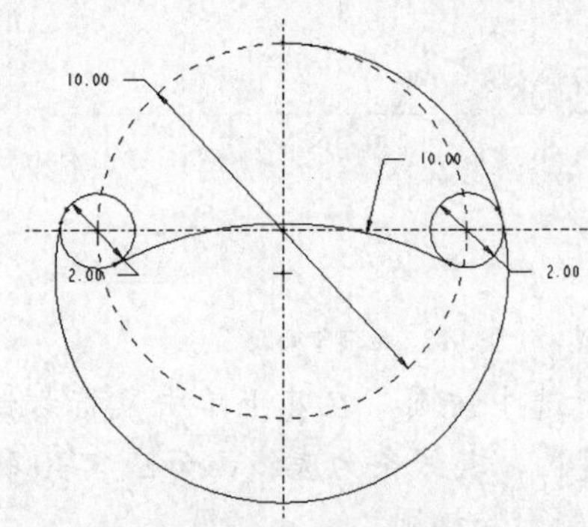

图3-35 绘制圆角

【范例小结】

(1) 构建圆的线条为虚线，通常用来做设计参照，用途与中心线类似。

(2) 直线、圆和圆弧的设计工具种类较多，要根据具体情况选择合适的工具。

(3) 系统在绘制图形时，会标示出图形上的尺寸参数，双击该尺寸可以修改其具体数值，操作非常简便。同时，系统会用新的参数再生图形，调整图形形状。

3.2.4 课堂练习——绘制图案 2

练习选择合理的绘图工具，绘制如图 3-36 所示的二维图形。

操作提示

1. 新建名为“figure2”的绘图文件。

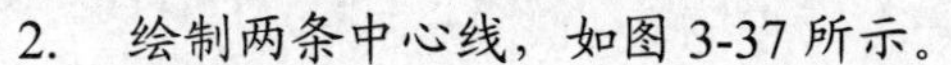

2. 绘制两条中心线，如图 3-37 所示。

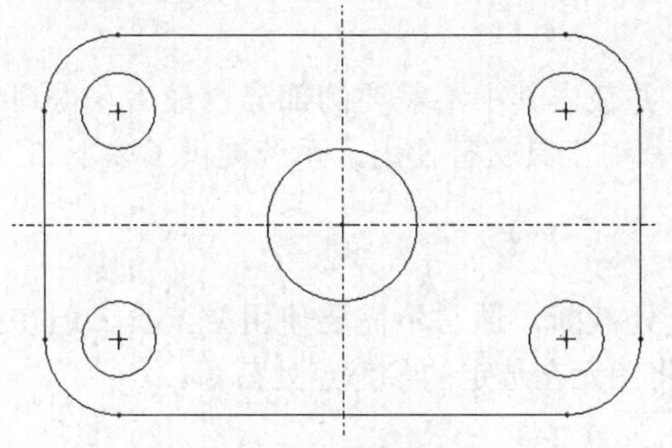

图3-36 最后绘制的图形

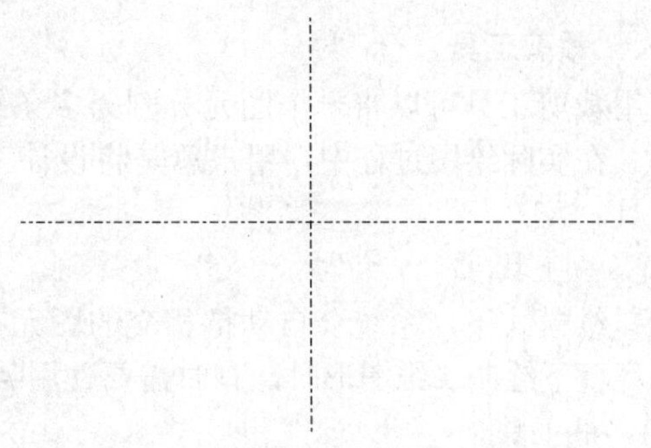

图3-37 绘制中心线

3. 使用工具绘制矩形，将尺寸修改为如图 3-38 所示的数值。
4. 使用工具创建 4 处圆角，将圆角半径修改为如图 3-39 所示的数值。

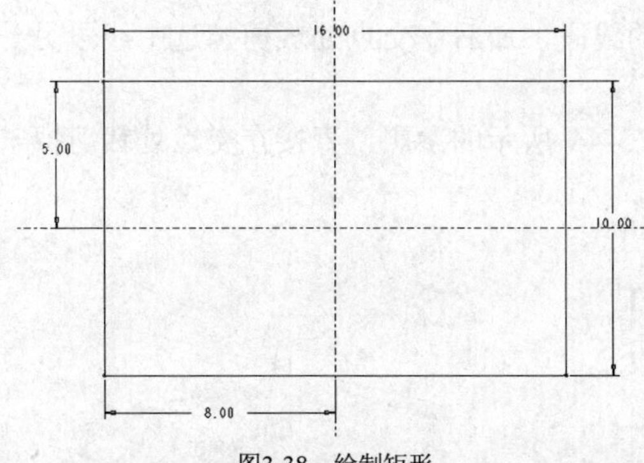

图3-38 绘制矩形

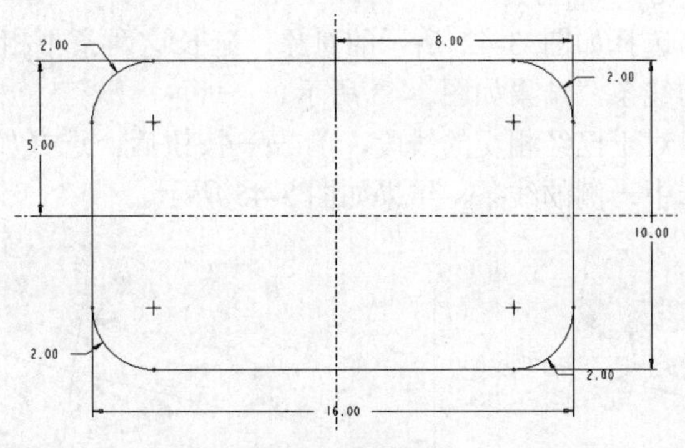

图3-39 绘制圆角

5. 使用工具绘制 4 个圆，将圆的直径修改为如图 3-40 所示的数值。
6. 使用工具在图形中心处绘制圆，将圆的直径修改为图 3-41 所示的数值。

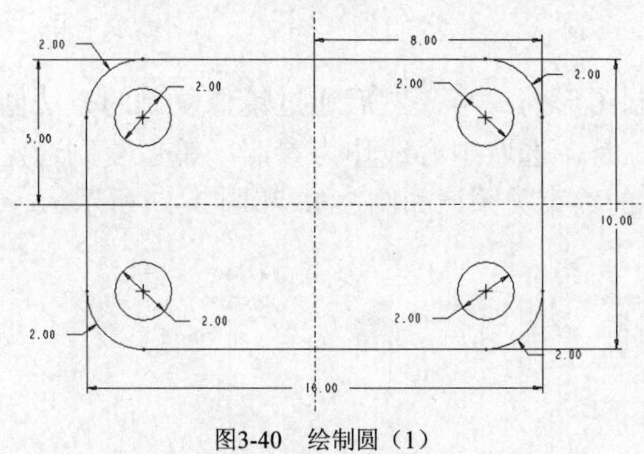

图3-40 绘制圆（1）

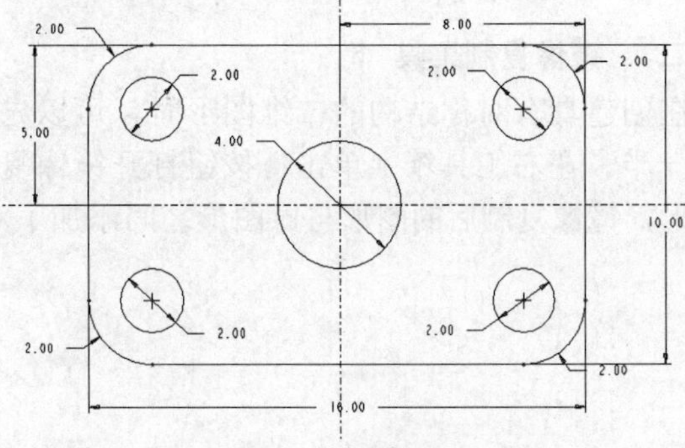

图3-41 绘制圆（2）

3.3 修剪和镜像图形

学习二维绘图的核心是掌握各种绘图工具和编辑工具的用法，并能在设计过程中灵活选择正确的工具来绘制图形。

3.3.1 知识点讲解

一幅完整的二维图形都是由一组直线、圆弧、圆、矩形、样条线等基本图元组成的。这些图元分别由不同的工具绘制生成，以下分别进行介绍。

一、 裁剪工具

使用裁剪工具可以将一个图元分割为多条线段，并裁去其中不需要的部分，最后获得理想的图形。在实际绘图过程中，用户总是将设计工具和裁剪工具交替使用。系统提供了以下 3 种裁剪工具。

(1) 工具

纯二维模式下，系统会自动把相交的图元在相交处截断，通常不需要使用工具，但在三维绘图环境下绘制二维图形时，有时需要使用工具将图元在选定的参考点处截断。

(2) 工具

工具的使用比较简单，选择此工具后单击需要删除的图元即可将其删除。如果待删除的图元较多，可以拖动鼠标指针，画出轨迹线，凡与轨迹线相交的线条都会被删除。

(3) 工具

选择如图 3-42 所示的对象，延长这两条不相交的线段，最后在交点处裁剪掉选中线段另一侧的线条，结果如图 3-43 所示。

对于已经相交的线段，单击按钮后，选择如图 3-44 所示的参照，直接在交点处裁剪掉未被选中一侧的线条，结果如图 3-45 所示。

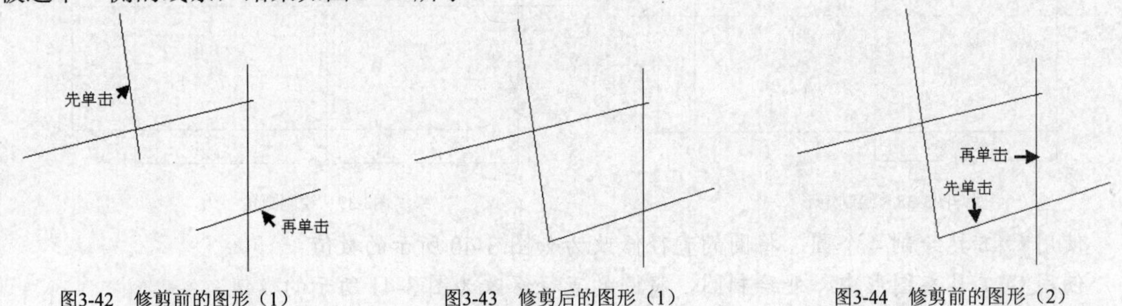

图3-42 修剪前的图形（1） 图3-43 修剪后的图形（1） 图3-44 修剪前的图形（2）

二、 镜像复制工具

在创建具有对称结构的二维图形时，可以先绘制图形的一半，然后通过镜像复制的方法创建另一半。在右工具箱上单击按钮打开镜像复制工具，选取中心线作为参照，镜像复制选定的图形，镜像复制后的图形与原图形之间添加了对称的约束关系，如图 3-46 和图 3-47 所示。

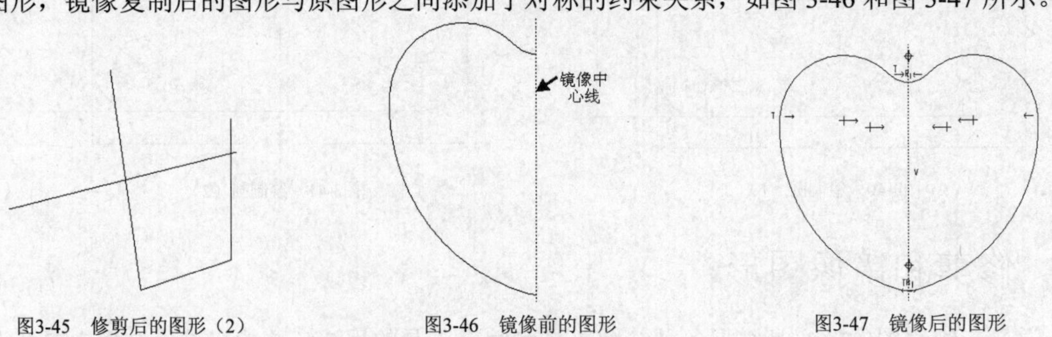

图3-45 修剪后的图形（2） 图3-46 镜像前的图形 图3-47 镜像后的图形

3.3.2 范例解析——绘制图案 3

下面将介绍使用各种线条“组合”绘制二维图形的方法和技巧，最后创建的设计结果如图 3-48 所示。

范例操作

1. 新建文件。新建名为“Figure3”的绘图文件。
2. 绘制中心线。绘制一条水平中心线和一条竖直中心线，如图 3-49 所示。
3. 绘制带圆角的矩形。

(1) 使用右工具箱中的□工具绘制一个矩形，并按照如图 3-50 所示修改其定形尺寸。

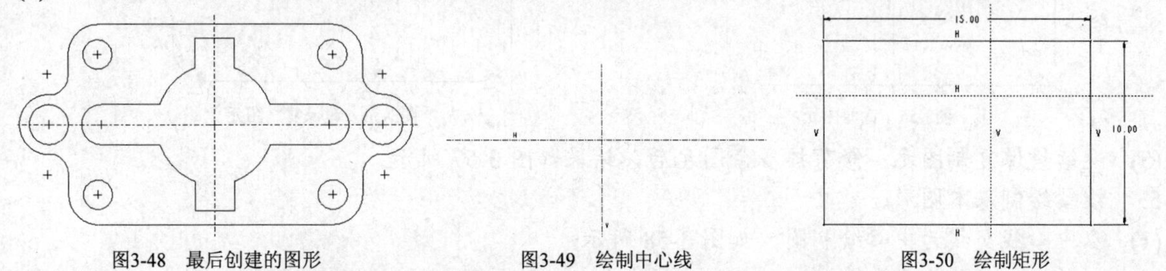

图3-48 最后创建的图形　　图3-49 绘制中心线　　图3-50 绘制矩形

(2) 使用右工具箱中的工具为矩形添加圆角结构，将其中一个圆角半径修改为 1.50。

(3) 在右工具箱上单击按钮打开【约束】工具箱，再单击 = 按钮启动相等约束条件。首先选取刚修改半径的圆弧段，然后选取另一圆角圆弧，在二者之间添加等半径约束条件。继续在其他两个圆角处添加等半径约束条件，结果如图 3-51 所示。

(4) 在右工具箱上单击按钮打开【约束】工具箱，再单击按钮启动对称约束条件。首先单击中心线，然后选取与中心线平行的两条边线，在已经绘制图形和中心线之间加入对称约束条件，完善尺寸标注，结果如图 3-52 所示。

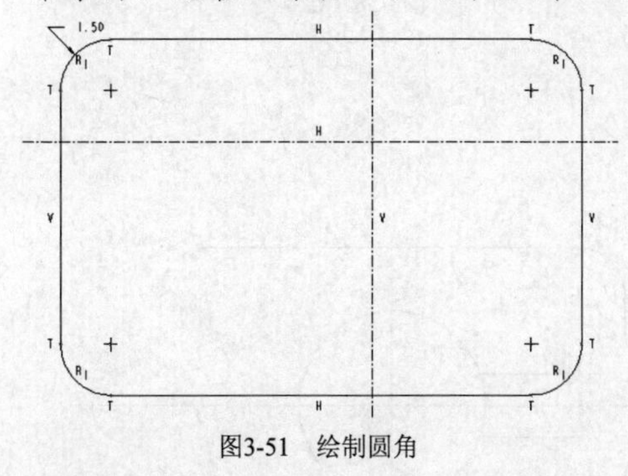

图3-51 绘制圆角

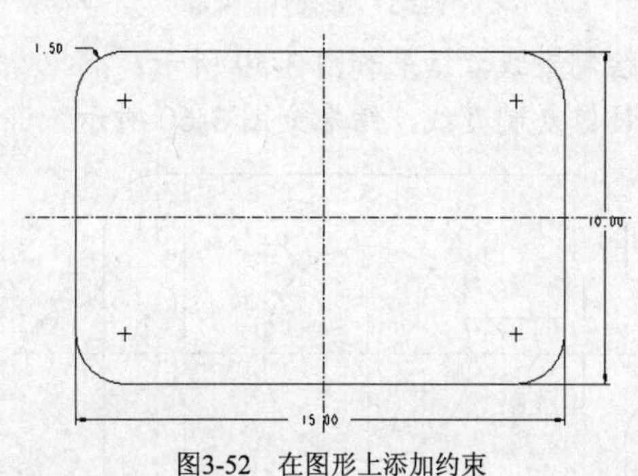

图3-52 在图形上添加约束

4. 绘制圆。

(1) 按照如图 3-53 所示绘制第 1 个圆。

(2) 绘制第 2 个圆，该圆同时相切于矩形右边线和第 1 个圆，如图 3-54 所示。

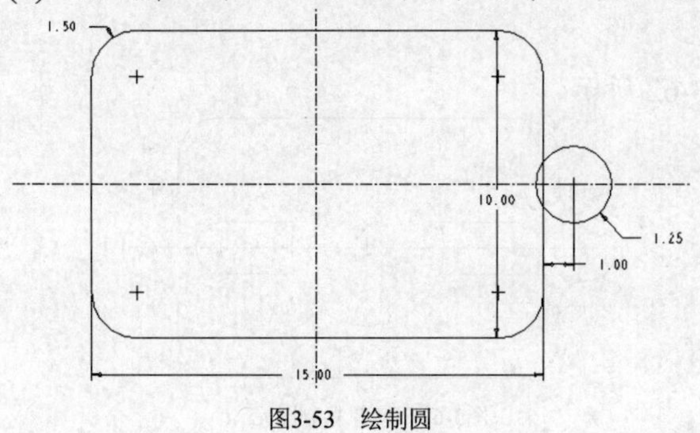

图3-53 绘制圆

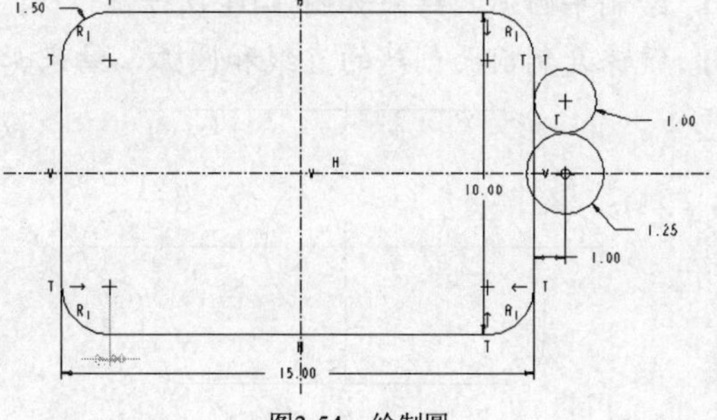

图3-54 绘制圆

(3) 使用修剪工具修改右侧的图元，结果如图 3-55 所示。

(4) 镜像复制前一步创建的图元，然后修剪掉多余图元后，结果如图 3-56 所示。

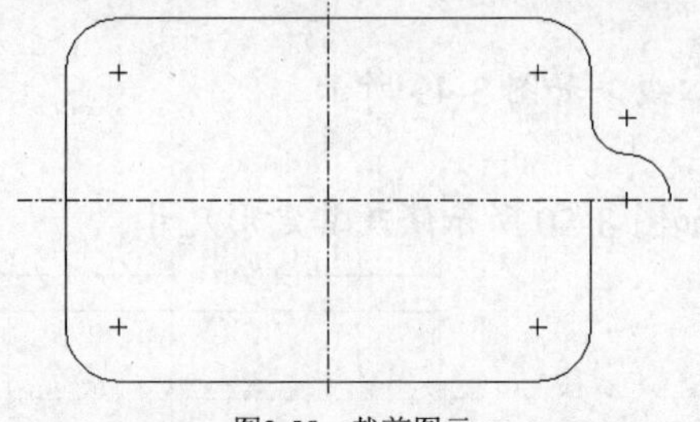

图3-55 裁剪图元

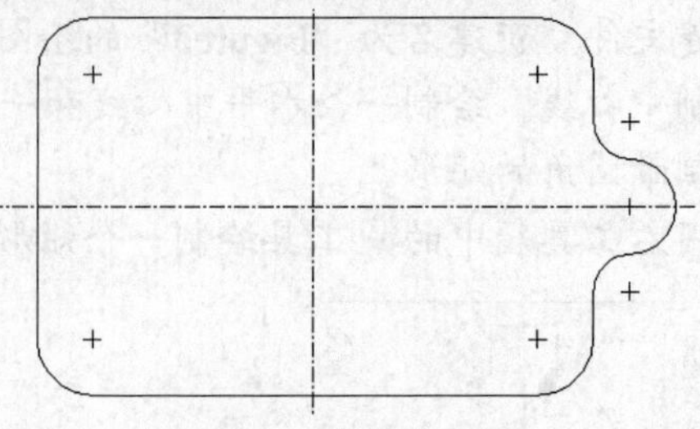

图3-56 镜像复制图元

(5) 继续镜像复制图元，修剪掉多余图元后，结果如图 3-57 所示。

5. 继续绘制基本图形。

(1) 以中心线交线为中心绘制圆，如图 3-58 所示。

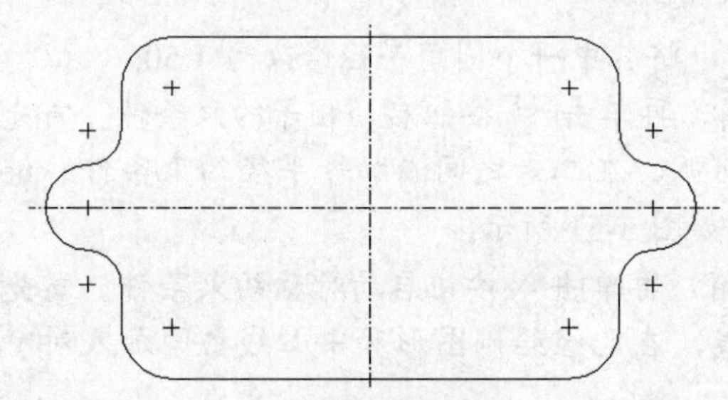

图3-57 镜像复制图元

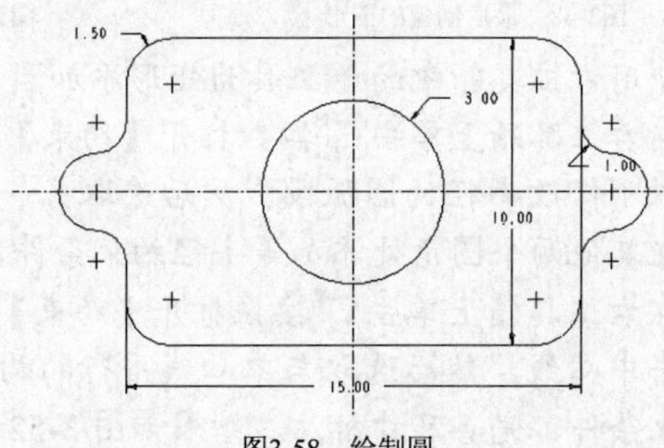

图3-58 绘制圆

(2) 绘制直线，结果如图 3-59 所示。

(3) 镜像复制直线，结果如图 3-60 所示。

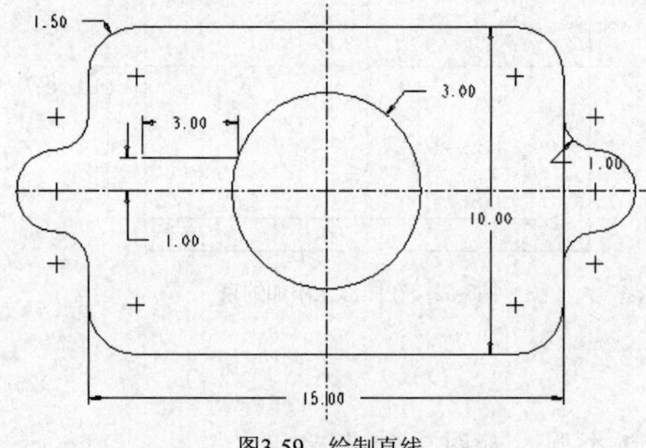

图3-59 绘制直线

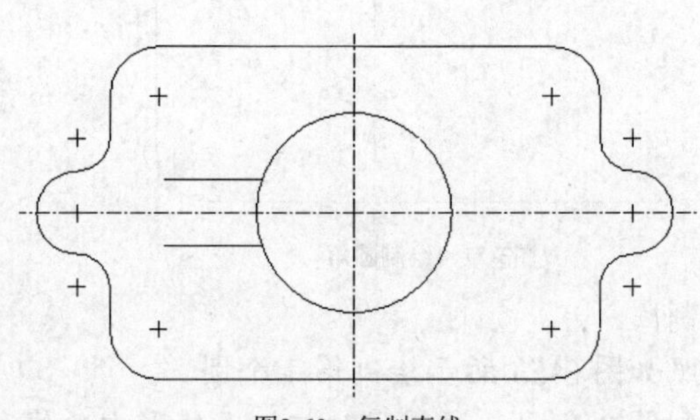

图3-60 复制直线

(4) 绘制半圆弧，结果如图 3-61 所示。

(5) 镜像复制前面创建的直线和圆弧，结果如图 3-62 所示。

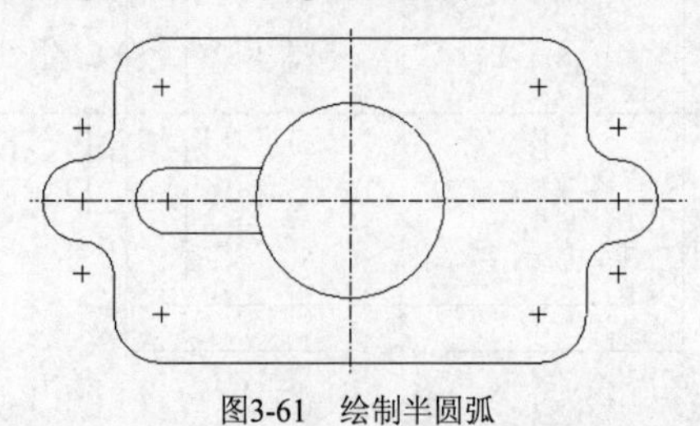

图3-61 绘制半圆弧

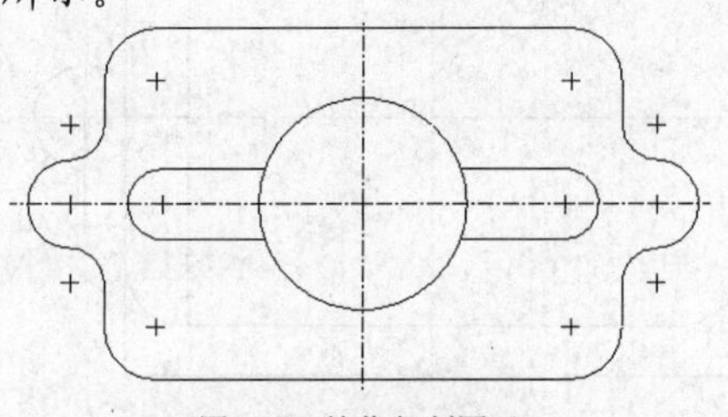

图3-62 镜像复制图元

(6) 绘制如图 3-63 所示的 3 条线段。

(7) 镜像复制前一步创建的线段，结果如图 3-64 所示。

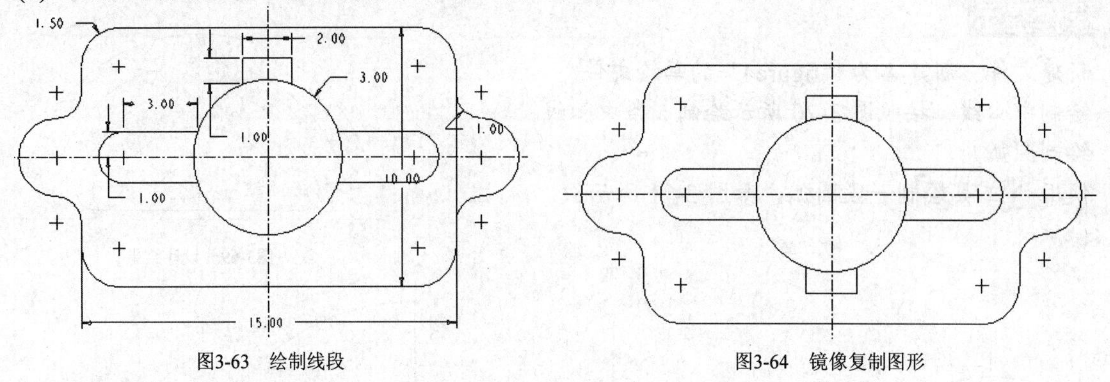

图3-63 绘制线段　　　　图3-64 镜像复制图形

(8) 裁剪图形上多余的线条，结果如图 3-65 所示。

6. 创建两组圆。

(1) 用工具绘制创建第 1 组同心圆，两个圆等半径，结果如图 3-66 所示。

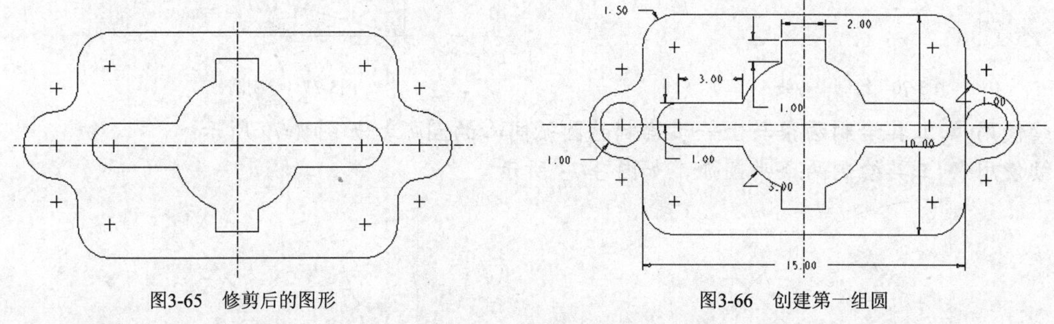

图3-65 修剪后的图形　　　　图3-66 创建第一组圆

(2) 用工具绘制创建第 2 组同心圆，4 个圆等半径，结果如图 3-67 所示。

(3) 修整图形。适当调整图形尺寸的大小和位置，最终设计结果如图 3-68 所示。

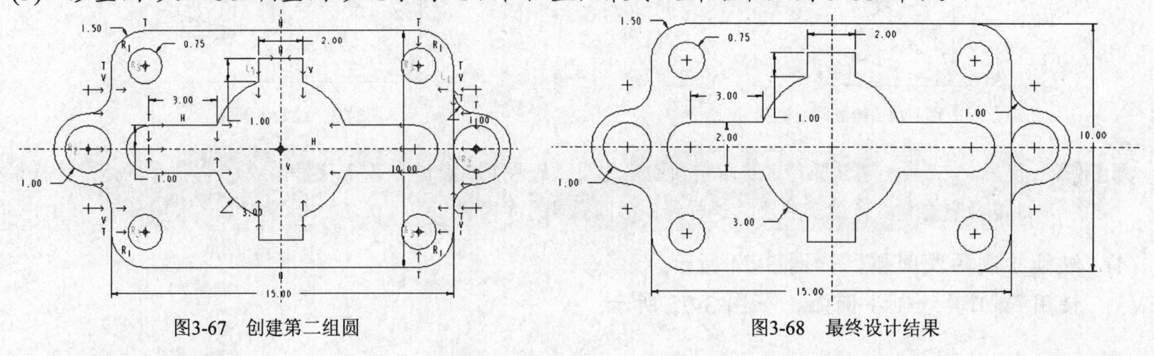

图3-67 创建第二组圆　　　　图3-68 最终设计结果

【范例小结】

二维图形都不是由一种线条构成的，在实际设计中，通常使用各种不同工具组合生成图形的大致轮廓，然后使用图元编辑工具修剪图形上多余的线条，最后保留所需要的图案即可。使用镜像复制工具可以大大提高对称图案的设计效率。

3.3.3 课堂练习——绘制图案 4

本例将使用二维绘图的基本工具，按照一定的绘图流程创建一个完整的二维图形，帮助同学们巩固练习基本设计工具的用法，最后创建的设计结果如图 3-69 所示。

操作提示

1. 新建文件。新建名为“figure4”的草绘文件。
2. 绘制中心线。按照图 3-70 所示绘制 5 条中心线。
3. 绘制圆弧。

(1) 使用工具绘制一段圆弧，如图 3-71 所示。

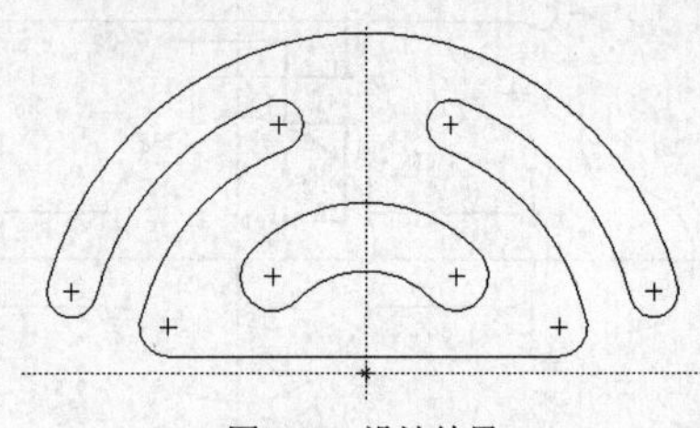

图3-69 设计结果

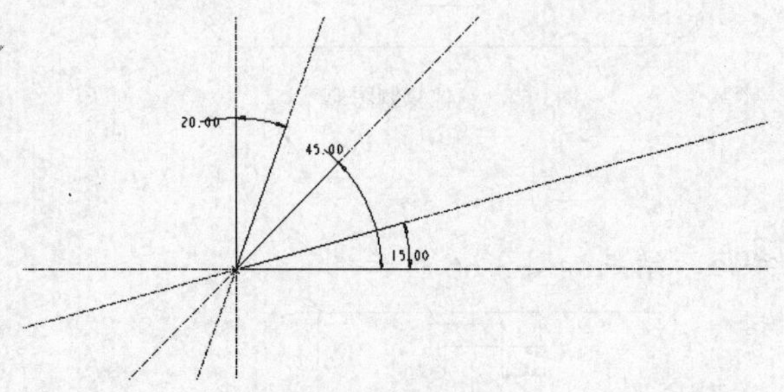

图3-70 绘制中心线

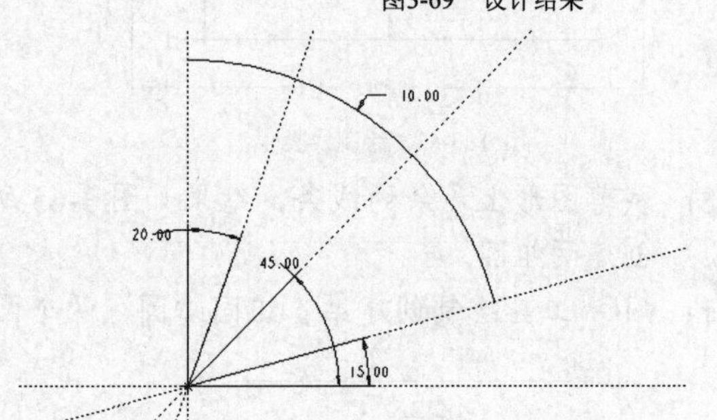

图3-71 绘制圆弧

(2) 继续使用工具绘制两条与上一步绘制的圆弧同心的圆弧，如图 3-72 所示。

(3) 继续使用工具绘制两条半圆弧，如图 3-73 所示。

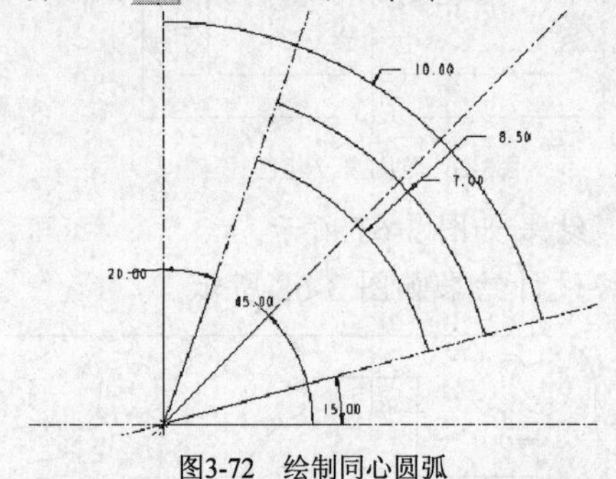

图3-72 绘制同心圆弧

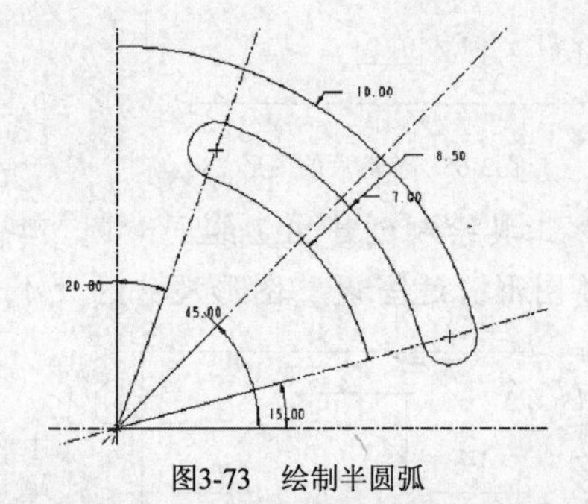

图3-73 绘制半圆弧

要点提示 使用工具绘制圆弧时，选取前面创建的圆弧的两个端点作为第 1 点和第 2 点，拖动鼠标指针将第 3 点放置在前 2 点的连线上，这样绘制的圆弧就是半圆弧。

(4) 继续绘制两段圆弧，如图 3-74 所示。

(5) 使用工具绘制半圆弧，如图 3-75 所示。

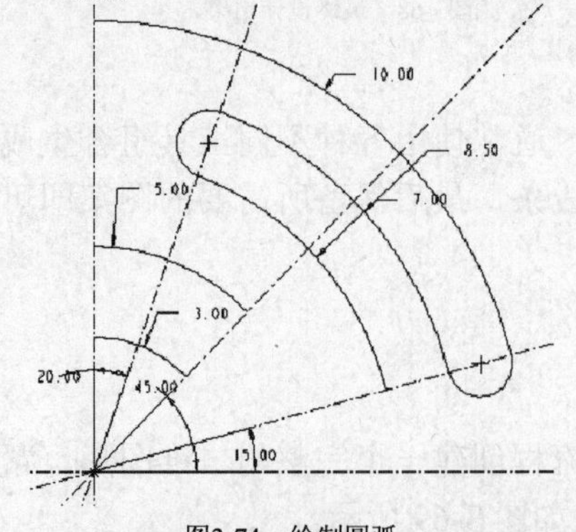

图3-74 绘制圆弧

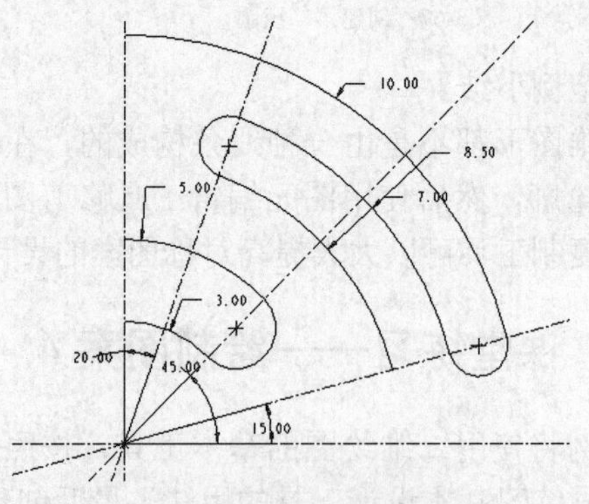

图3-75 绘制半圆弧

4. 绘制直线和圆弧。

(1) 使用 工具绘制一条线段，结果如图 3-76 所示。

(2) 使用 工具绘制圆弧，结果如图 3-77 所示，圆弧与两端的连接曲线相切。

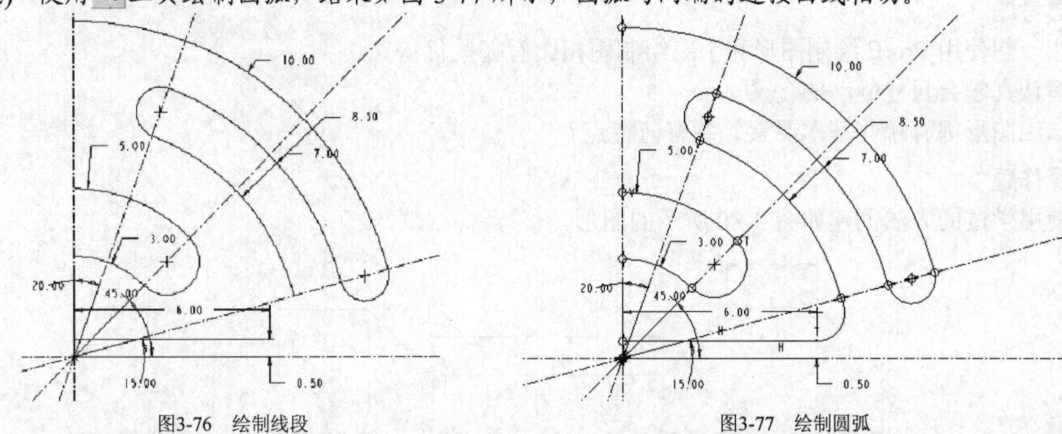

图3-76 绘制线段　　图3-77 绘制圆弧

5. 镜像复制图形。

(1) 在设计工作区使用框选方式选取前面创建的所有图元作为复制对象。

(2) 选取竖直中心线作为镜像参照，镜像后的设计结果如图 3-78 所示。

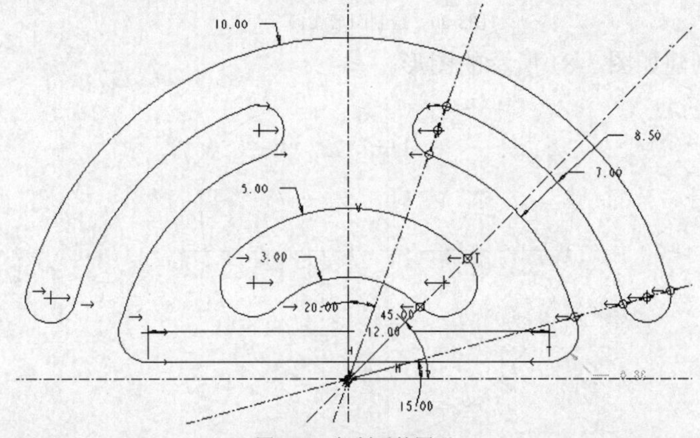

图3-78 复制后的图形

6. 修整图形。适当调整图形上尺寸参数的大小和位置，最终设计结果如图 3-79 所示。

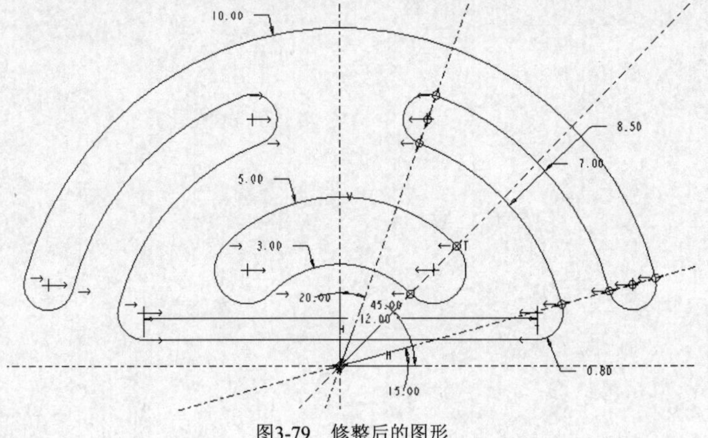

图3-79 修整后的图形

3.4 课后作业

一、思考题

1. 想一想使用 Pro/E 绘制图形和手工绘制图相比有哪些优势？
2. 请认真领会尺寸驱动的含义。
3. 二维图形都有哪些基本要素？各有何特点？

二、操作题

1. 使用学过的方法创建如图 3-80 所示的图形。

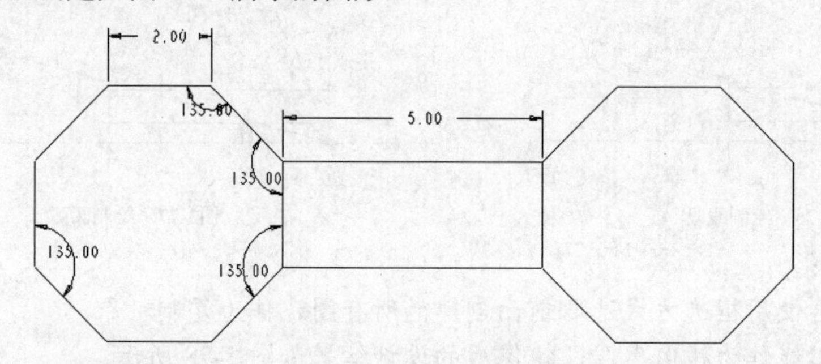

图3-80 绘制图形（1）

2. 使用学过的方法创建如图 3-81 所示的图形。

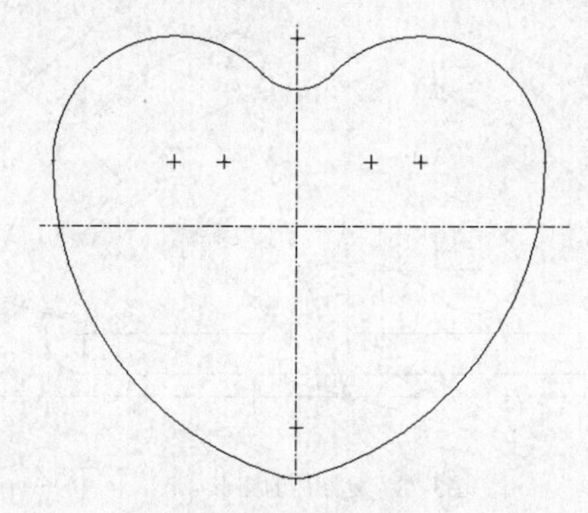

图3-81 绘制图形（2）

第4讲

二维图形中的约束和尺寸标注

【学习目标】

- 明确约束的含义及其在设计中的用途。

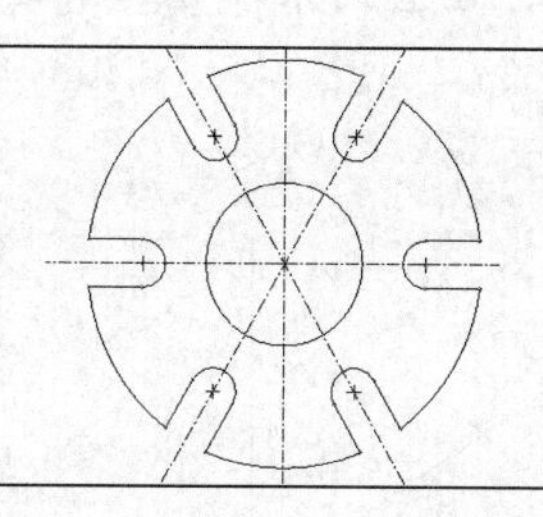

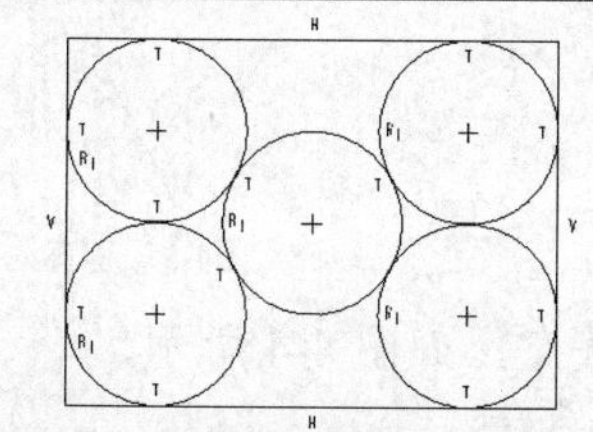

- 明确约束工具的种类和用途。
- 明确各种类型尺寸的标注方法。
- 进一步理解尺寸驱动的基本原理。

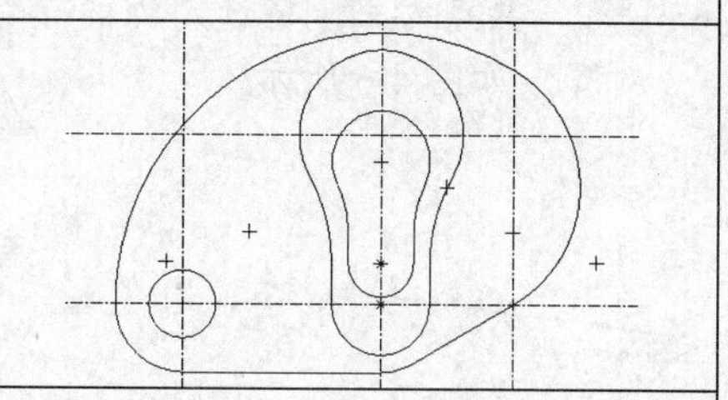

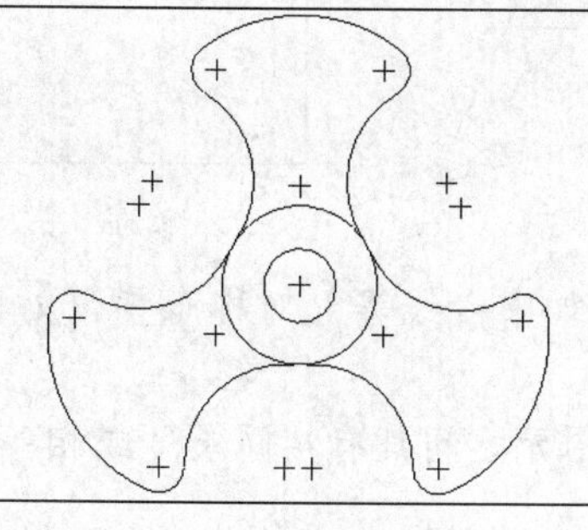

- 明确二维绘图的基本方法和技巧。

4.1 约束工具的使用

约束工具用于按照特定的要求规范一个或多个图元的形状和相互关系，从而建立图元之间的内在联系。

4.1.1 知识点讲解

系统提供了丰富的约束工具，但每种约束应用的条件和效果并不相同。在右工具箱上单击按钮，打开【约束】对话框，上面放置了 9 种约束工具。

一、约束的种类

激活一种约束工具后，选取约束施加的对象。如果在上工具箱中单击按钮，则约束创建成功后将在图形上显示约束符号。

- ↕：竖直约束。让选中的图元处于竖直状态，如图 4-1 所示。
- ↔：水平约束。让选中的图元处于水平状态，如图 4-2 所示。
- ⊥：垂直约束。让选中的两个图元处于垂直状态，如图 4-3 所示。

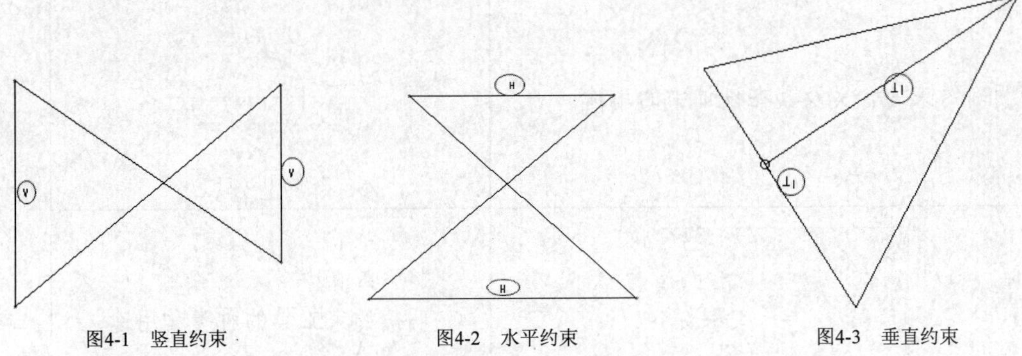

图4-1 竖直约束　　图4-2 水平约束　　图4-3 垂直约束

- ：相切约束。让选中的两个图元处于相切状态，如图 4-4 所示。
- ：中点约束。将点置于线段中央，如图 4-5 所示。
- ：共点约束。将选定的两点对齐在一起或将点放置到直线上，或者将两条直线对齐，如图 4-6 所示。

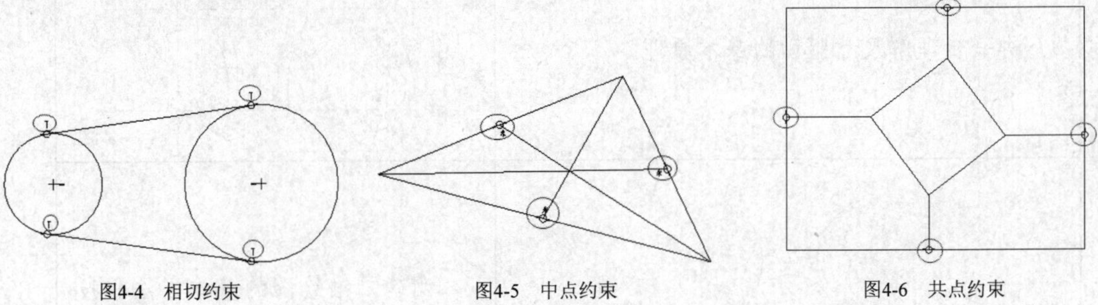

图4-4 相切约束　　图4-5 中点约束　　图4-6 共点约束

- ：对称约束。将选定的图元关于参照（如中心线等）对称布置，如图 4-7 所示。
- =：相等约束。使两条直线或者圆（弧）图元之间具有相同长度或相等半径，如图 4-8 和图 4-9 所示。

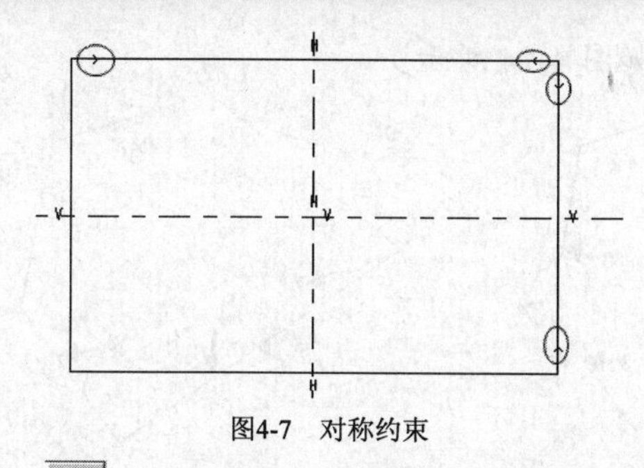
图4-7　对称约束

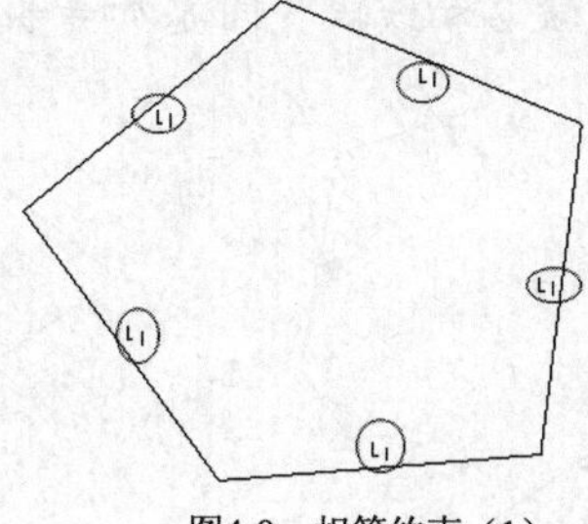
图4-8　相等约束（1）

- //：平行约束。使两个图元相互平行，如图 4-10 所示。

二、约束冲突及解决

在以下 3 种情况下会产生约束之间以及约束和标注尺寸之间的冲突。

- 标注尺寸时出现了封闭尺寸链。
- 标注约束时，在同一个图元上同时施加了相互矛盾的多个约束。
- 尺寸标注和约束对图元具有相同的约束效果。

一旦出现了约束冲突，系统首先删除弱尺寸来解决冲突，当解决失败后会打开如图 4-11 所示【解决草绘】对话框让设计者解决。

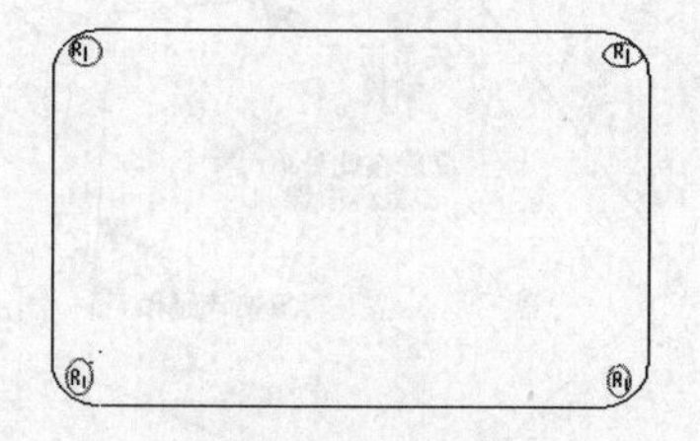
图4-9　相等约束（2）

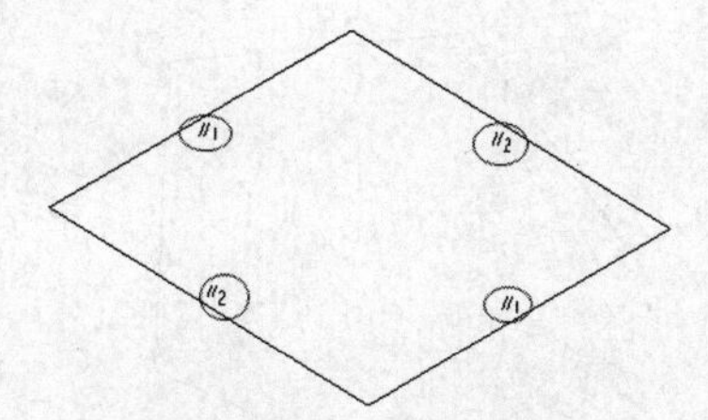
图4-10　平行约束

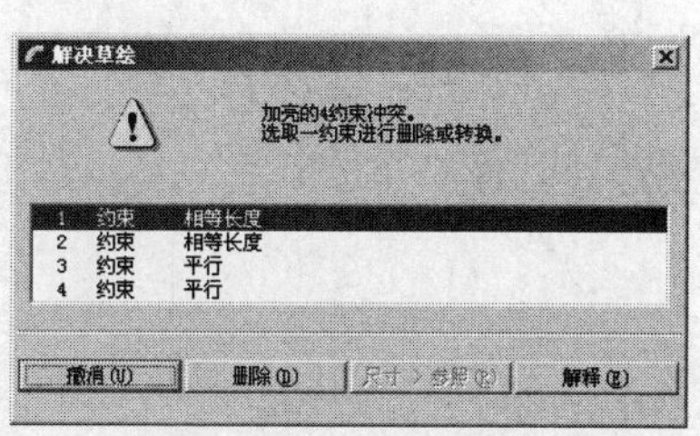

图4-11　【解决草绘】对话框

通常的做法是，直接单击 删除(D) 按钮，删除当前添加的约束，或者从约束或尺寸列表中选择一个对象将其删除。

当标注尺寸发生冲突时，可以单击 尺寸 > 参照(R) 按钮，将选取的尺寸转换为参考尺寸，这样该尺寸仅仅作为设计参考使用，不具有尺寸驱动的效力。

4.1.2　范例解析——绘制正五边形

下面将通过 Pro/E 的尺寸驱动思想和约束来绘制一个正五边形，以此来帮助读者建立对两者的基本感性认识。

范例操作

1. 新建文件。选择菜单命令【文件】/【新建】，新建名为“pentagonum”的草绘文件。
2. 选择菜单命令【草绘】/【选项】，打开【草绘器优先选项】对话框，在【杂项】选项卡中取消对【弱尺寸】复选项的勾选，隐藏图形上的弱尺寸。
3. 在右工具箱上单击 按钮，随意绘制一个五边形图案，此时不必考虑线段的长度和位置关系，结果如图 4-12 所示。
4. 在右工具箱上单击 按钮，打开【约束】工具箱，单击 = 按钮启动相等约束条件，然后单击如图 4-12 所示的线段 1 和线段 2，在二者之间添加等长约束条件使其等长，结果如图 4-13 所示。

5. 继续在线段 2 和线段 3 间添加等长约束，结果如图 4-14 所示。

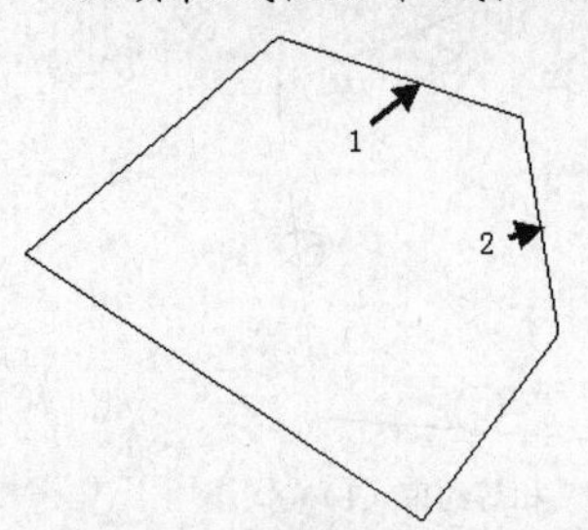

图4-12 添加等长约束（1）

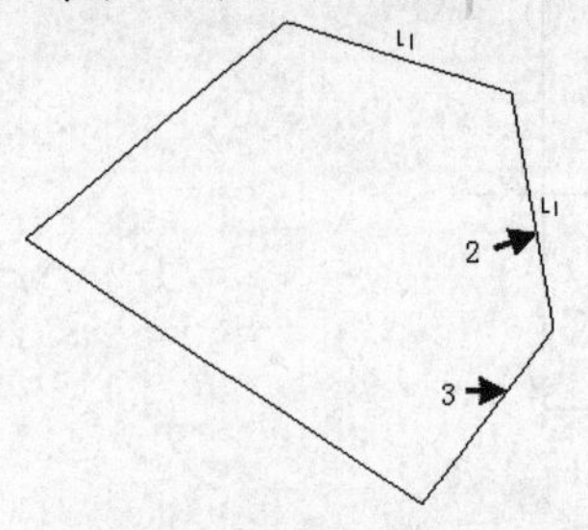

图4-13 添加等长约束（2）

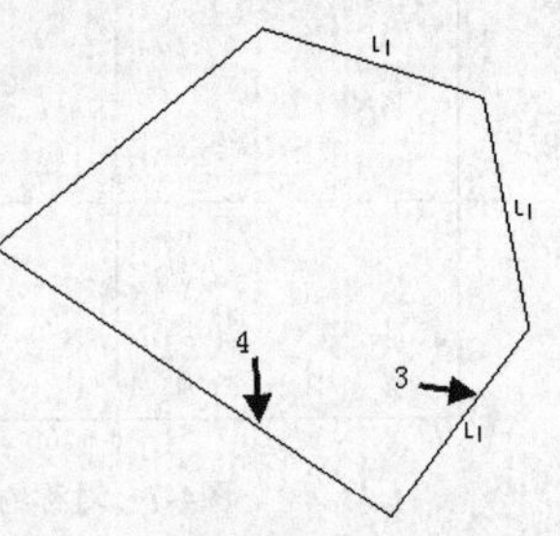

图4-14 添加等长约束（3）

要点提示 确保此时上工具箱中的按钮处于被按下状态，这样才能看到约束标记。添加等长约束条件后，图形上将显示等长约束标记“L1”。

6. 在线段 3 和线段 4 以及线段 4 和线段 5 之间添加等长约束条件，结果如图 4-15 和图 4-16 所示。至此，五边形全部 5 条边的长度均相等。

7. 在右工具箱上单击按钮，启动尺寸标注工具。按照图 4-17 所示标注角度尺寸，结果如图 4-18 所示。

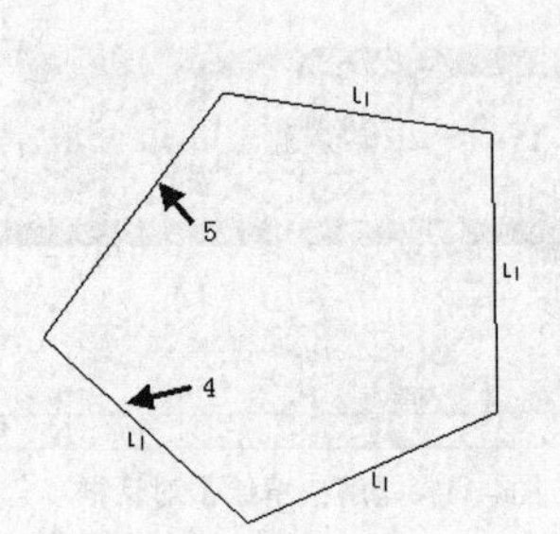

图4-15 添加等长约束（4）

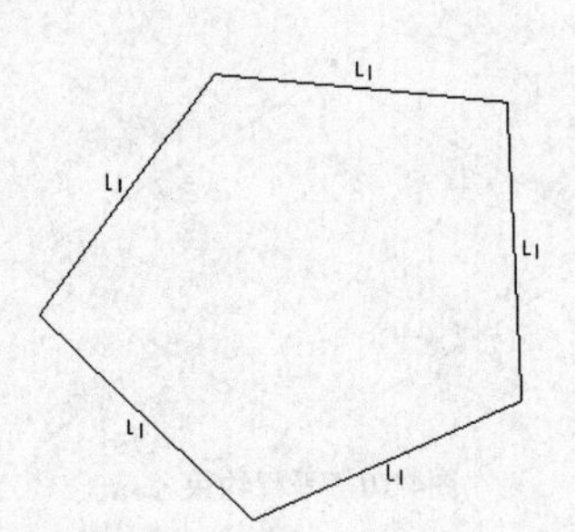

图4-16 添加等长约束（5）

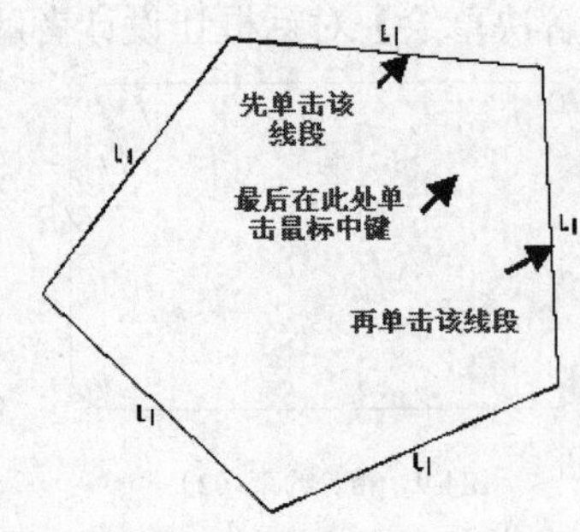

图4-17 标注角度尺寸（1）

8. 按照同样的方法再任意标注一个角度尺寸，如图 4-19 所示。

9. 在角度尺寸数字上双击鼠标左键，打开尺寸输入文本框，将尺寸数值改为“108”，如图 4-20 所示。

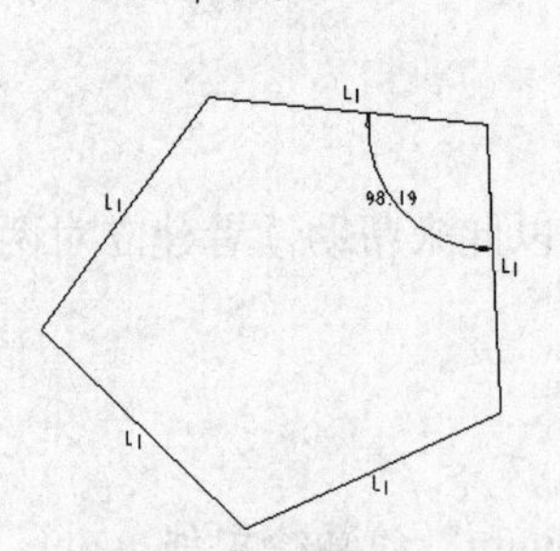

图4-18 标注后的角度尺寸

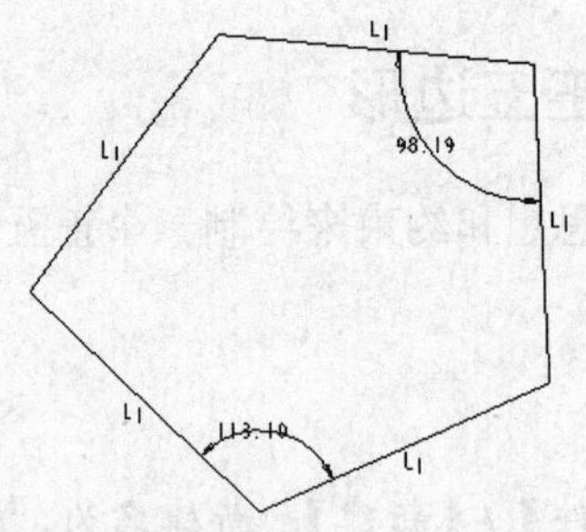

图4-19 标注角度尺寸（2）

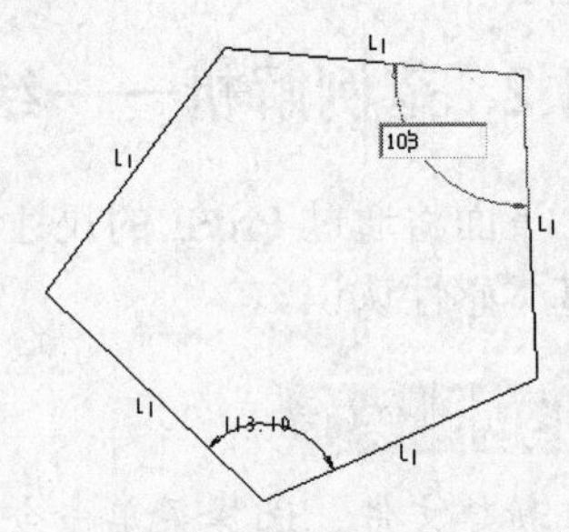

图4-20 修改角度尺寸（1）

10. 继续修改另一个角度尺寸为“108”，此时，图形已经具备正五边形的雏形了，如图 4-21 所示。

11. 单击按钮，打开【约束】对话框，在其上单击按钮启动水平约束条件。然后单击图形下边线，在其上添加水平约束条件，使之处于水平位置，如图 4-22 所示。

12. 单击按钮，打开尺寸标注工具，选中水平线段，在线段外空白处单击鼠标中键，标注一个边长尺寸，如图 4-23 所示。

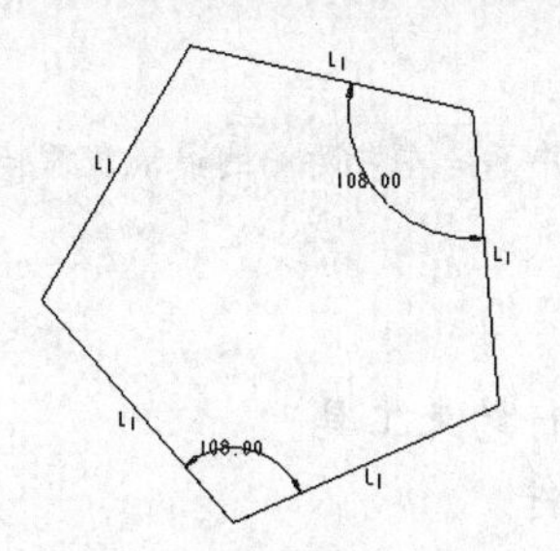

图4-21 修改角度尺寸（2）

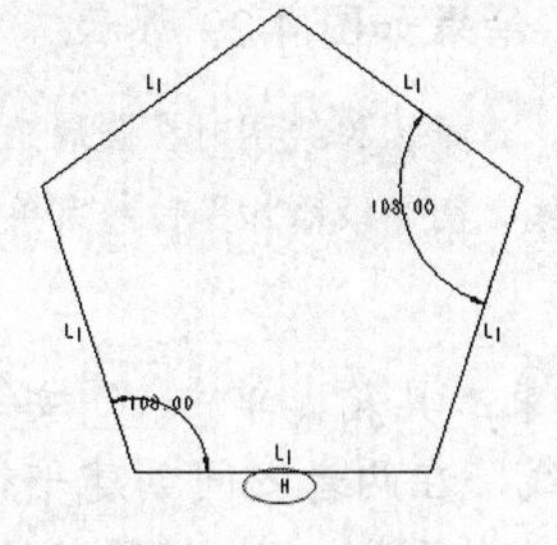

图4-22 添加水平约束

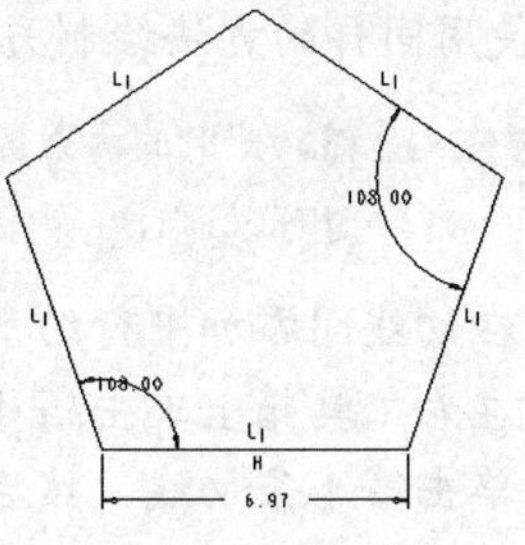

图4-23 标注边长尺寸

13. 在边长尺寸上双击鼠标左键，将其数值修改为“100”。至此，一个边长为 100，正向放置的多边形就创建完成了，如图 4-24 所示。

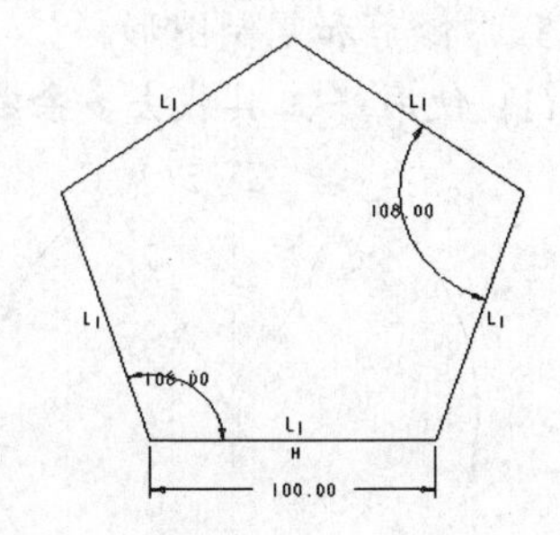

图4-24 修改边长尺寸

【范例小结】

通过上例可以看出，尺寸驱动和约束增强了设计的智能化。用户只需将设计目的以“尺寸”或者“约束”等指令格式交给系统，系统就能够严格按照这些条件来创建出准确的图形。这不但减轻了设计者的负担，还提高了设计效率，保证了设计的准确性。

4.1.3 范例解析——绘制图案 1

下面继续介绍约束工具在二维绘图中的应用，最后创建的图形如图 4-25 所示。

范例操作

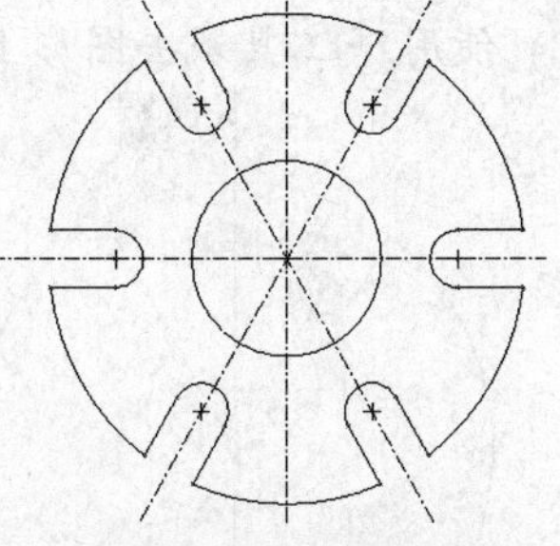
图4-25 最后创建的图形

1. 新建文件。选择菜单命令【文件】/【新建】，新建名为“figure1”的草绘文件。
2. 绘制圆和中心线。
(1) 使用 工具绘制一个直径为 10.00 的圆。
(2) 绘制 3 条中心线，通过尺寸标注来确定中心线的位置，如图 4-26 所示。
(3) 继续绘制圆，按照图示尺寸确定圆的形状和位置，如图 4-27 所示。
3. 绘制切线。
(1) 使用 工具绘制圆的两条切线，绘图时可以缓慢移动鼠标指针捕捉相切约束条件，如图 4-28 所示。

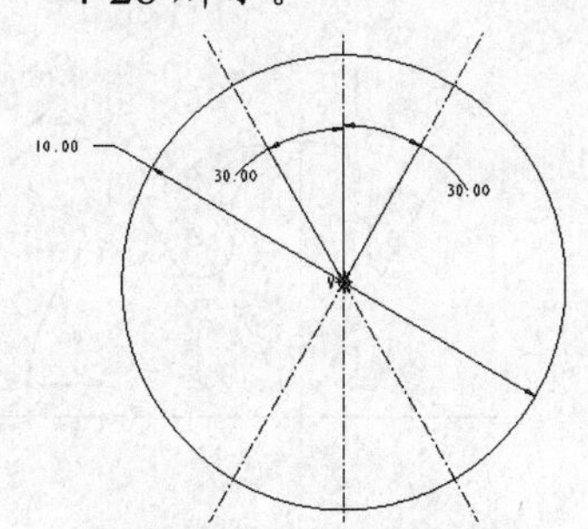

图4-26 绘制圆和中心线

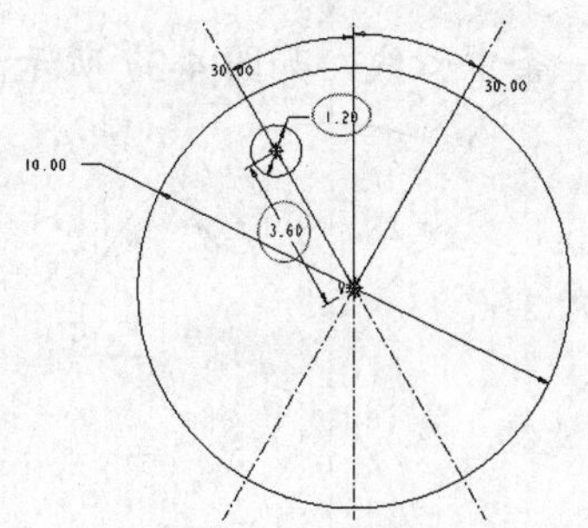

图4-27 继续绘制圆

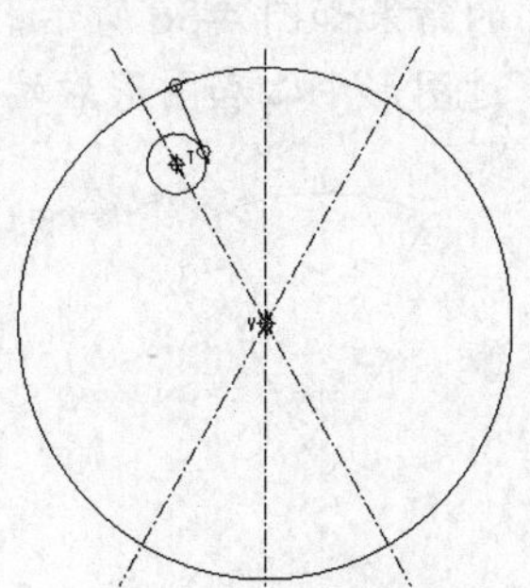
图4-28 绘制第 1 条切线

(2) 使用同样的方法绘制另一条切线，结果如图 4-29 所示。

要点提示 显然，此时的两条切线并不平行，这是因为绘图时在圆周上捕捉的点并不是左右两侧的最大象限点。不过可以通过在两条切线和中心线之间继续添加平行约束条件来实现。

4. 在切线间添加平行约束条件。

(1) 在右工具箱上单击按钮打开约束工具箱，单击按钮启动平行约束工具。

(2) 单击第 1 条切线，然后单击中心线，在两者之间创建平行约束条件。

(3) 单击第 2 条切线，然后单击中心线，在两者之间创建平行约束条件，结果如图 4-30 所示。

5. 修剪和复制图形。

(1) 使用工具裁去多余线条，结果如图 4-31 所示。

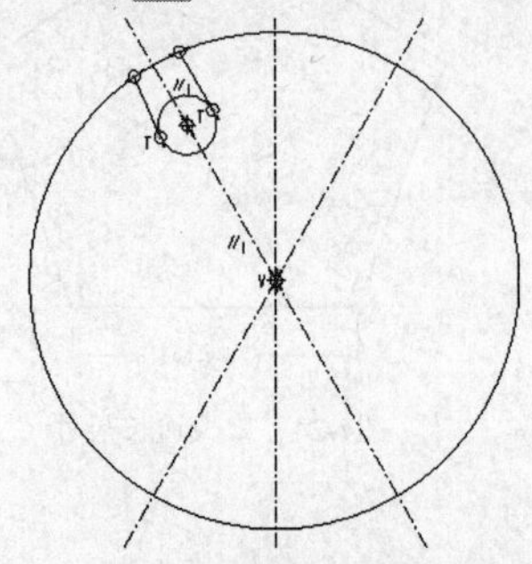

图4-29 绘制第 2 条切线

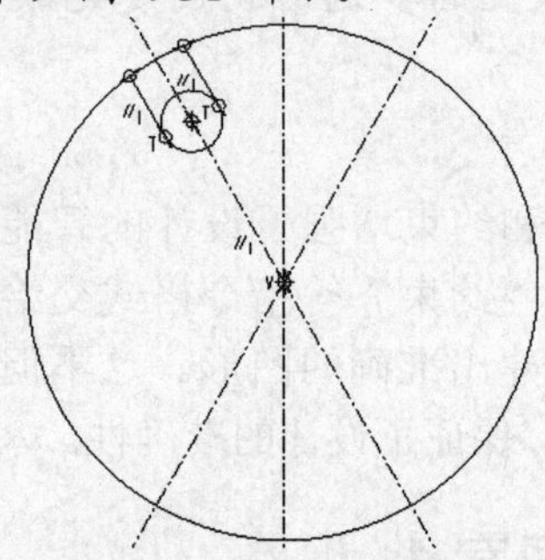

图4-30 添加平行约束条件

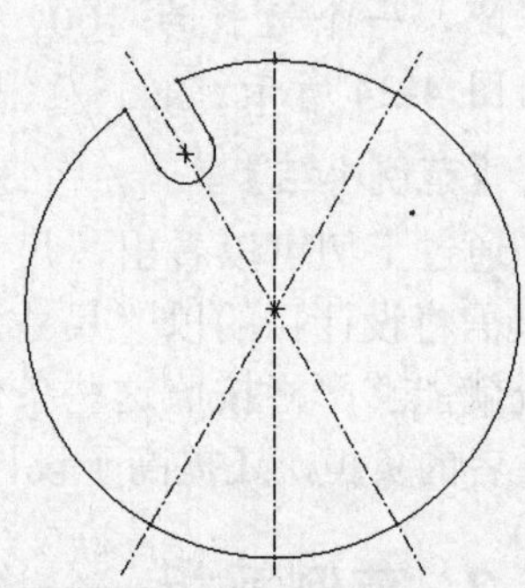

图4-31 修剪后的图形

(2) 选取两条线段和半圆弧为复制对象，在右工具箱上单击按钮，选取如图 4-32 所示的中心线为镜像参照，镜像复制图形，结果如图 4-33 所示。

(3) 使用工具裁去图形上多余的线条，结果如图 4-34 所示。

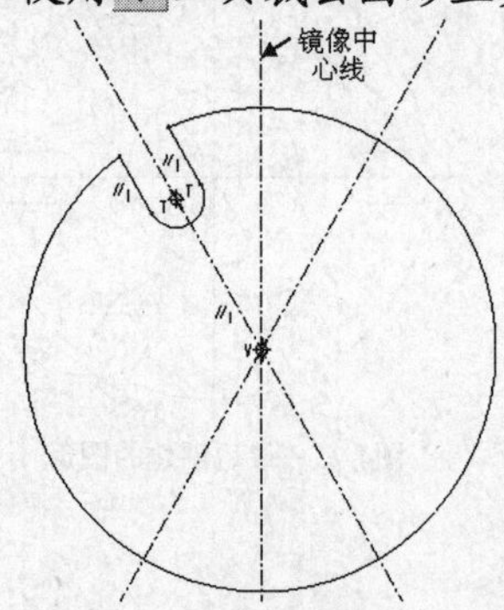

图4-32 选取镜像参照

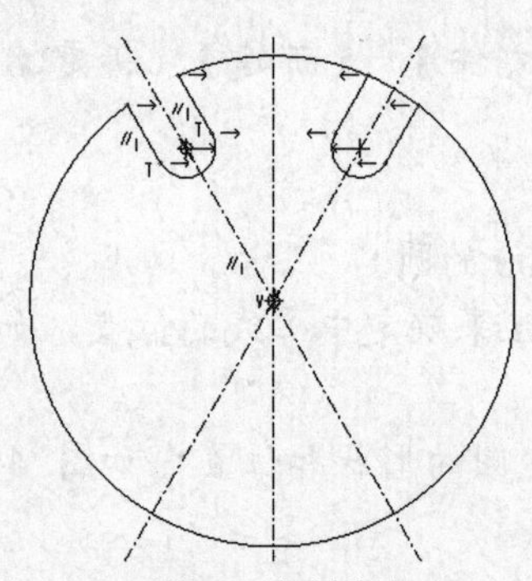

图4-33 复制结果

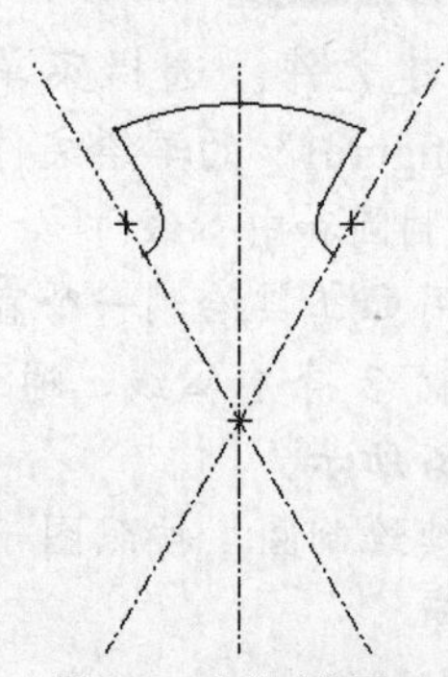

图4-34 裁剪后的图形

(4) 使用框选方式选中全部图线作为复制对象，按照如图 4-35 所示选取镜像中心线，镜像复制的结果如图 4-36 所示。

(5) 过图形中心和图形右端点绘制一条中心线，如图 4-37 所示。

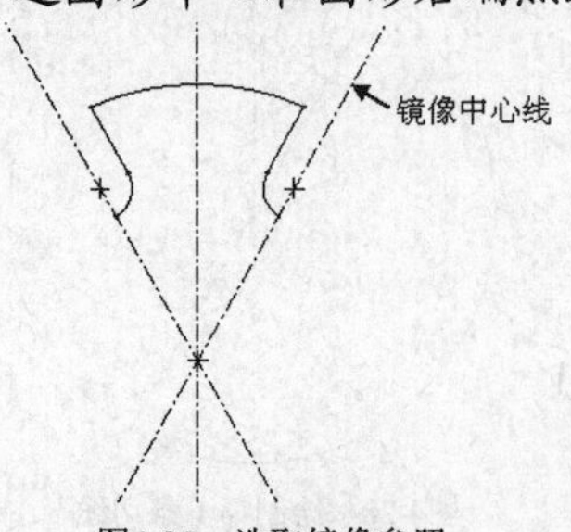

图4-35 选取镜像参照

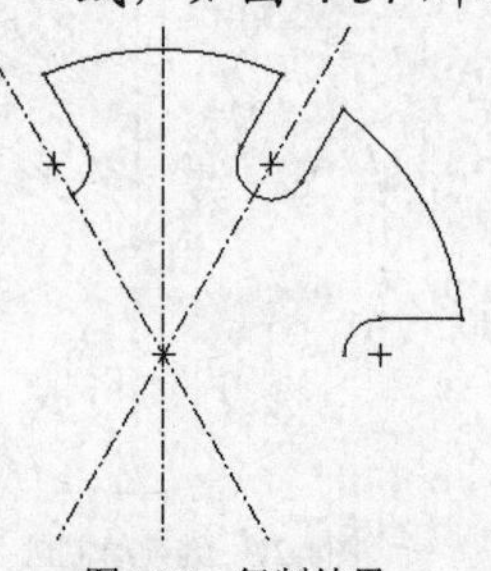

图4-36 复制结果

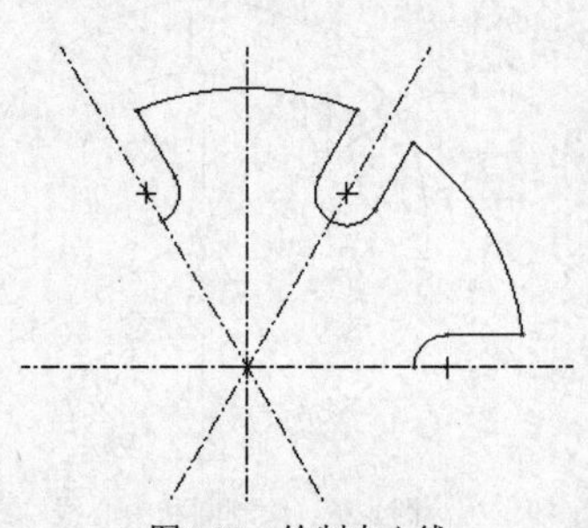

图4-37 绘制中心线

(6) 使用工具插入一个截断点，如图 4-38 所示。

(7) 选取截断点右侧的图形作为复制对象，选取前面新建的中心线作为镜像参照，镜像复制的结果如图 4-39 所示。

(8) 选取已经创建的图形为复制对象，选取左侧第一条中心线作为镜像参照，复制结果如图 4-40 所示。

(9) 在图形中心绘制一个直径为 4.00 的圆，最终的设计结果如图 4-41 所示。

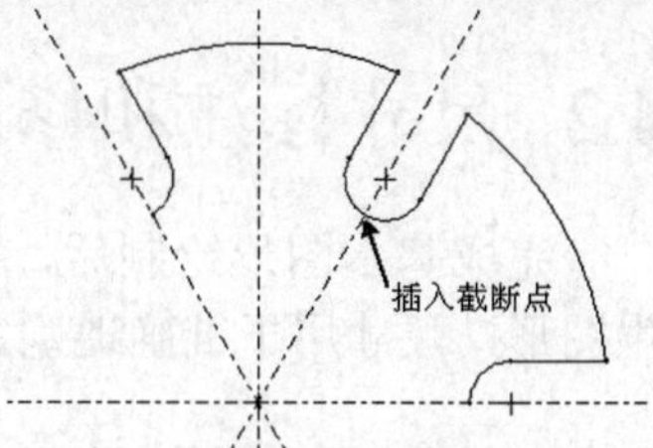

图4-38　插入截断点

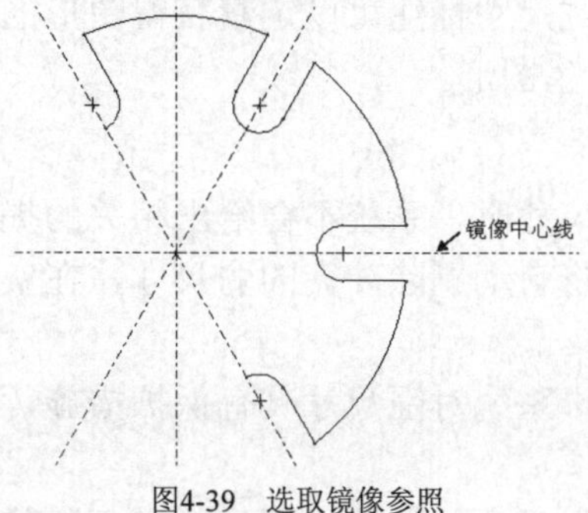

图4-39　选取镜像参照

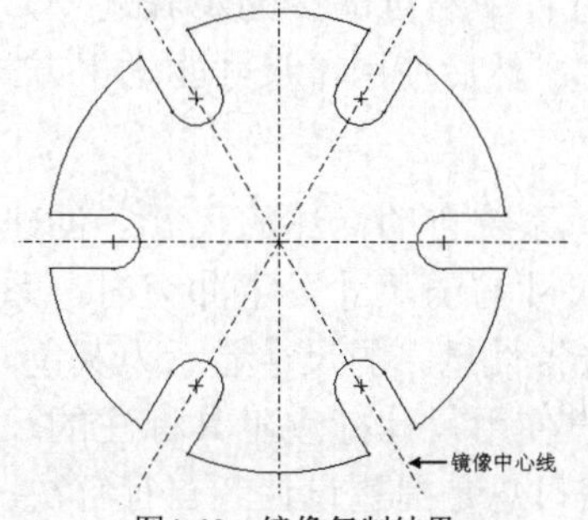

图4-40　镜像复制结果

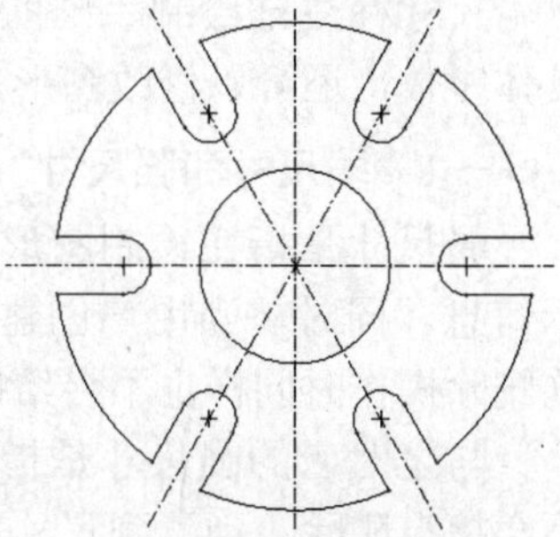

图4-41　绘制圆后的图形

4.1.4 课堂练习——绘制图案 2

练习使用恰当的约束工具快速准确地创建如图 4-42 所示的二维图形。

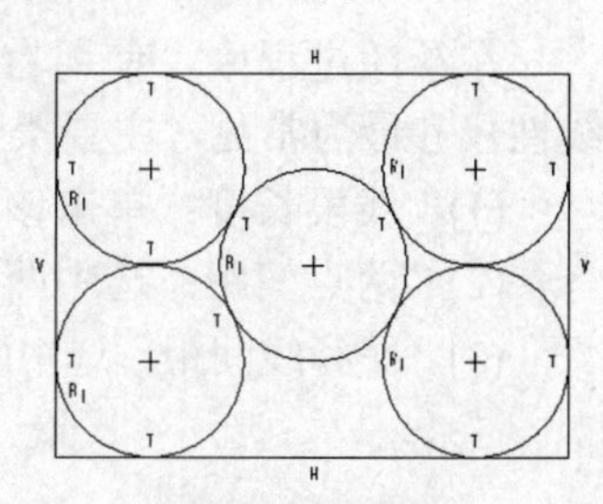
图4-42　设计结果

操作提示

1. 新建草绘文件。新建名为“figure2”的草绘文件。
2. 创建基本图元。

(1) 在绘图区任意绘制一个矩形，如图 4-43 所示。

(2) 继续绘制任意大小的 5 个圆，如图 4-44 所示。

3. 添加约束完成图案绘制。

(1) 在 5 个圆之间添加等直径约束，结果如图 4-45 所示。

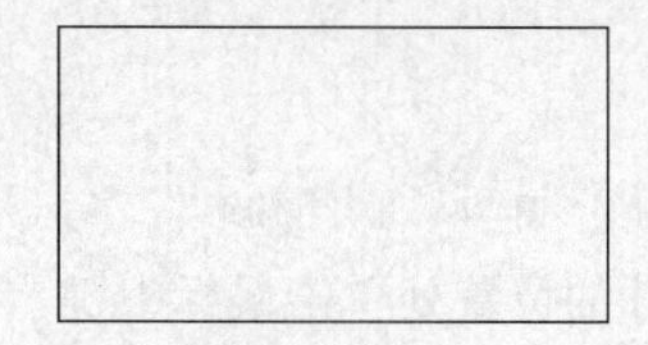
图4-43　绘制矩形

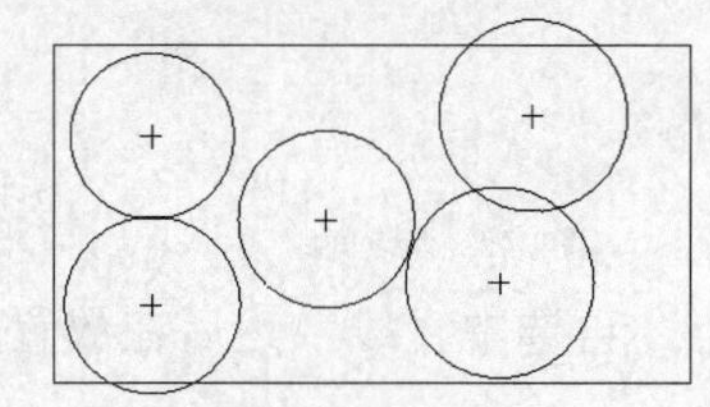
图4-44　绘制一组圆

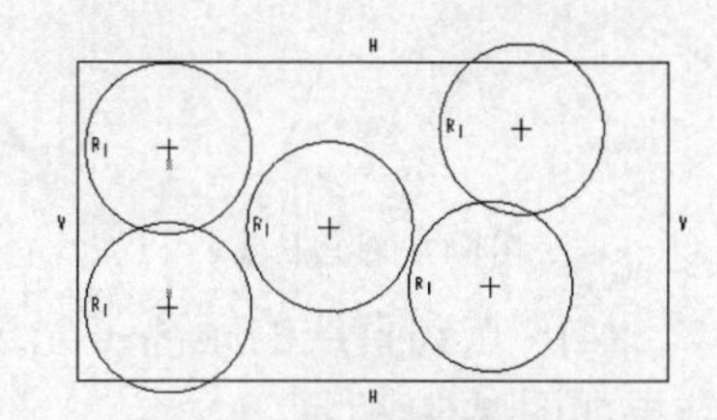
图4-45　添加等直径约束的结果

(2) 使左右两边的 4 个圆分别与矩形的一条长边和一条宽边相切，如图 4-46 所示。

(3) 继续使左侧和右侧的两个圆分别相切，使中间的圆与左右两边的圆分别相切，最终的设计结果如图 4-42 所示。

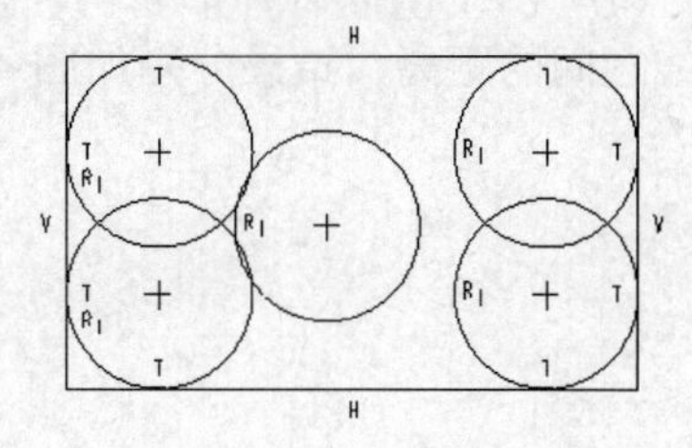
图4-46　添加相切约束的结果

4.2 尺寸标注和修改

完成基本图形绘制后，接下来需要对其进行尺寸标注，然后再根据设计需要修改尺寸，再生图形，尺寸用于准确地确定图形的形状和大小。

4.2.1 知识点讲解

尺寸标注是绘制二维图形过程中不可缺少的步骤之一，通过尺寸标注可以定量获得图形的具体参数，还可以修改图形尺寸，然后使用“尺寸驱动”方式再生图形。

一、 弱尺寸和强尺寸

弱尺寸是指在绘制图形后，系统自动标注的尺寸。创建弱尺寸时，系统不会给出相关的提示信息。同时，当用户创建的尺寸与弱尺寸发生冲突时，系统将自动删除冲突的弱尺寸，在实施删除操作时同样也不会给出警告信息。弱尺寸显示为灰色。

与之对应的强尺寸是指用户使用尺寸标注工具标注的尺寸。系统对强尺寸具有保护措施，不会擅自删除，当遇到尺寸冲突时总是提醒设计者自行解决。

在设计过程中常常需要将一定数量的弱尺寸强化使之成为强尺寸。如果对弱尺寸进行数值修改，该尺寸将变为强尺寸。此外，选中需要加强的弱尺寸后，选择菜单命令【编辑】/【转换到】/【加强】，就可以将其转化为强尺寸。

二、 标注线性尺寸

在绘图过程中，使用右工具箱上的工具可以完成各种类型的尺寸标注。在这些尺寸中，线性尺寸最为常见，主要类型和标注方法如下。

(1) 线段长度：单击该线段，在放置尺寸的位置处单击鼠标中键，结果如图 4-47 所示。

(2) 两点间距：选中两点，在放置尺寸的位置处单击鼠标中键，结果如图 4-48 所示。

(3) 平行线间距：选中两条直线，在放置尺寸位置处单击鼠标中键，结果如图 4-49 所示。

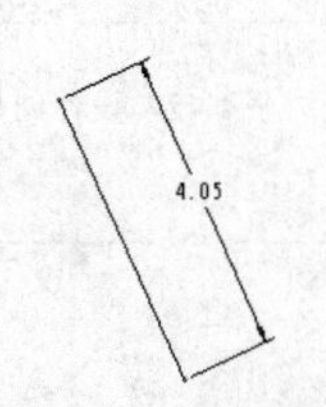

图4-47 线段长度

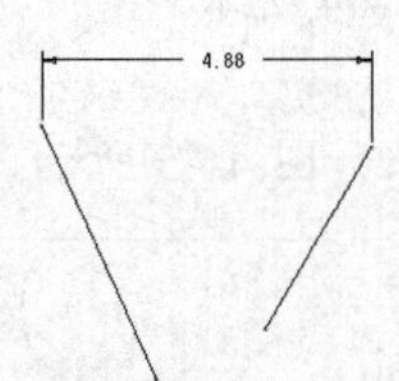

图4-48 两点间距

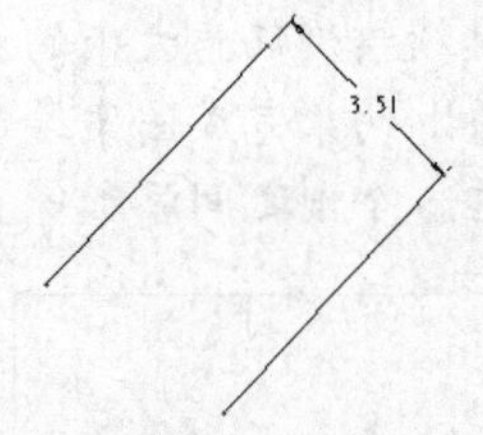

图4-49 平行线间距

(4) 点到直线的距离：先选取点，再选中直线，然后在放置尺寸的位置处单击鼠标中键，结果如图 4-50 所示。

(5) 两个圆或圆弧的距离：既可以标注其两条水平切线之间的距离，也可以标注两条竖直切线之间的距离，结果分别如图 4-51 和图 4-52 所示。

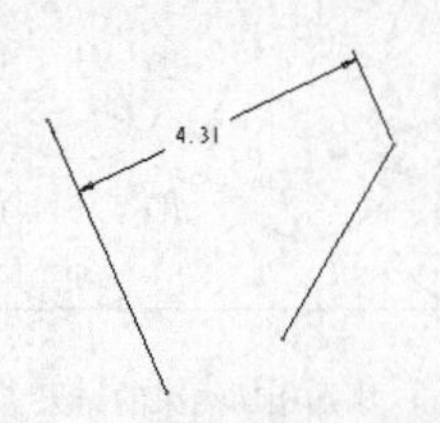

图4-50 点到直线的距离

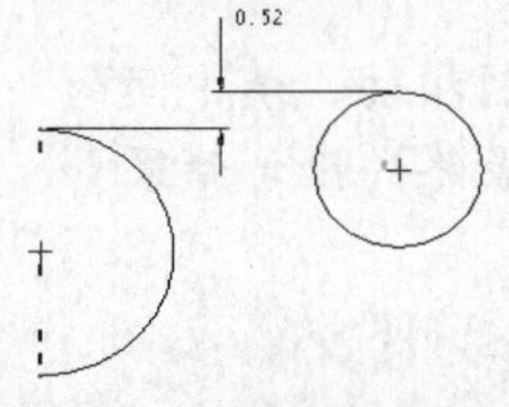

图4-51 两圆水平切线间的距离

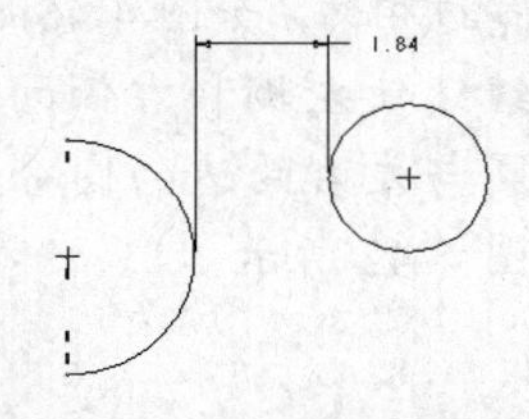

图4-52 两圆竖直切线间的距离

三、 标注直径和半径尺寸

对于圆（圆弧）来说，既可以标注其直径尺寸，也可以标注其半径尺寸，主要依据设计需要而定。

(1) 标注直径尺寸：在需要标注直径尺寸的圆（圆弧）上双击鼠标左键，然后在放置尺寸的位置处单击鼠标中键，结果如图 4-53 所示。

(2) 标注半径尺寸：在需要标注半径尺寸的圆（圆弧）上单击鼠标左键，然后在放置尺寸的位置处单击鼠标中键，结果如图 4-54 所示。

四、 标注角度尺寸

如果要标注两个图元围成的角度尺寸，可以使用以下两种方法。

(1) 标注两条相交直线的夹角：单击鼠标左键选取需要标注角度尺寸的两条直线，然后在放置尺寸的位置处单击鼠标中键，如图 4-55 所示。

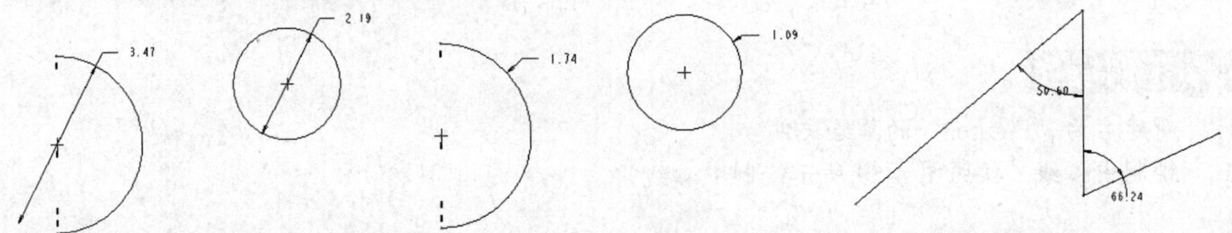

图4-53 直径尺寸　　图4-54 半径尺寸　　图4-55 相交直线的夹角

(2) 标注圆弧角度：首先选取圆弧起点，然后选取圆弧终点，接着选取圆弧本身，在放置尺寸的位置处单击鼠标中键，如图 4-56 所示。

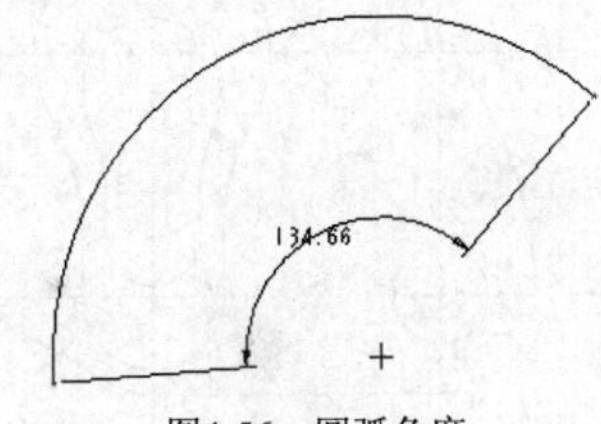

图4-56 圆弧角度

五、 尺寸的修改

根据尺寸驱动理论，当对图形完成尺寸标注后，可以通过修改尺寸数值的方法来修正设计意图，系统将根据新的尺寸再生设计结果。

(1) 单个尺寸的修改：如果修改单个尺寸，直接双击该尺寸（强尺寸或弱尺寸）打开输入文本框，在其中输入新的尺寸数值后，系统立即使用该数值再生图形，重新获得新的设计结果。

(2) 修改一组尺寸：使用上一种方法修改单个尺寸后，系统会立即再生尺寸。如果对该尺寸的修改比例太大，再生后的图形会严重变形，不便于对其进行进一步操作。这时可以使用右工具箱上的工具来修改图形。主要操作步骤如下。

选中需要修改的尺寸，然后在右工具箱上单击按钮，打开【修改尺寸】对话框，如图 4-57 所示。

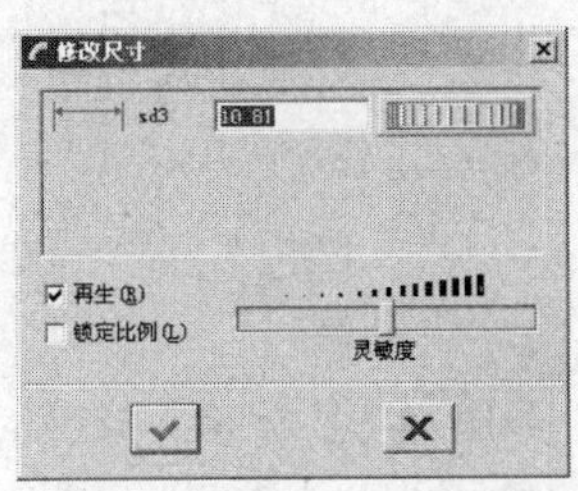

图4-57 【修改尺寸】对话框

如果需要同时修改其他尺寸，就选中这些尺寸将其添加到【修改尺寸】对话框中。

如果希望修改完所有尺寸后再生图形，可以在【修改尺寸】对话框中取消对【再生】复选项的选择。如果希望所有尺寸等比例放大或缩小，可以选择【锁定比例】复选框。注意，锁定比例主要针对同一种类型的尺寸，修改某一个线性尺寸后，拟被修改的所有线性尺寸都以同样的比例修改。修改某一个角度尺寸后，拟被修改的所有角度尺寸也都以同样的比例修改。

通过在数值文本框中输入新尺寸或者调节文本框右侧旋钮的方式修改尺寸。单击✔按钮，完成修改，最后获得再生后的图形。

4.2.2 范例解析——绘制图案 3

本例将使用二维绘图的基本工具，按照一定的绘图流程创建一个完整的二维图形，帮助同学们巩固练习基本设计工具的用法，并明确尺寸在二维绘图中的重要作用。最后创建的设计结果如图 4-58 所示。

范例操作

1. 新建名为“Figure3”的草绘文件。
2. 绘制中心线。按照图 4-59 所示绘制中心线。

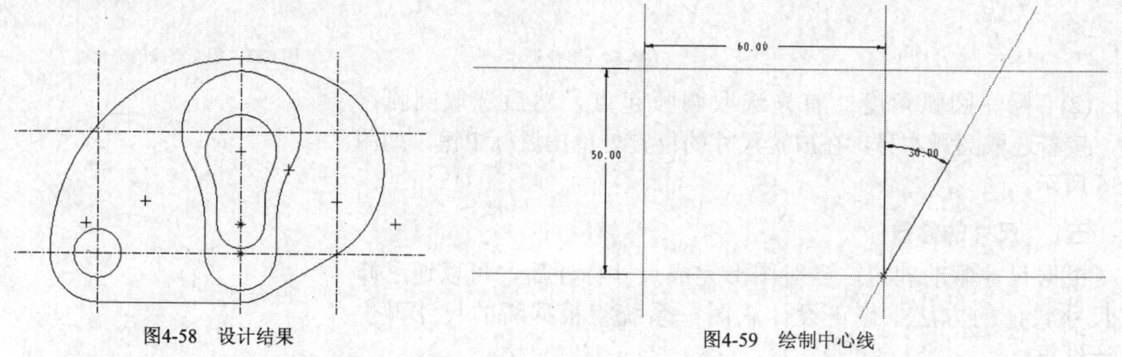

图4-58 设计结果　　图4-59 绘制中心线

3. 绘制圆弧。以中心线的交点为圆心，使用圆弧工具绘制一段圆弧，如图 4-60 所示。
4. 绘制中心线。过如图 4-61 所示的参考点绘制竖直中心线。

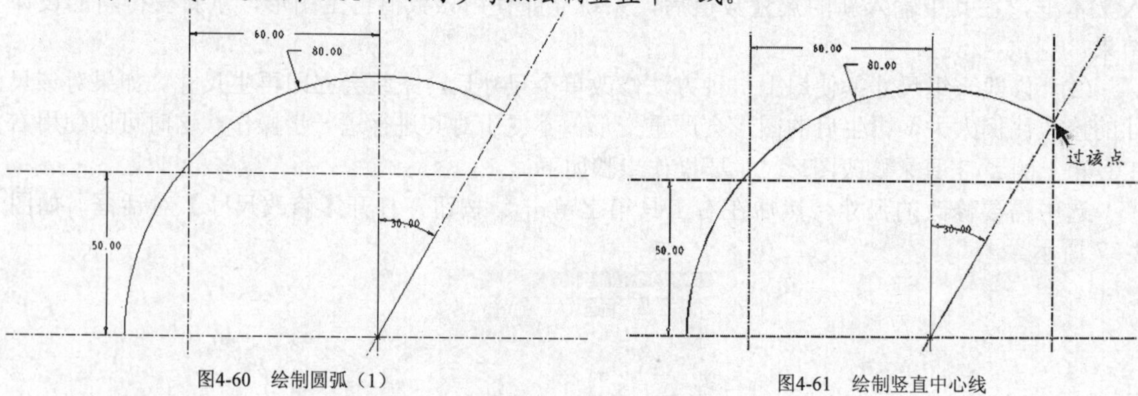

图4-60 绘制圆弧（1）　　图4-61 绘制竖直中心线

5. 绘制圆弧。

(1) 使用圆弧工具绘制一段圆弧，如图 4-62 所示。注意，该圆弧与上一步创建的圆弧相切，另一个端点落在竖直中心线上。

(2) 继续使用圆弧工具绘制一段圆弧，如图 4-63 所示。

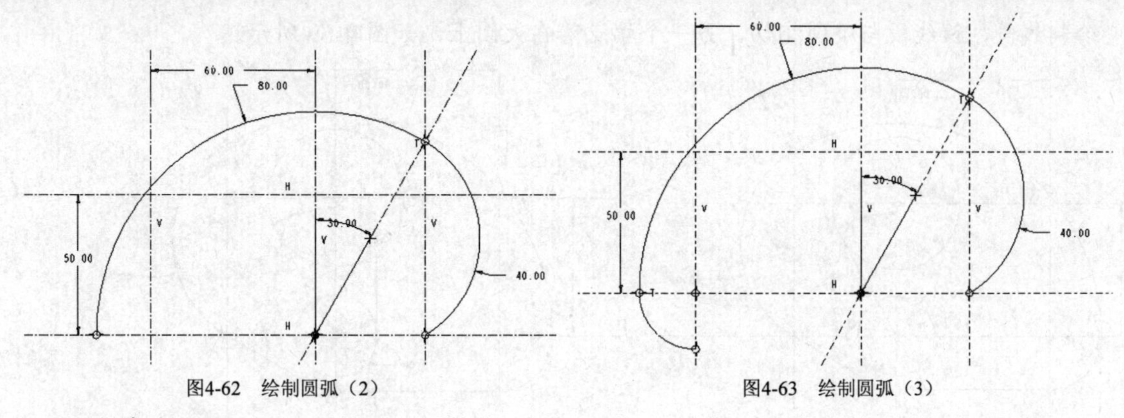

图4-62 绘制圆弧（2） 图4-63 绘制圆弧（3）

6. 绘制直线。

(1) 绘制一条水平线段，如图 4-64 所示。

(2) 绘制另一条线段，该线段的长度随意设定，同时在线段和右侧与之连接的圆弧之间添加相切约束条件，如图 4-65 所示。

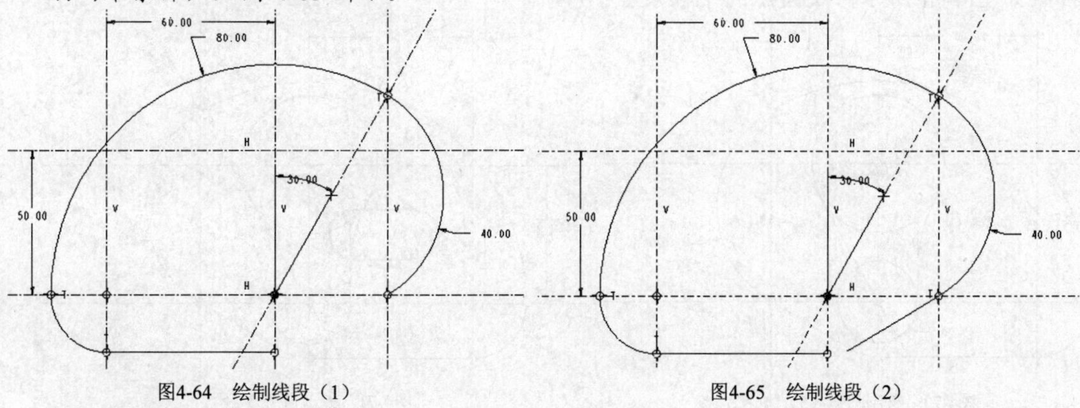

图4-64 绘制线段（1） 图4-65 绘制线段（2）

7. 绘制连接圆弧。

(1) 使用 工具绘制一段圆弧，将前面绘制的两条线段的端点连接起来，其半径随意设置，如图 4-66 所示。

(2) 在圆弧与左右两侧的直线之间分别添加相切约束条件，系统自动调整圆弧的半径和右侧线段的长度以获得理想的结果，如图 4-67 所示。

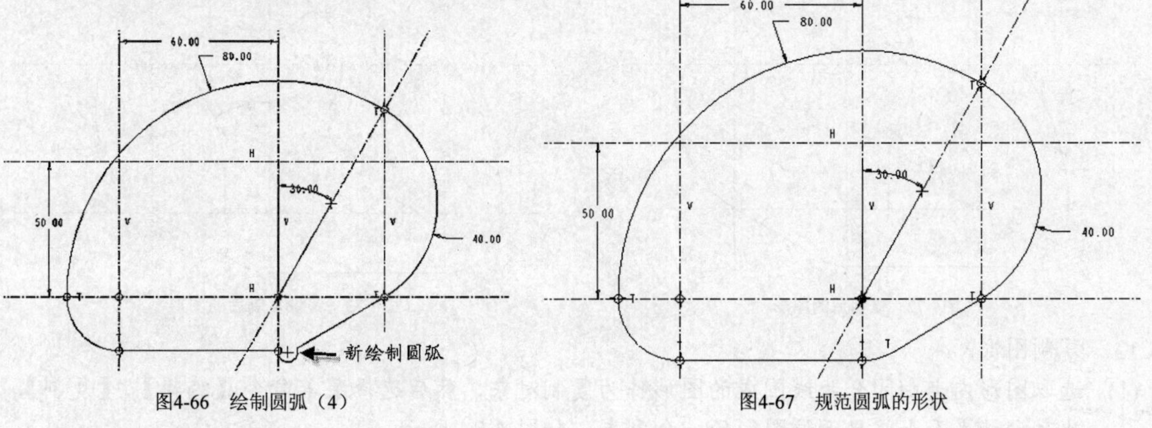

图4-66 绘制圆弧（4） 图4-67 规范圆弧的形状

8. 绘制圆。绘制两个圆，如图 4-68 所示。

9. 绘制线段，该线段与小圆相切，另一个端点落在大圆上，如图 4-69 所示。

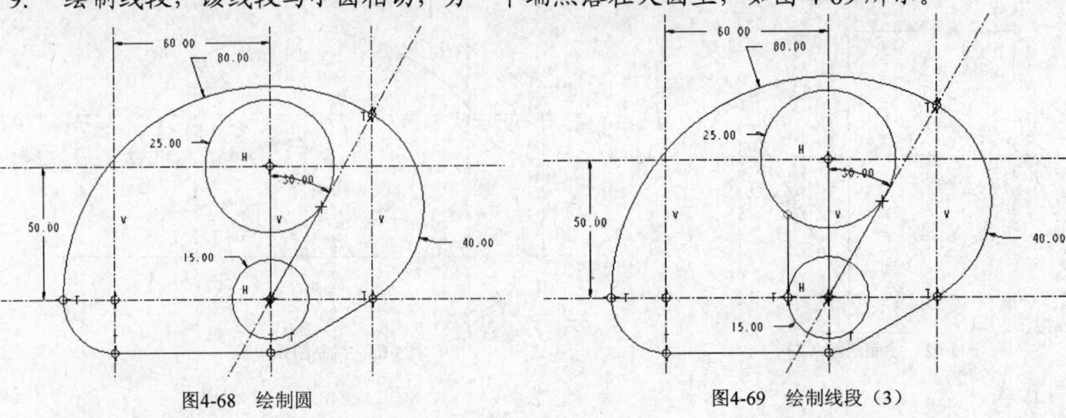

图4-68 绘制圆　　图4-69 绘制线段（3）

10. 绘制连接圆弧。

(1) 使用圆弧工具 绘制一段与圆弧和直线都相切的圆弧，如图 4-70 所示。

(2) 按照如图 4-71 所示修改圆弧的半径尺寸。

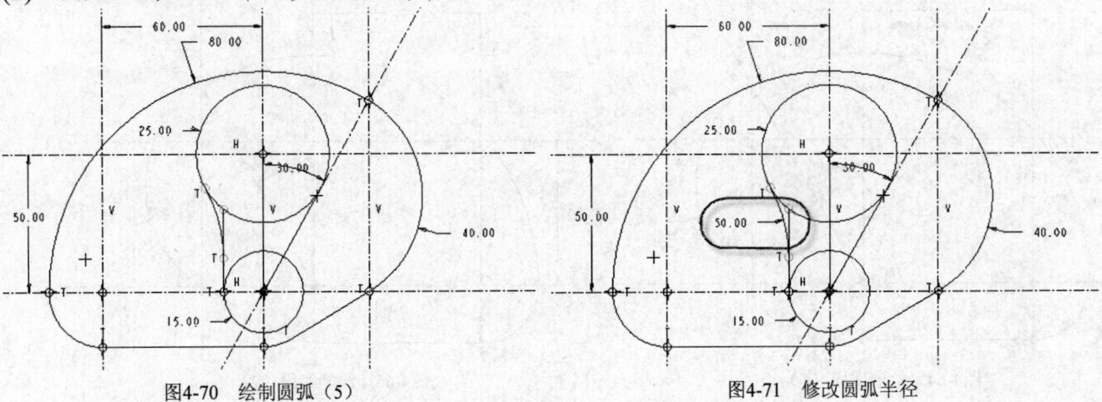

图4-70 绘制圆弧（5）　　图4-71 修改圆弧半径

11. 修剪图形。裁去图形上多余的线条，结果如图 4-72 所示。

12. 镜像复制图形。选择新建图形右侧的竖直中心线作为镜像复制参照复制图形，结果如图 4-73 所示。

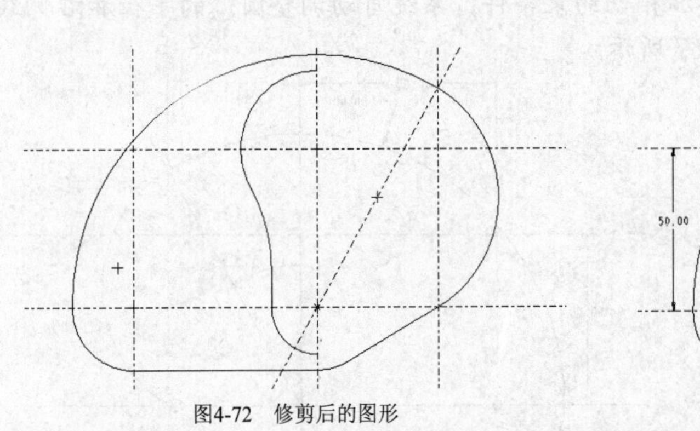

图4-72 修剪后的图形

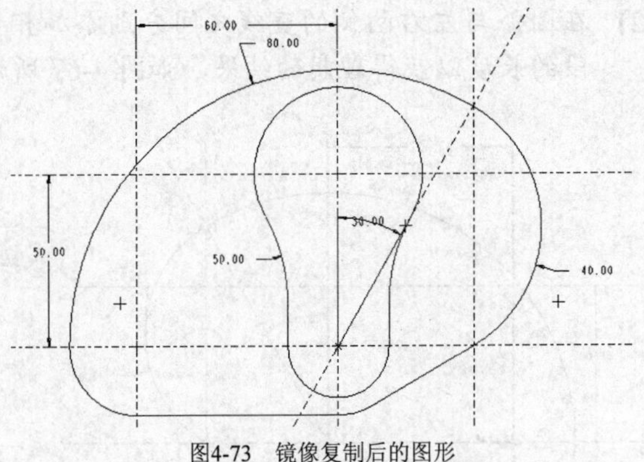

图4-73 镜像复制后的图形

13. 复制图形。

(1) 选取图形内部由闭合曲线围成的图形作为复制对象，然后选择菜单命令【编辑】/【复制】，此时设计界面上将显示该图形的一个副本，如图 4-74 所示。

(2) 按照图 4-74 的提示，拖动调节句柄移动图形将其与原图形完全对齐，如图 4-75 所示。

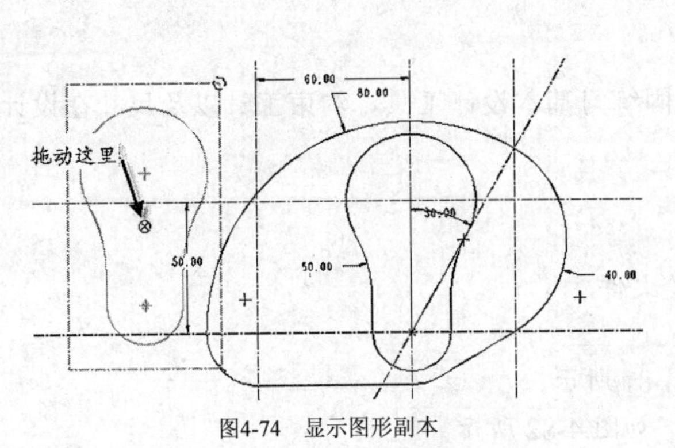

图4-74　显示图形副本

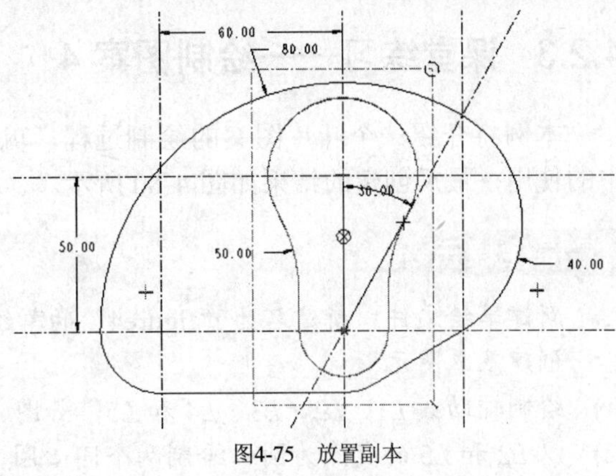

图4-75　放置副本

(3) 按照图 4-76 所示在【缩放与旋转】对话框中设置参数，完成后单击✓按钮关闭对话框，最后的复制结果如图 4-77 所示。

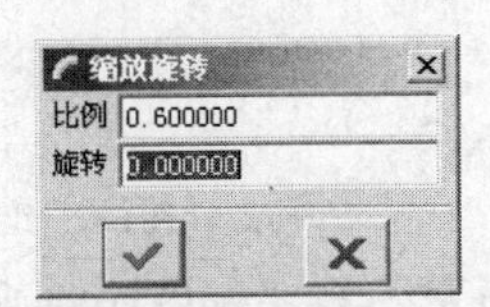

图4-76　【缩放旋转】对话框

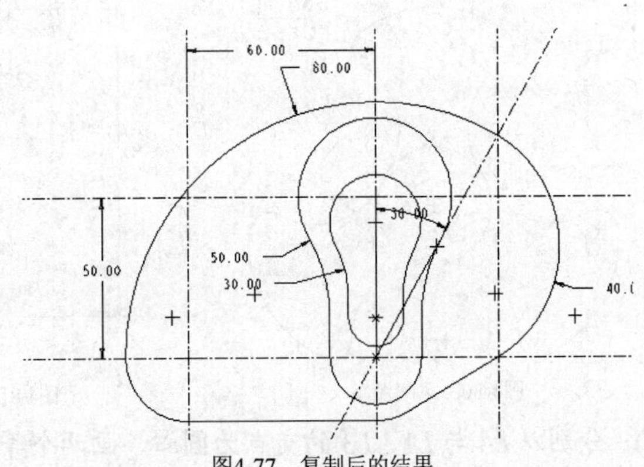

图4-77　复制后的结果

14. 绘制圆。按照如图 4-78 所示绘制圆。

15. 修整图形。适当调整尺寸的大小和位置，最终设计结果如图 4-79 所示。

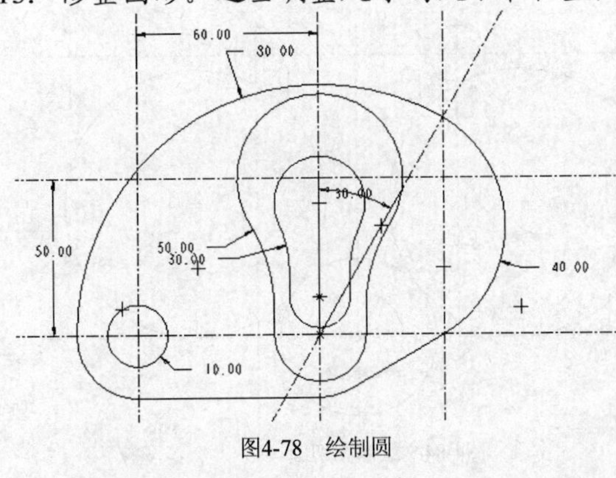

图4-78　绘制圆

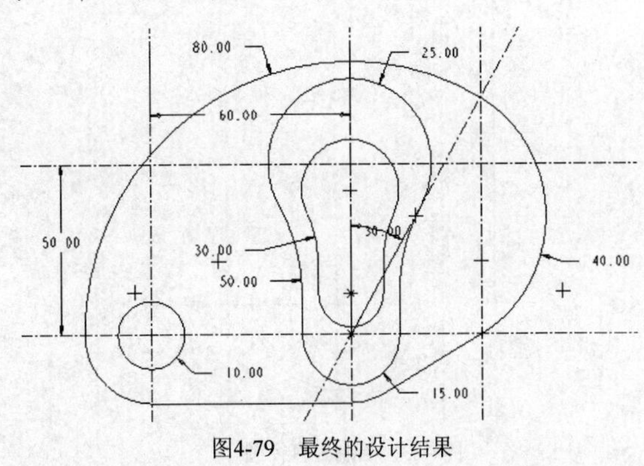

图4-79　最终的设计结果

【范例小结】

(1) 中心线通常用做绘图参照，如对称轴线、镜像复制参照等。

(2) 为了使两个图元能光滑连接，二者在交点处应该相切。

(3) 绘制复杂图形时，可以首先使用圆、直线、圆弧等组合成图形的基本轮廓，然后再使用裁剪工具清理图线，保留需要的图元，删除多余的图元。

(4) 当图形左右对称时，只需绘制出左半部分，然后使用镜像复制方式创建另一半。

(5) 圆角工具可以在两相交直线的顶角处创建圆弧过渡。

4.2.3 课堂练习——绘制图案 4

本例将介绍一个叶片图案的绘制过程，巩固练习基本设计工具、约束工具以及尺寸在设计中的使用，最后创建的结果如图 4-80 所示。

操作提示

1. 新建草绘文件。新建名为“figure4”的草绘文件。
2. 创建基本图元。

(1) 绘制辅助线 *L*1、*L*2、*L*3、*L*4 和 *L*5，如图 4-81 所示。

(2) 以 *L*2 和 *L*5 的交点为圆心绘制两个同心圆，如图 4-82 所示。

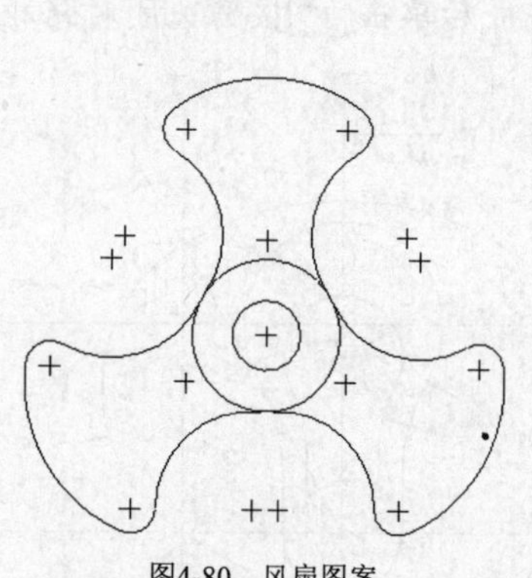

图4-80 风扇图案

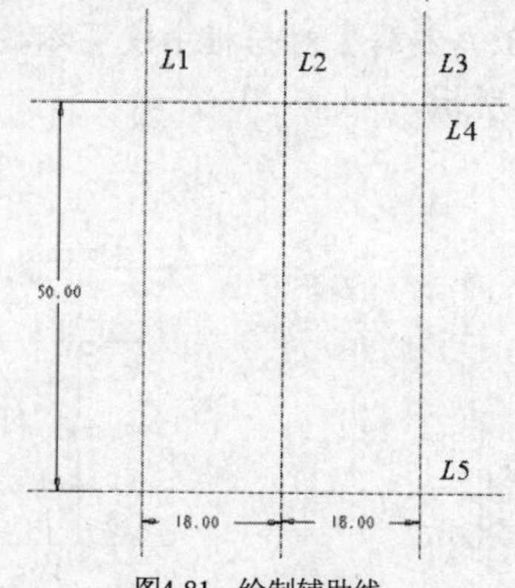

图4-81 绘制辅助线

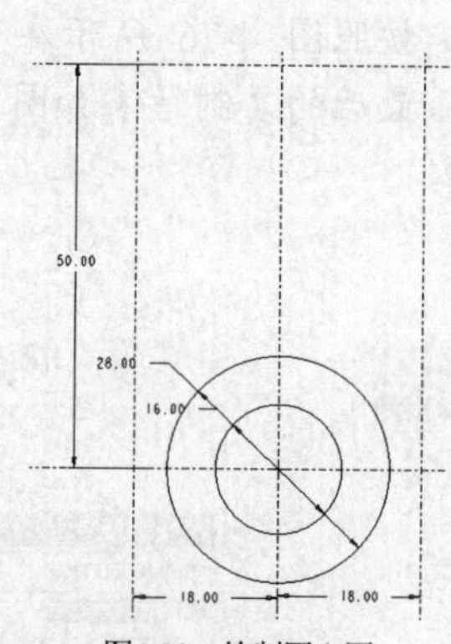

图4-82 绘制同心圆

(3) 分别以 *L*4 与 *L*1、*L*3 的交点为圆心，画两个等直径的圆 *R*1 和 *R*2。结果如图 4-83 所示。

(4) 继续绘制两个圆，该圆与大圆、小圆和 *L*5 相切。结果如图 4-84 所示。

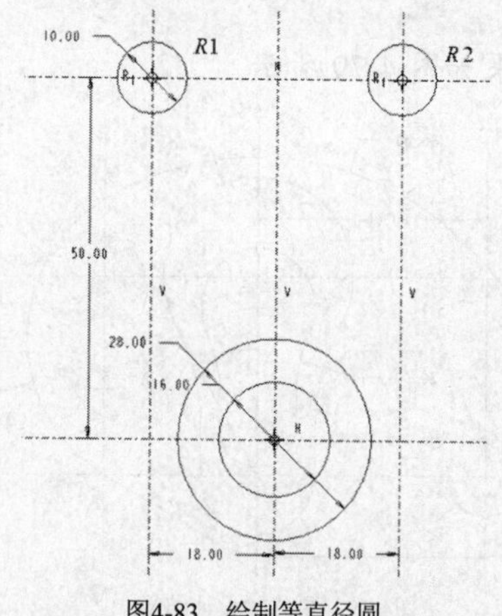

图4-83 绘制等直径圆

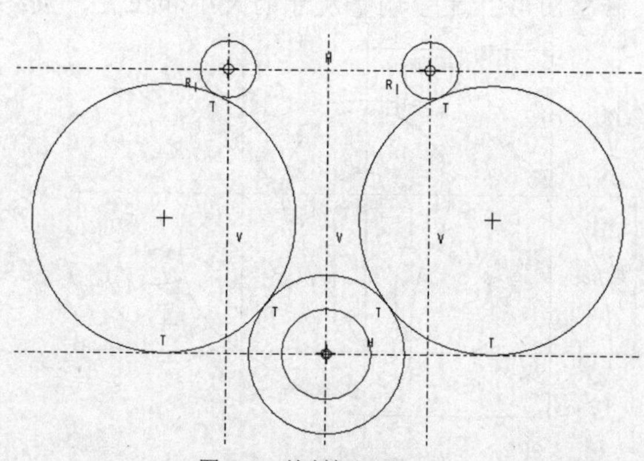

图4-84 绘制相切圆（1）

要点提示 这里不宜采用工具绘制三相切圆，因为 *L*5 为辅助线。可以任意绘制一个圆，然后依次使用约束工具使之分别与 3 个图元都相切。

(5) 继续绘制一个与图形上部两小圆 *R*1 和 *R*2 均相切的圆，结果如图 4-85 所示。

要点提示 该圆除了与两个小圆相切外，还有直径尺寸 70.00，因此设计结果是唯一的。在绘图时，可能会出现约束冲突，可以删除与该圆相关的其他约束。

(6) 剪去图形上的多余线段，结果如图 4-86 所示。

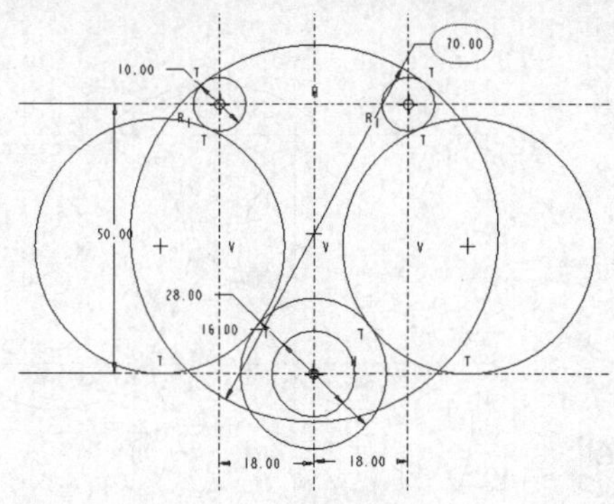

图4-85　绘制相切圆（2）

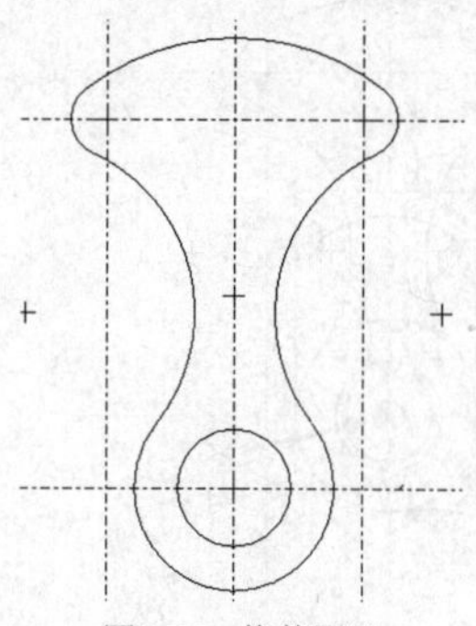

图4-86　修剪图元

3.　复制风扇叶片。

(1)　使用框选的方法选中全部图线，按住 Ctrl 键排除如图 4-87 所示的圆以及 5 条中心线。

(2)　在上工具箱中单击按钮复制选中的图形，然后单击按钮粘贴图形。当鼠标指针为形状时，在设计界面上拖动创建图形副本。

(3)　按住鼠标右键将图形的移动手柄移动到下部小圆中心处，如图 4-88 所示。

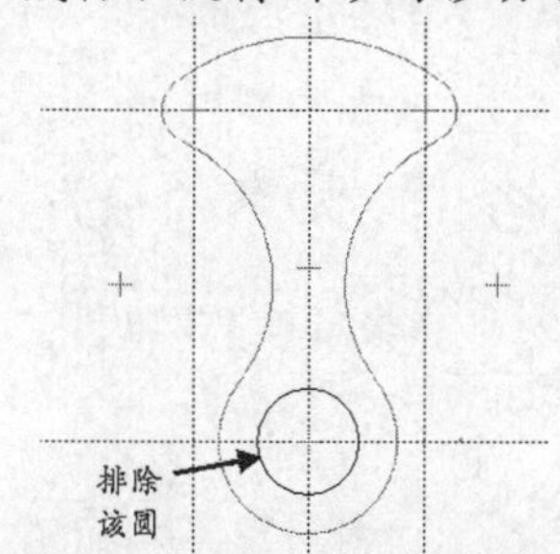

图4-87　选择要复制的图元

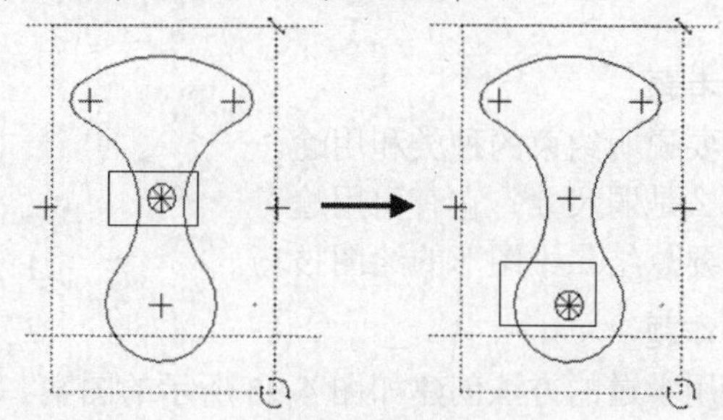

图4-88　移动手柄

(4)　按住鼠标左键拖动复制图形的移动中心，将其与原图形下部小圆中心对齐，如图 4-89 所示。

(5)　在【缩放旋转】对话框中输入缩放比例和旋转角度，如图 4-90 所示。

(6)　关闭【缩放旋转】对话框后生成的结果如图 4-91 所示。

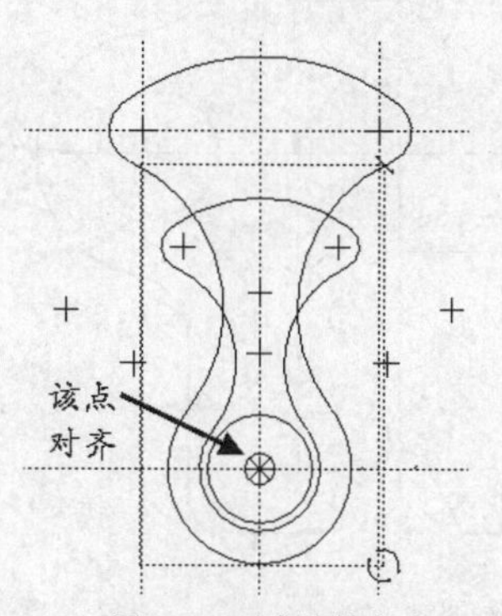

图4-89　对齐旋转中心

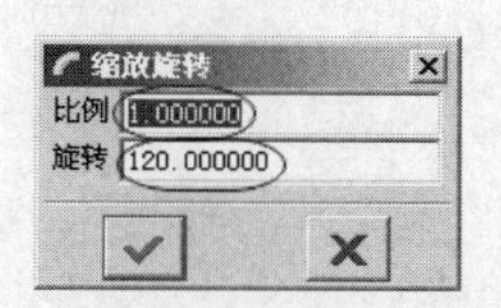

图4-90　设置参数

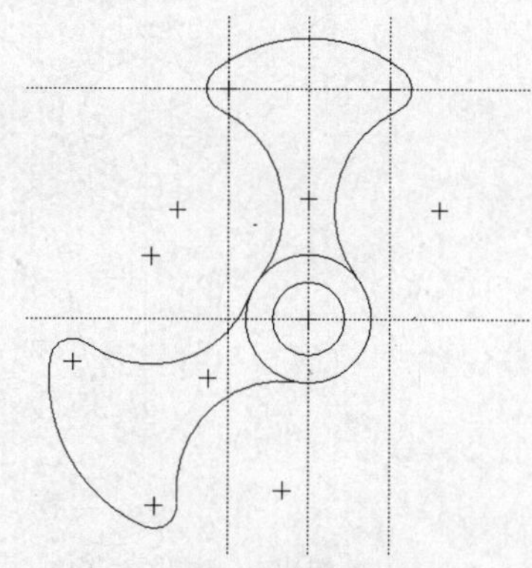

图4-91　复制结果

(7)　在上工具箱中单击按钮粘贴图形。当鼠标为形状时，在设计界面上拖动创建图形副本。

(8)　按住鼠标右键将图形的移动手柄移动到下部小圆中心处，如图 4-92 所示。

(9)　在【缩放旋转】对话框中输入缩放比例和旋转角度，如图 4-93 所示。

(10) 关闭【缩放旋转】对话框后，生成的结果如图 4-94 所示。

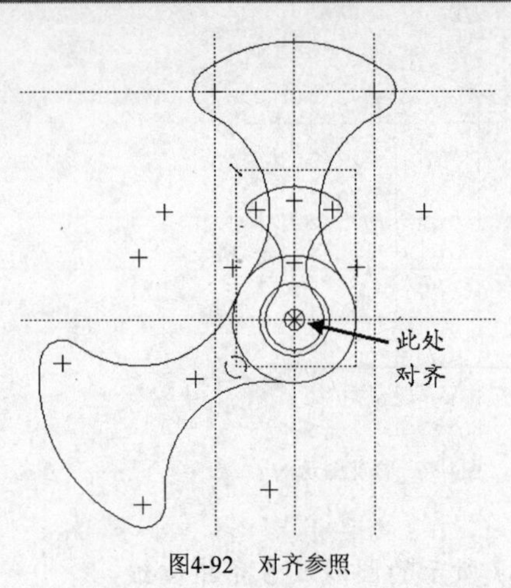

图4-92 对齐参照

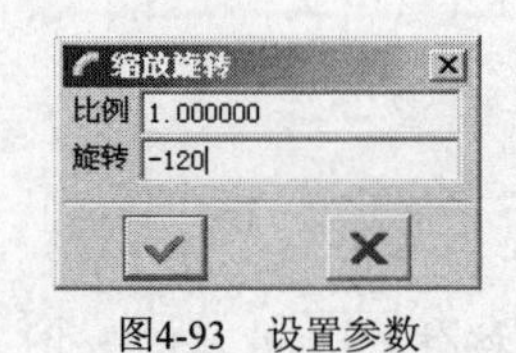

图4-93 设置参数

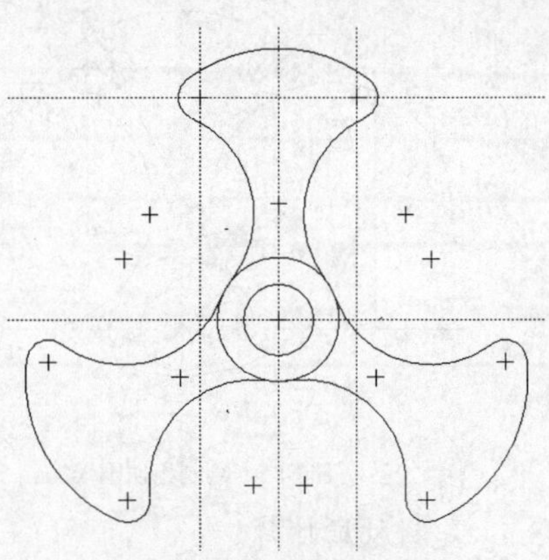

图4-94 最后创建的设计结果

4. 整理画面，删除辅助线。最后设计结果如图 4-80 所示。

4.3 课后作业

一、思考题

1. 简要说明约束的种类和用途。
2. 什么是弱尺寸？它有何用途？
3. 简要总结二维图形的绘图技巧。

二、操作题

1. 使用学过的方法创建如图 4-95 所示的图案。
2. 使用学过的方法创建如图 4-96 所示的图案。

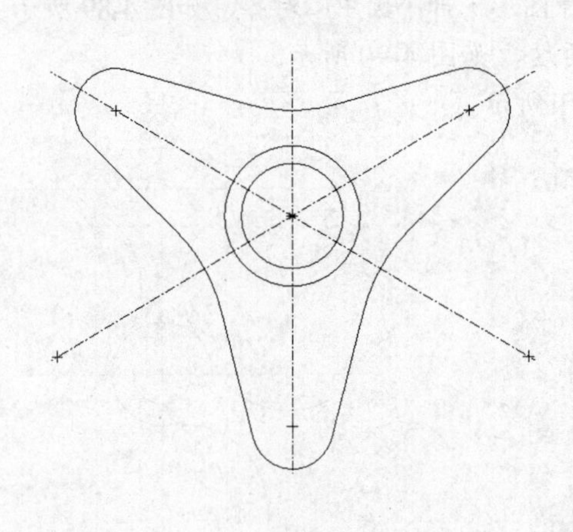

图4-95 绘制图案（1）

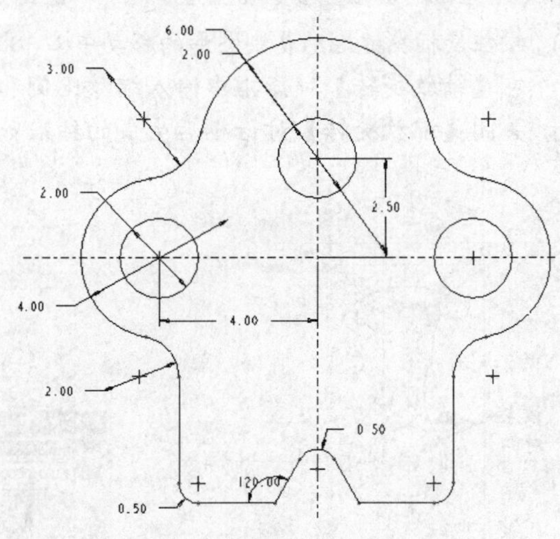

图4-96 绘制图案（2）

第 5 讲

拉伸和旋转建模

【学习目标】

<table>
<tr><td colspan="3">• 明确三维实体建模的一般过程。</td></tr>
<tr><td colspan="2">• 明确二维草绘图形在三维建模中的应用。</td><td>
</td></tr>
<tr><td colspan="2">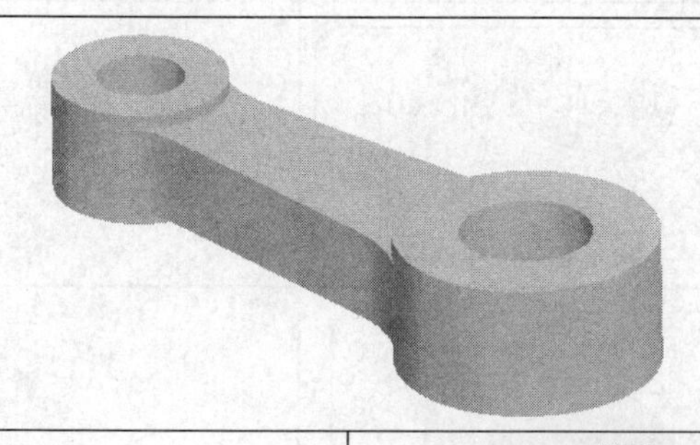</td><td>• 掌握拉伸建模原理。</td></tr>
<tr><td>• 掌握旋转建模原理。</td><td>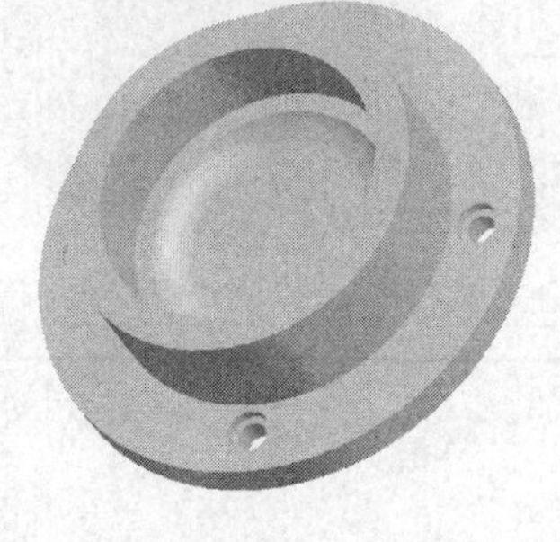</td><td></td></tr>
<tr><td colspan="3">• 进一步理解 Pro/E 特征建模的含义及用途。</td></tr>
</table>

5.1 拉伸建模原理

拉伸是指将封闭截面围成的区域按照与该截面垂直的方向添加或去除材料，来创建实体特征的方法，其具体应用如表 5-1 所示。

拉伸原理同样适用于曲面的创建。

表 5-1　　拉伸设计的应用

序号	要点	原理图	说明
1	增加材料	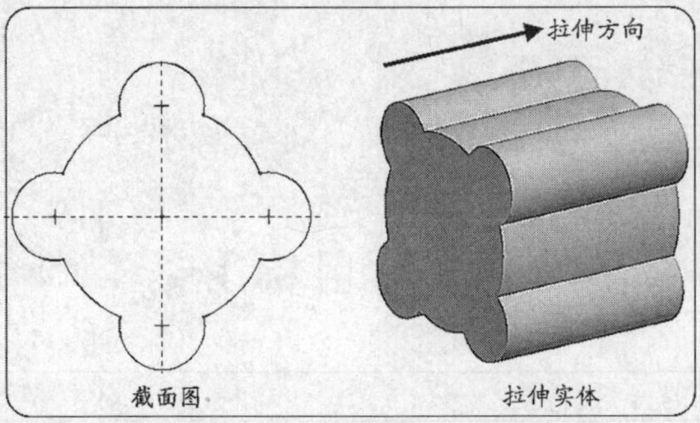 拉伸方向 截面图　拉伸实体	从零开始或者在已有实体基础上生成新的实体
2	切减材料	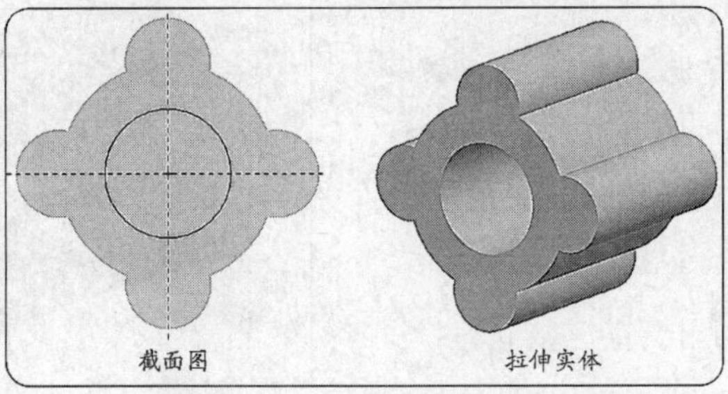 截面图　拉伸实体	在已有实体基础上切去部分材料
3	加厚草绘	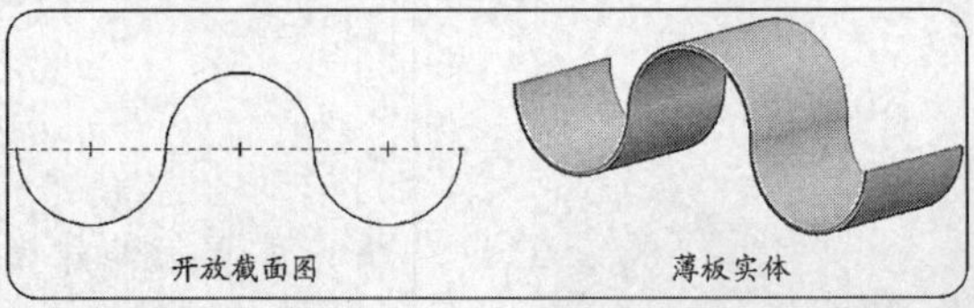 开放截面图　薄板实体	仅将草绘截面加厚一定尺寸创建实体特征
4	嵌套截面拉伸	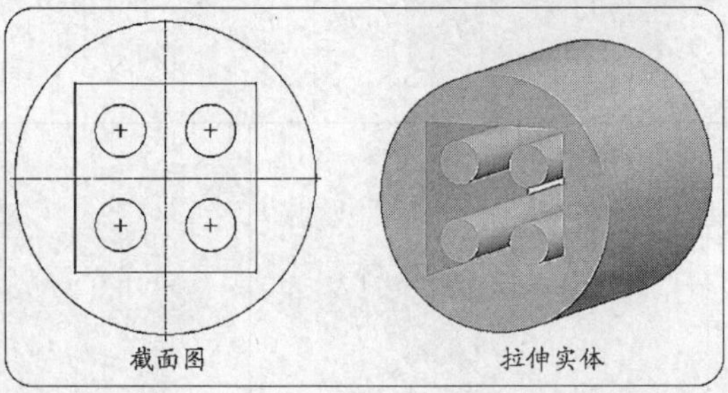 截面图　拉伸实体	可以适用相互之间不交叉的嵌套截面创建拉伸实体

5.1.1 知识点讲解

在右工具箱中单击按钮，在设计界面底部打开设计图标板，如图 5-1 所示。

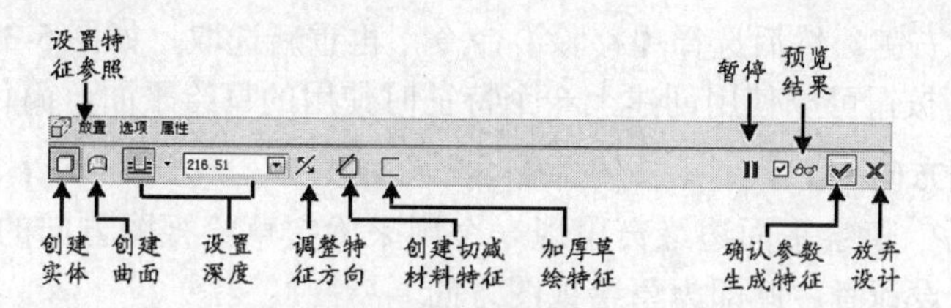

图5-1　拉伸设计图标板

要点提示　启动拉伸设计工具后，在设计界面空白处长按鼠标右键（按住鼠标右键停留 3s 左右），弹出快捷菜单，选择【定义内部草绘】选项，也可以打开【草绘】对话框。选择【曲面】选项可以创建曲面特征；选择【加厚草绘】选项可以创建加厚草绘特征。

一、选取草绘平面

草绘平面是绘制并放置截面图的平面，实际设计中可以选取基准平面 TOP、FRONT 或 RIGHT 之一作为草绘平面；也可以选取已有实体上的平面作为草绘平面；还可以新建基准平面作为草绘平面。

表 5-2 所示为 3 种草绘平面的选择示例。

表 5-2　　草绘平面的选取

序号	要点	选取参照	绘制截面图	创建拉伸实体
1	选取基准平面 TOP、FRONT 或 RIGHT			
2	选取实体上的平面			
3	新建基准平面			

单击【草绘】对话框的第 1 个文本框，使之显示为黄色背景，即为激活状态，如图 5-2 所示。此时选取平面即可作为草绘平面，其名称将记录在其中。如果选取了错误的草绘平面，可

以在文本框上单击鼠标右键，然后选择【移除】命令，再重新选取，如图 5-3 所示。

直接单击 使用先前的 按钮可以使用创建上一个特征时使用的草绘平面，简化了设计过程。

二、设置草绘视图方向

指定草绘平面以后，草绘平面边缘会出现一个用来确定草绘视图方向的黄色箭头，表示将草绘平面的哪一侧朝向设计者。此即为草绘视图方向。

图 5-4 所示的模型有正反两面，正面是平整的，背面有一条十字凹槽。

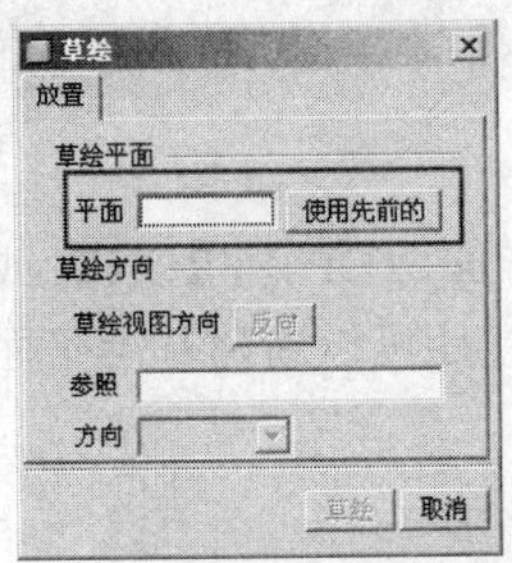

图5-2 【草绘】对话框

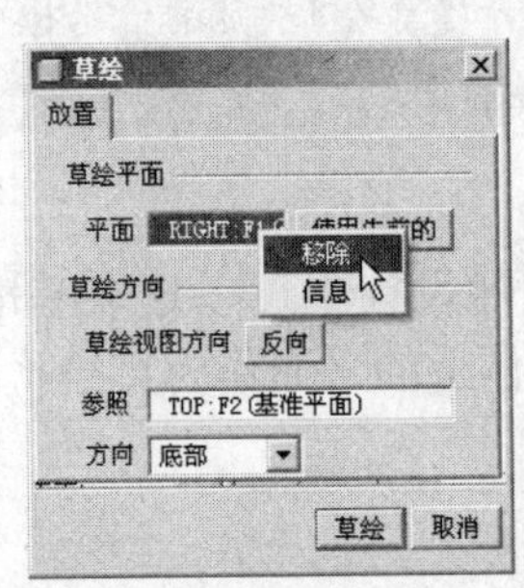

图5-3 重选草绘平面

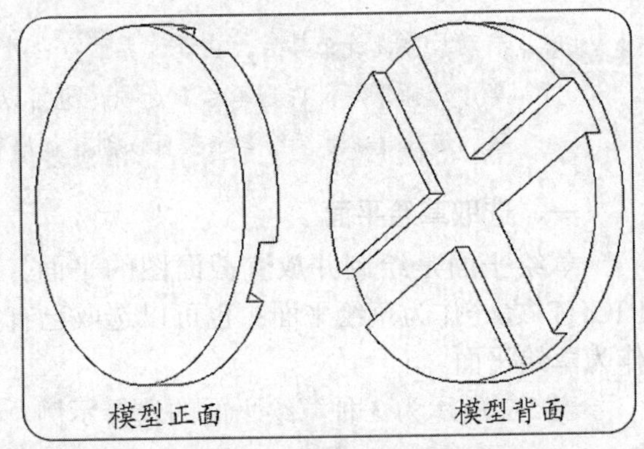

图5-4 模型的正面和背面

如果选取平整表面为草绘平面，此时标示草绘视图方向的箭头指向模型背面，放置草绘平面后，将其正面朝向设计者，如图 5-5 所示。

在【草绘】对话框中单击 反向 按钮，标示草绘视图方向的箭头指向模型正面，放置草绘平面后，将其背面朝向设计者，如图 5-6 所示。

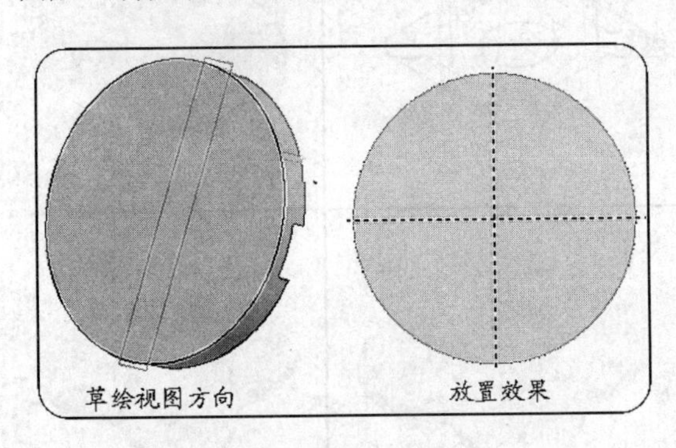

图5-5 默认视图方向

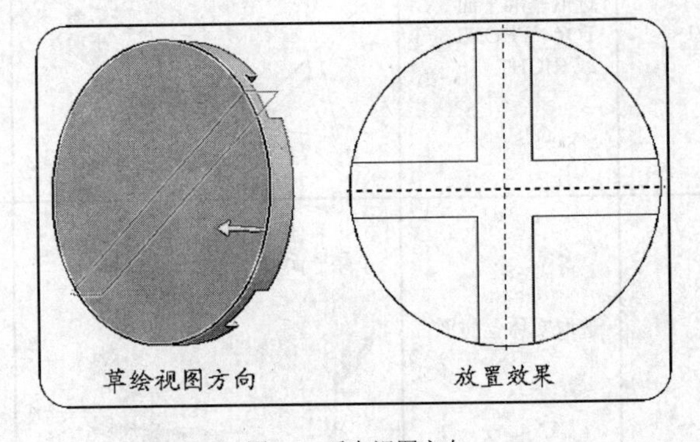

图5-6 反向视图方向

三、设置放置参照

选取草绘平面并设定草绘视图方向后，草绘平面的放置位置并未唯一确定，还必须设置一个用做放置参照的参考平面来准确放置草绘平面。

通常选取与草绘平面垂直的平面作为参考平面。

在选取了满足要求的参考平面以后，在【草绘】对话框的【方向】下拉列表中选择一个方向参数来放置草绘平面，参考平面相对于草绘平面的位置有以下 4 个选项。

- 顶：参考平面位于草绘平面的顶部。
- 底部：参考平面位于草绘平面的底部。
- 左：参考平面位于草绘平面的左侧。
- 右：参考平面位于草绘平面的右侧。

表 5-3 中列出了在选取草绘平面和参考平面后，选取不同的方向参照后获得的不同放置效果。注意放置草绘平面后，参考平面已经积聚为一条直线。

表 5-3　　　　草绘平面的放置形式

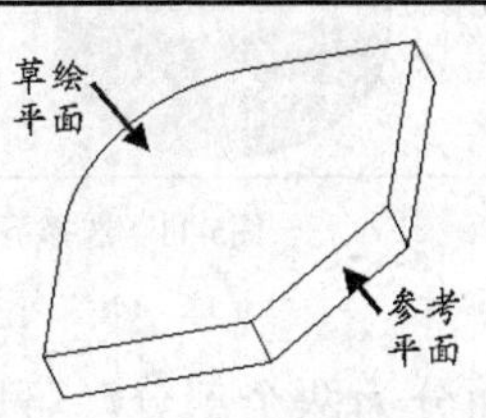

方向参照	顶	底部	左	右
放置结果				

选取参考平面时，首先在【草绘】对话框中激活第 2 个文本框，使其显示为黄色背景，然后选取符合要求的平面。

选取参考平面后，在底部的下拉列表中选取方向参照。

四、绘制草绘截面

放置好草绘平面后，系统转入二维草绘设计环境，在这里使用草绘工具绘制截面图。

(1)　草绘闭合截面

大多数设计条件下需要使用闭合截面来创建特征，也就是说要求组成截面的几何图元首尾相接，自行封闭，但是图中的线条之间不能有交叉，图 5-7 所示为不正确的截面图。

在图 5-7 所示的截面图中使用和工具裁去多余线段，即可得到无交叉线的闭合截面，如图 5-8 所示。

(2)　草绘曲线与实体边线围成闭合截面

也可以使用草绘曲线和实体边线共同围成闭合截面，此时要求草绘曲线和实体边线对齐。图 5-9 所示的草绘图元未与实体边线对齐，不是闭合截面；图 5-10 所示的草绘图元与实体边线对齐，能够围成闭合截面。

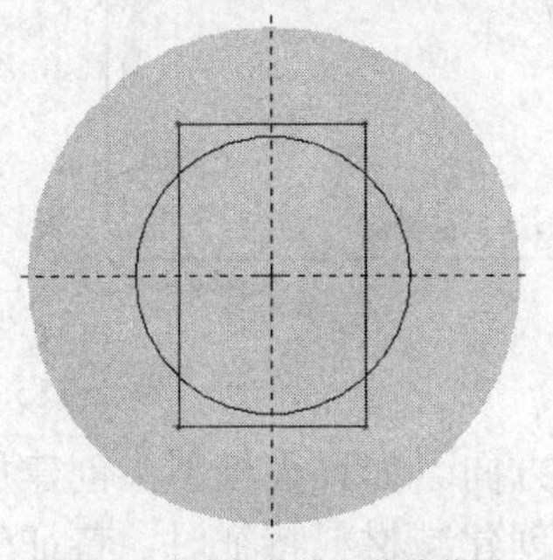
图5-7　有交叉的错误草绘截面

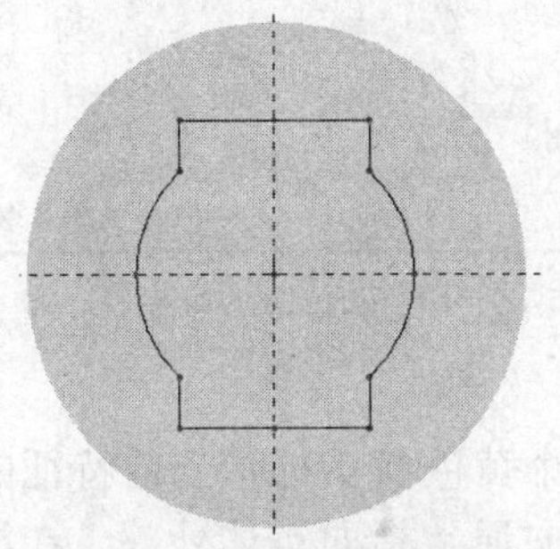
图5-8　无交叉的正确草绘截面

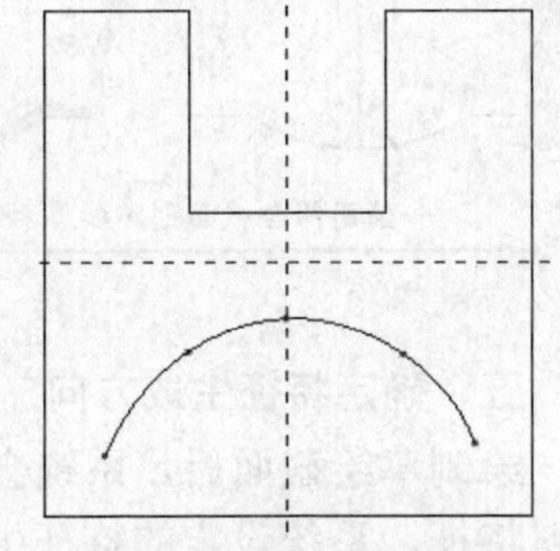
图5-9　未闭合的错误截面

这种情况下，草绘曲线可以明确将实体表面分为两个部分，并且用一个黄色箭头指示将哪个区域作为草绘截面。单击黄色箭头，可以将另一个区域作为草绘截面，如图 5-11 所示。

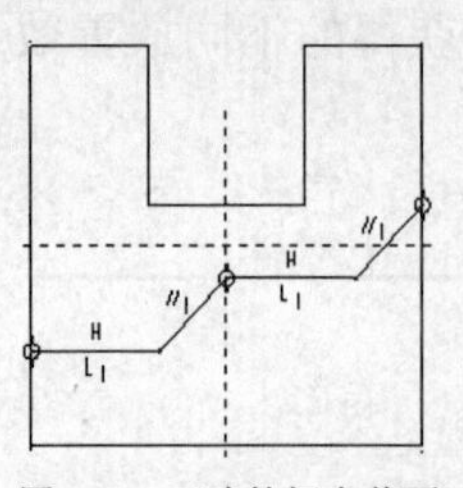

图5-10 正确的闭合截面

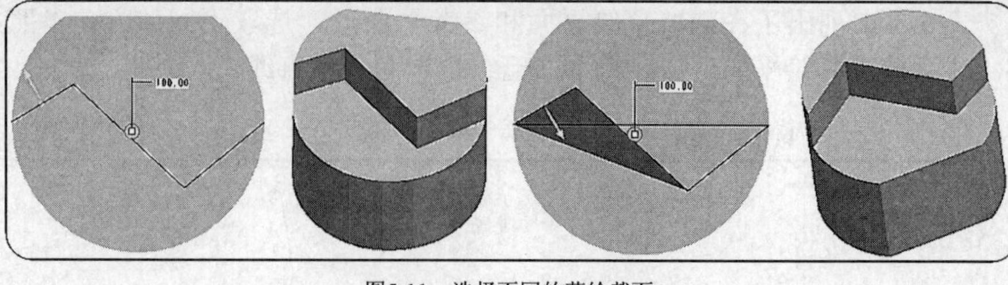

图5-11 选择不同的草绘截面

(3) 使用□工具

如果草绘曲线不能明确将实体表面分为两个部分，可以使用□工具选取需要的实体边线围成截面。选择菜单命令【草绘】/【边】或在右工具箱中单击□按钮都可以选中相应的设计工具。使用边创建的草绘截面图元具有"~"约束符号。

使用□工具创建截面后，还可以使用【修剪】、【分割】、【圆角】等二维草绘命令进一步编辑截面。设计中常使用草绘图元和实体边线共同围成草绘截面，如图 5-12 所示。

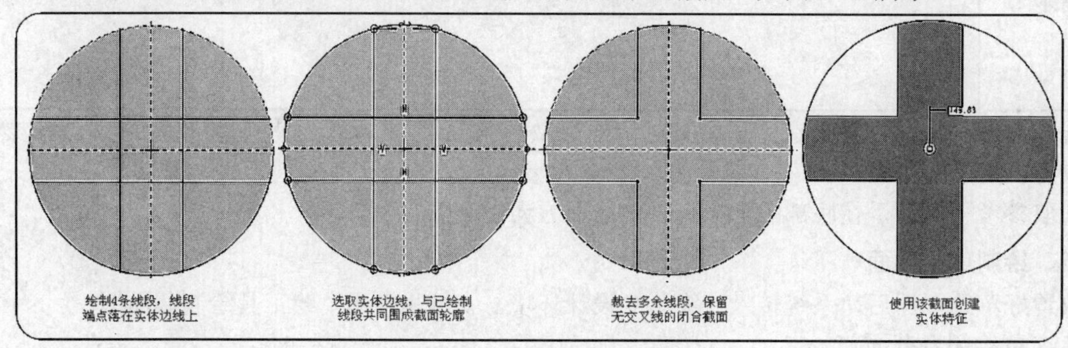

图5-12 选取实体边线围成截面

(4) 使用开放截面

如果创建的特征为加厚草绘特征，这时对截面是否闭合没有明确要求，既可以使用开放截面创建特征，也可以使用闭合截面创建特征，如图 5-13 所示。

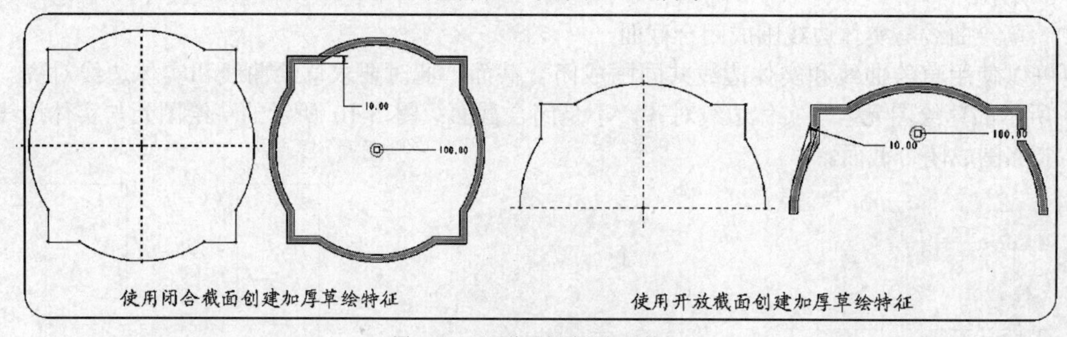

图5-13 不同截面创建的加厚特征

五、确定特征生成方向

绘制草绘截面后，系统会用一个黄色箭头标示当前特征的生成方向。如果在模型上创建加材料特征，系统设定的特征生成方向通常指向实体外部。在模型上创建减材料特征时，特征生成方向总是指向实体内部。

要改变特征生成方向，在图标板上单击从左至右第 1 个 按钮即可，也可以直接单击表示特征生成方向的黄色箭头。图 5-14 所示为更改特征生成方向的结果。

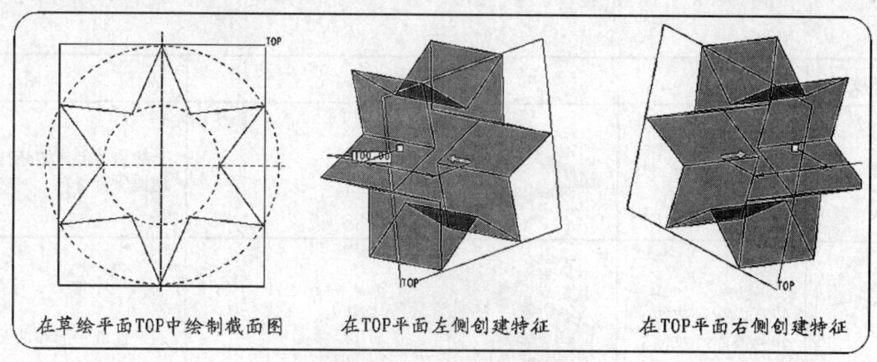

图5-14　不同方向生成的特征

六、设置特征深度

通过设定特征的拉伸深度可以确定特征的大小。确定特征深度的方法很多，可以直接输入代表深度尺寸的数值，也可以使用参照进行设计。

在图标板上单击按钮旁边的按钮，打开深度工具条，各个图形工具按钮的用法如表5-4所示。

表5-4　　特征深度的设置

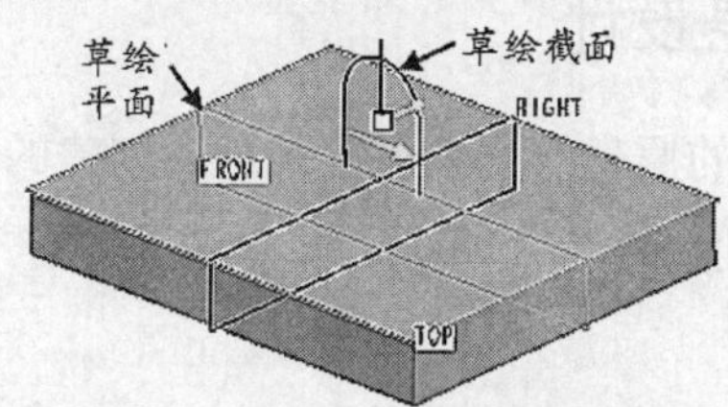

序号	图形按钮	含义	示例图	说明
1		直接输入数值确定特征深度		单击文本框右侧的按钮，可以从最近设置的深度参数列表中选取数值
2		草绘平面两侧产生拉伸特征		每侧拉伸深度为输入数值的一半
3		拉伸至特征生成方向上的下一个曲面为止		常用于将草绘平面拉伸至形状不规则的曲面

续表

序号	图形按钮	含义	示例图	说明
4		特征穿透模型		一般用于创建切减材料特征，切透所有材料
5		特征以指定曲面作为参照，拉伸到该曲面		通常选取平面和曲面作为参照
6		拉伸至选定的参照		可以选取点、线、平面或曲面作为参照

5.1.2 范例解析——香皂设计

下面结合范例说明拉伸建模的原理和一般过程，最后创建的模型如图 5-15 所示。

范例操作

1. 新建零件文件。

(1) 在上工具箱中单击按钮，打开【新建】对话框。

(2) 输入模型名称“soap”后单击鼠标中键进入三维建模环境。

2. 创建拉伸实体特征 1。

(1) 在右工具箱中单击按钮，打开设计图标板。

(2) 在界面上长按鼠标右键，在弹出的菜单中选择【定义内部草绘】选项。

(3) 选取基准平面 TOP 作为草绘平面，然后单击鼠标中键进入二维绘图环境。

(4) 按照图 5-16 所示绘制拉伸截面图，随后退出绘图环境。

(5) 在图标板上输入拉伸深度数值“26.00”。

(6) 单击鼠标中键创建特征，结果如图 5-17 所示。

图5-15 香皂模型

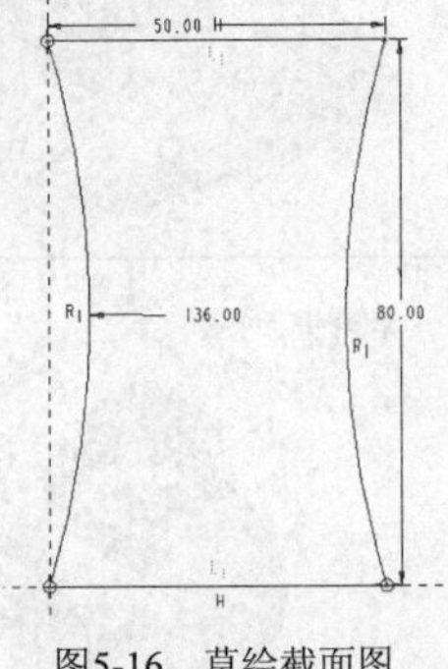

图5-16 草绘截面图

图5-17 最后创建的拉伸模型

3. 创建倒圆角特征 1。

(1) 在右工具箱中单击按钮，打开倒圆角工具。

(2) 按住 Ctrl 键依次选取如图 5-18 所示的边线作为圆角参照。

(3) 在图标板上设置圆角半径为 8.00。

(4) 单击鼠标中键，最后创建的倒圆角特征如图 5-19 所示。

4. 创建倒圆角特征 2。

(1) 在右工具箱中单击按钮，打开倒圆角工具。

(2) 按住 Ctrl 键依次选取如图 5-20 所示的边线作为圆角参照。

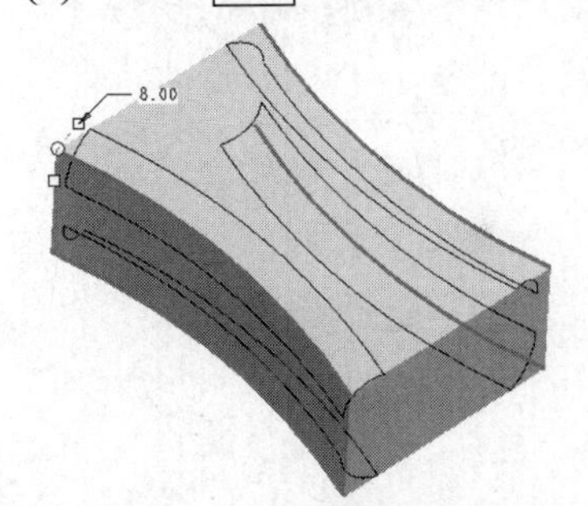

图5-18 选取圆角参照

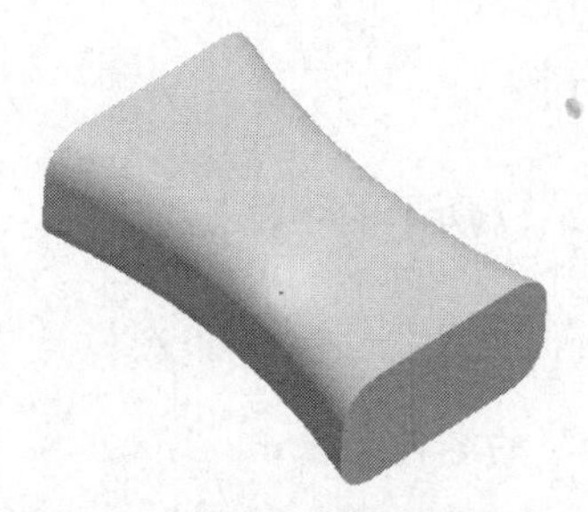

图5-19 倒圆角结果

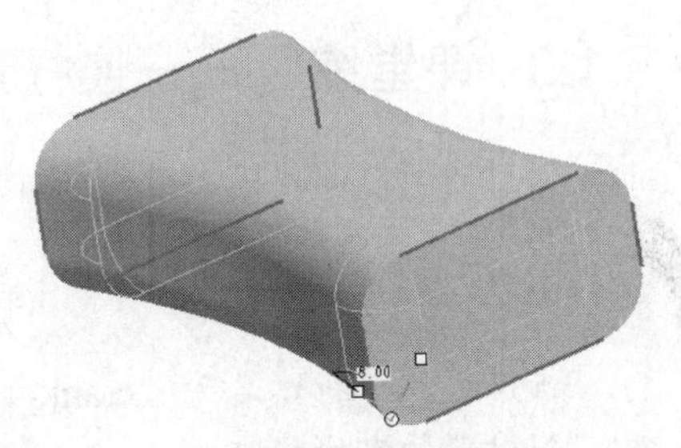

图5-20 选取圆角参照

(3) 在图标板上设置圆角半径为 8.00。

(4) 单击鼠标中键，最后创建的设计结果如图 5-21 所示。

要点提示 倒圆角特征可以在模型边线上增加圆滑过渡，以取代尖锐的棱角。倒圆角特征属于工程特征，其详细设计方法将在稍后讲述。

5. 创建拉伸实体特征 2。

(1) 在右工具箱中单击按钮，打开设计图标板。

(2) 按照图 5-22 所示选取草绘平面，然后单击鼠标中键进入二维绘图环境。

(3) 在右工具箱中单击按钮打开文本工具，按照图 5-23 所示设置文本参数，然后关闭【文本】对话框。

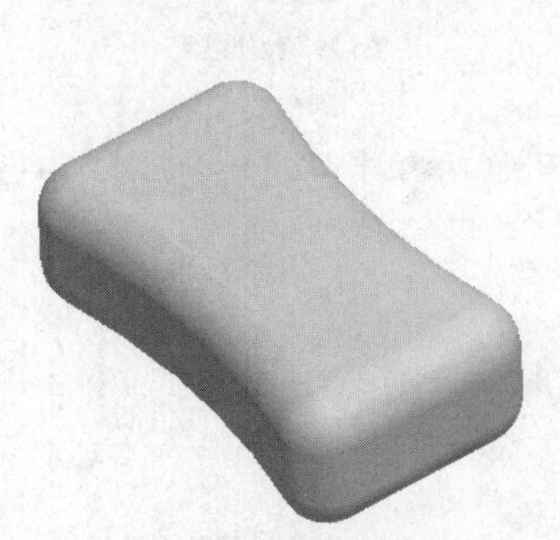

图5-21 倒圆角结果

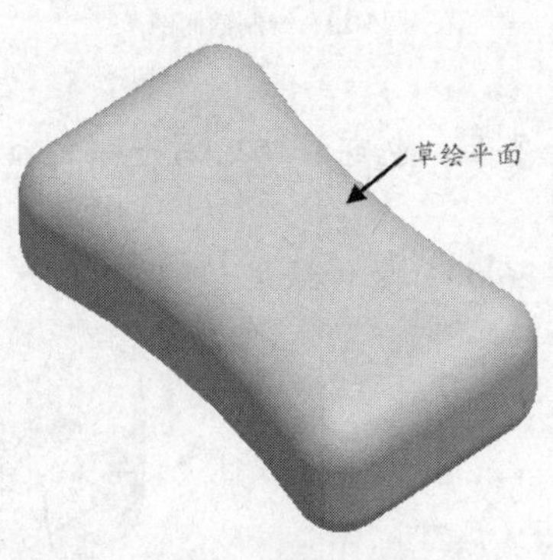

图5-22 选取草绘平面

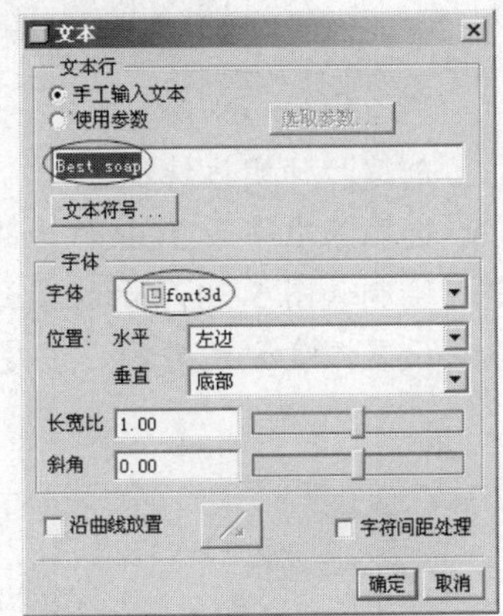

图5-23 【文本】对话框

(4) 按照图 5-24 所示设置文本的位置和大小等参数，完成后退出草绘模式。

(5) 在图标板上单击按钮，创建减材料特征，设置特征深度为 1.00。

(6) 单击深度文本框旁边的按钮，使正方向指向材料内部，如图 5-25 所示。

(7) 单击鼠标中键，最后创建的模型如图 5-26 所示。

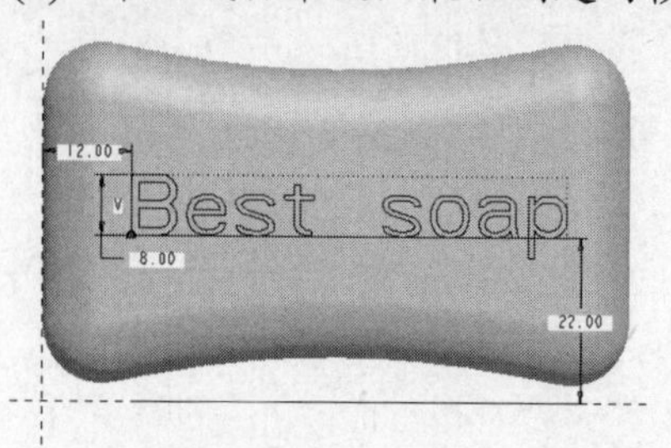

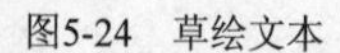

图5-24 草绘文本

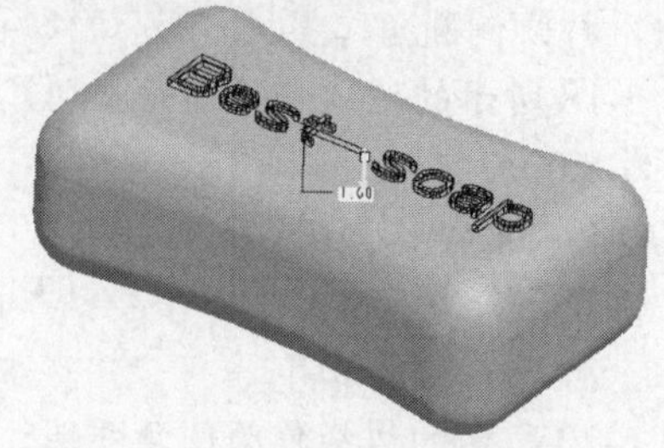

图5-25 调整特征方向

图5-26 拉伸设计结果

5.1.3 课堂练习——连杆设计

练习使用拉伸建模方法创建如图 5-27 所示的连杆模型。

操作提示

1. 新建文件。新建名为“crank_arm”的零件文件。
2. 创建拉伸实体特征 1。

(1) 选取基准平面 TOP 作为草绘平面。

(2) 绘制如图 5-28 所示的截面图。

(3) 设置深度方式为，深度为 30.00，拉伸结果如图 5-29 所示。

图5-27 连杆模型

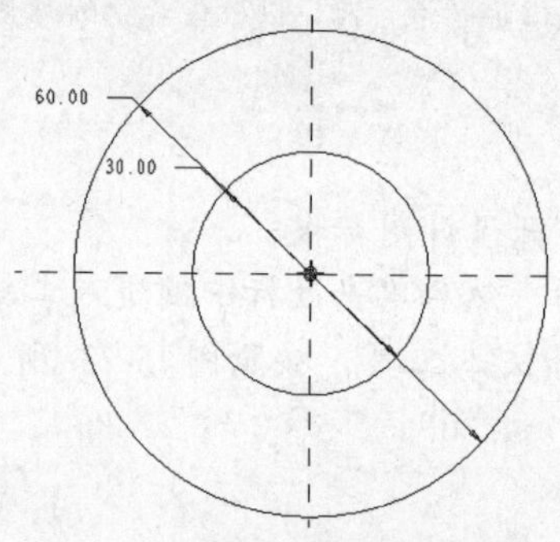

图5-28 绘制截面图

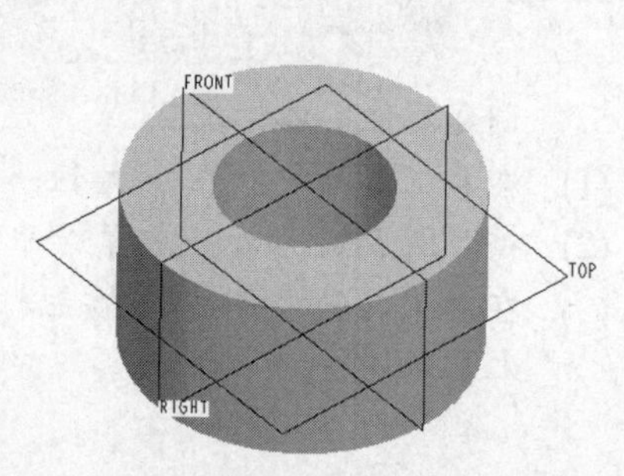

图5-29 拉伸结果

3. 创建拉伸实体特征 2。

(1) 选取基准平面 TOP 作为草绘平面，也可以使用与上一特征相同的草绘平面。

(2) 绘制如图 5-30 所示的截面图。

(3) 设置深度方式为，深度为 26.00，拉伸结果如图 5-31 所示。

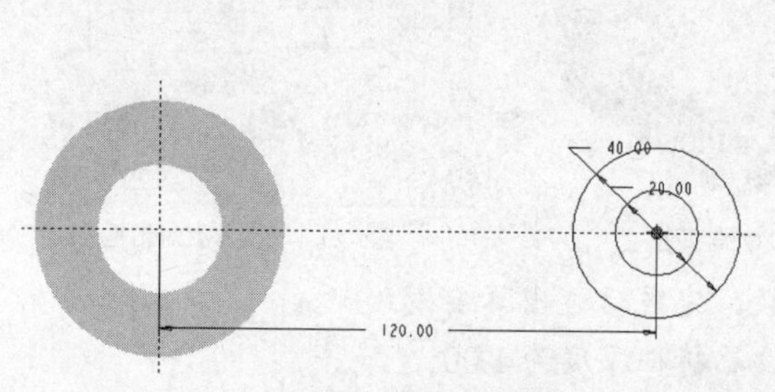

图5-30 绘制拉伸截面图

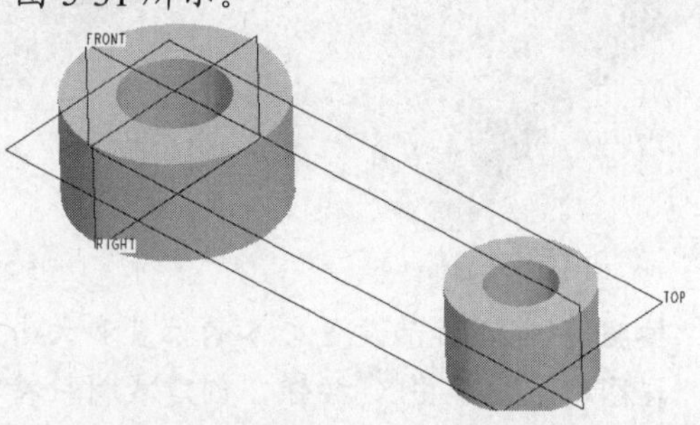

图5-31 拉伸结果

4. 创建拉伸实体特征 3。
(1) 选取基准平面 TOP 作为草绘平面，也可以使用与上一特征相同的草绘平面。
(2) 绘制如图 5-32 所示的截面图。
(3) 设置深度方式为[icon]，深度为 20.00，拉伸结果如图 5-33 所示。

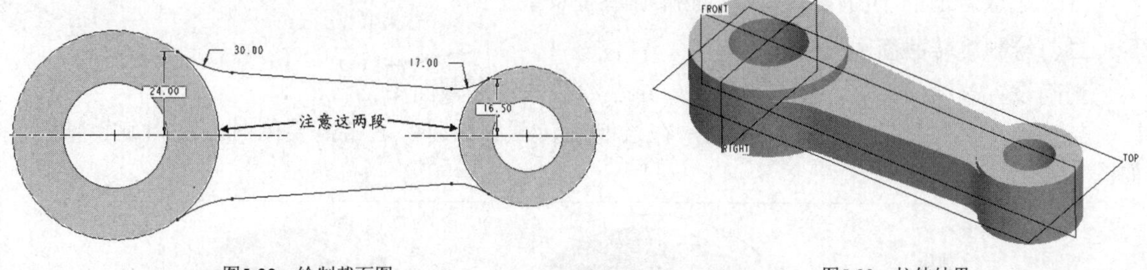

图5-32 绘制截面图

图5-33 拉伸结果

要点提示 该特征的剖面由直线、圆弧以及模型变形围成，是一个完全封闭的线框。绘图时，使用[icon]工具选取两个圆柱面的边线，然后绘制圆弧和直线，最后在圆弧和模型边线的交点处切去模型边线上的多余部分，使最后获得的截面为闭合截面。

5.2 旋转建模原理

旋转是指将指定截面沿着公共轴线旋转后得到的三维模型，最后创建的模型为一个回转体，具有公共对称轴线。

图 5-34 所示为使用旋转截面图创建旋转实体特征的示例。

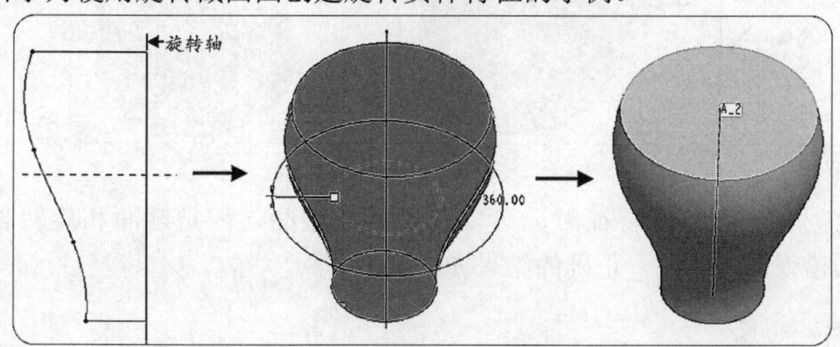

图5-34 创建旋转实体特征

5.2.1 知识点讲解

在右工具箱中单击[icon]按钮，将在设计界面底部打开设计图标板，如图 5-35 所示。

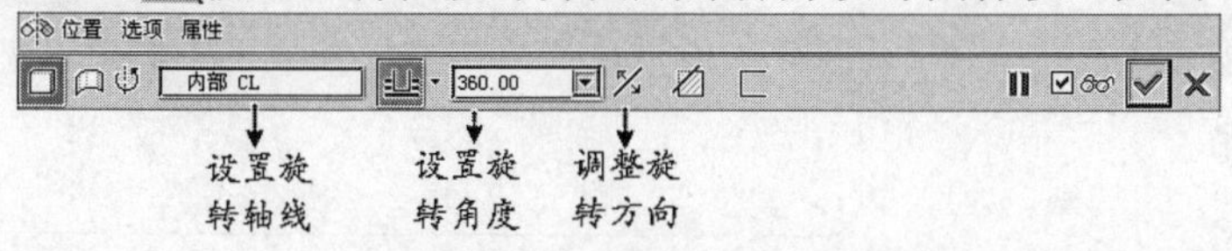

图5-35 旋转设计图标板

该图标板的基本用法与拉伸设计图标板相似。设计时，首先设置草绘平面，然后绘制旋转截面图，接下来绘制旋转轴线，设置旋转角度，根据设计需要还可以调整旋转方向。

一、设置草绘平面

这一步骤与创建拉伸实体特征基本相同，主要包括以下内容。

(1) 选取合适的平面作为草绘平面。

(2) 设置合适的草绘视图方向。

(3) 选取合适的平面作为参考平面准确放置草绘平面。

二、绘制旋转截面图

正确设置草绘平面后，接下来进入二维草绘模式绘制截面图。

与拉伸实体特征的草绘截面不同，在绘制旋转截面图时，通常需要同时绘制出旋转轴线，如图 5-36 所示。

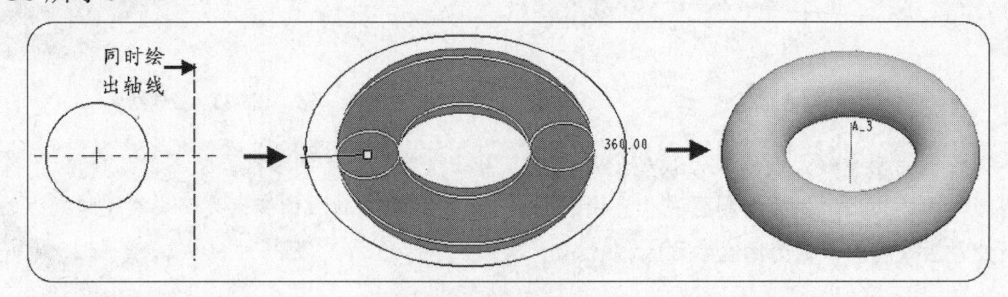

图5-36 旋转轴

截面图上有线段与轴线重合时，不要忽略该线段，如图 5-37 所示。

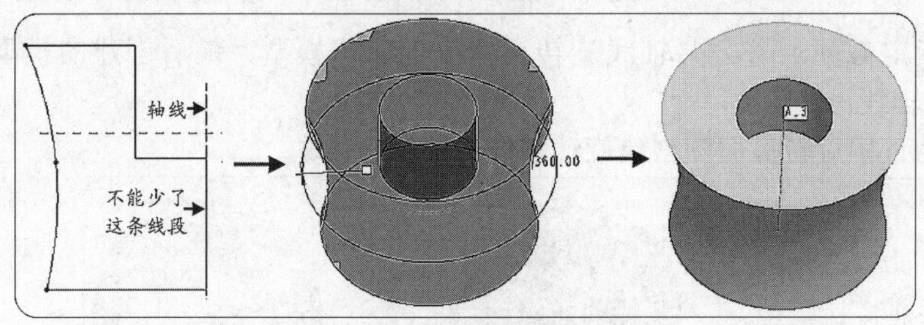

图5-37 旋转轴上的线段

使用开放截面创建加厚草绘特征时，可以使用开放截面，但是截面和旋转轴线不得有交叉。图 5-38 所示为错误的截面图，正确的结果如图 5-39 所示。

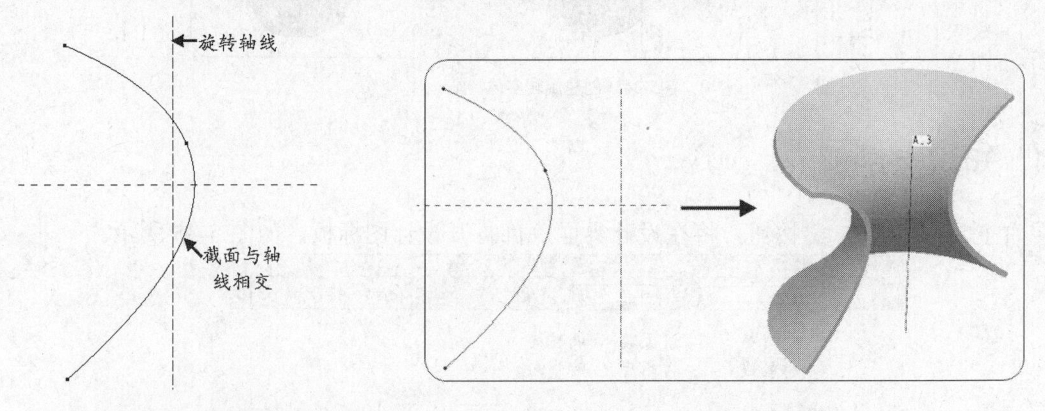

图5-38 错误的开放截面

图5-39 正确的开放截面

在使用拉伸和旋转方法创建实体模型时，如果要使用开放截面创建加厚草绘特征，应该先在图标板上选中□按钮确定特征类型，才可以绘制开放截面。否则系统会报告截面不完整，无法创建特征。

三、确定旋转轴线

除了在绘制草绘截面时制旋转轴线外，也可以首先绘制不包含旋转轴线的截面图，退出草绘模式后再选取基准轴线或实体模型上的边线作为旋转轴线。

在图标板上单击位置按钮，打开上滑参数面板，在这里可以设置草绘平面并指定旋转轴，如图 5-40 所示。

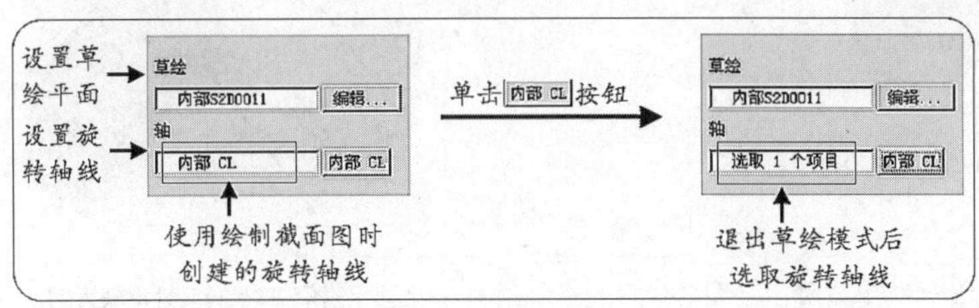

图5-40　上滑参数面板

四、设置旋转角度

指定旋转角度的方法和指定拉伸深度的方法相似，首先在图标板上选取一种旋转角度的确定方式，其中有 3 种指定角度的方法，具体用法如表 5-5 所示。

表 5-5　　设置旋转角度

序号	图形按钮	含义	示例图
1		直接在按钮右侧的文本框中输入旋转角度	
2		在草绘平面的双侧产生旋转实体特征，每侧旋转角度为文本框中输入数值的一半	
3		特征以选定的点、线、平面或曲面作为参照，特征旋转到该参照为止	

五、设置特征生成方向

系统默认的特征生成方向为绕旋转轴线逆时针旋转，如图 5-41 所示。可以在图标板上单击图标板上从左至右的第 1 个按钮，将旋转方向调整为顺时针，如图 5-42 所示。

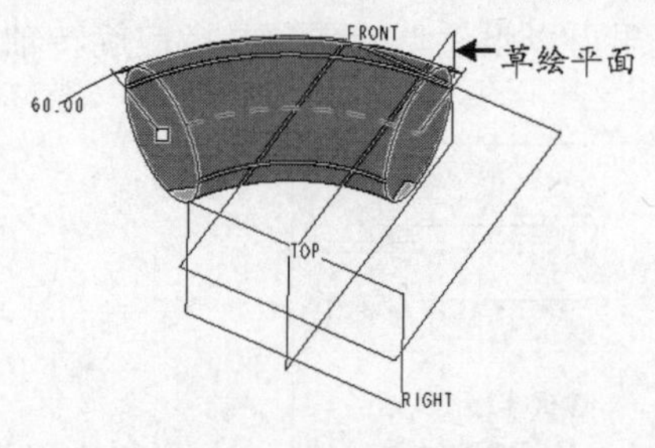

图5-41 逆时针旋转方向

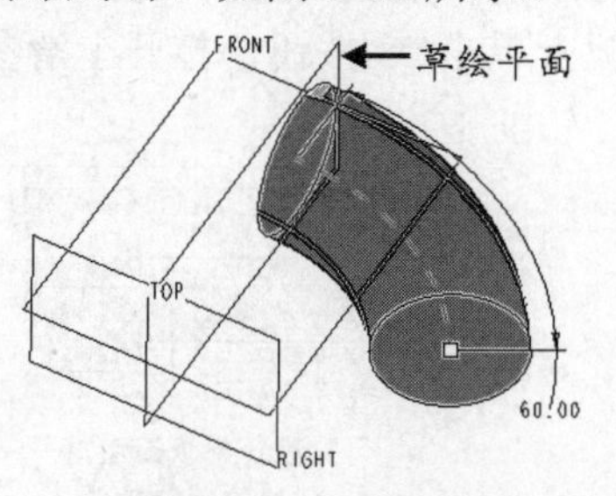

图5-42 顺时针旋转方向

5.2.2 范例解析——机盖设计

下面结合范例说明旋转建模的一般过程，最后创建的机盖模型如图 5-43 所示。

范例操作

1. 新建零件文件。

(1) 在上工具箱中单击按钮，打开【新建】对话框。

(2) 输入模型名称“cover”后单击鼠标中键进入三维建模环境。

2. 创建旋转实体特征 1。

(1) 在右工具箱中单击按钮，打开设计图标板。

(2) 选取基准平面 TOP 作为草绘平面，然后单击鼠标中键进入二维绘图环境。

(3) 按照如图 5-44 所示绘制旋转截面图，随后退出绘图环境。

(4) 单击鼠标中键创建实体模型，结果如图 5-45 所示。

图5-43 机盖模型

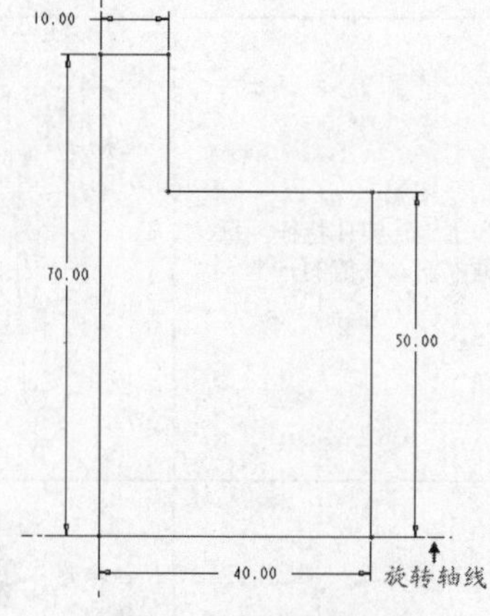

图5-44 绘制旋转截面图

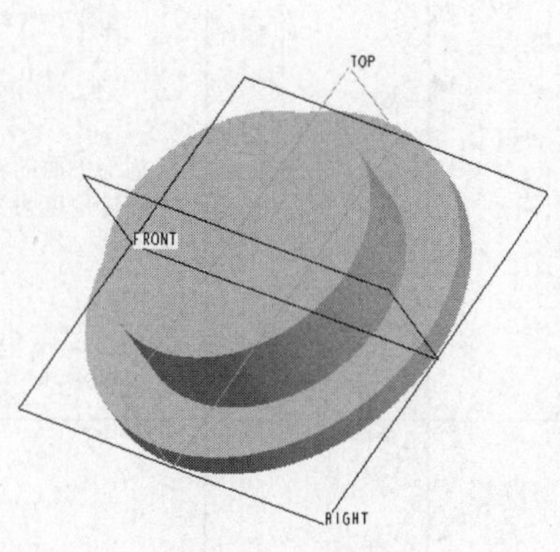

图5-45 旋转结果

3. 创建旋转实体特征 2。

(1) 继续在右工具箱中单击按钮，打开设计图标板。

(2) 选取基准平面 TOP 作为草绘平面，然后单击鼠标中键进入二维绘图环境。

(3) 按照如图 5-46 所示绘制旋转截面图，随后退出绘图环境。

(4) 在图标板上按下按钮创建减材料特征。

(5) 单击鼠标中键创建实体模型，结果如图 5-47 所示。

该旋转截面由 5 条线段和一段圆弧组成，其中使用圆弧段可以获得光滑过渡的表面，可以在后续设计中省去倒圆角特征。特别注意，该旋转截面必须完全封闭，不要遗漏旋转轴线上的线段以及与右侧边线重合的线段。

4. 创建旋转实体特征 3。

(1) 在右工具箱中单击按钮，打开设计图标板。

(2) 选取基准平面 TOP 作为草绘平面，然后单击鼠标中键进入二维绘图环境。

(3) 按照如图 5-48 所示绘制旋转截面图，随后退出绘图环境。

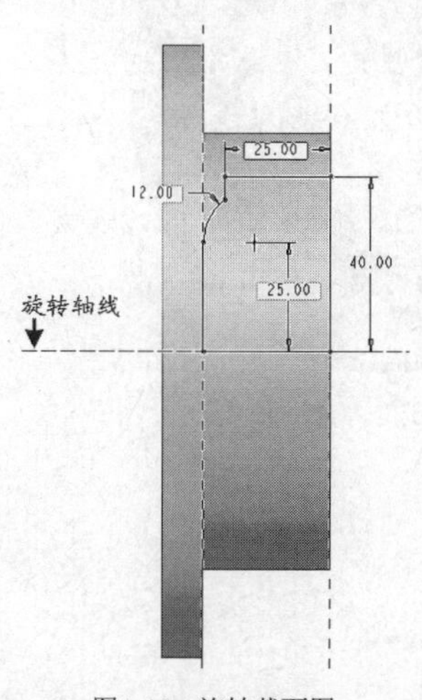

图5-46 旋转截面图

图5-47 旋转结果

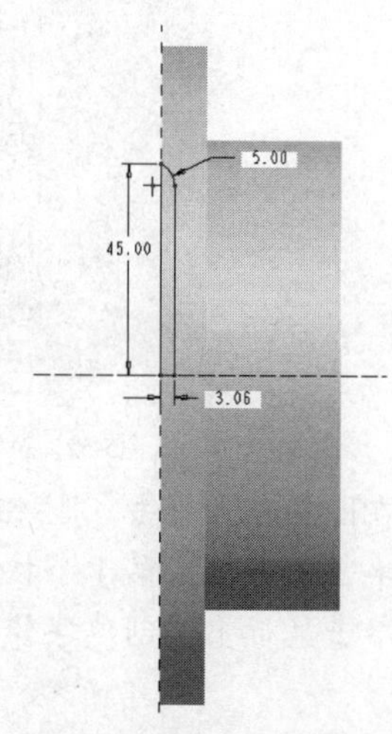

图5-48 逆时针旋转方向

(4) 在图标板上单击按钮，创建减材料特征。

(5) 单击鼠标中键创建实体模型，结果如图 5-49 所示。

要点提示 与创建上一旋转特征相似，该旋转截面由 3 条直线段和一段圆弧组成，并且该旋转截面必须完全封闭，不要遗漏旋转轴线上的线段以及与左侧边线重合的线段。

5. 创建拉伸实体特征 1。

(1) 在右工具箱中单击按钮，打开设计图标板。

(2) 选取如图 5-50 所示的平面作为草绘平面，然后单击鼠标中键进入二维绘图环境。

图5-49 顺时针旋转方向

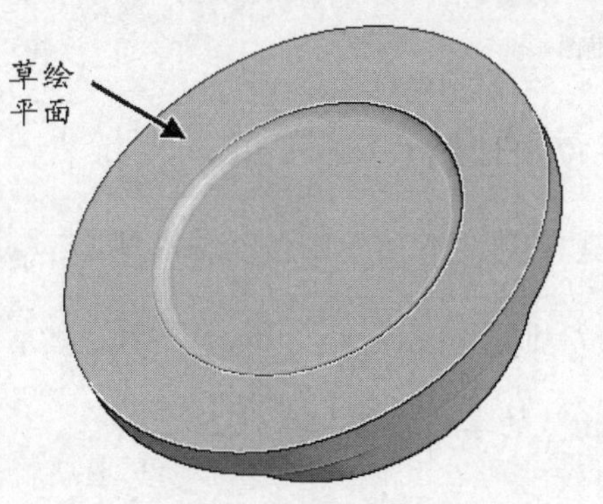

图5-50 选取草绘平面

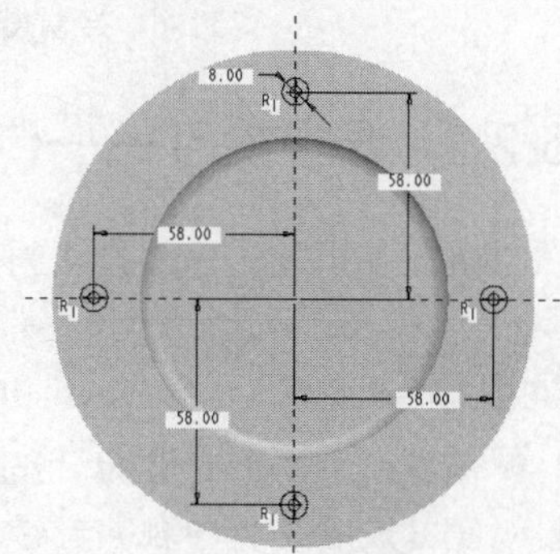

图5-51 绘制截面图

(3) 按照如图 5-51 所示绘制拉伸截面图，随后退出绘图环境。

(4) 在图标板上单击按钮创建减材料特征，设置拉伸深度为穿透模型。

(5) 单击图标板上第 1 个按钮，使特征生成方向指向材料内侧。
(6) 单击鼠标中键创建实体模型，结果如图 5-52 所示。
6. 创建拉伸实体特征 2。
(1) 在右工具箱中单击按钮，打开设计图标板。
(2) 选取如图 5-53 所示的平面作为草绘平面，然后单击鼠标中键进入二维绘图环境。
(3) 使用工具绘制如图 5-54 所示的拉伸截面图，随后退出绘图环境。

图5-52 拉伸结果

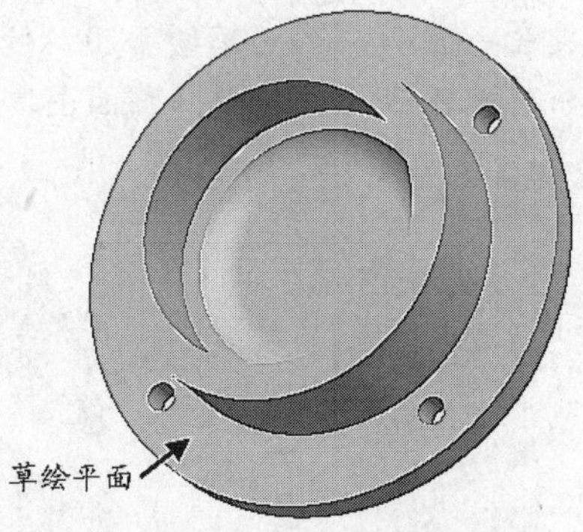

图5-53 选取草绘平面

(4) 在图标板上单击按钮创建减材料特征，设置拉伸深度为 3.00。
(5) 单击图标板上第 1 个按钮，使特征生成方向指向材料内侧。
(6) 单击鼠标中键创建实体模型，结果如图 5-55 所示。

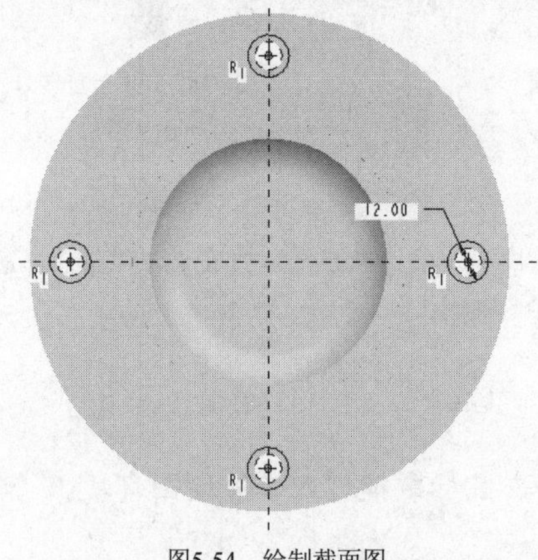

图5-54 绘制截面图

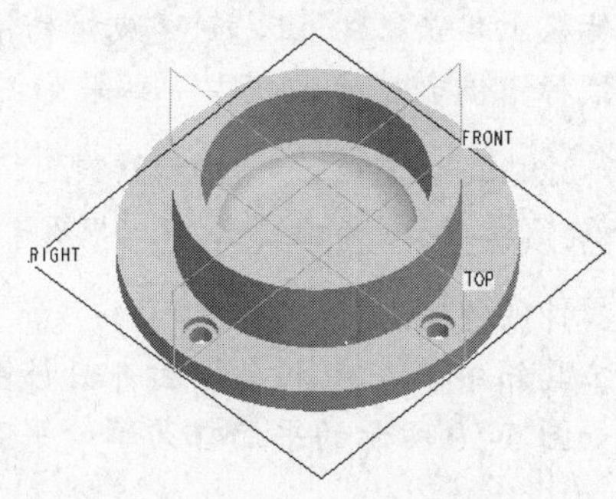

图5-55 拉伸结果

5.2.3 课堂练习——传动轴设计

练习使用旋转建模方法创建如图 5-56 所示的传动轴模型。

操作提示

1. 新建文件。新建名为“shaft”的零件文件。
2. 创建旋转实体特征。
(1) 选取基准平面 TOP 作为草绘平面。
(2) 绘制如图 5-57 所示的截面图，旋转结果如图 5-58 所示。

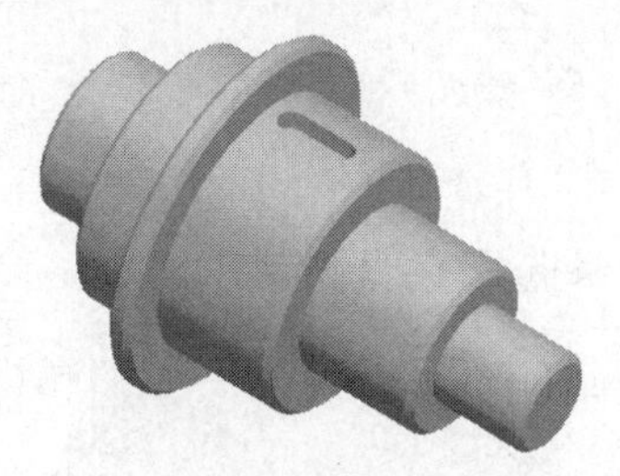
图5-56 传动轴模型

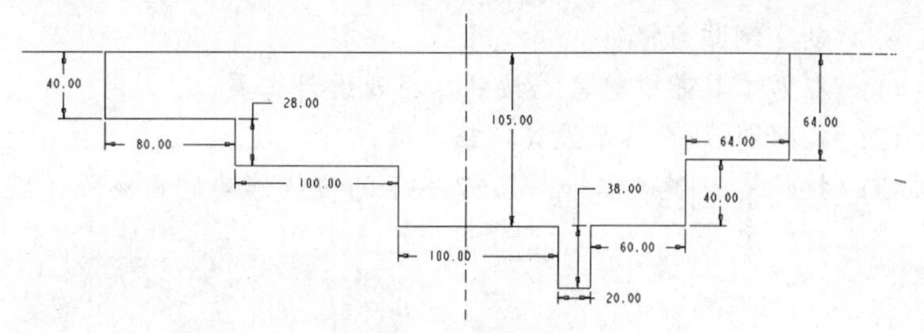

图5-57 旋转截面图

3. 新建基准平面。将基准平面 TOP 向上平移距离 105 后创建基准平面 DTM1，如图 5-59 所示。

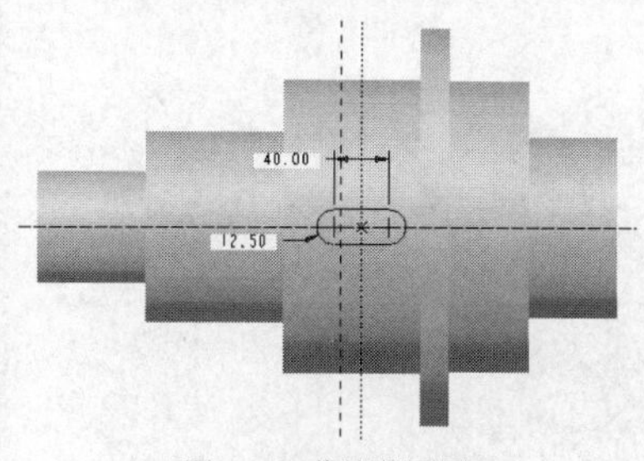
图5-58 旋转结果

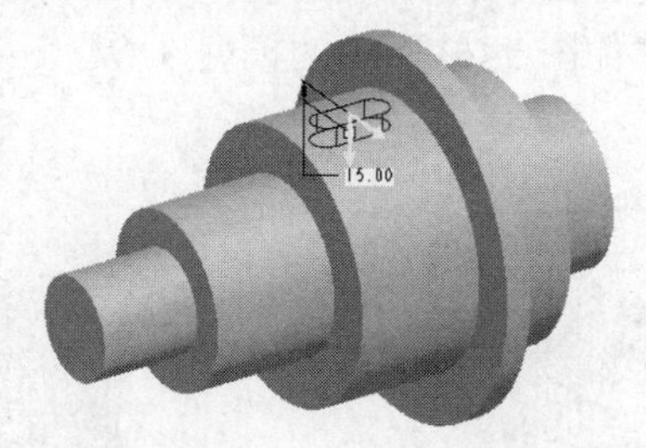

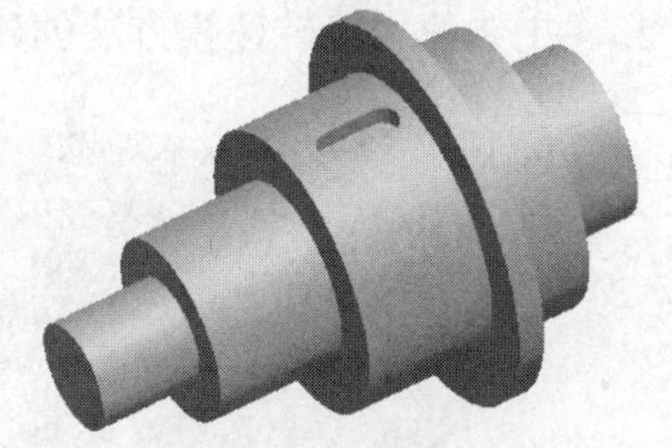
图5-59 新建基准平面

4. 创建减材料的拉伸特征。

(1) 选取基准平面 DTM1 作为草绘平面。

(2) 绘制如图 5-60 所示的截面图。

(3) 调整拉伸深度指向实体表面，如图 5-61 所示。

(4) 设置拉伸深度为 15.00，创建减材料拉伸结果如图 5-62 所示。

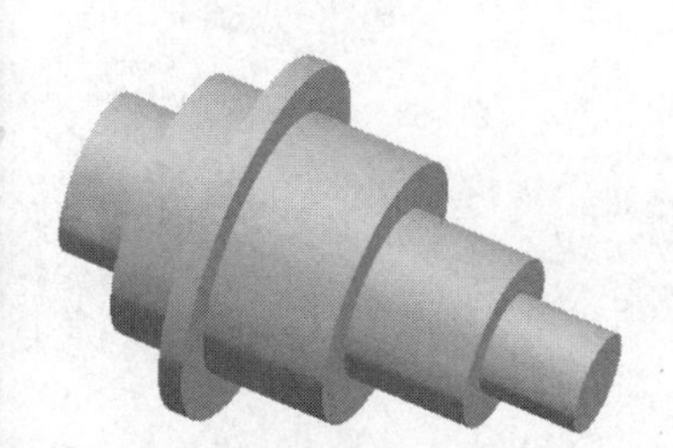

图5-60 草绘截面图

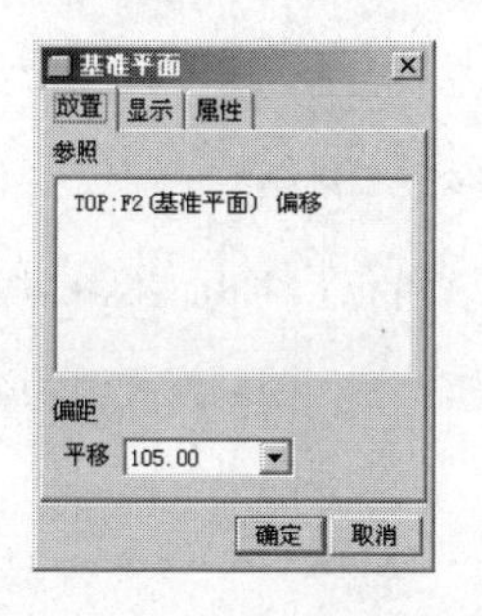

图5-61 调整特征方向

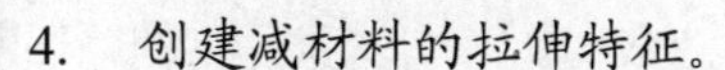
图5-62 拉伸设计结果

5. 创建倒角特征。

(1) 在右工具箱中单击按钮，打开设计工具。

(2) 按照图 5-63 所示设置特征参数。

(3) 按住 Ctrl 键选取如图 5-64 所示的边线作为倒角参照，设计结果如图 5-65 所示。

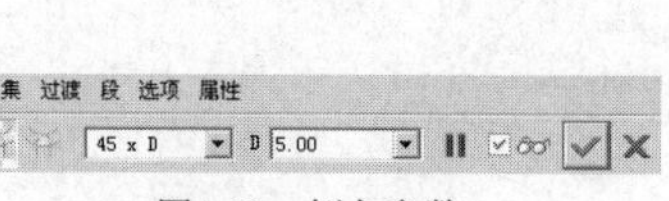

图5-63 倒角参数

图5-64 倒角参照

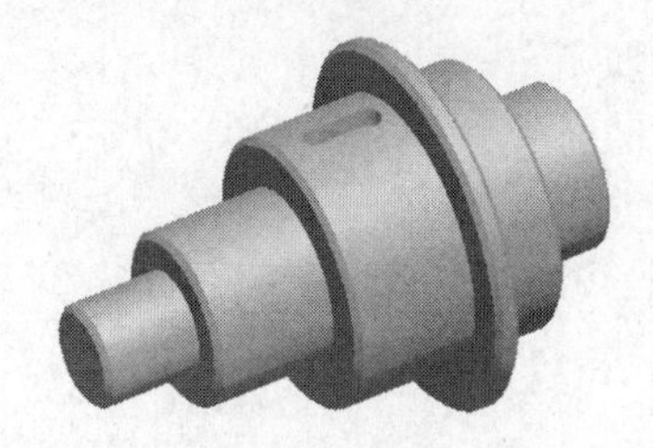
图5-65 倒角结果

6. 创建倒圆角特征。

(1) 在右工具箱中单击按钮，打开设计工具。

(2) 按照图 5-66 所示设置特征参数。

(3) 按住 Ctrl 键选取如图 5-67 所示的边线作为倒角参照，设计结果如图 5-68 所示。

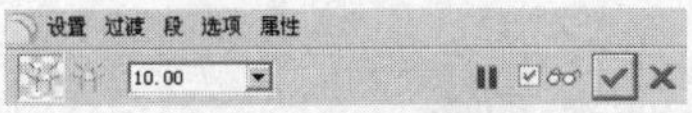

图5-66 倒圆角参数

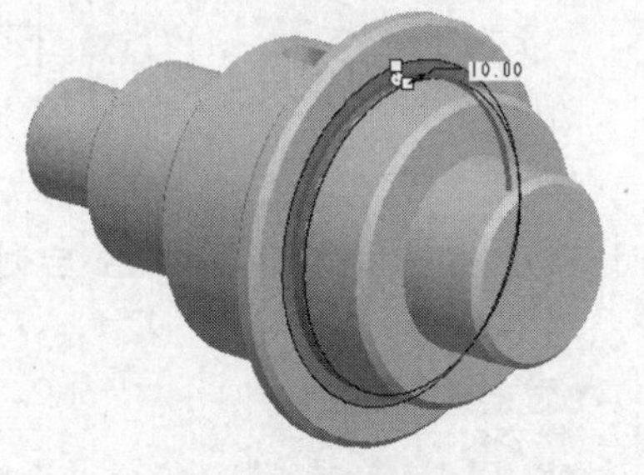

图5-67 倒圆角参照

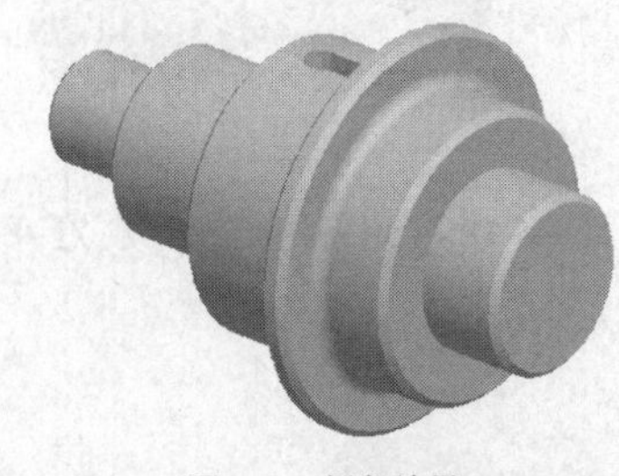

图5-68 倒角结果

要点提示 倒角特征和倒圆角特征是两种常用的工程特征。本例仅仅练习其基本用法，详细的设计方法将在稍后的课程中详细介绍。

5.3 课后作业

一、思考题

1. 拉伸截面图和旋转截面图有什么主要区别?
2. 什么是特征生成方向?不同的特征生成方向对设计结果有什么影响?

二、操作题

1. 主要使用拉伸建模方法创建如图 5-69 所示的模型?
2. 主要使用旋转建模方法创建如图 5-70 所示的模型?

图5-69 实体模型（1）

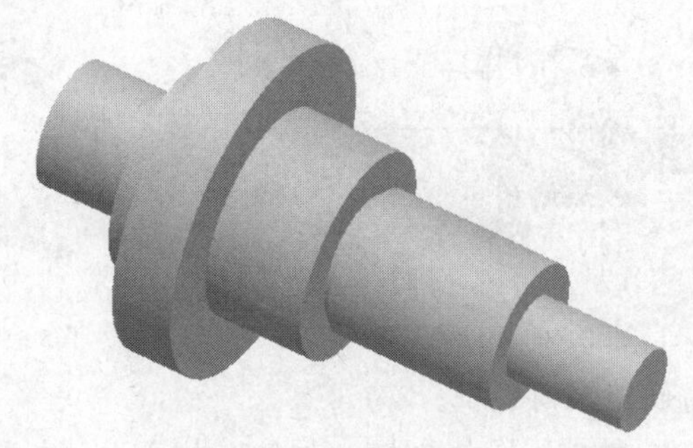

图5-70 实体模型（2）

第6讲

扫描和混合建模

【学习目标】

<table>
<tr><td>• 掌握扫描建模原理。</td><td>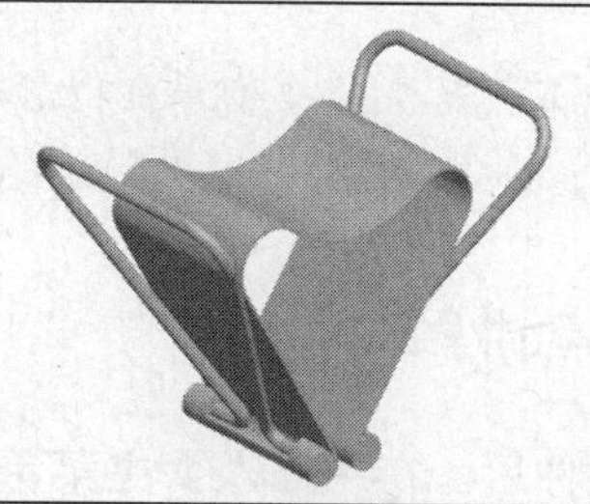
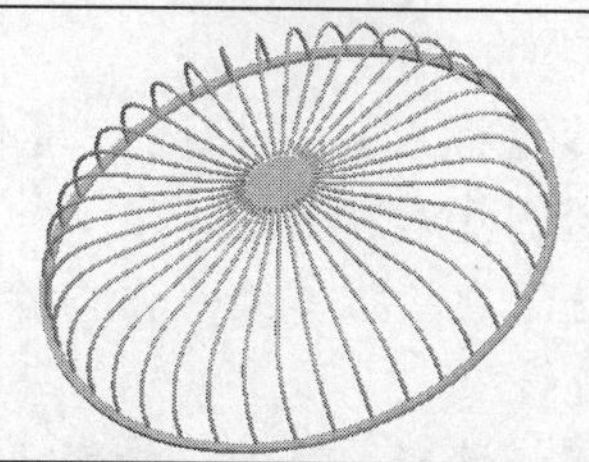</td></tr>
<tr><td colspan="2">• 明确创建复杂模型的一般过程。</td></tr>
<tr><td>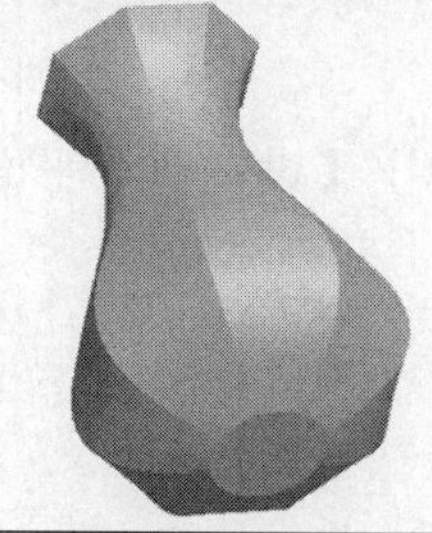
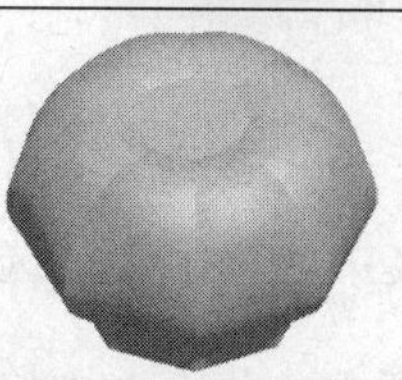</td><td>• 掌握混合建模原理。</td></tr>
<tr><td colspan="2">• 总结提高设计效率的一般方法和技巧。</td></tr>
</table>

6.1 扫描建模原理

进一步推广拉伸实体特征的创建原理，将草绘截面沿任意路径（扫描轨迹线）扫描可以创建一种形式更加多样的实体特征，这就是扫描实体特征。

扫描轨迹线和扫描截面是扫描实体特征的两个基本要素，在最后创建的模型上，特征的横断面和扫描截面对应，特征的外轮廓线与扫描轨迹线对应，如图 6-1 所示。

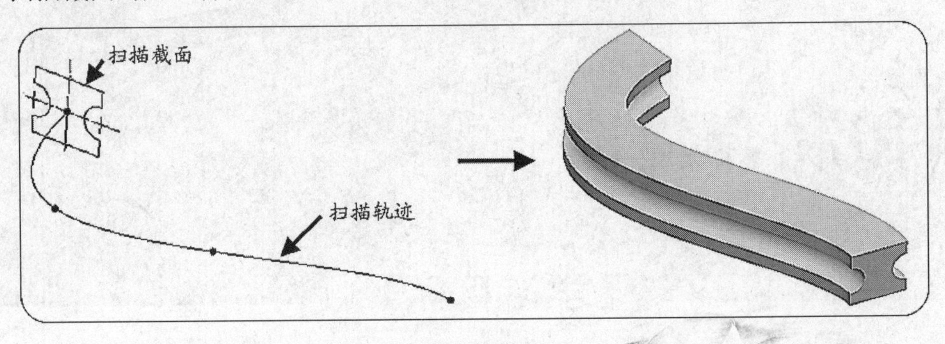

图6-1 扫描特征的创建

要点提示 从建模原理上说，拉伸实体特征和旋转实体特征都是扫描实体特征的特例，拉伸实体特征是将截面沿直线扫描，旋转实体特征是将截面沿圆周扫描。

6.1.1 知识点讲解

新建零件文件后，在【插入】主菜单中选择【扫描】命令，使用下层菜单中的各种工具，可以创建多种类型的扫描特征。

选择菜单命令【插入】/【扫描】/【伸出项】，系统弹出【扫描轨迹】菜单，该菜单提供了两种生成扫描轨迹的基本方法。

- 草绘轨迹：在二维草绘平面内绘制二维曲线作为扫描轨迹线。这种方法只能创建二维轨迹线。
- 选取轨迹：选取已有的二维或者三维曲线作为轨迹线，如可以选取实体特征的边线或基准曲线作为扫描轨迹线。这种方法可以创建空间三维轨迹线。

一、设置草绘平面

在【扫描轨迹】菜单中选择【草绘轨迹】命令，将弹出【设置草绘平面】菜单，同时系统提示选取草绘平面。

要点提示 在创建扫描实体特征时，需要两次进入草绘平面内绘制二维图形。第 1 次是创建扫描轨迹线，第 2 次是绘制草绘截面图。

(1) 菜单选项的用途。

- 使用先前的：使用与创建前一个特征相同的草绘平面。
- 新设置：设置新的草绘平面。

选择【新设置】选项后，系统弹出【设置平面】菜单，其中包含了 3 个选项。

- 平面：选取实体表面或基准平面作为草绘平面。
- 产生基准：新建临时基准平面作为草绘平面。

- 放弃平面：放弃刚刚选取的草绘平面，重新选取。

(2) 创建临时基准平面。在【设置草绘平面】菜单中选择【产生基准】命令后，系统弹出如图 6-2 所示【基准平面】菜单，在该菜单中选取参照和约束来创建临时基准平面。设计时，可以使用一组或多组约束及参照，直到该平面的位置被完全确定。

临时基准平面与使用▱工具创建的基准平面不同，这种基准平面在设计需要时临时创建，当其对应的设计任务完成后自动撤销，不再显示在设计界面上，也不保留在模型树窗口中，这样不但保持了设计界面的整洁，还方便了系统的管理。

二、设置草绘视图方向

选取草绘平面后，系统弹出如图 6-3 所示的【方向】菜单来确定草绘视图的方向，系统在草绘平面上使用一个红色箭头标示默认的草绘视图方向，如图 6-4 所示。如果要调整草绘视图方向，在【方向】菜单中选择【反向】选项即可。

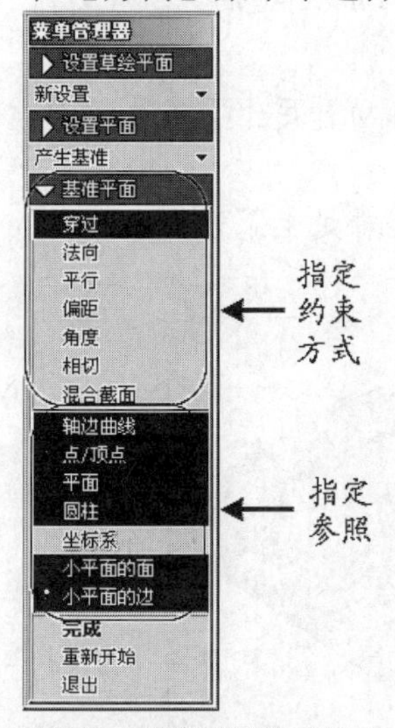

图6-2 【基准平面】菜单

图6-3 【方向】菜单

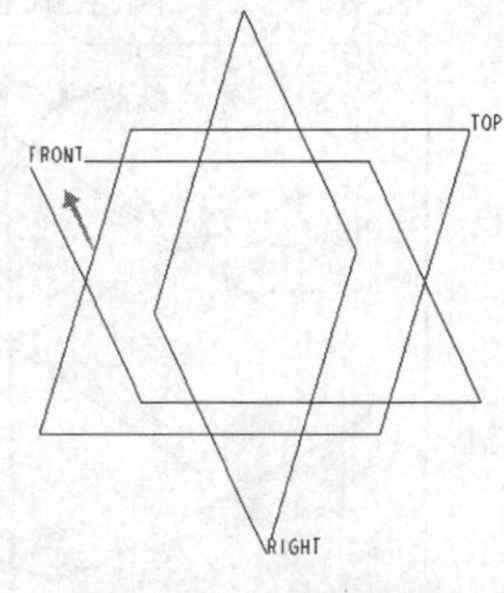

图6-4 默认草绘视图方向

在【方向】菜单中选择【反向】选项调整草绘视图方向后，还要再选择一次【正向】选项才能完成草绘视图方向的设置工作。

三、设置参考平面

设置完草绘视图方向后，弹出如图 6-5 所示的【草绘视图】菜单，在菜单下部的【设置平面】菜单中可以选取基准平面、实体表面或新建临时基准平面作为参考平面，然后在【草绘视图】菜单中为该参考平面选取合理的方向参照：顶、底部、右或左。

选择【缺省】选项可以由系统根据当前的情况自动选取参考平面来放置草绘平面。

图6-5 【草绘视图】菜单

四、设置属性参数

属性参数用于确定扫描实体特征的外观以及与其他特征的连接方式。

(1) 端点属性。在一个已有实体上创建扫描实体特征时，如果扫描轨迹线为开放曲线时，根据扫描实体特征和其他特征在相交处连接的方式不同，可以为扫描特征设置不同的属性。

- 合并终点：新建扫描实体特征和另一实体特征相接后，两实体自然融合，光滑连接，形成一个整体，如图 6-6 所示。
- 自由端点：新建扫描实体特征和另一实体特征相接后，两实体保持自然状态，互不融合，如图 6-7 所示。

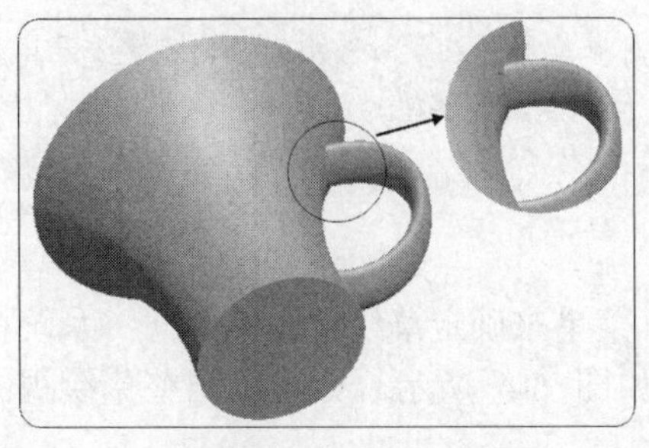
图6-6 合并终点

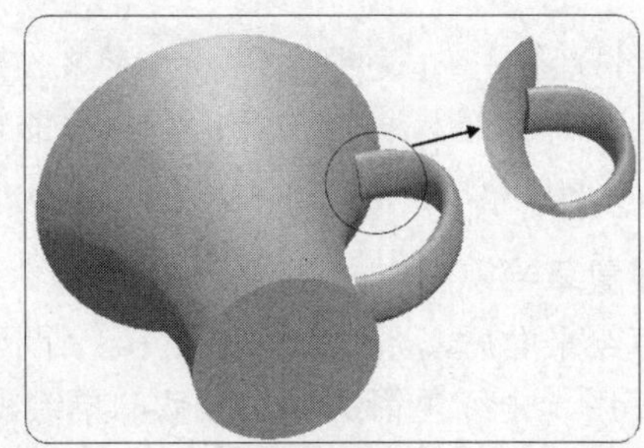
图6-7 自由端点

(2) 内部属性。如果扫描轨迹线为闭合曲线，则具有以下两种属性。

- 增加内部因素：草绘截面沿轨迹线扫描产生实体特征后，自动补足上下表面，形成闭合结构。此时要求使用开放型截面，如图 6-8 所示。
- 无内部因素：草绘截面沿轨迹线扫描产生实体特征后，不会补足上下表面。这时要求使用封闭型截面，如图 6-9 所示。

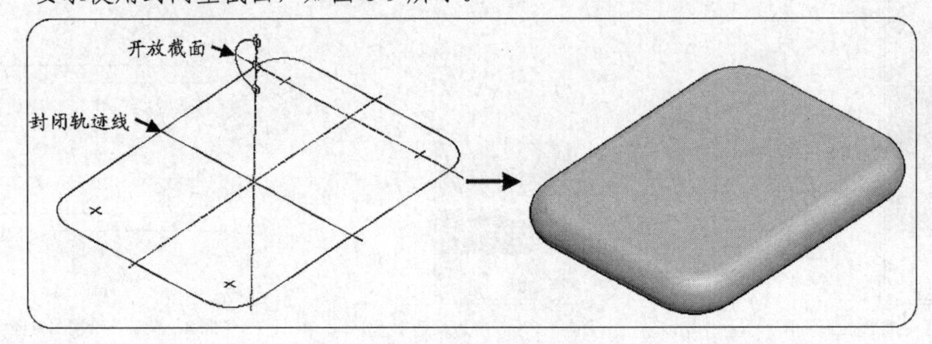

图6-8 使用开放型截面

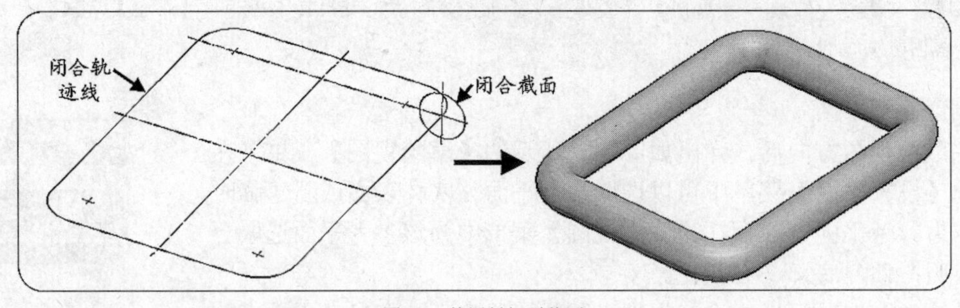

图6-9 使用封闭型截面

五、选取轨迹线创建扫描实体特征

另一种创建扫描实体特征的方法是选取已经创建的基准曲线或实体边线作为扫描轨迹线，这样创建的扫描特征更为复杂。

图 6-10 所示为选取已经创建完成的空间曲线作为轨迹线来创建扫描实体特征。

在选取轨迹线时，系统弹出如图 6-11 所示的【链】菜单，可以使用多种方法选取轨迹线。

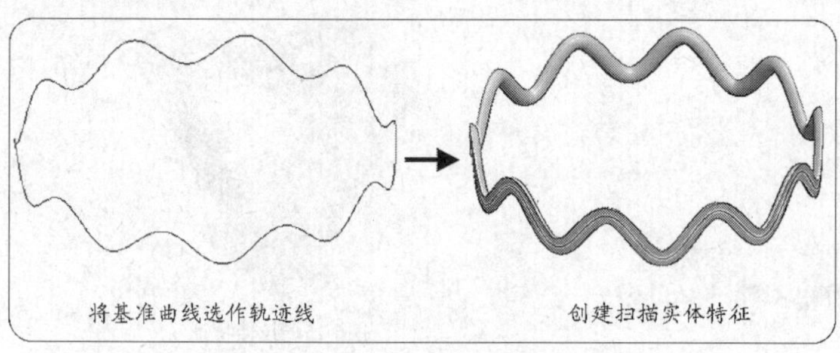

图6-10　空间曲线扫描

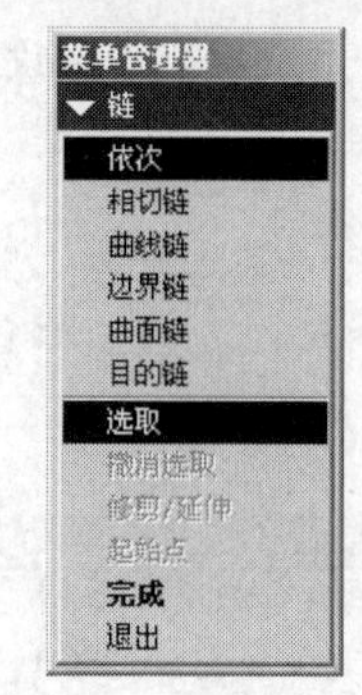

图6-11　【链】菜单

- 依次：按照任意顺序选取实体边线或基准曲线作为轨迹线。在这种方式下，一次只能选取一个对象，同时按住Ctrl键可以一次选中多个对象。
- 相切链：一次选中多个相互相切的边线或基准曲线作为轨迹线。
- 曲线链：选取基准曲线作为轨迹线。当选取指定基准曲线后，系统还会自动选取所有与之相切的基准曲线作为轨迹线。
- 边界链：选取曲面特征的某一边线后，可以一次选中所有与该边线相切的边界曲线作为轨迹线。
- 曲面链：选取某曲面，将其边界曲线作为轨迹线。
- 目的链：选取环形的边线或曲线作为轨迹线。

6.1.2　范例解析——书夹设计

下面结合范例说明扫描实体特征的创建方法，最后创建的书夹模型如图6-12所示。

范例操作

1. 新建零件文件。新建名为“clip”的零件文件，随后进入三维建模环境。
2. 创建拉伸实体特征1。

(1) 在右工具箱中单击按钮，打开拉伸设计工具。
(2) 在设计界面空白处单击鼠标右键，在弹出的菜单中选择【加厚草绘】选项。
(3) 选取基准平面FRONT作为草绘平面。
(4) 绘制如图6-13所示的截面图，完成后退出。

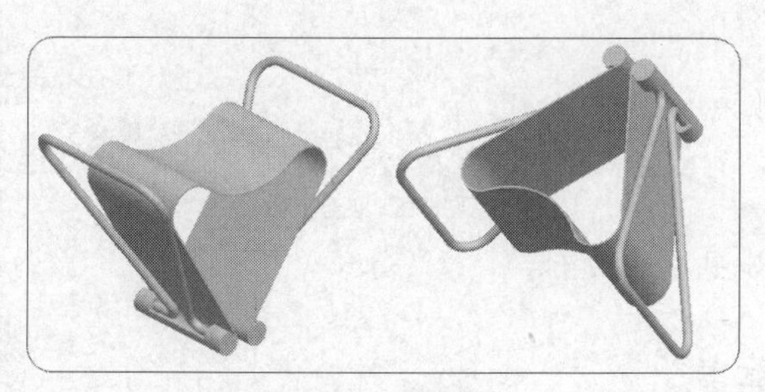
图6-12　书夹模型

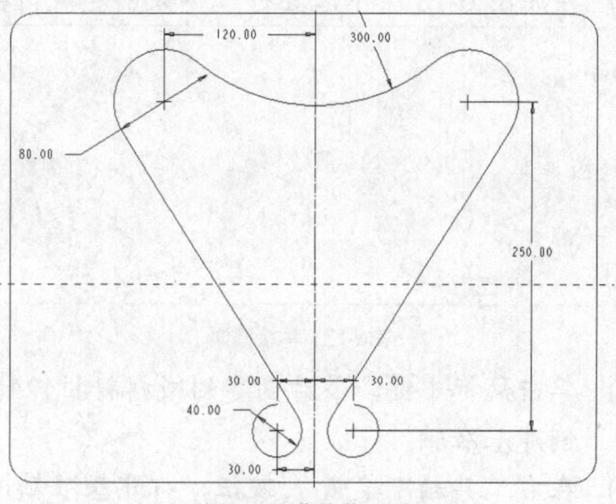

图6-13　草绘截面图

(5) 按照图 6-14 所示设置特征参数创建加厚草绘特征，结果如图 6-15 所示。

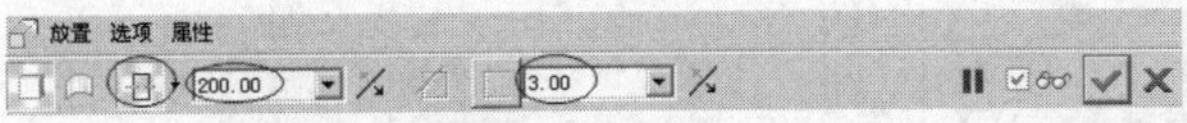

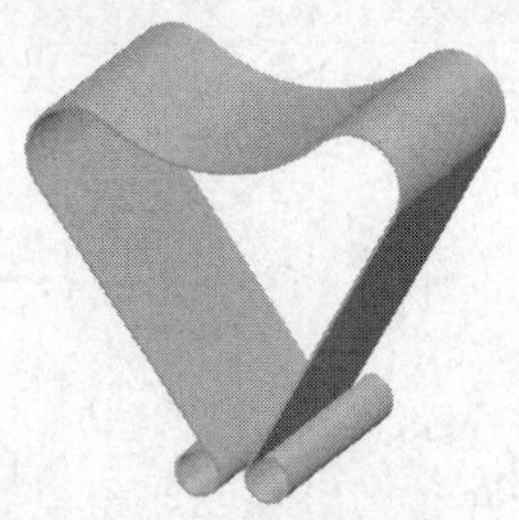

放置 选项 属性 200.00 3.00

图6-14 设置参数

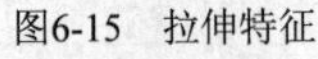

图6-15 拉伸特征

要点提示 该截面由多条圆弧和直线组成，各段线条均匀平滑过渡，最后围成一条无交叉线段的图形，其绘图过程如图 6-16 所示。

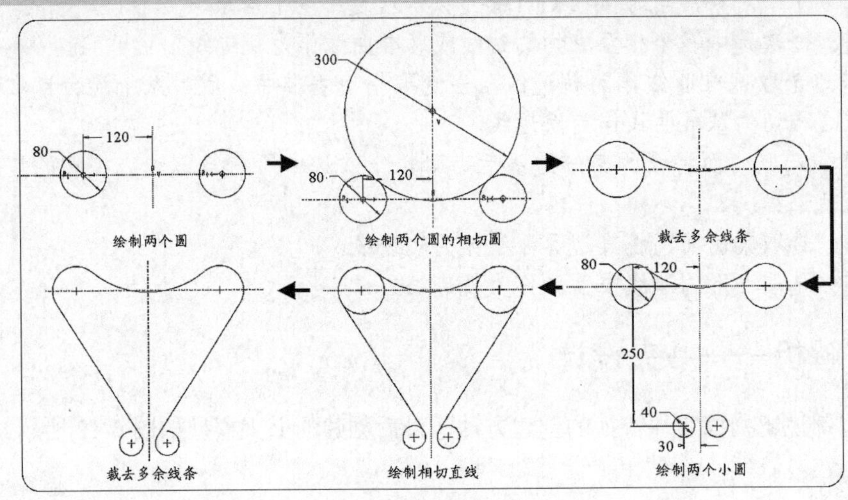

图6-16 草绘截面绘制过程

3. 创建拉伸实体特征 2。

(1) 在右工具箱中单击按钮，打开拉伸设计工具。

(2) 在设计界面空白处单击鼠标右键，在弹出的快捷菜单中选择【定义内部草绘】选项。

(3) 在弹出的【草绘】对话框中，单击 使用先前的 按钮进入草绘模式。

(4) 配合使用、、和工具绘制如图 6-17 所示的截面图，完成后退出。

(5) 按照图 6-18 所示设置特征参数创建减材料拉伸特征。

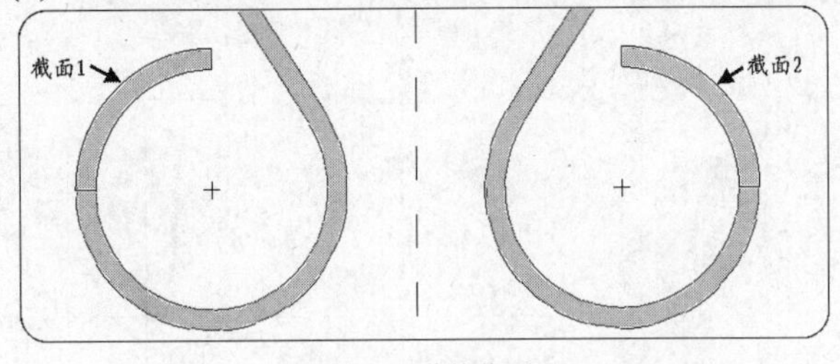

图6-17 草绘截面

图6-18 创建参数

(6) 单击鼠标中键，最后创建的减材料拉伸特征如图 6-19 所示。

4. 创建基准轴。

(1) 在右工具箱中单击按钮，打开基准轴设计工具。

(2) 按照图 6-20 所示选取曲面参照创建基准轴 A_1，如图 6-21 所示。

图6-19　减材料拉伸特征

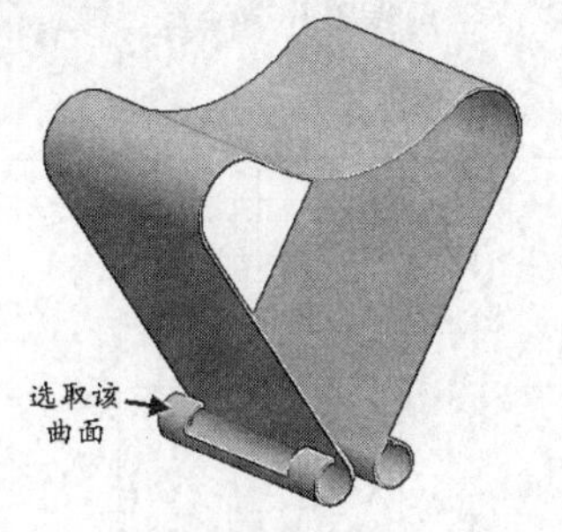

图6-20　选取参照面

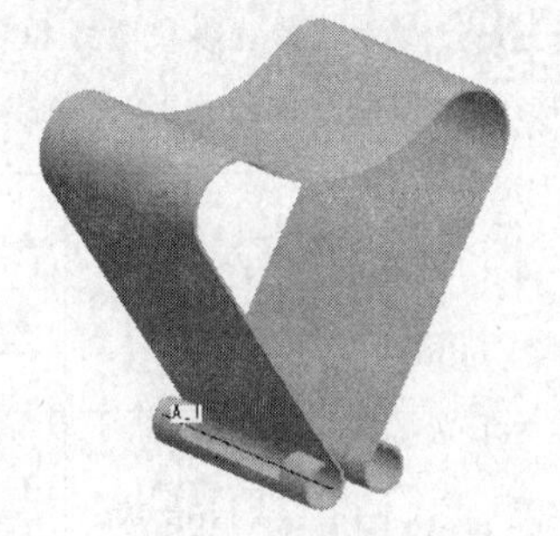

图6-21　创建基准轴

5. 创建基准平面。

(1) 在右工具箱中单击按钮，打开基准平面工具。

(2) 选取基准轴 A_1 作为参照，设置约束类型为穿过，如图 6-22 所示。

(3) 按住Ctrl键选取如图 6-23 所示的平面作为参照，设置约束类型为平行，如图 6-24 所示。

(4) 单击鼠标中键，最后创建的基准平面如图 6-25 所示。

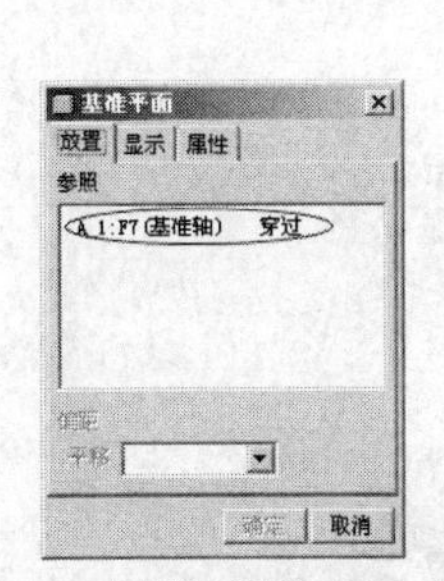

图6-22　【基准平面】参照（1）

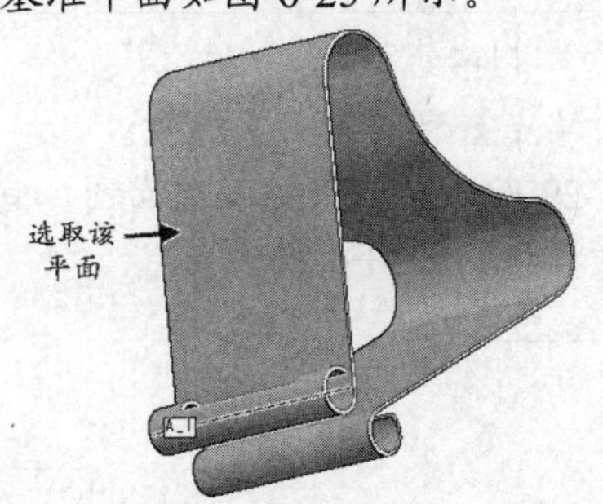

图6-23　选取参照平面

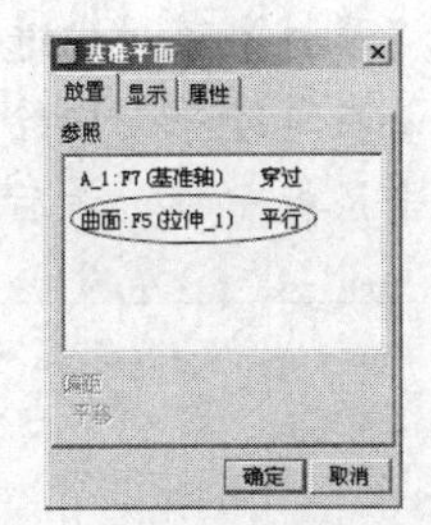

图6-24　【基准平面】参照（2）

6. 创建扫描特征。

(1) 选择菜单命令【插入】/【扫描】/【伸出项】，打开扫描设计工具。

(2) 在【扫描轨迹】菜单中选择【草绘轨迹】选项。

(3) 选取新建基准平面 DTM1 为草绘平面。

(4) 在【方向】菜单中选择【正向】选项。

(5) 在【草绘视图】菜单中选择【缺省】选项。

(6) 系统弹出【参照】对话框并提示尺寸参照不足，增选轴线 A_1 为尺寸参照，如图 6-26 所示，然后关闭对话框。

(7) 在草绘平面内绘制如图 6-27 所示的轨迹，完成后退出。

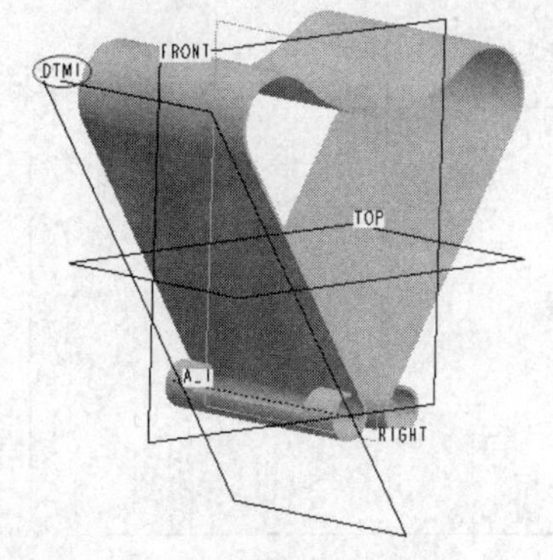

图6-25　创建基准平面

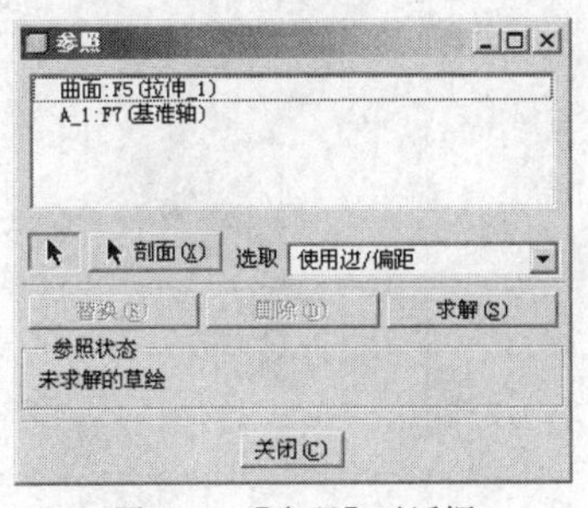

图6-26　【参照】对话框

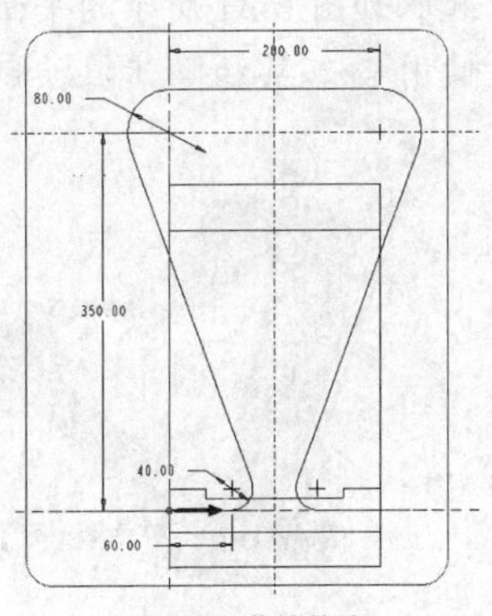

图6-27　草绘轨迹

要点提示 该轨迹线由多段圆弧和直线组成，各段线条均匀平滑过渡，最后围成一条但无交叉线段的图形，其绘图过程如图 6-28 所示。

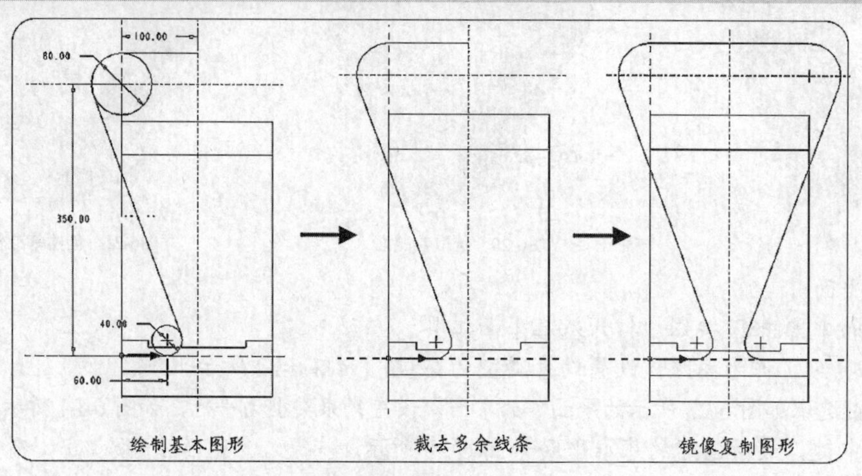

图6-28 草绘绘制过程

(8) 在【属性】菜单中选择【自由端点】和【完成】选项。

(9) 接着在草绘平面内绘制如图 6-29 所示的圆形扫描截面图，完成后退出。

(10) 单击鼠标中键，最后创建的扫描特征如图 6-30 所示。

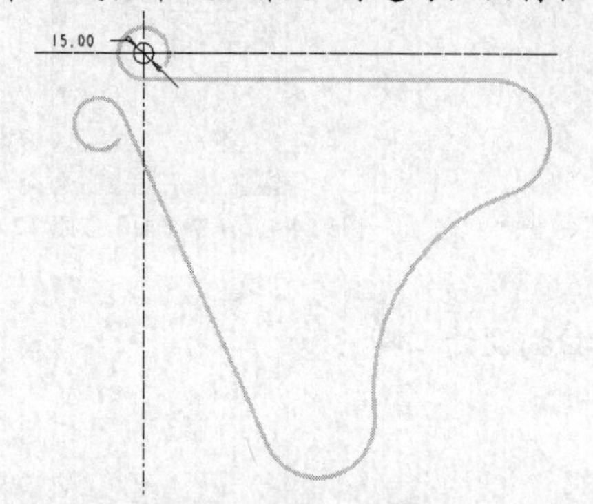

图6-29 圆形扫描截面

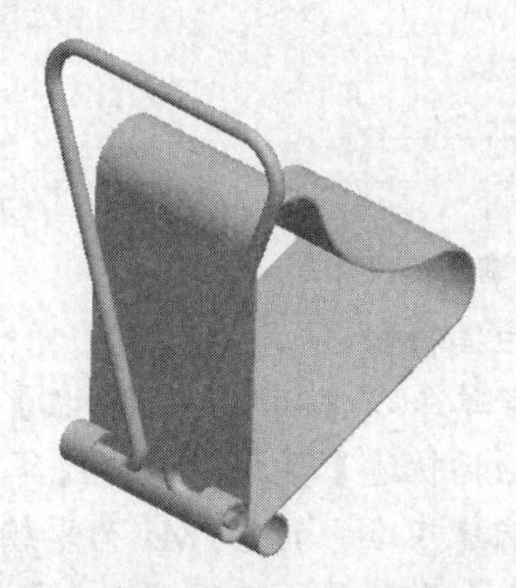
图6-30 扫描特征

7. 创建拉伸实体特征 3。

(1) 在右工具箱中单击按钮，打开拉伸设计工具。

(2) 在设计界面空白处单击鼠标右键，在弹出的快捷菜单中选择【定义内部草绘】选项。

(3) 选取如图 6-31 所示的平面作为草绘平面。

(4) 使用工具和工具绘制如图 6-32 所示的截面图，完成后退出。

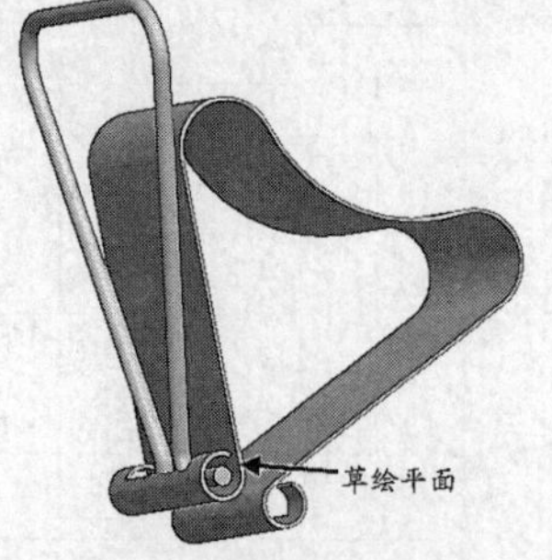

图6-31 选取草绘平面

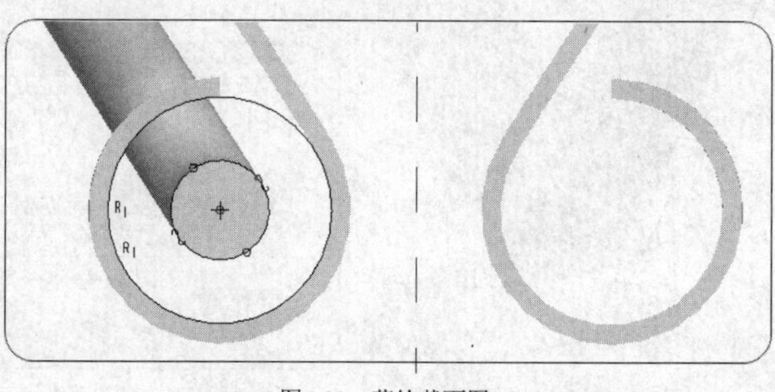
图6-32 草绘截面图

(5) 单击代表特征生成方向的箭头，使之指向实体内部，如图 6-33 所示。
(6) 设置特征深度为 30.00。
(7) 单击鼠标中键，最后创建如图 6-34 所示的拉伸特征。

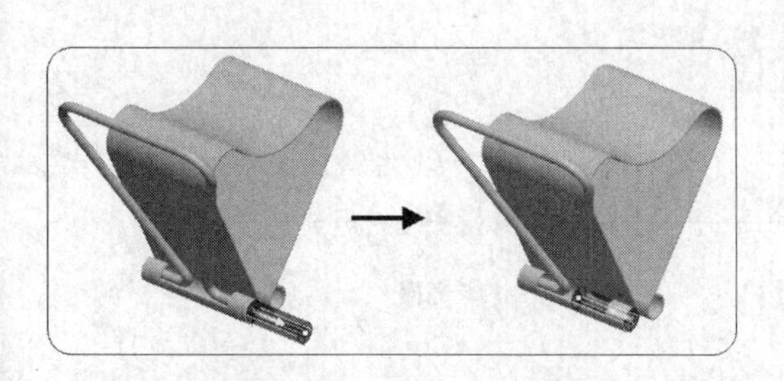
图6-33 调整方向

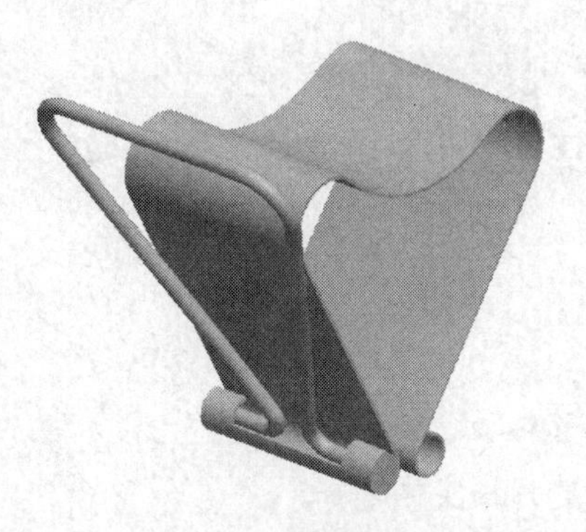
图6-34 创建拉伸特征

8. 创建镜像复制特征 1。
(1) 选取上一步创建的拉伸特征为复制对象。
(2) 在右工具箱中单击按钮，打开镜像复制工具。
(3) 选取基准平面 FRONT 为镜像参照。
(4) 单击鼠标中键，镜像结果如图 6-35 所示。
9. 创建镜像复制特征 2。
(1) 选取前面创建的扫描特征以及两个拉伸特征为复制对象，如图 6-36 所示。
(2) 在右工具箱中单击按钮，打开镜像复制工具。
(3) 选取基准平面 RIGHT 为镜像参照，镜像结果如图 6-37 所示。

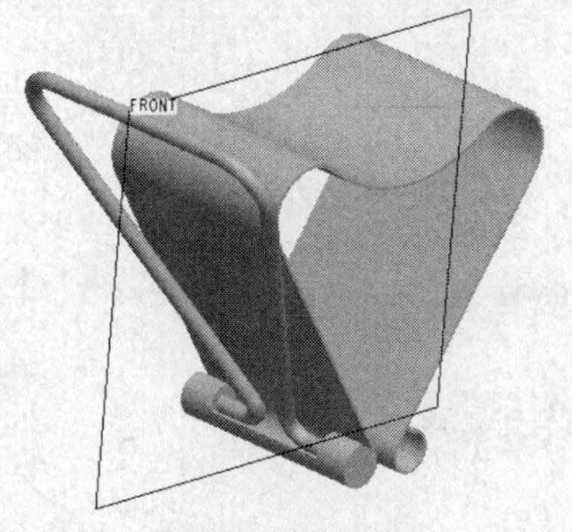

图6-35 镜像（1）

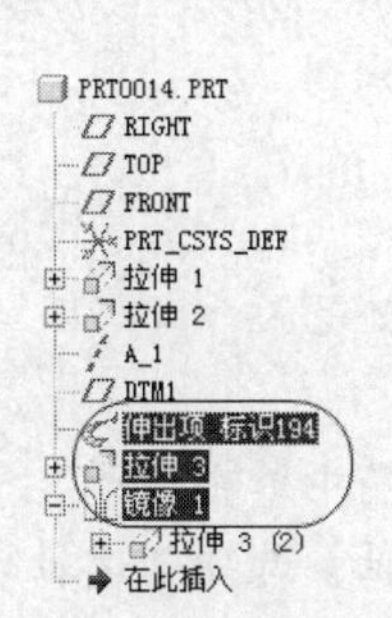

图6-36 选取复制对象

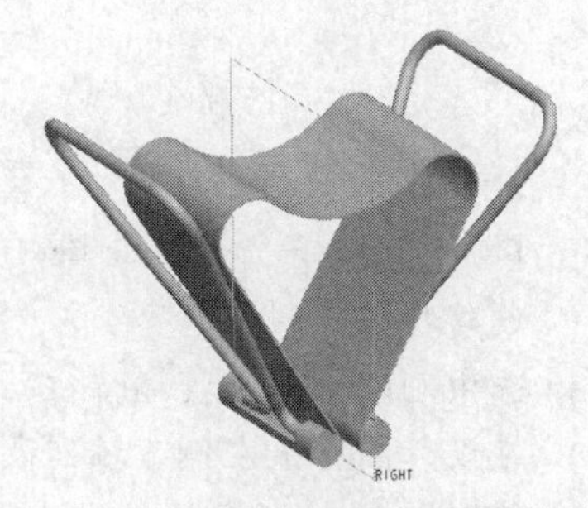

图6-37 镜像（2）

要点提示 镜像复制是一种快速创建与已有结构关于选定的基准平面完全对称的结构。顾名思义，新建特征就是源特征在镜子中看到的影像。设计时，首先选取源特征，然后选取镜像参照平面。

6.1.3 课堂练习——风扇盖设计

练习使用扫描建模方法创建如图 6-38 所示的风扇盖模型。

操作提示

1. 创建旋转实体特征。

(1) 选取基准平面 TOP 作为草绘平面。
(2) 按照图 6-39 所示绘制旋转截面图，旋转结果如图 6-40 所示。

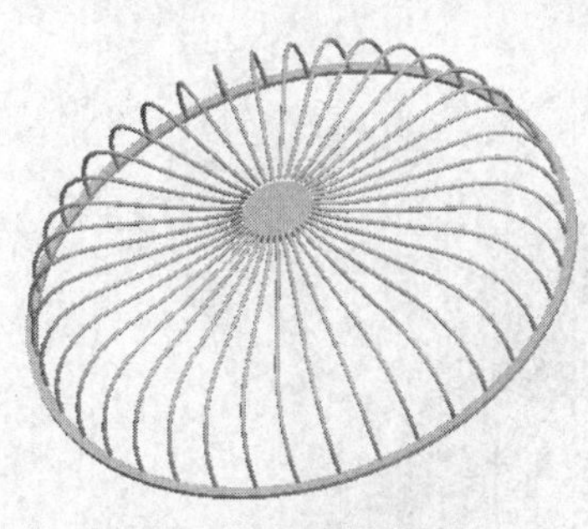
图6-38 风扇盖模型

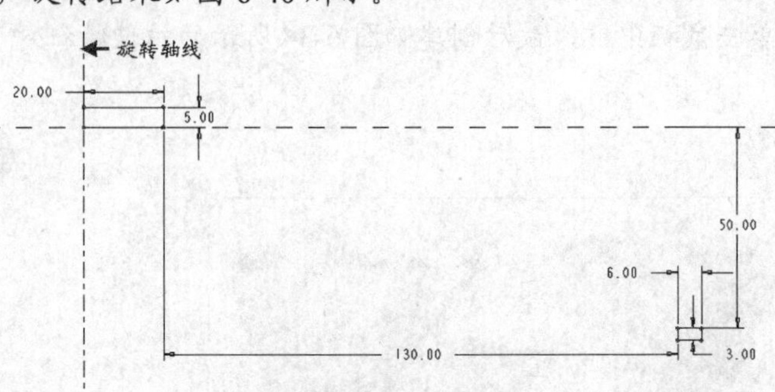

图6-39 绘制旋转截面

2. 创建扫描实体特征。
(1) 选取基准平面 TOP 作为草绘平面。
(2) 使用工具绘制如图 6-41 所示的轨迹线。注意在曲线上设置控制点以便调节曲线形状。
(3) 在【属性】菜单中选择【自由端点】选项。
(4) 在草绘平面内绘制如图 6-42 所示的扫描截面图。最后创建的扫描实体特征如图 6-43 所示。

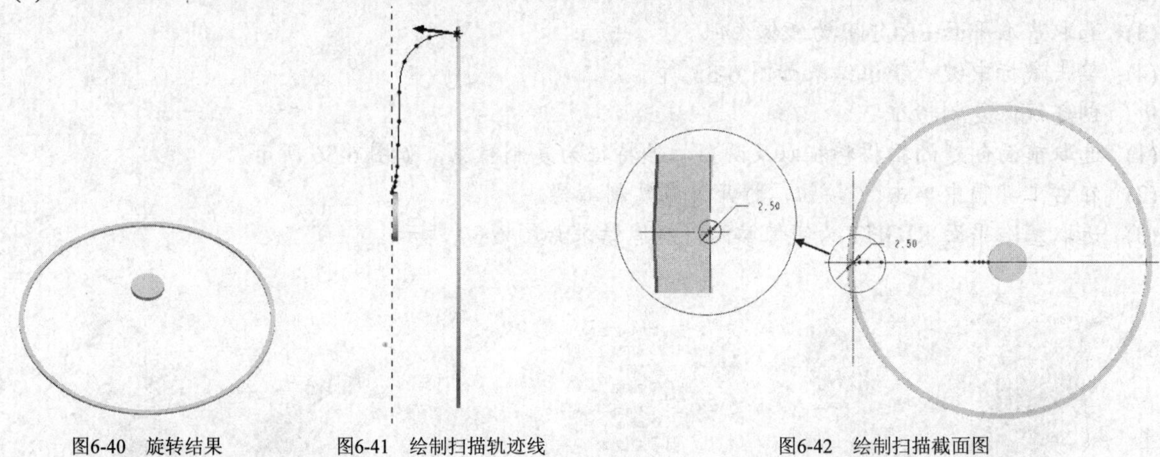

图6-40 旋转结果 图6-41 绘制扫描轨迹线 图6-42 绘制扫描截面图

3. 创建特征阵列。
(1) 选中刚刚创建的扫描特征，在右工具箱中单击按钮，打开阵列工具。
(2) 在设计图标板左侧下拉列表中选择【轴】选项创建轴阵列。
(3) 选取图 6-44 所示的轴线 A_2 作为阵列参照。

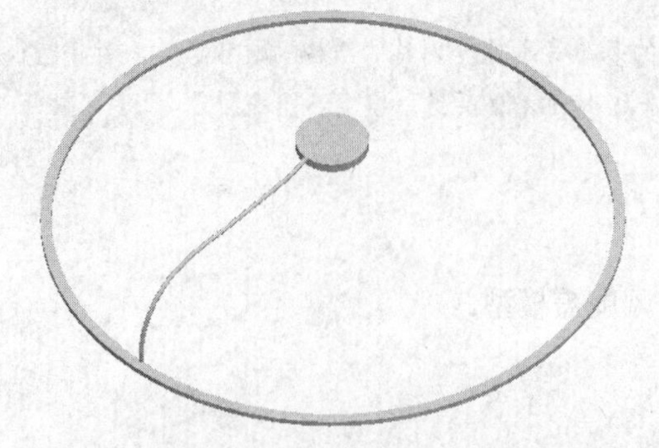
图6-43 扫描实体特征

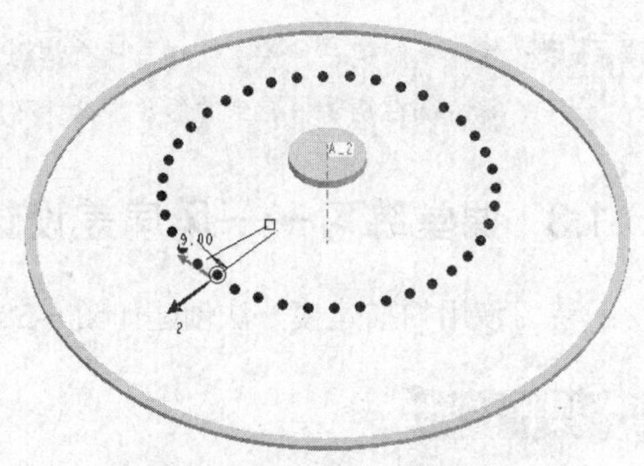

图6-44 绘制扫描轨迹线

(4) 设置阵列特征总数为“40.00”，角度尺寸增量为“9.00”，如图 6-45 所示。
(5) 单击鼠标中键，最后创建的阵列结果如图 6-46 所示。

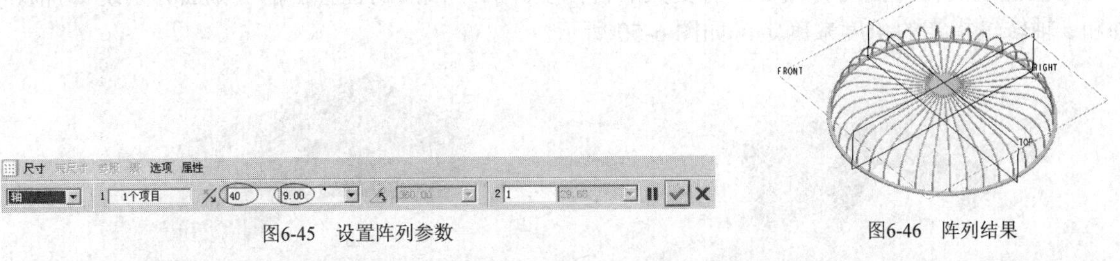

图6-45 设置阵列参数

图6-46 阵列结果

要点提示 阵列操作的目的是将特征按照一定的规律排列起来，具有较高的建模效率。阵列方法形式多样，设计者可以根据需要进行选择。

6.2 混合建模原理

拉伸、旋转和扫描建模都是由草绘截面沿一定轨迹运动来生成特征：拉伸特征由草绘截面沿直线拉伸生成；旋转特征由草绘截面绕固定轴线旋转生成；扫描实体特征由草绘截面沿任意曲线扫描生成。这 3 类实体特征有一个共同的特点：具有公共截面。

实际生活中还有很多物体结构更加复杂，不能满足上述要求。要创建这种实体特征可以通过下面的混合实体特征来实现。对不同形状的物体进一步抽象不难发现，任意一个物体总可以看成由不同形状和大小的截面按照一定顺序连接而成，这个过程在 Pro/E 中称为混合。

6.2.1 知识点讲解

创建混合实体特征时，首先要根据模型特点选择合适的造型方法，然后设置截面参数构建一组截面图，系统将这一组截面的顶点依次连接生成混合实体特征。

一、混合实体特征的分类

混合实体特征即由多个截面按照一定规范的顺序相连构成，根据建模时各截面之间相互位置关系的不同，将混合实体特征进一步划分为以下 3 种类型。

(1) 平行混合实体特征

图 6-47 所示的实体模型由多个截面依次连接生成。如果将各个截面光滑过渡，最后生成的结果如图 6-48 所示。实体上的截面 1、截面 2、截面 3 和截面 4 相互平行。

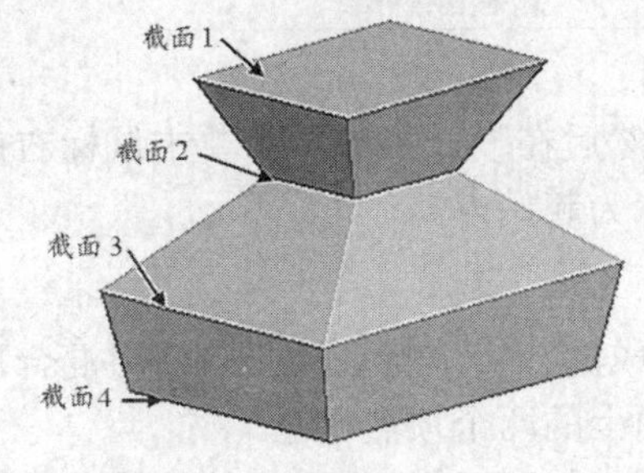

图6-47 平行混合实体特征（a）

图6-48 平行混合实体特征（b）

(2) 旋转混合实体特征

将相互并不平行的多个截面连接成实体特征，后一截面由前一截面绕 y 轴转过指定的角度，如图 6-49 所示。其中截面 1、截面 2 和截面 3 相互间绕 *y* 轴（竖直坐标轴）转过 45°。

(3) 一般混合实体特征

连接构成实体特征的各截面具有更大的自由度。后一截面的位置由前一截面分别绕 *x* 轴、*y* 轴和 *z* 轴转过指定的角度来确定，如图 6-50 所示。

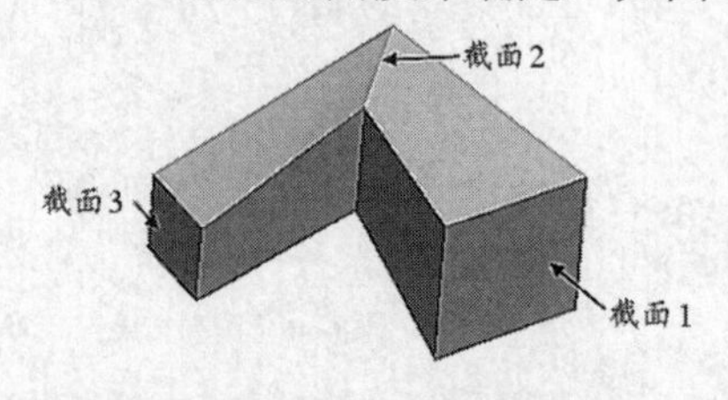

图6-49 旋转混合实体特征

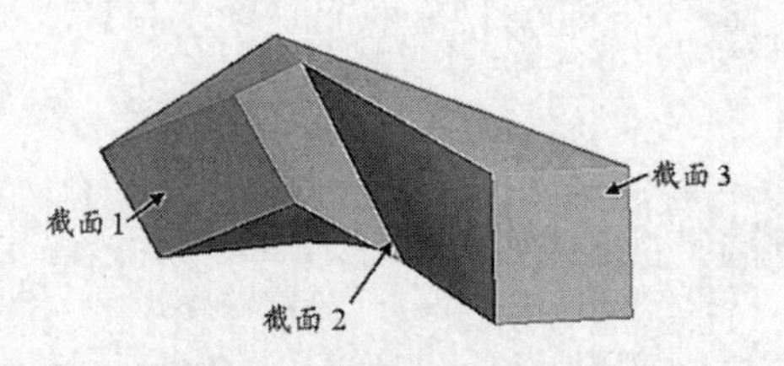

图6-50 一般混合实体特征

二、混合实体特征对截面的要求

混合实体特征由多个截面相互连接生成，但是并非使用任意一组截面都可以创建混合实体特征，其中基本要求之一就是各截面必须有相同的顶点数。

如图 6-51 所示，尽管 3 个截面的形状差异很大，但是由于它们都由 5 条边线（5 个顶点）组成，所以可以用来生成混合实体特征，这是所有混合实体特征对截面的共同要求。

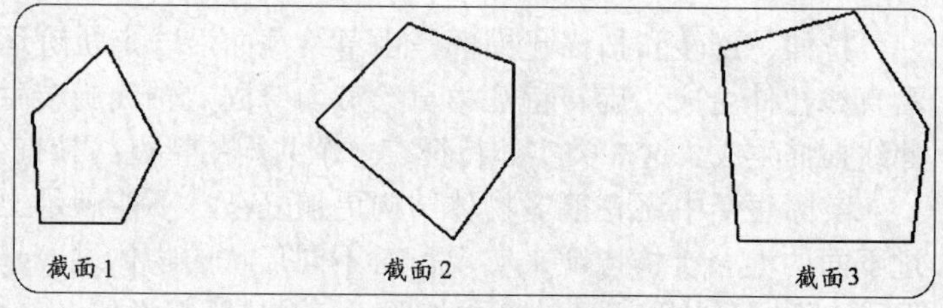

图6-51 混合实体特征截面

三、起始点

起始点是两个截面混合时的参照。两截面的起始点直接相连，其余各点再顺次相连。系统将把绘制截面时的第 1 个顶点设置为起始点，起始点处有一个箭头标记。

截面上的起始点在位置上要尽量对齐或靠近，否则最后创建的模型将发生扭曲变形，如图 6-52 所示。

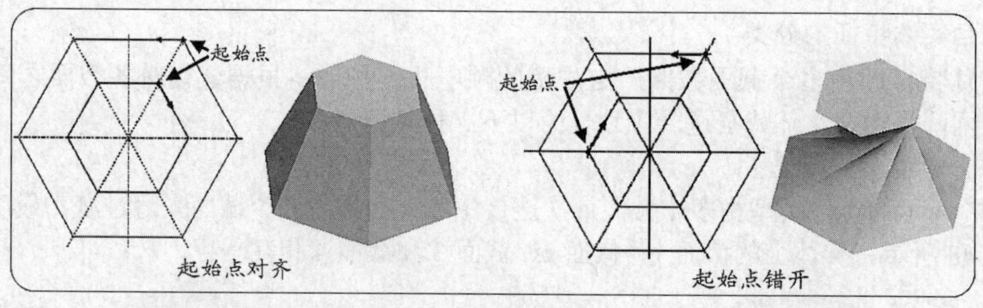

图6-52 起始点位置

用户可以将任意点设置为起始点。首先选中该点，然后在设计工作区中单击鼠标右键，在弹出的快捷菜单中选择【起始点】选项，即可将该点设置为起始点。

四、混合顶点

当某一截面的顶点数比其他截面少时，要能正确生成混合实体特征，必须使用混合顶点。这样，该顶点就可以当两个顶点来使用，同时和其他截面上的两个顶点相连。

首先选中一个或多个顶点，然后在设计工作区中单击鼠标右键，在弹出的快捷菜单中选择【混合顶点】选项，即可将该点设置为混合顶点。

图 6-53 所示为使用混合顶点创建平行混合实体特征的示例。

五、在截面上加入截断点

圆形截面没有明显的顶点，如果需要与其他截面混合生成实体特征，必须在其上加入与其他截面相同数量的截断点。使用右工具箱中的工具在圆上插入截断点。图 6-54 所示为使用圆形截面和正六边形截面创建混合实体特征，在圆形截面上加入了 6 个截断点。

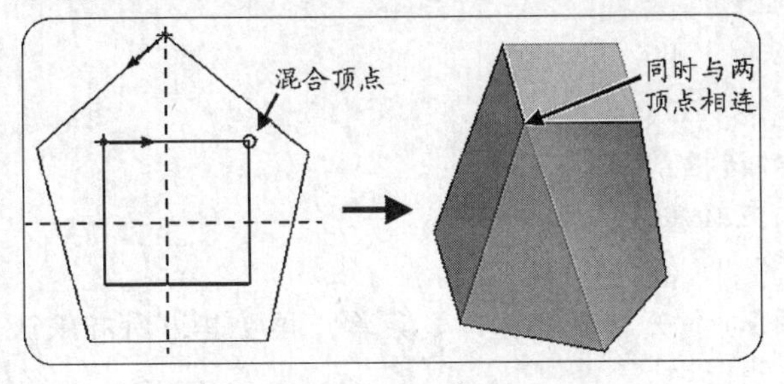

图6-53　混合顶点

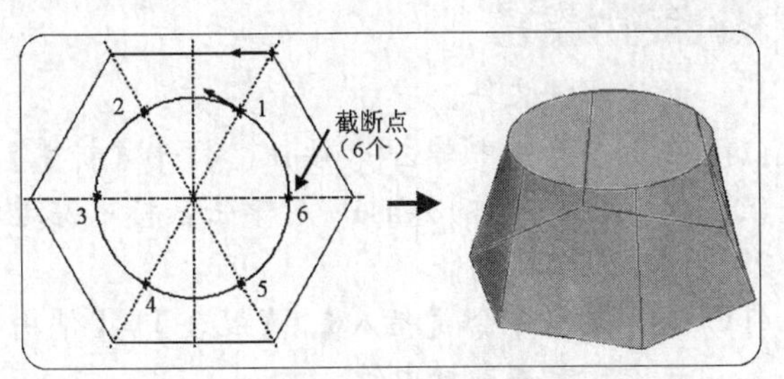

图6-54　截断点

六、点截面的使用

创建混合实体特征时，点可以作为一种特殊截面与各种截面进行混合。点截面和相邻截面的所有顶点都相连构成混合实体特征，如图 6-55 所示。

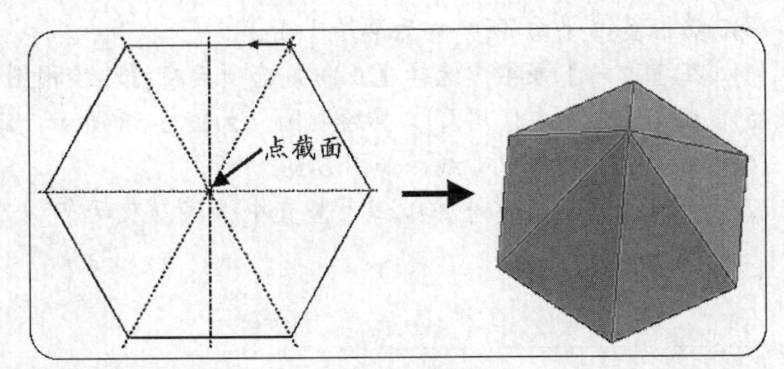

图6-55　点截面

七、混合实体特征的属性

为特征设置不同的属性可以获得不同的设计结果。在创建混和特征时，系统打开【属性】菜单来定义混合实体特征的属性。

(1) 适用于所有混合实体特征的选项。

- 直的：各截面之间采用直线连接，截面间的过渡存在明显的转折。在这种混合实体特征中可以比较清晰地看到不同截面之间的转接。
- 光滑：各截面之间采用样条曲线连接，截面之间平滑过渡。在这种混合实体特征上看不到截面之间明显的转接。

(2) 仅适用于旋转混合实体特征的选项。

- 开放：顺次连接各截面形成旋转混合实体特征，实体起始截面和终止截面并不封闭相连。
- 闭合：顺次连接各截面形成旋转混合实体特征，同时，实体起始截面和终止截面相连组成封闭实体特征。

图 6-56 所示为不同属性的混合实体特征的对比。

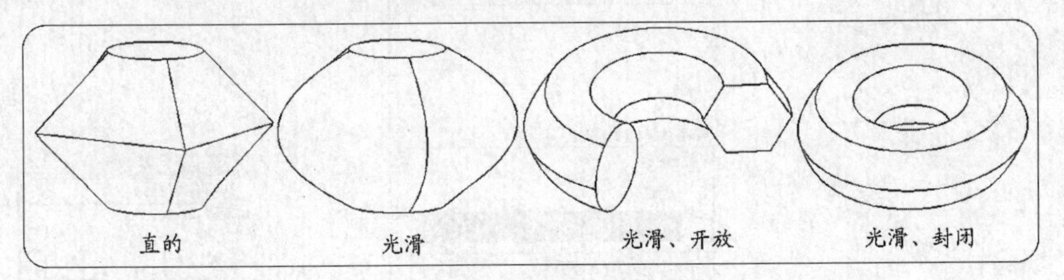

图6-56　混合实体特征属性对比

6.2.2 范例解析——花瓶设计

下面结合范例说明平行混合建模的一般过程，最后创建的花瓶模型如图 6-57 所示。

1. 新建零件文件。
(1) 在上工具箱中单击按钮，打开【新建】对话框。
(2) 输入模型名称“Vase”后单击鼠标中键进入三维建模环境。
2. 绘制混合截面 1。
(1) 选择菜单命令【插入】/【混合】/【伸出项】，打开【混合选项】菜单，接受其中所有默认选项，单击鼠标中键。
(2) 在弹出的【属性】菜单中选择【光滑】选项，然后单击鼠标中键。
(3) 选取基准平面 TOP 作为草绘平面。
(4) 在【方向】菜单中选择【正向】选项后在【草绘视图】菜单中选择【缺省】选项。
(5) 在草绘平面内使用工具绘制圆，如图 6-58 所示，修改其直径到图示数值。
(6) 继续绘制两条中心线，如图 6-59 所示。
(7) 使用工具在水平中心线、竖直中心线以及两条 45° 中心线与圆的交点处插入分割点，如图 6-60 所示。

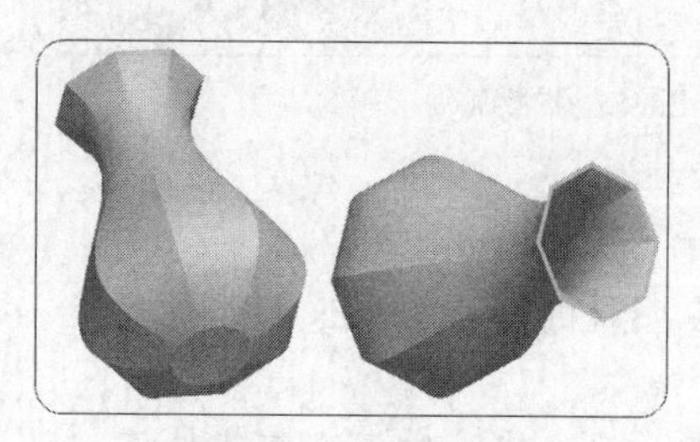

图6-57 花瓶模型

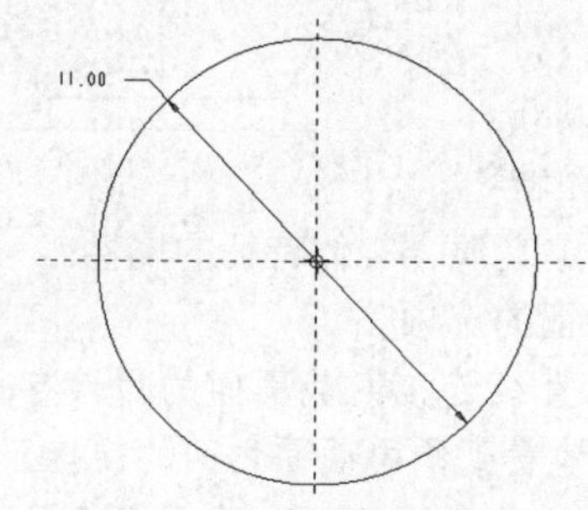

图6-58 绘制截面图

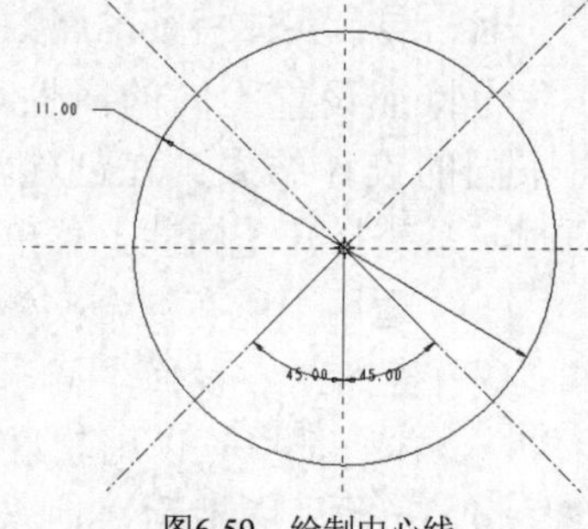

图6-59 绘制中心线

(8) 在界面空白处单击鼠标右键，在弹出的快捷菜单中选择【切换剖面】选项。
3. 绘制混合截面 2。
(1) 在右工具箱中单击按钮，打开【草绘器调色板】对话框，在【多边形】选项卡中双击【八边形】选项，如图 6-61 所示。
(2) 然后拖动鼠标指针绘制一个正八边形，按照图 6-62 所示修改八边形的比例和旋转角度。
(3) 拖动八边形中心的十字符号，将其与上一个截面中心对齐，如图 6-63 所示。

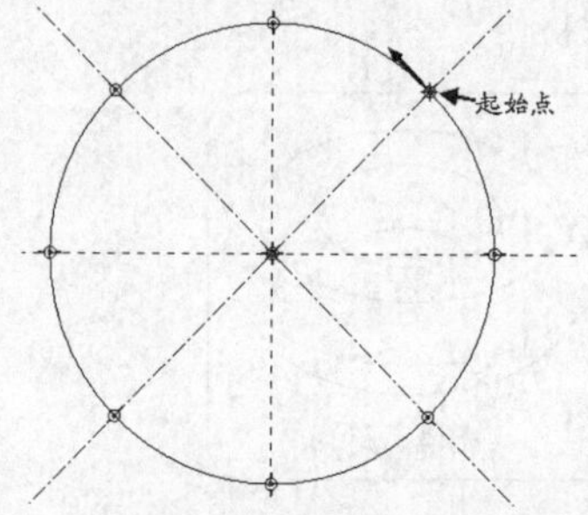

图6-60 插入分割点

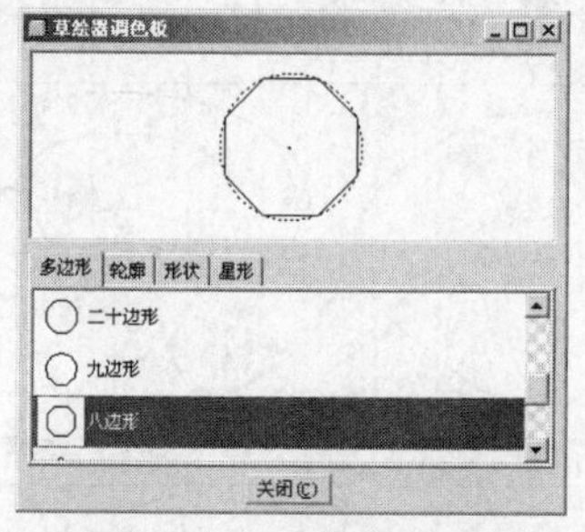

图6-61 【草绘器调色板】面板

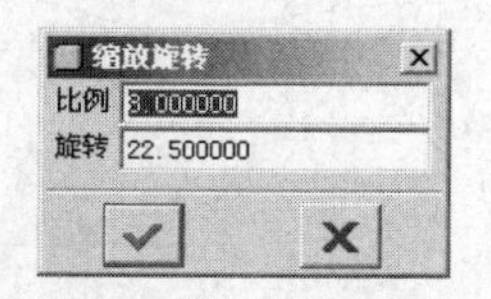

图6-62 设置比例和角度

(4) 在八边形右上角点处单击鼠标右键，在弹出的快捷菜单中选择【起始点】选项，如图 6-64 所示，将该点设置为起始点，结果如图 6-65 所示。

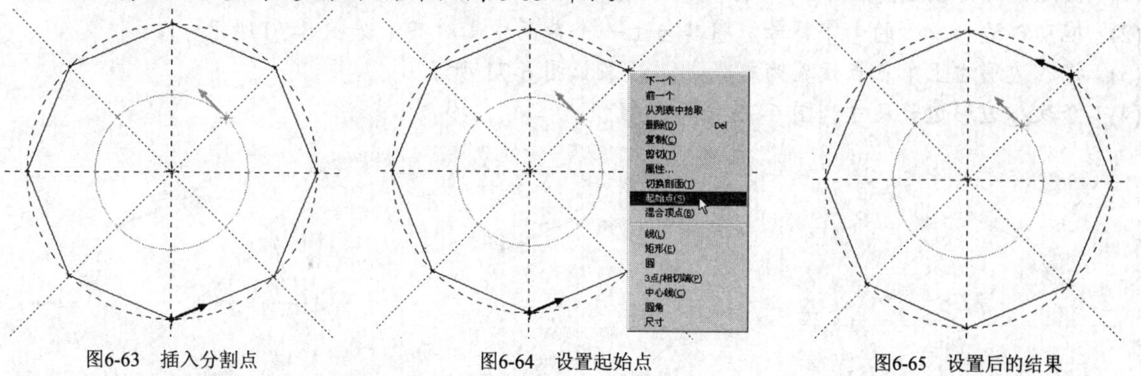

图6-63 插入分割点　　图6-64 设置起始点　　图6-65 设置后的结果

(5) 将八边形边长尺寸修改为如图 6-66 所示的数值。

(6) 在界面空白处单击鼠标右键，在弹出的快捷菜单中选择【切换剖面】选项。

要点提示 在圆周上创建的第 1 个分割点将作为起始点，其上带有箭头标记。在创建混合实体特征时，应该将各个截面上的起始点对齐，否则模型形状将发生扭曲变形。

4. 绘制混合截面图 3。

(1) 在草绘平面内使用 ○ 工具绘制圆，修改其直径到如图 6-67 所示的数值。

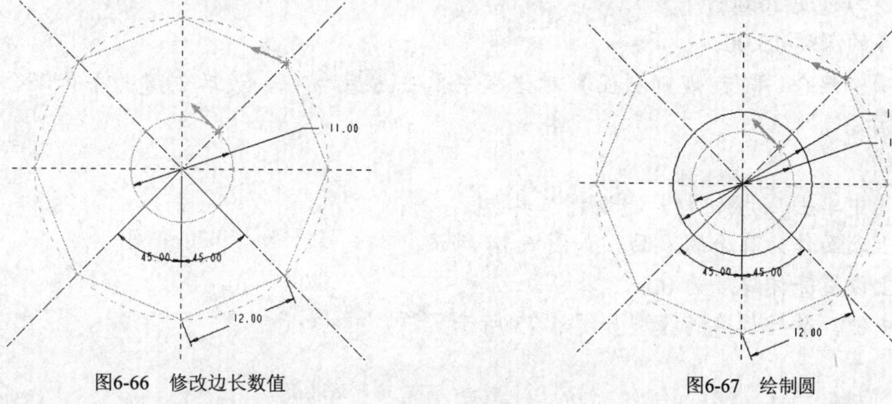

图6-66 修改边长数值　　图6-67 绘制圆

(2) 仿照前述方法在圆周上插入 8 个分割点，如图 6-68 所示。

(3) 将圆周右上角点设置为起始点，如图 6-69 所示。

(4) 在界面空白处单击鼠标右键，在弹出的快捷菜单中选择【切换剖面】选项。

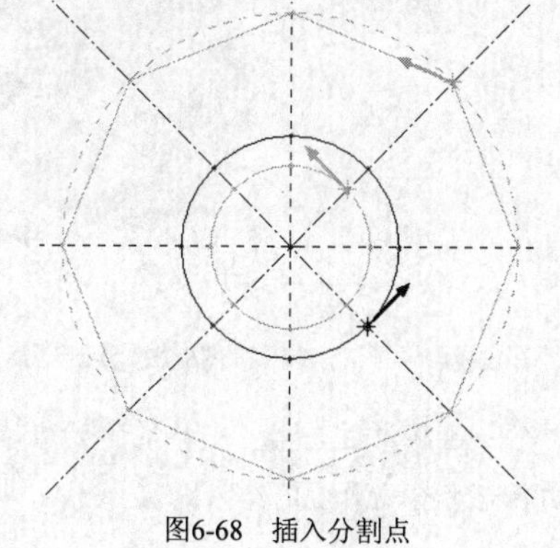

图6-68 插入分割点

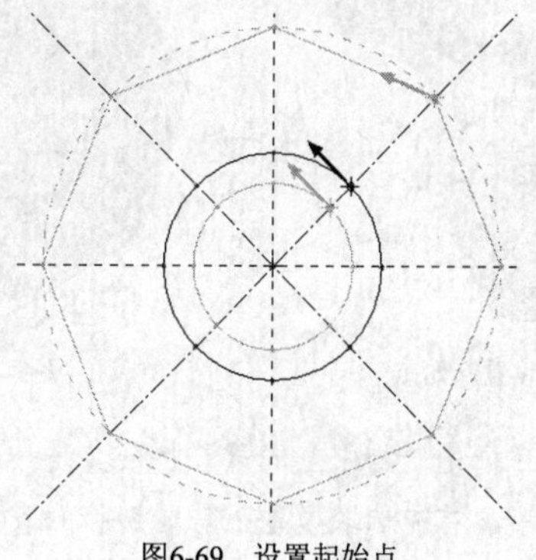

图6-69 设置起始点

5. 绘制混合截面 4。

(1) 仿照前述方法创建一个正八边形，按照图 6-62 所示修改八边形的比例和旋转角度。

(2) 拖动八边形中心的十字符号，将其与上一个截面中心对齐，如图 6-70 所示。

(3) 将八边形右上角点设置为起始点，结果如图 6-71 所示。

(4) 修改八边形边长尺寸到图 6-72 所示的数值。

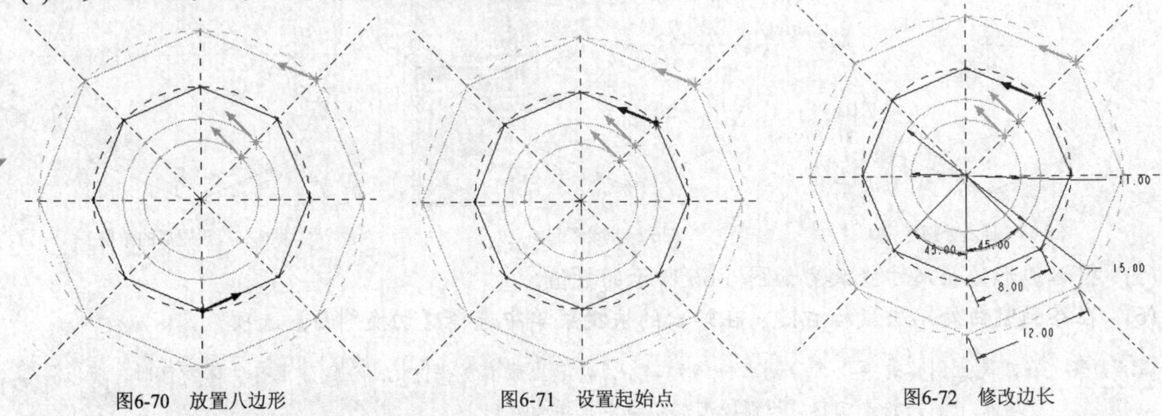

图6-70 放置八边形　　图6-71 设置起始点　　图6-72 修改边长

(5) 在右工具箱中单击✓按钮退出草绘模式。

(6) 根据系统提示输入截面 2 的深度 10.00。

(7) 输入截面 3 的深度 20.00。

(8) 输入截面 4 的深度 15.00。

(9) 在【伸出项：混合 平行 规则截面】对话框中单击 确定 按钮，最后创建的平行混合特征如图 6-73 所示。

6. 创建壳特征。

(1) 在右工具箱中单击回按钮打开壳设计工具。

(2) 选取模型上表面作为移除的表面，如图 6-74 所示。

(3) 在图标板上设置壳体厚度为 0.5。

(4) 单击鼠标中键，最后创建的模型如图 6-75 所示。

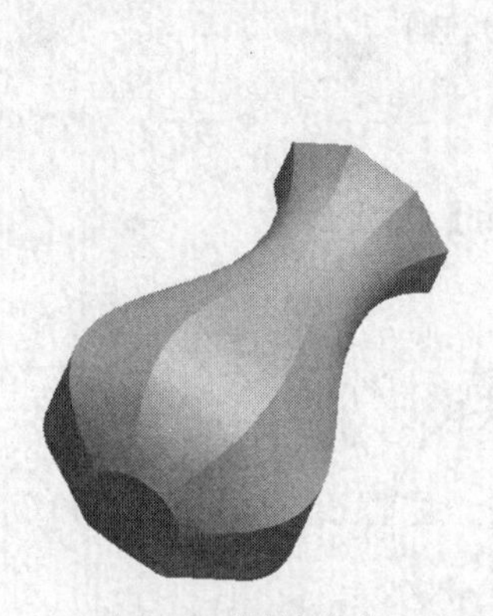

图6-73 设置起始点

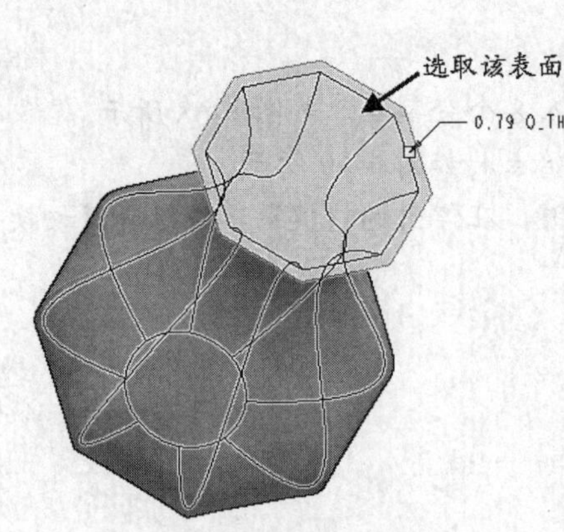

图6-74 选取要移除的表面

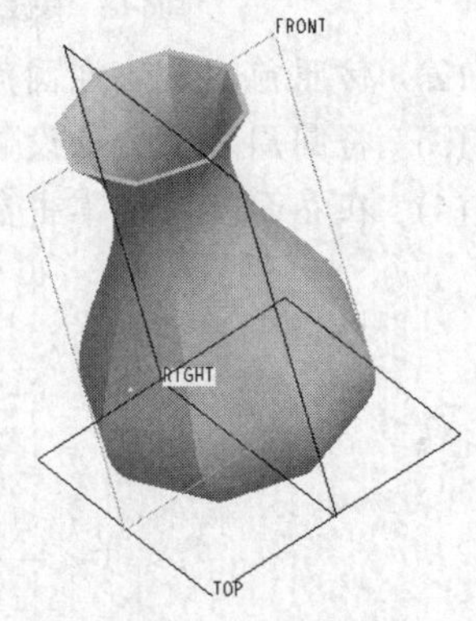

图6-75 设计结果

要点提示 壳特征是一种中空的薄壁特征，是一种典型的工程特征，下一讲将详细介绍。壳特征的创建过程比较简单，首先选取模型上需要切除的表面，再指定壳体厚度后即可生成最后的结果。

6.2.3 课堂练习——灯罩设计

练习使用混合建模方法创建如图 6-76 所示的灯罩模型。

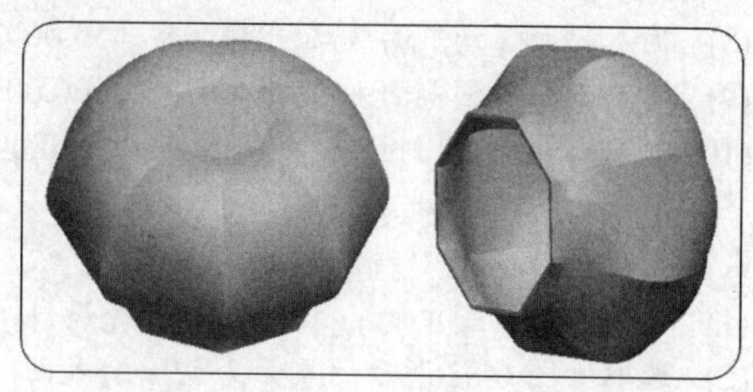
图6-76 灯罩模型

操作提示

1. 新建文件。新建名为"lamp_chimney"的零件文件，进入三维建模环境。
2. 创建平行混合实体特征。

(1) 启动平行混合设计工具，设置特征属性为【光滑】。

(2) 选取标准基准平面 TOP 作为草绘平面。
绘制一个八边形截面，如图 6-77 所示。注意起始点的设置，随后切换剖面。

(3) 绘制第 2 个圆形剖面，在圆周上加入 8 个分割点，然后设置起始点的位置如图 6-78 所示，随后切换剖面。

(4) 继续绘制第 3 个截面，该截面也为 8 边形，绘图时将截面中心与已有截面中心对齐，并修改截面尺寸到图 6-79 所示的数值。注意起始点的设置，随后切换剖面。

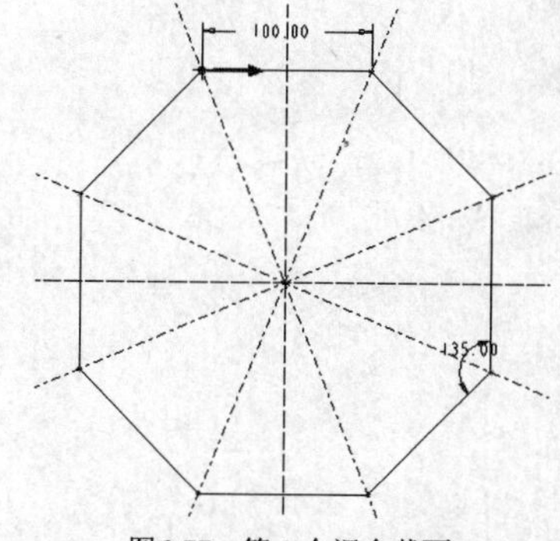

图6-77 第 1 个混合截面

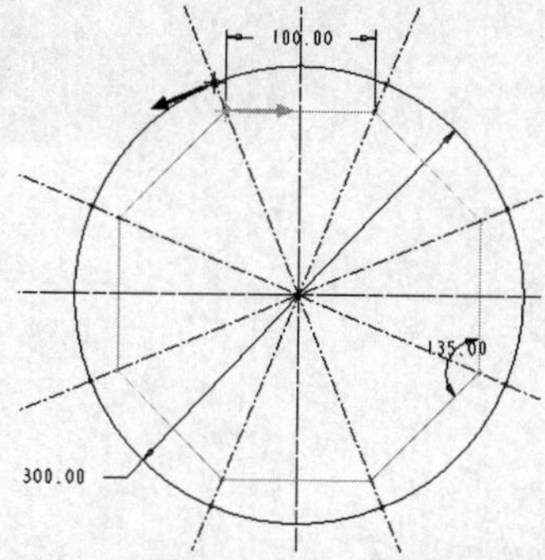

图6-78 第 2 个混个截面

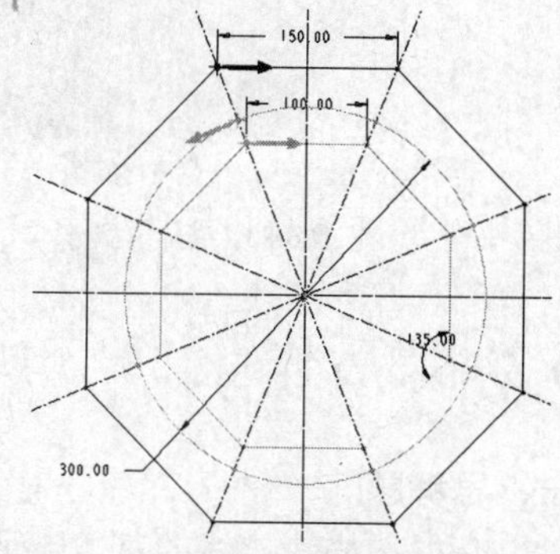

图6-79 第 3 个混合截面

(5) 继续创建一个圆形截面作为第 4 个混合截面，在圆周上加入 8 个分割点，然后设置起始点的位置如图 6-80 所示，随后切换剖面。

(6) 继续绘制第 5 个截面，该截面也为 8 边形，修改截面尺寸到图 6-81 所示的数值。注意起始点的设置，随后切换剖面。

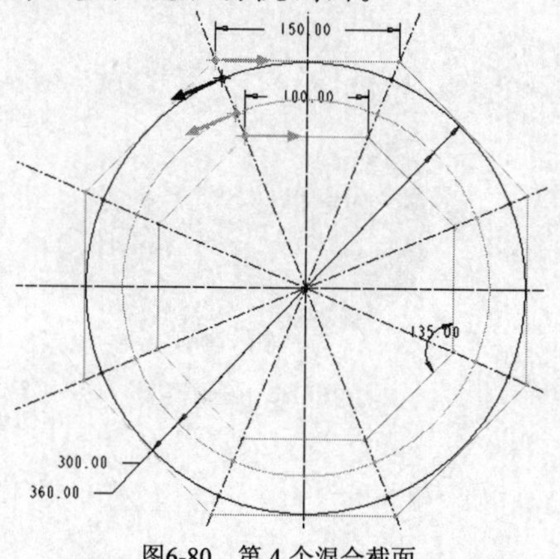

图6-80 第 4 个混合截面

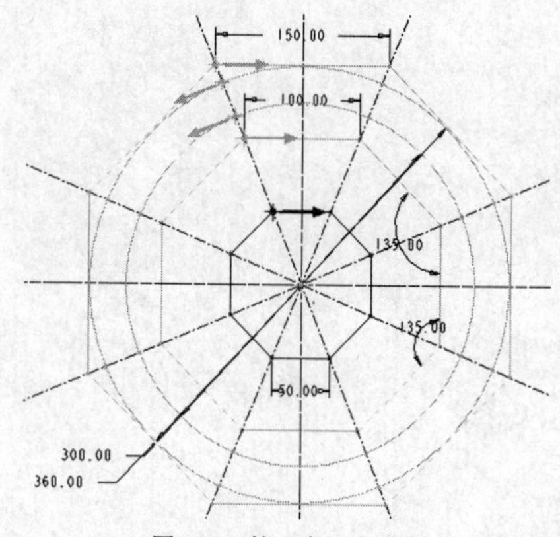

图6-81 第 5 个混合截面

要点提示 如果需要重新编辑某一个截面，可以多次在界面上单击鼠标右键，在弹出的快捷菜单中选择【切换剖面】选项，直到需要重新编辑的截面被激活（线条变为深黑色）为止。

(7) 输入剖面 1 到剖面 2 之间的距离“50.00”。
(8) 输入剖面 2 到剖面 3 之间的距离“50.00”。
(9) 输入剖面 3 到剖面 4 之间的距离“100.00”。
(10) 输入剖面 4 到剖面 5 之间的距离“50.00”，设计结果如图 6-82 所示。

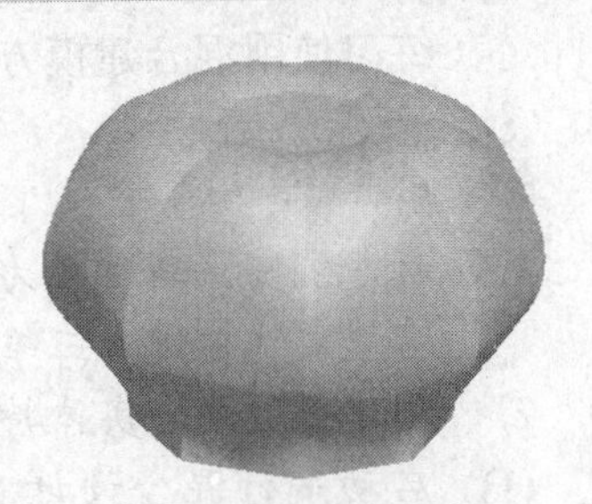
图6-82 最后创建的结果

3. 创建壳特征。
(1) 单击右工具箱中的回按钮，打开壳设计工具。
(2) 选取如图 6-83 所示的表面为切除的表面。
(3) 输入壳体厚度“5.00”，最终设计结果如图 6-84 所示。

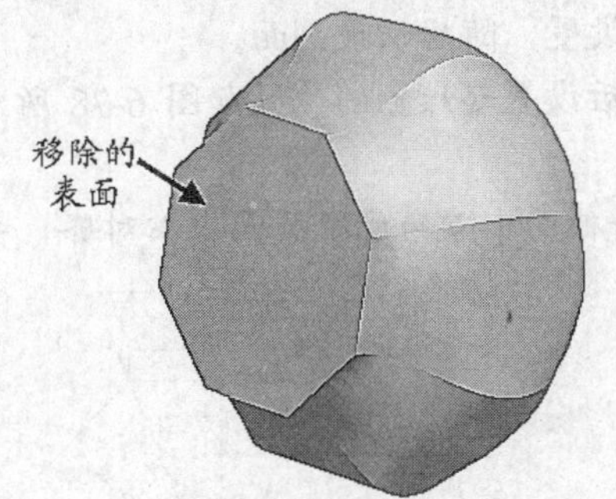

图6-83 壳体模型

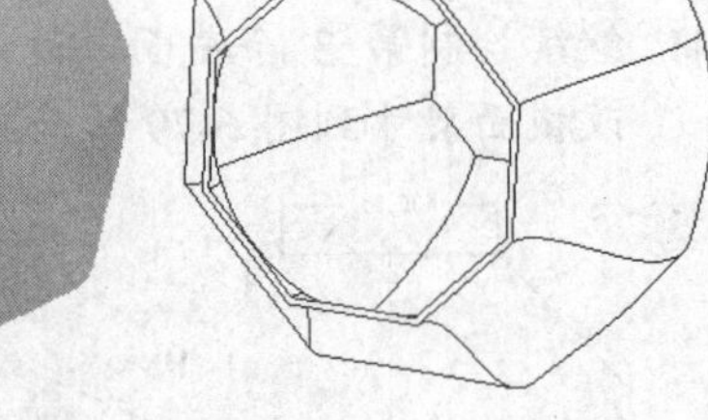
图6-84 设计结果

6.3 课后作业

一、思考题

1. 获得扫描轨迹线的基本手段有哪两种？
2. 混合实体特征都有哪些基本属性？不同的属性设置对设计结果有何影响？

二、操作题

1. 主要使用扫描方法创建如图 6-85 所示的座椅模型。
2. 主要使用混合方法创建如图 6-86 所示的圆顶模型。

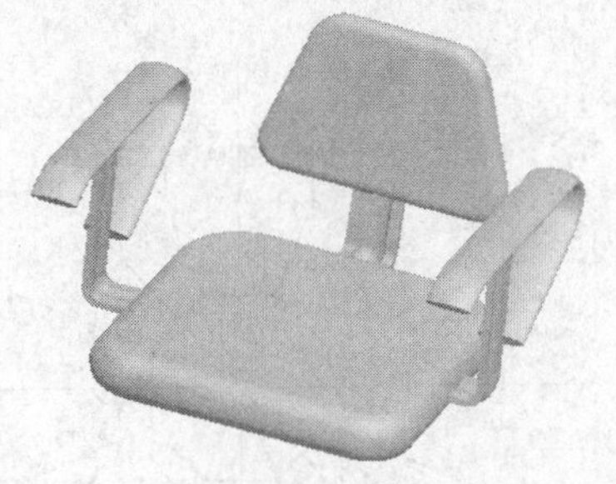
图6-85 座椅模型

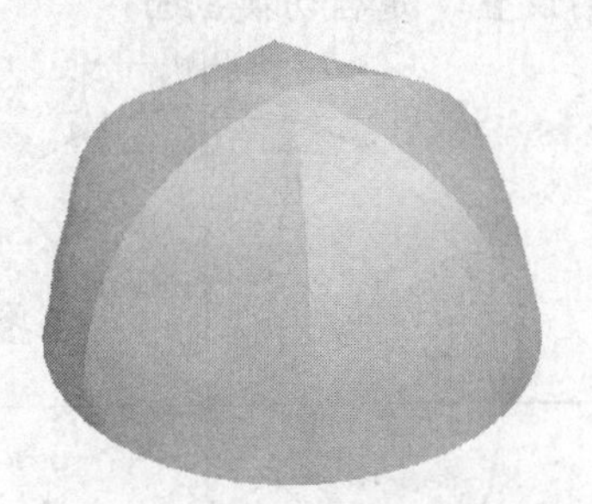
图6-86 圆顶模型

第7讲

创建工程特征

【学习目标】

<table>
<tr><td colspan="2">• 明确工程特征的特点和用途。</td></tr>
<tr><td colspan="2">• 掌握孔特征的用途和设计方法。</td></tr>
<tr><td>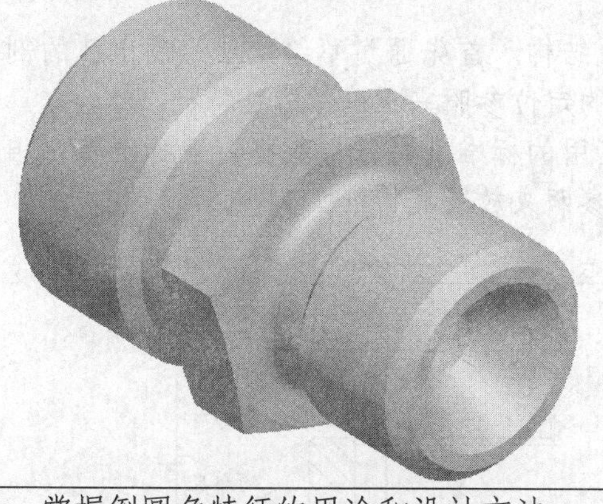</td><td></td></tr>
<tr><td colspan="2">• 掌握倒圆角特征的用途和设计方法。</td></tr>
<tr><td colspan="2">• 掌握壳特征的用途和设计方法。</td></tr>
<tr><td colspan="2">• 掌握倒角特征、拔模特征以及筋特征的用途和设计方法。</td></tr>
<tr><td>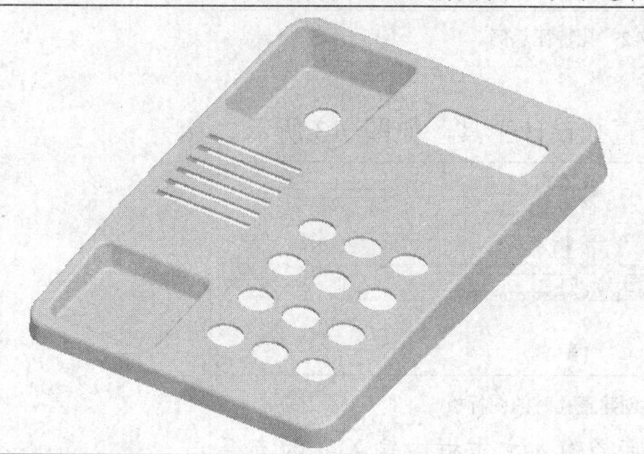</td><td></td></tr>
</table>

7.1 创建孔特征、倒圆角特征和倒角特征

工程特征具有确定的形状，通常需要放置在已有特征之上。要准确放置一个工程特征，需要同时确定定形参数和定位参数，前者用于确定特征形状和大小，后者用于确定工程特征在已有特征上的放置位置。

图 7-1 所示为确定一个孔特征的所有参数示例。

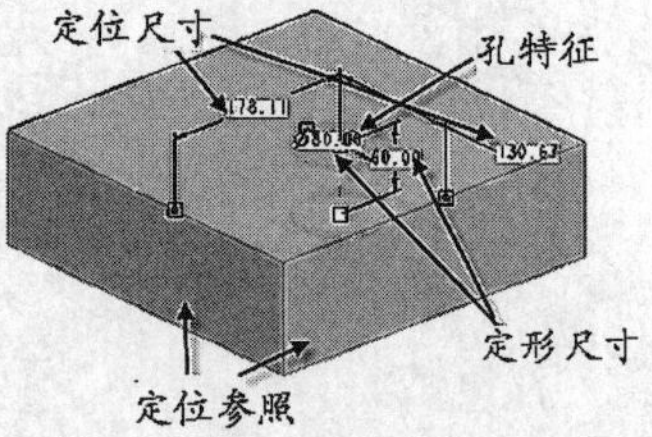

定位尺寸
孔特征
定形尺寸
定位参照

图7-1 孔特征参数

7.1.1 知识点讲解

孔特征、倒圆角特征和倒角特征是设计中常用的工程特征，下面介绍其设计方法。

一、 创建孔特征

在创建基础模型后，选择菜单命令【插入】/【孔】，或在右工具箱中单击按钮，都可以打开孔设计工具。

(1) 孔的分类

根据孔的形状、结构和用途的不同，可将孔特征划分为以下 3 种类型。

- 简单孔：具有单一直径参数，结构较为简单，设计时只需指定孔的直径和深度并指定孔轴线在基础模型上的放置位置即可。
- 草绘孔：这种孔具有相对更加复杂的剖面结构。首先通过草绘方法绘制出孔的剖面来确定孔的形状和尺寸，然后选取恰当的定位参照来正确放置孔特征。
- 标准孔：用于创建螺纹孔等生产中广泛应用的标准孔特征。根据行业标准指定相应参数来确定孔的大小和形状后，再指定参照来放置孔特征。

图 7-2 所示为 3 种孔特征的示例。

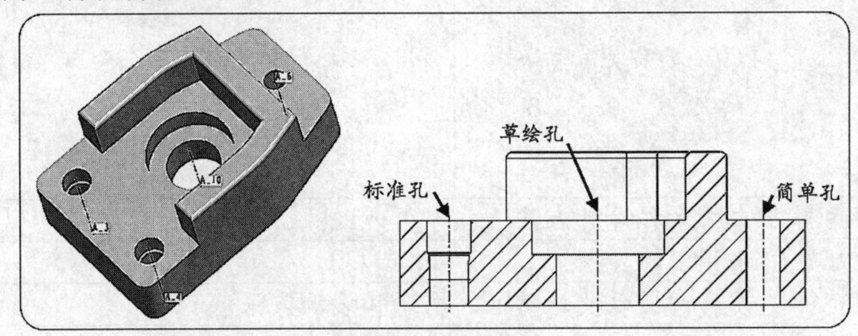

图7-2 孔特征示例

(2) 确定孔的定形参数

打开孔设计图标板后，系统会默认选中直孔设计工具，如图 7-3 所示。

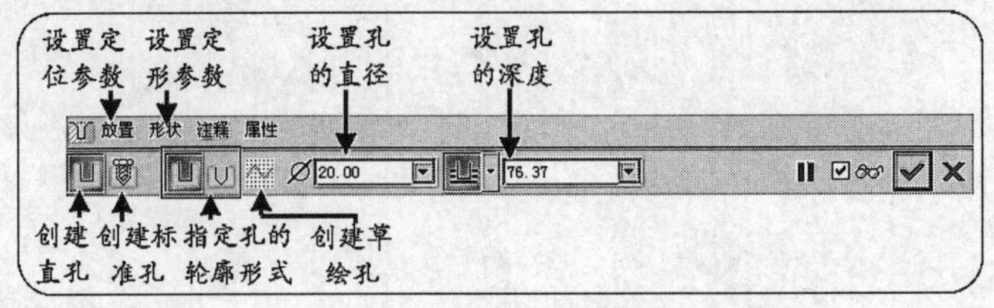

图7-3 创建直孔时的图标板

- 设置孔的直径：在如图 7-3 所示的直径输入文本框中输入孔的直径。

- 设置孔的深度：如图 7-3 所示，设置孔的深度可以采用两种方式：一是直接输入深度数值；二是采用参照来确定孔的深度，孔延伸到指定参照为止，主要图标按钮的用途如下。

  ：直接输入孔的深度数值。

  ：设置双侧深度，孔特征将在放置平面的两侧各延伸指定深度值的一半。只有当孔在放置平面两侧都有实体材料时，该按钮才可用。

  ：孔延伸至特征生成方向上的下一个曲面。

  ：创建通孔，孔特征穿透实体模型。

  ：孔特征延伸至特征生成方向上的指定曲面。

  ：孔特征延伸至指定的参照点、参照平面或参照曲面处。

(3) 设置定位参数

定位参数用于确定孔特征在基础模型上的放置位置。在图标板上单击放置按钮，系统弹出如图 7-4 所示的定位参数面板。

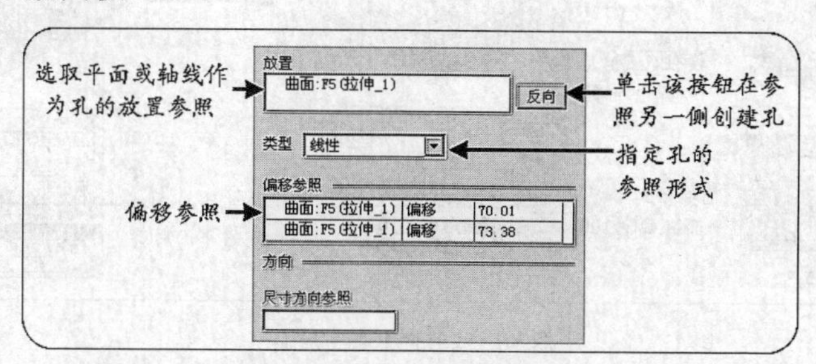

图7-4 定位参数面板

- 确定放置参照：通常选取模型上的平面或者回转体的轴线作为孔的主参照。选取平面时，孔的轴线与该平面垂直；选取轴线时，孔的轴线和该轴线平行（见图 7-6），【放置】框被激活的情况下（黄色背景），在基础模型上或模型树窗口中选取孔的主参照。
- 设置孔的生成方向：由于孔是一种减材料特征，选定放置参照后，系统一般会选取指向实体内部的方向作为孔特征的默认生成方向，并在基础模型上使用几何线框显示孔的放置位置。如果要改变孔的生成方向，可以在参数面板中单击反向按钮，结果如图 7-5 所示。

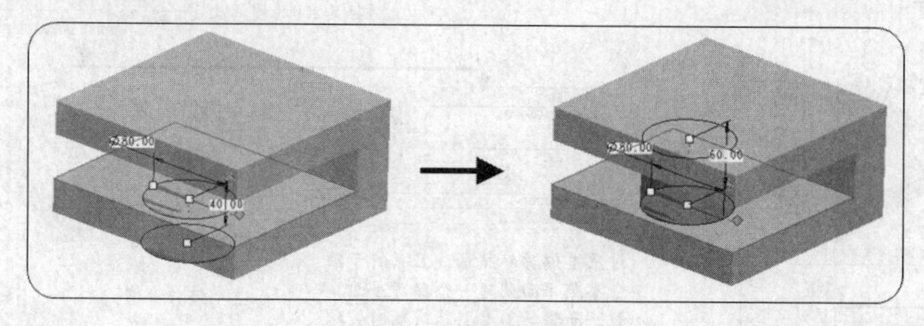

图7-5 孔的生成方向

- 指定孔的参照形式：仅有放置参照还不能唯一确定孔的放置位置，还必须进一步选取适当的其他参照。在图 7-4 所示的【类型】下拉列表中有 4 种参照形式。

(4) 参照形式的用法

下面简要说明 4 种类参照形式的用法。

- 【线性】参照形式：图 7-6 说明了【线性】参照形式的用法。首先选取实体上表面作为放置参照，然后选取基准平面 FRONT 作为第 1 个参照，按住 Ctrl 键再选取侧面作为第 2 个参照。

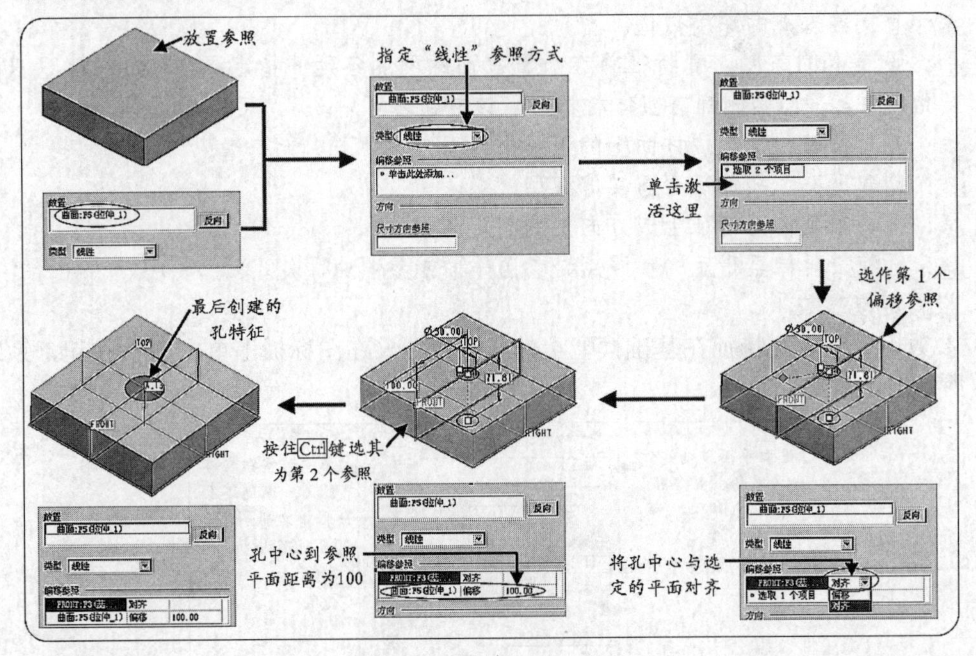

图7-6 【线性】参照形式

- 【径向】参照形式：图 7-7 说明了【径向】参照形式的用法，该种参照形式通常选用一个平面和一条基准轴线作为参照。

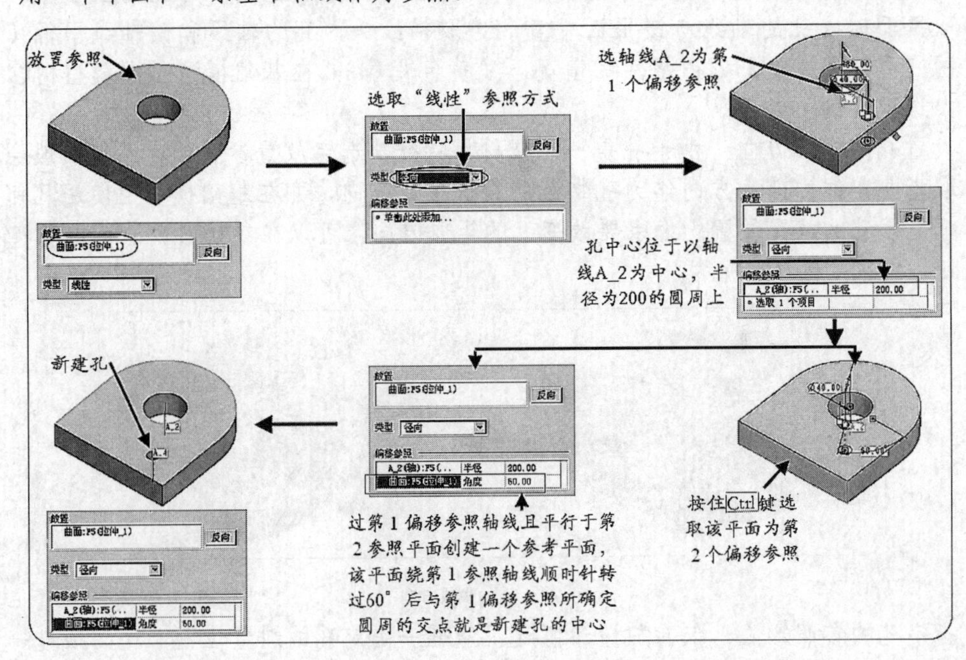

图7-7 【径向】参照形式

- 【直径】参照形式：【直径】放置类型的使用方法和【径向】类似，只是在确定第 1 个偏移参照时使用直径数值，而非半径数值，如图 7-8 所示。

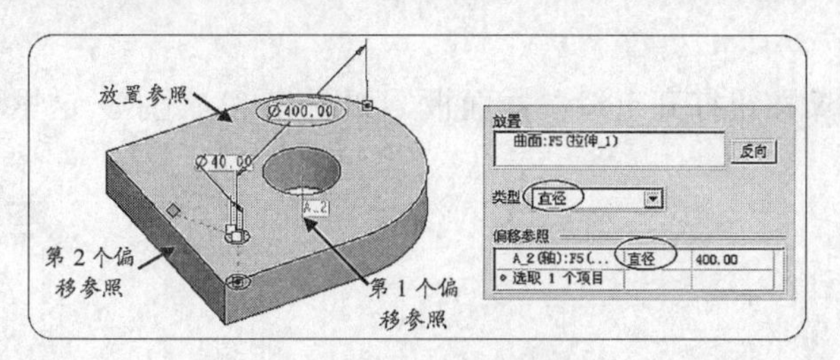

图7-8 【直径】参照形式

- 【同轴】参照形式：使用【同轴】参照形式可以创建与选定孔或柱体同轴的孔特征。首先选取轴线作为放置参照，按住 Ctrl 键再选取一个与选定轴线垂直的平面即可准确定位该孔，此时不需要指定偏移参照，如图 7-9 所示。

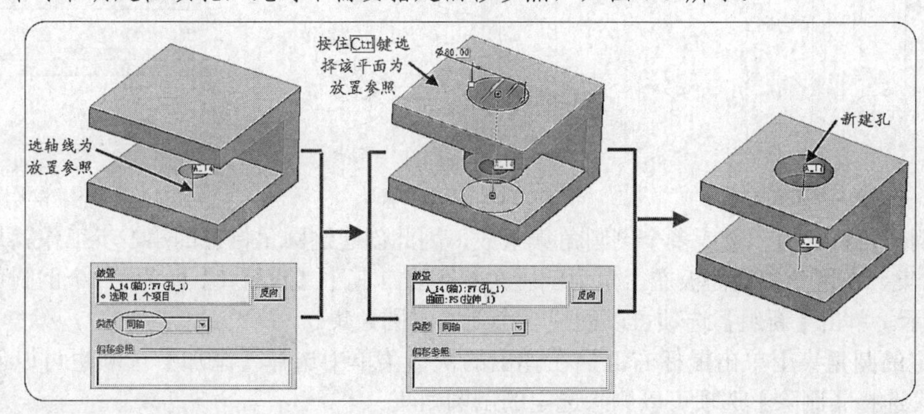

图7-9 【同轴】参照形式

(5) 创建草绘孔

使用创建草绘孔的方法可以创建形状更加复杂的非标准孔。在图标板上单击按钮后，设计工具如图 7-10 所示。草绘孔的所有定形尺寸在草绘截面中确定，因此图标板上不需要设置孔径、孔深等参数。

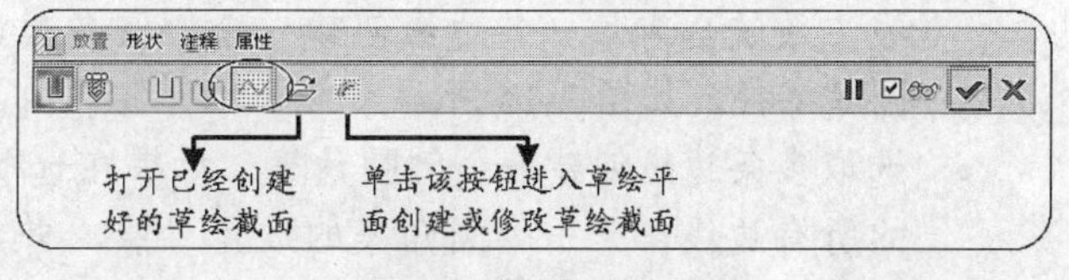

图7-10 草绘孔设计工具

在图标板中单击按钮进入二维草绘界面后可以使用草绘工具绘制孔的剖面图。首先绘制回转轴线，放置孔特征时，如果主参照为平面，该回转轴线与主参照垂直；如果主参照为轴线，孔的旋转轴线与主参照平行。

要点提示 草绘截面必须闭合、无交叉，且全部位于轴线一侧，如图 7-11 所示。孔剖面中必须至少有一条线段垂直于回转轴线，图 7-12 中没有垂直于轴线的线段，是不正确的截面。

二、 创建倒圆角特征

使用圆角代替零件上的棱边可以使模型表面的过渡更加光滑、自然，增加产品造型的美感。在创建基础模型之后，在右工具箱中单击按钮，可以选中圆角设计工具。

(1) 创建简单圆角

如果仅仅创建较简单的圆角，只需选中放置倒圆角特征的边线（被选中的边线将用红色加亮显示），然后在图标板上的文本框中输入圆角值即可。如果需要在多个边线处创建圆角，则在选取其他边线时按住 Crtl 键，所有边线处将放置相同半径的圆角。

(2) 创建倒圆角集

在图标板上单击 设置 按钮打开上滑参数面板，如图 7-13 所示。这里可详细设计倒圆角特征的基本参数。

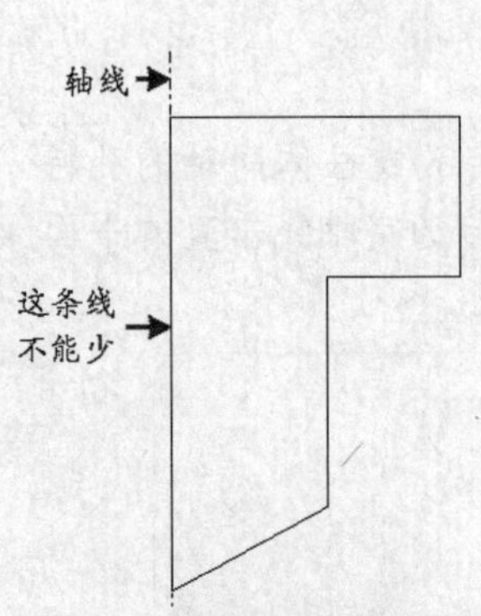

图7-11 正确的草绘孔截面

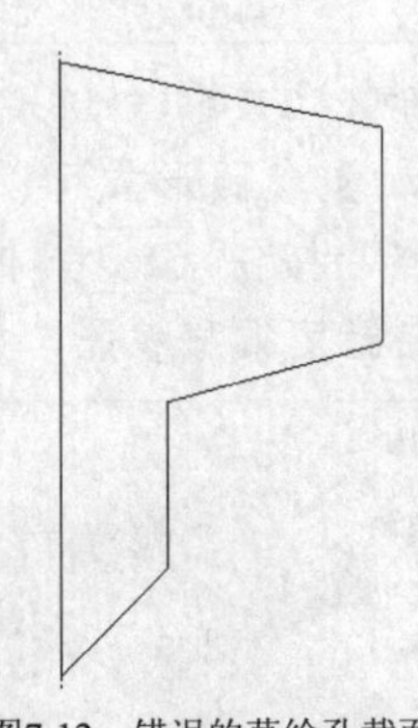

图7-12 错误的草绘孔截面

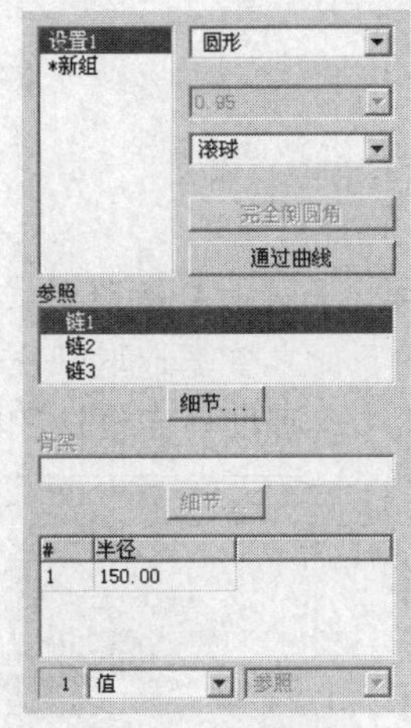

图7-13 上滑参数面板

一个倒圆角特征由一个或多个倒圆角集组成，因此创建倒圆角特征的第 1 步工作就是创建第 1个倒圆角集，在圆角参数面板左上角为倒圆角集列表，其中【设置 1】即为第1个倒圆角集，如图 7-13 所示。单击【新组】选项可以创建一个新的倒圆角集。

在选定的圆角集上单击鼠标右键，在弹出的快捷菜单中选择【添加】选项也可以创建新的倒圆角集，选择【删除】选项可以删除选定的倒圆角集。

(3) 指定圆角放置参照

在模型上选取边线或指定曲面、曲线作为圆角特征的放置参照即可创建圆角特征。

- 为每一条边线创建一个倒圆角集：在选取实体上的边线时，如果每次选取一条边线，系统会为每一条边线创建一个倒圆角集，可以分别为每个圆角集指定不同的圆角半径，如图 7-14 所示。
- 选取多条边线创建一个倒圆角集：如果在选取边线的同时按住 Ctrl 键，则将选取的所有边线作为一个圆角集的放置参照，并为这些边线处的圆角设置相同的圆角半径，如图 7-15 所示。

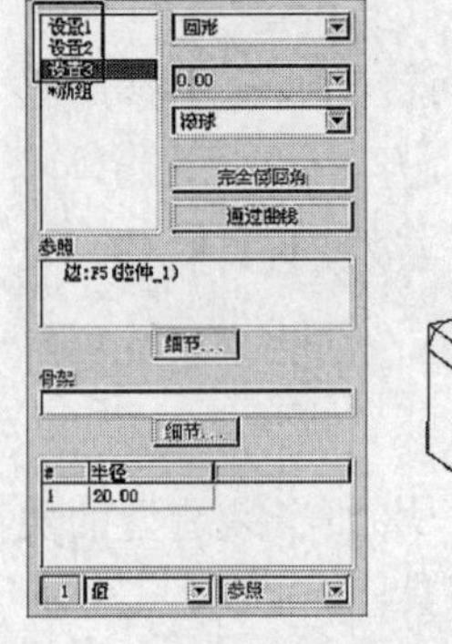

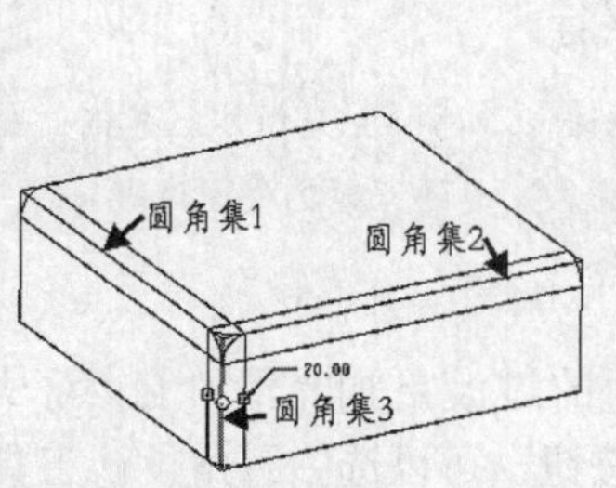

图7-14 为每一条边线创建一个倒圆角集

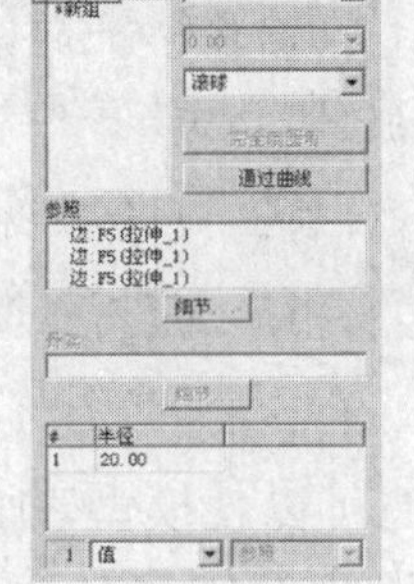

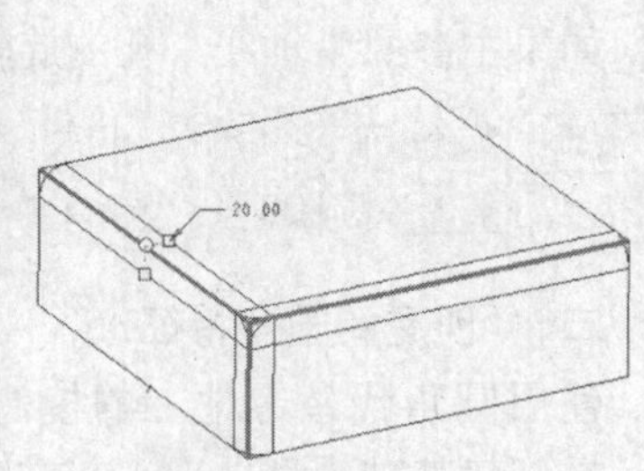

图7-15 选取多条边线创建一个倒圆角集

- 使用相切链创建圆角：如果模型上存在各边线首尾顺序相切的边链，还可以一次选中整个边链作为圆角的放置参照。任意选取相切链的一条边线，即可选中整个边链来放置圆角特征，如图 7-16 所示。

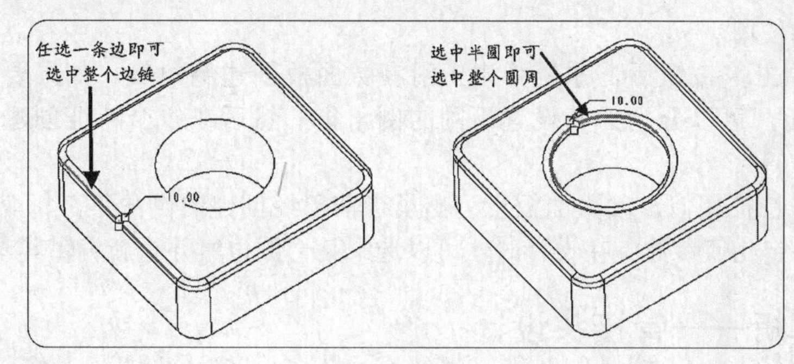

图7-16 相切链

三、 创建倒角特征

倒角特征可以对模型的实体边或拐角进行斜切削加工。例如，在机械零件设计中，为了方便零件的装配，在如图 7-17 所示的轴和孔的端面进行倒角加工。

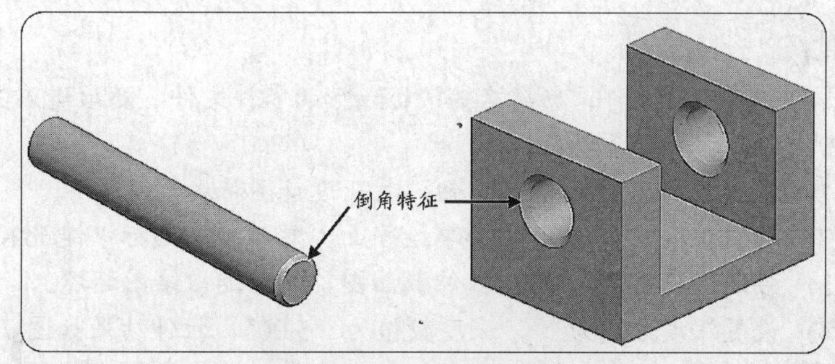

图7-17 轴和孔的倒角

(1) 设计工具

选择菜单命令【插入】/【倒角】/【边倒角】，或单击右工具箱中的按钮，系统打开边倒角图标板。边倒角的创建原理和倒圆角相似，选取参照边线来创建倒角集。

选取放置倒角的参照边后，将在与该边相邻的两曲面间创建倒角特征。在图标板上的第 1 个下拉列表中提供了 4 种边倒角创建方法。

- D × D: 在两曲面上距参照边距离为 *D* 处创建倒角特征。
- D1 × D2: 在一个曲面上距参照边距离为 *D*1、在另一个曲面上距参照边距离为 *D*2 处创建倒角特征。
- 角度 × D: 在一个曲面上距参照边距离为 *D*，同时与另一曲面成指定角度创建倒角特征。
- 45 × D: 与曲面成 45° 角且在两曲面上与参照边距离 *D* 处创建倒角特征。

图 7-18 所示为 4 种倒角样式的示例。

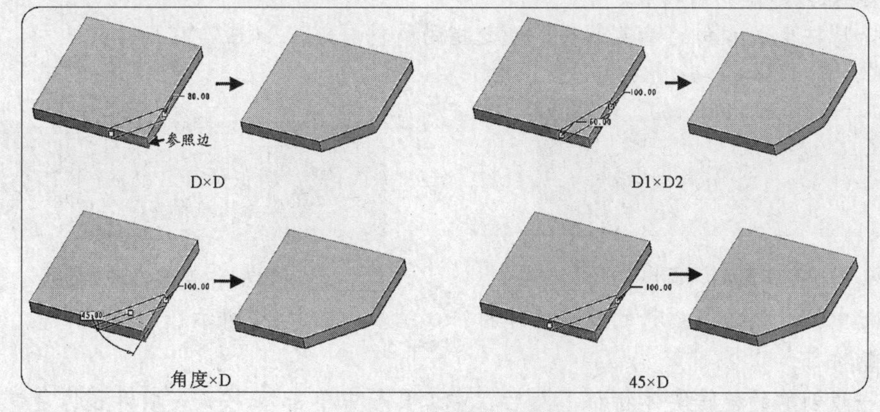

图7-18 4 种倒角样式示例

(2) 倒角集的使用

在图标板中单击集按钮后，系统弹出上滑参数面板创建倒角集。如果要在模型上创建多组不同参数的倒角，可以分别为其设置不同的倒角集，然后在一个特征创建过程中生成，简单快捷。

与创建倒圆角特征相似，参数面板上列出了当前已经创建的倒角集，每个倒角集包含一组特定倒角参照和特定几何参数。在设计时，可以选中某一倒角集并重新编辑其参数。

7.1.2 范例解析——管接头设计

下面结合范例说明常用工程特征的创建要领，最后创建的模型如图 7-19 所示。

范例操作

1. 新建零件文件。新建名为“joint”的零件文件，随后进入三维设计环境。
2. 创建拉伸实体特征。

(1) 在右工具箱中单击按钮，打开设计图标板。

(2) 选取基准平面 TOP 作为草绘平面，然后单击鼠标中键进入二维绘图环境。

(3) 按照图 7-20 所示绘制拉伸截面图，随后退出绘图环境。

(4) 设置深度方式为，深度数值为“5.00”，拉伸结果如图 7-21 所示。

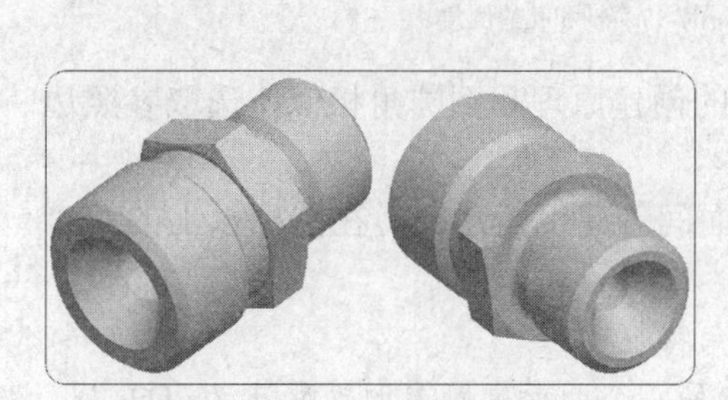
图7-19 管接头

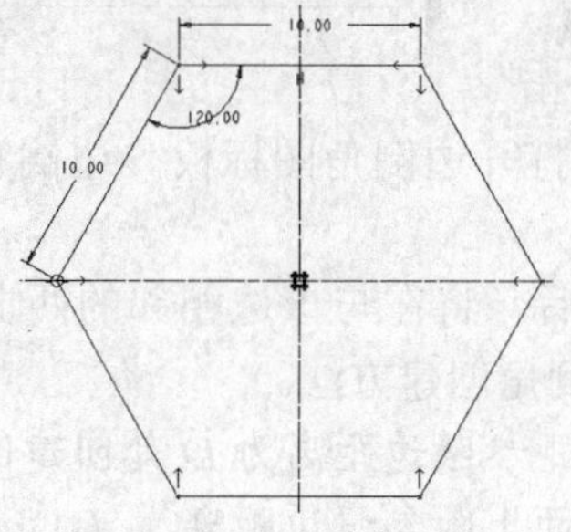

图7-20 绘制拉伸截面图

图7-21 拉伸结果

3. 创建旋转实体特征 1。

(1) 在右工具箱中单击按钮，打开设计图标板。

(2) 选取基准平面 FRONT 作为草绘平面，然后单击鼠标中键进入二维绘图环境。

(3) 按照图 7-22 所示绘制旋转截面图（闭合三角形截面），随后退出绘图环境。

(4) 按下按钮创建减材料特征。

(5) 单击指示特征生成方向的黄色箭头，使之指向材料内部，如图 7-23 所示。

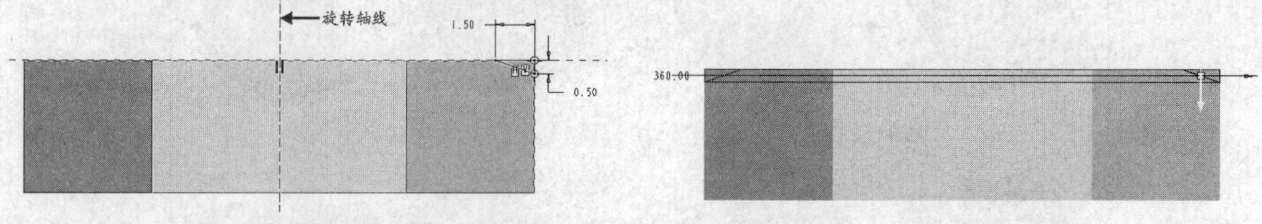

图7-22 绘制旋转截面图

图7-23 调整特征生成方向

(6) 单击鼠标中键，创建减材料的旋转实体特征，结果如图 7-24 所示。

4. 镜像复制特征。

(1) 选中上一步创建的旋转实体特征，然后在右工具箱中单击按钮，打开镜像复制工具。

(2) 选取基准平面 TOP 为复制参照。

(3) 单击鼠标中键，镜像复制结果如图 7-25 所示。

图7-24　最后创建的特征

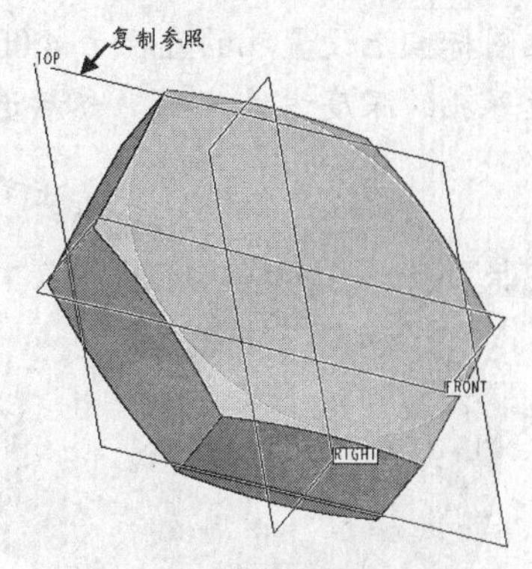

图7-25　镜像复制结果

5. 创建旋转实体特征 2。

(1) 在右工具箱中单击按钮，打开设计图标板。

(2) 选取基准平面 FRONT 作为草绘平面，然后单击鼠标中键进入二维绘图环境。

(3) 按照图 7-26 所示绘制旋转截面图，随后退出绘图环境。

(4) 单击鼠标中键创建旋转实体特征，结果如图 7-27 所示。

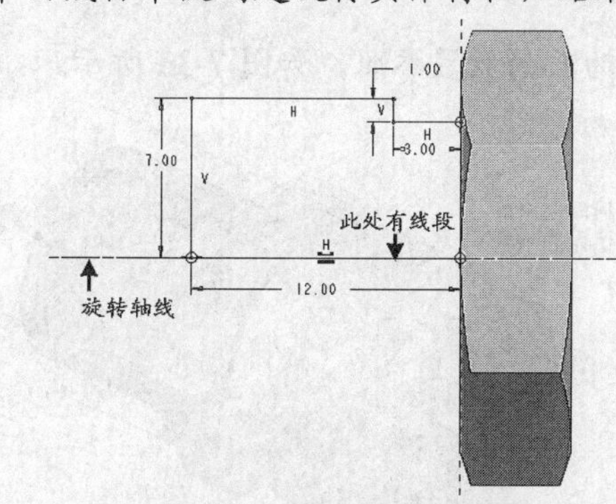

图7-26　绘制旋转截面图

图7-27　旋转结果

6. 创建旋转实体特征 3。

(1) 在右工具箱中单击按钮，打开设计图标板。

(2) 选取基准平面 FRONT 作为草绘平面，然后单击鼠标中键进入二维绘图环境。

(3) 按照图 7-28 所示绘制旋转截面图，随后退出绘图环境。

(4) 单击鼠标中键创建旋转实体特征，结果如图 7-29 所示。

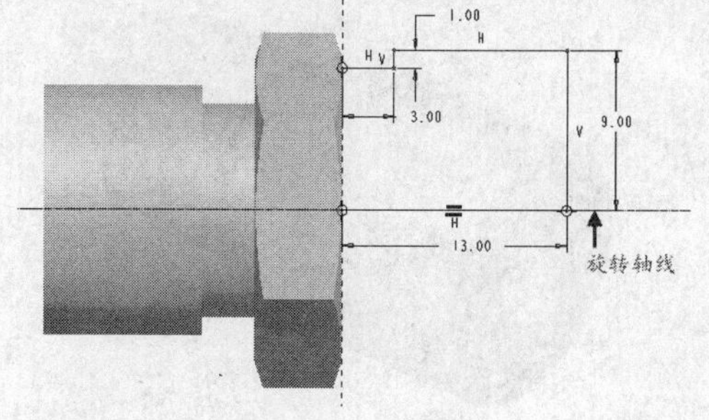

图7-28　旋转截面图

图7-29　旋转结果

7. 创建孔特征 1。

(1) 在右工具箱中单击按钮，打开孔设计工具。
(2) 按住 Ctrl 键的同时选中模型左端面和中心轴线作为孔的放置参照，如图 7-30 所示。
(3) 在图标板上设置孔的直径为 4.00。
(4) 设置孔的深度方式为，然后选取基准平面 TOP 作为孔的深度参照，如图 7-31 所示。

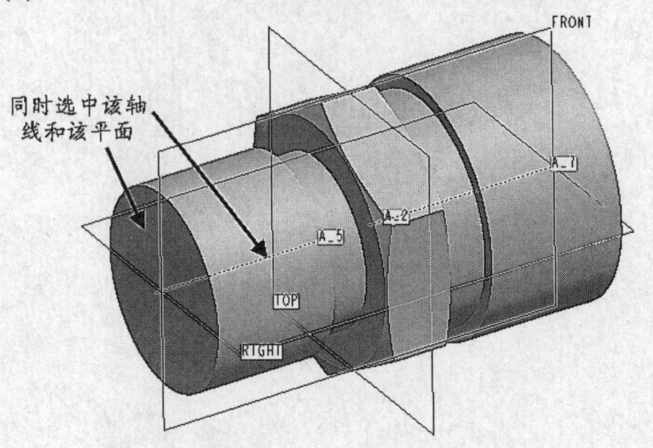

图7-30 选取孔参照

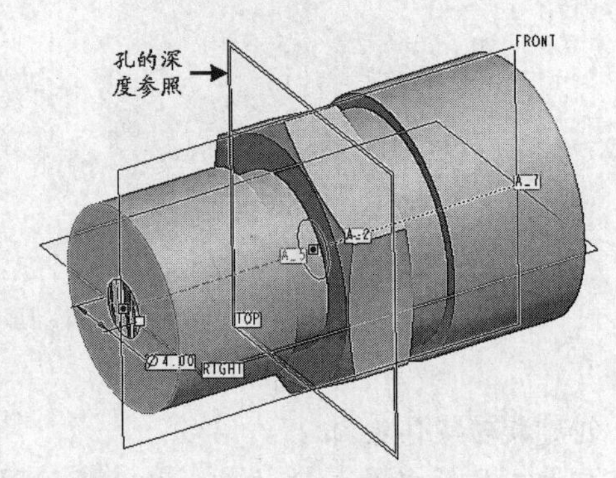

图7-31 选取深度参照

(5) 单击鼠标中键，最后创建的孔特征如图 7-32 所示。
8. 创建孔特征 2。
(1) 在右工具箱中单击按钮，打开孔设计工具。
(2) 按住 Ctrl 键的同时选中模型左端面和中心轴线作为孔的放置参照，如图 7-33 所示。

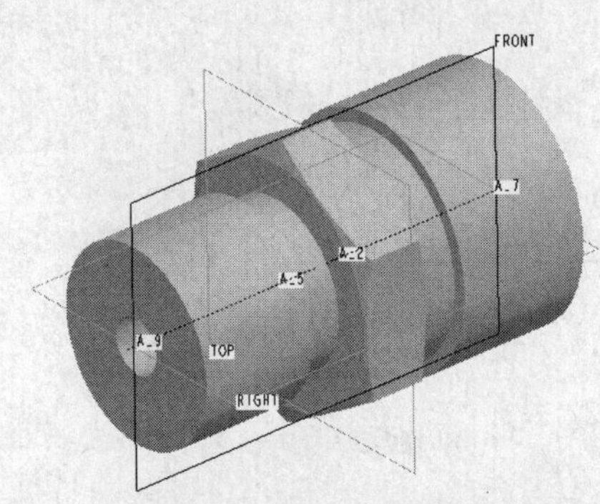

图7-32 最后创建的孔特征

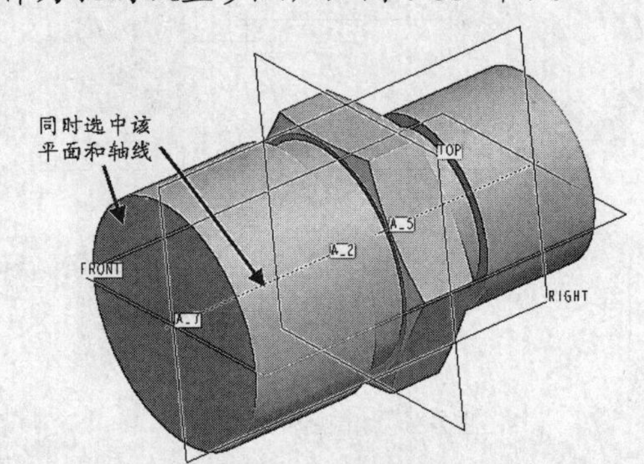

图7-33 选取孔参照

(3) 在图标板上设置孔的直径为 4.00。
(4) 设置孔的深度方式为，然后选取基准平面 TOP 作为孔的深度参照，如图 7-34 所示。
(5) 单击鼠标中键，最后创建的孔特征如图 7-35 所示。

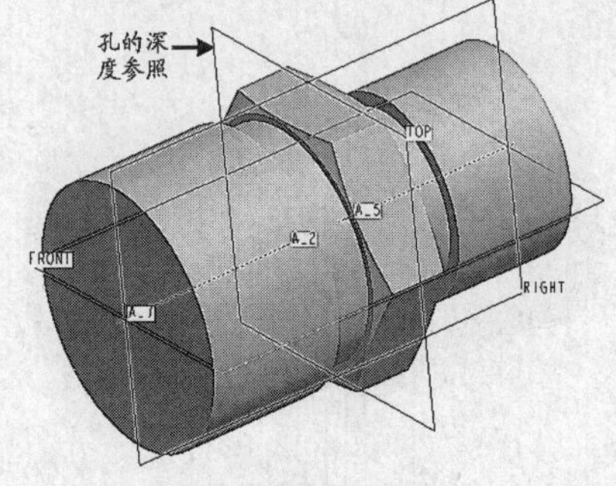

图7-34 选取深度参照

图7-35 最后创建的孔特征

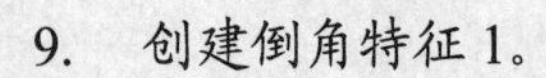
9. 创建倒角特征 1。

(1) 在右工具箱中单击按钮，打开倒角工具。

(2) 在图标板上第 1 个下拉列表中选择【角度×D】，设置角度值为 53.00，*D* 值为 3.00。

(3) 选取图 7-36 所示孔的边线（共两处）作为倒角参照。

(4) 单击鼠标中键，最后创建的倒角特征如图 7-37 所示。

10. 创建倒角特征 2。

(1) 在右工具箱中单击按钮，打开倒角工具。

(2) 在图标板上第 1 个下拉列表中选择【45×D】，设置 *D* 值为 1.00。

(3) 选取图 7-38 所示的 4 处边线作为倒角参照。

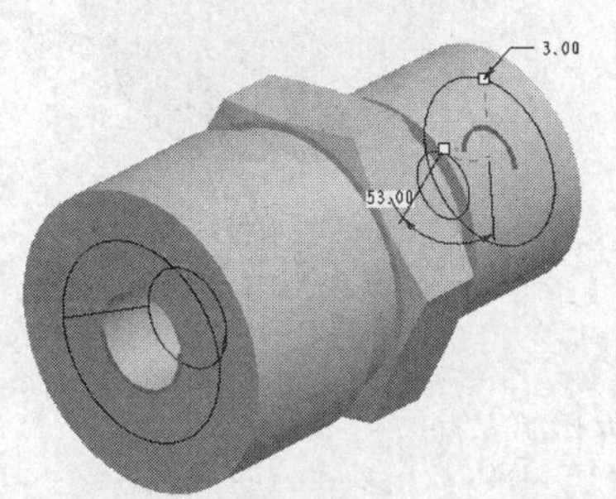

图7-36 选取倒角参照

图7-37 倒角后的结果

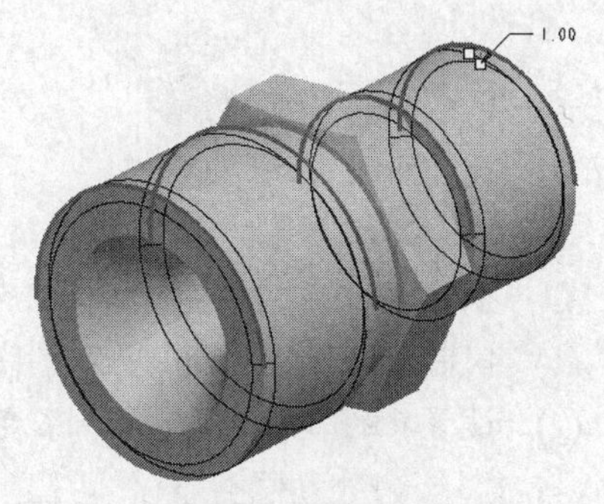

图7-38 选取倒角参照

(4) 单击鼠标中键，最后创建的倒角特征如图 7-39 所示。

11. 创建倒圆角特征。

(1) 在右工具箱中单击按钮，打开倒圆角工具。

(2) 选取图 7-40 所示处边线作为倒角参照。

(3) 单击鼠标中键，最后创建的倒圆角特征如图 7-41 所示。

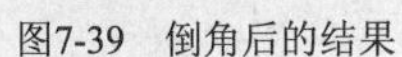
图7-39 倒角后的结果

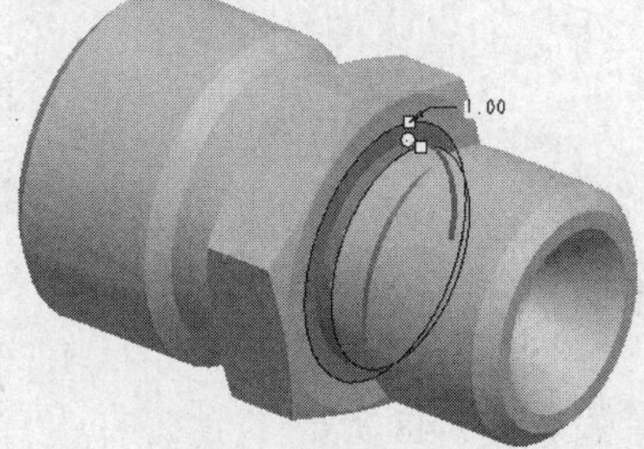

图7-40 选取倒圆角参照

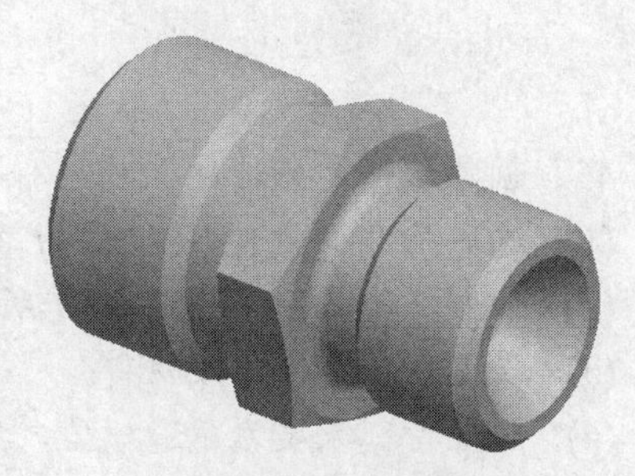
图7-41 倒圆角后的结果

7.1.3 课堂练习——带轮设计

练习使用各种工程特征设计方法，创建如图 7-42 所示的带轮模型。

操作提示

1. 新建文件。新建名为“belt_wheel”的零件文件。

2. 创建旋转实体特征。

(1) 选取基准平面 TOP 为草绘平面。

(2) 草绘如图 7-43 所示的旋转截面图。最后创建的旋转实体特征如图 7-44 所示。

图7-42 带轮模型

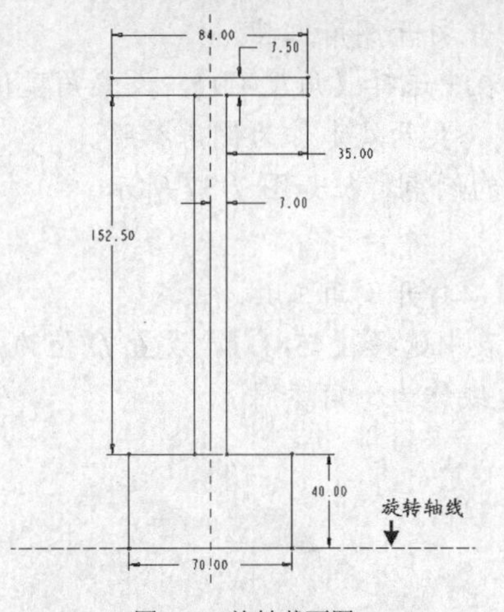

图7-43 旋转截面图

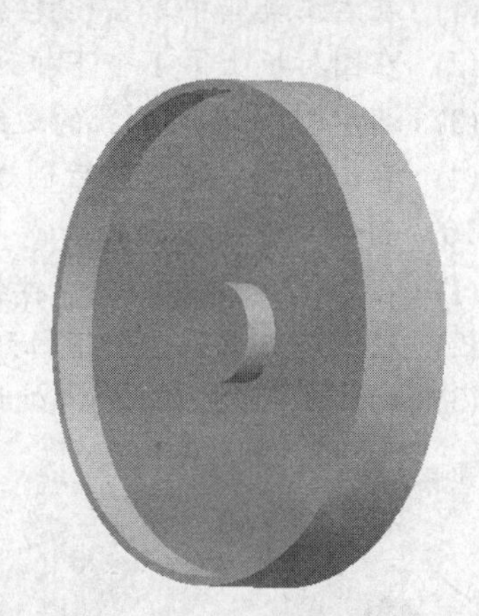

图7-44 旋转结果

3. 创建孔特征。

(1) 同时选取如图 7-45 所示的平面和轴线作为孔放置参照。

(2) 设置孔的直径为 40.00，深度为穿透模型，结果如图 7-46 所示。

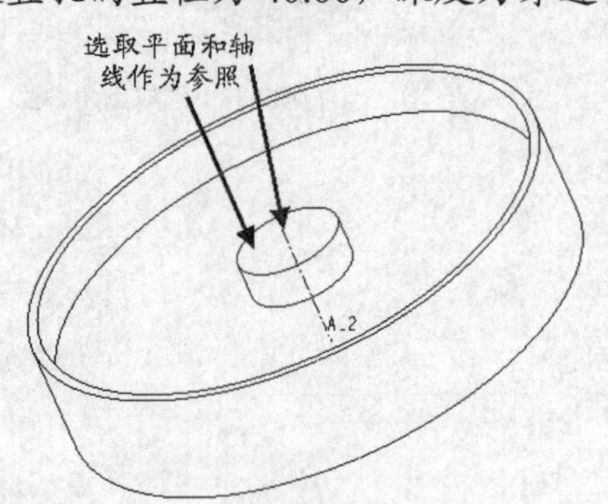

图7-45 孔参照

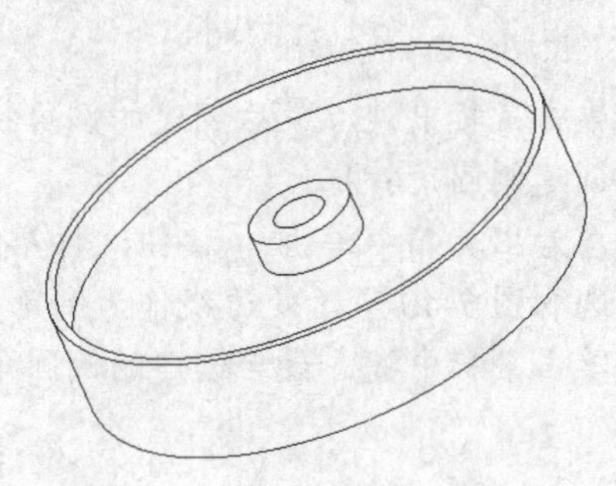

图7-46 孔设计结果

4. 创建拉伸实体特征 1。

(1) 选取基准平面 RIGHT 作为草绘平面。

(2) 绘制草绘截面，如图 7-47 所示。

(3) 设置特征属性为减材料。

(4) 设置特征深度为穿透模型，结果如图 7-48 所示。

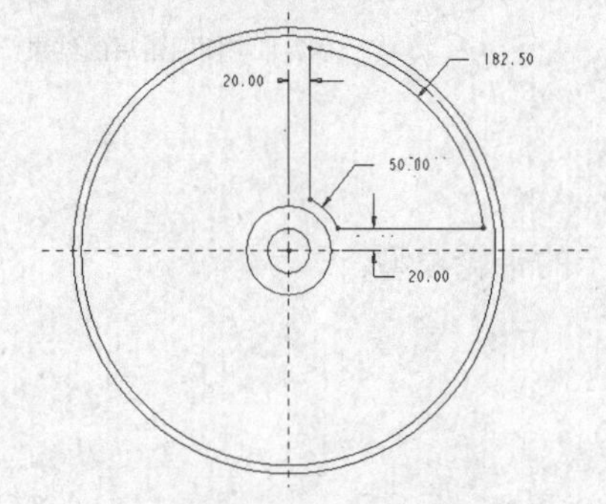

图7-47 拉伸截面图

图7-48 拉伸结果

5. 创建倒圆角特征。

(1) 选取如图 7-49 所示的 6 条边线作为倒圆角参照。

(2) 设置圆角半径为 5.00，最后创建的倒圆角特征如图 7-50 所示。

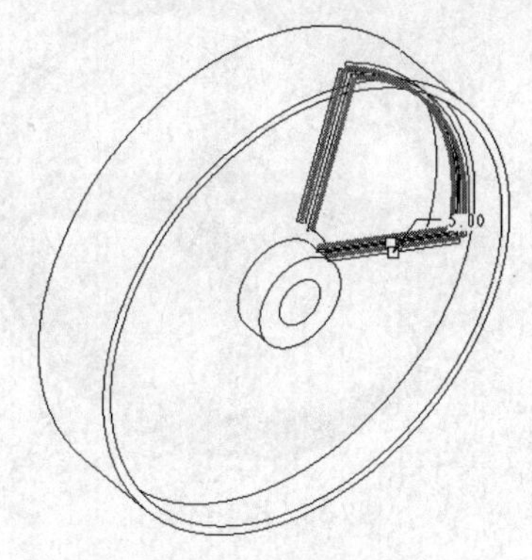

图7-49 倒圆角参照

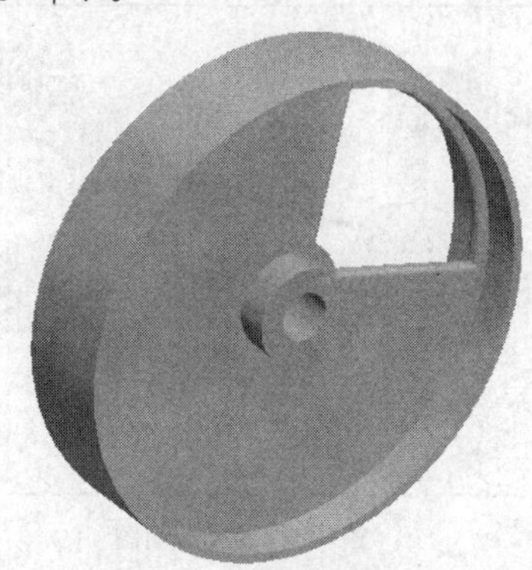

图7-50 倒圆角结果

6. 镜像复制特征。
(1) 同时选中前两步创建的拉伸实体特征和倒圆角特征为复制对象。
(2) 选取基准平面 TOP 为参照镜像复制特征，结果如图 7-51 所示。
(3) 同时选中拉伸实体特征、倒圆角特征已经上一步创建的镜像特征为复制对象。
(4) 选取基准平面 FRONT 为参照镜像复制特征，结果如图 7-52 所示。

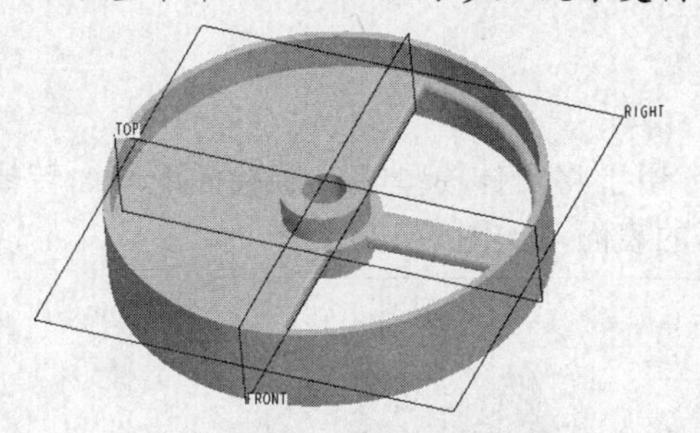

图7-51 复制结果（1）

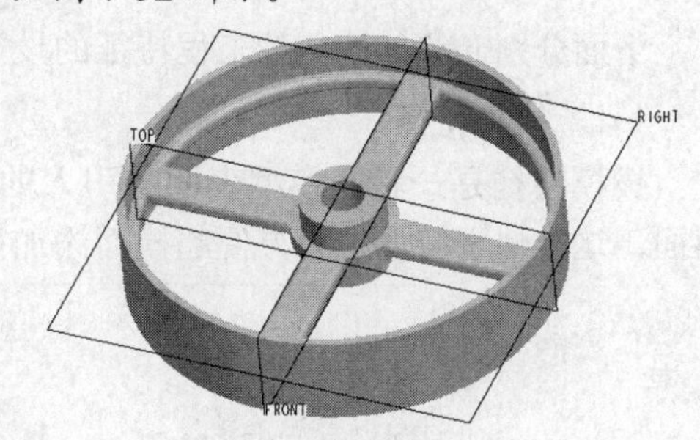

图7-52 复制结果（2）

7. 创建倒角特征。
(1) 选取如图 7-53 所示的 4 条边线作为倒角参照。
(2) 设置倒角形式为【45×D】，*D* 值为 2.00，设计结果如图 7-54 所示。

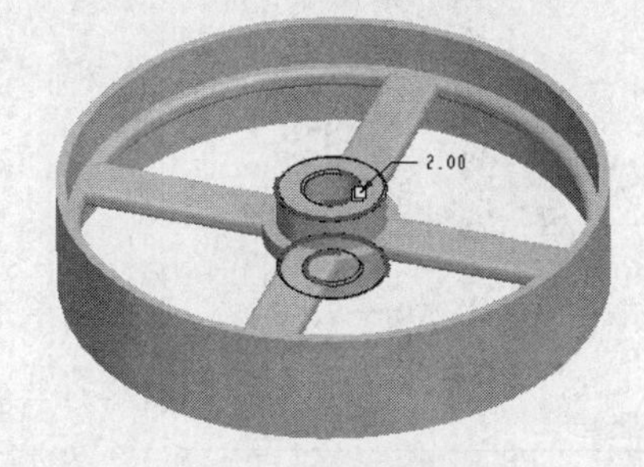

图7-53 倒角参照

图7-54 倒角结果

8. 创建拉伸实体特征 2。
(1) 选取基准平面 RIGHT 作为草绘平面。
(2) 绘制拉伸截面图，如图 7-55 所示。
(3) 设置特征属性为减材料。
(4) 在草绘平面两侧均创建穿透模型的特征，结果如图 7-56 所示。

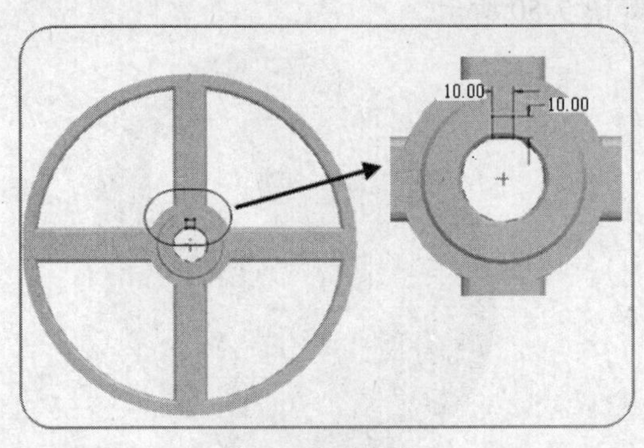

图7-55　拉伸截面图

图7-56　拉伸结果

7.2 创建拔模特征、壳特征和筋特征

在设计中还常使用到拔模特征、壳特征、筋特征等工程特征。

7.2.1 知识点讲解

下面分别介绍其他几种工程特征的设计方法。

一、 拔模特征

拔模特征是一种在模型表面上引入的结构斜度，用于将实体模型上的圆柱面或平面转换为斜面，这类似于铸件上为方便起模而添加拔模斜度后的表面，如图 7-57 所示。

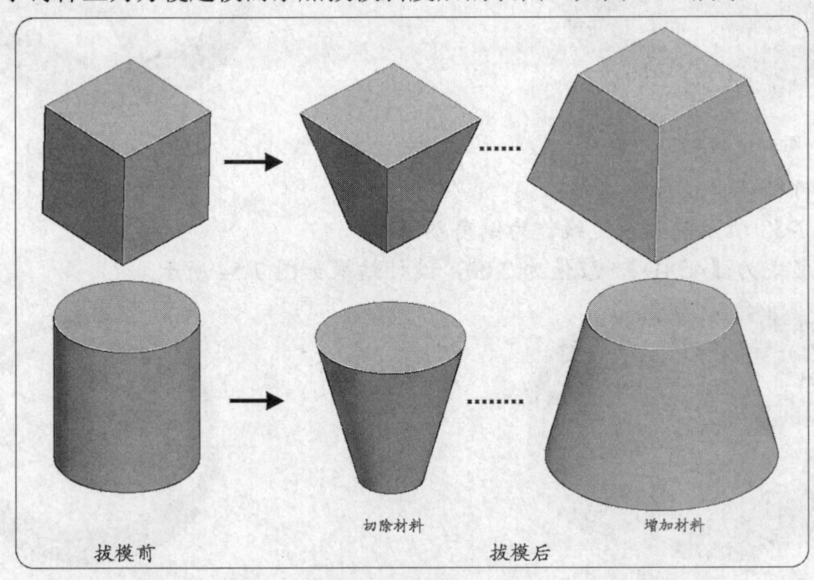

图7-57　拔模特征

(1)　设计工具

在创建基础模型以后，选择菜单命令【插入】/【斜度】，或在右工具箱中单击按钮，系统打开如图 7-58 所示的拔模设计图标板，设置图标板上的参数创建拔模特征。

启动拔模工具后，在图标板顶部单击参照按钮，打开如图 7-59 所示的上滑参数面板，在这里设置 3 个参数确定拔模参照。

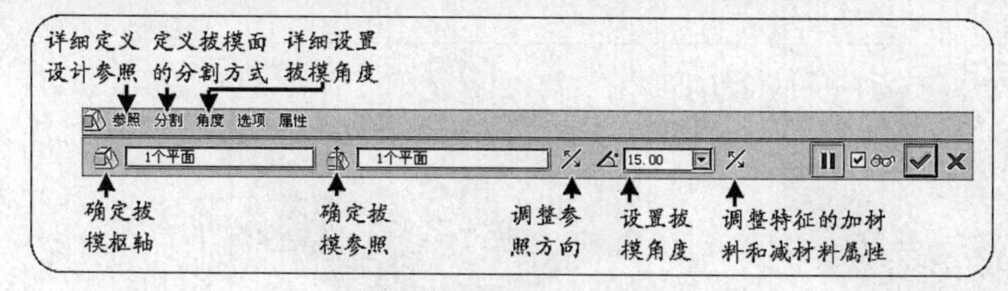

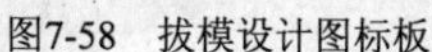

图7-58　拔模设计图标板

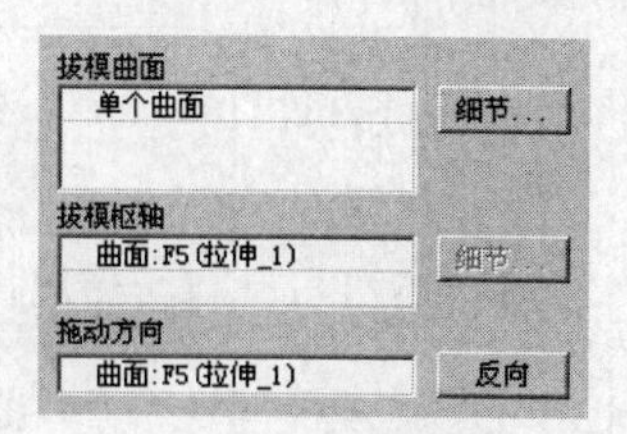

图7-59　上滑参数面板

(2)　选择拔模曲面

拔模曲面是指模型上要加入拔模特征的曲面，简称拔模面。

激活【拔模曲面】列表框选取拔模曲面。然后选取曲面作为拔模曲面，如果需要同时在多个曲面上创建拔模特征，可以按住 Ctrl 键并依次选取其他拔模曲面，如图 7-60 所示。

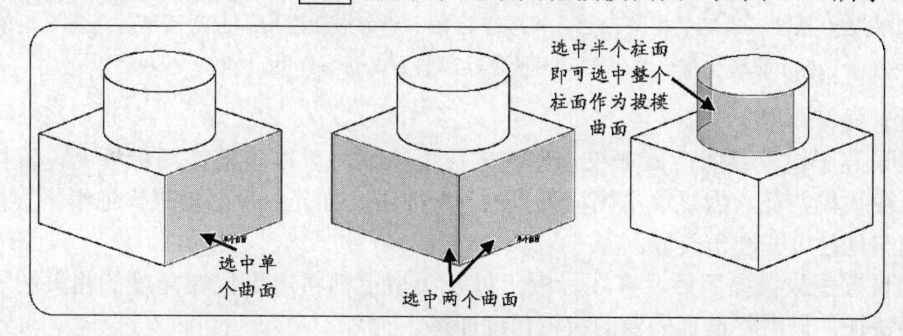

图7-60　选取拔模曲面

(3)　确定拔模枢轴

拔模枢轴用来指定拔模曲面上的中性直线或曲线，拔模曲面绕该直线或曲线旋转生成拔模特征。在如图 7-59 所示的参照面板中激活【拔模枢轴】列表框来选取拔模枢轴，可以选取实体边线或平面作为拔模枢轴。

拔模枢轴用来确定拔模时拔模曲面转动的轴线。如果选取平面作为拔模枢轴，此时该平面（或平面延展后）与拔模曲面的交线即是拔模曲面转动的轴线，如图 7-61 所示。

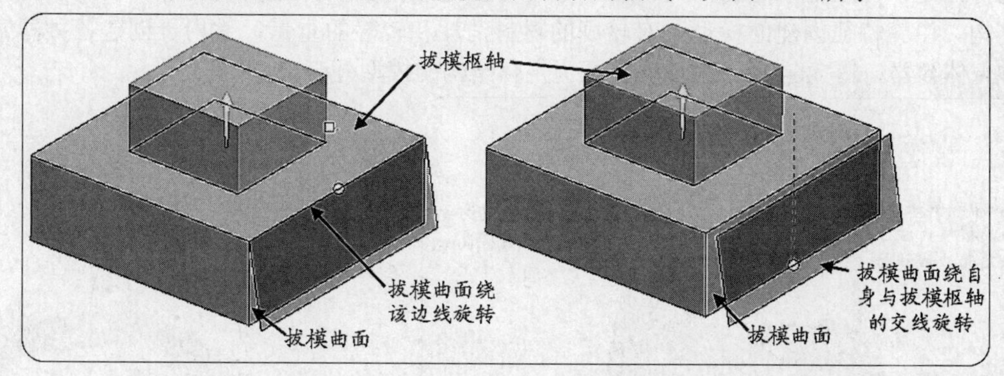

图7-61　选取拔模枢轴

(4)　确定拖动方向

激活如图 7-59 所示拔模参照面板的【拖动方向】列表框，选取适当的平面、边线或轴线参照来确定拖动方向，单击列表框右侧的 反向 按钮可以调整拖动方向的指向。

如果选取平面作为拔模枢轴，系统将自动使用该平面来确定拖动方向，并使用一个黄色箭头指示拖动方向的正向。也可以直接选取轴线或边线的方向作为拖动方向，如图 7-62 所示。

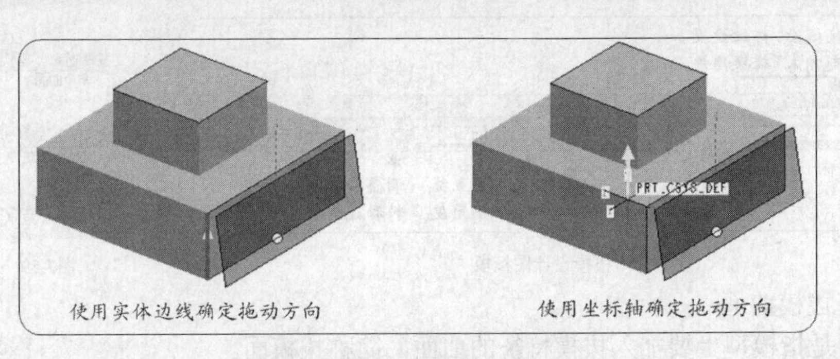

图7-62　使用边线或轴线确定拖动方向

要点提示 单击【拖动方向】列表框后的 按钮可以反转拖动方向的指向，间接地确定了拔模特征的加材料或切减材料属性。确定拔模枢轴后，模型上将显示两个拖动图柄：圆形图柄位于拔模枢轴或拔模曲面轮廓上，标示拔模位置；拖动方形图柄可以调整拔模角的大小。

(5)　设置拔模角度

在正确设置了拔模参照后，如果创建基本拔模特征，可以直接在图标板上设置拔模角度；如果创建可变拔模特征，需要单击图标板上的角度按钮，打开参数面板来详细编辑拔模角度。具体设计过程与创建可变圆角类似。

当正确设置了拔模参照后，在图标板上以及模型上都将出现拔模角度的相关图示，对于创建基本拔模特征，只需要设置需要的拔模角度即可。

要点提示 注意拔模角度的取值范围为-30°～30°，不要超出该数值范围。此外，单击图标板上【拔模角度】文本框右侧的 按钮可以反转拔模角度，其实际效果与单击【拔模枢轴】文本框右侧的 按钮来反转拖动方向类似，主要用于改变拔模特征的加材料或切减材料属性。

图 7-63 所示为拔模原理示意图。

二、创建壳特征

壳特征是一种应用广泛的工程特征，这种特征通过挖去实体特征的内部材料，获得均匀的薄壁结构。由壳特征创建的模型具有较少的材料消耗和较轻的重量，常用于创建各种薄壳结构和各种壳体容器。图 7-64 所示为以壳特征为主体结构的模型外壳。

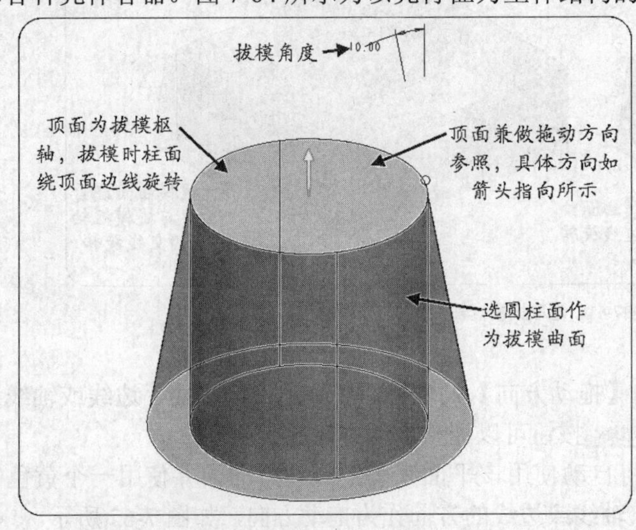

图7-63　拔模原理示意图

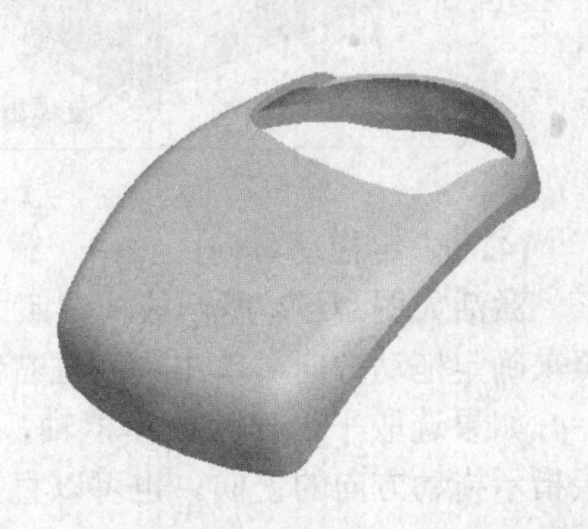

图7-64　鼠标壳

(1) 壳设计工具

在创建基础模型之后，选择菜单命令【插入】/【壳】，或在右工具箱中单击按钮，都可以选中壳设计工具，系统打开如图 7-65 所示的图标板。

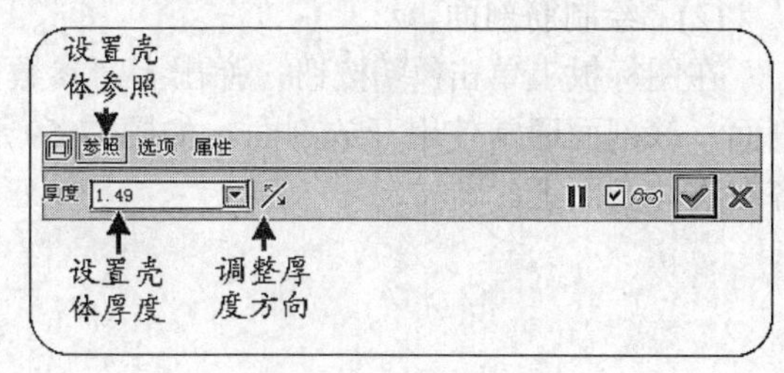

图7-65　壳设计图标板

(2) 指定移除的曲面

指定移除的曲面用来选取创建壳特征时在实体上删除的曲面。激活该列表框后，可以在实体表面选取一个或多个移除曲面。如果需要选取多个实体表面作为移除表面，则应该按住 Ctrl 键。图 7-66 所示为各种移除曲面的示例。

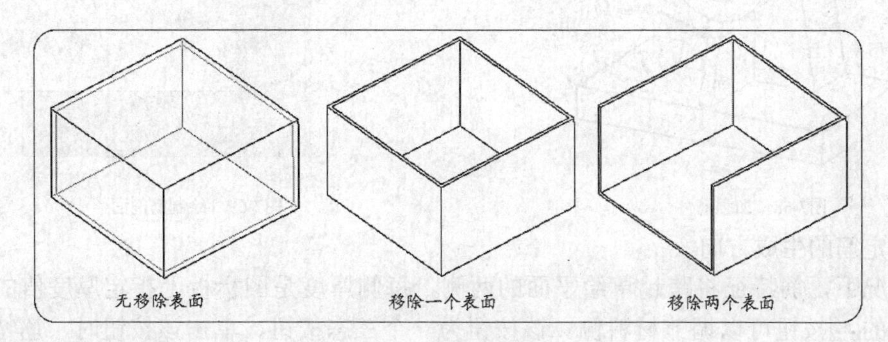

图7-66　移除曲面示例

(3) 设置非默认厚度

用于选取要为其指定不同厚度的曲面，然后分别为这些曲面单独指定厚度值，如图 7-67 所示。其余曲面将统一使用默认厚度，默认厚度值在图标板上的厚度文本框中设定。

在如图 7-65 所示的面板中激活【非缺省厚度】列表框后，选取需要设置非默认厚度的表面并依次为其设置厚度即可。选择多个曲面时需要按住 Ctrl 键。

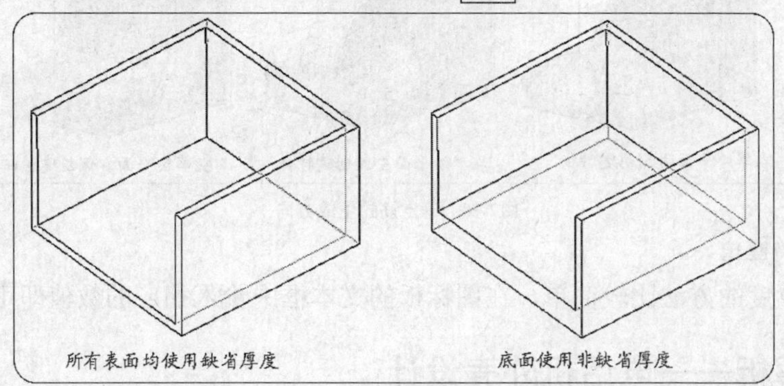

图7-67　非缺省厚度

三、 创建筋特征

筋特征是连接到实体表面的薄翼或腹板伸出项，通常用来加固设计中的零件，也常用来防止零件上出现不需要的结构弯曲变形。图 7-68 所示为机械零件中应用广泛的加强筋的示例。

(1) 设计工具

在创建基础实体特征之后，选择菜单命令【插入】/【筋】，或在右工具箱中单击按钮，都可以选中筋设计工具

(2) 绘制筋剖面

在图标板上单击[参照]按钮，弹出上滑参数面板，单击[定义...]按钮后即可设置草绘平面绘制筋剖面。筋剖面通常使用开放剖面，如图 7-69 所示，该剖面只包含一条线段，线段的两个端点对齐在实体表面上。

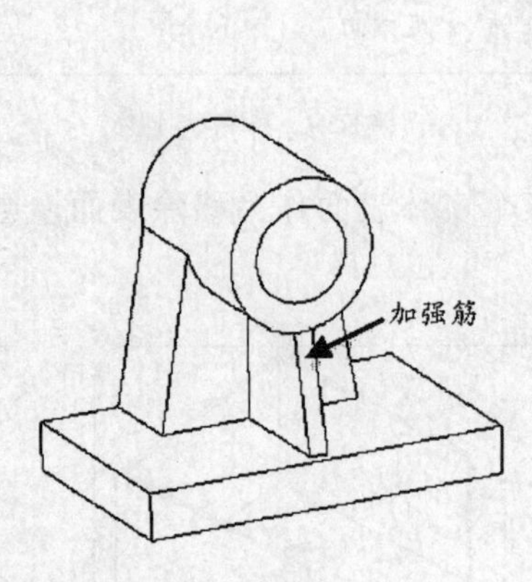

图7-68 加强筋

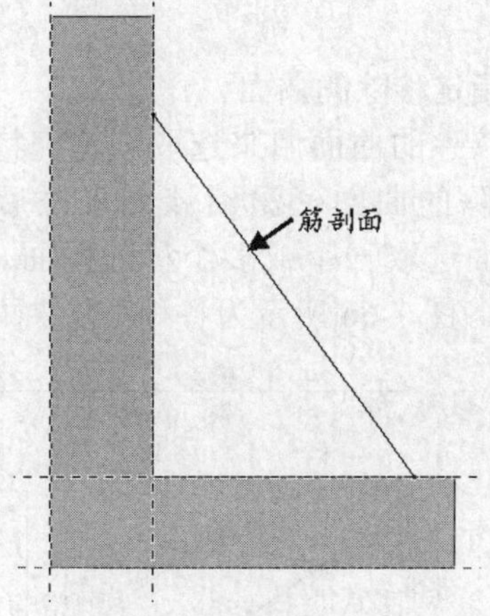

图7-69 绘制筋剖面

(3) 确定筋的生成方向

默认情况下，筋特征将跨越草绘平面的两侧，每侧厚度是图标板上指定厚度值的一半，单击图标板上的[⁄]按钮可以调节材料侧。该按钮为一个三态按钮，单击该按钮时，筋特征将依次在草绘平面两侧、草绘平面左侧和草绘平面右侧切换，如图 7-70 所示。

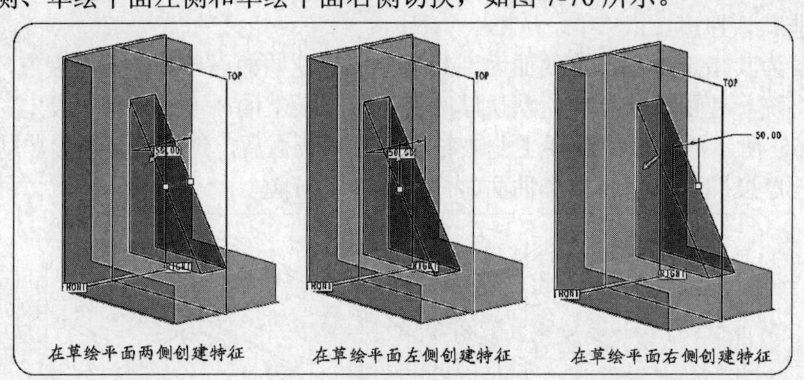

图7-70 确定筋的生成方向

(4) 设置筋的厚度

设置筋特征厚度的方法比较简单，在图标板的文本框中输入相应的数值即可。

7.2.2 范例解析——电话机外壳设计

下面继续结合范例说明工程特征的创建方法，最后创建的电话机外壳模型如图 7-71 所示。

范例操作

1. 新建零件文件。

(1) 在上工具箱中单击[□]按钮，打开【新建】对话框。

(2) 输入模型名称“phone_cover”后单击鼠标中键进入三维建模环境。

2. 创建拉伸实体特征 1。

(1) 在右工具箱中单击按钮，打开设计图标板。

(2) 选取基准平面 TOP 作为草绘平面，然后单击鼠标中键进入二维绘图环境。

(3) 按照如图 7-72 所示的绘制拉伸截面图，随后退出绘图环境。

(4) 在图标板上输入拉伸深度数值 “50.00”，最后创建的拉伸特征如图 7-73 所示。

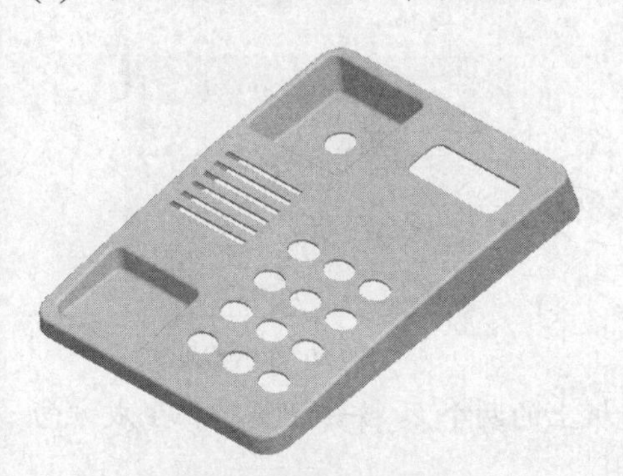

图7-71　电话机外壳模型

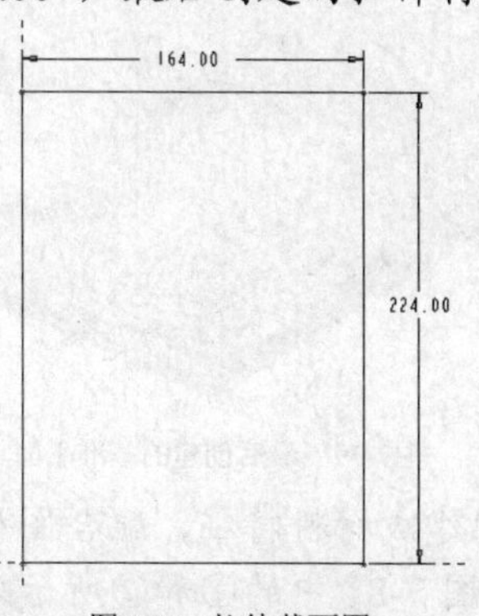

图7-72　拉伸截面图

图7-73　拉伸特征

3. 创建拉伸实体特征 2。

(1) 在右工具箱中单击按钮，打开设计图标板。

(2) 选取如图 7-74 所示的表面作为草绘平面，然后单击鼠标中键。

(3) 在草绘平面绘制如图 7-75 所示的截面图，完成后退出草绘模式。

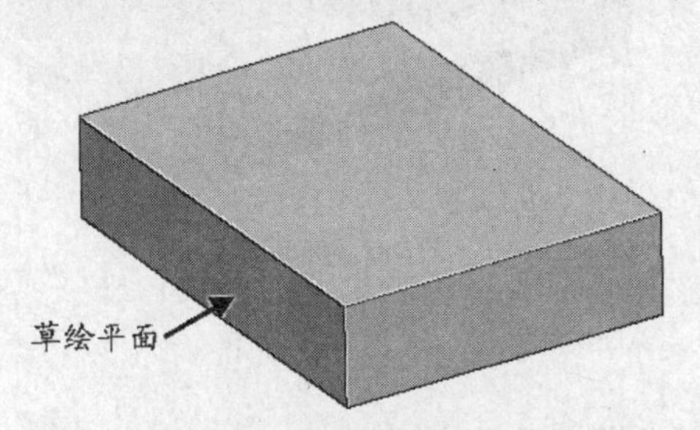

图7-74　选取草绘平面

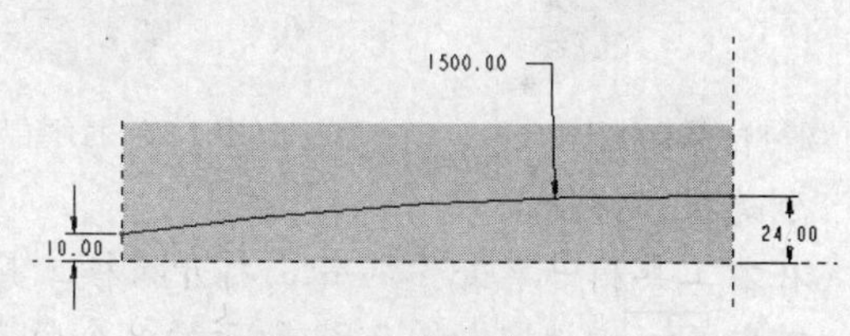

图7-75　拉伸截面图

(4) 在图标板上单击按钮，创建减材料特征，配合图标板上的两个按钮调整特征生成方向以及去除材料侧面方向，如图 7-76 中的①和②所示。

(5) 设置特征深度为穿透模型，单击鼠标中键创建实体特征，结果如图 7-77 所示。

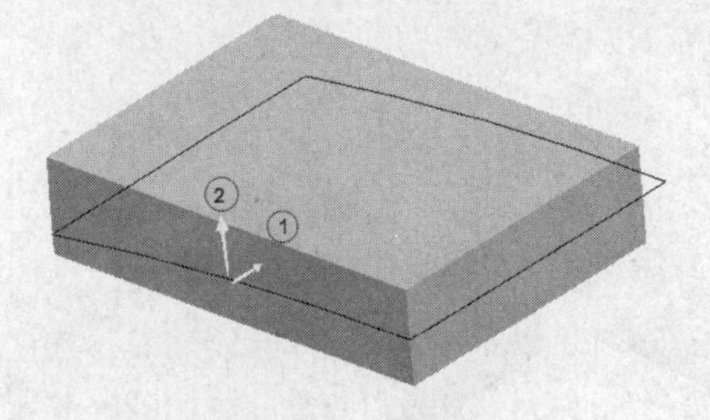

图7-76　确定特征方向

图7-77　拉伸结果

4. 创建基准平面。

(1) 在右工具箱中单击按钮，打开【基准平面】对话框。

(2) 将基准平面 TOP 向下平移 45.00 创建基准平面 DTM1，参数设置如图 7-78 所示，结果如图 7-79 所示。

5. 创建拉伸实体特征 3。
(1) 在右工具箱中单击按钮，打开设计工具。
(2) 选取新建基准平面 DTM1 为草绘平面，然后单击鼠标中键。
(3) 在草绘平面中绘制如图 7-80 所示的截面图，完成后退出草绘模式。

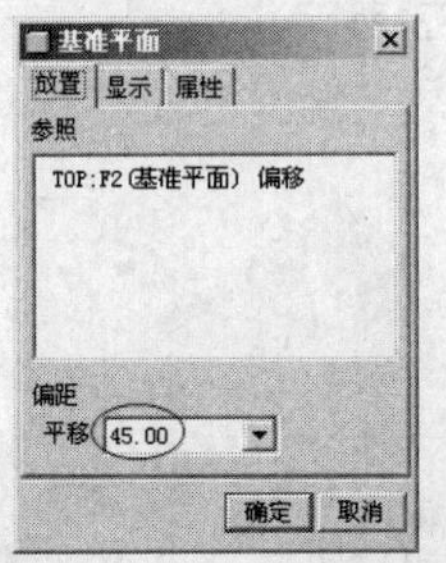

图7-78 【基准平面】对话框

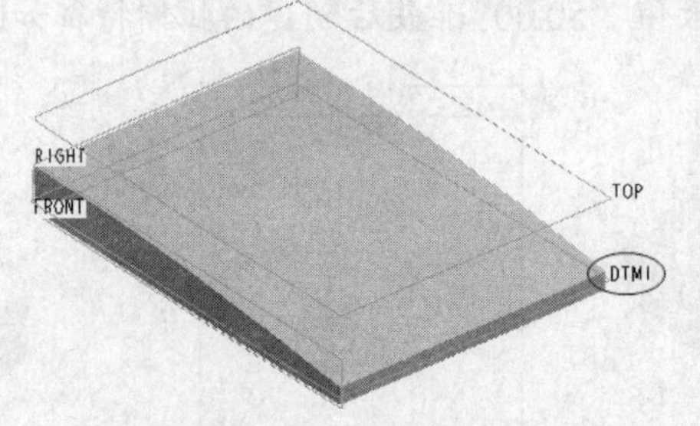

图7-79 最后创建的基准平面

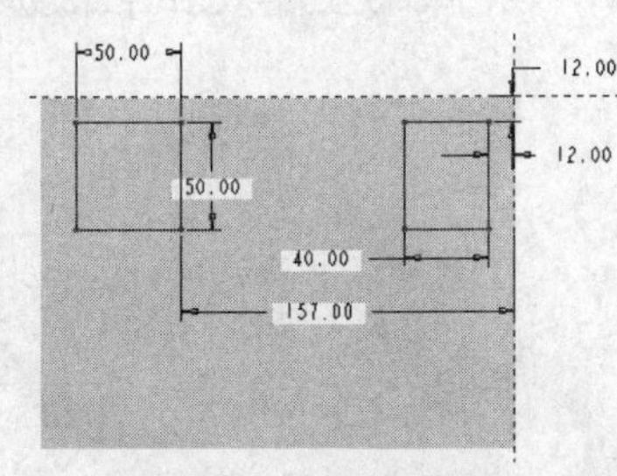

图7-80 拉伸截面图

(4) 在图标板上单击按钮，创建减材料特征，配合图标板上的两个按钮调整特征生成方向以及去除材料侧面方向，如图 7-81 中的①和②所示。
(5) 设置特征深度为穿透模型，单击鼠标中键创建实体特征，结果如图 7-82 所示。

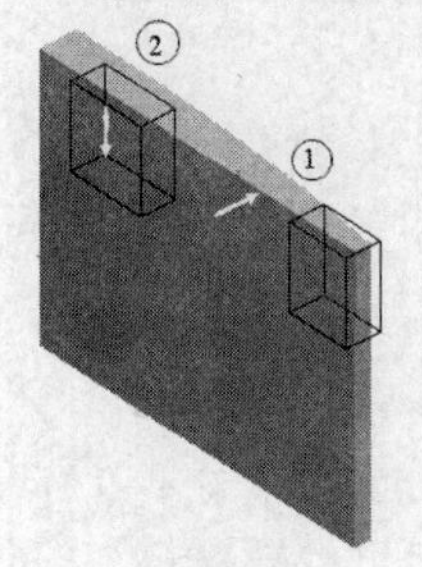

图7-81 确定特征方向

图7-82 拉伸结果

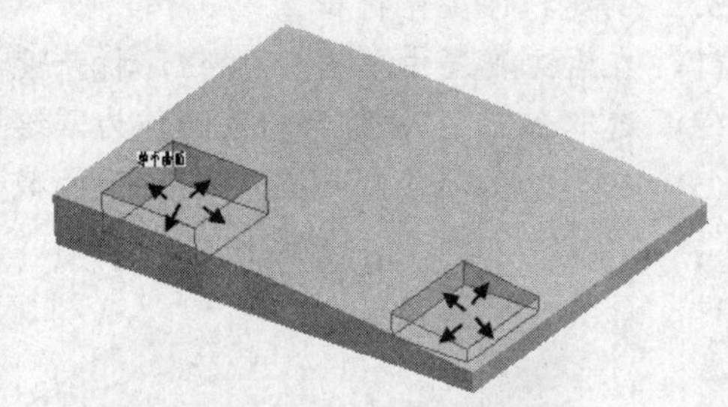
图7-83 选取拔模曲面

6. 创建拔模特征 1。
(1) 在右工具箱中单击按钮，打开拔模工具。
(2) 按住 Ctrl 键选取如图 7-83 所示的 8 个竖直平面作为拔模曲面。
(3) 单击激活图标板上的第 1 个列表框，选取如图 7-84 所示的平面作为拔模数轴，该平面也自动被选为拖动方向参照。
(4) 设置拔模角度为 15.00，配合调节角度文本框右侧的按钮，确保新建特征为减材料特征，如图 7-85 所示。
(5) 单击鼠标中键，最后创建的设计结果如图 7-86 所示。

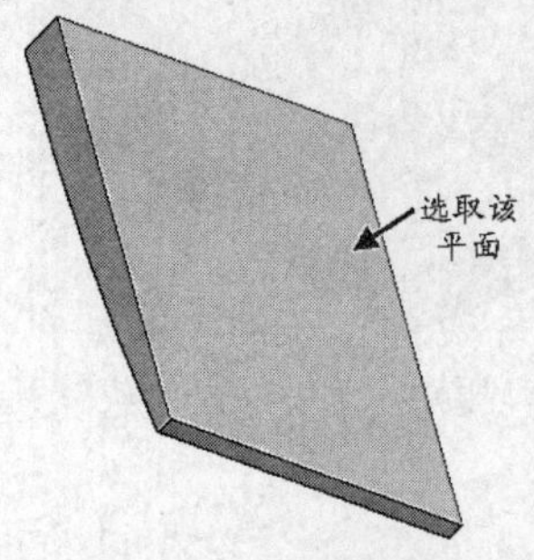

图7-84 选取拔模数轴

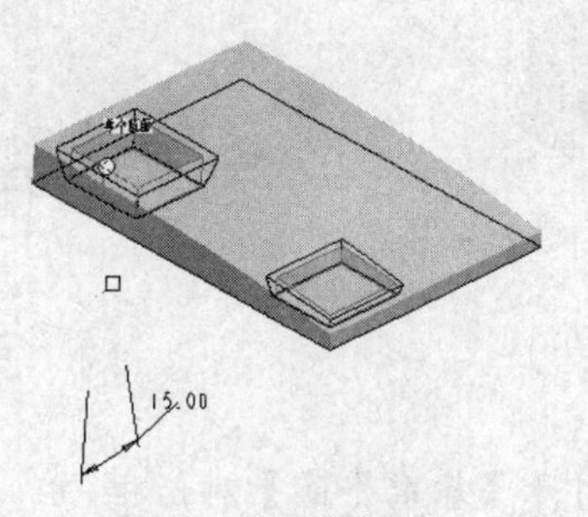

图7-85 设置拔模角度

图7-86 拔模结果

7. 继续创建拔模特征 2、3、4。

(1) 在右工具箱中单击按钮，打开拔模工具创建拔模特征 2。
(2) 选取如图 7-87 所示的平面作为拔模曲面。
(3) 单击激活图标板上的第 1 个列表框，选取如图 7-84 所示的平面作为拔模数轴，该平面自动被选为拖动方向参照。
(4) 设置拔模角度为 8.00。配合调节角度文本框右侧的按钮，确保新建特征为减材料特征，如图 7-88 所示。
(5) 单击鼠标中键，最后创建的设计结果如图 7-89 所示。

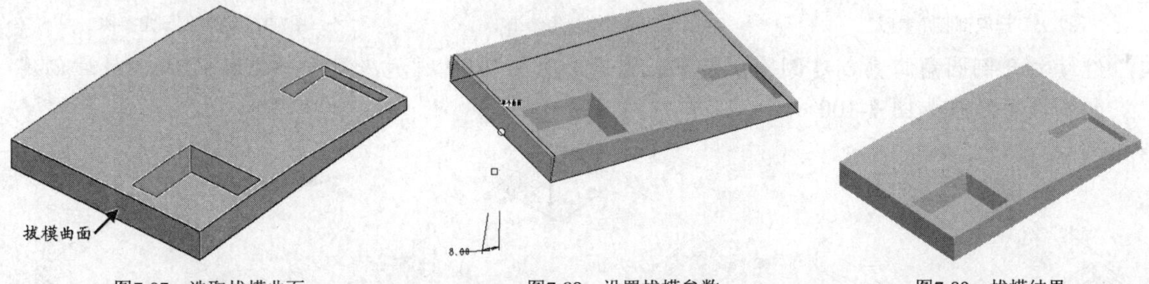

图7-87 选取拔模曲面　　图7-88 设置拔模参数　　图7-89 拔模结果

(6) 继续创建拔模特征 3。拔模曲面如图 7-90 所示，拔模角度为 5.00，拔模特征同样具有减材料属性，如图 7-91 所示。

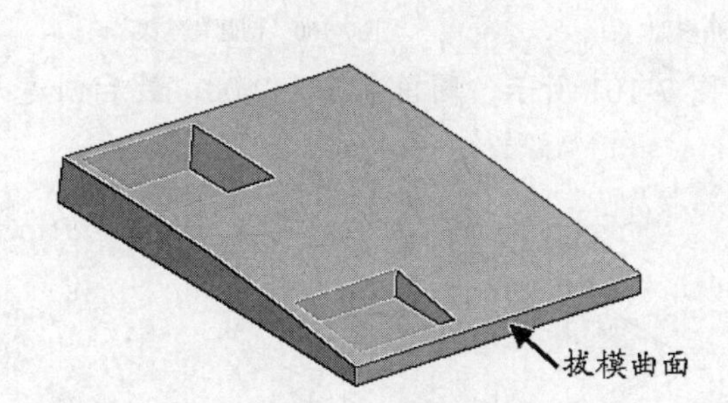

图7-90 选取拔模曲面

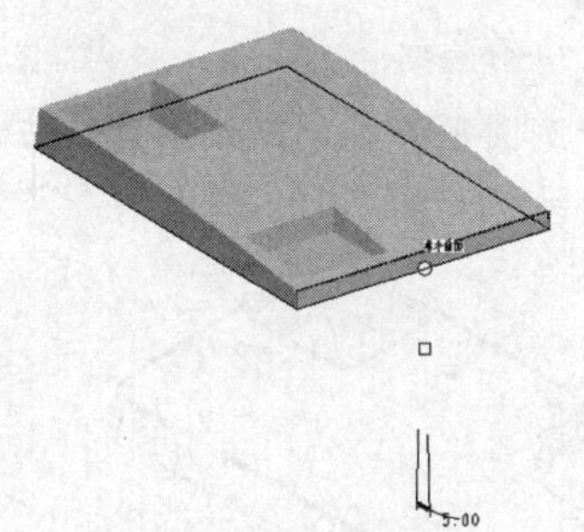

图7-91 设置拔模参数

(7) 继续创建拔模特征 4。选取图 7-92 中箭头指示的两个曲面作为拔模曲面，拔模角度为 3.00，拔模特征同样具有减材料属性，如图 7-93 所示。最后创建的拔模特征如图 7-94 所示。

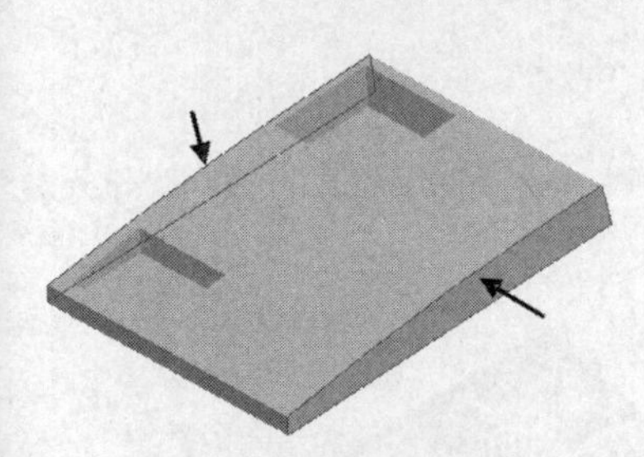

图7-92 选取拔模曲面

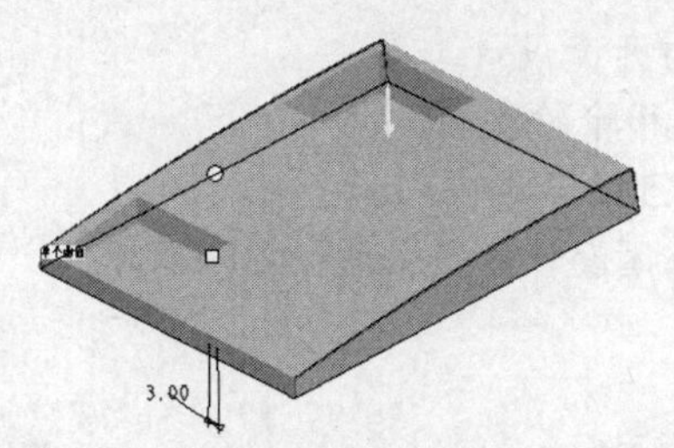

图7-93 设置拔模参数

图7-94 最后创建的拔模特征

8. 创建倒圆角特征。
(1) 在右工具箱中单击按钮，打开倒圆角工具。
(2) 按住 Ctrl 键依次选取如图 7-95 所示的边线作为圆角参照，设置圆角半径为 5.00，最后创建的倒圆角特征如图 7-96 所示。
(3) 继续打开倒圆角工具创建倒圆角特征，圆角参照图 7-97 所示，圆角半径为 2.00，最后创建的倒圆角结果如图 7-98 所示。

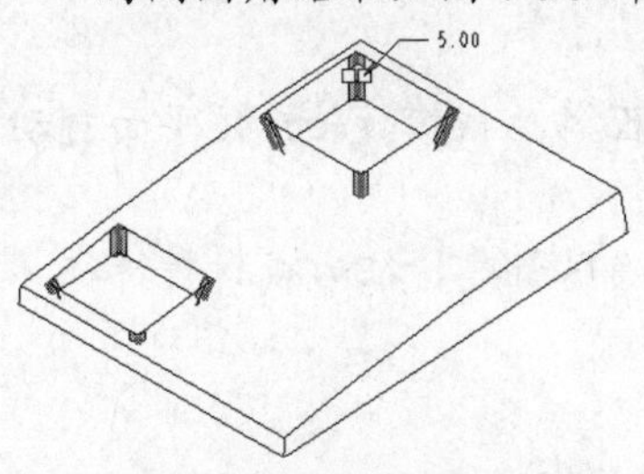

图7-95 选取倒圆角参照

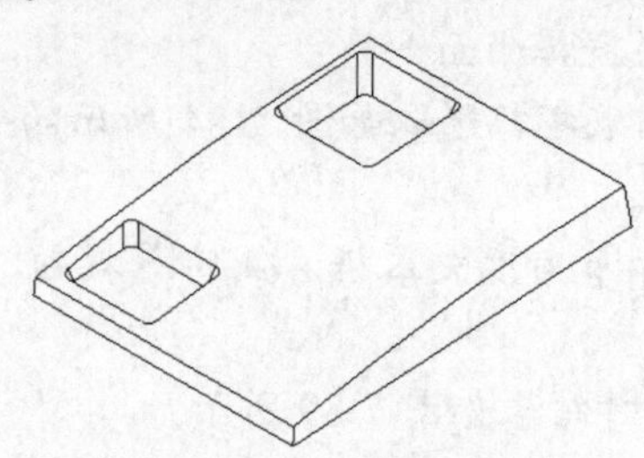

图7-96 倒圆角结果

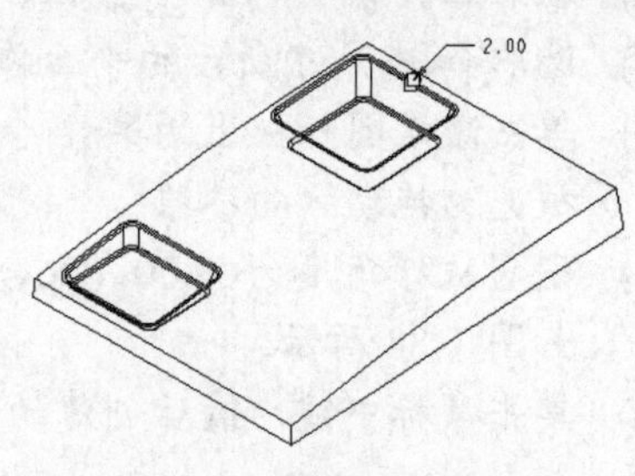

图7-97 选取倒圆角参照

(4) 继续打开倒圆角工具创建倒圆角特征，圆角参照图 7-99 所示，圆角半径为 12.00，最后创建的倒圆角结果如图 7-100 所示。

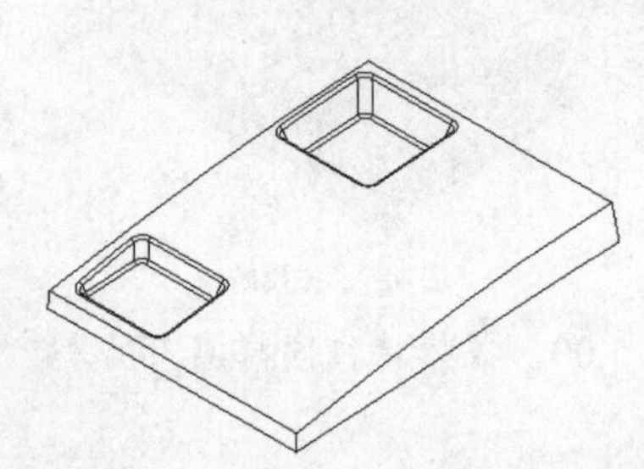

图7-98 倒圆角结果

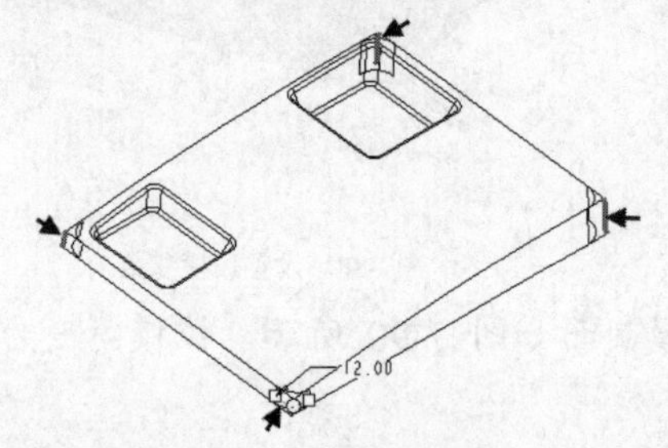

图7-99 选取倒圆角参照

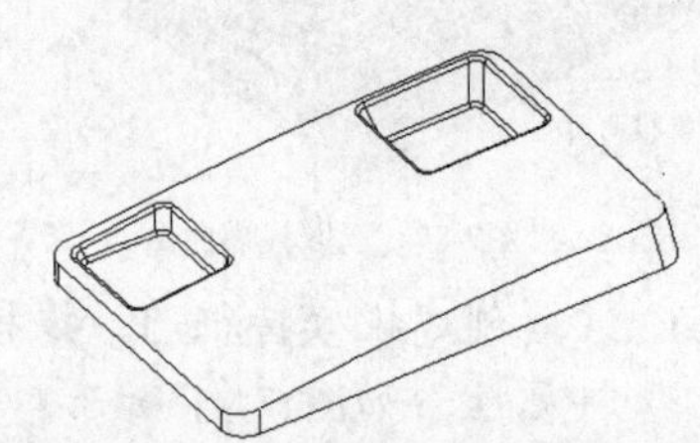

图7-100 倒圆角结果

(5) 继续打开倒圆角工具创建倒圆角特征，圆角参照图 7-101 所示，圆角半径为 2.00，最后创建的倒圆角结果如图 7-102 所示。

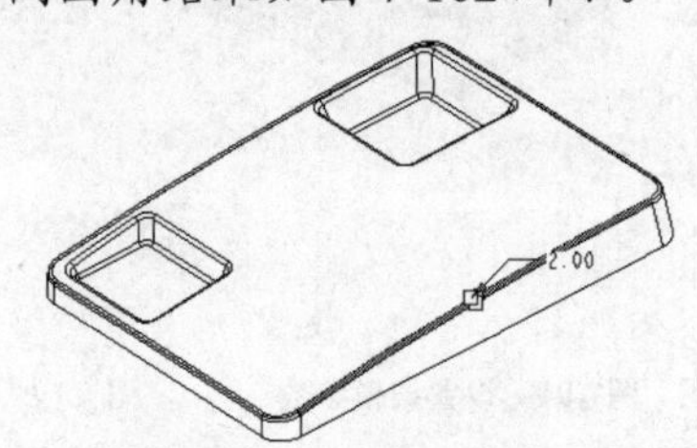

图7-101 选取倒圆角参照

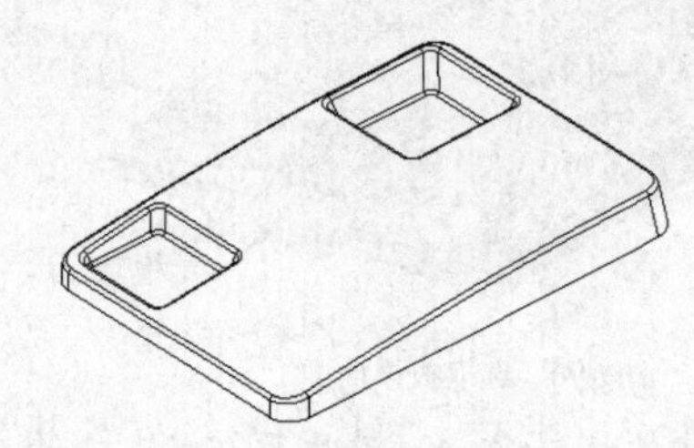

图7-102 倒圆角结果

9. 创建壳特征。

(1) 在右工具箱中单击□按钮，打开壳设计工具。

(2) 选取如图 7-103 所示的平面为移除的表面。

(3) 在图标板上设置壳体厚度为 1.50。

(4) 单击鼠标中键，最后创建的壳体设计结果如图 7-104 所示。

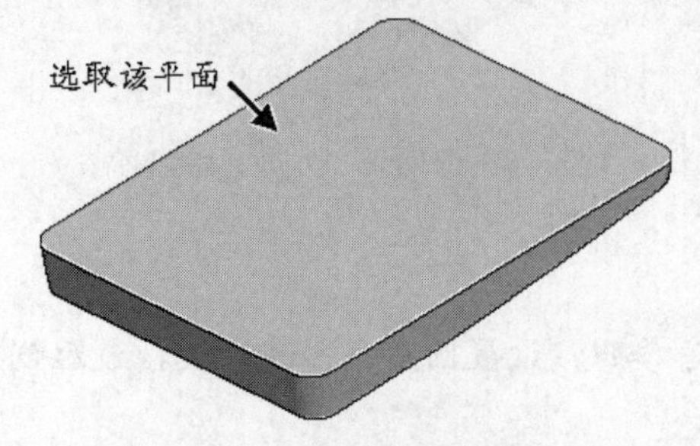

图7-103 选取移除的表面

图7-104 壳体设计结果

10. 创建拉伸实体特征 4。
(1) 在右工具箱中单击按钮，打开设计图标板。
(2) 选取基准平面 DTM1 作为草绘平面，然后单击鼠标中键。
(3) 在草绘平面中绘制如图 7-105 所示的截面图，完成后退出草绘模式。
(4) 在图标板上单击按钮创建减材料特征，配合图标板上的两个按钮调整特征生成方向以及去除材料侧面方向，如图 7-106 所示。
(5) 设置特征深度为穿透模型，单击鼠标中键创建拉伸特征，结果如图 7-107 所示。

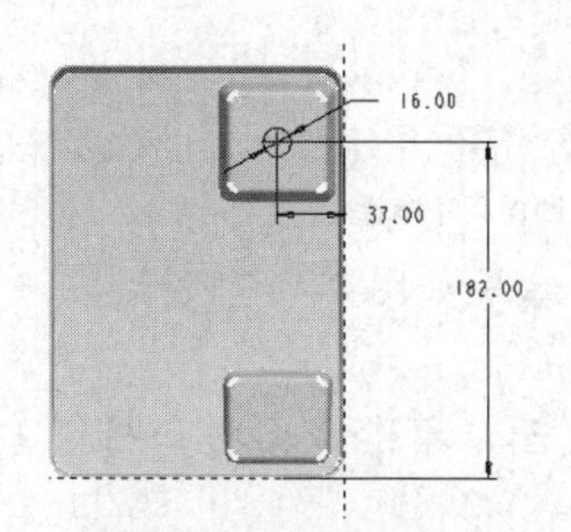

图7-105 拉伸截面图

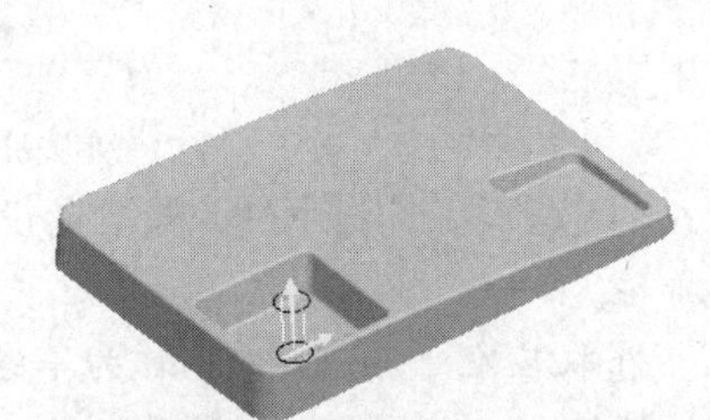
图7-106 调整特征方向

图7-107 最后创建的拉伸特征

11. 创建拉伸实体特征 5。
(1) 在右工具箱中单击按钮，打开设计图标板。
(2) 选取基准平面 DTM1 作为草绘平面，然后单击鼠标中键。
(3) 在草绘平面中绘制如图 7-108 所示的截面图，完成后退出草绘模式。
(4) 在图标板上单击按钮创建减材料特征，配合图标板上的两个按钮调整特征生成方向以及去除材料侧面方向，如图 7-109 所示。
(5) 设置特征深度为穿透模型，单击鼠标中键创建实体特征，结果如图 7-110 所示。

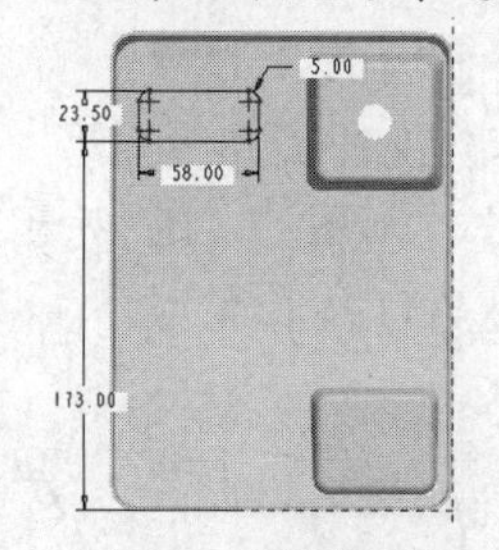

图7-108 拉伸截面图

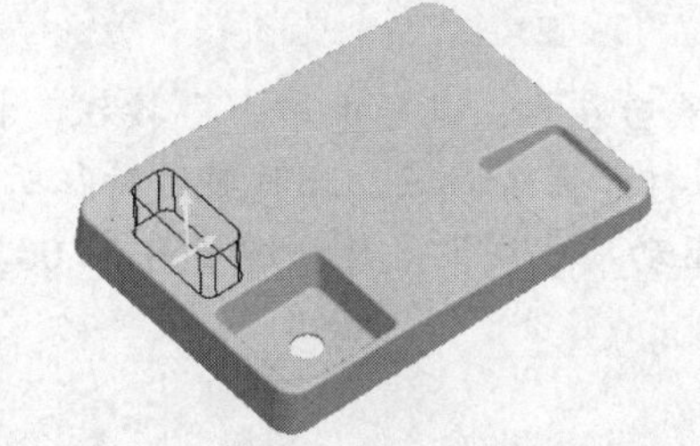
图7-109 确定特征方向

图7-110 最后创建的结果

12. 创建拉伸实体特征 6 并阵列特征。
(1) 首先使用拉伸工具创建拉伸特征。选取基准平面 DTM1 作为草绘平面，草绘截面图如图 7-111 所示，最后创建穿透模型的拉伸特征，如图 7-112 所示。

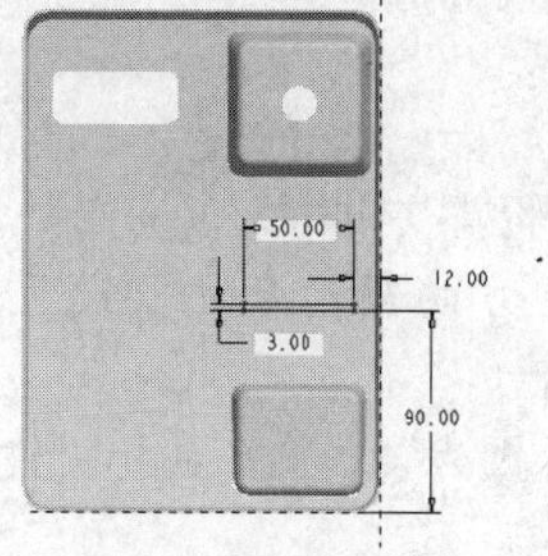

图7-111 拉伸截面图

图7-112 拉伸结果

(2) 选中刚刚新建的拉伸特征，然后在右工具箱中单击▦按钮，打开阵列设计工具。

(3) 在图标板左上角单击尺寸按钮，打开上滑面板，选择尺寸 90.00 作为驱动尺寸，如图 7-113 所示。设置尺寸增量为 8.00，如图 7-114 所示。

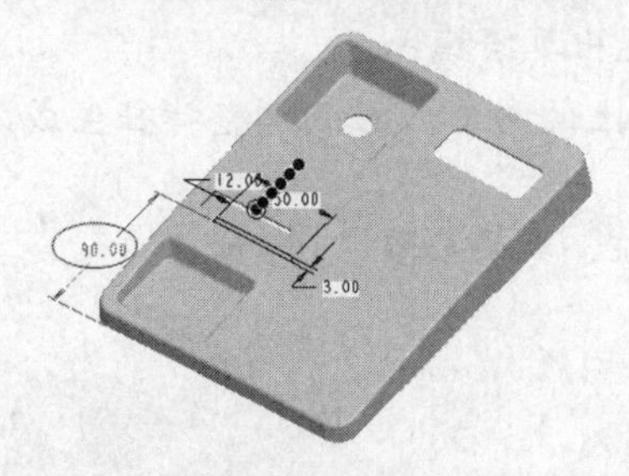

图7-113 选取驱动尺寸

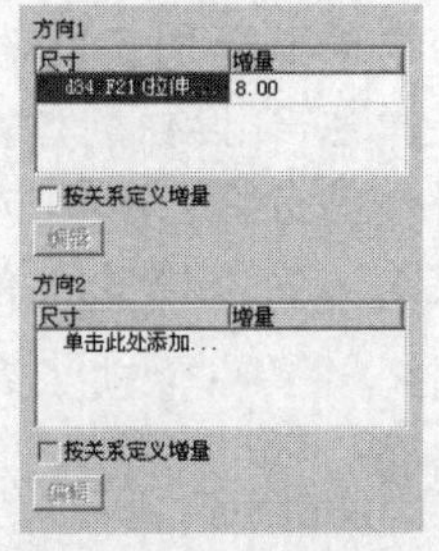

图7-114 设置尺寸增量

(4) 在图标板上设置特征总数为 6。随后单击鼠标中键，最后的设计结果如图 7-115 所示。

13. 创建拉伸实体特征 7 并阵列特征。

(1) 使用拉伸工具创建拉伸特征。选取基准平面 DTM1 作为草绘平面，草绘截面图如图 7-116 所示，最后创建穿透模型的拉伸特征，如图 7-117 所示。

图7-115 阵列结果

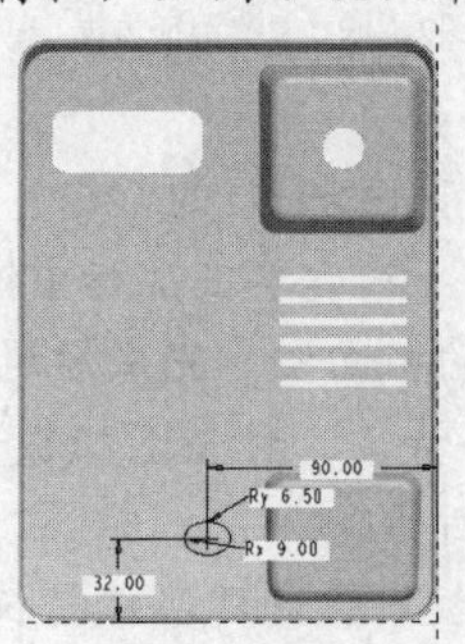

图7-116 拉伸截面图

图7-117 拉伸结果

(2) 选中刚刚新建的拉伸特征，然后在右工具箱中单击▦按钮，打开阵列设计工具。

(3) 在图标板左上角单击尺寸按钮打开上滑面板，此时显示特征所有尺寸，如图 7-118 所示。选择尺寸 90.00 作为第 1 方向驱动尺寸，设置尺寸增量为 24.00，如图 7-119 所示。

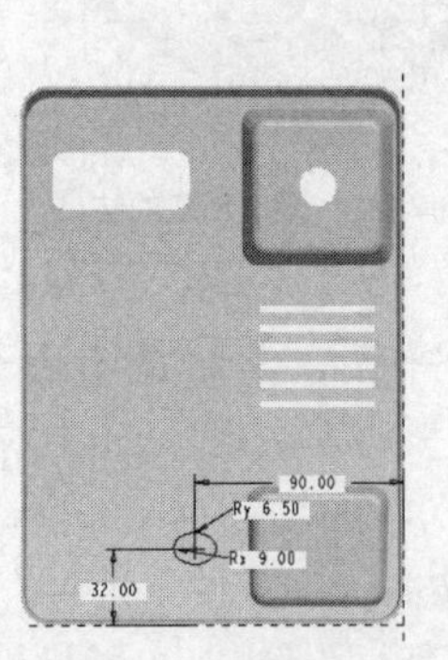

图7-118 显示特征尺寸

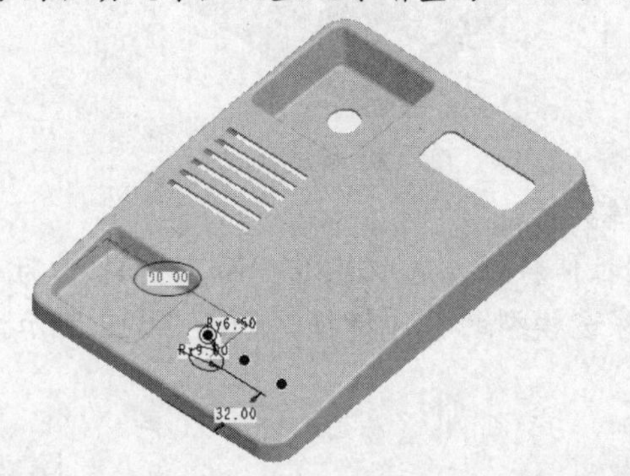

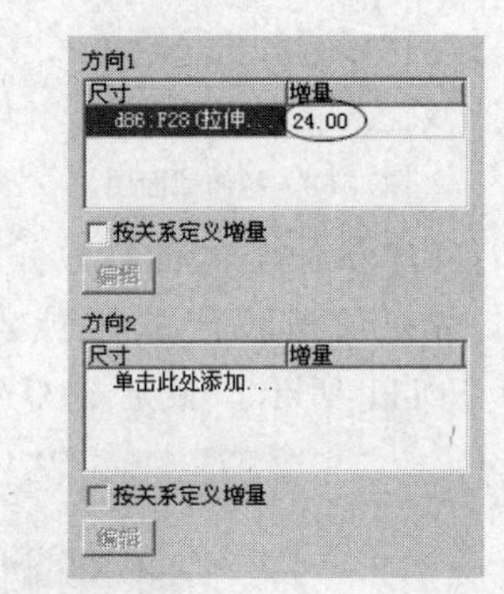

图7-119 设置驱动尺寸和增量 1

(4) 激活第 2 方向尺寸列表框，选择尺寸 32.00 作为第 2 方向驱动尺寸，设置尺寸增量为 24.00，如图 7-120 所示。

(5) 在图标板上设置第 1 方向特征总数为 3，第 2 方向特征总数为 4。单击鼠标中键，最后的设计结果如图 7-121 所示。

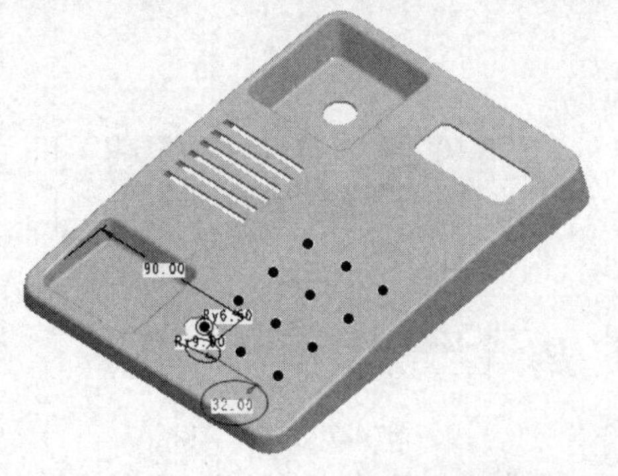

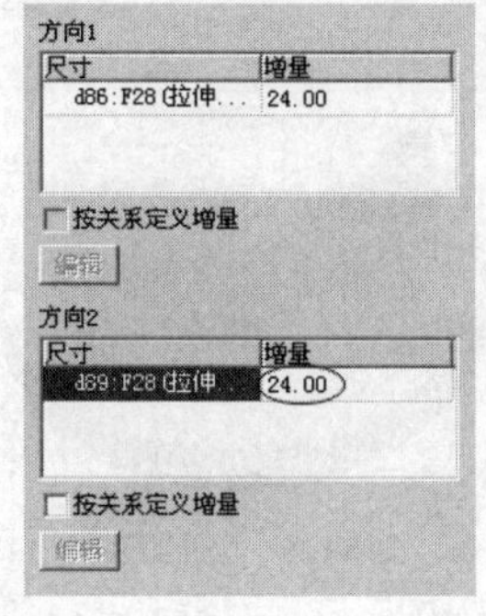

图7-120 设置驱动尺寸和增量 2

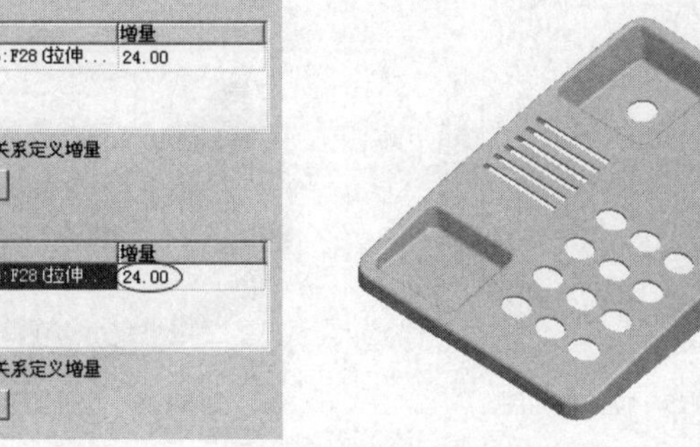

图7-121 设计结果

7.2.3 课堂练习——旋盖设计

继续练习工程特征的设计方法，创建如图 7-122 所示的旋盖模型。

图7-122 旋盖模型

操作提示

1. 新建文件。新建名为“lid”的零件文件。
2. 创建旋转实体特征。
(1) 选取基准平面 FRONT 作为草绘平面。
(2) 使用如图 7-123 所示的截面图创建旋转实体特征，结果如图 7-124 所示。

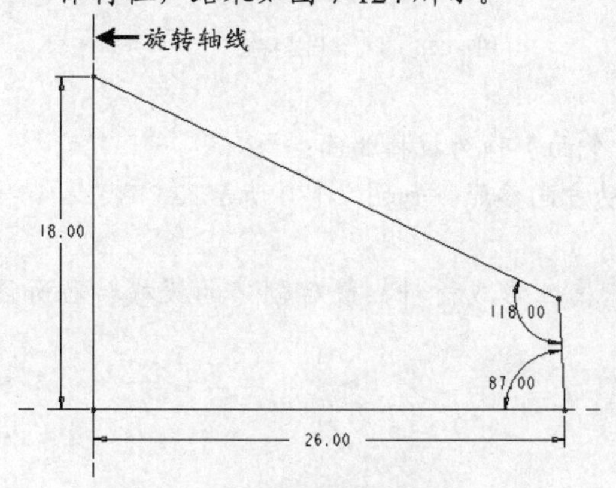

图7-123 绘制截面图

图7-124 旋转结果

3. 创建拉伸实体特征。
(1) 选取基准平面 TOP 作为草绘平面。
(2) 按照如图 7-125 所示绘制拉伸截面图。
(3) 设置拉伸深度为 28.00，最后创建的特征如图 7-126 所示。
4. 创建减材料的扫描特征。
(1) 选择菜单命令【插入】/【扫描】/【切口】，启动扫描工具。
(2) 使用【草绘轨迹】选项创建扫描轨迹线，选取基准平面 FRONT 为草绘平面，草绘轨迹线如图 7-127 所示。

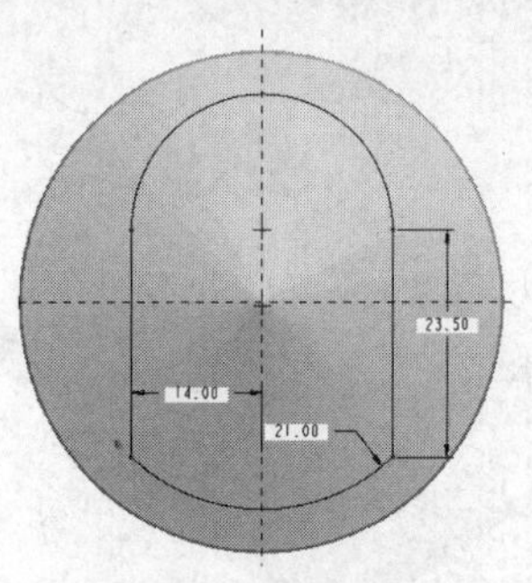

图7-125 拉伸截面图

图7-126 拉伸结果

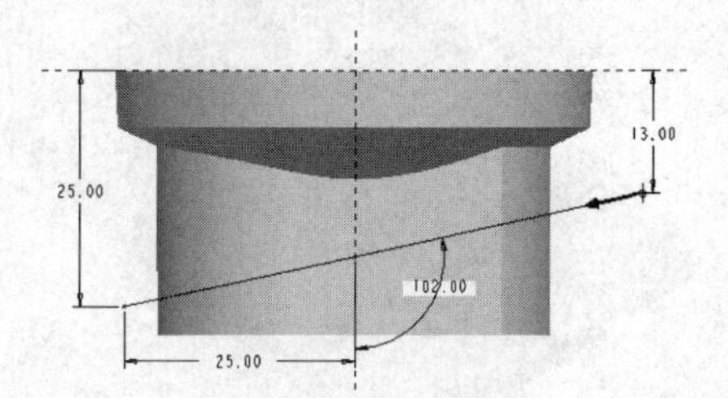

图7-127 草绘轨迹线

(3) 设置特征属性为【自由端点】，然后绘制如图 7-128 所示的截面。最后创建的减材料扫描特征如图 7-129 所示。

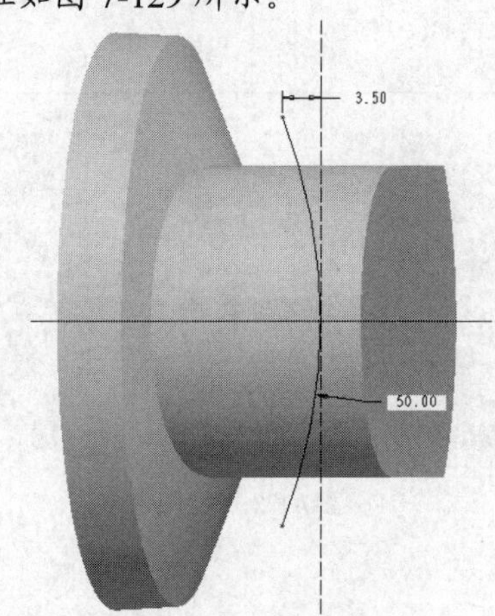

图7-128 绘制扫描截面图

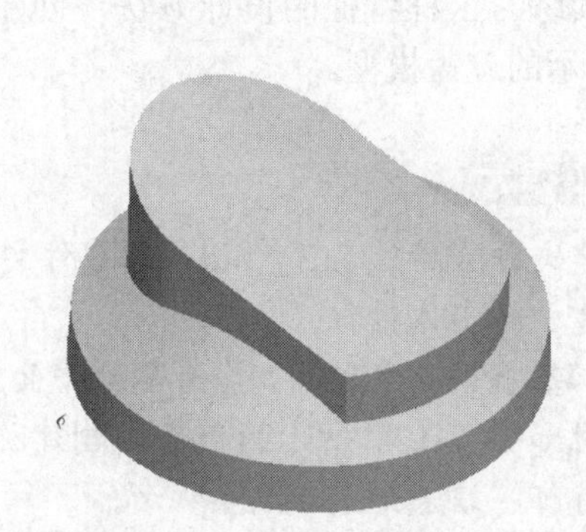
图7-129 减材料扫描特征

5. 创建拔模特征。

(1) 按照如图 7-130 所示选取模型上的竖直面（共 4 个面）作为拔模曲面。

(2) 选取基准平面 TOP 作为拔模数轴，同时作为拖动方向参照，如图 7-130 所示。

(3) 设置拔模角度为 5.00。

(4) 单击拔模角度文本框右侧的 按钮，调整特征属性为减材料，最后创建的拔模特征如图 7-131 所示。

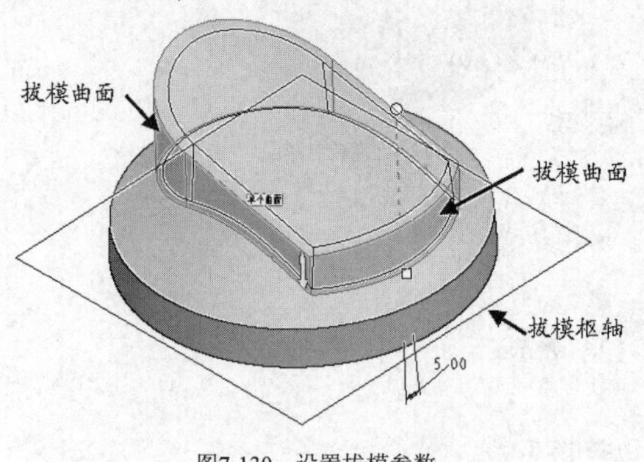

图7-130 设置拔模参数

图7-131 拔模特征

6. 创建倒圆角特征。

(1) 在如图 7-132 所示的两条边线处创建半径为 2.50 的倒圆角特征，结果如图 7-133 所示。

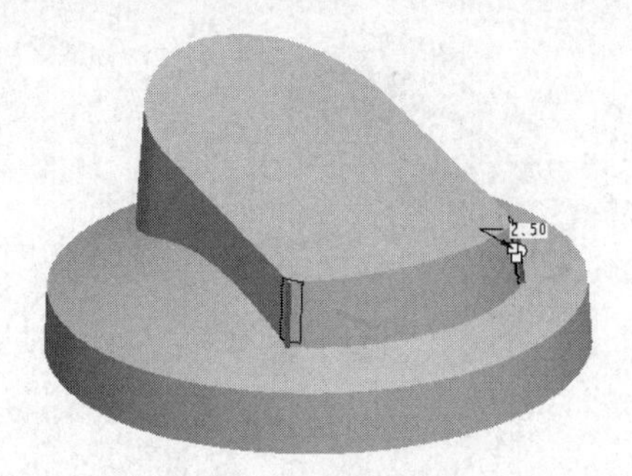

图7-132 选取倒圆角参照

图7-133 倒圆角结果

(2) 在如图 7-134 所示的 3 条边线处创建半径为 1.80 的倒圆角特征，结果如图 7-135 所示。

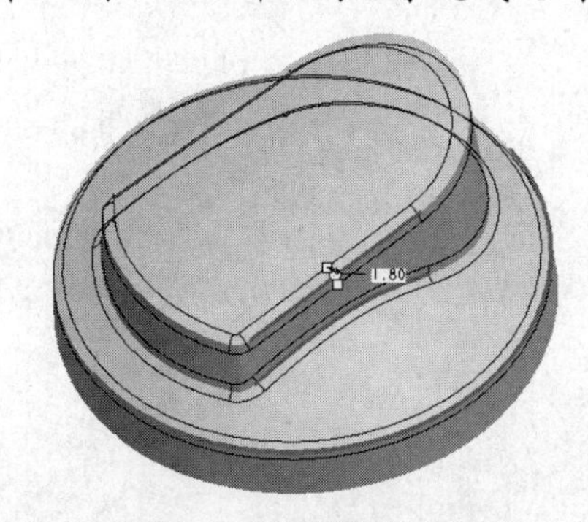

图7-134 选取倒圆角参照

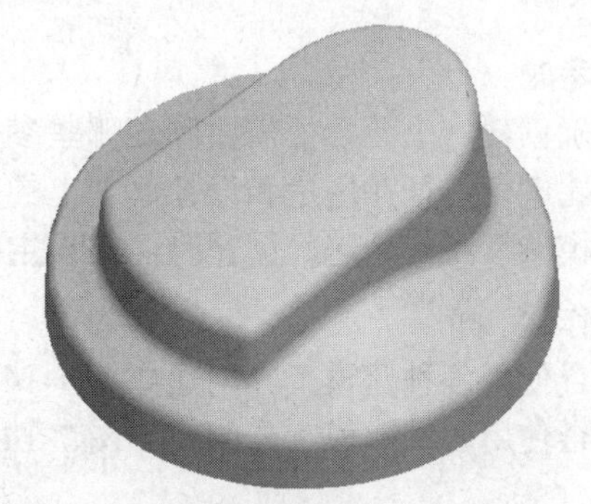

图7-135 倒圆角结果

7. 创建壳特征。

(1) 选取如图 7-136 所示的表面作为移除的表面。

(2) 设置壳体厚度为 1.00，最后创建的结果如图 7-137 所示。

8. 新建基准平面。

将基准平面 RIGHT 向一侧平移 25.00 新建基准平面 DTM1，如图 7-138 所示。

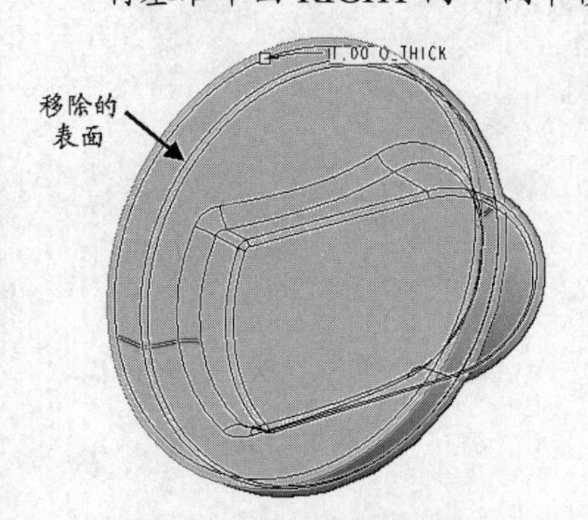

图7-136 选取移除的表面

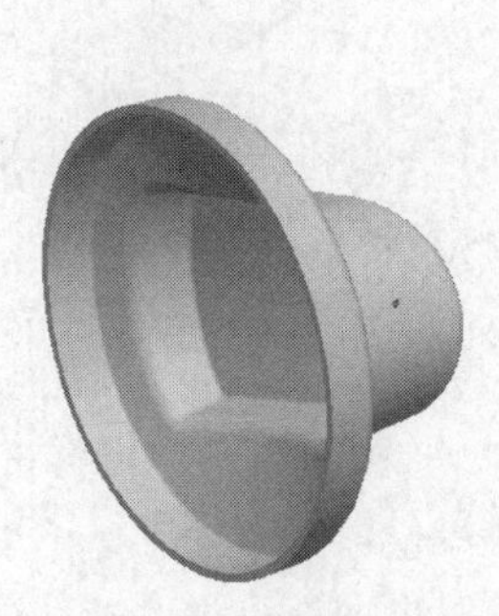

图7-137 最后创建的壳体

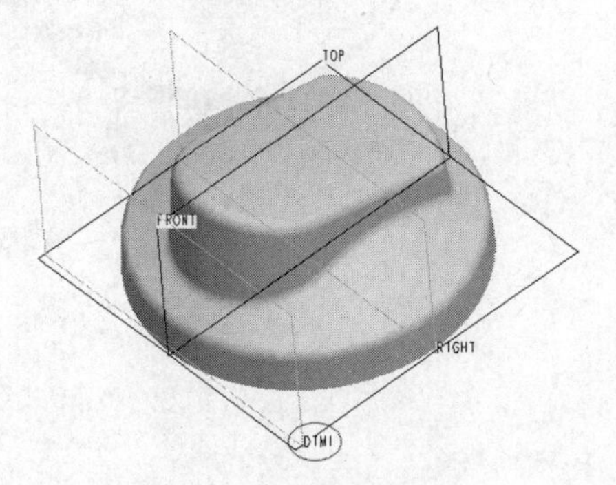

图7-138 新创建的基准平面

9. 创建拉伸实体特征。

(1) 选取 DTM1 为草绘平面。

(2) 草绘拉伸截面图，如图 7-139 所示。

(3) 设置特征属性为减材料。

(4) 单击代表特征生成方向的黄色箭头使之指向材料内侧。

(5) 指定特征深度方式为拉伸至下一曲面，最后设计结果如图 7-140 所示。

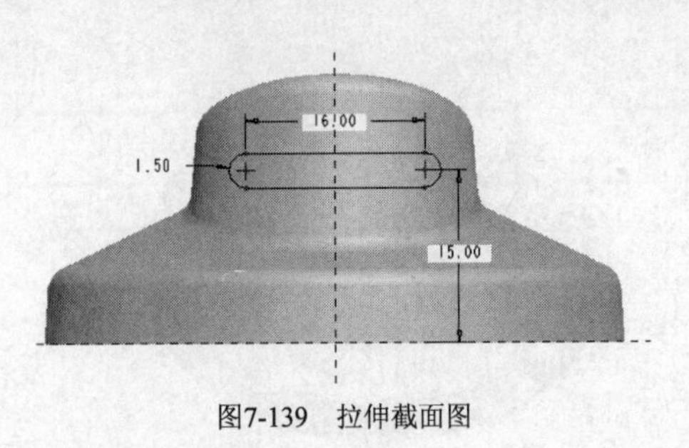

图7-139 拉伸截面图

图7-140 最终设计结果

7.3 课后作业

一、思考题

1. 正确创建一个孔特征需要确定哪些参数？
2. 对比倒角特征在用途和设计原理上的异同。
3. 拔模特征有何用途？创建时需要设定哪些参数？

二、操作题

1. 综合使用各种建模工具创建如图 7-141 所示的模型。
2. 综合使用各种建模工具创建如图 7-142 所示的模型。

图7-141 实体模型（1）

图7-142 实体模型（2）

第8讲

特征的操作和参数化设计

【学习目标】

• 掌握常用阵列具的用法。	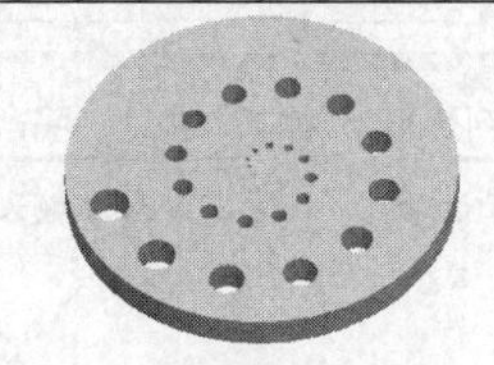	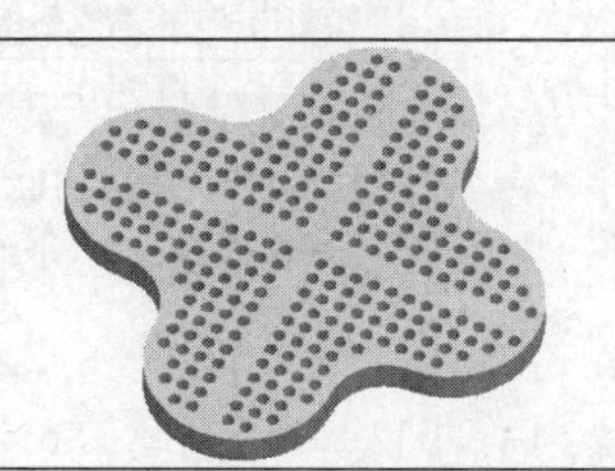
	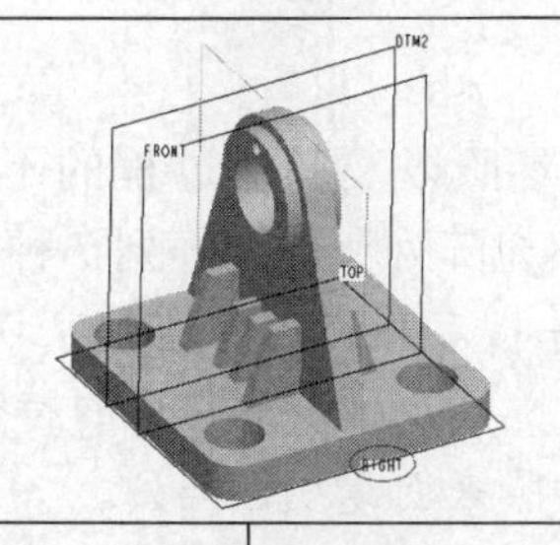 	• 掌握常用特征复制工具的用法。
• 掌握特征编辑的方法。	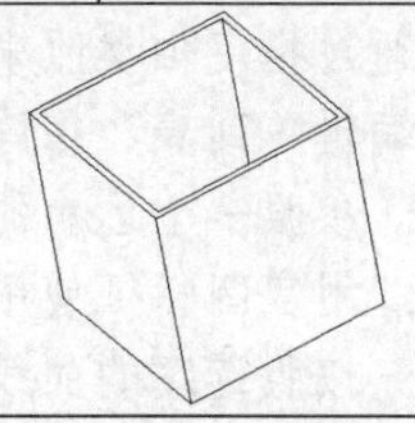	
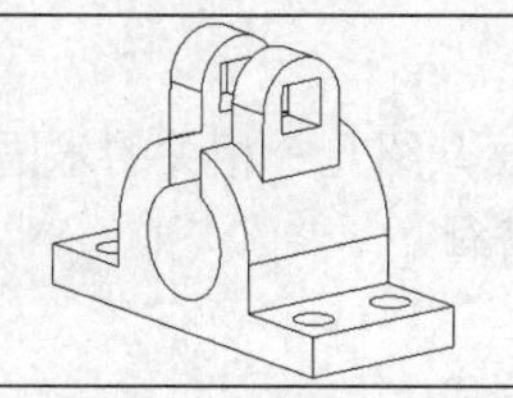	• 掌握特征重定义的方法。	
• 进一步理解参数化建模的基本方法和技巧。	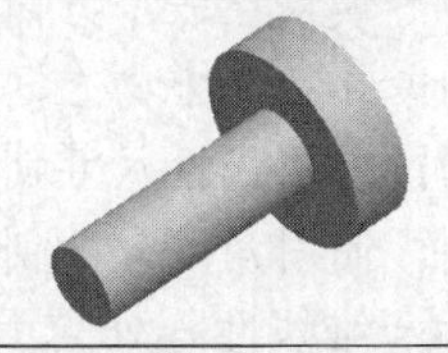	

8.1 特征阵列

特征阵列是指将一定数量的对象按照规则有序的格式进行排列，常用于快速、准确地创建数量较多、排列规则且形状相近的一组结构。

8.1.1 知识点讲解

在进行阵列之前，首先创建一个阵列对象，称之为原始特征。然后根据原始特征创建一组副本特征，也就是原始特征的一组实例特征。

要点提示 每次只能对一个特征进行操作阵列。如果要同时阵列多个特征，可以先使用这些特征创建一个“局部组”，然后阵列这个组。

一、 设计图标板

选中阵列对象后选择菜单命令【编辑】/【阵列】，或在右工具箱中单击按钮，都可以打开如图 8-1 所示设计图标板。

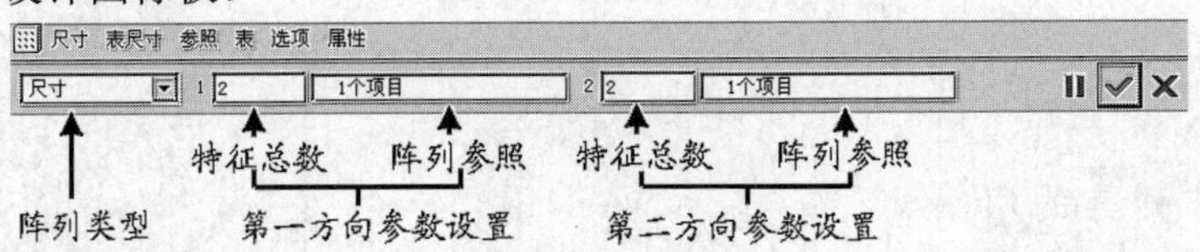

图8-1 阵列设计图标板

二、 阵列方法分类

阵列方法形式多样，根据设计参照以及操作过程的不同，系统提供了尺寸阵列、方向阵列、轴阵列、表阵列、参照阵列、填充阵列和曲线阵列 7 种类型，简要介绍如下。

- 尺寸阵列：使用驱动尺寸并指定阵列尺寸增量来创建特征阵列。可以根据需要创建一维特征阵列和二维特征阵列，这是最常用的特征阵列方式。
- 方向阵列：通过指定方向参照来创建线性阵列。
- 轴阵列：通过指定轴参照来创建旋转阵列或螺旋阵列。
- 表阵列：编辑阵列表，在阵列表中为每一阵列实例指定尺寸值来创建阵列。
- 参照阵列：参照一个已有的阵列来阵列选定的特征。
- 填充阵列：用实例特征使用特定格式来填充选定区域来创建阵列。
- 曲线阵列：按照选定的曲线排列阵列特征。

三、 基本概念

为了方便叙述并帮助用户理解各种阵列设计方法，先简要介绍几个相关的术语。

- 原始特征：选定用于阵列的特征，是阵列时的父本特征。
- 实例特征：根据原始特征创建的一组副本特征。
- 一维阵列：仅仅在一个方向上创建阵列实例的阵列方式。
- 多维阵列：在多个方向上同时创建阵列实例的阵列方式。
- 线性阵列：使用线性尺寸创建阵列，阵列后的特征成直线排列。
- 旋转阵列：使用角度尺寸创建阵列，阵列后的特征以指定中心成环状排列。

图 8-2 所示为一维线性阵列的示例，图 8-3 所示为二维线性阵列的示例，图 8-4 所示为一维

旋转阵列的示例，图 8-5 所示为二维旋转阵列的示例。

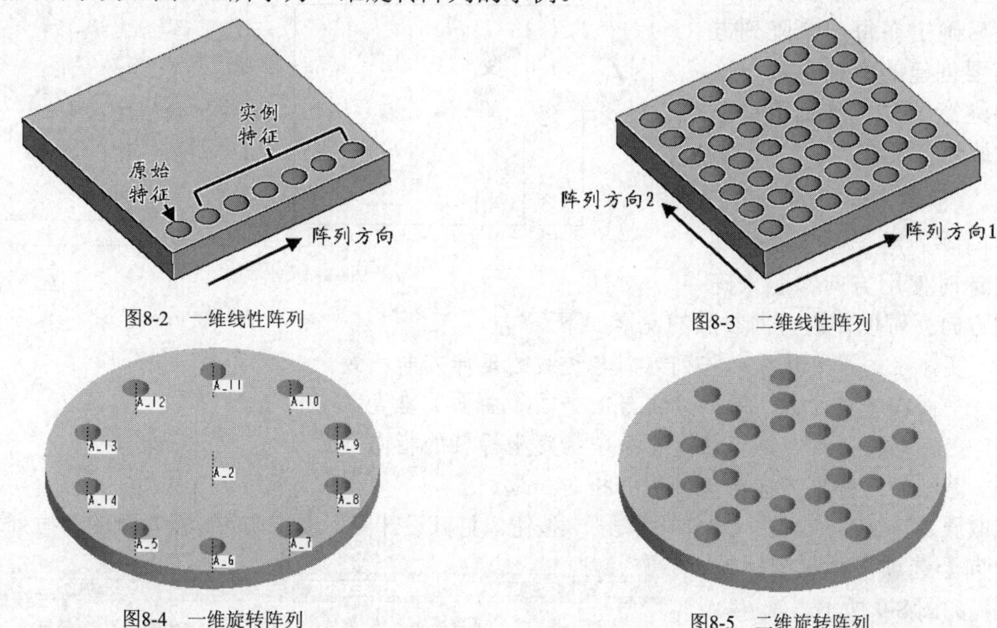

图8-2　一维线性阵列

图8-3　二维线性阵列

图8-4　一维旋转阵列

图8-5　二维旋转阵列

四、 创建尺寸阵列

尺寸阵列主要选择特征上的尺寸作为阵列设计的基本参数。在创建尺寸特征之前，首先需要创建基础实体特征以及原始特征。

(1)　确定驱动尺寸

在创建尺寸阵列时，必须从原始特征上选取一个或多个定形或定位尺寸作为驱动尺寸。选定驱动尺寸后，将以该尺寸的标注参照为基准，沿尺寸标注的方向创建实例特征，如图 8-6 所示。实例特征的生成方向总是从标注参照开始沿着尺寸标注的方向，如图 8-7 所示。

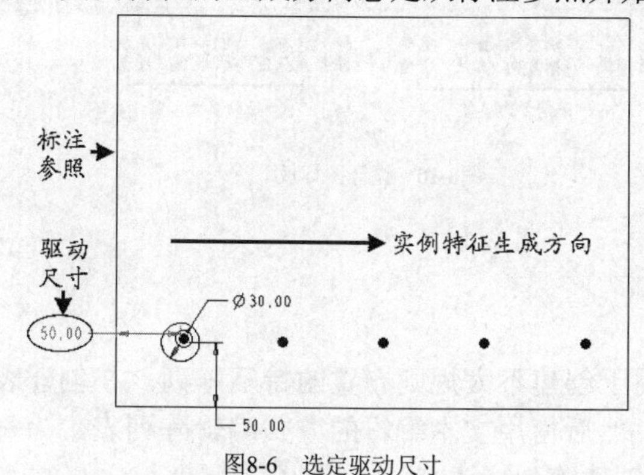

图8-6　选定驱动尺寸

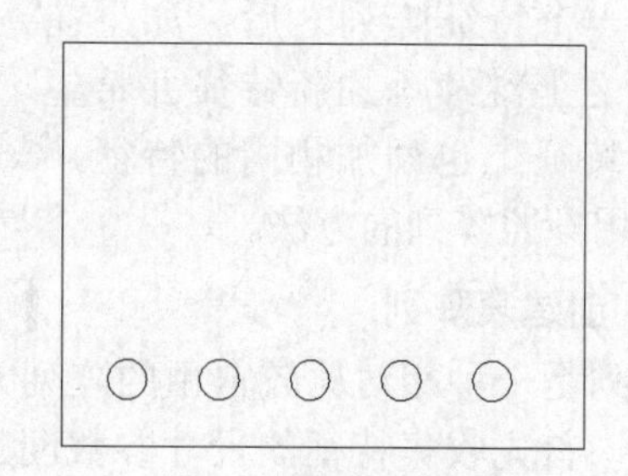

图8-7　生成阵列特征

(2)　确定尺寸增量

选取定位尺寸作为驱动尺寸时，尺寸增量指明各实例特征之间的间距；选取定形尺寸作为驱动尺寸时，尺寸增量指明各实例特征上对应尺寸依次增加（或减小）量的大小。

在图 8-8 中，选择孔的定位尺寸 50.00 作为驱动尺寸，并为其设置尺寸增量 90.00，则生成的实例特征相互之间的中心距为 90.00；继续选择定形尺寸 30.00 作为另一个驱动尺寸，并为其设置尺寸增量 10.00，则生成的各实例特征的直径将依次增加 10.00。

(3) 确定阵列特征总数

最后确定在每一个阵列方向上需要创建的特征总数。这里需要注意的是，阵列特征总数包含原始特征在内。

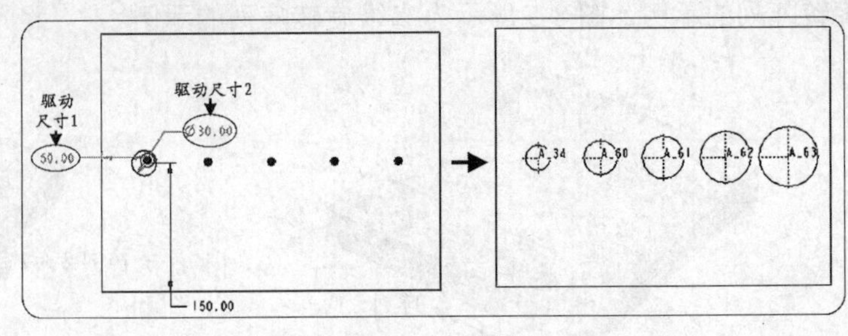

图8-8 尺寸增量

五、 创建方向阵列

方向阵列用于创建线性阵列，设计时使用方向参照来确定阵列方向。可以作为方向参照的元素如下。

- 实体上的平直边线：阵列方向与边线的延伸方向一致。
- 平面或平整曲面：阵列方向与该平面（曲面）垂直。
- 坐标系：阵列方向与该坐标系中指定坐标轴的指向一致。
- 基准轴：阵列方向与该轴线的指向一致。

选取原始特征后，在右工具箱中单击按钮，打开设计图标板。在图标板左侧的下拉列表中选择【方向】选项，此时图标板上的项目如图 8-9 所示。

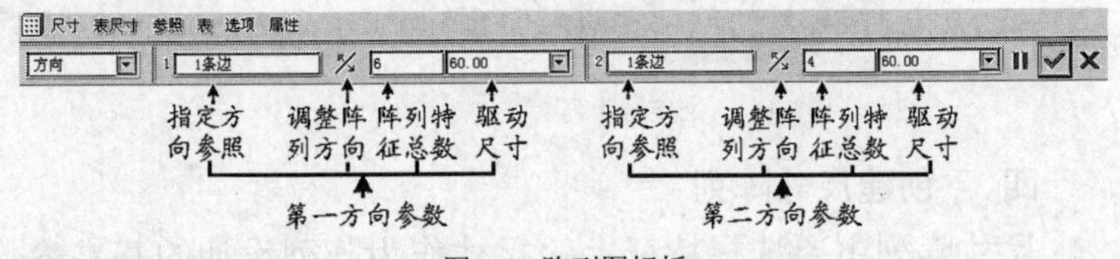

图8-9 阵列图标板

六、 创建轴阵列

轴阵列主要用于创建旋转阵列。设计中首先选取一个旋转轴线作为参照，然后围绕该旋转轴线创建特征阵列，既可以创建一维旋转阵列，也可以创建二维旋转阵列。

选取原始特征后，在右工具箱中单击按钮，打开设计图标板。在图标板左侧的下拉列表中选择【轴】选项，此时图标板上的项目如图 8-10 所示。

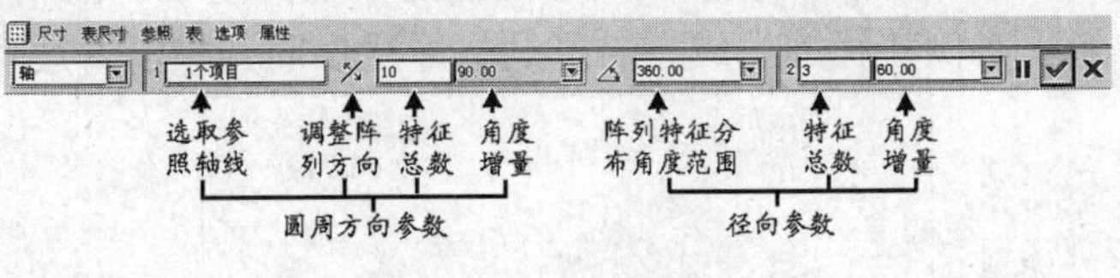

图8-10 设计图标板

七、 创建参照阵列

创建一个特征阵列之后，如果在原始特征之上继续添加新特征并希望在各实例特征上也添加相同的特征，即可以使用参照阵列的方法。

八、 创建表阵列

表阵列是一种相对比较自由的阵列方式，常用于创建不太规则布置的特征阵列。在创建表阵列之前，首先收集特征的尺寸参数创建阵列表，然后使用文本编辑的方式编辑阵列表，为每个阵列实例特征确定尺寸参数，最后使用这些参数创建阵列特征。

九、 创建填充阵列

填充阵列是一种操作更加简便、实现方式更加多样化的特征阵列方法。在创建填充阵列时，首先划定阵列的布置范围，然后指定特征阵列的排列格式并微调有关参数，系统将按照设定的格式在指定区域内创建阵列特征。

十、 创建曲线阵列

曲线阵列是一种更加灵活的阵列方法，可以沿着曲线布置实例特征。

8.1.2 范例解析——创建特征阵列

下面结合范例说明创建各种阵列工具的用途和设计方法。

1. 创建尺寸阵列。

(1) 打开教学资源文件“\第 8 讲\素材\array1.prt”。

(2) 选中模型上的孔，然后在右工具箱中单击按钮，打开阵列设计工具。此时将显示模型上所有尺寸参数，如图 8-11 所示。

(3) 在图标板左上角单击 尺寸 按钮，打开参数面板。此时，系统激活【方向 1】参照列表框，选择尺寸 50.00 作为驱动尺寸，设置阵列尺寸增量为 75.00，表示在该尺寸方向上每两个实例特征中心的距离为 75.00。

(4) 按住 Ctrl 键继续选择直径尺寸 30.00 作为第 2 个驱动尺寸，设置尺寸增量为 5.00，在该阵列方向上各实例特征的直径依次增加 5.00。完成设置后的参数面板如图 8-12 所示。

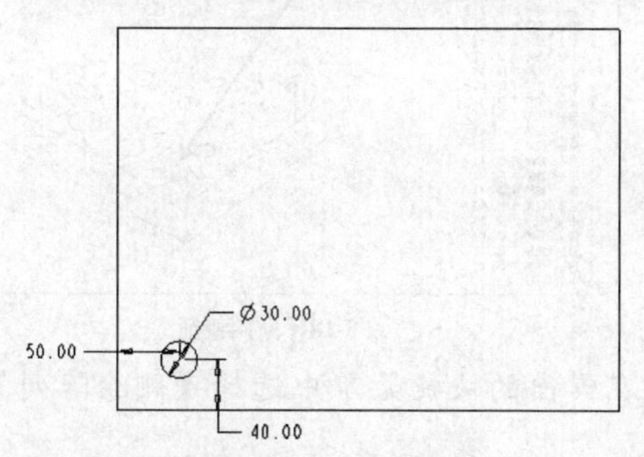

图8-11 尺寸参数

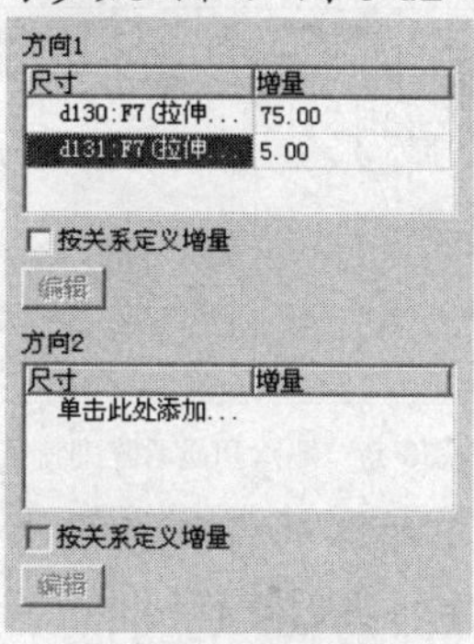

图8-12 参数面板

(5) 在参数面板中单击激活【方向 2】参照列表框，选择尺寸 40.00 作为驱动尺寸，设置阵列尺寸增量为 55.00。

(6) 按住 Ctrl 键选择直径尺寸 30.00 作为第 2 个驱动尺寸，设置尺寸增量为−5.00，在该阵列方向上，各实例特征的直径依次减小 5.00。完成设置后的参数面板如图 8-13 所示。

(7) 分别在图标板上设置第 1 方向和第 2 方向上的特征总数，随后系统会给出阵列效果预览，每个黑点代表一个阵列实例特征，如图 8-14 所示。设置完成的阵列图标板如图 8-15 所示。

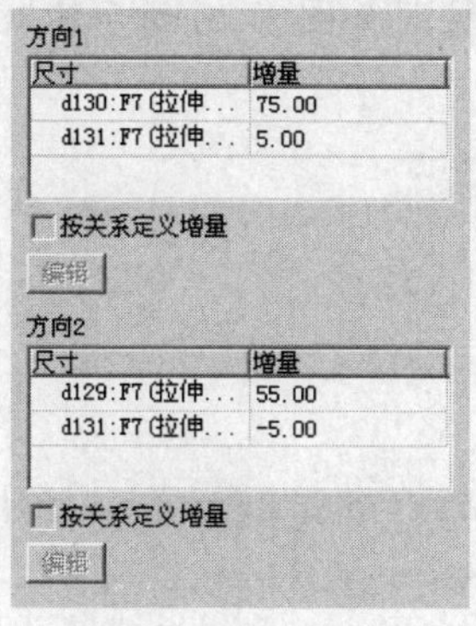

图8-13 参数面板

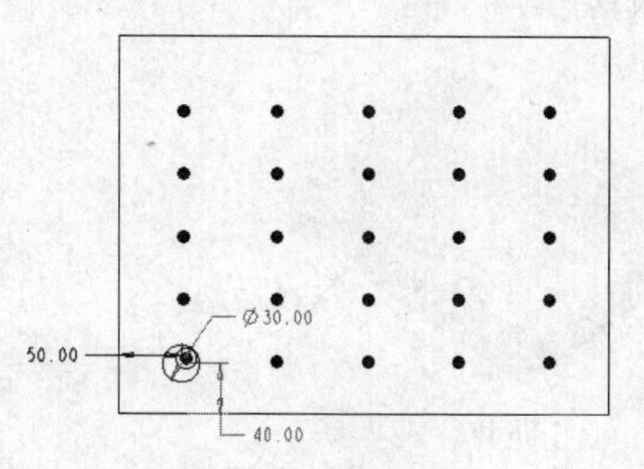

图8-14 阵列效果预览

(8) 单击鼠标中键，最后创建的阵列结果如图 8-16 所示。

图8-15 阵列图标板

图8-16 阵列结果

要点提示 在图 8-14 中，每个小黑点代表一个实例特征。单击某个小黑点使之变成空心点，该点对应的实例特征将被删除；再次单击空心点又可以变成小黑点，重新显示该实例特征，如图 8-17 所示。

(9) 在模型树中单击展开阵列特征标记，其中第 1 个为原始特征，其余为实例特征，如图 8-18 所示。

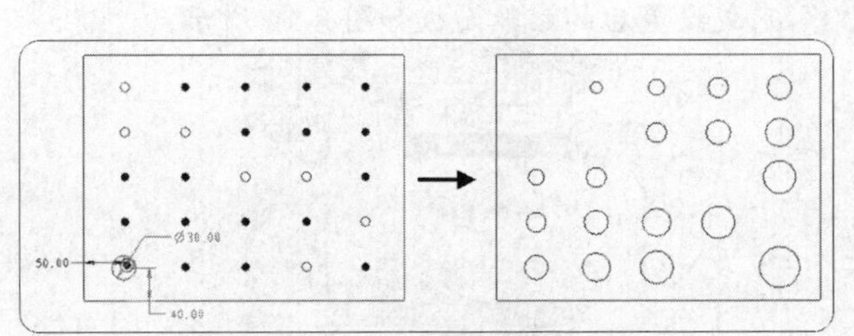

图8-17 删除和显示阵列特征

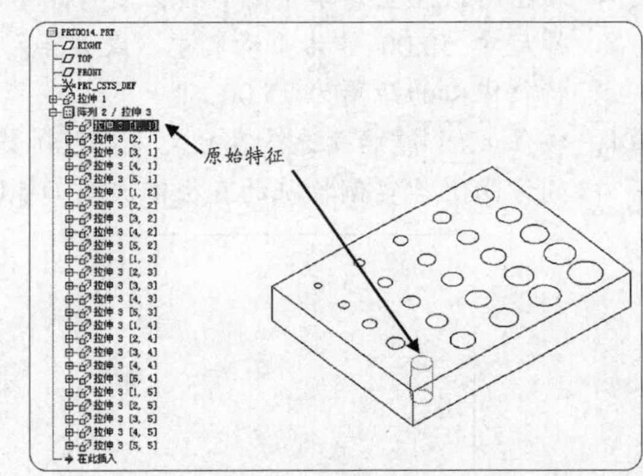

图8-18 原始特征

(10) 在模型树中的阵列特征标记上单击鼠标右键，在弹出的快捷菜单中选择【删除阵列】选项，删除阵列实例特征。

要点提示 在如果在弹出的快捷菜单中选取【删除】选项，则将删除原始特征和所有阵列实例特征。务必注意【删除】选项与【删除阵列】选项在用途上的区别。

2. 创建方向阵列。

(1) 打开教学资源文件“\第 8 讲\素材\array1.prt”。

(2) 选中模型上的孔，然后在右工具箱中单击按钮，打开阵列设计工具。在图标板上的下拉列表中选择【方向】选项创建方向阵列。

(3) 选取如图 8-19 所示的边线作为第 1 方向上的参照，然后按照如图 8-20 所示输入特征总数和驱动尺寸。

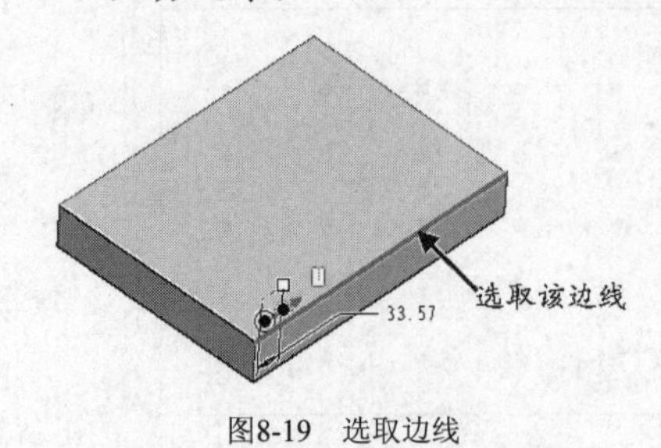

图8-19 选取边线

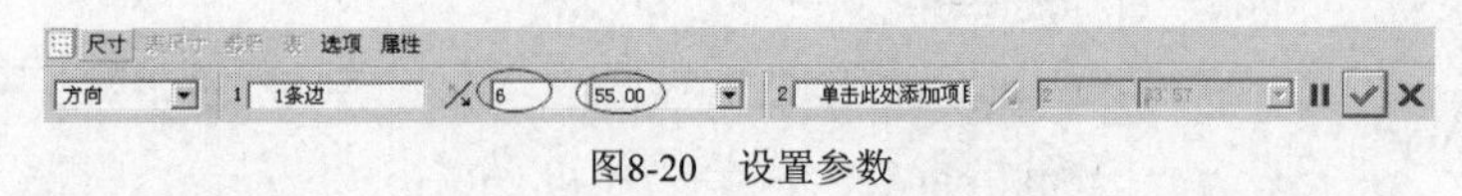

图8-20 设置参数

(4) 在图标板左上角单击 尺寸 按钮打开参数面板，单击激活【尺寸 1】列表框，然后选择尺寸 40.00 作为第 1 个驱动尺寸，设置尺寸增量为 40.00，按住 Ctrl 键选择直径尺寸 30.00 作为第 2 个驱动尺寸，设置尺寸增量为 6.00，设置后的参数面板如图 8-21 所示。

(5) 单数鼠标中键，最后创建的阵列结果如图 8-22 所示。

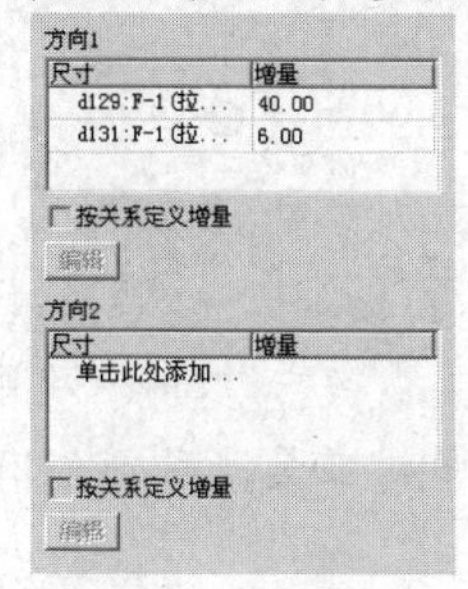

图8-21 参数面板

图8-22 阵列结果

3. 创建轴阵列。

(1) 打开教学资源文件“\第 8 讲\素材\array2.prt”。

(2) 选中模型上的孔，然后在右工具箱中单击按钮，打开阵列设计工具。在图标板上的下拉列表中选择【轴】选项创建轴阵列。

(3) 选取如图 8-23 所示轴线 A_2 作为阵列参照。

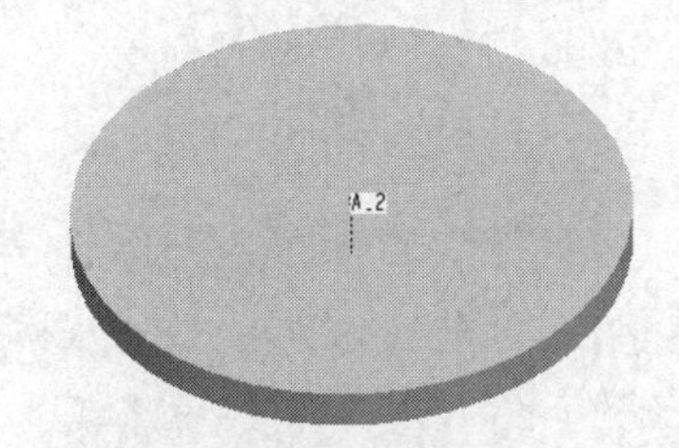

图8-23 选取参照

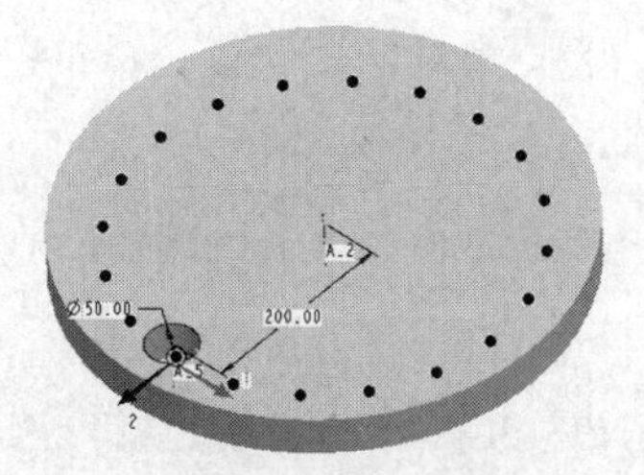

图8-24 驱动尺寸

(4) 在图标板左上角单击尺寸按钮打开参数面板，单击激活【尺寸 1】列表框，然后选择如图 8-24 所示尺寸 200.00 作为第 1 个驱动尺寸，设置尺寸增量为−8.00，按住 Ctrl 键选择直径尺寸 50.00 作为第 2 个驱动尺寸，设置尺寸增量为−2.00，设置后的参数面板如图 8-25 所示。

(5) 按照如图 8-26 所示设置特征总数以及特征间的角度增量，单击鼠标中键后创建的实例特征逐渐逼近参照轴线，并且其直径逐渐减小，如图 8-27 所示。

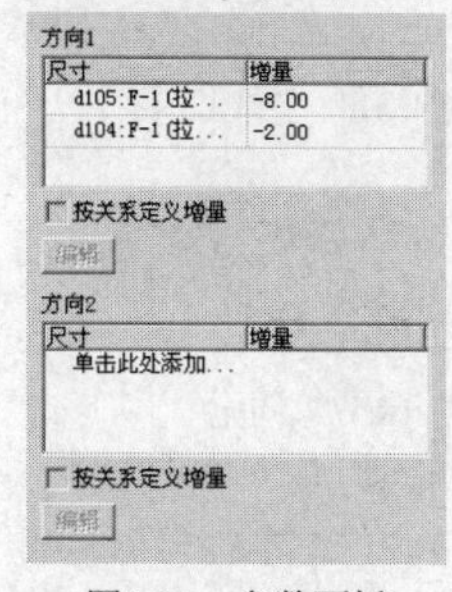

图8-25 参数面板

图8-26 设置参数

4. 创建参照阵列。

(1) 打开教学资源文件“\第 8 讲\素材\array3.prt”。

(2) 在模型树中展开阵列特征，按照图 8-18 所示的方法找出原始特征，如图 8-28 所示。

(3) 在右工具箱中单击按钮打开倒圆角工具，在原始特征上创建半径为 5.00 的倒圆角，结果如图 8-29 所示。

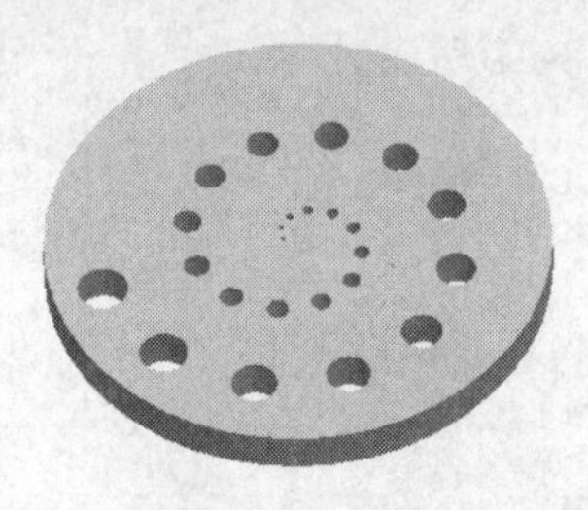

图8-27　阵列结果

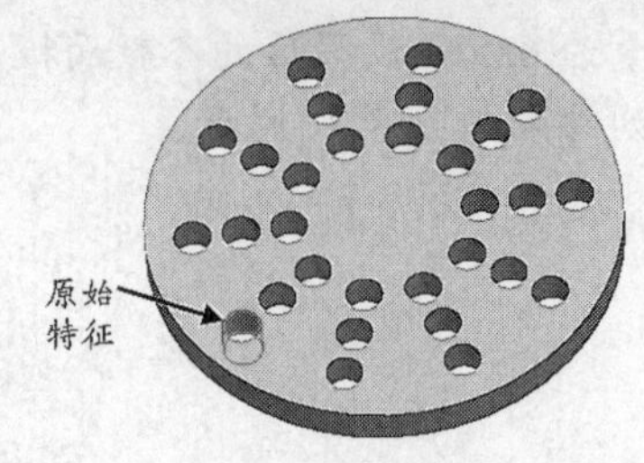

图8-28　原始特征

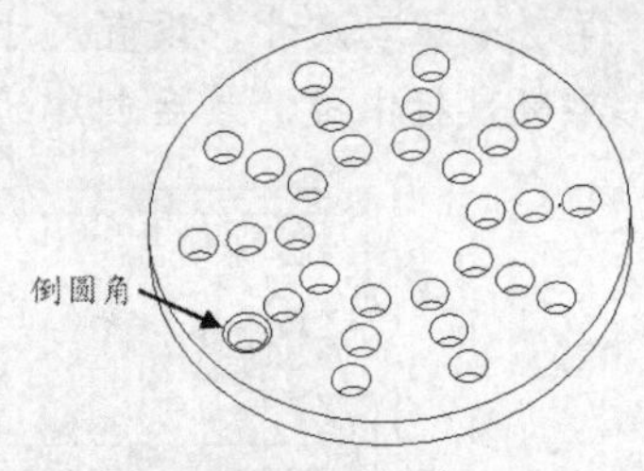

图8-29　倒圆角

(4) 确保新建倒圆角特征在被选中的情况下，单击按钮打开阵列工具，目前仅有参照阵列可以使用。

(5) 单击最内层的小黑点，使之显示为空心点，这些实例特征上将不创建倒圆角，而其余实例特征上将创建与原始特征参数相同的倒圆角，如图 8-30 所示。

(6) 单击鼠标中键，最后创建的阵列结果如图 8-31 所示。

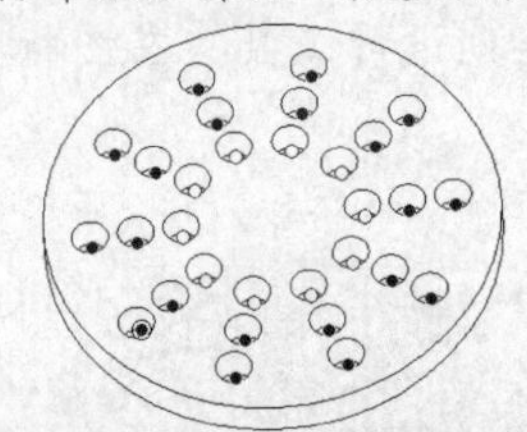

图8-30　选取要阵列的实例特征

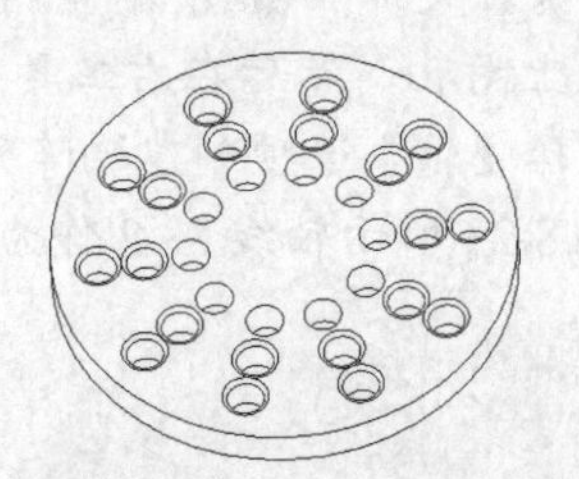

图8-31　阵列结果

要点提示　如果原始特征上新建的特征具有多种可能的阵列结果，系统会打开阵列图标板，用户可以根据需要选取适当的阵列方法。如果希望使用参照阵列，可以从图标板前面的下拉列表中选择【参照】选项。

5. 创建表阵列。

(1) 打开教学资源文件“\第 8 讲\素材\array1.prt”。

(2) 选中模型上的孔，然后在右工具箱中单击按钮，打开阵列设计工具。在图标板上的下拉列表中选择【表】选项创建表阵列。此时将显示该孔的所有尺寸参数，如图 8-32 所示。

(3) 在图标板上单击表尺寸按钮，按住 Ctrl 键将孔的 3 个尺寸填写到尺寸列表中，如图 8-33 所示。

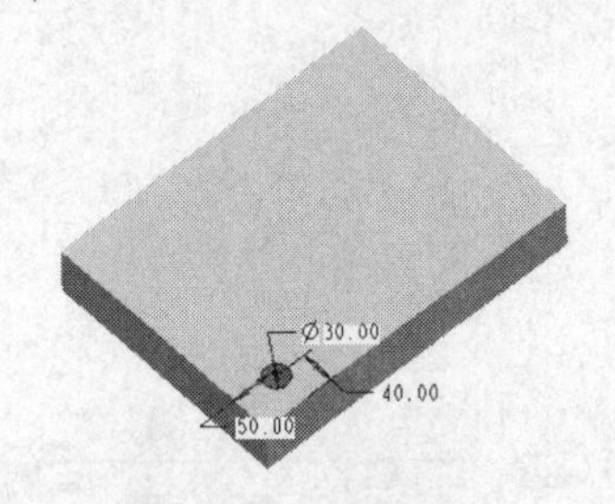

图8-32　尺寸参数

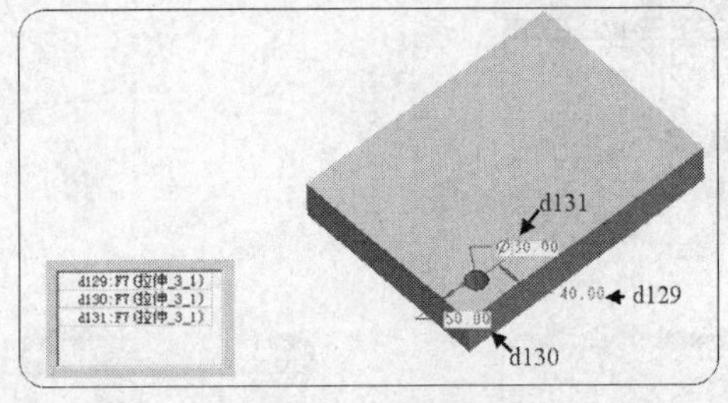

图8-33　尺寸列表

(4) 在图标板上单击编辑按钮，打开文本编辑器。按照图 8-34 所示编辑阵列表，创建 4 个实例特征，注意表中每个特征参数的对应关系。

(5) 在文本编辑器中选择命令【文件】/【保存】，保存修改后的阵列表。然后选择命令【文件】/【退出】，退出文本编辑器。

要点提示　在阵列表中可以详细设置各个特征的具体参数数值，同时还可以使用与原始特征具有相同的数值。阵列表中，“*”代表该参数与原始特征对应参数相同。

(6) 单击图标板上的✓按钮，最后的设计结果如图 8-35 所示。

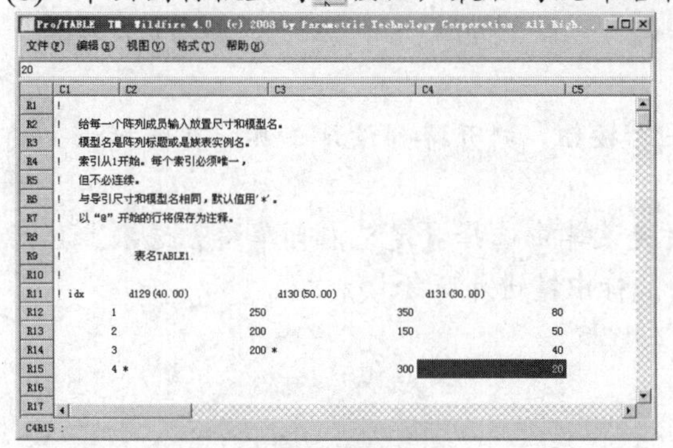

图8-34 编辑阵列表

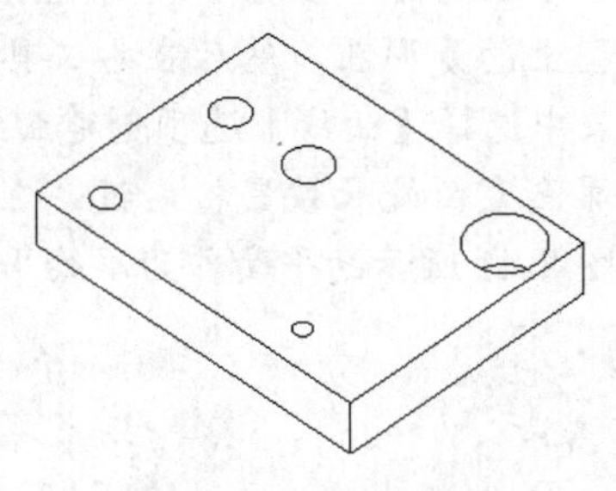

图8-35 阵列结果

6. 创建填充阵列。

(1) 打开教学资源文件"\第 8 讲\素材\array4.prt"。

(2) 选中模型上的孔，然后在右工具箱中单击▦按钮，打开阵列设计工具。在图标板上的下拉列表中选择【填充】选项创建填充阵列。

(3) 在设计界面空白处长按鼠标右键，在弹出的快捷菜单中选择【定义内部草绘】选项，然后选取如图 8-36 所示的平面作为草绘平面，单击鼠标中键进入草绘模式。

(4) 使用□工具选取实体模型边线绘制填充区域，结果如图 8-37 所示。完成后退出草绘模式。

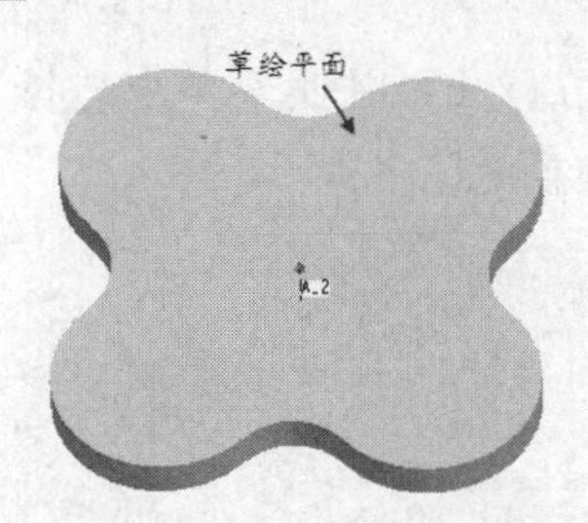

图8-36 选取草绘平面

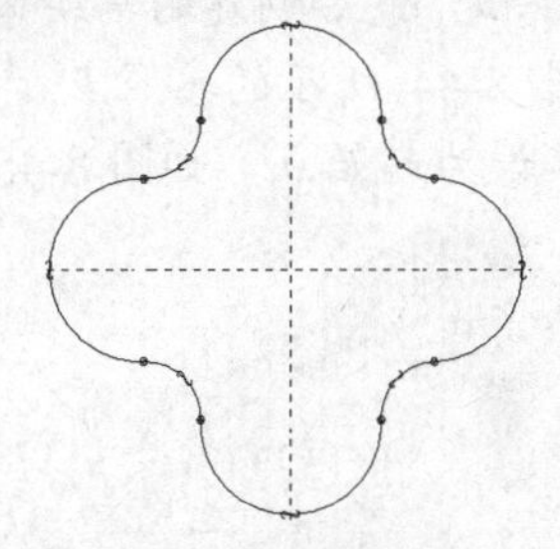

图8-37 绘制填充区域

(5) 从图标板的第 1 个下拉列表中选择实例特征的排列阵型，主要有【正方形】、【菱形】、【三角形】、【圆】、【曲线】、【螺旋】等，这里选择【菱形】。

(6) 在输入文本框 40.00 中输入实例特征之间的距离，这里输入 40.00。

(7) 在输入文本框 20.00 中输入实例特征到草绘边界的距离，这里输入 20.00。

(8) 在输入文本框 45.00 中输入实例阵列关于中心原点转过的角度，这里输入 45.00。此时预览阵列效果如图 8-38 所示，图中标出了各参数的含义。

(9) 单击取消如图 8-39 所示的实例特征。

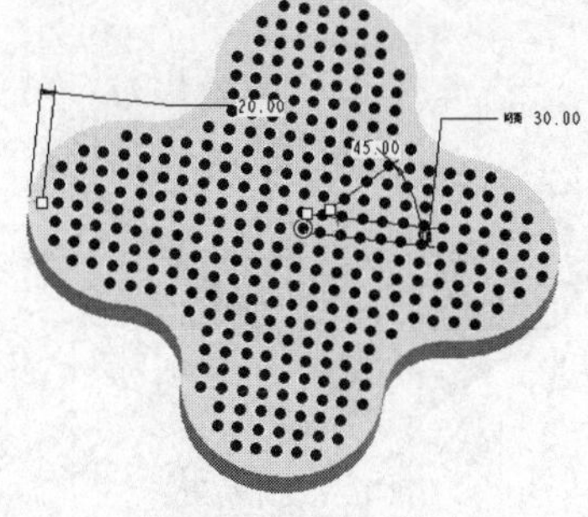

图8-38 预览阵列效果

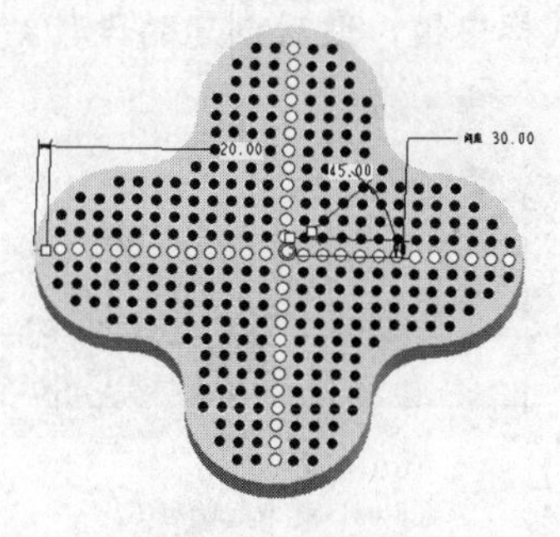

图8-39 实例特征

(10) 单击鼠标中键，最后创建的设计结果如图 8-40 所示。

7. 创建曲线阵列。

(1) 打开教学资源文件 “\第 8 讲\素材\array5.prt”。

(2) 选中模型上的菱形孔，然后在右工具箱中单击按钮，打开阵列设计工具。在图标板上的下拉列表中选择【曲线】选项创建曲线阵列。

(3) 在设计界面空白处长按鼠标右键，在弹出的快捷菜单中选择【定义内部草绘】选项，然后选取如图 8-41 所示的平面作为草绘平面，单击鼠标中键进入草绘模式。

图8-40 阵列结果

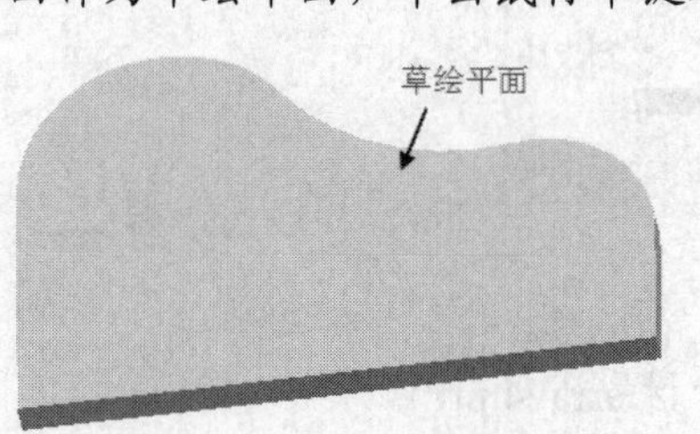

图8-41 选取草绘平面

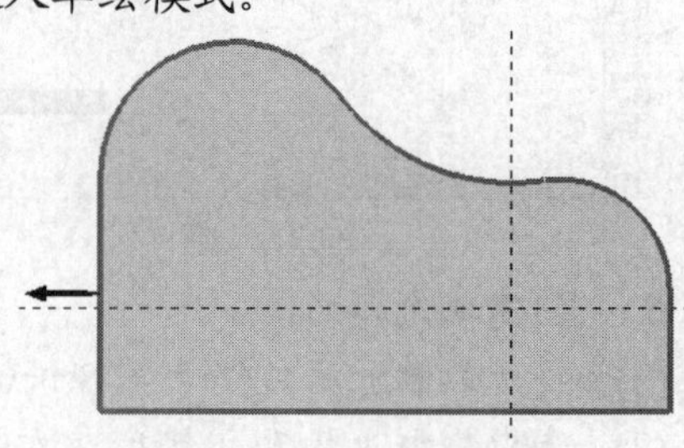

图8-42 选取边线链

(4) 在右工具箱中单击按钮（在工具组中），在【类型】对话框中选中【环】单选钮，然后任意选取一条模型边线从而选中整个模型边线链，如图 8-42 所示。

(5) 在截面底部的输入文本框中输入偏距数值-30.00，然后按 Enter 键，在【选取】对话框中单击确定按钮，最后创建的草绘曲线如图 8-43 所示。

(6) 选中如图 8-44 所示的参照点，在其上单击鼠标右键，在弹出的快捷菜单中选择【起始点】选项将其设为起始点，如图 8-45 所示。完成后退出草绘模式。

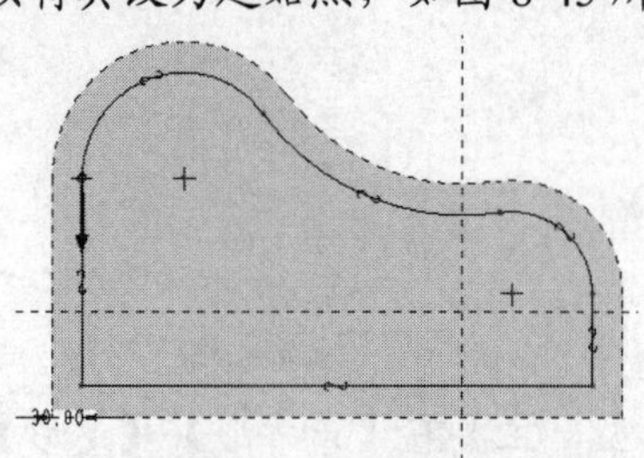

图8-43 草绘曲线

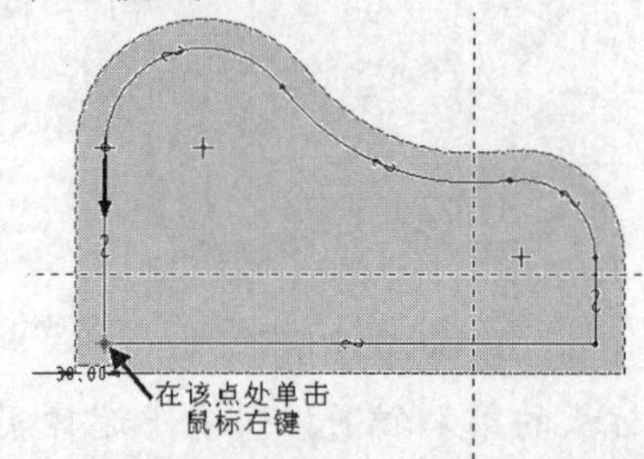

图8-44 选取参照点

要点提示 通常将曲线上的起始点设置在距离原始特征最近的位置处，否则最后创建的阵列设计结果与参照曲线间的偏距太大。

(7) 图标板上的按钮用于设置实例特征之间的间距，本例单击右侧的按钮输入特征总数 40。

(8) 单击鼠标中键，最后创建的设计结果如图 8-46 所示。

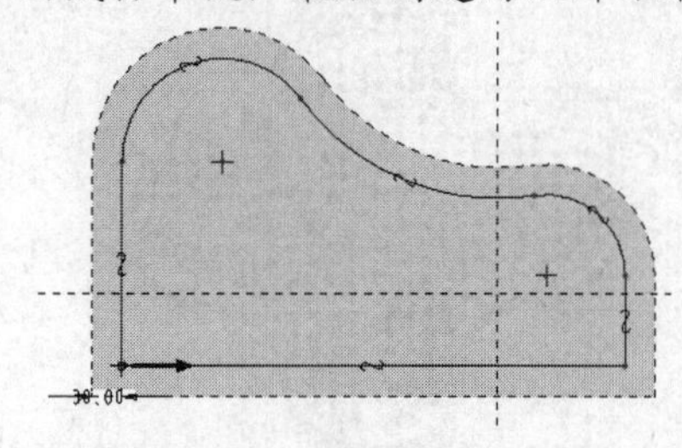

图8-45 选取起始点

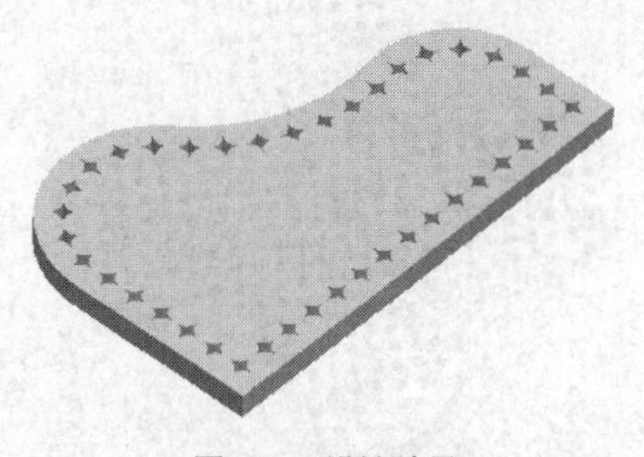

图8-46 设计结果

8.1.3 课堂练习——创建电机模型

练习使用阵列方法创建如图 8-47 所示的模型。

图8-47 电机模型

操作提示

1. 新建零件文件。新建名为“motor”的零件文件，进入三维设计环境。
2. 创建旋转实体特征。
(1) 选取基准平面 RIGHT 作为草绘平面。
(2) 参考如图 8-48 所示的草绘截面创建旋转实体特征，结果如图 8-49 所示。

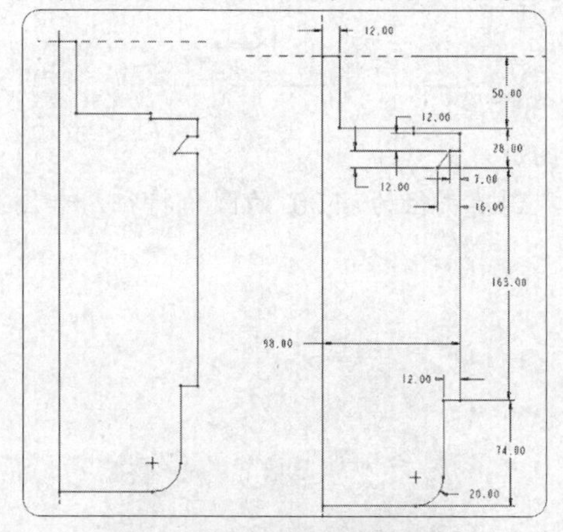

图8-48 选取起始点

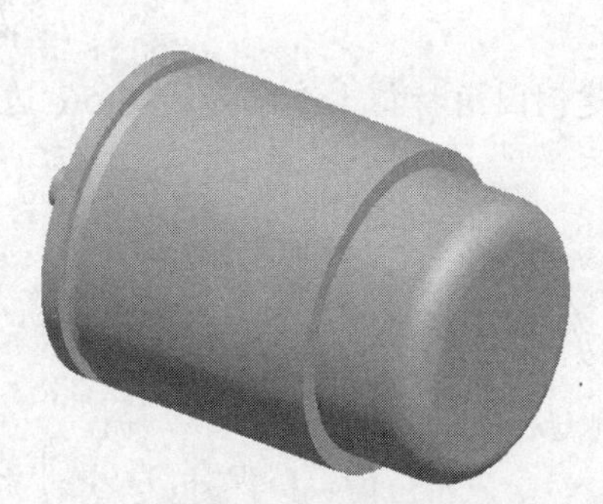

图8-49 设计结果

3. 创建拉伸切剪特征。
(1) 选取模型端部圆盘表面作为草绘平面。
(2) 使用如图 8-50 所示的草绘截面创建减材料的拉伸特征，拉伸深度为 28.00，结果如图 8-51 所示。

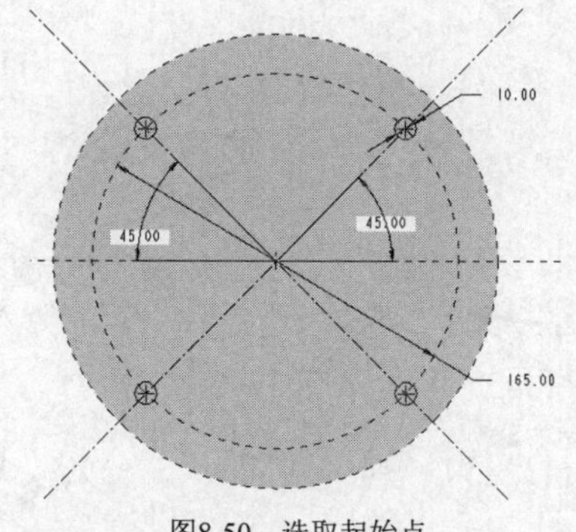

图8-50 选取起始点

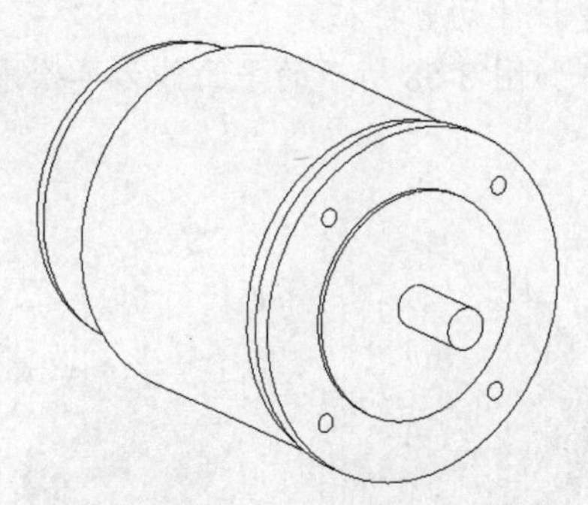

图8-51 拉伸结果

4. 创建标准孔。
(1) 使用圆盘表面以及上一步创建的 4 个孔结构之一的轴线作为孔放置参照。
(2) 设置孔的类型为ISO标准孔，孔径为M12×1.75，孔深度为30.00，最后创建的孔特征如图 8-52 所示。
5. 阵列孔特征。
(1) 选取上一步创建的标准孔为阵列对象。

(2) 选用阵列类型为轴阵列，阵列参照如图 8-53 所示。

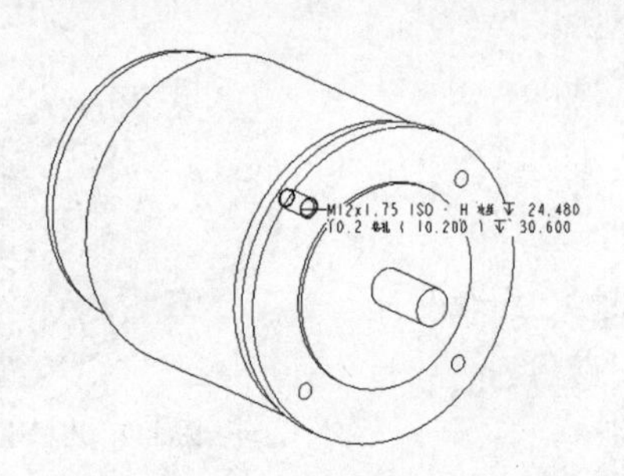

图8-52 孔特征

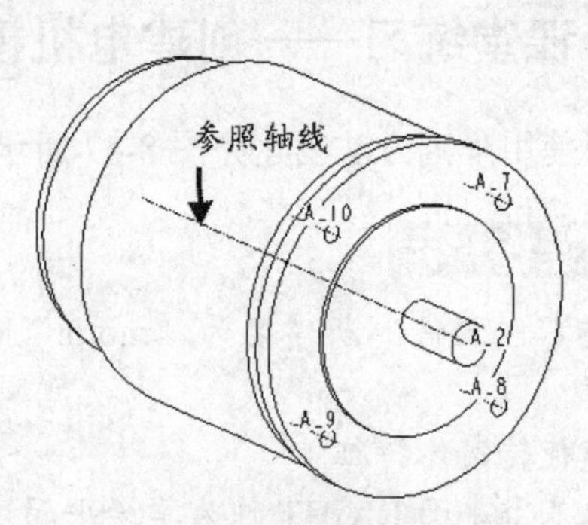

图8-53 阵列参照

(3) 其余参数设置如图 8-54 所示，阵列结果如图 8-55 所示。

图8-54 设置阵列参数

6. 创建倒圆角特征。选取如图 8-56 边线作为参照，创建半径为 4.00 的圆角特征，如图 8-57 所示。

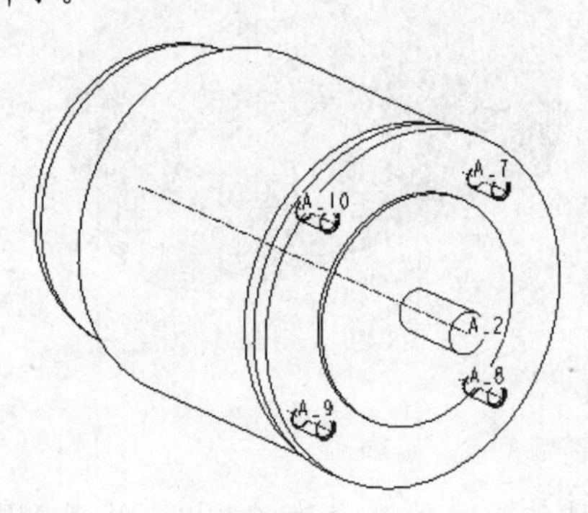

图8-55 阵列结果

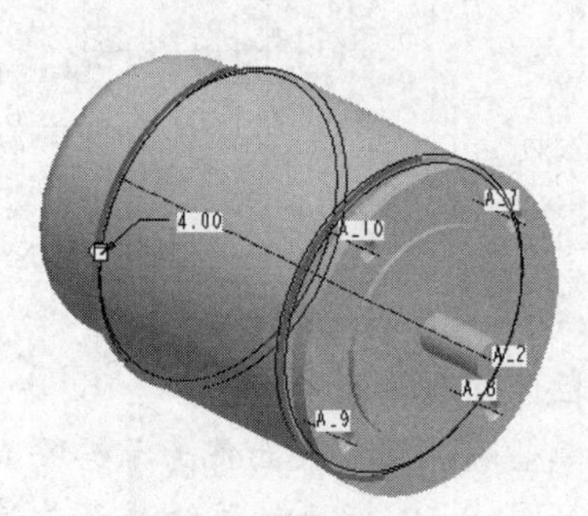

图8-56 倒圆角参照

7. 创建拉伸切剪特征。

(1) 选取如图 8-58 所示的平面作为草绘平面。

图8-57 阵列结果

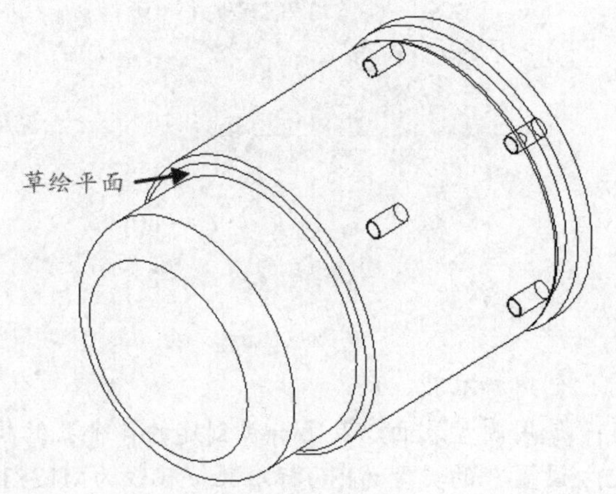

图8-58 设计结果

(2) 使用如图 8-59 所示的草绘截面创建减材料的拉伸特征，拉伸深度为▤，结果如图 8-60 所示。

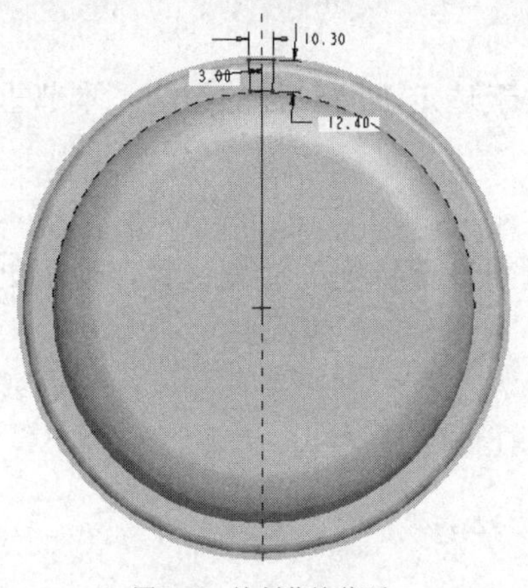

图8-59　绘制草绘截面

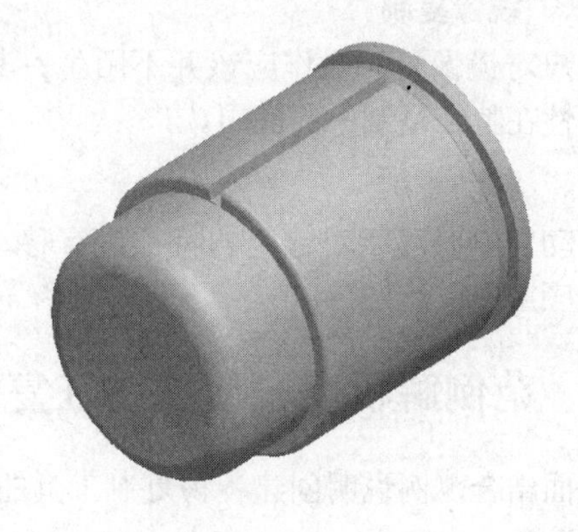

图8-60　设计结果

8.　阵列切剪特征。

(1)　选取上一步创建的切剪特征为阵列对象。

(2)　选用阵列类型为轴阵列，按照如图 8-61 所示设置阵列参数。

(3)　选取阵列参照，如图 8-62 所示，阵列结果如图 8-63 所示。

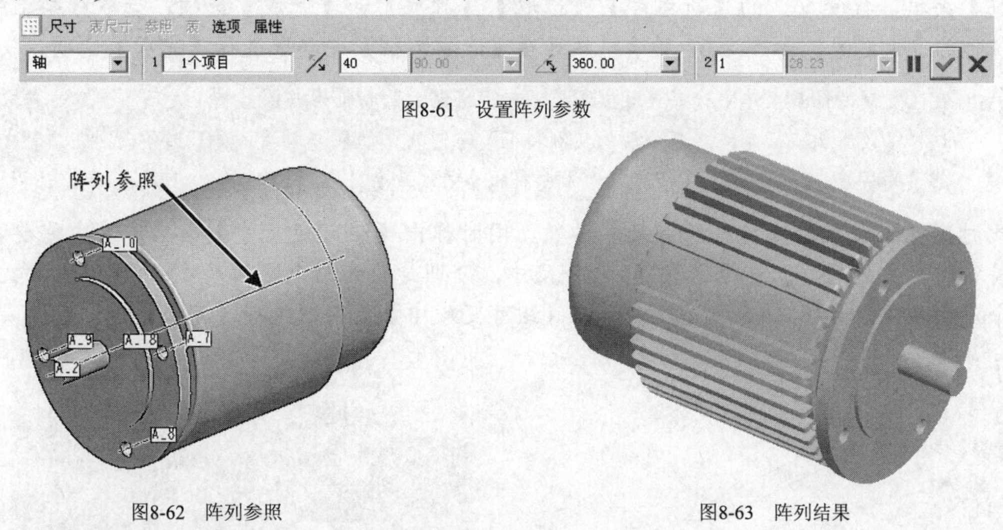

图8-61　设置阵列参数

图8-62　阵列参照

图8-63　阵列结果

8.2　特征复制

通过特征复制的方法可以复制模型上的现有特征（原始特征），并将其放置在零件的一个新位置上，以实现快速“克隆”已有对象，避免重复设计，提高设计效率。

8.2.1　知识点讲解

选择菜单命令【编辑】/【特征操作】，打开【特征】菜单，选择【复制】选项后打开【复制特征】菜单，即可启动特征复制工具。

一、　指定参照复制

指定参照复制是将选定的特征按照指定的参照在另一处创建副本特征，复制时可以使用与原始特征相同的参照，也可重新选取新参照，并可以更改实例特征的尺寸。

二、 镜像复制

用户对镜像复制操作应该并不陌生，其主要创建关于选定平面对称的结构，本节重点说明从属属性在特征复制中的应用。

三、 移动复制

移动复制时可以对选定的特征进行移动和旋转来重新设置特征的放置位置，使用更加灵活多样，应用更广泛。

8.2.2 范例解析——创建特征复制

下面结合范例说明创建各种复制工具的用途和设计方法。

范例操作

1. 打开教学资源文件“\第 8 讲\素材\copy2.prt”。
2. 使用【新参照】复制特征。

(1) 选择菜单命令【编辑】/【特征操作】，打开【特征】菜单，选取【复制】选项打开【复制特征】菜单，接受默认的【新参考】、【选取】、【独立】和【完成】选项，选取模型上的孔特征作为复制对象，如图 8-64 所示。然后在【选取特征】菜单中选择【完成】选项。

> 要点提示：在【复制特征】菜单中选择【独立】选项时，复制后的特征后与原始特征之间不会建立关联关系，这样修改原始特征时，对复制后的实例特征没有影响。如果选取【从属】选项，则在二者之间建立起了关联关系，修改原始特征时，复制特征也会随之改变。

(2) 此时模型上会显示该特征所有尺寸参数，同时弹出【组可变尺寸】菜单，选中需要在复制特征时变更的尺寸。这里选中了 4 个尺寸，分别是孔的两个定位尺寸以及深度方向上的两个定形尺寸，如图 8-65 所示。然后在【组可变尺寸】菜单中选择【完成】选项。

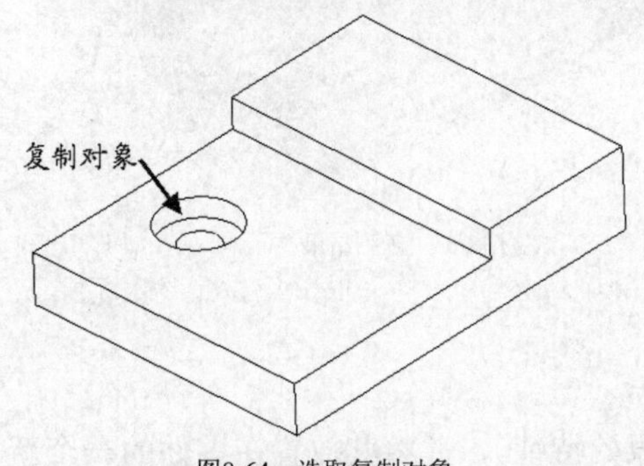

图8-64 选取复制对象

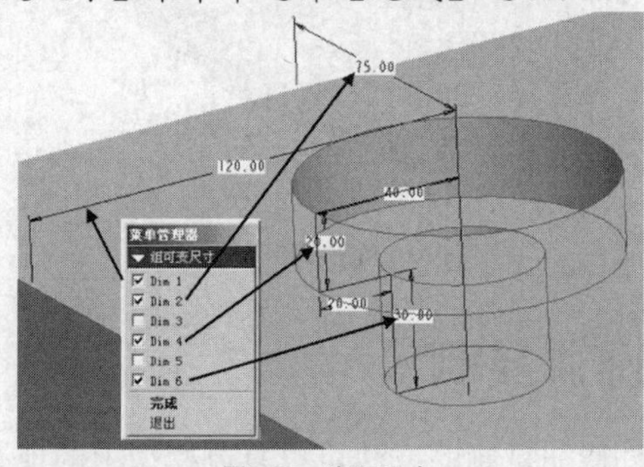

图8-65 选取尺寸

> 要点提示：将鼠标指针指向【组可变尺寸】菜单中的尺寸项目时，模型上相应的尺寸将变为红色，这样即可将【组可变尺寸】菜单中的符号尺寸与模型上的尺寸关联起来。

(3) 为尺寸 Dim1 输入新值 80.00，然后按 Enter 键。

(4) 为尺寸 Dim2 输入新值 150.00，然后按 Enter 键。

(5) 为尺寸 Dim4 输入新值 30.00，然后按 Enter 键。

(6) 为尺寸 Dim6 输入新值 50.00，然后按 Enter 键。

(7) 系统提示为孔选取放置参照，并提示原始特征的参照，接受【参考】菜单中的【替换】选项，按照图 8-66 所示选取替换的平面。

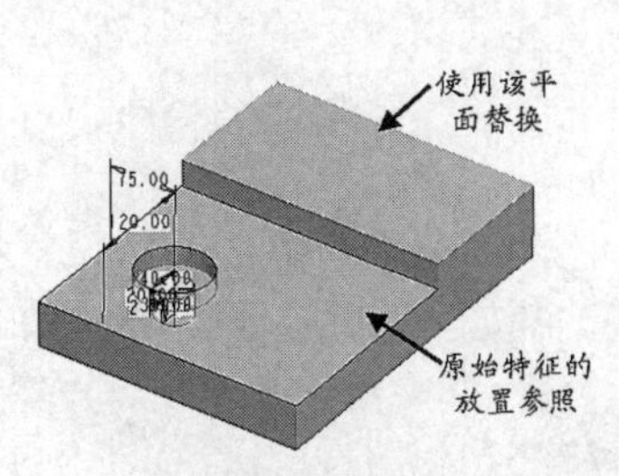

图8-66　替换平面

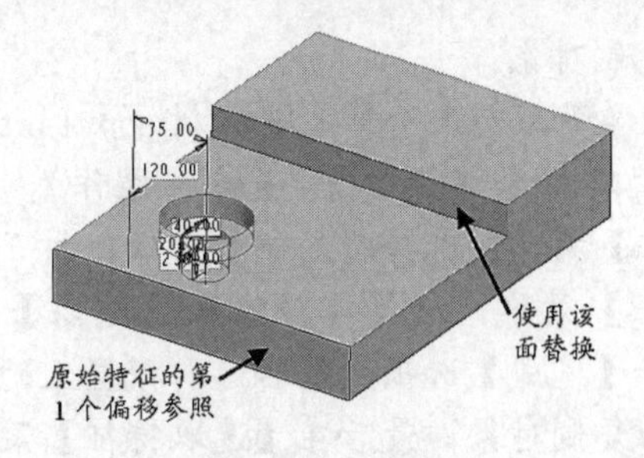

图8-67　替换偏移参照

(8)　使用如图 8-67 所示的平面替换原始特征的第 1 个偏移参照。

(9)　系统加亮显示原始特征的第 2 个偏移参照，如图 8-68 所示。在【参考】菜单中选择【相同】选项，复制特征和原始特征使用相同的偏移参照。

(10) 在【组放置】菜单中选择【完成】选项结束特征复制操作。这里使用新参照复制了特征，在确保特征形状相似的情况下，更改了特征尺寸，复制结果如图 8-69 所示。

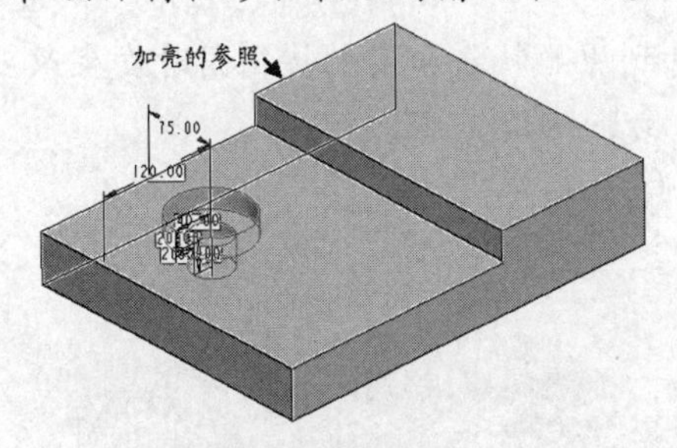

图8-68　加亮的参照

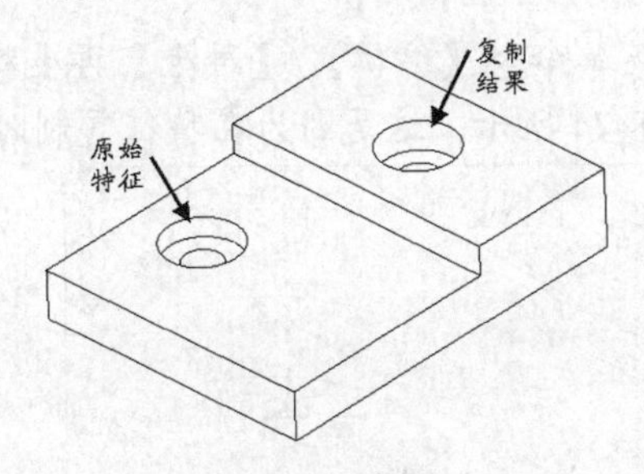

图8-69　复制结果

3.　使用【相同参考】复制对象。

(1)　选择菜单命令【编辑】/【特征操作】，打开【特征】菜单。选择【复制】选项，打开【复制特征】菜单，选择【相同参考】、【选取】、【独立】和【完成】选项，选取模型上的孔特征作为复制对象（见图 8-64）。然后在【选取特征】菜单中选择【完成】选项。

(2)　由于原始特征和实例特征使用相同的定位参照，因此这里只需要修改模型的尺寸参数即可，按照如图 8-70 所示选取要修改的尺寸。然后在【组可变尺寸】菜单中选择【完成】选项。

(3)　为尺寸 Dim2 输入新值 225.00，然后按 Enter 键。

(4)　为尺寸 Dim3 输入新值 60.00，然后按 Enter 键。

(5)　为尺寸 Dim5 输入新值 30.00，然后按 Enter 键。

(6)　在【组元素】对话框中单击 确定 按钮，最后复制的结果如图 8-71 所示。

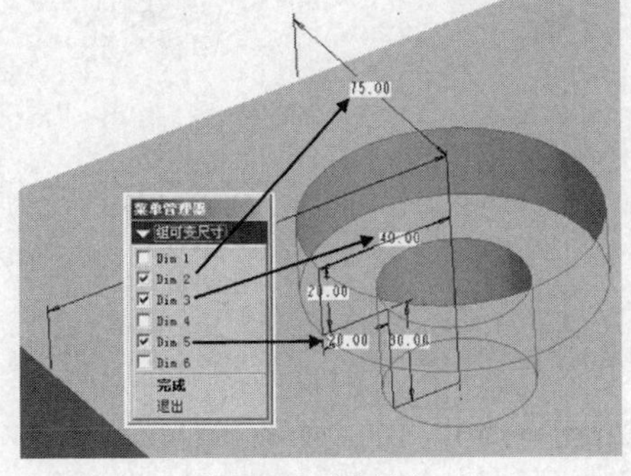

图8-70　选取尺寸

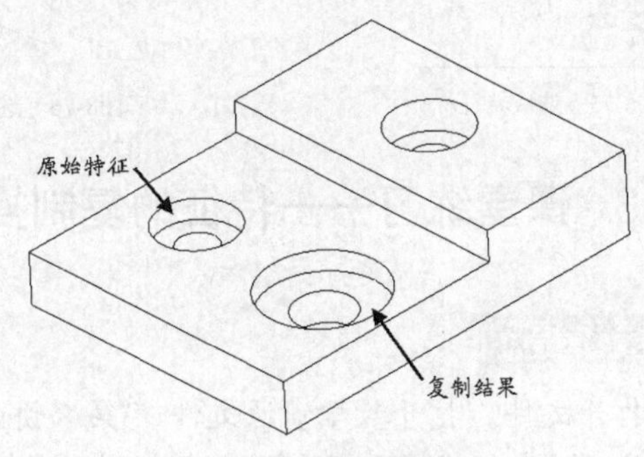

图8-71　复制结果

4. 镜像复制对象。

(1) 打开教学资源文件“\第 8 讲\素材\copy1.prt”。

(2) 选择菜单命令【编辑】/【特征操作】，打开【特征】菜单。选择【复制】选项，打开【复制特征】菜单，选择【镜像】、【选取】、【从属】和【完成】选项，然后选取模型上的孔特征作为复制对象，最后在【选取特征】菜单中选择【完成】选项。

(3) 系统提示选取镜像参照，选取 TOP 基准面后创建镜像结果，如图 8-72 所示。

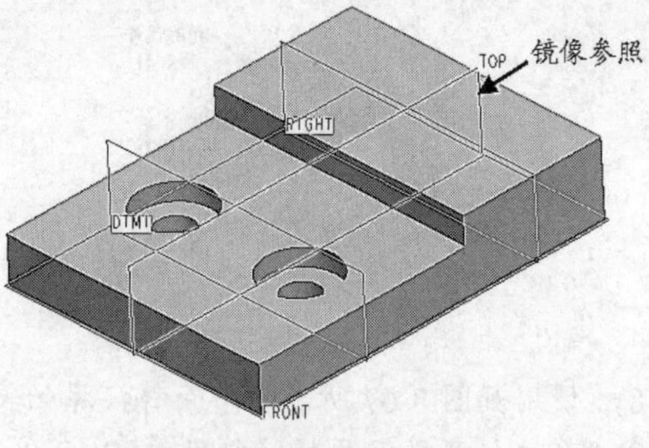

图8-72　选取复制参照

(4) 在模型树窗口中的“孔 1”标识上单击鼠标右键，在弹出的快捷菜单中选择【编辑】选项，将孔尺寸“40.00”修改为“60.00”，如图 8-73 所示。

(5) 选择菜单命令【编辑】/【再生】再生模型，可以看到原始特征和实例特征同时发生改变，如图 8-74 所示，这是因为在特征复制时设置了【从属】属性。

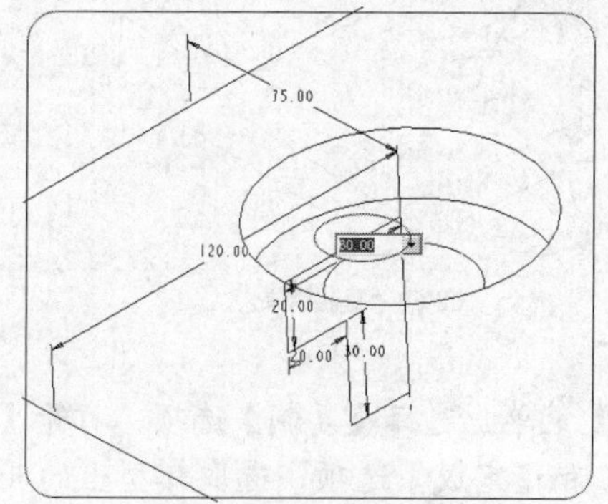

图8-73　修改孔尺寸

图8-74　再生后的特征

(6) 在模型树窗口中单击顶部的特征标识，如图 8-75 所示。然后在右工具箱中单击按钮，打开镜像复制工具，按照图 8-76 所示选取复制参照，单击鼠标中键将模型整体复制后的结果如图 8-77 所示。

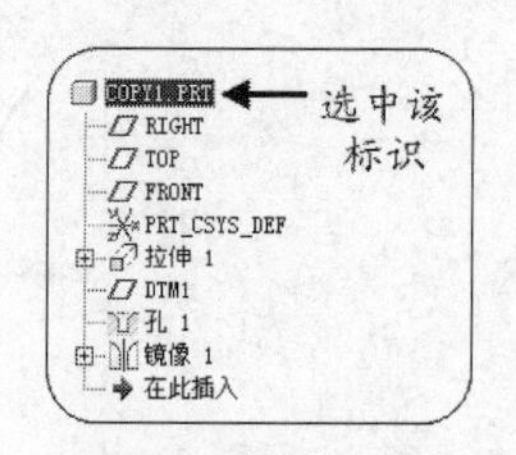

图8-75　选取特征标识

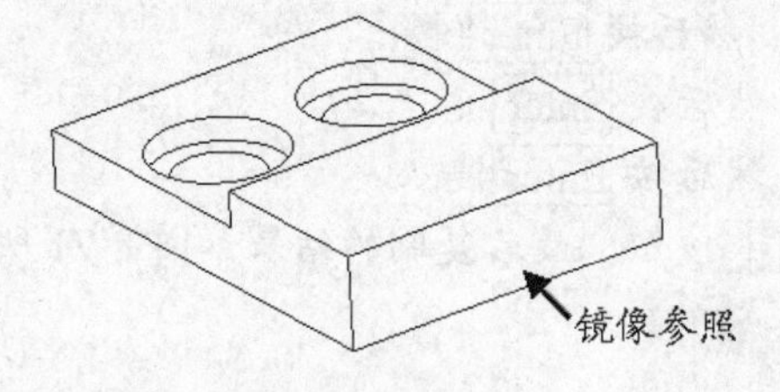

图8-76　选取参照

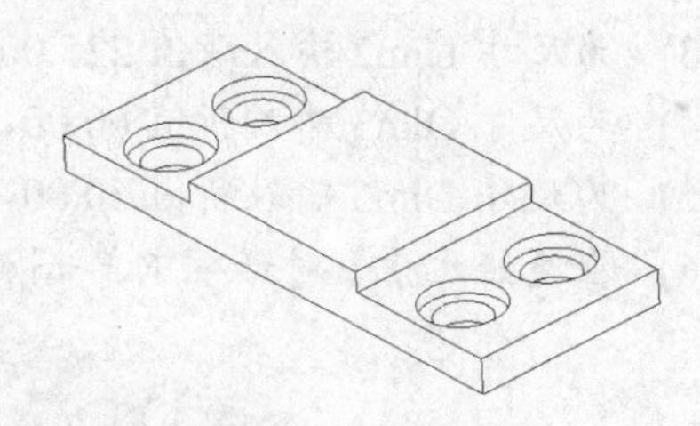

图8-77　复制结果

8.2.3 课堂练习——特征的复制操作

操作提示

1. 打开文件。打开教学资源文件“\第 8 讲\素材\copy2.prt”，如图 8-78 所示。
2. 使用【相同参考】复制方法复制模型左侧草绘孔特征。

(1) 选取草绘孔为复制对象。

(2) 将如图 8-79 所示的定位尺寸修改为 340.00，结果如图 8-80 所示。

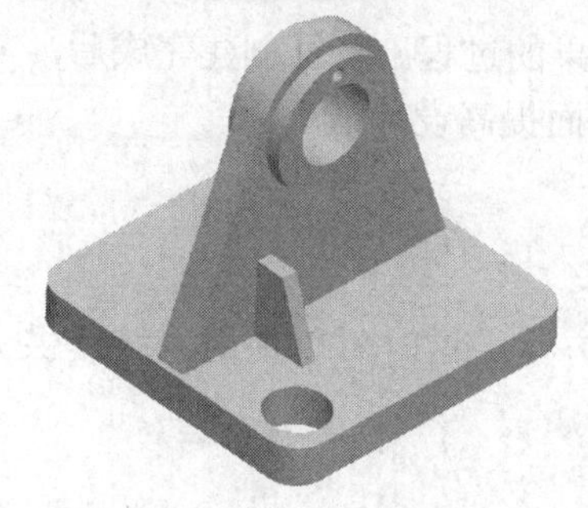

图8-78　打开的模型

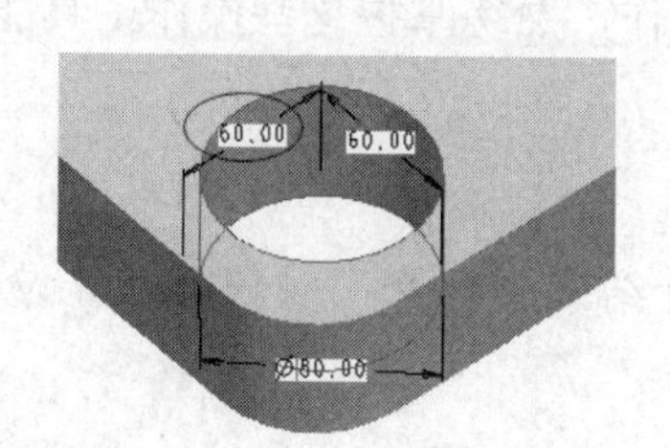

图8-79　选取变更参数

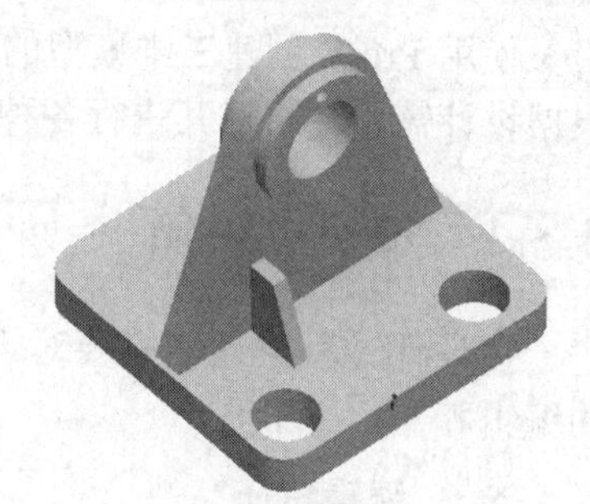

图8-80　复制结果

3. 使用【移动】复制方法复制筋特征。

(1) 选取筋特征为复制对象。

(2) 按照图 8-81 所示边线作为移动参照，平移距离为 60.00。

(3) 将如图 8-82 所示的尺寸 40.00 修改为 32.00，将尺寸 100.00 修改为 80.00，移动结果如图 8-83 所示。

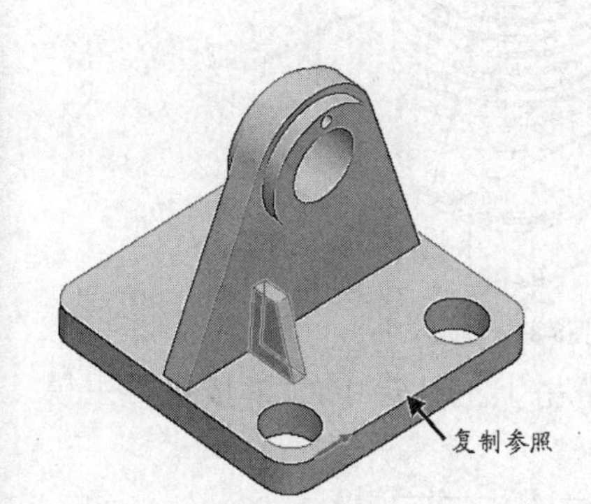

图8-81　移动参照

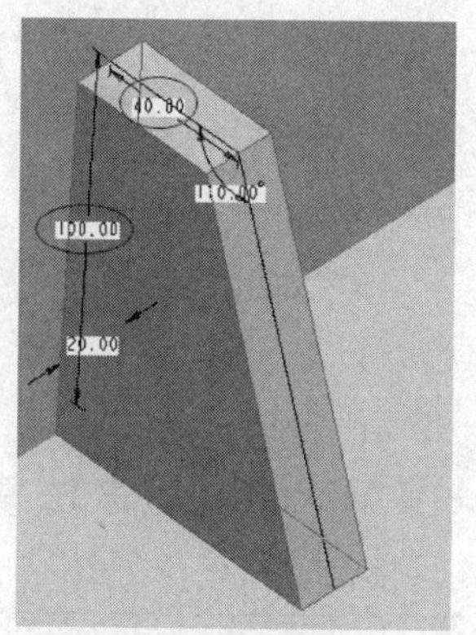

图8-82　变更的参数

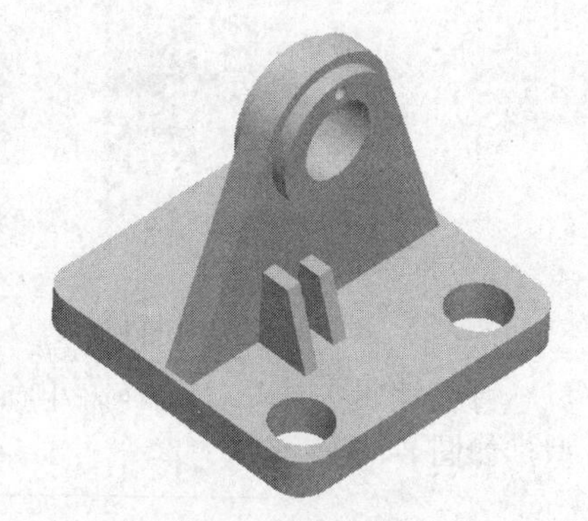

图8-83　移动结果

4. 镜像复制特征。

(1) 选取已经创建的两个筋特征为复制对象，使用基准平面 FRONT 作为镜像参照，结果如图 8-84 所示。

(2) 选取两个孔特征和 4 个筋特征为复制对象，使用基准平面 RIGHT 作为镜像参照，结果如图 8-85 所示。

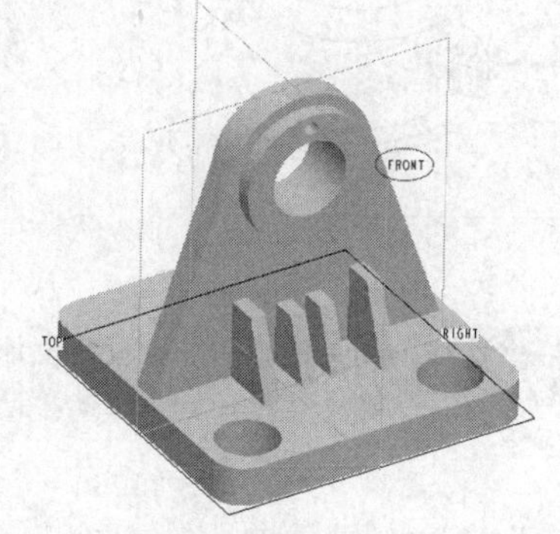

图8-84　镜像结果（1）

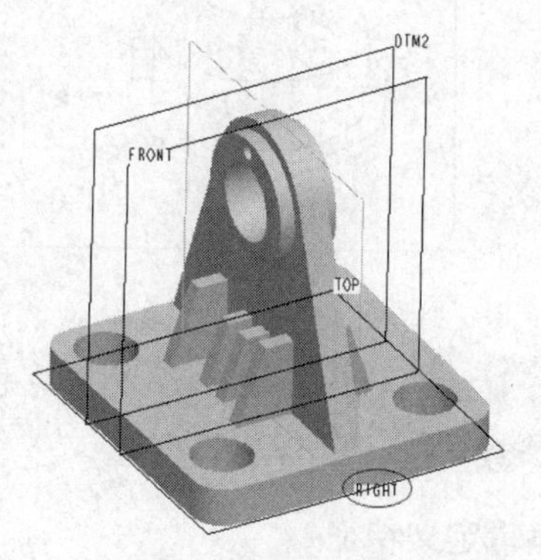

图8-85　镜像结果（2）

8.3 特征的编辑和重定义

使用 Pro/E 创建三维模型的过程实际上是一个不断修正设计结果的过程。特征创建完成后，根据设计需要还将对其进行各种操作，熟练掌握这些操作工具能全面提高设计效率。

8.3.1 知识点讲解

在设计过程中通常需要对设计结果进行修正以获得最佳设计方案，这时可以使用系统提供的编辑和重定义工具。

一、 编辑特征

在进行特征修改之前，首先在模树窗口中选取需要修改的特征，然后在其上单击鼠标右键，在弹出的快捷菜单中选择【编辑】选项，如图 8-86 所示。此时，系统将显示该特征的所有尺寸参数。双击需要修改的尺寸参数后，输入新的尺寸，如图 8-87 所示。

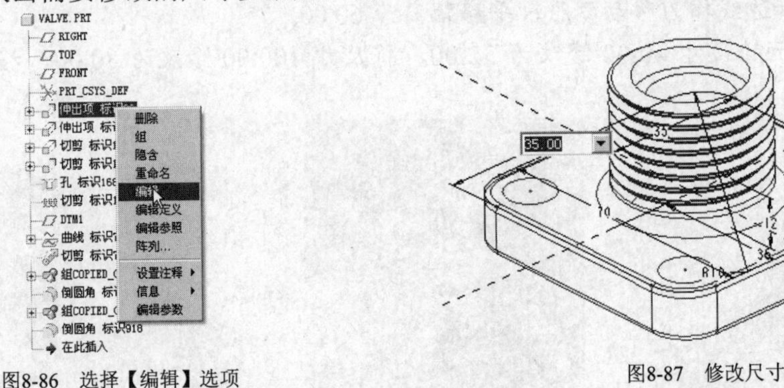

图8-86 选择【编辑】选项　　图8-87 修改尺寸

特征编辑完毕后，选择菜单命令【编辑】/【再生】，或单击上工具箱中的按钮再生模型，如图 8-88 所示。

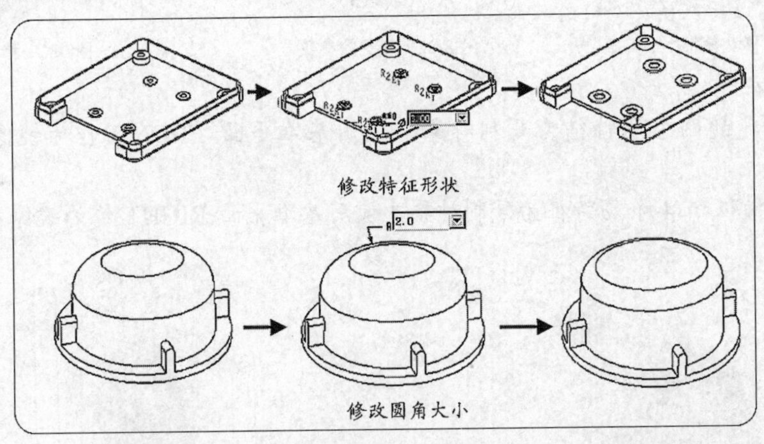

图8-88 再生模型

要点提示　再生模型时，系统会根据特征创建的先后顺序依次再生每一个特征。如果使用了不合理的设计参数，还可能导致特征再生失败。

二、 编辑定义特征

使用特征修改的方法来修改设计意图操作简单、直观，但是这种方法功能比较单一，主要用于修改特征的尺寸参数。而且，当模型结构比较复杂时，常常难以找到需要修改的参数。如果需要全面修改特征创建过程中的设计内容，包括草绘平面的选取、参照的选取以及草绘剖面的尺寸等则应该使用编辑定义特征方法。

在进行特征编辑定义之前，首先在模型树窗口中选取需要编辑定义的特征，然后在其上单击鼠标右键，在弹出的快捷菜单中选择【编辑定义】选项，系统将打开创建该特征的设计图标板，重新设定需要修改的参数即可。

三、 插入特征

在使用 Pro/E 进行特征建模时，系统根据特征创建的先后顺序搭建模型。如果希望在已经创建完成的两个特征之间加入新特征，可以使用插入特征的方法。使用插入方法能够方便设计者在一项规模很大的设计基本完成之后，根据需要添加某些细节特征以进一步完善设计内容。

8.3.2 范例解析——特征的编辑与重定义

下面结合范例说明特征编辑和重定义的基本方法。

1. 重定义特征草绘截面。

(1) 打开教学资源文件“\第 8 讲\素材\redifine.prt.”，该文件相应的模型如图 8-89 所示。下面将使用编辑定义方法编辑模型上指定特征的草绘剖面。

(2) 在模型上选中上部的孔，系统在模型树窗口中加亮该特征，在其上单击鼠标右键，然后在弹出的快捷菜单中选择【编辑定义】选项，如图 8-90 所示。

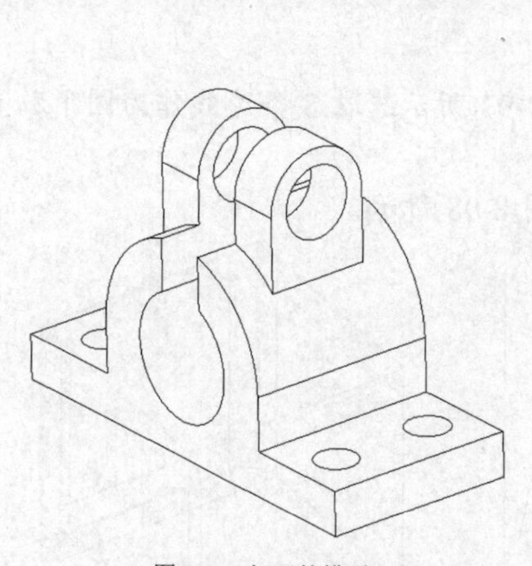

图8-89 打开的模型

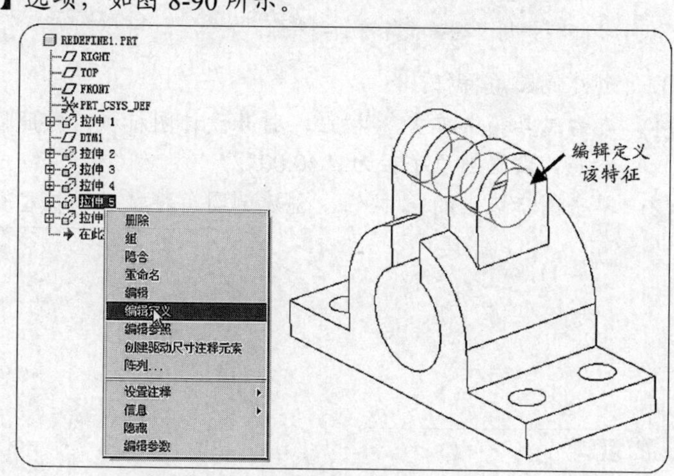

图8-90 选择【编辑定义】选项

(3) 系统打开创建该特征时的设计图标板，如图 8-91 所示。

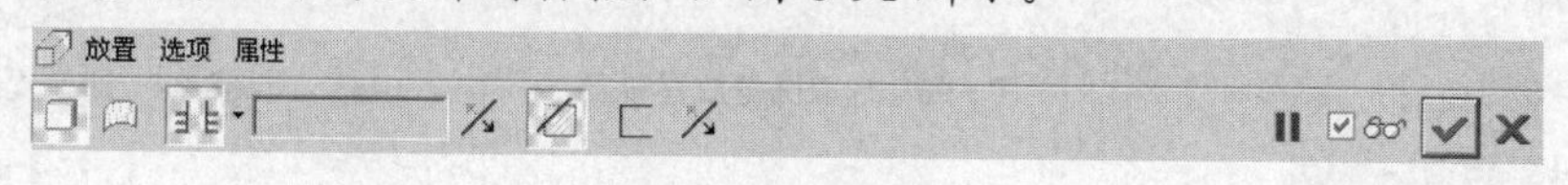

图8-91 设计图标板

(4) 在设计界面空白处单击鼠标右键，在弹出的快捷菜单中选择【编辑内部草绘】选项进入二维草绘模式。

(5) 删除原来的圆形剖面，重新绘制方形剖面，如图 8-92 所示，完成后退出草绘模式。

(6) 单击鼠标中键，系统根据新的设计参数再生模型，结果如图 8-93 所示。

要点提示 除了可以编辑定义特征剖面之外，还可以在图标板上编辑定义特征的其他参数，例如特征深度、特征生成方向以及特征的加减材料属性等。

2. 插入特征。

(1) 打开模型。在开始该实例之前，首先打开教学资源文件“\第 8 讲\素材\insert.prt”，该文件相应的模型如图 8-94 所示。模型上包含一个加材料的拉伸特征和一个壳特征，先介绍在这两个特征之间插入倒圆角特征的方法。

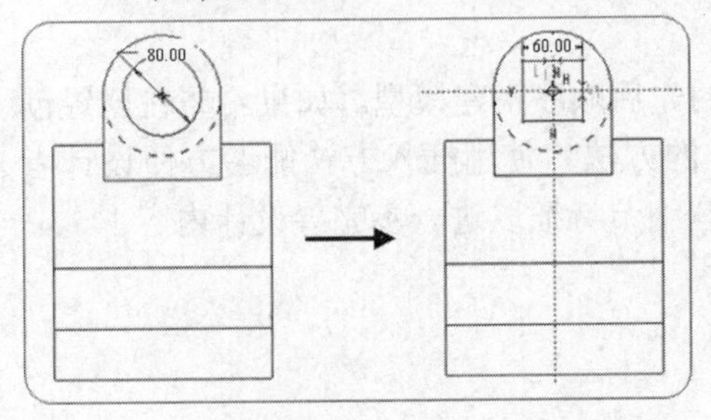

图8-92 修改草绘

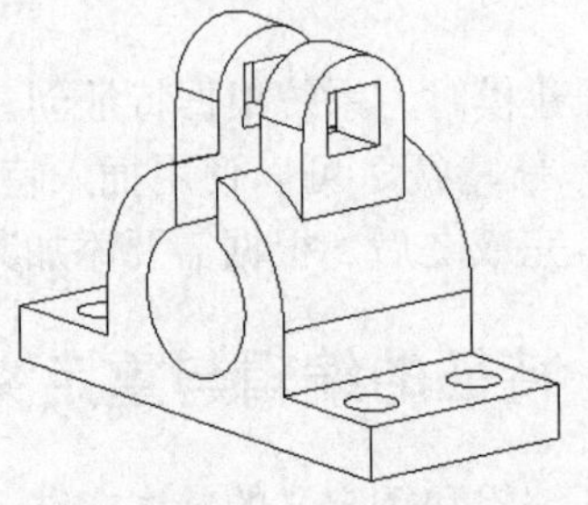

图8-93 再生模型

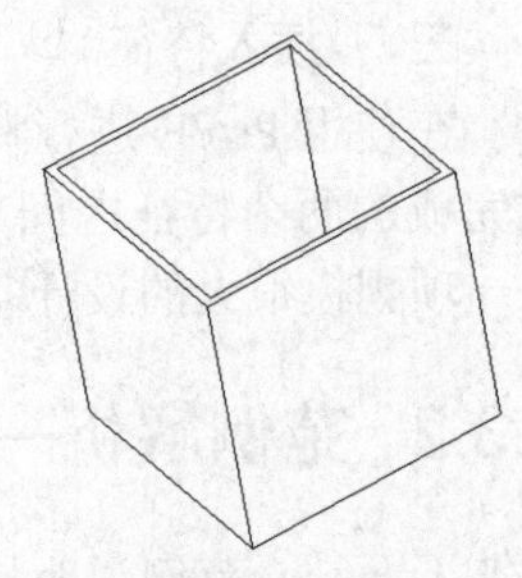

图8-94 原始模型

(2) 选择菜单命令【编辑】/【特征操作】，在【特征】菜单中选择【插入模式】选项，在【插入模式】菜单中选择【激活】选项激活插入模式。

(3) 系统提示选取一个特征，将在该特征后插入新特征。在模型树窗口中选择拉伸实体特征的标识，在拉伸实体特征之后将添加一个插入标记➔ 在此插入，如图 8-95 所示。

要点提示 通常情况下，插入标记位于模型树窗口的最下端，该标记下特征将被隐藏，被隐藏的特征标识的左上角处有一黑色隐藏标记。此时的模型的结构如图 8-96 所示，在窗口右下角有“插入模式”字样，可以使用普通建模方法创建特征。

3. 创建倒圆角特征。

(1) 在右工具箱中单击按钮，打开设计图标板。按照图 8-97 所示选取 8 条边线作为圆角放置参照，设置圆角半径为“40.00”。

(2) 单击图标板上的按钮，创建倒圆角特征后的模型如图 8-98 所示。

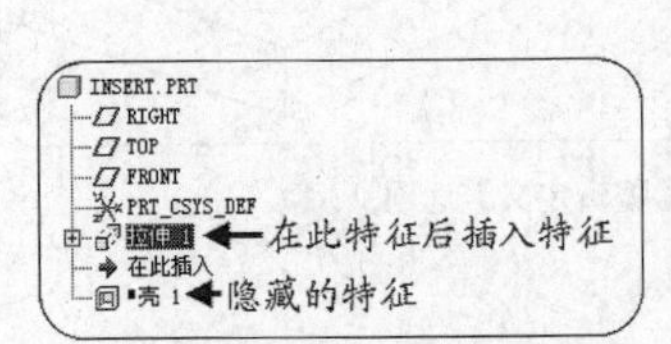

图8-95 插入特征

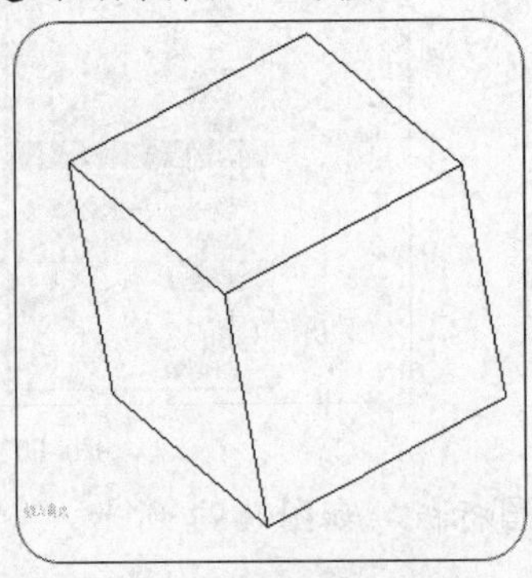

图8-96 选取圆角放置参照

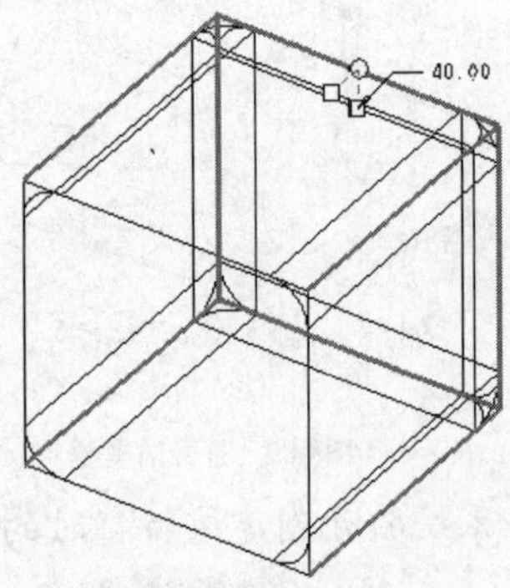

图8-97 选设置圆角半径

4. 退出插入模式。

(1) 选择菜单命令【编辑】/【特征操作】，在【特征】菜单中选择【插入模式】选项。

(2) 在【插入模式】菜单中选择【取消】选项，系统询问是否恢复隐藏的特征，单击是按钮。

(3) 在【特征】菜单中选择【完成】选项，最终的设计结果如图 8-99 所示。

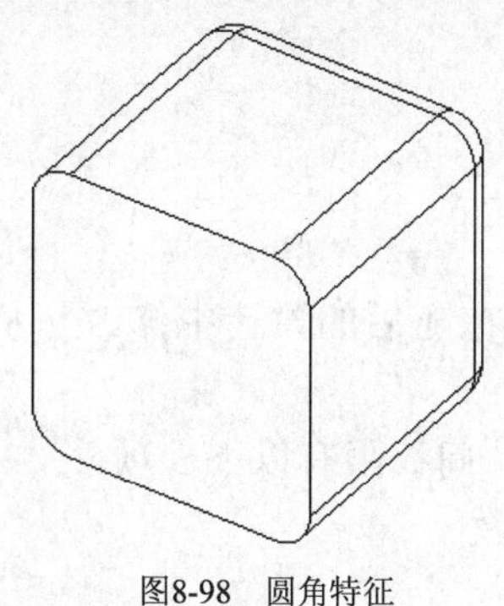

图8-98　圆角特征

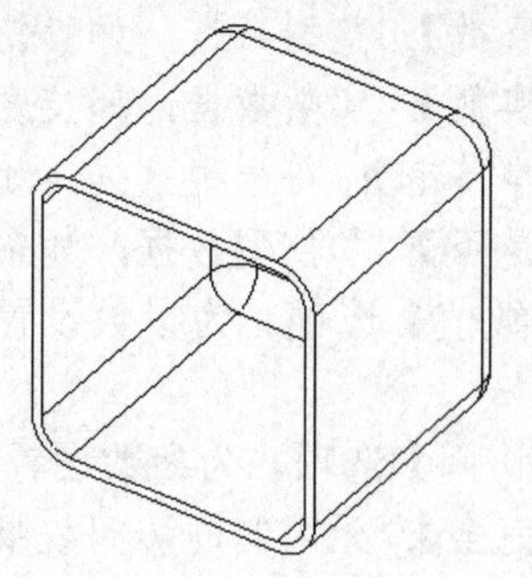

图8-99　设计结果

【范例小结】

由该实例可以看出，通过插入方法创建的倒圆角特征的效果和按照自然顺序创建的倒圆角特征完全相同，这也说明特征插入方法不失为一种在已经创建的模型上补充特征的有效方法，这也进一步提高了软件的设计灵活性。

8.4 创建参数化模型

参数是参数化设计中的核心概念，在一个模型中，参数是通过“尺寸”的形式来体现的。参数化设计的优点在于可以通过变更参数的方法来方便地修改设计意图，从而修改设计结果。

8.4.1 知识点讲解

在实际设计中，常常会遇到这样的问题，有时候需要创建一种系列产品，这些产品在结构特点和建模方法上都具有极大的相似之处，如一组不同齿数的齿轮、一组不同直径的螺钉等。如果能够对一个已经设计完成的模型作简单的修改，就可以获得另外一种设计结果（如将一个具有 30 个轮齿的齿轮改变为具有 40 个轮齿的齿轮），那将大大节约设计时间，增加模型的利用率。要实现这种设计方法，可以借助“参数”来实现。

一、 创建参数

在 Pro/E 中，可以方便地在模型中添加一组参数，通过变更参数值来实现对设计意图的修改。新建零件文件后，选择菜单命令【工具】/【参数】，将打开如图 8-100 所示的【参数】对话框，使用该对话框在模型中创建或编辑用户定义的参数。

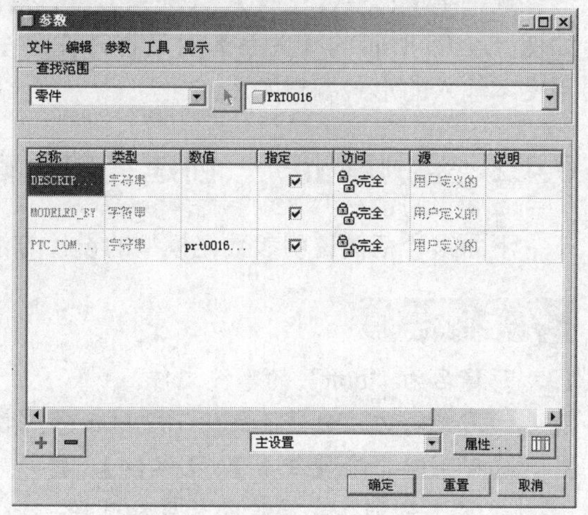

图8-100　【参数】对话框

在【参数】对话框左下角单击 + 按钮，其中将新增一行内容，依次为参数设置以下属性项目。

(1) 【名称】选项。参数的名称和标识，用于区分不同的参数，是引用参数的根据。注意，Pro/E 的参数不区分大小写，例如参数“D”和参数“d”是同一个参数。参数名不能包含非字母数字字符，如“!”、“"”、“@”和“#”等。

(2) 【类型】选项。为参数指定类型。可以选用的类型如下。

- 【整数】：整型数据，如齿轮的齿数等。
- 【实数】：实数数据，如长度、半径等。
- 【字符串】：符号型数据，如标识等。
- 【是否】：二值型数据，如条件是否满足等。

(3) 【数值】选项。为参数设置一个初始值，该值可以在随后的设计中修改，从而变更设计结果。

(4) 【访问】选项。为参数设置访问权限。可以选用的访问权限有以下 3 项。

- 【完全】：无限制的访问权限，用户可以随意访问参数。
- 【限制】：具有限制权限的参数。
- 【锁定】：锁定的参数，这些参数不能随意更改，通常由关系决定其值。

(5) 【源】选项。指明参数的来源，常用的来源有以下两项。

- 【用户定义的】：用户定义的参数，其值可以自由修改。
- 【关系】：由关系驱动的参数，其值不能自由修改，只能由关系来确定。

要点提示 用于关系的参数必须以字母开头，而且一旦设定了用户参数的名称，就不能对其进行更改，在参数之间建立关系后可以将由用户定义的参数变为由关系驱动的参数。

二、删除参数

如果要删除某一个参数，可以首先在【参数】对话框的参数列表框中选中该参数，然后在对话框底部单击 − 按钮删除该参数。但是不能删除由关系驱动的或在关系中使用的用户参数。对于这些参数，必须先删除其中使用参数的关系，然后再删除参数。

三、创建关系

关系是参数化设计的另一个重要要素，通过关系可以在参数和对应模型之间引入特定的主从关系。当参数值变更后，通过这些关系来规范模型再生后的形状和大小。

选择菜单命令【工具】/【关系】，可以打开如图 8-101 所示的【关系】对话框，在这里使用文本输入的形式编辑关系式。

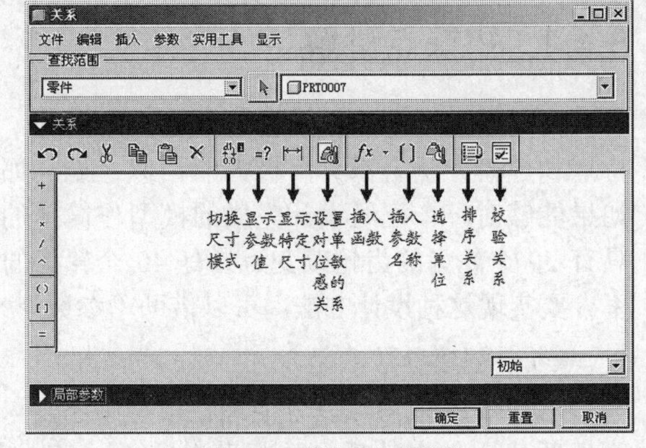

图8-101 【关系】对话框

8.4.2 范例解析——创建参数化螺栓

下面结合范例说明参数化模型的设计方法。

范例操作

1. 新建名为“bolt”的零件文件。
2. 使用旋转方法创建如图 8-102 所示的螺栓模型，其截面图如图 8-103 所示。
3. 选择菜单命令【工具】/【参数】，打开【参数】对话框，单击 + 按钮创建两个参数“*L*”和“*D*”，分别代表螺栓的长度和直径，如图 8-104 所示。

图8-102　螺栓模型

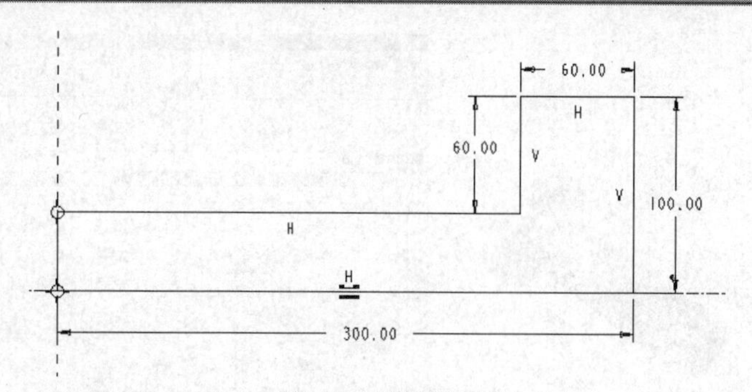

图8-103　螺栓截面图

4. 在模型树中的旋转特征上单击鼠标右键，在弹出的快捷菜单中选择【编辑】选项，此时将显示特征的主要参数，如图 8-105 所示。

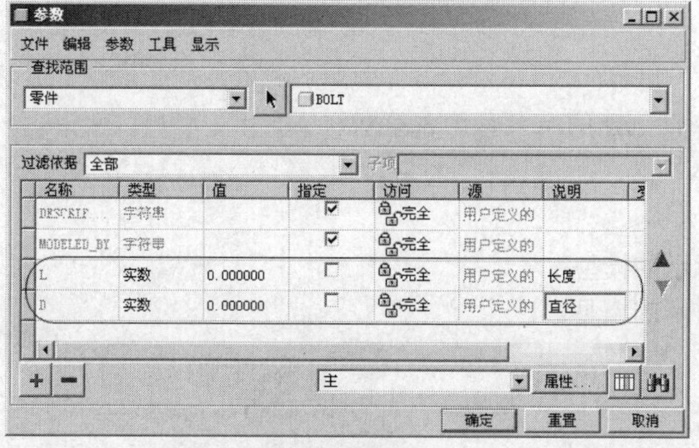

图8-104　创建参数

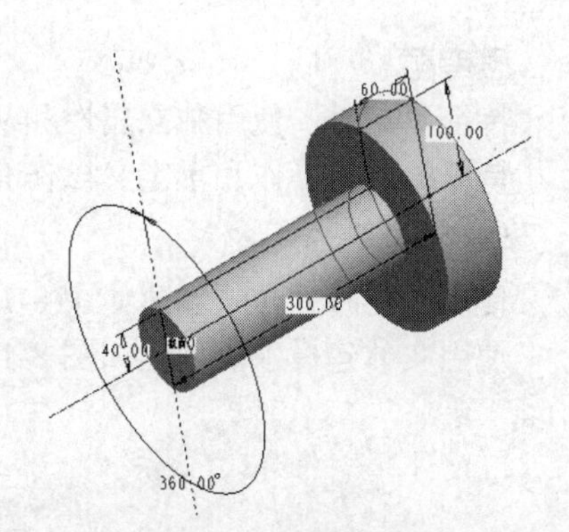

图8-105　圆角特征

5. 选择菜单命令【工具】/【关系】，打开【关系】对话框，此时模型上将显示如图 8-106 所示。
6. 在【关系】对话框中输入关系式，如图 8-107 所示。

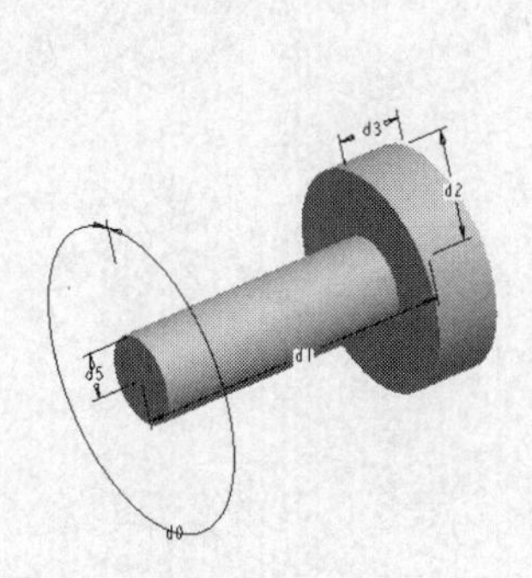

图8-106　最后结果

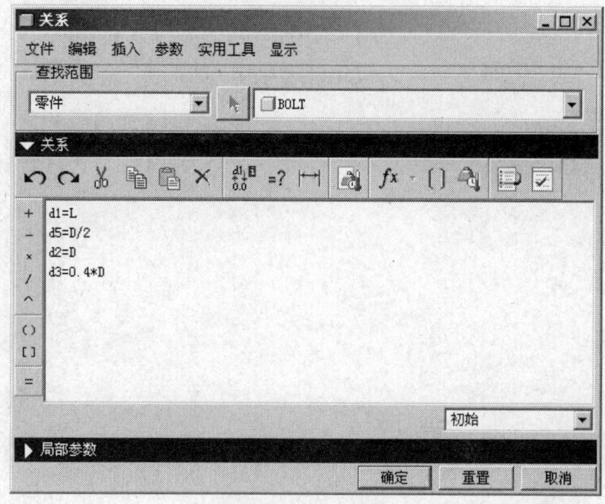

图8-107　编辑关系式

7. 选择菜单命令【编辑】/【再生】，再生模型，结果如图 8-108 所示。
8. 选择菜单命令【工具】/【参数】，打开【参数】对话框，将参数 *D* 的值修改为 20，将长度 *L* 的值修改为 150，如图 8-109 所示。选择菜单命令【编辑】/【再生】，再生模型，结果如图 8-110 所示。

图8-108　再生后的模型

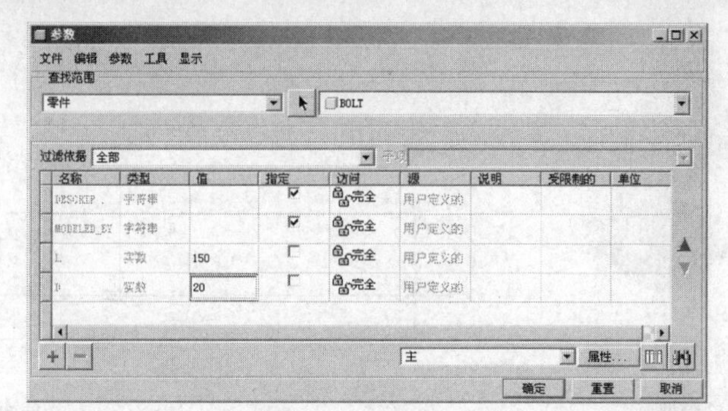

图8-109　编辑参数

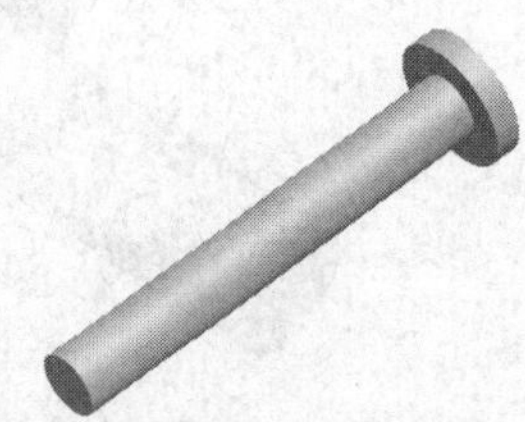

图8-110　再生后的结果

8.5 课后作业

一、思考题

1. 特征复制时，使用独立属性和从属属性创建的结果有什么差别？
2. 特征的编辑操作和重定义操作有何区别？

二、操作题

1. 使用特征阵列方法创建如图 8-111 所示的模型。
2. 使用实体建模手段创建如图 8-112 所示的模型。

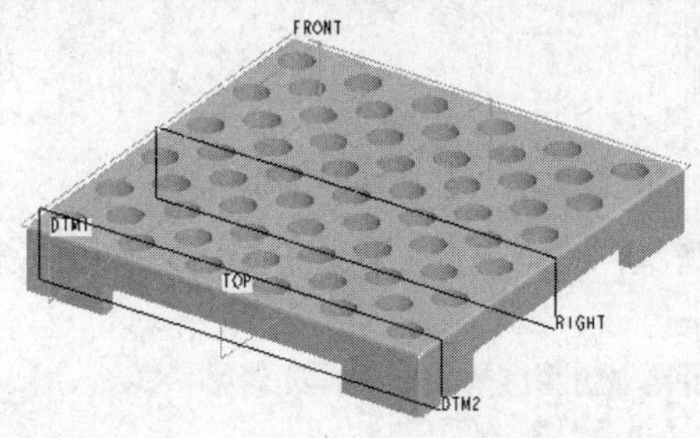

图8-111　特征阵列

图8-112　操作结果

第9讲

创建曲面特征

【学习目标】

<table>
<tr><td colspan="2">• 掌握基本曲面特征的创建方法。</td><td>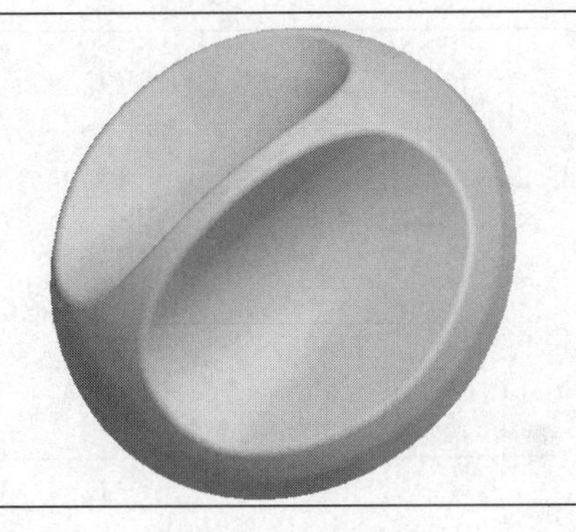</td></tr>
<tr><td colspan="2"></td><td>• 掌握边界混合曲面特征的创建原理和方法。</td></tr>
<tr><td colspan="3">• 了解创建可变剖面扫描曲面特征的创建原理和方法。</td></tr>
<tr><td>• 掌握曲面合并操作原理的技巧。
• 明确曲面的实体化原理和设计方法。</td><td>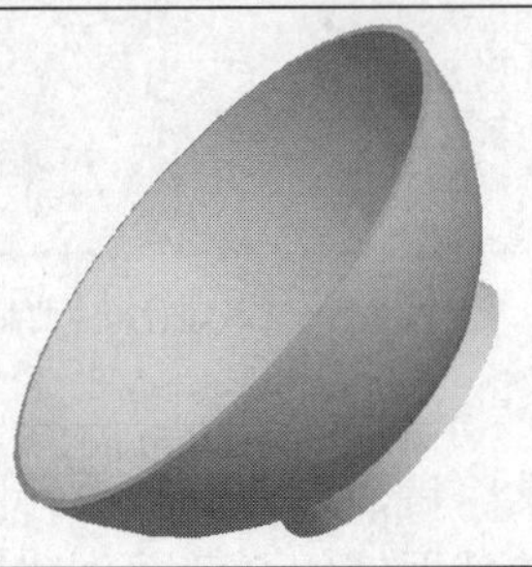</td><td>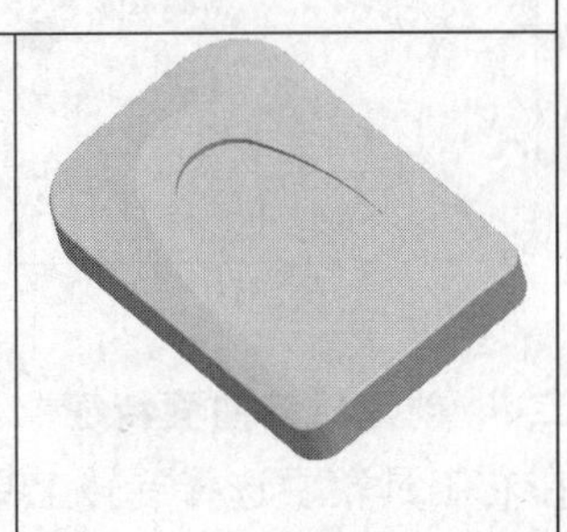</td></tr>
</table>

9.1 创建曲面特征

曲面是构建复杂模型最重要的材料之一，曲面技术的发展为表达实体模型提供了更加有效的工具，丰富了现代设计的手段。

9.1.1 知识点讲解

在现代复杂产品设计中，曲面应用非常广泛，如汽车、飞机等具有漂亮外观和优良物理性能的表面结构通常使用参数曲面来构建。

一、 创建拉伸曲面特征

在右工具箱中选择拉伸工具后，打开拉伸设计图标板，然后单击曲面设计工具创建曲面特征，如图 9-1 所示。用户既可以使用开放截面来创建曲面特征，也可以使用闭合截面，如图 9-2 所示。

图9-1 拉伸设计图标板

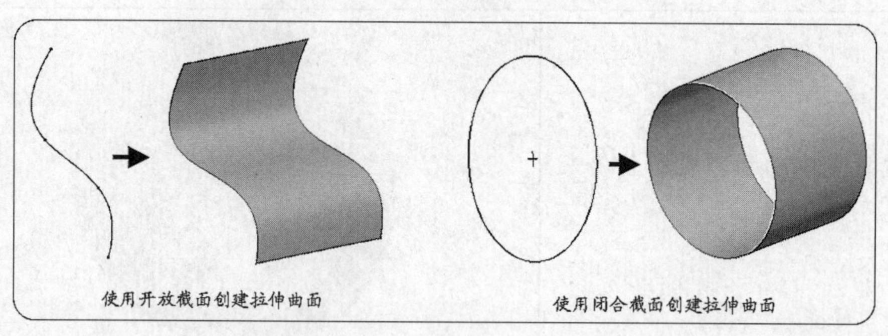

图9-2 拉伸曲面特征

要点提示 采用闭合截面创建曲面特征时，还可以指定是否创建两端封闭的曲面特征，方法是在图标板上单击选项按钮，在参数面板上勾选【封闭端】复选框，如图 9-3 所示。

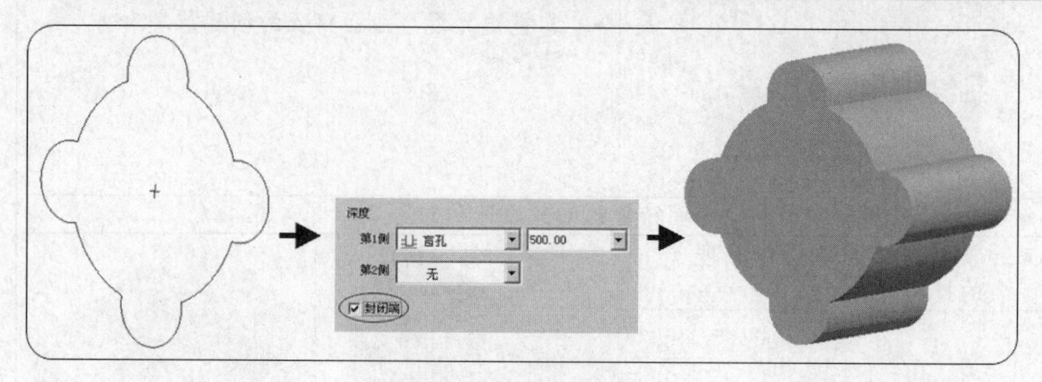

图9-3 两端封闭的曲面特征

二、 创建旋转曲面特征

在右工具箱中选择旋转工具后，打开旋转设计图标板。然后选择曲面设计工具，正确放置草绘平面后，可以绘制开放截面或闭合截面创建曲面特征。在绘制截面图时，注意绘制旋转中心轴线，如图 9-4 所示。

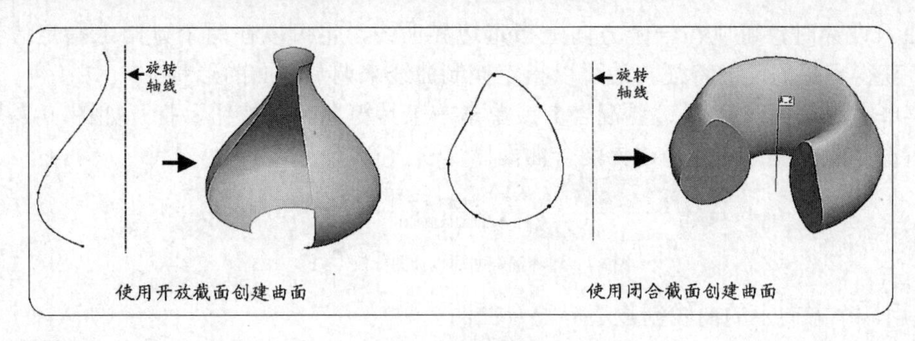

图9-4 旋转曲面特征

三、 创建扫描曲面特征

选择菜单命令【插入】/【扫描】/【曲面】，可以创建扫描曲面，设计过程主要包括设置扫描轨迹线和草绘截面图两个基本步骤。在创建扫描曲面特征时，系统会弹出【属性】菜单来确定曲面创建完成后端面是否闭合。如果设置属性为【开放终点】，则曲面的两端面开放不封闭；如果属性为【封闭端】，则两端面封闭，如图 9-5 所示。

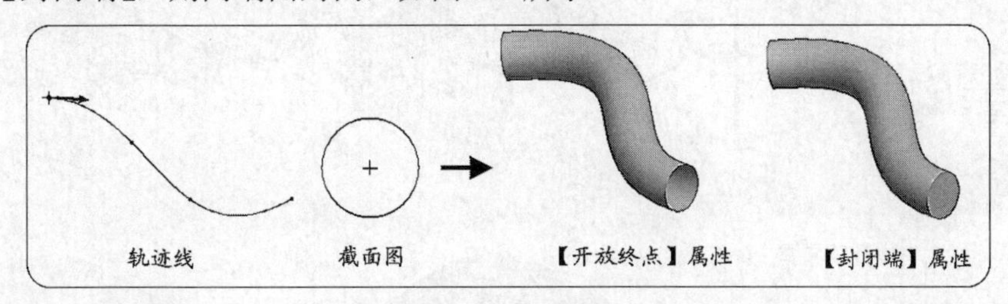

图9-5 扫描曲面特征

四、 创建混合曲面特征

选择菜单命令【插入】/【混合】/【曲面】，可以创建混合曲面特征。与创建混合实体特征相似，可以创建平行混合曲面特征、旋转混合曲面特征和一般混合曲面特征这 3 种曲面类型。混合曲面特征的创建原理也是将多个不同形状和大小的截面按照一定顺序顺次相连，因此各截面之间也必须满足顶点数相同的条件。

混合曲面特征的属性除了【开放终点】和【封闭端】外，还有【直的】和【光滑】两种属性，主要用于设置各截面之间是否光滑过渡，如图 9-6 所示。

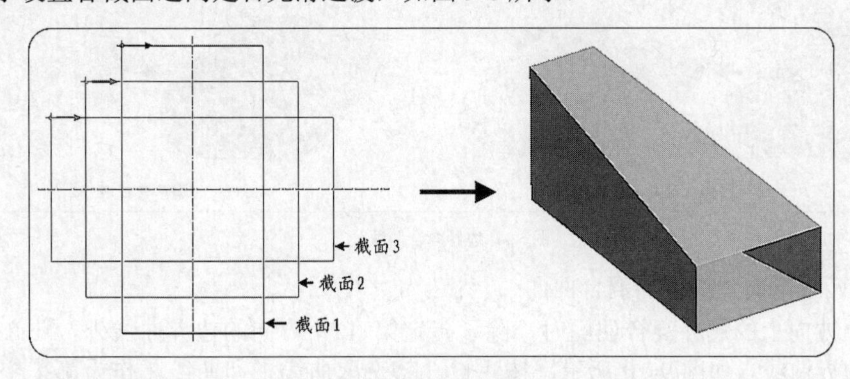

图9-6 混合曲面特征

五、 创建边界混合曲面特征

边界混合曲面的创建原理具有典型代表性：首先构建曲线围成曲面边界，然后填充曲线边界构建曲面。设计时，可以在一个方向上指定边界曲线，也可以在两个方向上指定边界曲线。此外，为了获得理想的曲面特征，还可以指定控制曲线来调节曲面的形状。

选择菜单命令【插入】/【边界混合】或单击右工具箱上的按钮，打开如图 9-7 所示的边界混合曲面设计图标板即可创建边界混合曲面。

图9-7 边界混合曲面设计图标板

(1) 使用一个方向上的曲线创建边界混合曲面

单击图标板上的曲线按钮，弹出参数面板，激活【第一方向】列表框后，按住 Ctrl 键依次选取如图 9-8 所示的曲线 1、曲线 2 和曲线 3 作为边界曲线创建边界混合曲面。如果勾选【闭合混合】复选框，可以将第 1 条曲线和第 3 条曲线混合生成封闭曲面。

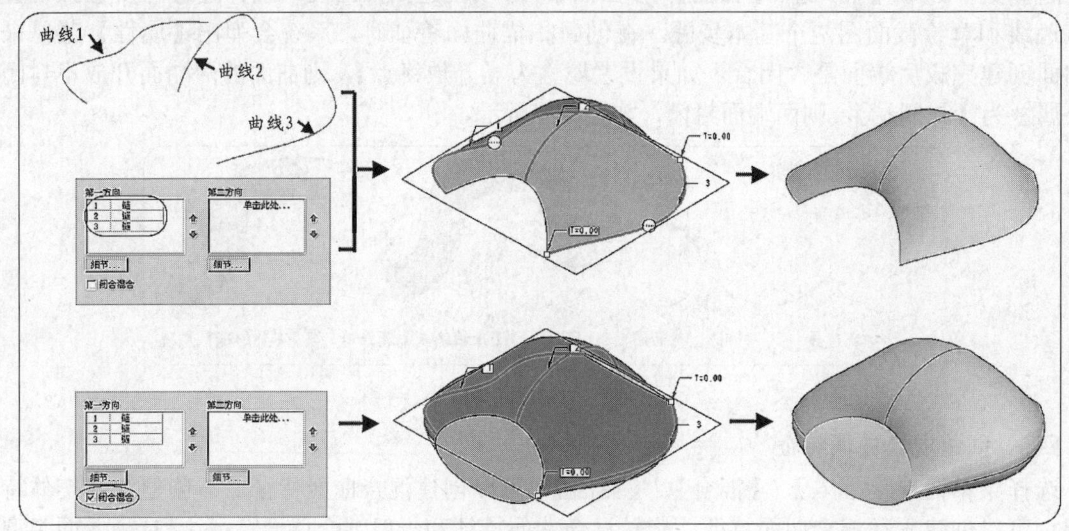

图9-8 边界混合曲面（1）

要点提示 不同的曲线选取顺序会生成不同的曲面，如图 9-9 所示。选中曲线后，单击参数面板右侧的或按钮，可使曲线向上或向下移动，从而调节混合连线的选取顺序。

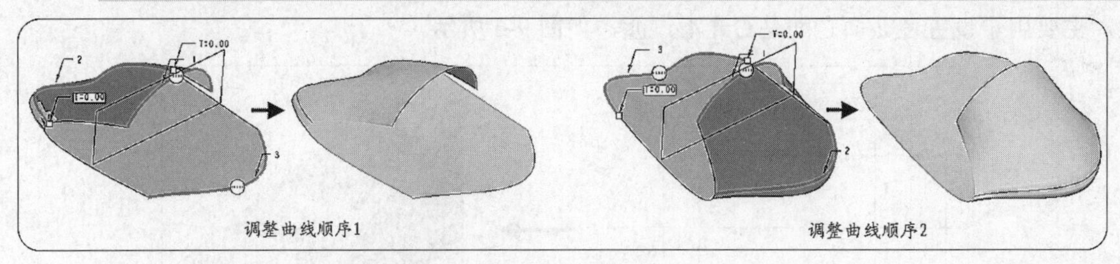

图9-9 边界混合曲面（2）

(2) 创建两个方向上的边界混合曲面

创建两个方向上的边界混合曲面时，除了指定第 1 个方向的边界曲线外，还必须指定第 2 个方向上的边界曲线。如图 9-10 所示，按住 Ctrl 键选取曲线 1 和曲线 3 作为第 1 个方向上的边界曲线后，在图标板上单击第 2 个单击此处添以激活该文本框，选取曲线 2 和曲线 4 作为第 2 方向的边界曲线后即可创建的边界混合曲面特征。

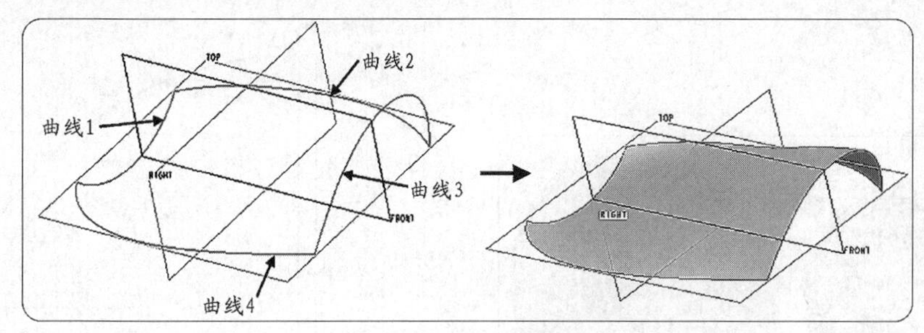

图9-10　边界混合曲面（3）

六、 创建填充曲面

填充曲面也叫平整曲面，用于在指定设计区域内创建平面从而实现与已有曲面的无缝连接。选择菜单命令【编辑】/【填充】，打开设计工具。然后设置草绘平面，绘制截面图，最后在该截面内创建填充曲面。

为了实现填充曲面与已有曲面的无缝连接，在绘制截面图时，通常使用□工具选取曲面的边界，如图 9-11 所示。

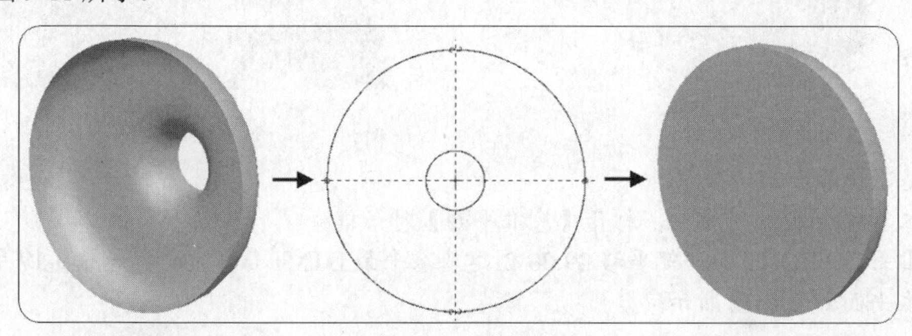

图9-11　创建填充曲面

9.1.2 范例解析——旋钮设计

下面结合范例说明曲面的设计以及操作，最后创建的旋钮模型如图 9-12 所示。

范例操作

1. 新建零件文件。

(1) 在上工具箱中单击□按钮，打开【新建】对话框。

(2) 输入模型名称“cover”后单击鼠标中键进入三维建模环境。

2. 创建旋转实体特征。

(1) 在右工具箱中单击□按钮，打开设计图标板。

(2) 选取基准平面 FRONT 作为草绘平面，然后单击鼠标中键进入二维绘图环境。

(3) 按照图 9-13 所示绘制旋转截面图，完成后退出绘图环境。

(4) 单击鼠标中键创建实体模型，结果如图 9-14 所示。

3. 创建草绘基准曲线。

(1) 在右工具箱中单击□按钮，打开草绘曲线设计工具。

(2) 选取基准平面 FRONT 作为草绘平面，然后单击鼠标中键进入二维绘图环境。

(3) 按照图 9-15 所示绘制曲线草图，随后退出绘图环境。创建的基准曲线如图 9-16 所示。

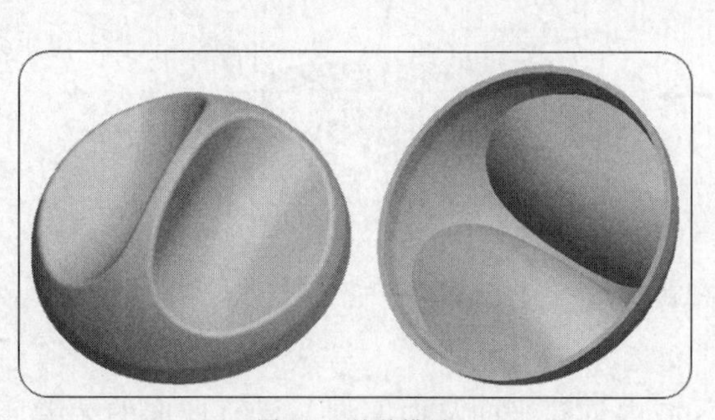

图9-12 旋盖模型

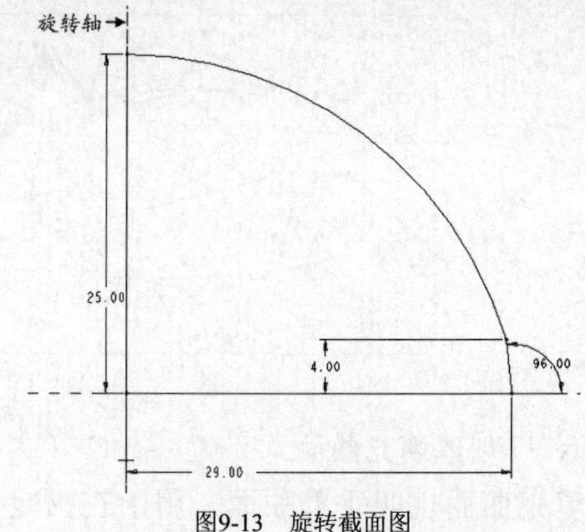

图9-13 旋转截面图

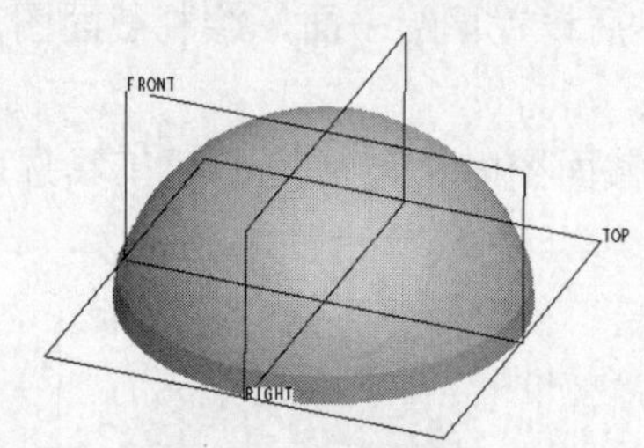

图9-14 旋转实体模型

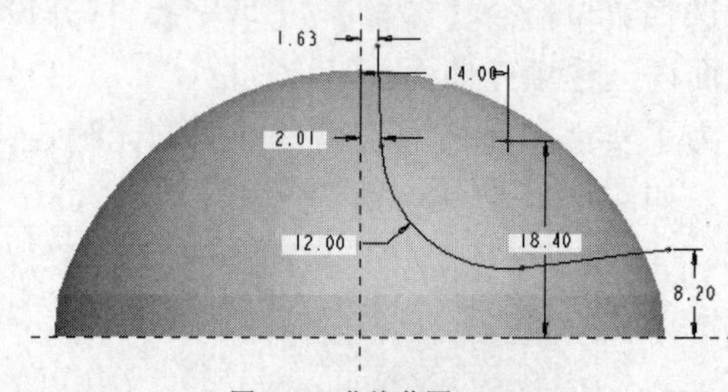

图9-15 曲线草图

4. 新建基准平面。

(1) 在右工具箱中单击按钮，打开【基准平面】对话框。

(2) 将基准平面 FRONT 向一侧平移 29.00 创建基准平面 DTM1，参数设置如图 9-17 所示，新建的基准平面如图 9-18 所示。

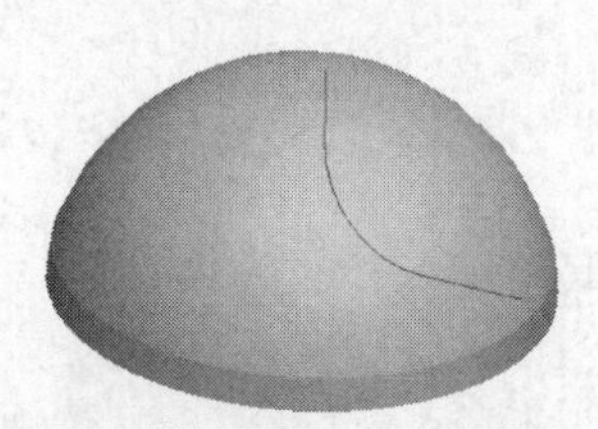

图9-16 最后创建的基准曲线

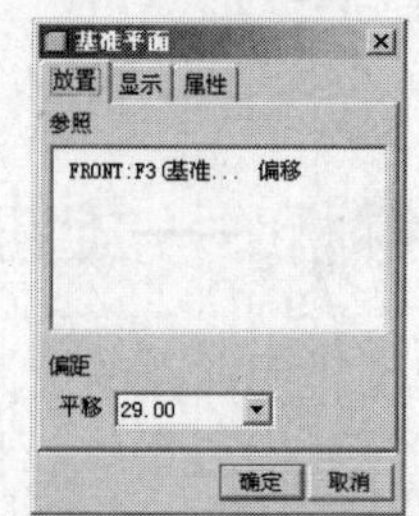

图9-17 参数设置

5. 创建草绘基准曲线。

(1) 在右工具箱中单击按钮，打开草绘曲线设计工具。

(2) 选取基准平面 DTM1 作为草绘平面，然后单击鼠标中键进入二维绘图环境。

(3) 按照图 9-19 所示绘制曲线草图，随后退出绘图环境。结果如图 9-20 所示。

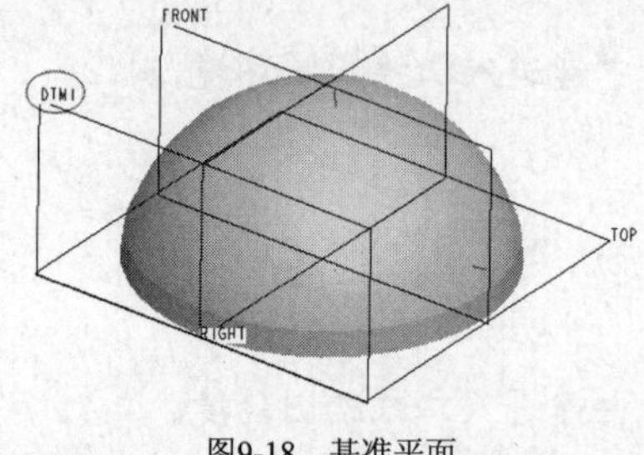

图9-18 基准平面

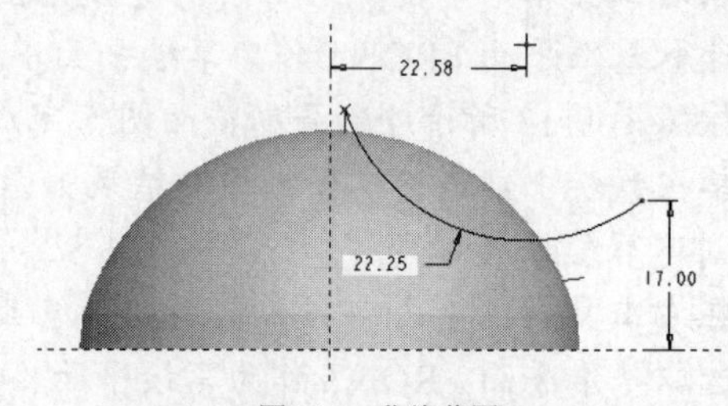

图9-19 曲线草图

6. 镜像复制曲线。

(1) 选取上一步创建的草绘曲线作为镜像复制对象，然后在右工具箱中单击按钮，打开镜像复制工具。

(2) 选取基准平面 FRONT 作为镜像参照，如图 9-21 所示。

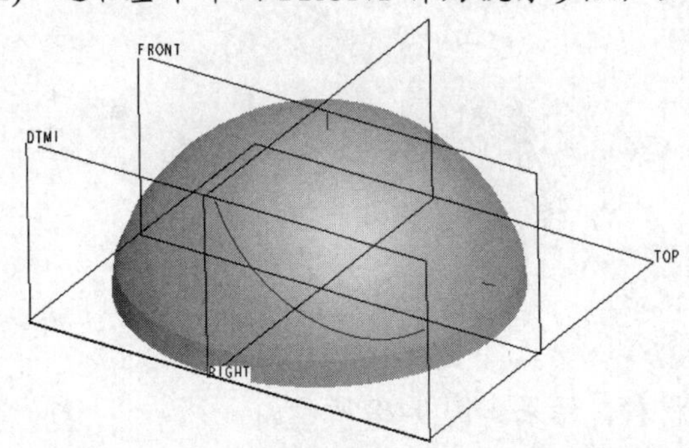

图9-20 设计结果

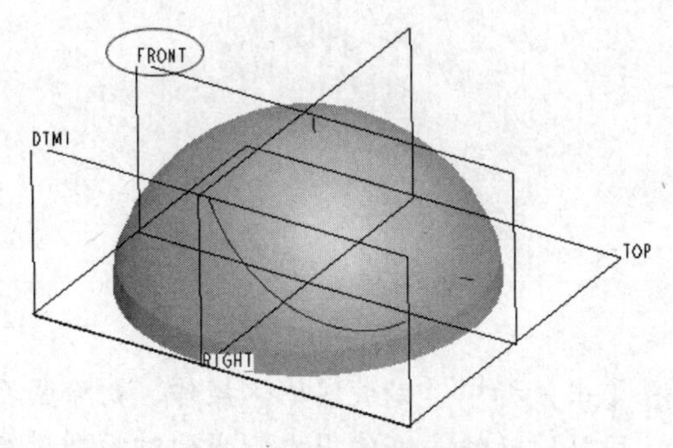

图9-21 选取复制参照

(3) 单击鼠标中键，获得镜像结果，如图 9-22 所示。

7. 创建边界混合曲面。

(1) 在右工具箱中单击按钮，打开边界混合曲面工具。

(2) 按住 Ctrl 键依次选取如图 9-23 所示的 3 条曲线作为边界曲线。

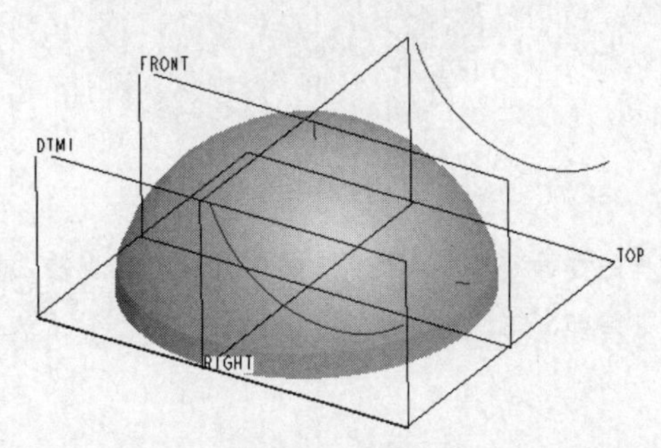

图9-22 复制结果

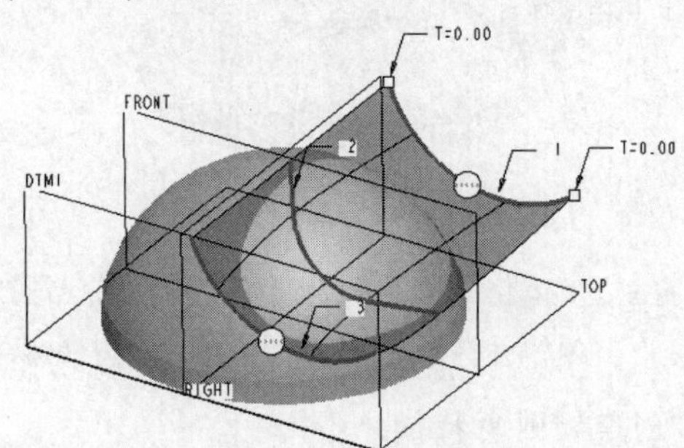

图9-23 选取边界曲线

(3) 单击鼠标中键完成曲面创建，结果如图 9-24 所示。

(4) 选中刚刚创建的边界混合曲面，然后在右工具箱中单击按钮，打开镜像复制工具。

(5) 选取基准平面 RIGHT 作为镜像参照，如图 9-25 所示。

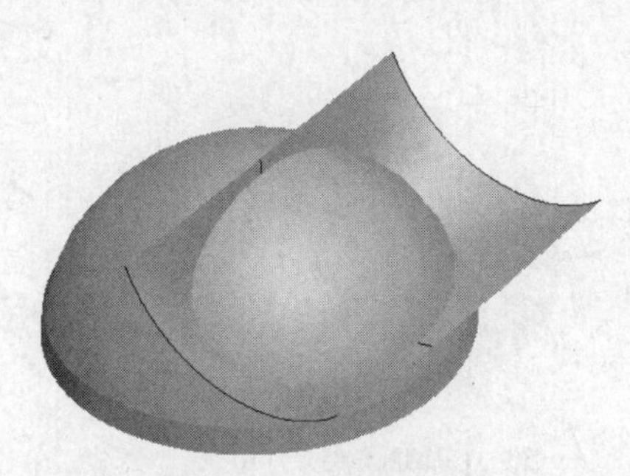

图9-24 最后创建的曲面

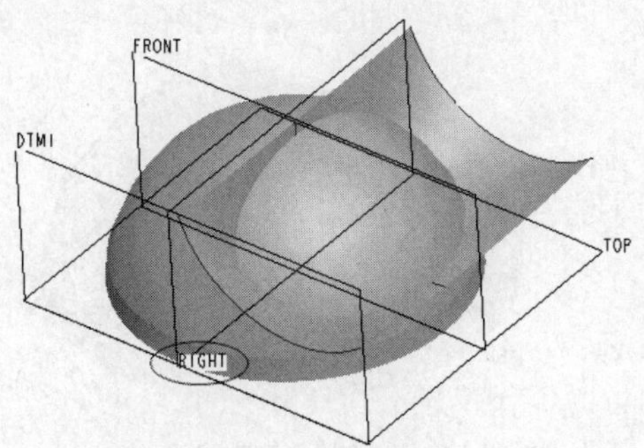

图9-25 选取镜像参照

(6) 单击鼠标中键，获得镜像结果，如图 9-26 所示。

8. 曲面实体化操作。

(1) 选中右侧的边界混合曲面，然后选择菜单命令【编辑】/【实体化】。
(2) 在图标板上单击按钮，创建减材料特征。
(3) 单击模型上的黄色箭头使之指向曲面外侧，如图 9-27 所示。

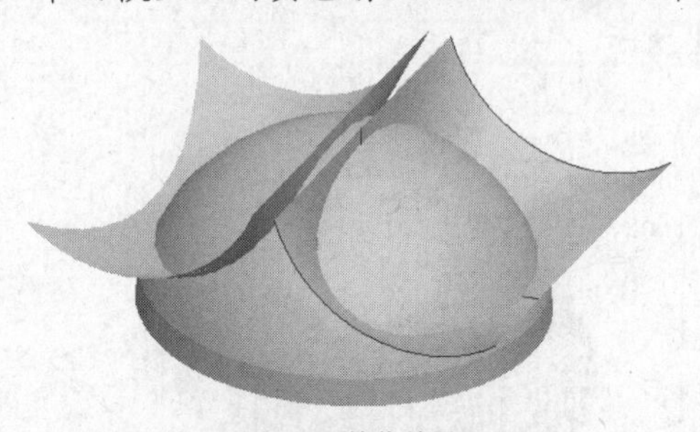
图9-26 镜像结果

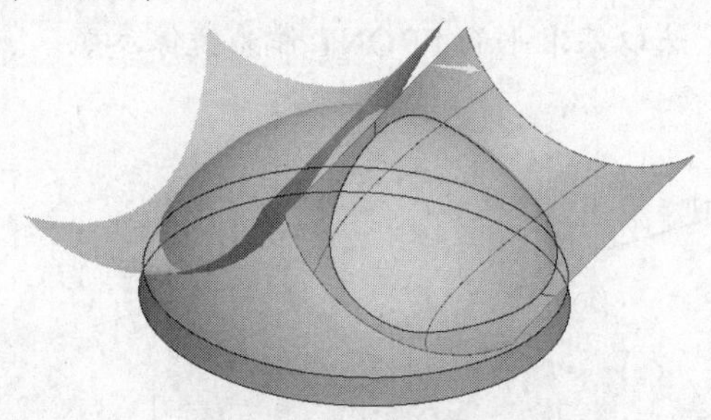
图9-27 调整材料侧

(4) 单击鼠标中键完成实体化操作，切除曲面外侧材料，结果如图 9-28 所示。
(5) 仿照同样的方法使用右侧曲面对模型进行实体化操作，结果如图 9-29 所示。

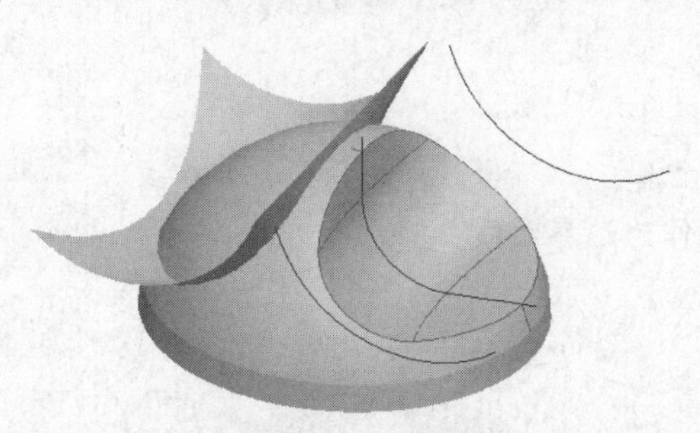
图9-28 实体化结果（1）

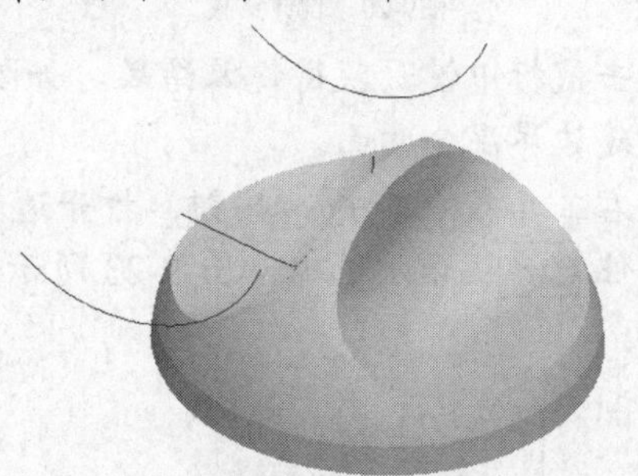
图9-29 实体化结果（2）

要点提示 实体化操作使用曲面作为参照来分割实体特征，这里的曲面贯穿实体内部，在实体化操作时将曲面上侧的材料去除。实体化操作的更多知识将在下一节中详细介绍。

9. 创建倒圆角特征。
(1) 在右工具箱中单击按钮，打开倒圆角工具。
(2) 按住 Ctrl 键依次选取如图 9-30 所示的边线作为圆角参照，设置圆角半径为 1.15，最后创建的倒圆角特征如图 9-31 所示。

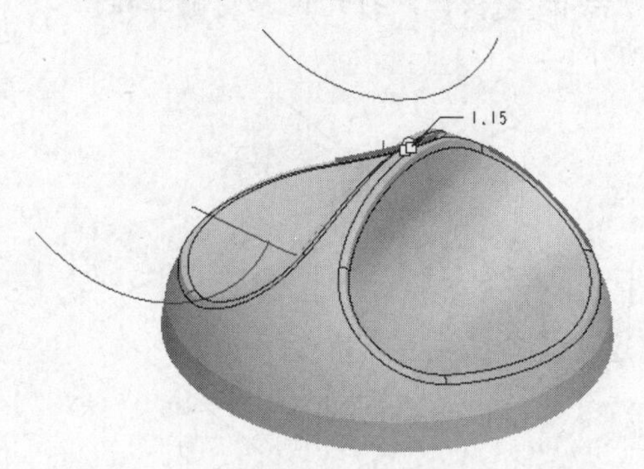

图9-30 选取倒圆角参照（1）

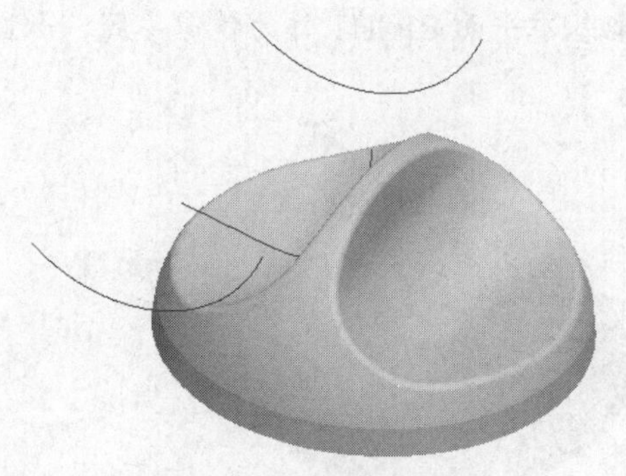
图9-31 倒圆角结果（1）

(3) 继续打开倒圆角工具创建倒圆角特征，圆角参照图 9-32 所示，圆角半径为 6.00，最后创建的设计结果如图 9-33 所示。

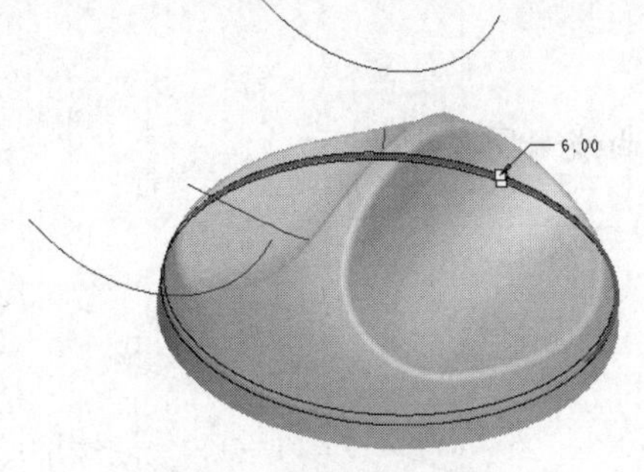

图9-32 选取倒圆角参照（2）

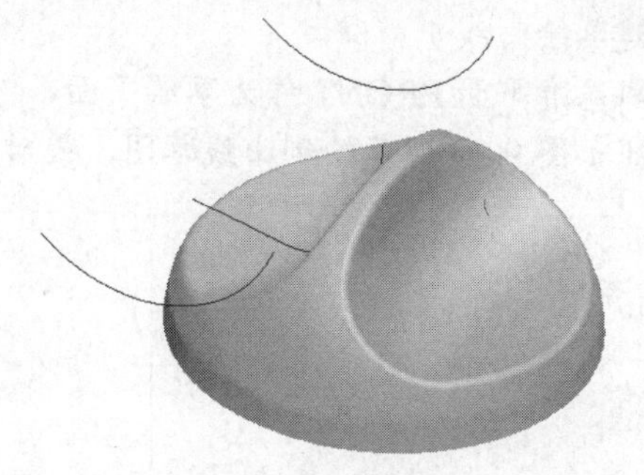

图9-33 倒圆角结果（2）

10. 创建壳特征。
(1) 在右工具箱中单击▣按钮，打开壳设计工具。
(2) 选取如图 9-34 所示的平面为移除的表面。
(3) 在图标板上设置壳体厚度为 1.19。
(4) 单击鼠标中键，最后创建的壳体如图 9-35 所示。

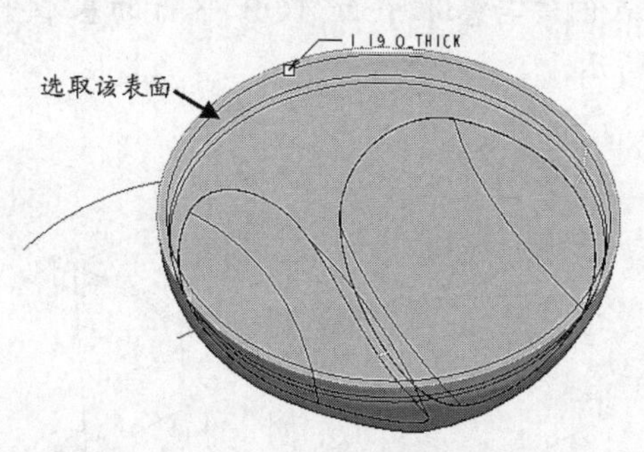

图9-34 选取移除的表面

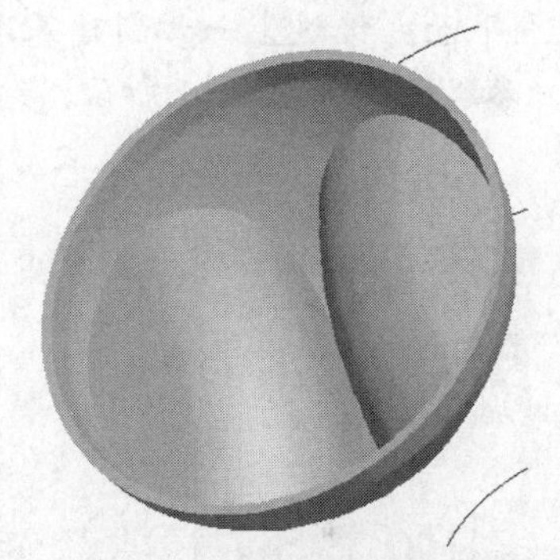

图9-35 最后创建的壳特征

11. 隐藏基准曲线。在模型树窗口中按住 Ctrl 键选中基准曲线的标识，在其上单击鼠标右键，在弹出的快捷菜单中选择【隐藏】选项，如图 9-36 所示。隐藏基准曲线后的结果如图 9-37 所示。

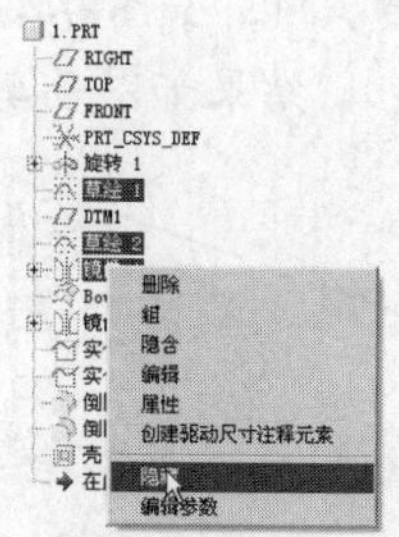

图9-36 模型树操作

图9-37 隐藏曲线后的结果

9.1.3 课堂练习——伞形曲面设计

练习使用曲面建模方法创建如图 9-38 所示伞形曲面模型。

操作提示

1. 新建零件文件。新建名为“umbrella”的零件文件。

2. 创建草绘曲线 1。

(1) 选取基准平面 FRONT 作为草绘平面。

(2) 按照如图 9-39 所示绘制曲线草图，最后创建的草绘曲线如图 9-40 所示。

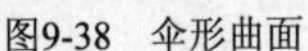

图9-38 伞形曲面

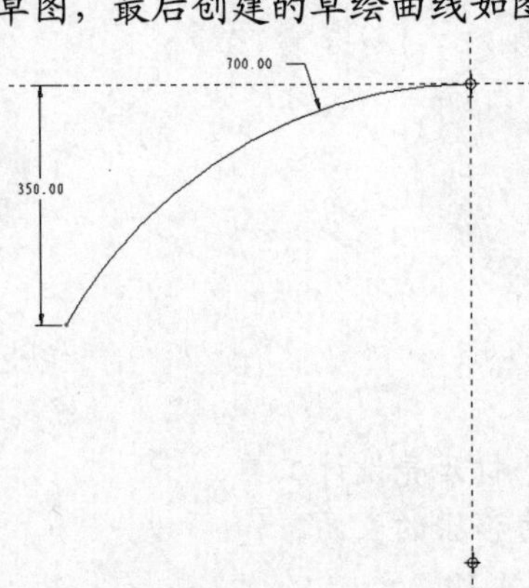

图9-39 绘制曲线草图

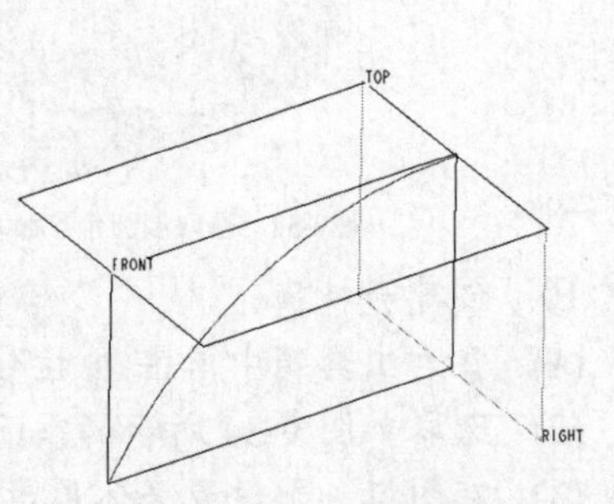

图9-40 创建的基准曲线

3. 新建基准平面。经过上一步新建基准曲线的上端点创建与基准平面 TOP 平行的基准平面 DTM1，参数设置如图 9-41 所示，结果如图 9-42 所示。

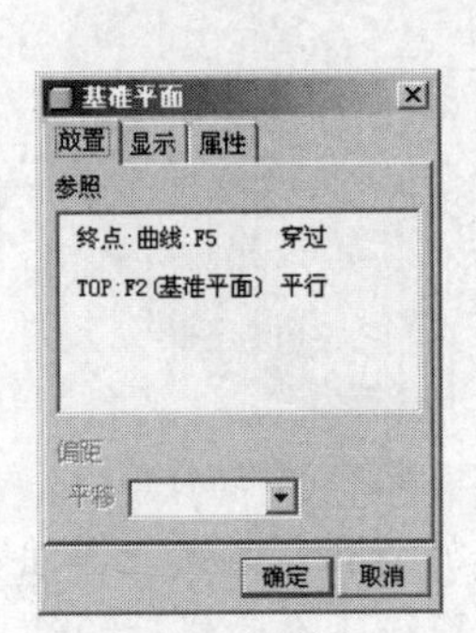

图9-41 参数设置

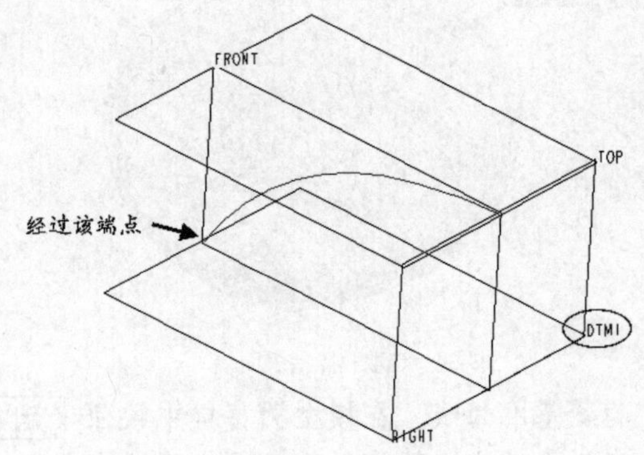

图9-42 新建基准平面

4. 创建基准轴线。过基准平面 RIGHT 和 FRONT 交线创建基准轴 A_1，如图 9-43 所示。

5. 旋转复制曲线。将上一步创建的草绘曲线绕轴线 A_1 旋转 45°，结果如图 9-44 所示。

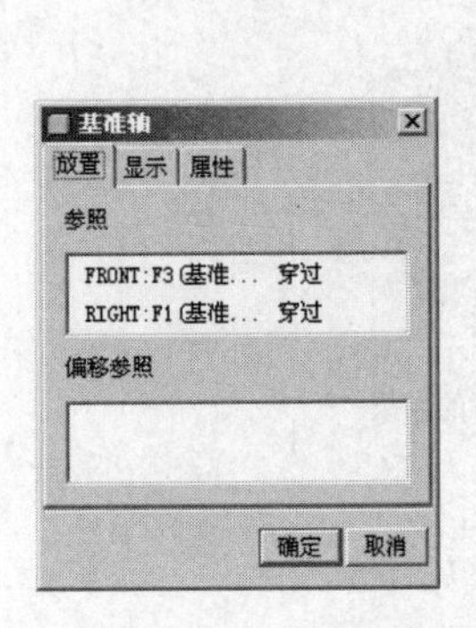

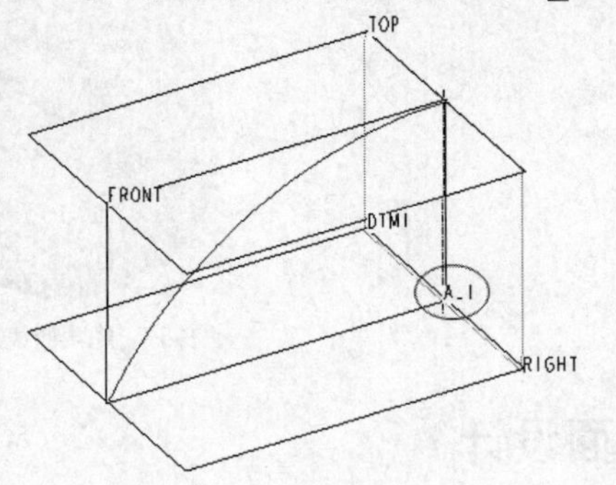

图9-43 新建基准轴

图9-44 旋转复制曲线

6. 创建草绘曲线 2。

(1) 选取基准平面 DTM1 作为草绘平面。

(2) 按照图 9-45 所示绘制曲线草图，最后创建的草绘曲线如图 9-46 所示。

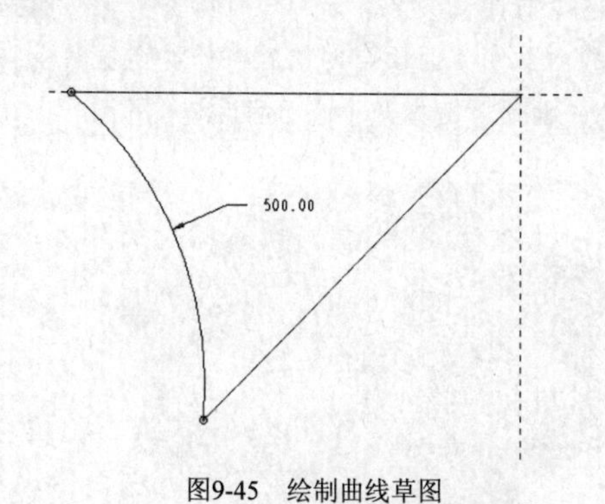

图9-45 绘制曲线草图

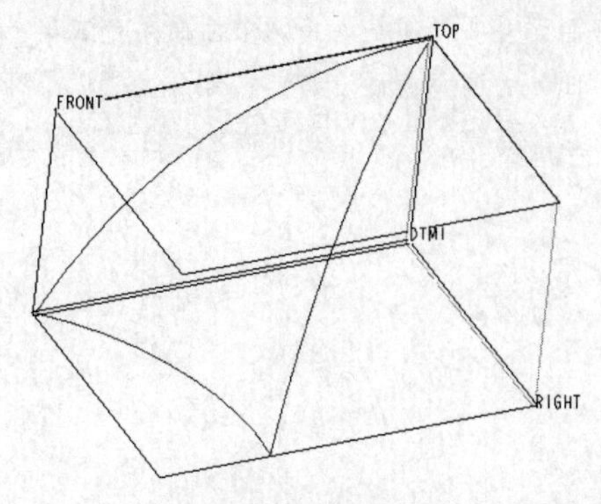

图9-46 最后创建的曲线

在绘制曲线草图时，圆弧的两个端点必须与已绘草绘曲线 1 以及复制曲线的端点对齐。为了方便设计，可以使用□工具选中两条已有曲线绘制参考曲线，以便于捕捉曲线端点。曲线草图绘制完毕后，再删除参考曲线，如图 9-47 所示。

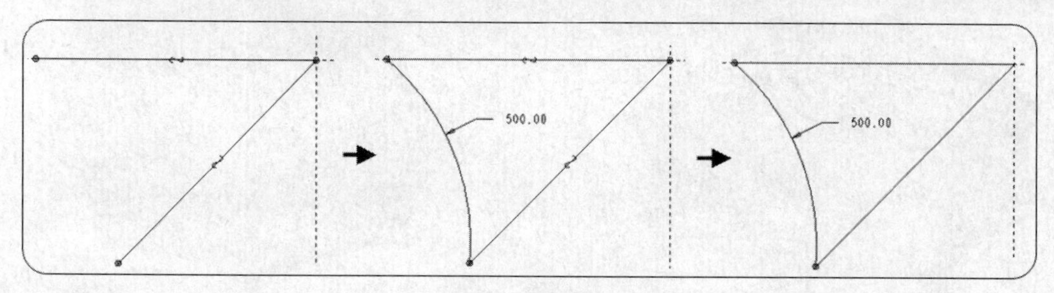

图9-47 曲线绘制要领

7. 创建边界混合曲面。
(1) 按照图 9-48 所示选取第 1 方向边界曲线。
(2) 按照图 9-49 所示选取第 2 方向边界曲线，最后创建的曲面如图 9-50 所示。

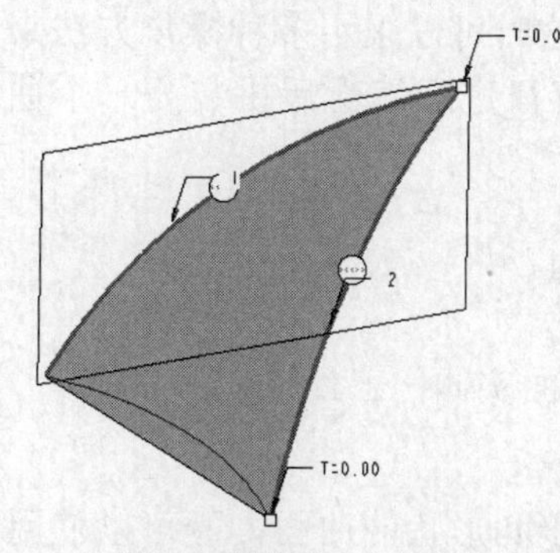

图9-48 选取第 1 方向曲线

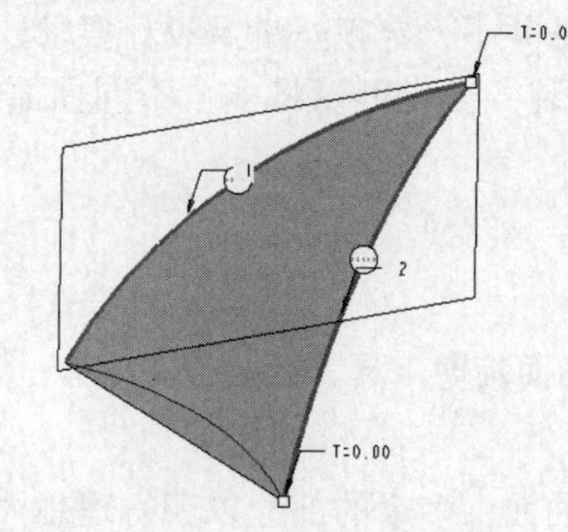

图9-49 选取第 2 方向曲线

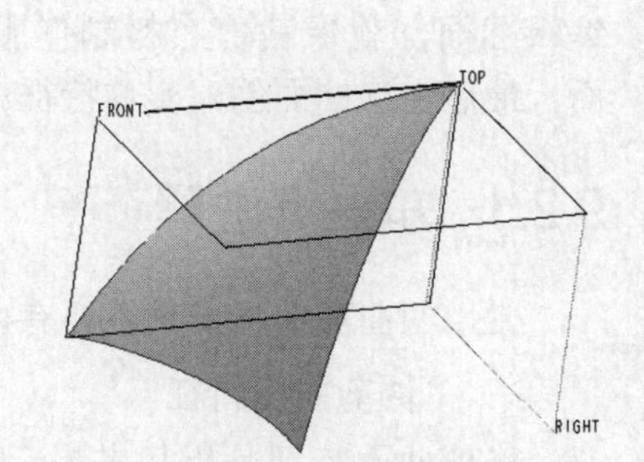

图9-50 最后创建的曲面

8. 阵列曲面。选取新建曲面为阵列对象。
9. 选用轴阵列方式，选取如图 9-51 所示的轴线作为参照，阵列角度为 360.00，阵列特征总数为 8，阵列结果如图 9-52 所示。
10. 合并曲面。
(1) 任意选取两个相邻曲面，在右工具箱上单击按钮，打开曲面合并工具。
(2) 此时的设计效果如图 9-53 所示，单击鼠标中键完成合并操作。

要点提示 曲面合并操作是指将两个曲面整合成单一曲面，如果两个曲面有交叉部分，还将剪去多余曲面侧。此处的两个曲面没有交叉部分，所以不需要确定裁剪的曲面侧。曲面合并前后在外观上虽然没有明显的变化，但是合并前的 8 个独立曲面在合并后成为单一曲面，这方便了曲面的后续操作。

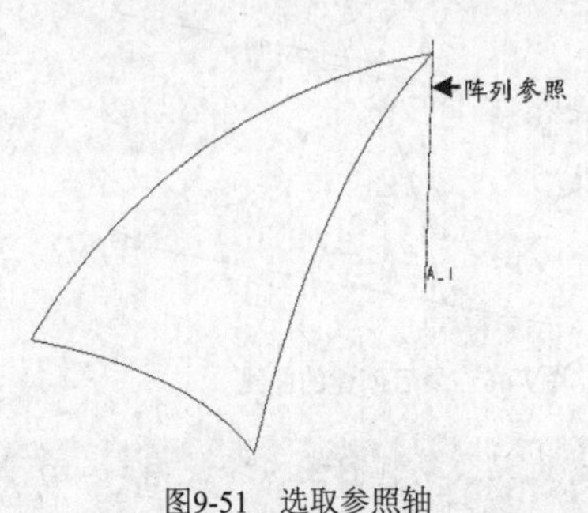

图9-51　选取参照轴

图9-52　阵列结果

(3) 将已经合并的曲面依次与相邻曲面合并，直到全部曲面合并完成，如图 9-54 所示。

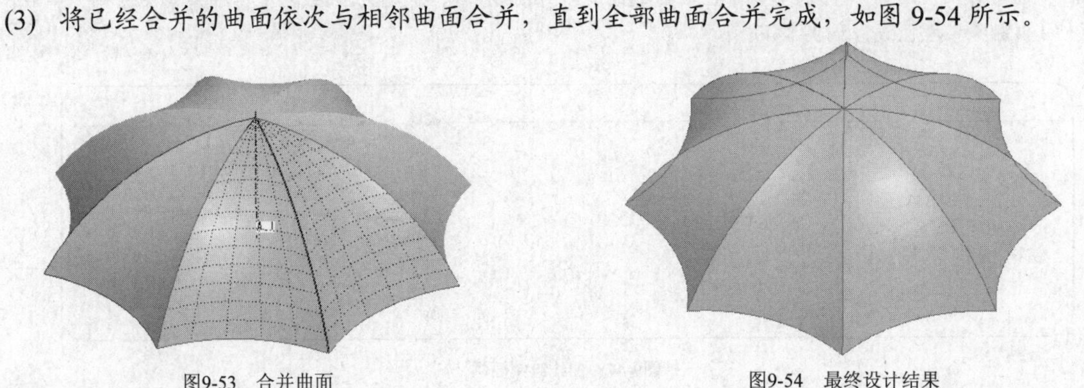

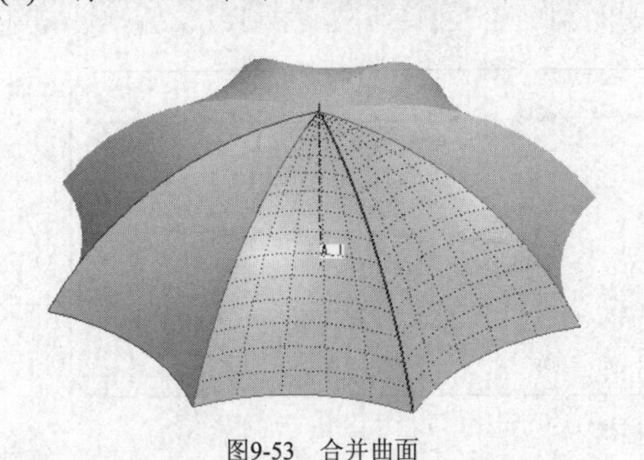

图9-53　合并曲面

图9-54　最终设计结果

9.2 编辑曲面特征

使用各种方法创建的曲面特征并不一定正好满足设计要求，这时可以采用多种操作方法来编辑曲面，就像裁剪布料制作服装一样，可以将多个不同曲面特征进行编辑后拼装为一个曲面，最后由该曲面创建实体特征。

9.2.1 知识点讲解

常用的曲面编辑工具主要有曲面裁剪工具、曲面合并工具、曲面实体化工具等。

一、 修剪曲面特征

修剪曲面特征是指裁去指定曲面上多余的部分以获得理想大小和形状的曲面，既可以使用已有基准平面、基准曲线或曲面来修剪，也可以使用拉伸、旋转等三维建模方法来修剪。选取需要修剪的曲面特征，选择菜单命令【编辑】/【修剪】，或在右工具箱中单击按钮，都可以选中曲面修剪工具。

(1) 使用基准平面作为修剪工具

如图 9-55 所示，选取被修剪的曲面特征，选取基准平面 FRONT 作为修剪对象，确定这两项内容后，系统使用一个黄色箭头指示修剪后保留的曲面侧，另一侧将会被裁去，单击图标板上的按钮可以调整箭头的指向以改变保留的曲面侧。

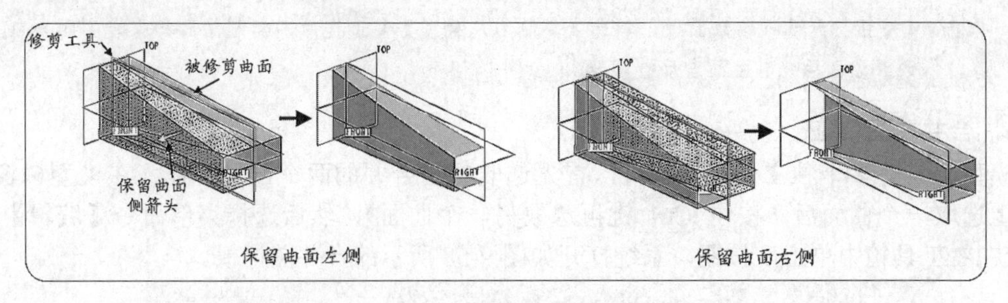

图9-55 使用基准平面修剪

(2) 使用一个曲面修剪另一个曲面

用户可以使用一个曲面修剪另一个曲面，这时要求被修剪曲面能够被修剪曲面严格分割开，如图 9-56 所示。进行曲面修剪时，用户可以单击图标板上的按钮，调整保留曲面侧以获得不同的结果。

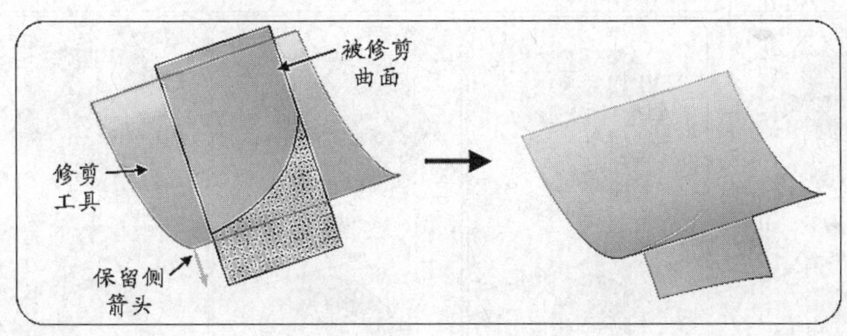

图9-56 使用曲面修剪

二、 复制曲面特征

使用曲面复制的方法也可以创建已有曲面的副本。系统提供了多种曲面复制方法，用户在设计时可以根据设计需要进行选取。

(1) 基本复制操作

选取曲面特征后，选择菜单命令【编辑】/【复制】，或在上工具箱中单击按钮，或者使用快捷键 Ctrl+C 都可以启用曲面复制工具。

复制完曲面后，选择菜单命令【编辑】/【粘贴】，或在上工具箱中单击按钮，或者使用快捷键 Ctrl+V 启用粘贴工具，即可创建复制特征，复制生成的曲面和原曲面完全重叠。

(2) 镜像复制曲面特征

选取曲面特征后，选择菜单命令【编辑】/【镜像】，或在右工具箱中单击按钮，都可以选中镜像复制工具。单击图标板上的参照按钮打开参数面板，在【镜像平面】列表框中指定基准平面或实体表面作为镜像参照即可创建复制结果，如图 9-57 所示。

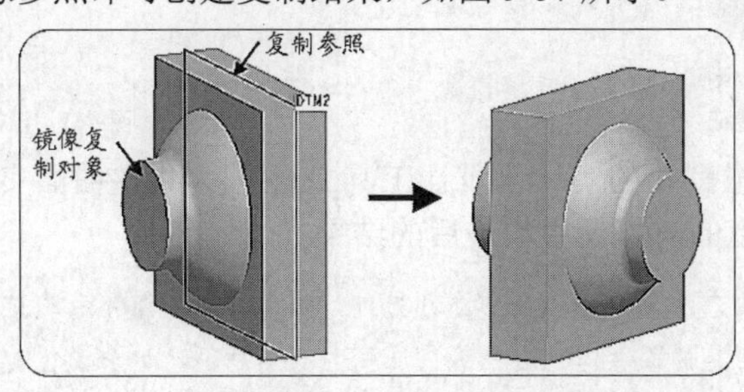

图9-57 复制曲面

单击选项按钮打开选项参数面板，勾选【复制为从属项】复选框后，复制曲面和原始曲面具有主从关系，修改源曲面后复制曲面自动被修改。

三、 合并曲面特征

当模型上具有多个独立曲面特征时，首先选取参与合并的两个曲面特征（在模型树窗口或者模型上选取一个曲面后，按住 Ctrl 键再选取另一个曲面），然后选择菜单命令【编辑】/【合并】，或在右工具箱中单击按钮，系统打开如图 9-58 所示的合并图标板。

图9-58 合并图标板

在图标板上有两个按钮，分别用来确定合并曲面时每一曲面上保留的曲面侧。

在图 9-59 中，选取合并的两个相交曲面后，分别单击两个按钮调整保留的曲面侧，系统用黄色箭头指示要保留的曲面侧，可以获得 4 种不同的设计结果。

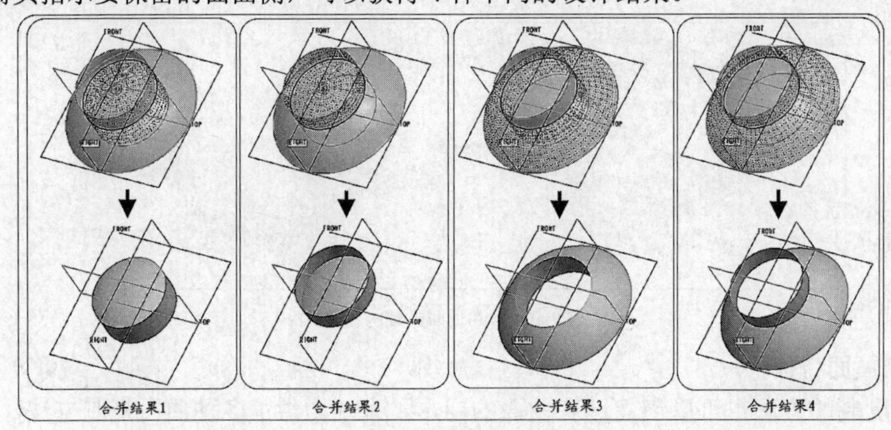

图9-59 不同合并结果

四、 曲面的实体化操作

曲面特征的重要用途之一就是由曲面围成实体特征的表面，然后将曲面实体化，这也是现代设计中对复杂外观结构的产品进行造型设计的重要手段。

图 9-60 所示的曲面特征是由 6 个独立的曲面特征经过 5 次合并后围成的闭合曲面。选取该曲面后，选择菜单命令【编辑】/【实体化】，打开如图 9-62 所示的设计图标板。

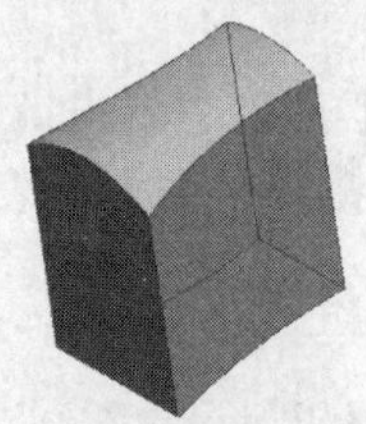

图9-60 曲面特征

图9-61 设计图标板

通常情况下，系统选取默认的实体化设计工具，因为将该曲面实体化生成的结果唯一，因此可以直接单击图标板上的按钮生成最后的结果。

这种将曲面实体化的方法只适合闭合曲面。另外，虽然曲面实体化后的结果和实体前的曲面在外形上没有多大的区别，但是曲面实体化后已经彻底变为实体特征，这个变化是质变，这样所有实体特征的基本操作都适用于该特征。

对于位于实体模型外部的曲面，如果曲面边界全部位于实体特征外表面或内部，可以在曲面内填充实体材料构建实体特征，如图 9-62 所示。

对于位于实体模型内部的曲面，如果曲面边界全部位于实体特征外表面或外部，可以切除曲面对应部分的实体材料，如图 9-63 所示。

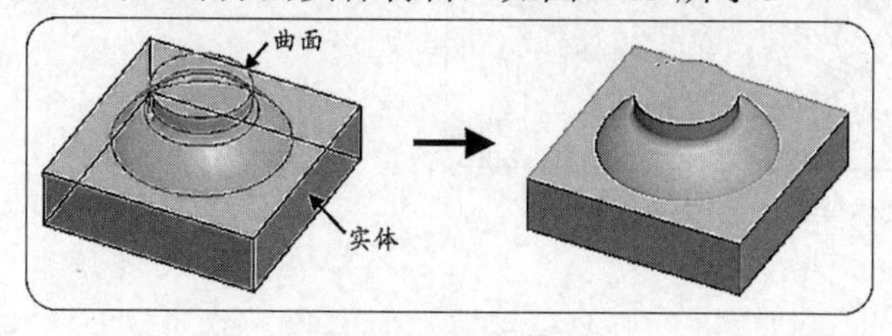

图9-62 填充实体材料

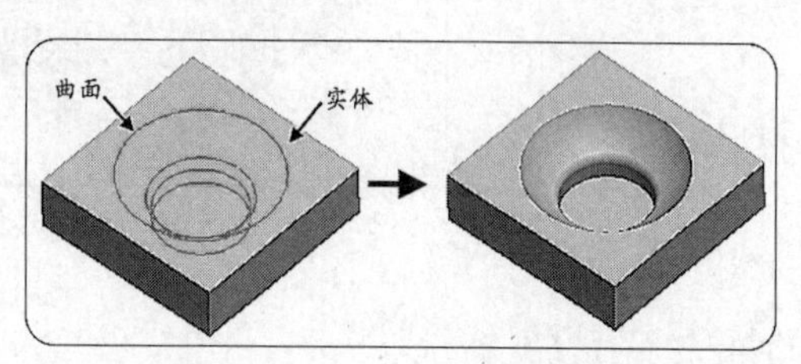

图9-63 切除实体材料

五、 曲面的加厚操作

除了使用曲面构建实体特征外，还可以使用曲面构建薄板特征。构建薄板特征时，对曲面的要求相对宽松得多。选取曲面特征后，选择菜单命令【编辑】/【加厚】，系统弹出如图 9-64 所示的加厚设计图标板。

图9-64 加厚设计图标板

使用图标板上默认的工具可以加厚任意曲面，在图标板上的文本框中输入加厚厚度，黄色箭头指示加厚方向，单击按钮可以调整加厚方向。如图 9-65 所示。

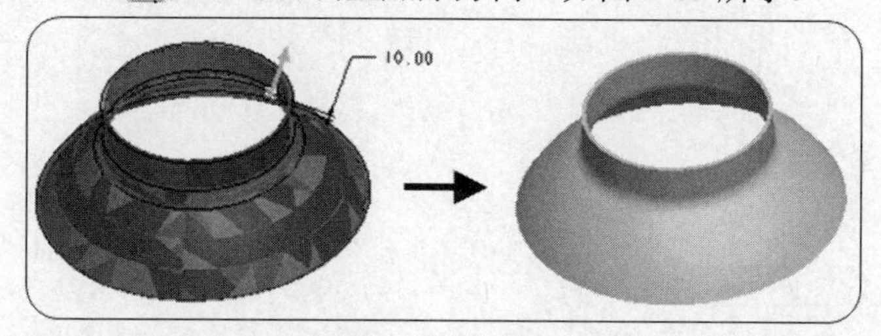

图9-65 加厚曲面

选取实体特征内部的曲面特征后，选择菜单命令【编辑】/【加厚】，打开设计工具。在图标板上单击按钮，可以在实体内部进行薄板修剪。系统用箭头指示薄板修剪的方向，单击按钮可以改变该方向，设置修剪厚度后，即可获得修剪结果，如图 9-66 所示。

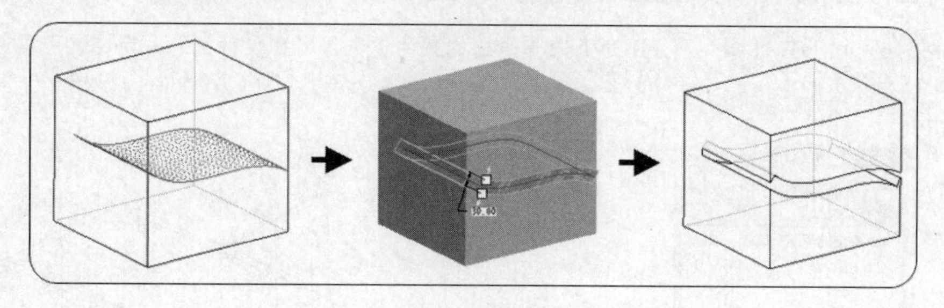

图9-66 修剪薄板

9.2.2 范例解析——壳体设计

下面结合范例说明曲面编辑的原理和一般过程，最后创建的模型如图 9-67 所示。

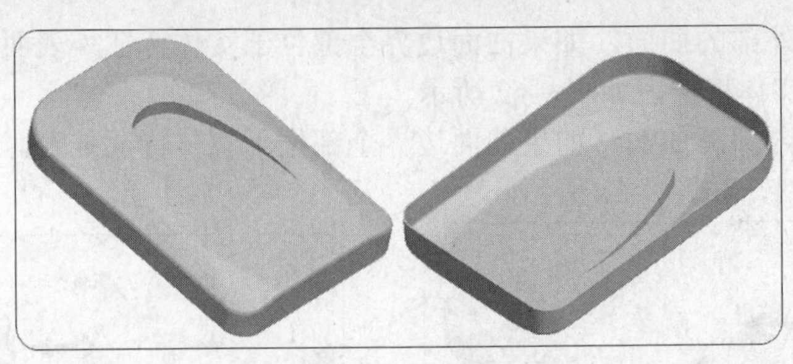

图9-67 壳体模型

范例操作

1. 新建零件文件。新建名为“plate”的零件文件，随后进入三维设计环境。
2. 创建草绘曲线 1。
(1) 在右工具箱中单击按钮，打开草绘曲线工具。
(2) 选取基准平面 TOP 作为草绘平面，随后进入草绘模式。
(3) 绘制如图 9-68 所示的截面图，最后创建的草绘曲线如图 9-69 所示。

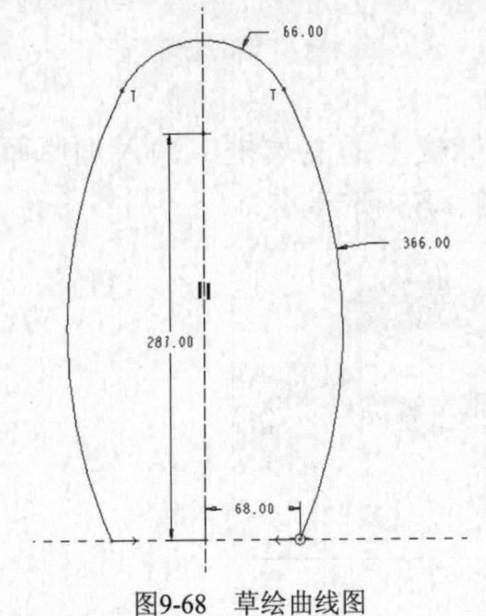

图9-68 草绘曲线图

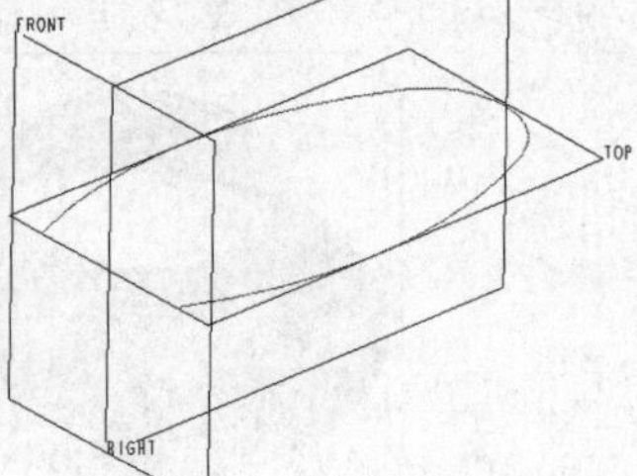

图9-69 最后创建的基准曲线

3. 新建基准平面 DTM1。
(1) 在右工具箱中单击按钮，打开基准平面工具。
(2) 将基准平面 TOP 向下平移 15.00 新建基准平面 DTM1，如图 9-70 所示。

要点提示 新建基准平面 DTM1 时，将 FRONT 向下平移的距离参数可以在设计完成后通过编辑定义该特征来修改，从而改变设计结果。这也是参数化模型的重要特点之一。

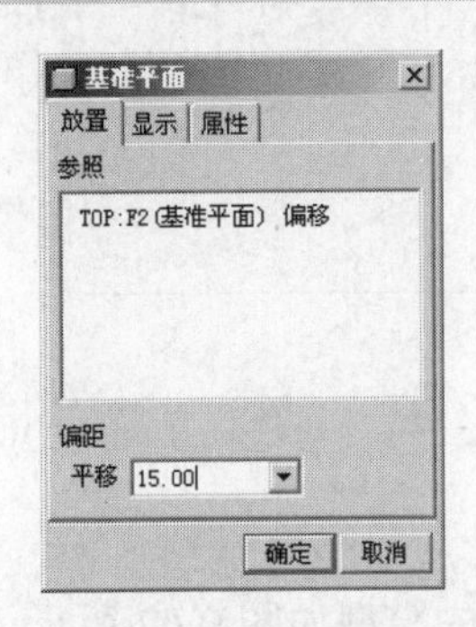

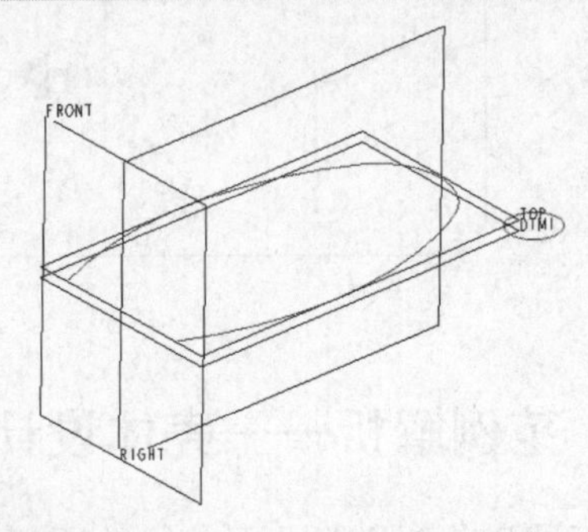

图9-70 新建基准平面

4. 创建草绘曲线 2。

(1) 在右工具箱中单击按钮，打开草绘曲线工具。

(2) 选取基准平面 DTM1 作为草绘平面，随后进入草绘模式。

(3) 绘制如图 9-71 所示的截面图，最后创建的草绘曲线如图 9-72 所示。

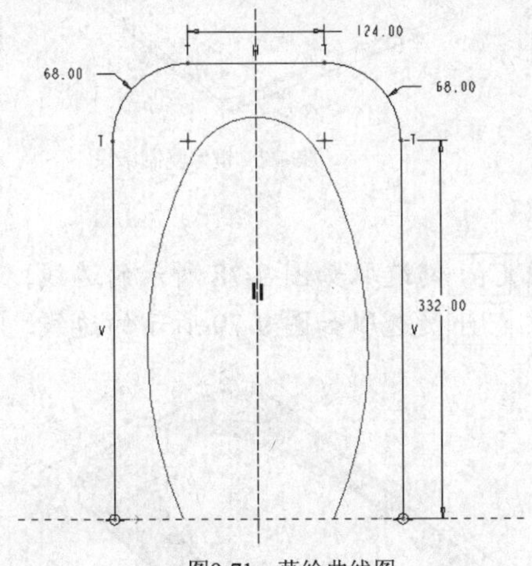

图9-71 草绘曲线图

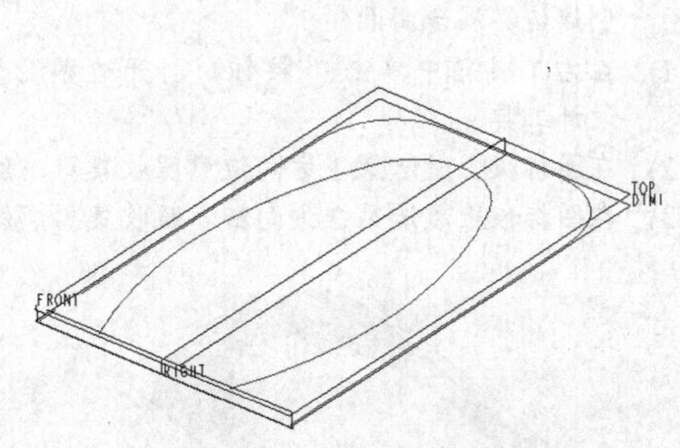

图9-72 最后创建的基准曲线

5. 创建草绘曲线 3。

(1) 在右工具箱中单击按钮，打开草绘曲线工具。

(2) 选取基准平面 FRONT 作为草绘平面，随后进入草绘模式。

(3) 捕捉两曲线端点，绘制如图 9-73 所示的截面图，最后创建的草绘曲线如图 9-74 所示。

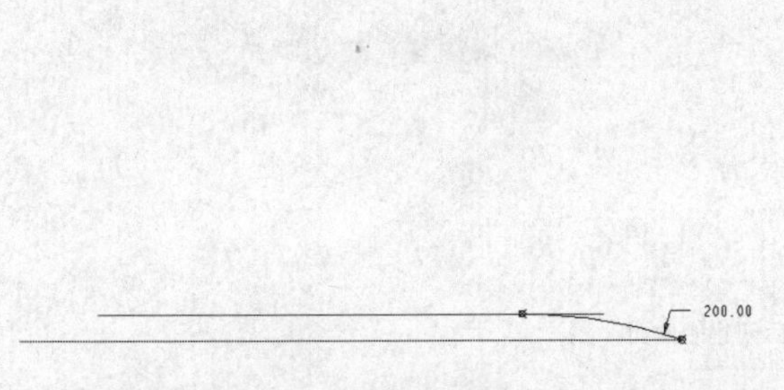

图9-73 草绘曲线图

图9-74 最后创建的基准曲线

6. 创建基准曲线。

(1) 在右工具箱中单击按钮，打开基准曲线工具。

(2) 在【曲线选项】菜单中选择【经过点】和【完成】两个选项。

(3) 选取如图 9-75 所示的点 1 和点 2 作为参照，两次单击鼠标中键创建基准曲线，结果如图 9-76 所示。

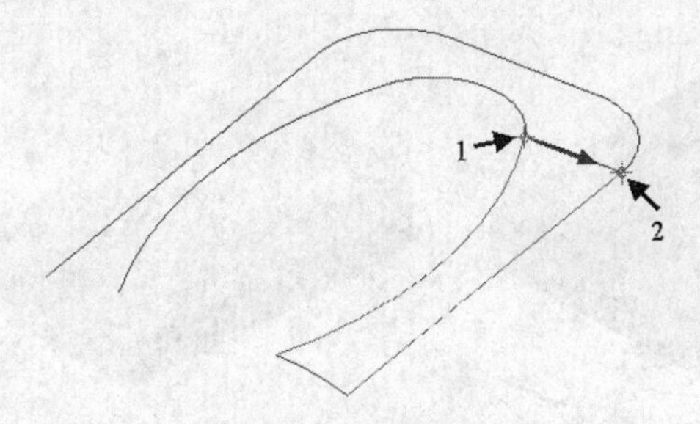

图9-75 选取基准点

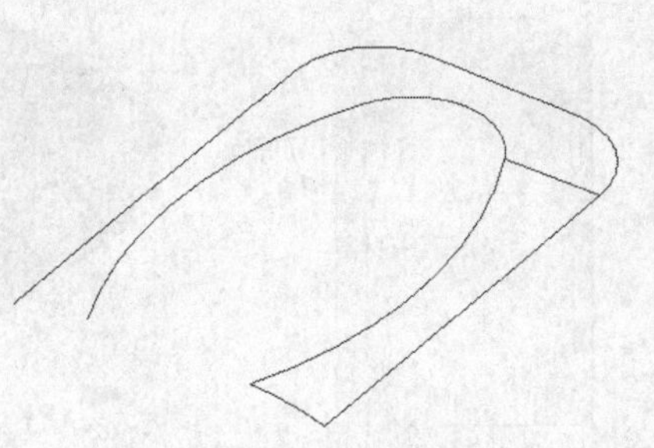

图9-76 最后创建的基准曲线

7. 镜像复制曲线。

(1) 按住 Ctrl 键选取草绘曲线 3 和上一步创建的基准曲线为复制对象，然后单击按钮打开镜像辅助工具。

(2) 选取基准平面 RIGHT 作为复制参照，复制结果如图 9-77 所示。

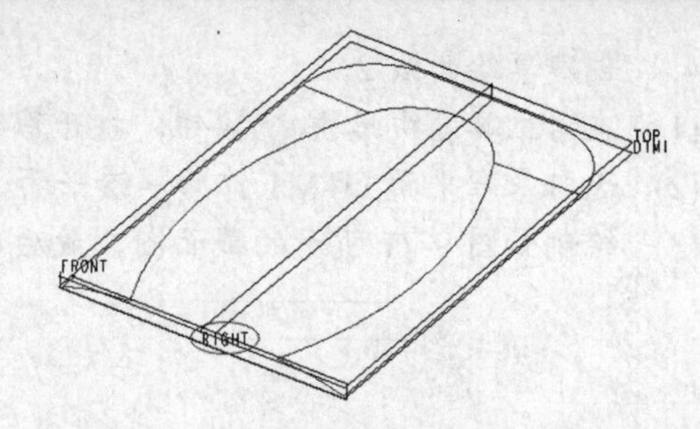

图9-77 镜像复制结果

8. 创建边界混合曲面。

(1) 在右工具箱中单击按钮，打开边界混合曲面设计工具。

(2) 在图标板上激活第 1 方向链参照收集器，然后按住 Ctrl 键选取如图 9-78 所示的边线。

(3) 在图标板上激活第 2 方向链参照收集器，然后按住 Ctrl 键选取如图 9-79 所示的边线。

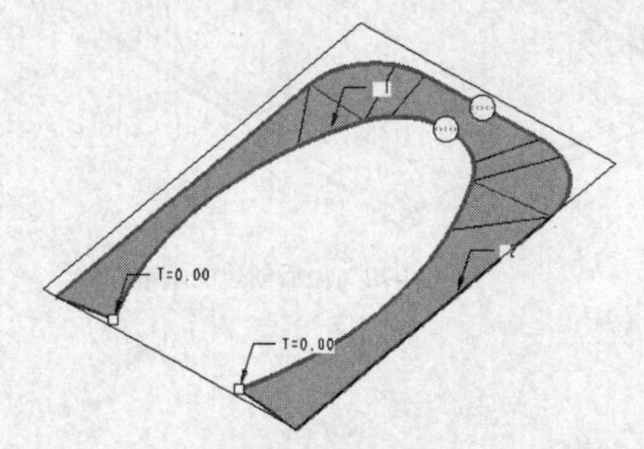

图9-78 选取第 1 方向链参照

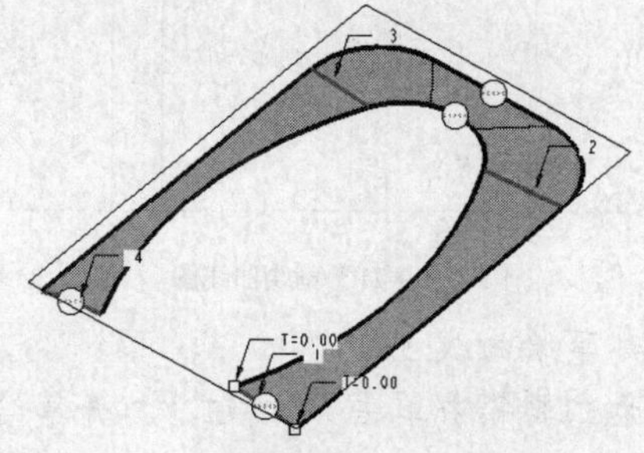

图9-79 选取第 2 方向链参照

(4) 单击鼠标中键创建边界混合曲面，结果如图 9-80 所示。

图9-80 最后创建的曲面

9. 创建拉伸实体特征。

(1) 在右工具箱中单击按钮，打开设计图标板。

(2) 选取基准平面 TOP 作为草绘平面，然后单击鼠标中键进入二维绘图环境。

(3) 使用工具绘制如图 9-81 所示的拉伸截面图，随后退出绘图环境。

(4) 单击指示特征方向的箭头使之指向曲面，如图 9-82 所示。

(5) 设置特征深度为 50.00，最后创建的拉伸模型如图 9-83 所示。

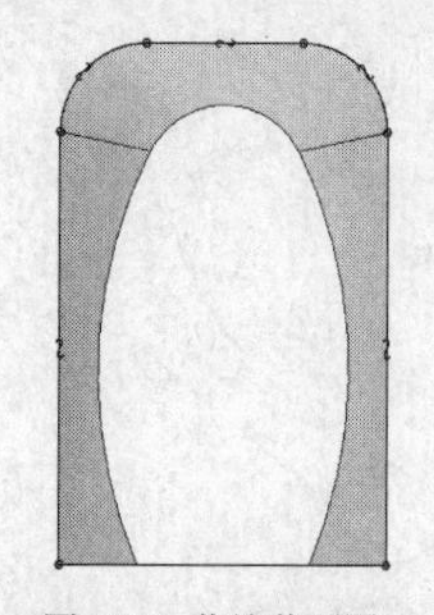

图9-81 草绘截面图

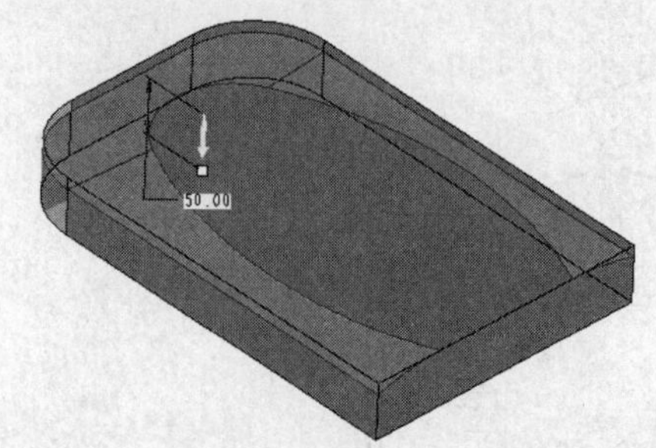

图9-82 调整特征方向

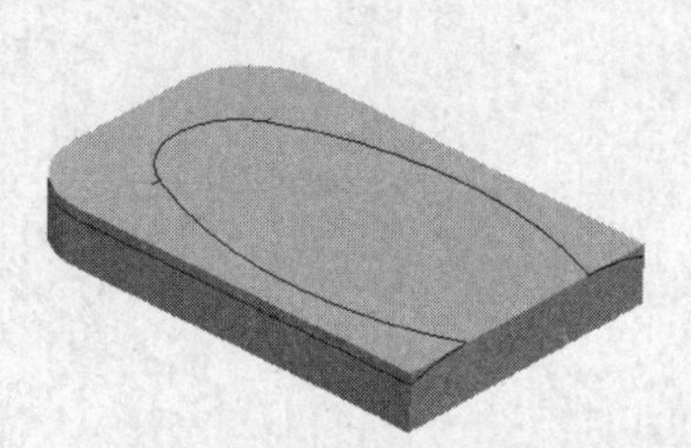

图9-83 拉伸模型

10. 曲面实体化。

(1) 选中上一步创建的曲面特征，然后选择菜单命令【编辑】/【实体化】，打开曲面实体化工具。

(2) 在图标板上按下按钮，使用曲面创建减材料特征。

(3) 单击模型上指示切剪材料侧的箭头使之指向上部，表示去除曲面上部的材料，如图 9-84 所示。单击鼠标中键，切剪后的实体模型如图 9-85 所示。

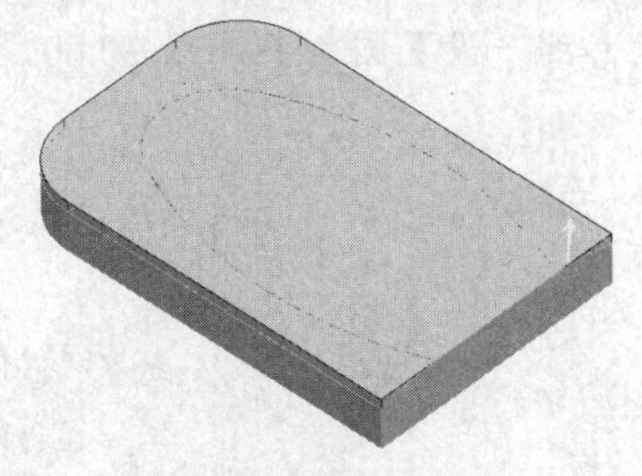

图9-84 确定特征方向

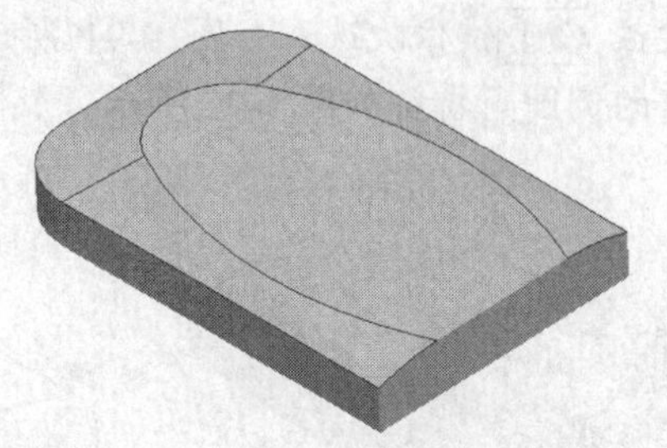

图9-85 实体化结果

11. 新建基准平面 DTM2。

(1) 在右工具箱中单击按钮，打开基准平面工具。

(2) 将基准平面 FRONT 向模型中部平移 110.00 新建基准平面 DTM2，如图 9-86 所示。

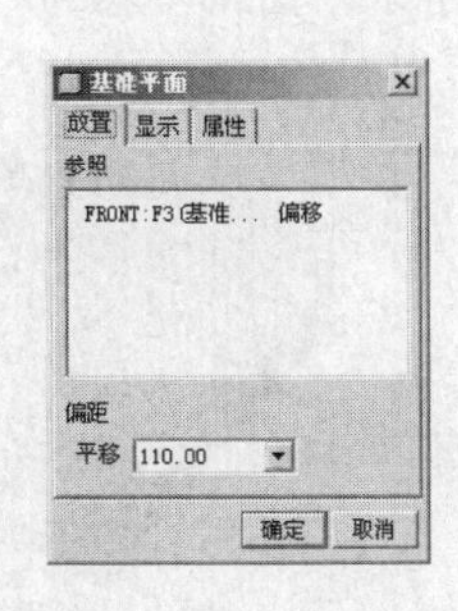

图9-86 新建基准平面

12. 创建拔模特征。

(1) 在右工具箱中单击按钮，打开拔模工具。

(2) 在图标板左上角单击参照按钮，打开上滑参数面板，激活【拔模曲面】收集器，然后选取如图 9-87 所示的表面作为拔模曲面。

(3) 激活【拔模枢轴】收集器，然后选取基准平面 DTM2 作为拔模枢轴。

(4) 在图标板左上角单击分割按钮，打开上滑参数面板。在【分割选项】下拉列表中选择【根据分割对象分割】选项。

(5) 单击定义...按钮，选取基准平面 TOP 作为草绘平面，按照如图 9-88 所示绘制分割区域。

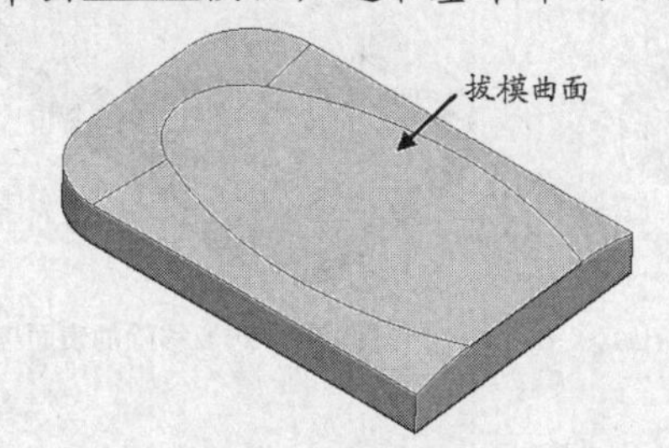

图9-87 选取拔模曲面

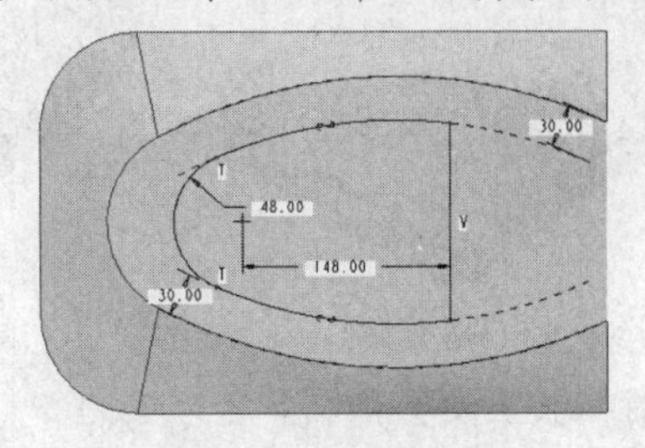

图9-88 绘制分割区域

(6) 继续在【分割】上滑面板底部的【侧选项】下拉列表中选择【独立拔模侧】选项。

(7) 在图标板上第 1 个角度文本框中输入 0.00，表示在拔模枢轴右侧不创建拔模特征。

(8) 在图标板上第 1 个角度文本框中输入 6.00，表示在拔模枢轴左侧草绘分割区域内创建拔模特征。单击文本框右侧的按钮使拔模特征具有减材料属性，如图 9-89 所示。

(9) 单击鼠标中键创建拔模特征，如图 9-90 所示。

13. 创建倒圆角特征。

(1) 在右工具箱中单击按钮，打开倒圆角工具。

(2) 按住 Ctrl 键依次选取如图 9-91 所示的边线作为圆角参照，设置圆角半径为 30.00，最后创建的倒圆角特征如图 9-92 所示。

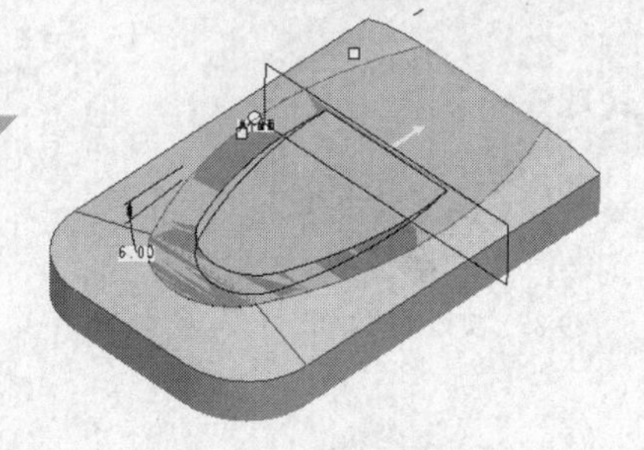

图9-89 调整拔模熟悉

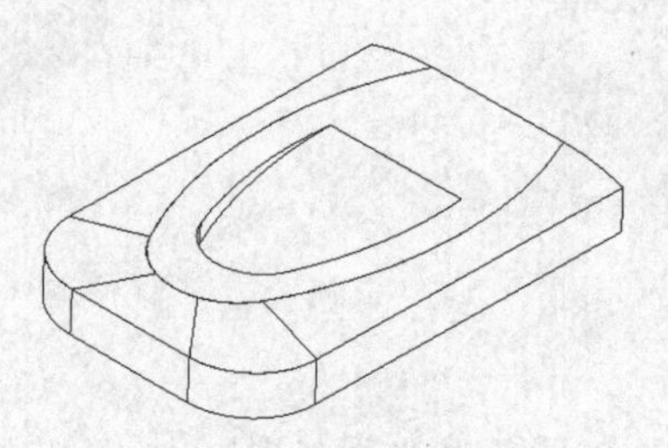

图9-90 拔模结果

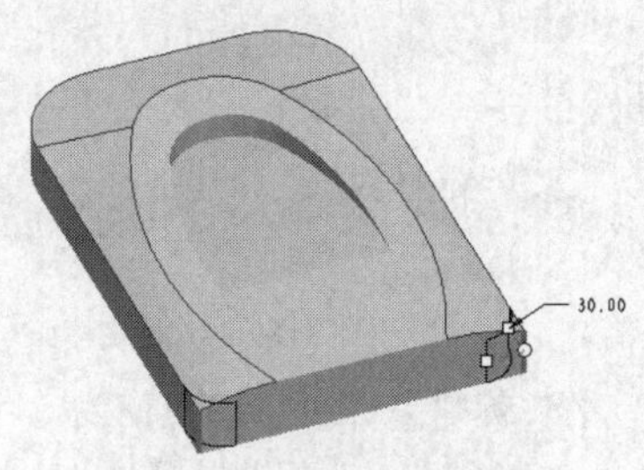

图9-91 选取倒圆角参照（1）

(3) 继续打开倒圆角工具创建倒圆角特征，圆角参照如图 9-93 所示，圆角半径为 20.00，最后创建的倒圆角结果如图 9-94 所示。

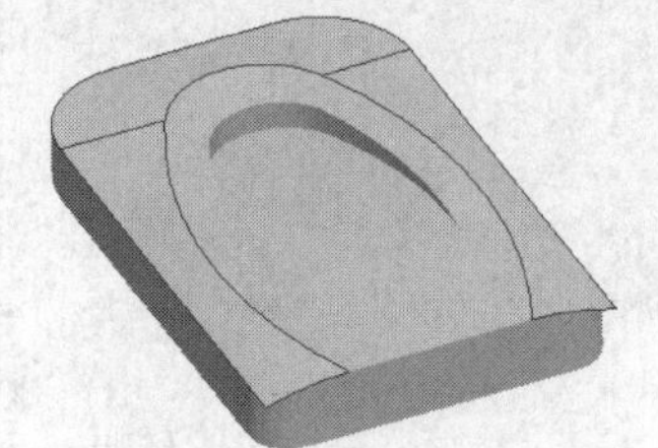

图9-92 倒圆角结果（1）

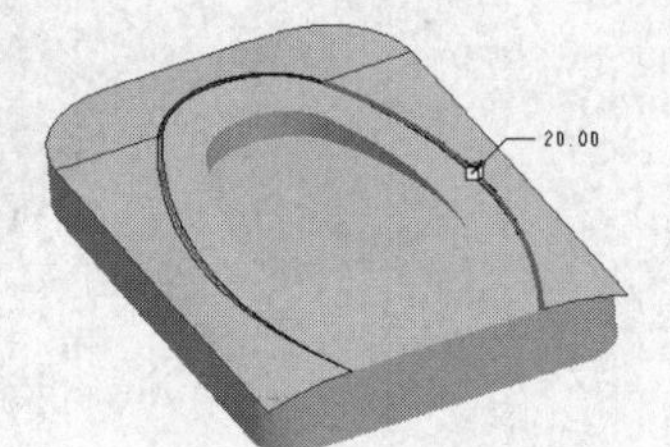

图9-93 选取倒圆角参照（2）

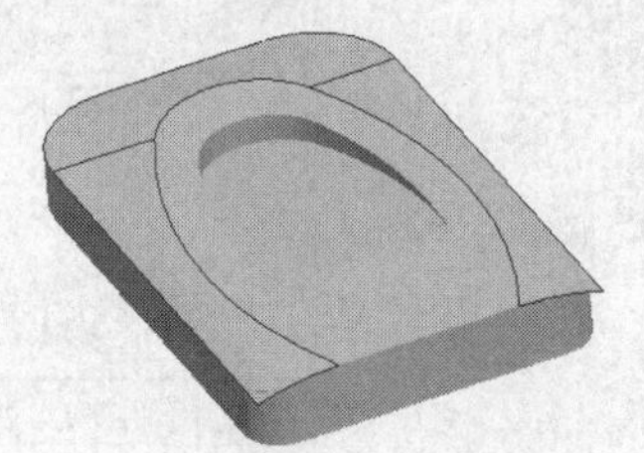

图9-94 倒圆角结果（2）

(4) 继续打开倒圆角工具创建倒圆角特征，圆角参照如图 9-95 所示，圆角半径为 6.00，最后创建的倒圆角结果如图 9-96 所示。

14. 创建壳特征。

(1) 在右工具箱中单击按钮，打开壳设计工具。

(2) 选取如图 9-97 所示的平面为移除的表面。

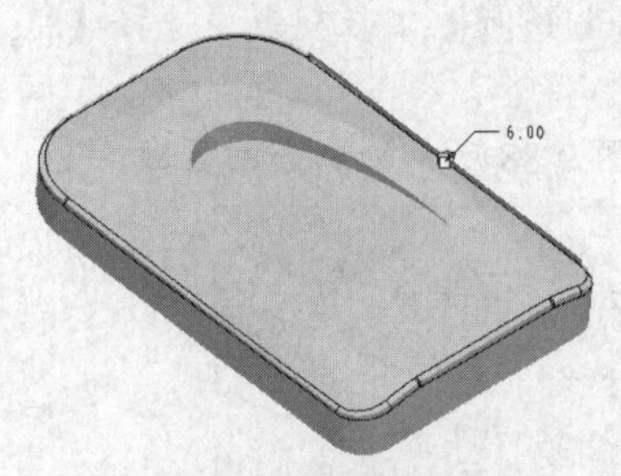

图9-95 选取倒圆角参照（3）

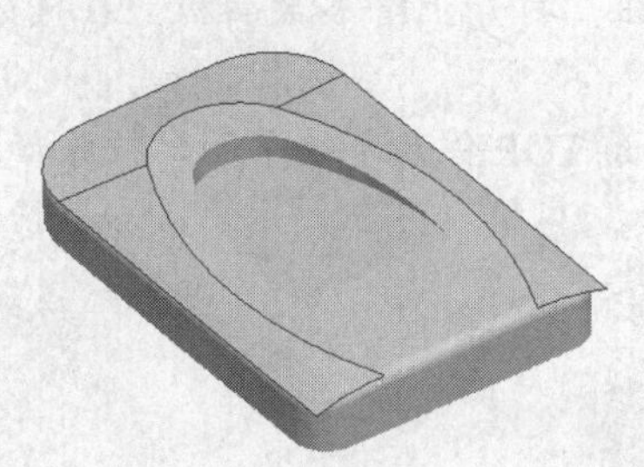

图9-96 倒圆角结果（3）

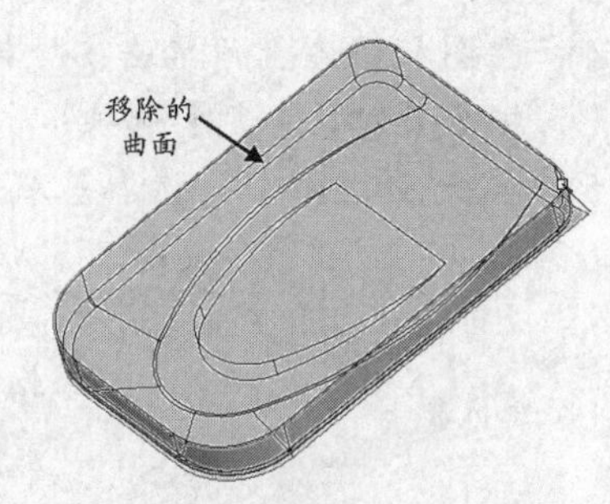

图9-97 选取移除的表面

(3) 在图标板上设置壳体厚度为 2.00。

(4) 单击鼠标中键，最后创建的壳体如图 9-98 所示。

(5) 隐藏基准曲线和曲面后的结果如图 9-99 所示。

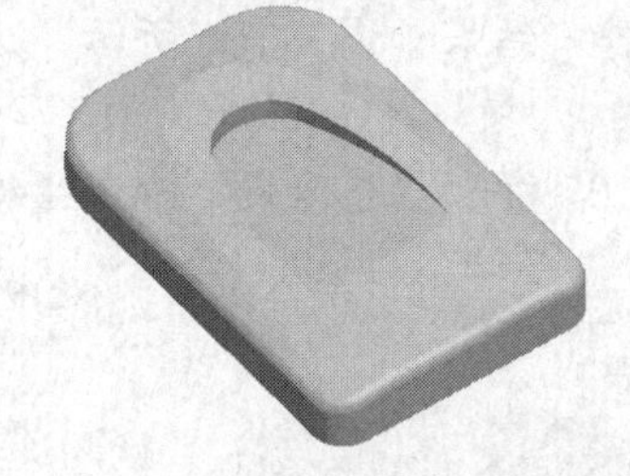

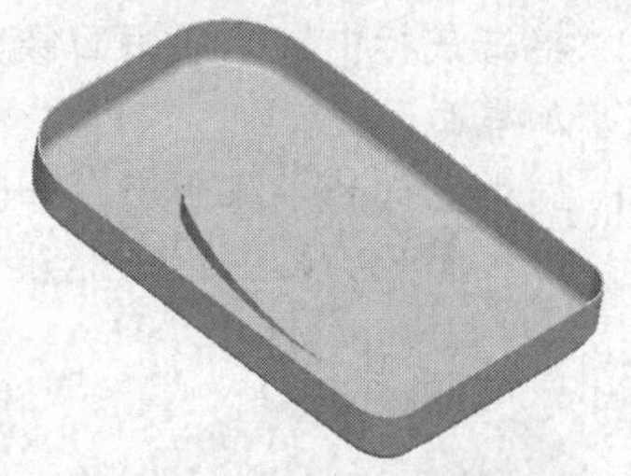

图9-98　创建的壳体　　　图9-99　最终设计结果

9.2.3 课堂练习——餐具设计

练习使用曲面设计和编辑方法创建如图 9-100 所示的餐具模型。

操作提示

1. 新建零件文件。新建名为“bowel”的零件文件。
2. 创建旋转曲面特征。

(1) 在右工具箱中单击按钮，打开设计图标板，按下按钮创建曲面特征。

(2) 选取基准平面 TOP 作为草绘平面。

(3) 按照图 9-101 所示绘制旋转截面图，最后创建的旋转曲面如图 9-102 所示。

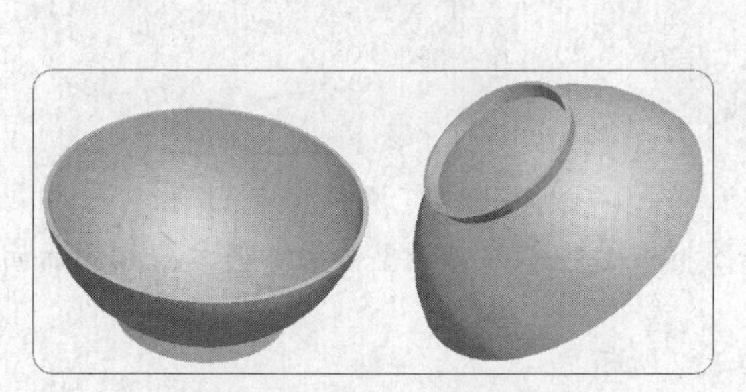

图9-100　餐具模型

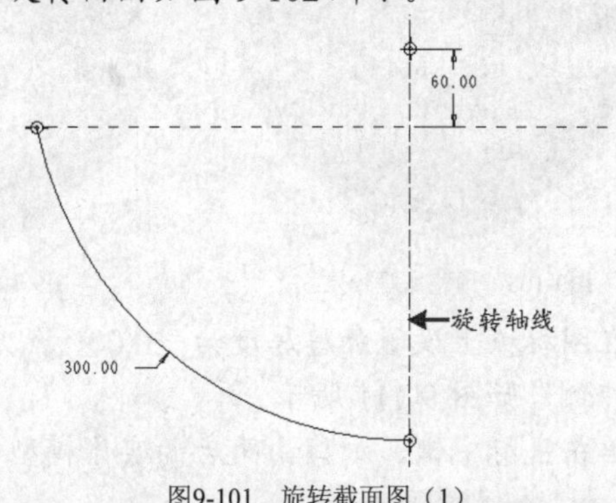

图9-101　旋转截面图（1）

3. 继续创建旋转曲面特征。

(1) 选取基准平面 TOP 作为草绘平面。

(2) 按照图 9-103 所示绘制旋转截面图，最后创建的旋转曲面如图 9-104 所示。

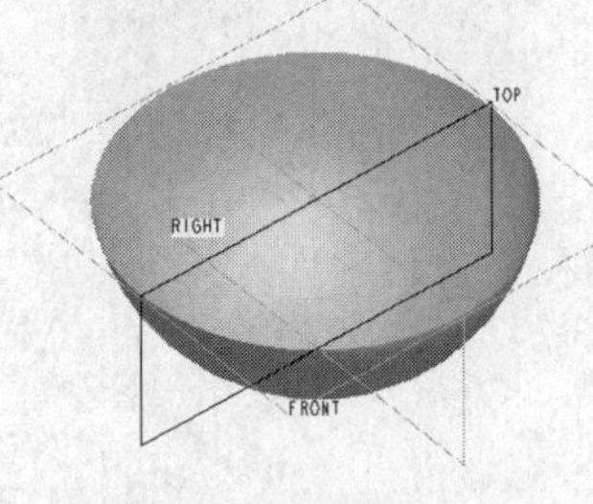

图9-102　旋转曲面（1）

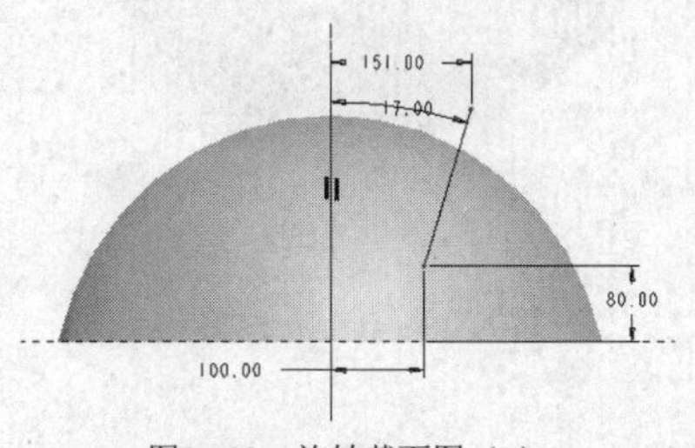

图9-103　旋转截面图（2）

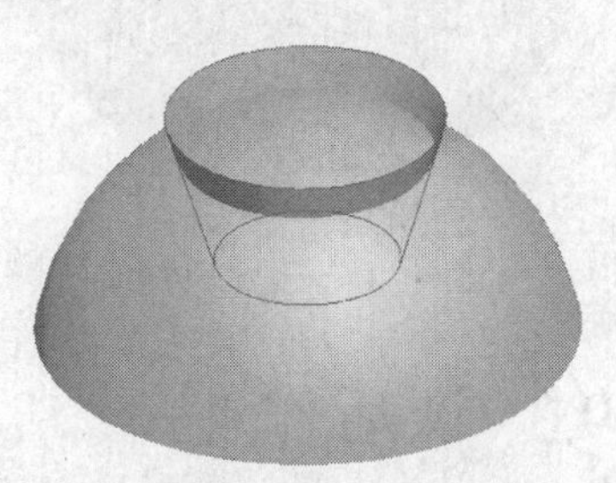

图9-104　旋转曲面（2）

4. 修剪曲面。

(1) 选取第 2 个旋转曲面为修剪对象，然后在右工具箱中单击按钮，打开曲面修剪工具。

(2) 选取第 1 个旋转曲面为修剪工具，接受默认的保留曲面侧为曲面下侧，如图 9-105 所示。

(3) 单击鼠标中键完成曲面修剪操作，结果如图 9-106 所示。

5. 加厚曲面。

(1) 选中上部的半球曲面，如图 9-107 所示，选择菜单命令【编辑】/【加厚】。

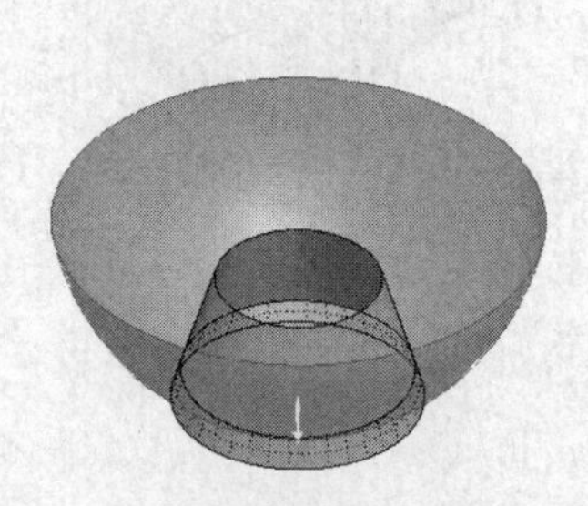

图9-105 确定保留曲面侧

图9-106 曲面修剪结果

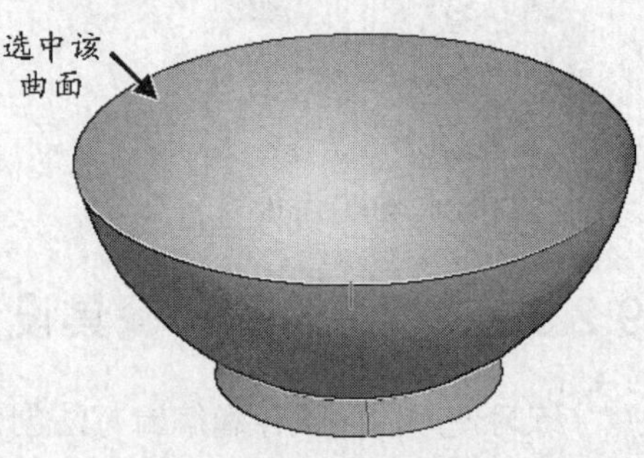

图9-107 选取加厚的曲面

(2) 在图标板上设置加厚厚度为 10.00，其余参数采用默认值，如图 9-108 所示。

(3) 单击鼠标中键，加厚曲面后的实体模型如图 1-109 所示。

(4) 选中下部曲面，如图 9-110 所示，选择菜单命令【编辑】/【加厚】启动曲面加厚工具。

图9-108 预览加厚效果

图9-109 加厚结果

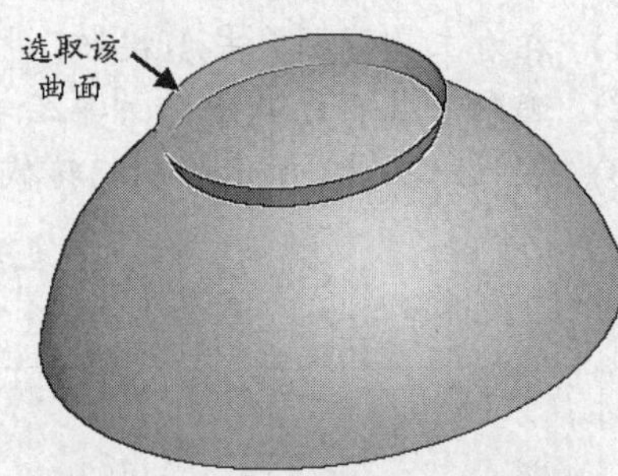

图9-110 选中曲面

(5) 在图标板上设置加厚厚度为 10.00，然后单击图标板上的 按钮调整曲面加厚方向指向曲面外侧，如图 9-111 所示。

(6) 单击鼠标中键，加厚曲面后的实体模型如图 9-112 所示。

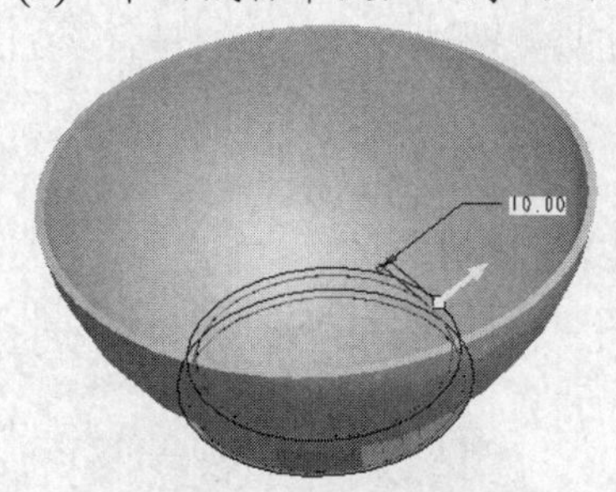

图9-111 调整加厚方向

图9-112 设计结果

9.3 课后作业

一、思考题

1. 曲面特征的草绘截面和实体特征的草绘截面有何异同？
2. 曲面合并时，为什么需要调整必要的方向参数？

3. 实体化操作时，对曲面的基本要求是什么？

二、操作题

1. 分析怎样使用如图 9-113 所示的一组曲线创建曲面特征。

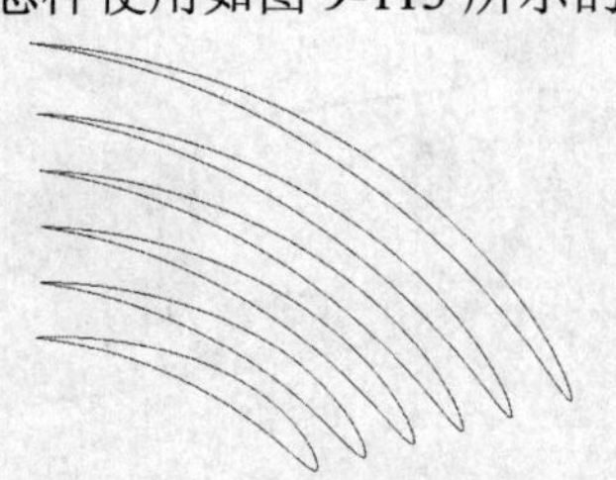

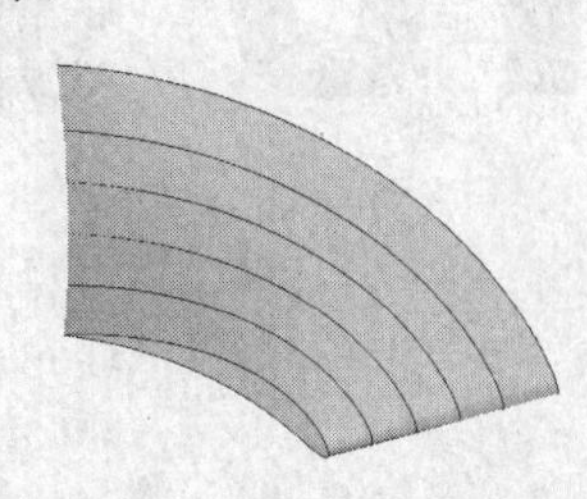

图9-113 创建曲面特征（1）

2. 选取恰当的方法完成如图 9-114 所示的曲面设计工作。

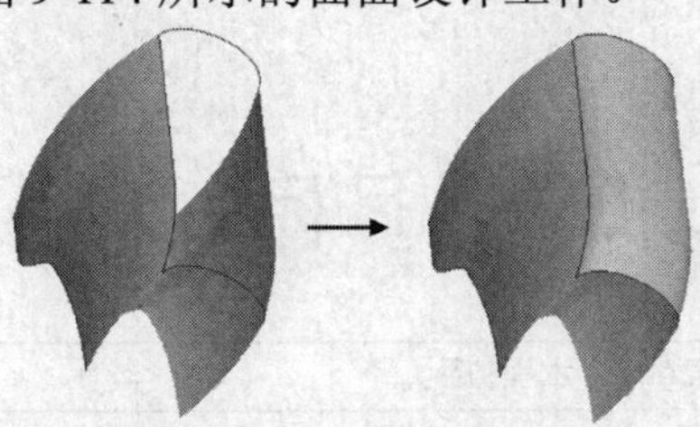

图9-114 创建曲面特征（2）

第10讲

三维建模综合训练

【学习目标】

- 进一步熟练掌握三维建模的基本原理。

- 掌握实体建模的基本技巧。

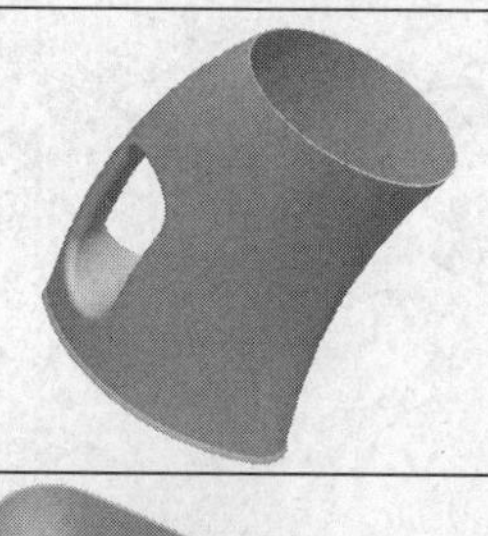

- 掌握曲面建模的基本技巧。

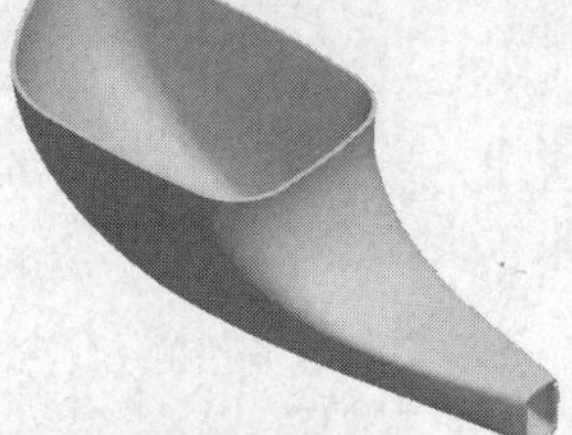

10.1 实体建模综合训练

实体模型具有两个重要的含义，一是具有实心结构，这与早期的线框模型和表面模型相对应；二是实体模型包含丰富的信息，如质量、体积、惯性距、承载能力以及动力学特性、运动学特性等。因此，实体模型广泛应用于现代产品设计中。

10.1.1 知识点讲解

在实体模型上可以方便地进行材料切割、穿孔等操作，是现代三维造型设计中的主要模型形式。使用各种三维设计软件创建的实体模型可以用于工业生产的各个领域，如 NC 加工、静力学和动力学分析、机械仿真、构建虚拟现实系统等。

使用 Pro/E 创建三维模型有两个原则：一是先零件后组件，也就是说首先使用零件模块创建零件，然后使用组件模块将零件装配为组件；二是先二维后三维，也就是说在创建零件的过程中，首先设置草绘平面并在其上绘制二维剖面图，确定必要的特征参数后，使用多种设计方法创建不同种类的三维特征。基础实体特征相当于机械加工中的零件坯料，是后续加工的基础和载体。在 Pro/E 中，一般首先创建基础实体特征，然后在其上创建圆角、壳、孔以及筋等工程特征。

在创建复制的实体模型时，除了首先选取合理的设计工具外，还必须合理确定特征的组合顺序，这样才能创建出结构清晰简洁的三维实体模型。

10.1.2 范例解析——泵体设计

下面结合范例说明三维实体建模的一般过程，最后创建的齿轮泵体模型如图 10-1 所示。

范例操作

1. 新建零件文件。新建名为“pump”的零件文件，随后进入三维设计环境。
2. 创建拉伸实体特征 1。

(1) 在右工具箱中单击按钮，打开设计图标板。
(2) 选取基准平面 TOP 作为草绘平面，然后单击鼠标中键进入二维绘图环境。
(3) 按照图 10-2 所示绘制拉伸截面图，然后退出绘图环境。

图10-1 齿轮泵体

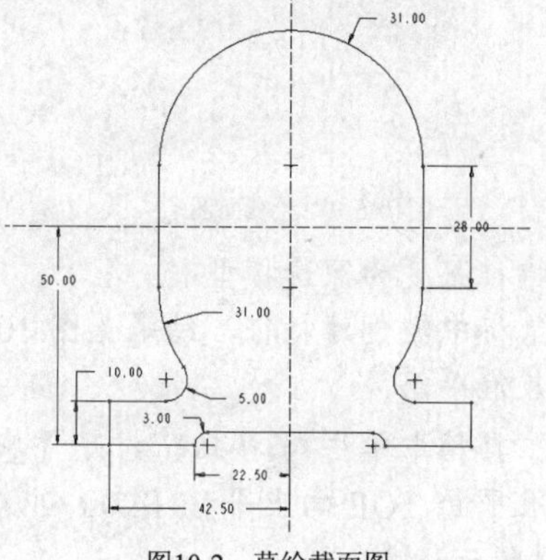

图10-2 草绘截面图

(4) 在图标板上输入拉伸深度数值“25.00”。

(5) 单击鼠标中键创建特征，结果如图 10-3 所示。

3. 创建拉伸实体特征 2。

(1) 在右工具箱中单击按钮，打开设计图标板。

(2) 选取基准平面 RIGHT 作为草绘平面，然后单击鼠标中键进入二维绘图环境。

(3) 按照图 10-4 所示绘制拉伸截面图，随后退出绘图环境。

(4) 在图标板上指定深度方式为，输入拉伸深度数值“70.00”。

(5) 单击鼠标中键创建特征，结果如图 10-5 所示。

图10-3 最后创建的拉伸模型（1）

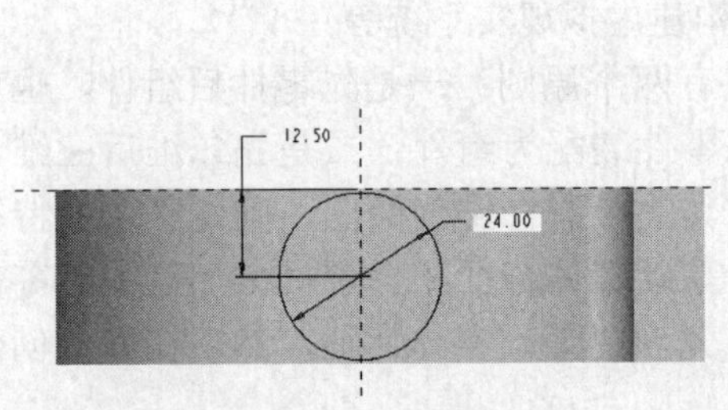

图10-4 草绘截面图

图10-5 最后创建的拉伸模型（2）

4. 创建拉伸实体特征 3。

(1) 在右工具箱中单击按钮，打开设计图标板。

(2) 选取基准平面 RIGHT 作为草绘平面，然后单击鼠标中键进入二维绘图环境。

(3) 按照图 10-6 所示绘制拉伸截面图，然后退出绘图环境。

(4) 在图标板上单击按钮创建减材料特征。

(5) 单击特征方向箭头，使之指向材料内侧，如图 10-7 所示。

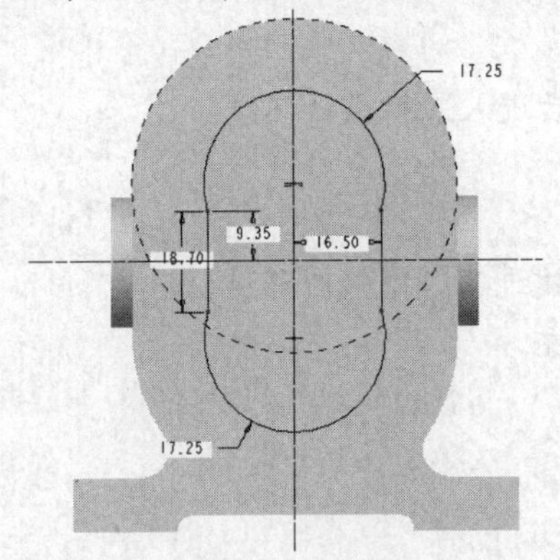

图10-6 草绘截面图

图10-7 调整特征方向

(6) 设置特征深度为穿透模型。

(7) 单击鼠标中键创建特征，结果如图 10-8 所示。

5. 新建基准平面。

(1) 在右工具箱中单击按钮，打开【基准平面】对话框。

(2) 将基准平面 TOP 向上平移 14.00 创建基准平面 DTM1，参数设置如图 10-9 所示，结果如图 10-10 所示。

图10-8　最后创建的拉伸模型（3）

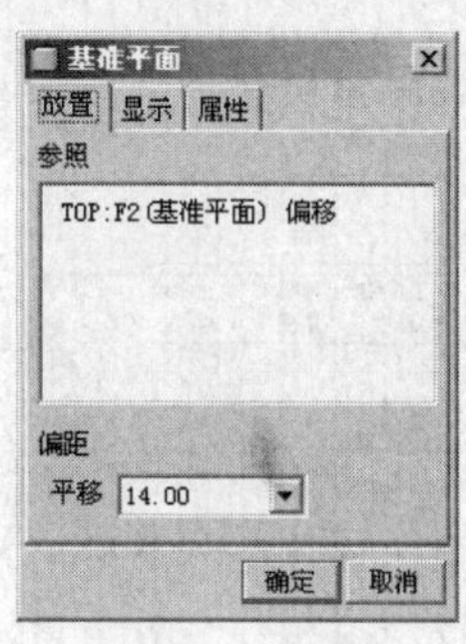

图10-9　参数设置

6. 新建基准轴线。

(1) 在右工具箱中单击按钮，打开【基准轴】对话框。

(2) 选取基准平面 RIGHT 和基准平面 DTM1 作为参照，在其交线处创建基准轴线 A_3，参数设置如图 10-11 所示，结果如图 10-12 所示。

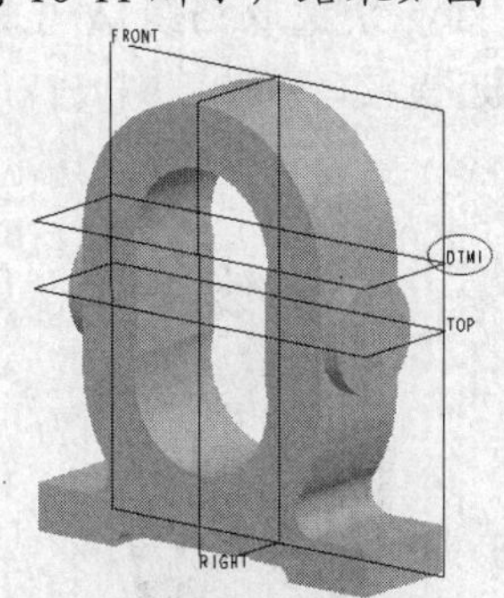

图10-10　新建基准平面

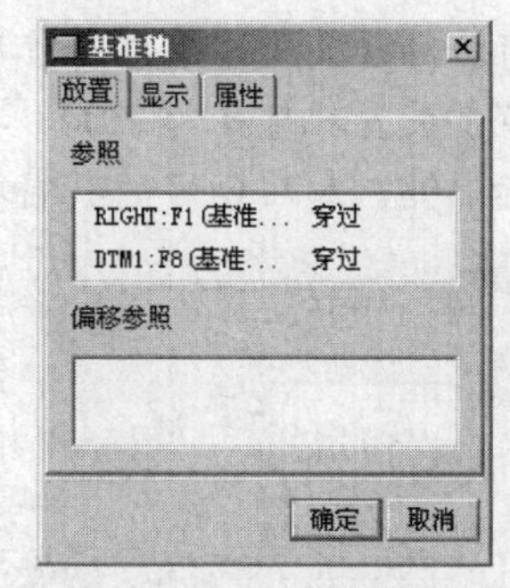

图10-11　参数设置

7. 创建孔特征 1。

(1) 在右工具箱中单击按钮，打开孔设计工具。

(2) 在图标板上单击放置按钮，打开上滑参数面板，选取如图 10-13 所示的平面作为孔的放置参照。

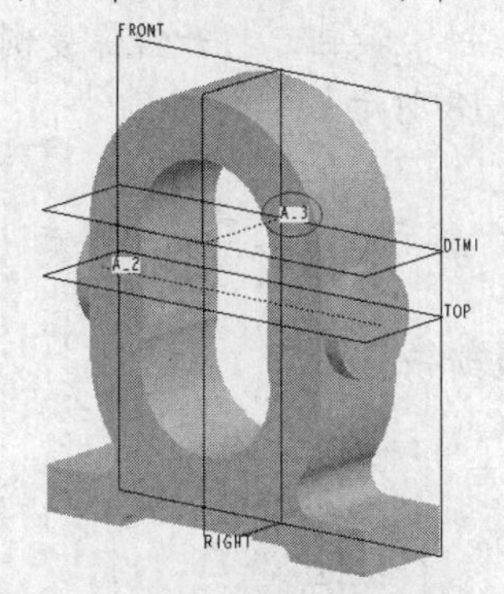

图10-12　新建基准轴线

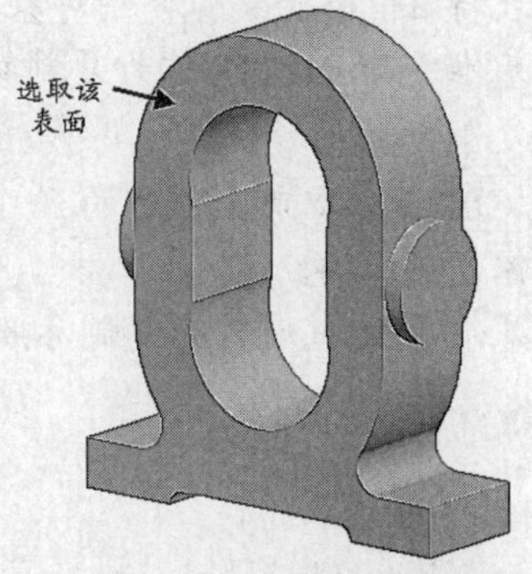

图10-13　选取放置参照

(3) 在【类型】下拉列表中选择【径向】选项。

(4) 在【偏移参照】列表框中单击鼠标激活收集器，按住 Ctrl 键依次选取轴线 A_3 和基准平面 DTM1 作为偏移参照，然后按照如图 10-14 所示设置其余参数。

(5) 在图标板上设置孔直径为 7.00，孔深度为。单击鼠标中键创建如图 10-15 所示的孔特征。

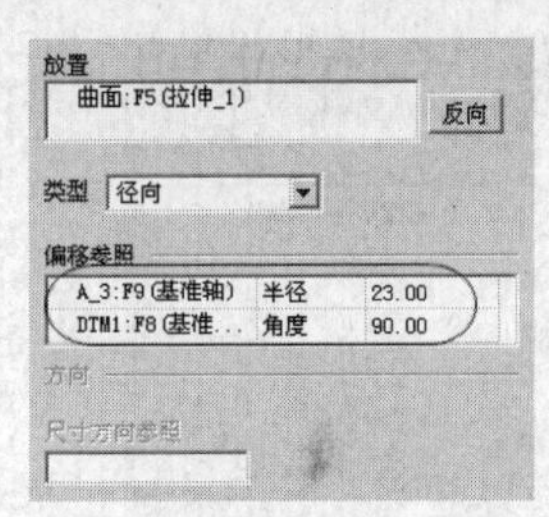

图10-14　设置孔定位参数

图10-15　创建孔特征（1）

8.　创建孔特征 2。

(1) 在右工具箱中单击按钮，打开孔设计工具。

(2) 在图标板上单击 放置 按钮，打开上滑参数面板，选取如图 10-13 所示的平面作为孔的放置参照。

(3) 在【类型】下拉列表中选择【径向】选项。

(4) 在【偏移参照】列表框中单击鼠标激活收集器，按住 Ctrl 键依次选取轴线 A_3 和基准平面 DTM1 作为偏移参照，然后按照图 10-16 所示设置其余参数。

(5) 在图标板上设置孔直径为 7.00，孔深度为。

(6) 单击鼠标中键，最后创建的孔特征如图 10-17 所示。

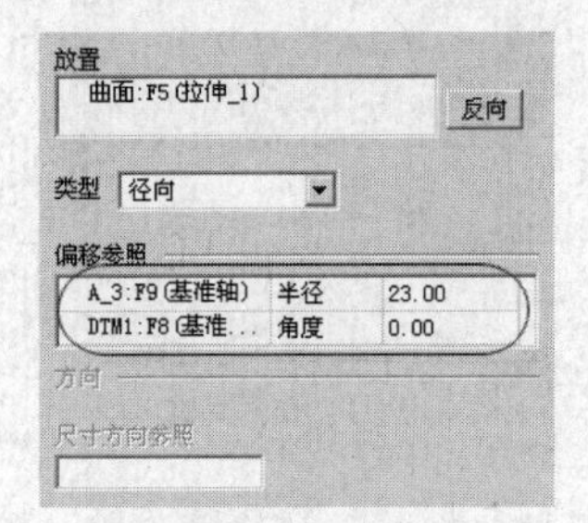

图10-16　设置孔定位参数

图10-17　最后创建的孔特征（2）

9.　镜像复制特征 1。

(1) 选取孔特征 2 作为镜像复制对象，然后在右工具箱中单击按钮，打开镜像复制工具。

(2) 选取基准平面 RIGHT 作为复制参照，复制结果如图 10-18 所示。

10.　镜像复制特征 2。

(1) 按住 Ctrl 键选取前面创建的 3 个孔作为镜像复制对象，然后在右工具箱中单击按钮，打开镜像复制工具。

(2) 选取基准平面 TOP 作为复制参照，复制结果如图 10-19 所示。

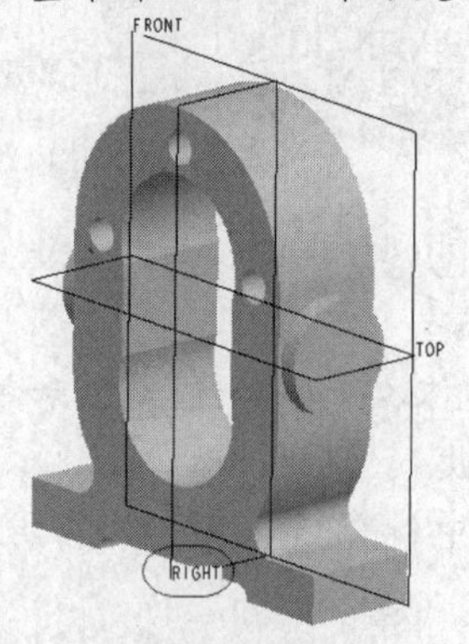

图10-18　镜像复制结果（1）

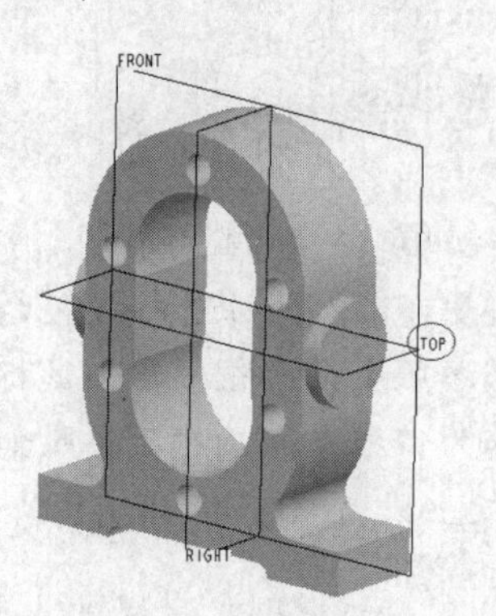

图10-19　镜像复制结果（2）

11. 创建孔特征 3。
(1) 在右工具箱中单击按钮，打开孔设计工具。
(2) 在图标板上单击放置按钮，打开上滑参数面板，选取如图 10-13 所示的平面作为孔的放置参照。
(3) 在【类型】下拉列表中选择【径向】选项。
(4) 在【偏移参照】列表框中单击鼠标激活收集器，按住 Ctrl 键依次选取轴线 A_3 和基准平面 DTM1 作为偏移参照，然后按照图 10-20 所示设置其余参数。
(5) 在图标板上设置孔直径为 5.00，孔深度为。
(6) 单击鼠标中键，最后创建的孔特征如图 10-21 所示。

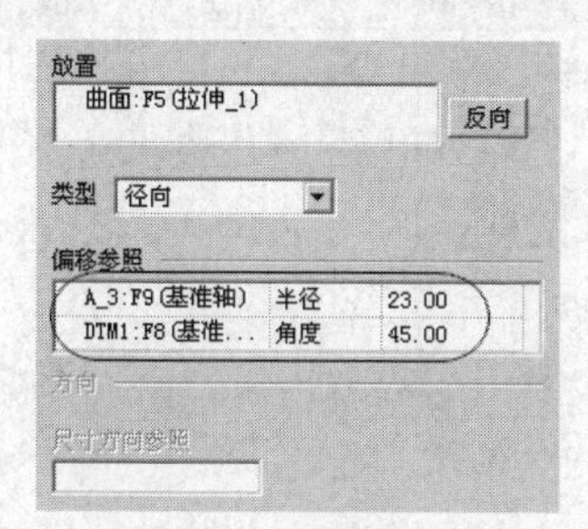

图10-20　设置孔定位参数

图10-21　最后创建的孔特征（3）

12. 新建基准轴线。
(1) 在右工具箱中单击按钮，打开【基准轴】对话框。
(2) 选取基准平面 RIGHT 和基准平面 TOP 作为参照，在其交线处创建基准轴线 A_15，参数设置如图 10-22 所示，结果如图 10-23 所示。

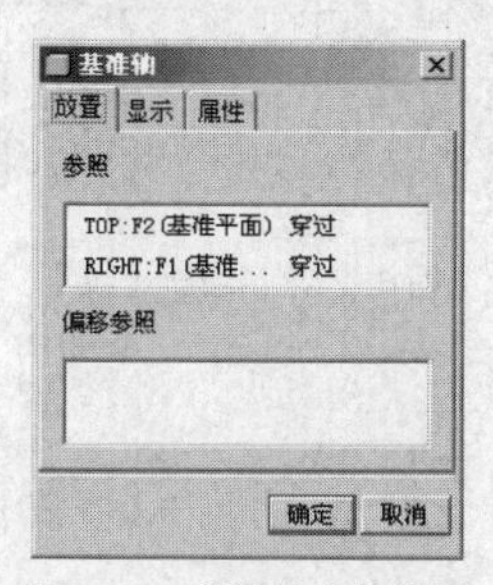

图10-22　基准轴参数设置

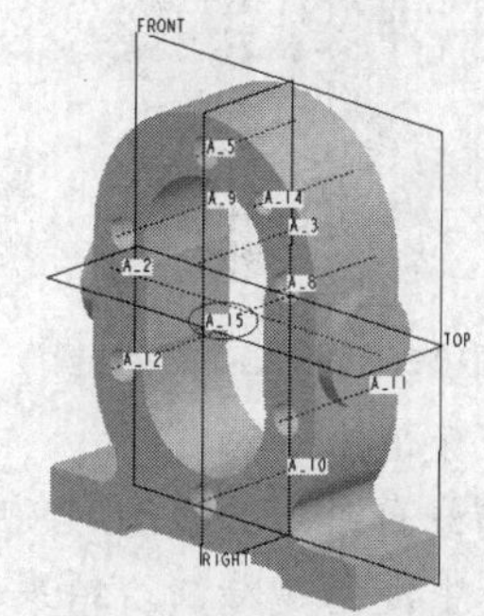

图10-23　新建基准轴线

13. 旋转复制特征。
(1) 选择菜单命令【编辑】/【特征操作】，打开【特征】菜单，选择【复制】选项。
(2) 在【复制特征】菜单中选择【移动】选项，然后单击鼠标中键。
(3) 选取孔特征 3 为复制对象，然后单击鼠标中键。
(4) 在【移动特征】菜单中选择【旋转】选项，在【选取方向】菜单中选择【曲线/边/轴】选项。
(5) 选取前面创建的基准轴线 A_15 作为旋转轴线，然后在【方向】菜单中选择【正向】选项。
(6) 输入旋转角度 180.00，然后单击鼠标中键。
(7) 在【移动特征】菜单中选择【完成移动】选项，在【组可变尺寸】菜单中选择【完成】选项。
(8) 单击鼠标中键完成特征复制，结果如图 10-24 所示。
14. 创建旋转实体特征 1。

(1) 在右工具箱中单击按钮，打开设计图标板。
(2) 选取基准平面 TOP 作为草绘平面，然后单击鼠标中键进入二维绘图环境。
(3) 按照图 10-25 所示绘制旋转截面图，随后退出绘图环境。

图10-24 移动复制后的特征

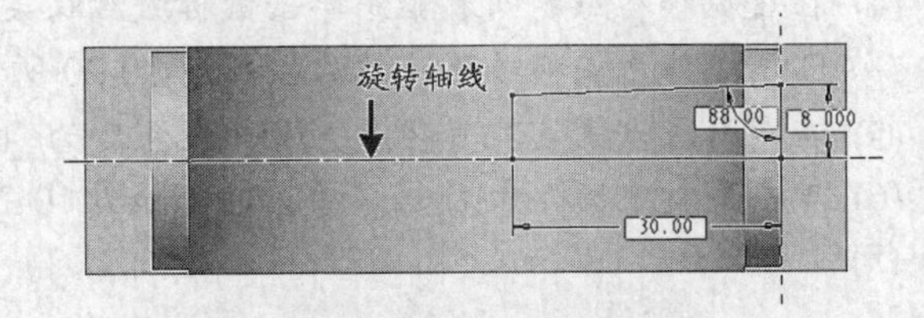

图10-25 旋转截面图

(4) 在图标板上单击按钮，创建减材料特征。
(5) 单击鼠标中键创建特征，结果如图 10-26 所示。
15. 创建螺旋扫描特征。
(1) 选择菜单命令【插入】/【螺旋扫描】/【切口】。
(2) 在【属性】菜单中接受默认参数，单击鼠标中键。
(3) 选取基准平面 TOP 作为草绘平面，两次单击鼠标中键进入二维绘图环境。
(4) 按照图 10-27 所示绘制扫描轨迹线（注意绘制旋转轴线），然后退出绘图环境。

图10-26 最后创建的旋转模型

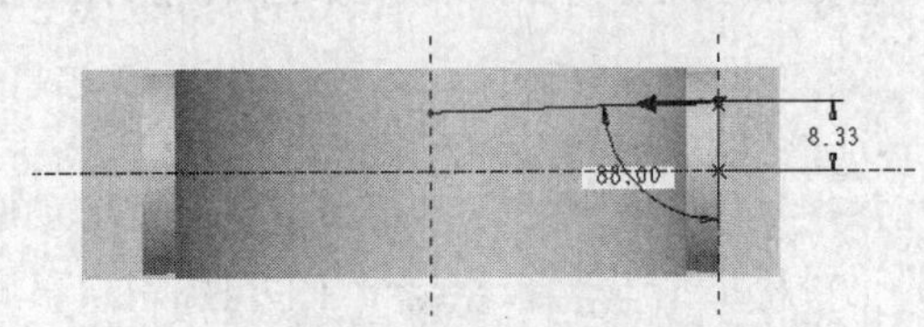

图10-27 草绘轨迹线

(5) 输入螺距数值为 1.50。
(6) 绘制扫描截面图，如图 10-28 所示。
(7) 单击鼠标中键创建特征，结果如图 10-29 所示。

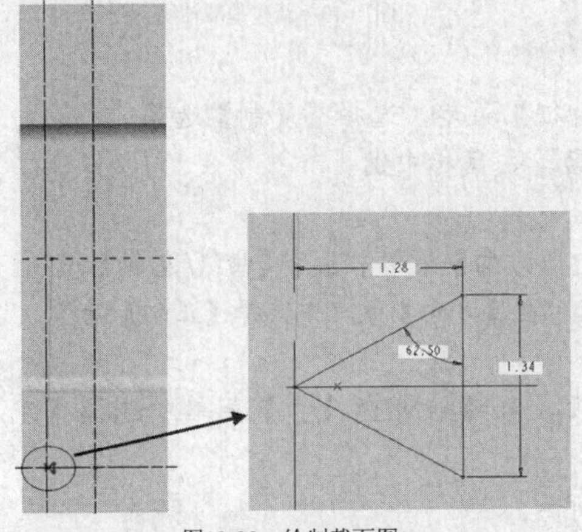

图10-28 绘制截面图

图10-29 最后创建的扫描特征

16. 创建旋转实体特征2。

(1) 在右工具箱中单击按钮，打开设计图标板。

(2) 选取基准平面TOP作为草绘平面，然后单击鼠标中键进入二维绘图环境。

(3) 按照图10-30所示绘制拉伸截面图，随后退出绘图环境。

(4) 在图标板上按下按钮，创建减材料特征。

(5) 单击鼠标中键创建特征，结果如图10-31所示。

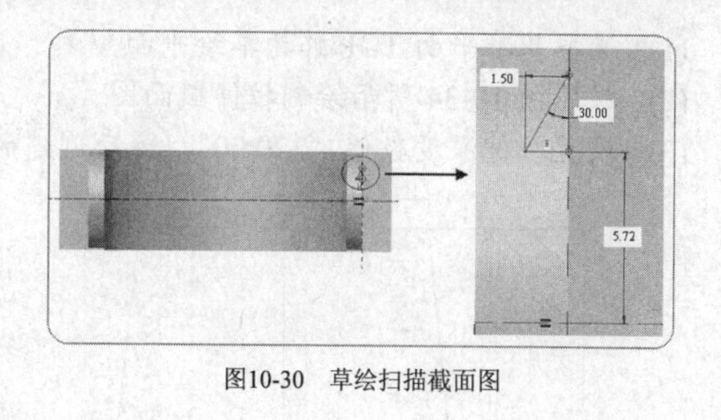

图10-30 草绘扫描截面图

17. 镜像复制特征1。

(1) 按住 Ctrl 键选取前面创建的旋转实体特征1、螺旋扫描特征以及旋转实体特征2作为镜像复制对象，然后在右工具箱中单击按钮，打开镜像复制工具。

(2) 选取基准平面RIGHT作为复制参照，复制结果如图10-32所示。

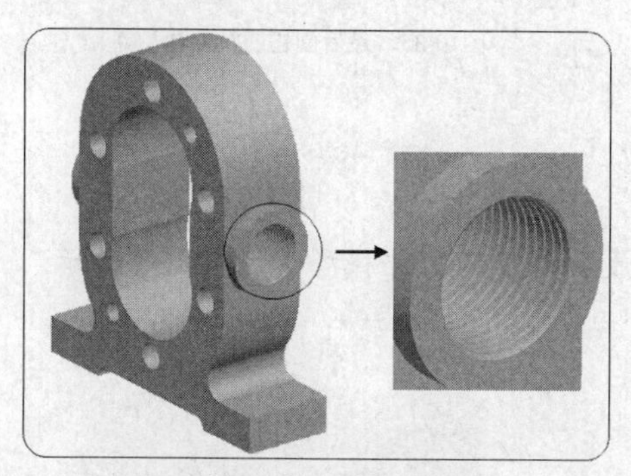

图10-31 最后创建的旋转特征

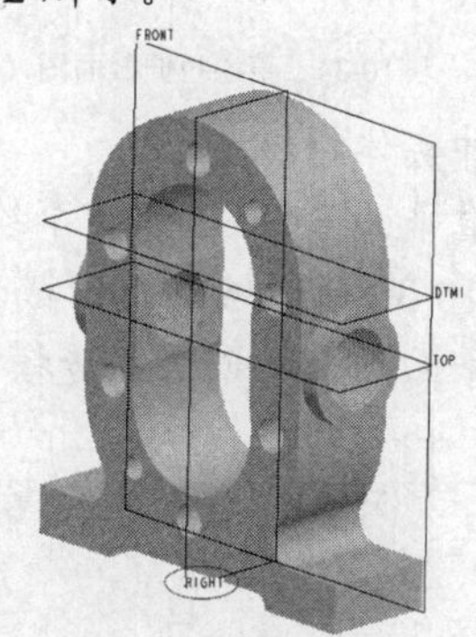

图10-32 镜像复制结果

10.1.3 课堂练习——电视机外壳设计

练习使用各种实体建模方法，创建如图10-33所示的电视机外壳模型。

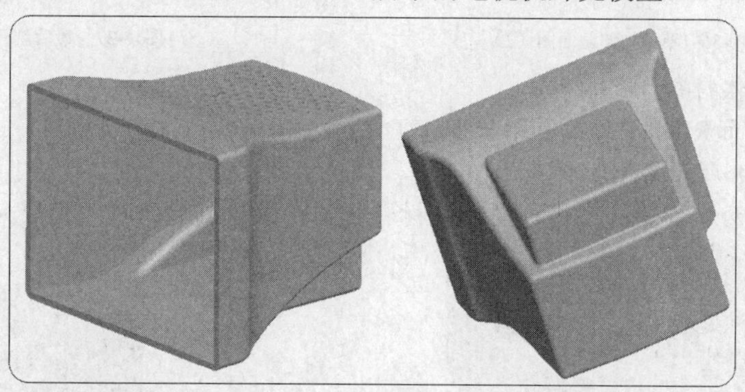

图10-33 电视机外壳

操作提示

1. 新建文件。新建名为“shell”的零件文件。
2. 创建拉伸实体特征1。

(1) 选取基准平面 TOP 作为草绘平面。
(2) 按照图 10-34 所示绘制拉伸截面图。
(3) 设置拉伸深度数值“320.00”，最后创建的拉伸模型如图 10-35 所示。

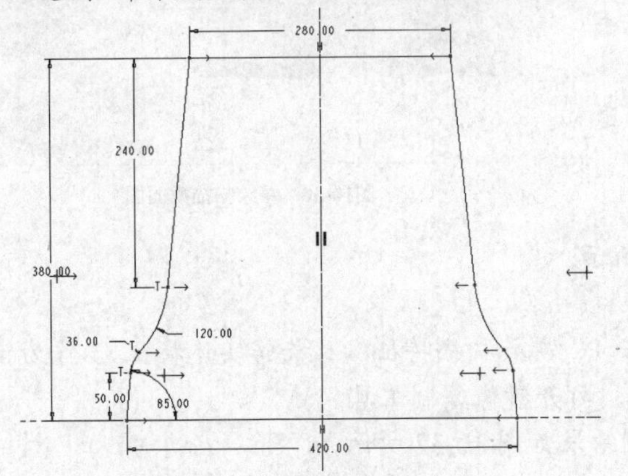

图10-34 草绘拉伸截面图（1）

图10-35 最后创建的拉伸模型（1）

3. 创建拉伸实体特征 2。
(1) 选取基准平面 RIGHT 作为草绘平面。
(2) 按照图 10-36 所示绘制拉伸截面图。
(3) 在草绘平面两侧均创建穿透模型的减材料特征，最后创建的拉伸模型如图 10-37 所示。

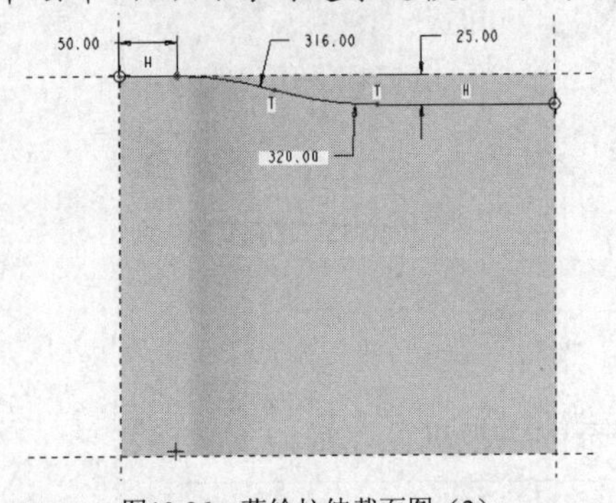

图10-36 草绘拉伸截面图（2）

图10-37 最后创建的拉伸模型（2）

4. 创建拉伸实体特征 3。
(1) 选取基准平面 RIGHT 作为草绘平面。
(2) 按照图 10-38 所示绘制拉伸截面图。
(3) 在草绘平面两侧均创建穿透模型的减材料特征，最后创建的拉伸模型如图 10-39 所示。

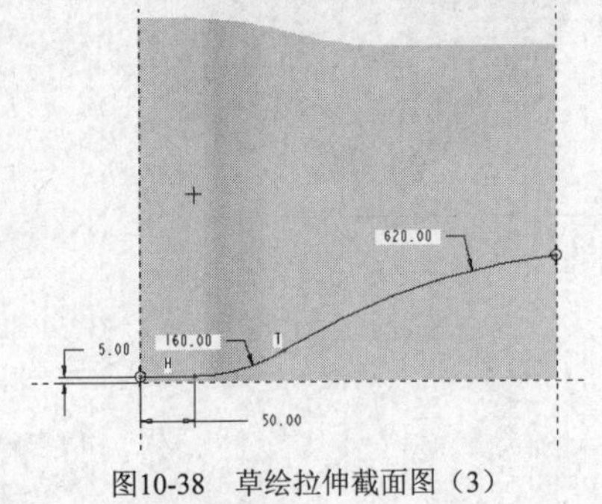

图10-38 草绘拉伸截面图（3）

图10-39 最后创建的拉伸模型（3）

5. 创建拉伸实体特征 4。

(1) 选取基准平面 RIGHT 作为草绘平面。

(2) 按照图 10-40 所示绘制拉伸截面图。

(3) 在草绘平面两侧创建对称拉伸特征，最后创建的拉伸模型如图 10-41 所示。

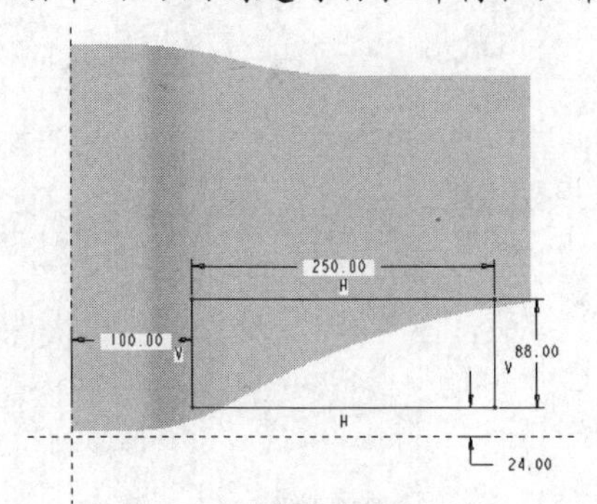

图10-40 草绘拉伸截面图（4）

图10-41 最后创建的拉伸模型（4）

6. 创建拉伸实体特征 5。

(1) 选取基准平面 TOP 作为草绘平面。

(2) 按照图 10-42 所示绘制拉伸截面图。

(3) 创建穿透模型的减材料特征，最后创建的拉伸模型如图 10-43 所示。

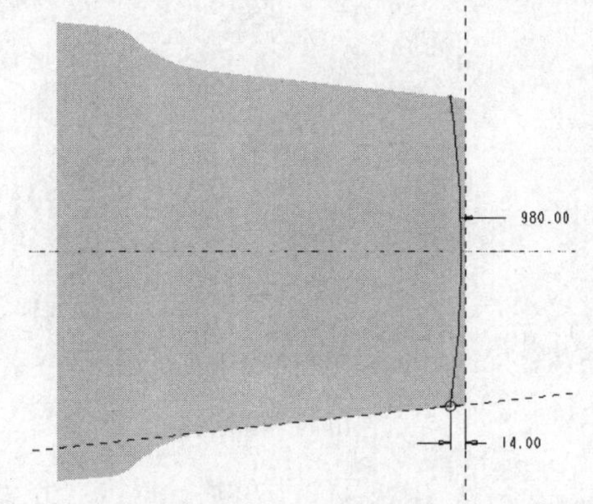

图10-42 草绘拉伸截面图（5）

图10-43 最后创建的拉伸模型（5）

7. 创建倒圆角特征 1。

(1) 选取如图 10-44 所示的边线作为倒圆角参照。

(2) 设置圆角半径为 10.00，倒圆角结果如图 10-45 所示。

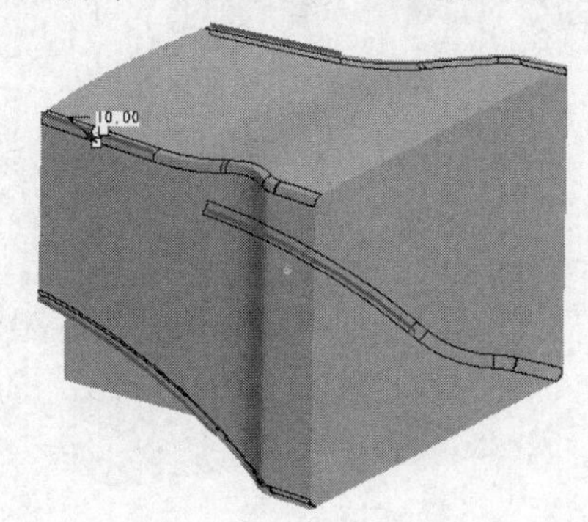

图10-44 倒圆角参照（1）

图10-45 倒圆角结果（1）

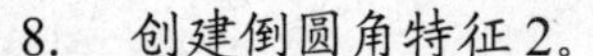

8. 创建倒圆角特征 2。

(1) 选取如图 10-46 所示边线作为倒圆角参照。

(2) 设置圆角半径为 8.00，倒圆角结果如图 10-47 所示。

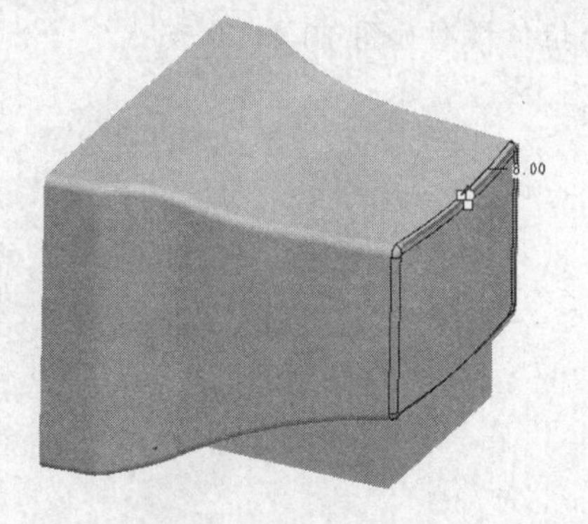

图10-46 倒圆角参照（2）

图10-47 倒圆角结果（2）

9. 创建倒圆角特征 3。

(1) 选取如图 10-48 所示的边线作为倒圆角参照。

(2) 设置圆角半径为 10.00，倒圆角结果如图 10-49 所示。

图10-48 倒圆角参照（3）

图10-49 倒圆角结果（3）

10. 创建倒圆角特征 4。

(1) 选取如图 10-50 所示的边线作为倒圆角参照。

(2) 设置圆角半径为 10.00，倒圆角结果如图 10-51 所示。

图10-50 倒圆角参照（4）

图10-51 倒圆角结果（4）

11. 创建壳特征。

(1) 按照如图 10-52 所示选取移除的表面。

(2) 设置壳体厚度为 8.00，创建壳特征如图 10-53 所示。

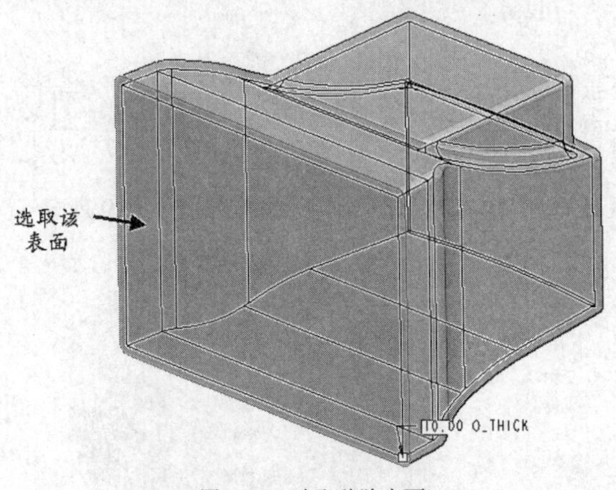

图10-52 选取移除表面

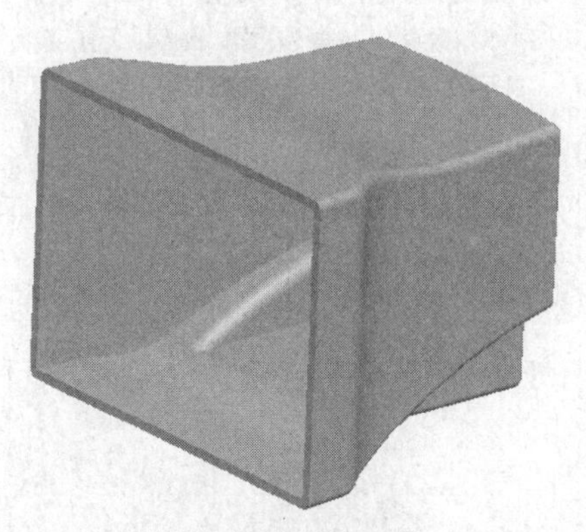

图10-53 创建壳特征

12. 新建基准平面。

将基准平面 TOP 向上平移 200 创建基准平面 DTM1，如图 10-54 所示。

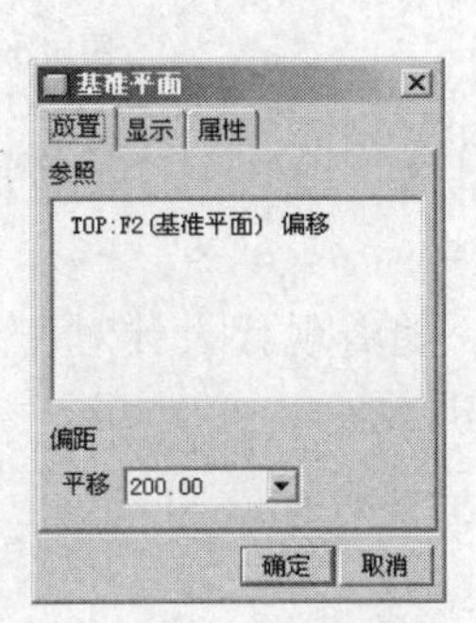

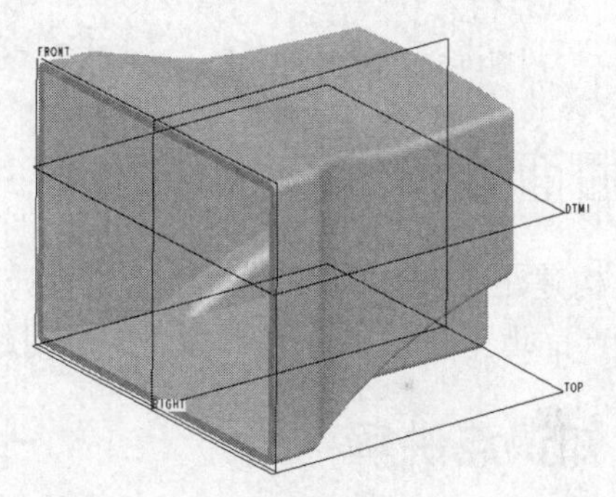

图10-54 新建基准平面

13. 创建拉伸实体特征 6。

(1) 选取基准平面 DTM1 作为草绘平面。

(2) 按照图 10-55 所示绘制拉伸截面图。

(3) 创建穿透模型顶部的减材料特征，最后创建的拉伸模型如图 10-56 所示。

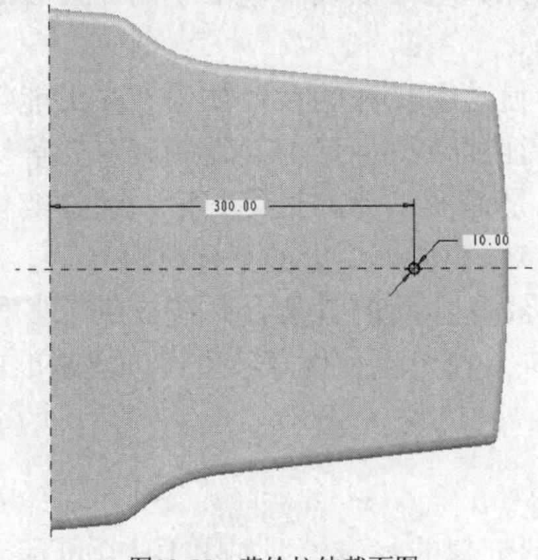

图10-55 草绘拉伸截面图

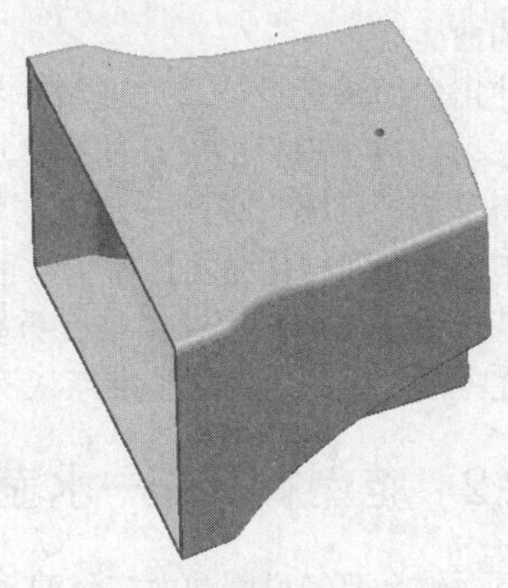

图10-56 最后创建的拉伸模型

14. 阵列特征。

(1) 选取拉伸特征 6 为阵列对象。

(2) 选取阵列类型为填充阵列。

(3) 按照图 10-57 所示设置其他参数。

图10-57 设置阵列参数

(4) 选取基准平面 DTM1 为草绘平面，草绘阵列区域如图 10-58 所示，阵列结果如图 10-59 所示。

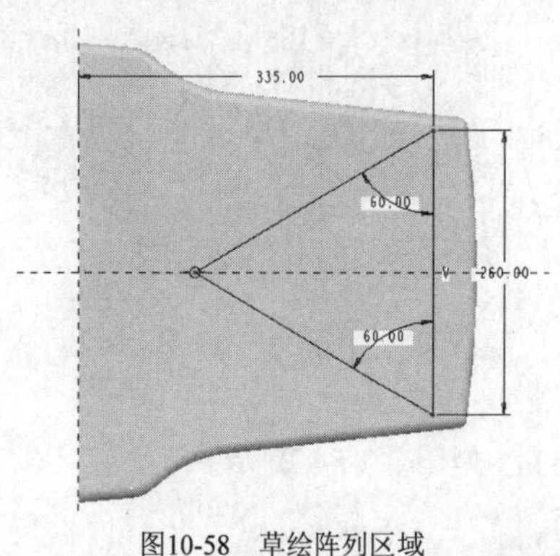

图10-58 草绘阵列区域

图10-59 阵列结果

10.2 曲面建模综合训练

曲面是构建三维实体模型的一种理想设计材料。随着现代设计对产品外形和性能的要求，在现代复杂产品造型设计中，参数曲面的应用越来越广泛。

10.2.1 知识点讲解

曲面特征虽然在物理属性上和实体模型有很大的差异，没有质量，没有厚度，但是其创建方法和原理与实体特征具有很大的相似性。使用系统提供的方法，曲面特征可以很方便地转换为实体特征。从生成方法来看，创建实体特征的基本方法都适合于曲面特征，而且原理相似。在创建曲面特征时，对剖面的要求更加宽松，可以使用任意开放剖面来构建曲面特征。曲面特征的创建方法比实体特征更丰富，可以充分利用基准点、基准曲线和基准平面作为参照来设计复杂的曲面。

使用曲面进行设计是一项精巧而细致的工作。即使是很优秀的设计师也不大可能仅使用一种方法就构建出理想的复杂曲面。必须将已有曲面特征加以适当修剪、复制、合并等操作后才能获得最后的结果。使用一定方法将曲面特征实体化是曲面设计的最终归宿，通过实体化操作可以把闭合曲面转化为实体模型，也可以用曲面作为参照切去模型上的部分材料。

基准曲线在曲面设计中具有重要的地位，基准曲线是曲面的骨架，系统提供了多种基准曲线创建方法，既可以使用基准点依次描绘出曲线的轨迹，也可也使用草绘手段创建基准曲线。

10.2.2 范例解析——水壶设计

下面结合范例说明曲面实体建模的一般过程，最后创建的水壶模型如图 10-60 所示。

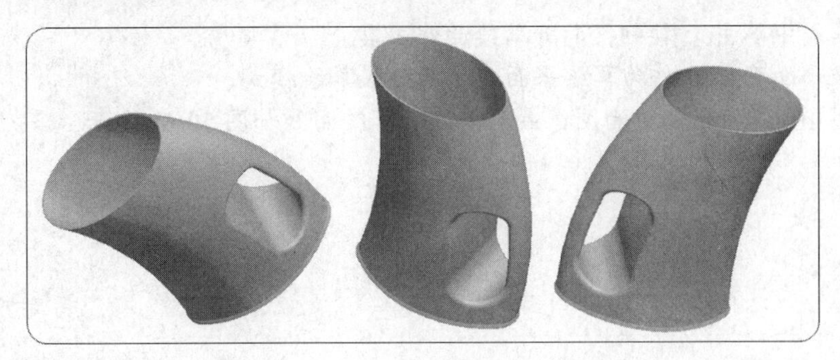

图10-60　水壶模型

范例操作

1. 新建零件文件。新建名为“kettle”的零件文件，随后进入三维设计环境。
2. 创建草绘曲线 1。

(1) 在右工具箱中单击按钮，打开草绘曲线工具。
(2) 选取基准平面 TOP 作为草绘平面，随后进入草绘模式。
(3) 绘制如图 10-61 所示的截面图，最后创建的草绘曲线如图 10-62 所示。

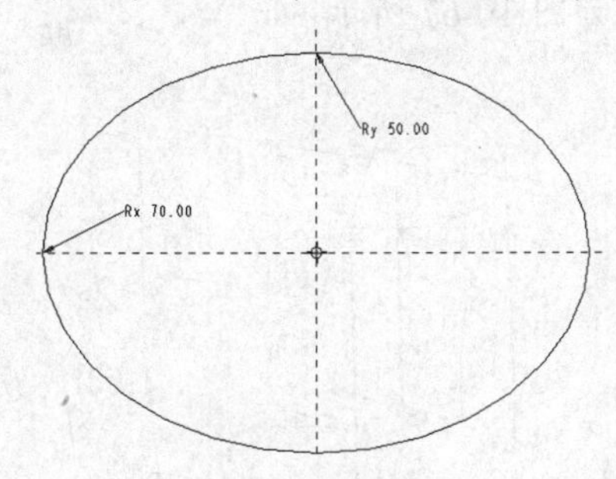

图10-61　草绘曲线

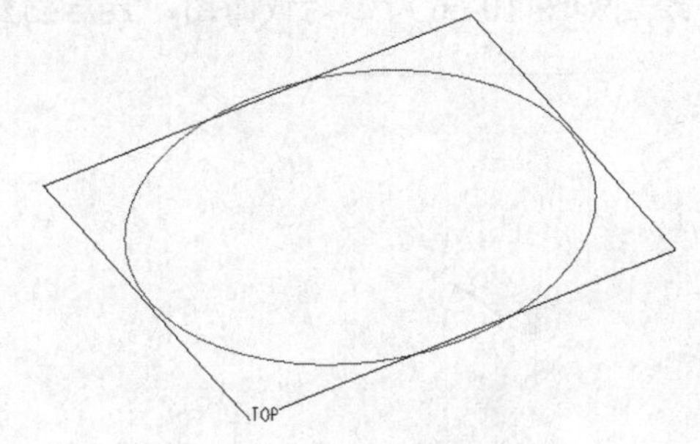

图10-62　最后创建的草绘曲线（1）

3. 新建基准平面 DTM1。

(1) 在右工具箱中单击按钮，打开基准平面工具。
(2) 将基准平面 TOP 向下平移 233.00 新建基准平面 DTM1，如图 10-63 所示。

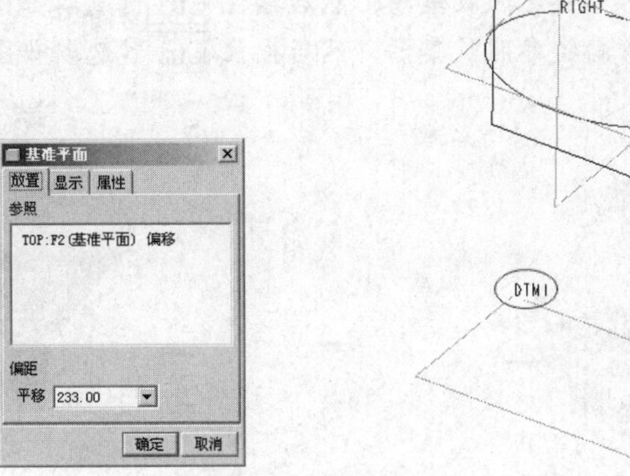

图10-63　新建基准平面

4. 创建草绘曲线 2。

(1) 在右工具箱中单击按钮，打开草绘曲线工具。
(2) 选取基准平面 DTM1 作为草绘平面，随后进入草绘模式。
(3) 绘制如图 10-64 所示的截面图，最后创建的草绘曲线如图 10-65 所示。

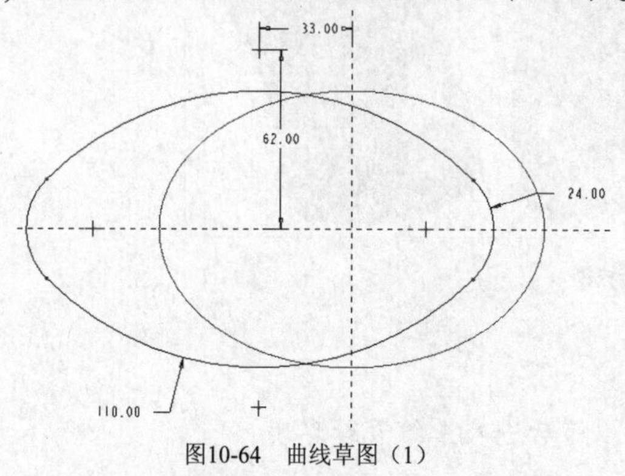

图10-64 曲线草图（1）

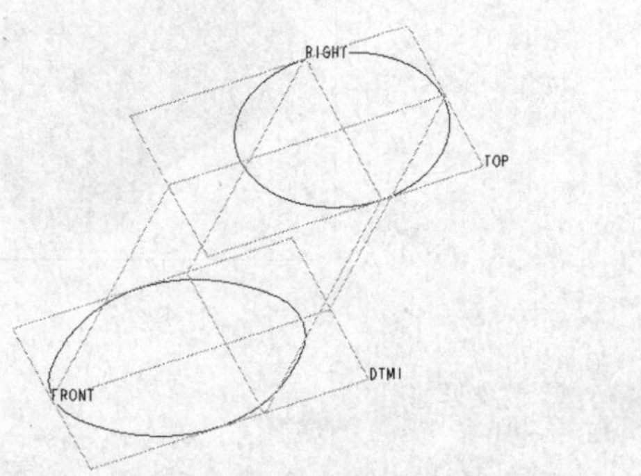

图10-65 最后创建的草绘曲线（2）

5. 创建草绘曲线 3。
(1) 在右工具箱中单击按钮，打开草绘曲线工具。
(2) 选取基准平面 FRONT 作为草绘平面，随后进入草绘模式。
(3) 绘制如图 10-66 所示的截面图，最后创建的草绘曲线如图 10-67 所示。

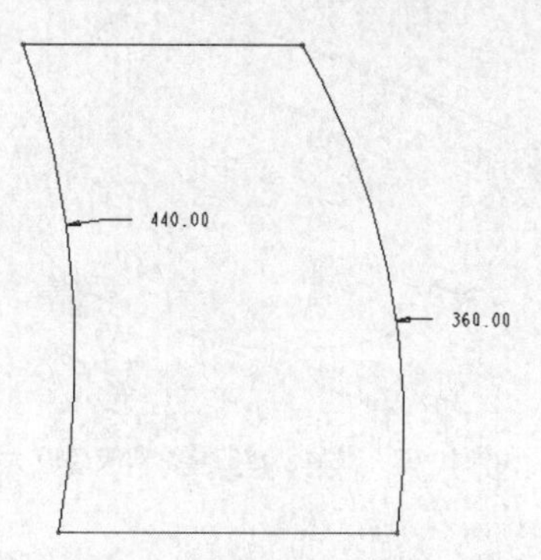

图10-66 曲线草图（2）

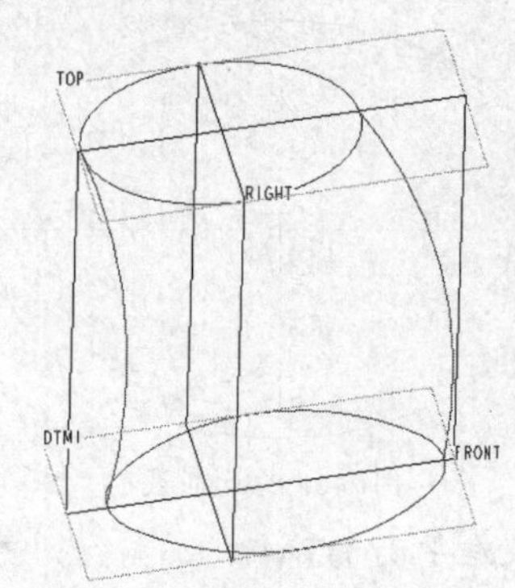

图10-67 最后创建的草绘曲线（3）

6. 创建边界混合曲面 1。
(1) 在右工具箱中单击按钮，打开边界混合曲面设计工具。
(2) 在图标板上激活第 1 方向链参照收集器，然后按住 Ctrl 键选取如图 10-68 所示的边线。
(3) 在图标板上激活第 2 方向链参照收集器，然后按住 Ctrl 键选取如图 10-69 所示的边线。

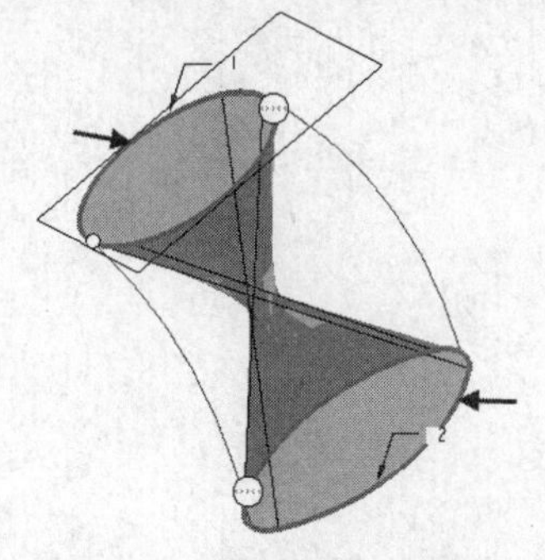

图10-68 选取第 1 方向链参照

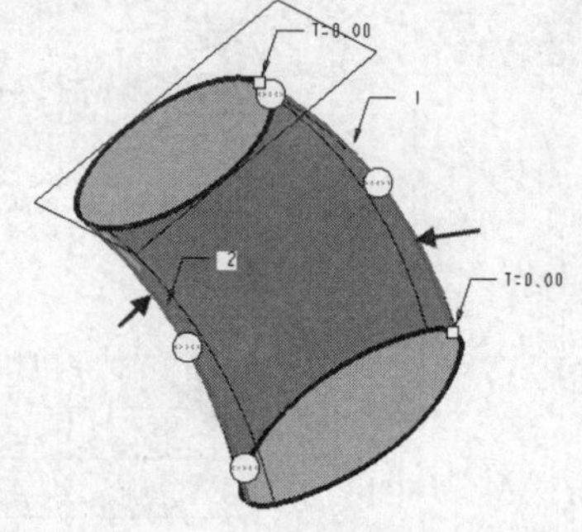

图10-69 选取第 2 方向链参照

(4) 单击鼠标中键创建边界混合曲面，结果如图 10-70 所示。

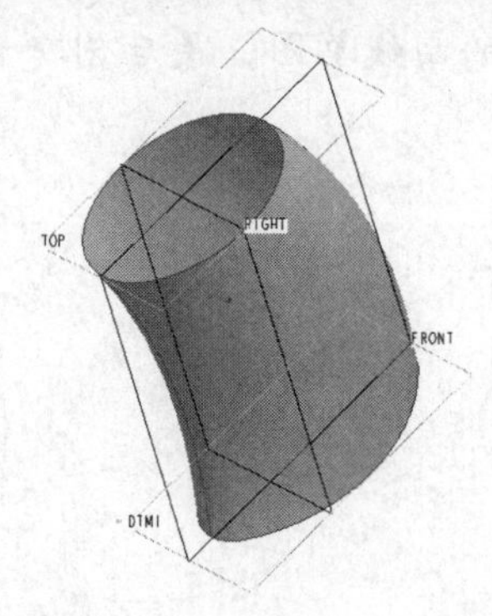

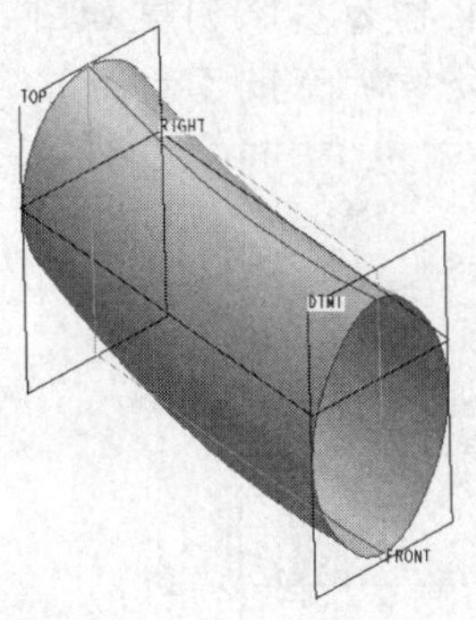

图10-70 最后创建的曲面

7. 创建草绘曲线 4。

(1) 在右工具箱中单击按钮，打开草绘曲线工具。

(2) 选取基准平面 FRONT 作为草绘平面，随后进入草绘模式。

(3) 使用工具，将如图 10-71 所示的边线向内偏移两次，最后创建的草绘曲线如图 10-72 所示。

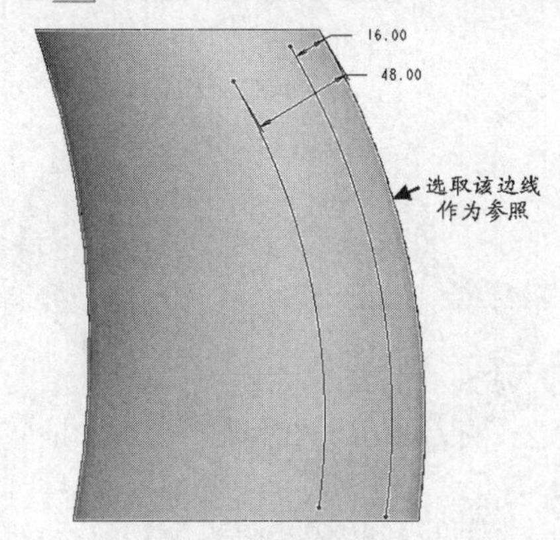

图10-71 曲线草图（3）

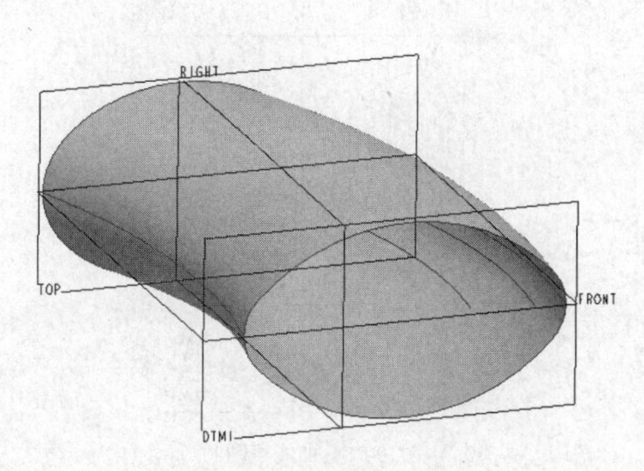

图10-72 最后创建的草绘曲线（4）

8. 新建基准平面 DTM2。

(1) 在右工具箱中单击按钮，打开基准平面工具。

(2) 将基准平面 FRONT 向右平移 50.00 新建基准平面 DTM2，如图 10-73 所示。

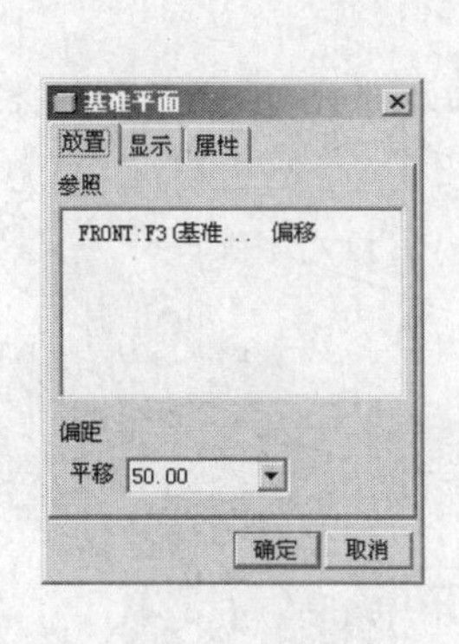

图10-73 新建基准平面

9. 创建草绘曲线 5。

(1) 在右工具箱中单击按钮，打开草绘曲线工具。

(2) 选取基准平面 FRONT 作为草绘平面，随后进入草绘模式。

(3) 使用基准曲线 4 作为参照创建如图 10-74 所示的曲线草图，最后创建的草绘曲线如图 10-75 所示（此处暂时隐藏了曲面）。

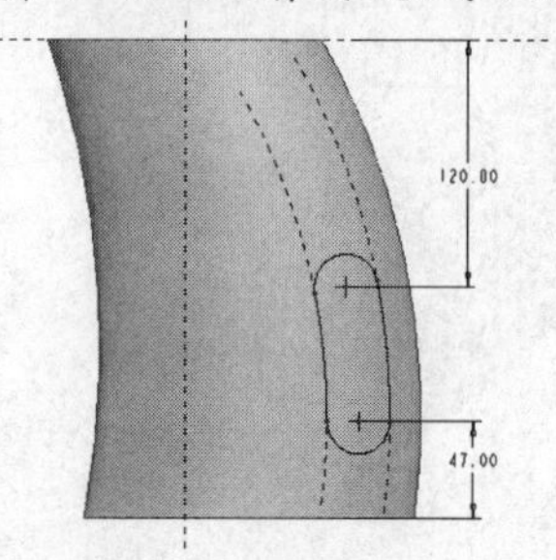

图10-74　曲线草图（4）

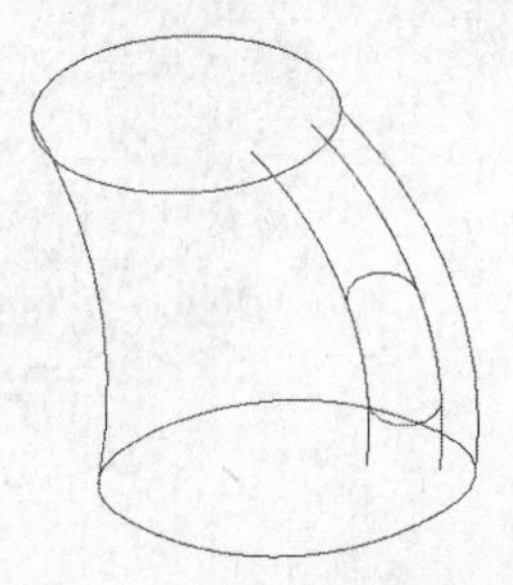

图10-75　最后创建的草绘曲线（5）

10. 创建草绘曲线 6。

(1) 在右工具箱中单击按钮，打开草绘曲线工具。

(2) 选取基准平面 DTM2 作为草绘平面，随后进入草绘模式。

(3) 使用草绘曲线 5 作为参照绘制曲线草图，如图 10-76 所示，最后创建的草绘曲线如图 10-77 所示。

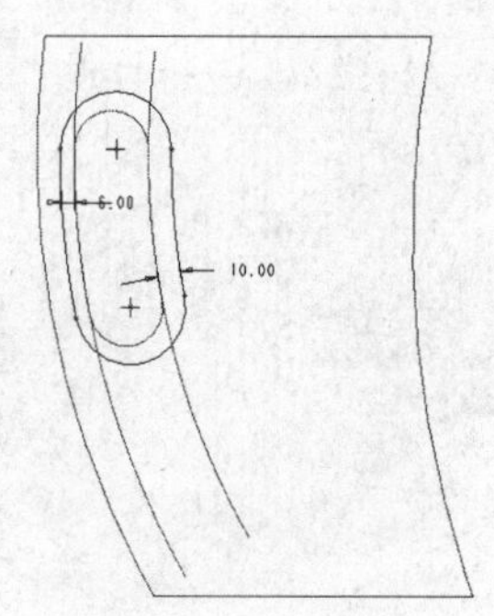

图10-76　曲线草图

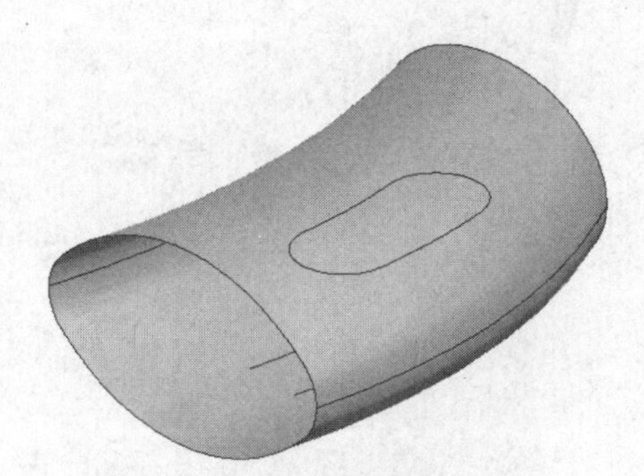

图10-77　最后创建的草绘曲线（6）

11. 镜像复制曲线。

(1) 选取上一步创建的基准曲线为复制对象，然后在右工具箱中单击按钮，打开镜像复制工具。

(2) 选取基准平面 FRONT 作为复制参照，复制结果如图 10-78 所示。

12. 创建边界混合曲面 2。

(1) 在右工具箱中单击按钮，打开边界混合曲面设计工具。

(2) 在图标板上激活第 1 方向参照收集器，然后按住 Ctrl 键选取如图 10-79 所示的 3 条曲线。

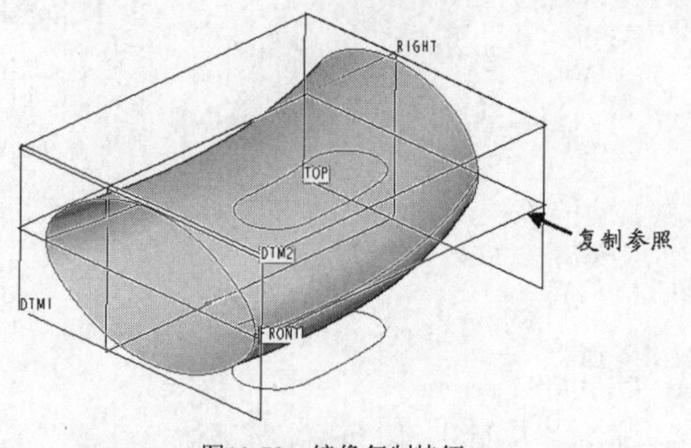

图10-78　镜像复制特征

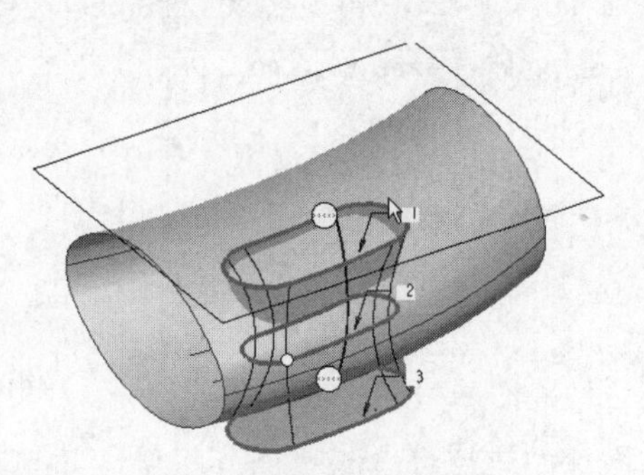

图10-79　选取第 1 方向参照

(3) 单击鼠标中键创建边界混合曲面，结果如图 10-80 所示。

13. 合并曲面特征。

(1) 按住 Ctrl 键选中前面创建的两个边界混合曲面特征，然后在右工具箱中单击按钮，打开曲面合并工具。

(2) 按照图 10-81 所示确定保留曲面侧，可以直接单击图形上的黄色箭头进行调整。

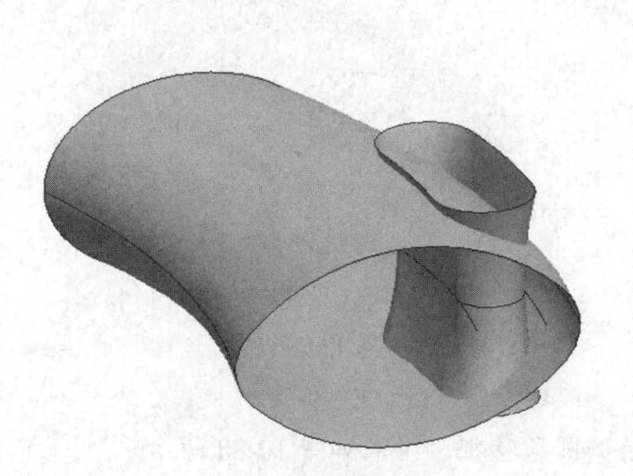

图10-80 最后创建的曲面

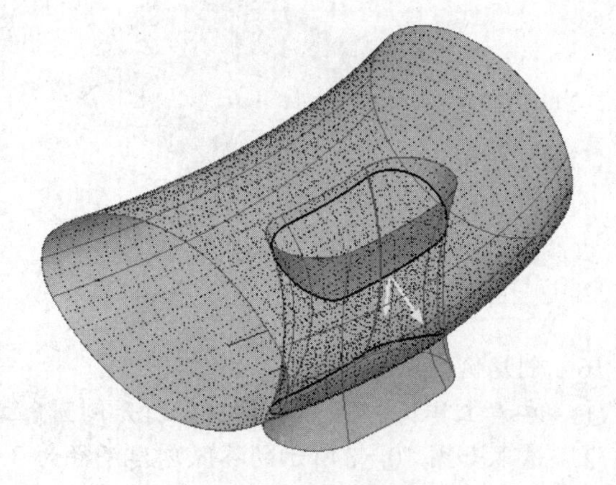

图10-81 选取合并对象

(3) 单击鼠标中键完成合并曲面，结果如图 10-82 所示。

14. 创建填充曲面。

(1) 选择菜单命令【编辑】/【填充】，打开填充曲面设计工具。

(2) 在设计界面空白处单击鼠标右键，在弹出的快捷菜单中选择【定义内部草绘】选项，然后选取基准平面 DTM1 作为草绘平面，单击鼠标中键进入草绘模式。

(3) 在草绘平面内使用工具选取曲面底部边线，绘制如图 10-83 所示的截面图，最后创建的填充曲面如图 10-84 所示。

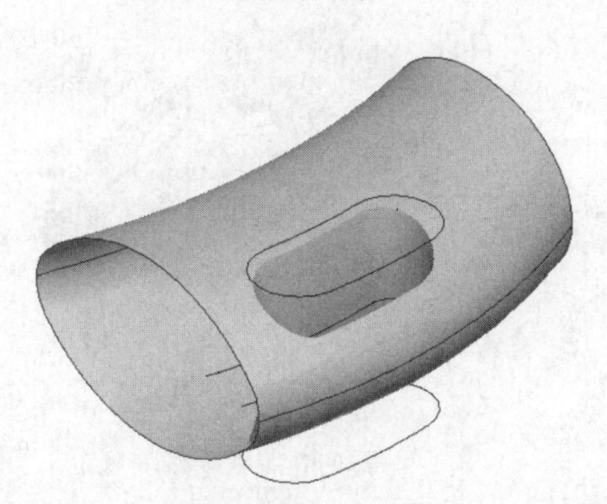

图10-82 曲面合并结果

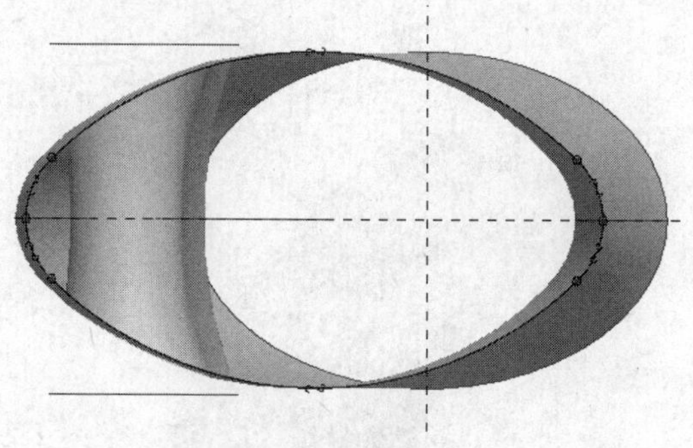

图10-83 绘制截面图

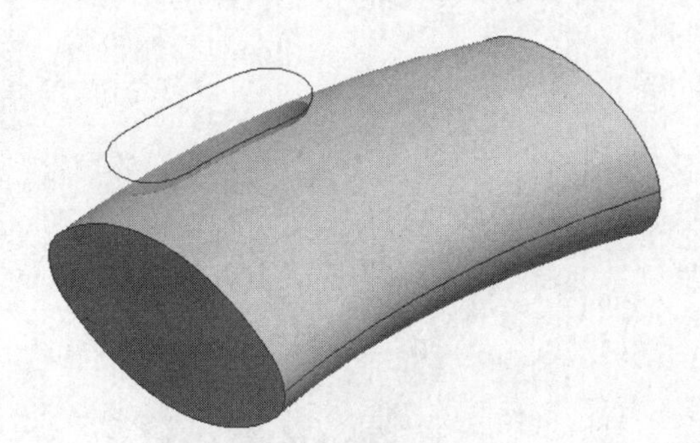

图10-84 最后创建的填充曲面

15. 合并曲面特征。

(1) 按住 Ctrl 键选中第 1 次合并后的曲面和新建填充曲面，然后在右工具箱中单击按钮打开曲面合并工具。

(2) 这两个曲面的合并结果唯一，如图 10-85 所示，直接单击鼠标中键完成曲面，结果如图 10-86 所示。

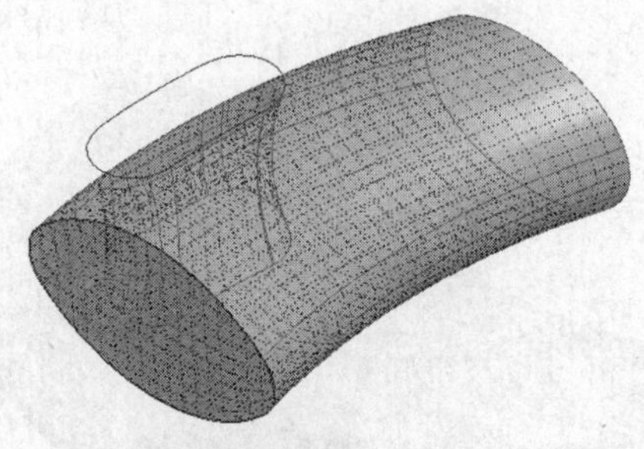

图10-85　选取合并对象

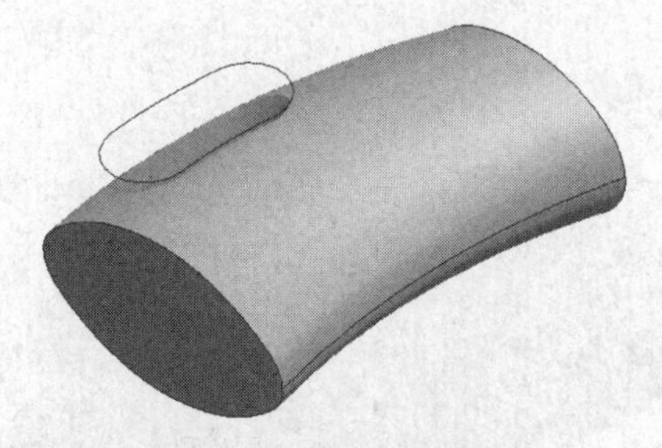

图10-86　曲面合并结果

16. 创建倒圆角特征。

(1) 在右工具箱中单击按钮，打开倒圆角工具。

(2) 选取如图 10-87 所示的参照创建半径为 3.00 的倒圆角特征，结果如图 10-88 所示。

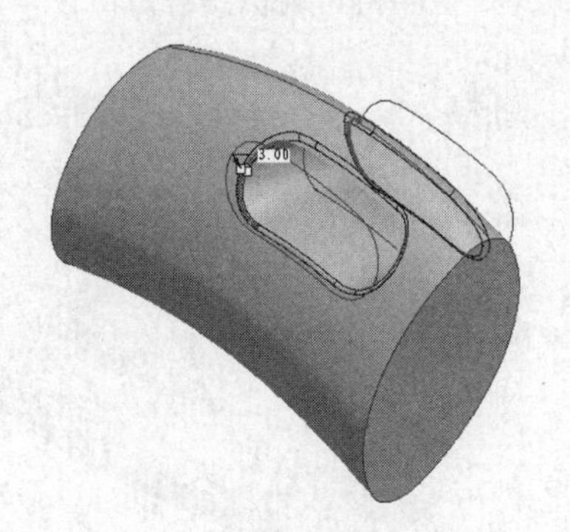

图10-87　选取倒圆角参照

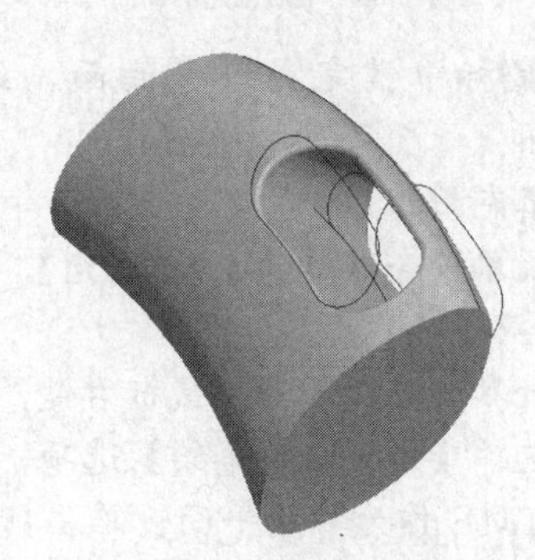

图10-88　倒圆角结果

17. 曲面加厚。

(1) 在模型树中选中特征“合并 2”，然后在【编辑】菜单中选择【加厚】选项打开加厚工具。此时的预览效果如图 10-89 所示。

(2) 设置加厚厚度为 2.00，单击鼠标中键创建的加厚结果如图 10-90 所示。

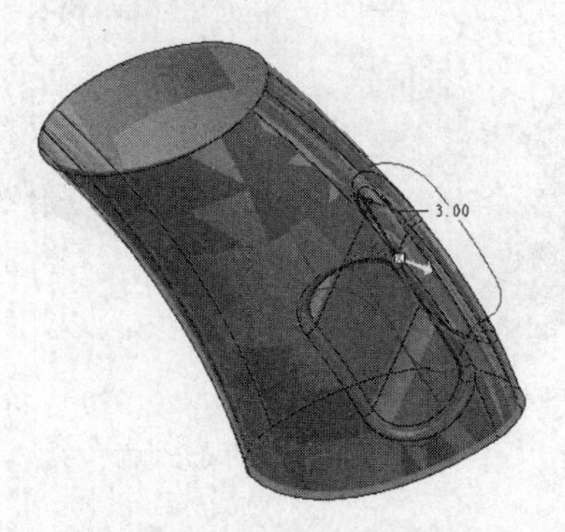

图10-89　预览加厚效果

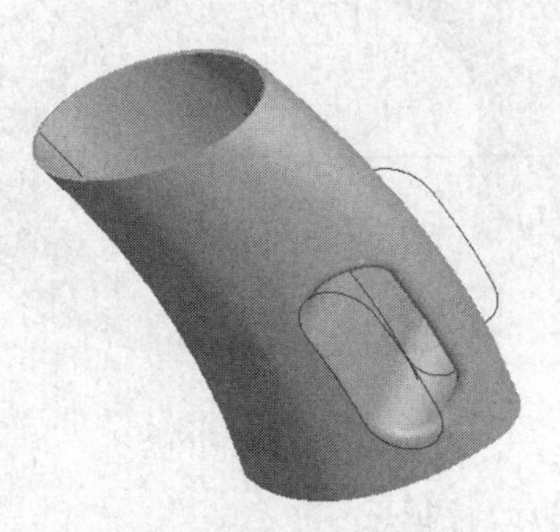

图10-90　加厚后的模型

18. 创建扫描实体特征。

(1) 选择菜单命令【插入】/【扫描】/【薄板伸出项】，打开扫描设计工具。

(2) 在【扫描轨迹】菜单中选择【选取轨迹】选项。

(3) 在【链】菜单中选择【相切链】选项，然后选取模型底部边线，如图 10-91 所示。最后在【链】菜单中选择【完成】选项。

(4) 在【选取】菜单中选择【接受】选项。

(5) 在【方向】菜单中选择【正向】选项，接受如图 10-92 所示的水平面向上方向。

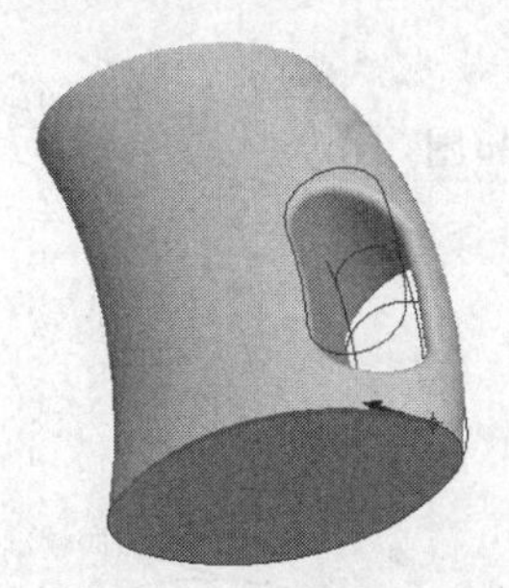
图10-91 选取轨迹线

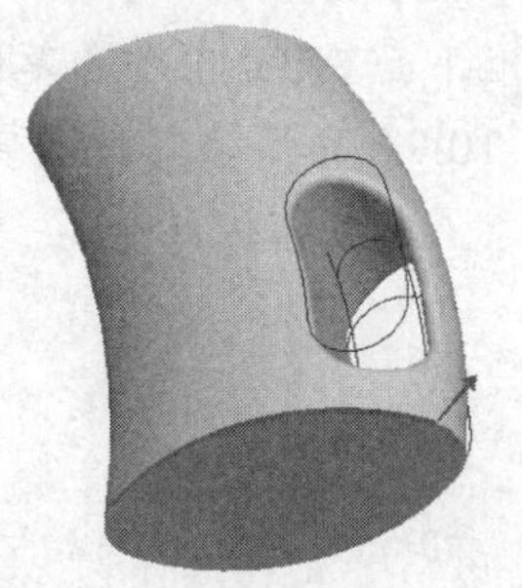
图10-92 确定水平向上方向

(6) 在草绘平面内绘制如图 10-93 所示的扫描截面图，完成后退出草绘模式。

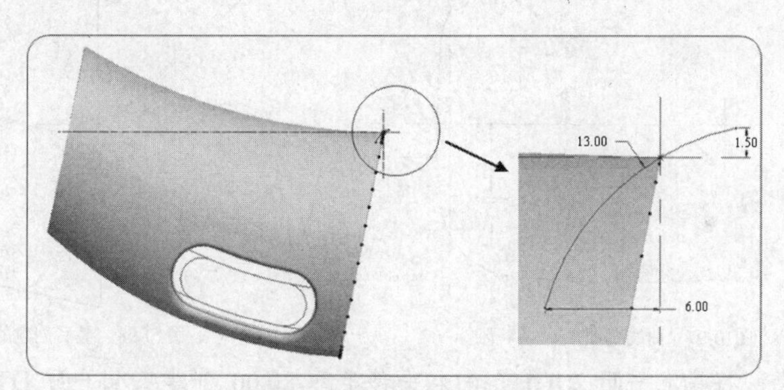

图10-93 绘制扫描截面图

(7) 根据系统提示输入薄板厚度 1.50。

(8) 单击鼠标中键，创建的设计结果如图 10-94 所示。

(9) 隐藏所有基准曲线的水壶模型如图 10-95 所示。

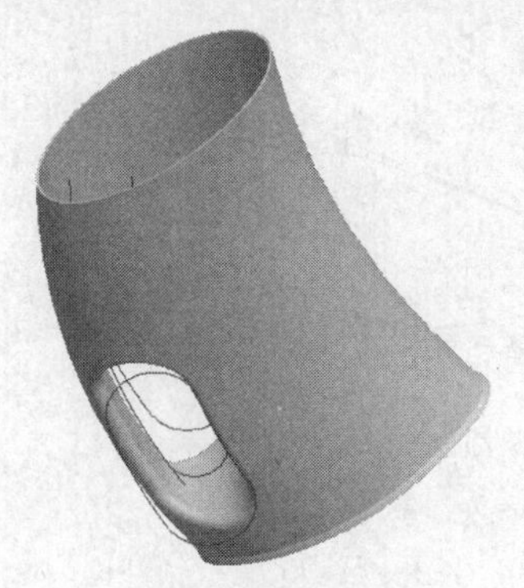
图10-94 设计结果

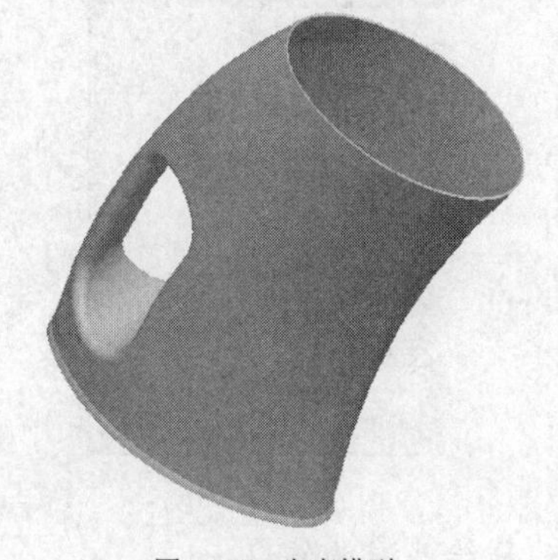
图10-95 水壶模型

10.2.3 课堂练习——后视镜外壳设计

练习使用曲面建模方法创建如图 10-96 所示的后视镜外壳模型。

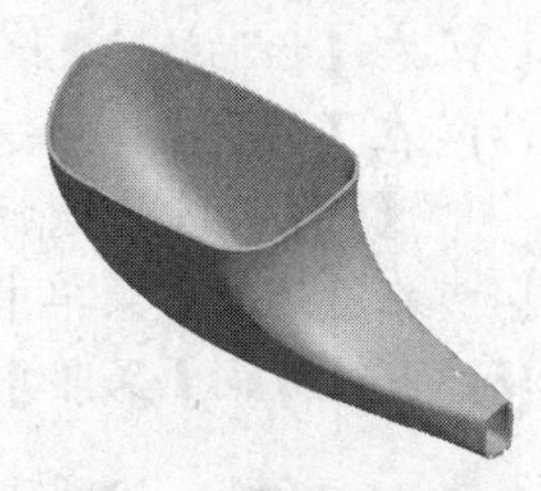

图10-96 后视镜外壳模型

操作提示

1. 新建文件。新建名为“mirror_shell”的零件文件。
2. 创建草绘基准曲线 1。
(1) 选取基准平面 FRONT 作为草绘平面。
(2) 按照图 10-97 所示绘制曲线草图，最后创建的基准曲线如图 10-98 所示。

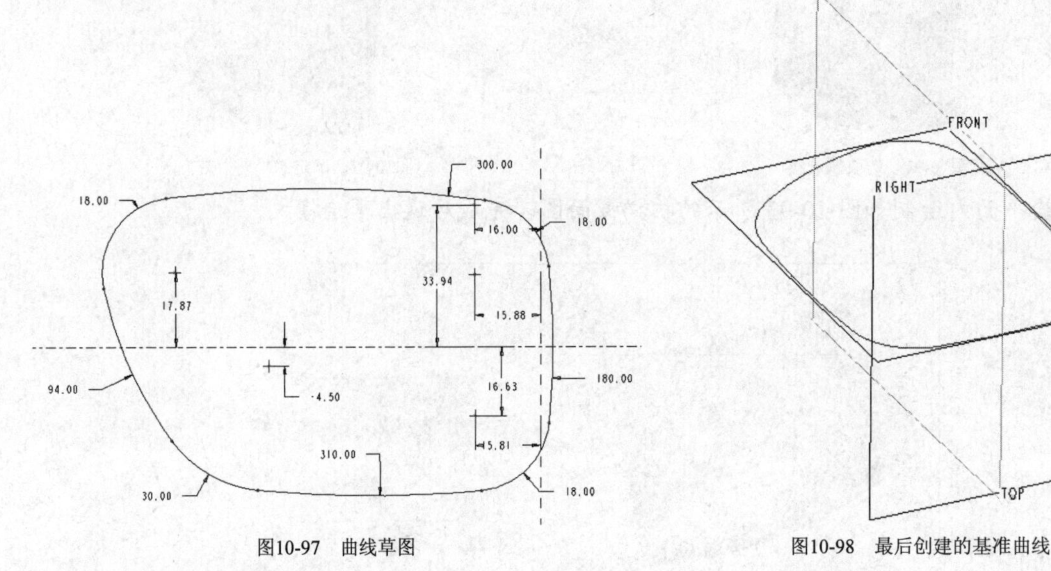

图10-97 曲线草图　　图10-98 最后创建的基准曲线

3. 创建基准平面。将基准平面 RIGHT 向右平移距离 80.00 创建基准平面 DTM1，如图 10-99 所示。

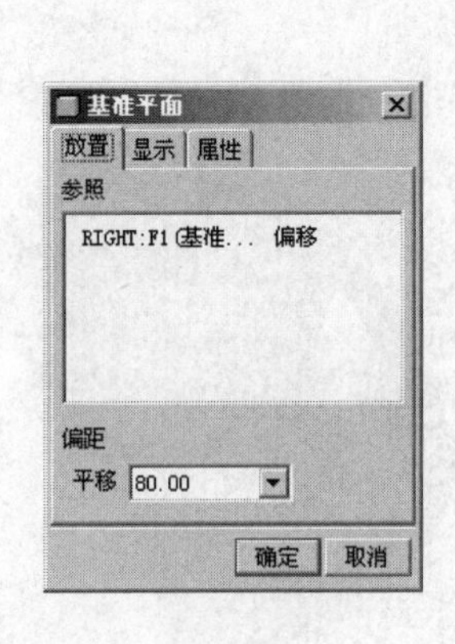

图10-99 新建基准平面

4. 创建草绘基准曲线 2。
(1) 选取基准平面 DTM1 作为草绘平面。
(2) 按照图 10-100 所示绘制曲线草图，最后创建的基准曲线如图 10-101 所示。

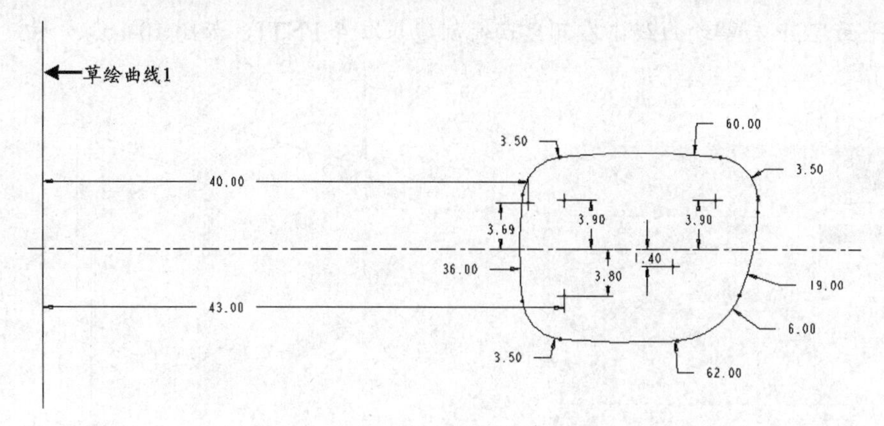

图10-100　曲线草图

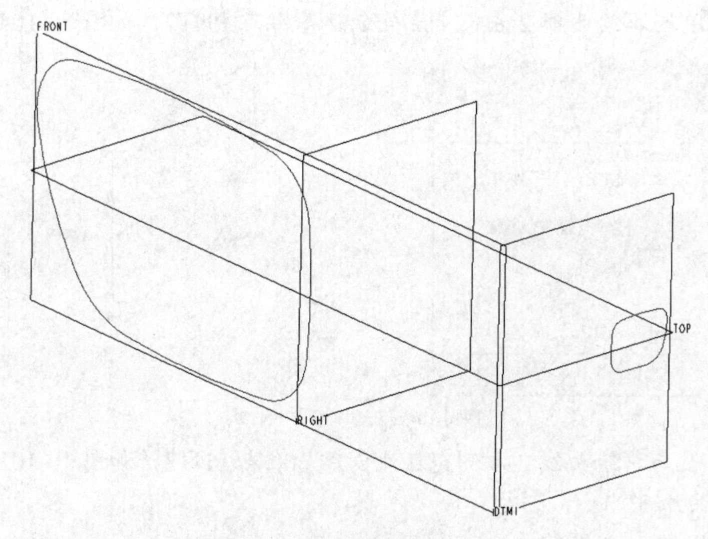

图10-101　最后创建的基准曲线

5.　创建基准点。

(1)　单击按钮打开基准点工具。

(2)　在基准平面 TOP 与草绘曲线 1 左侧交点处创建基准点 PNT0，如图 10-102 所示。

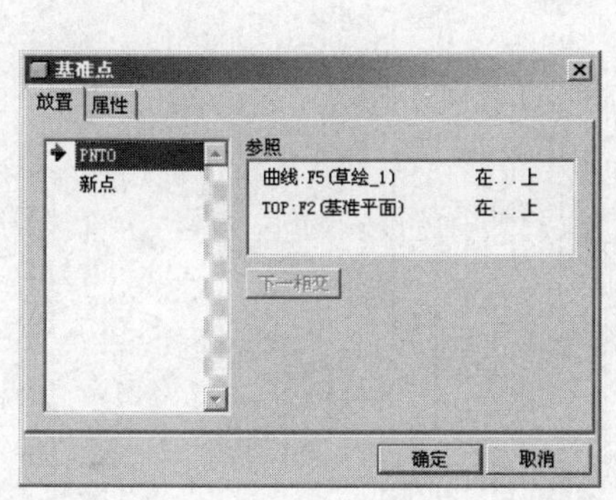

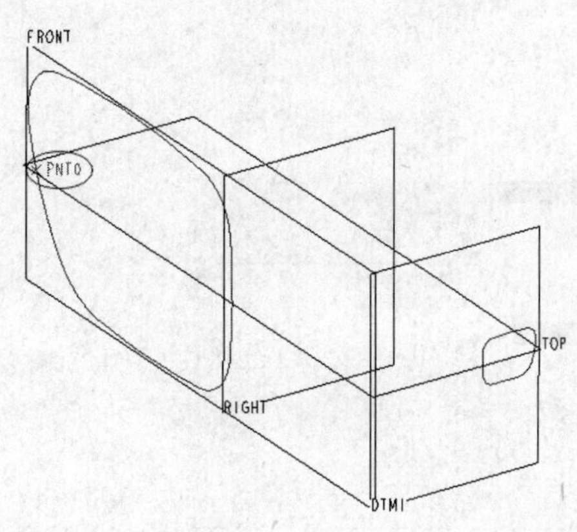

图10-102　新建基准点 PNT0

(3) 在基准平面 TOP 与草绘曲线 1 右侧交点处创建基准点 PNT1，如图 10-103 所示。

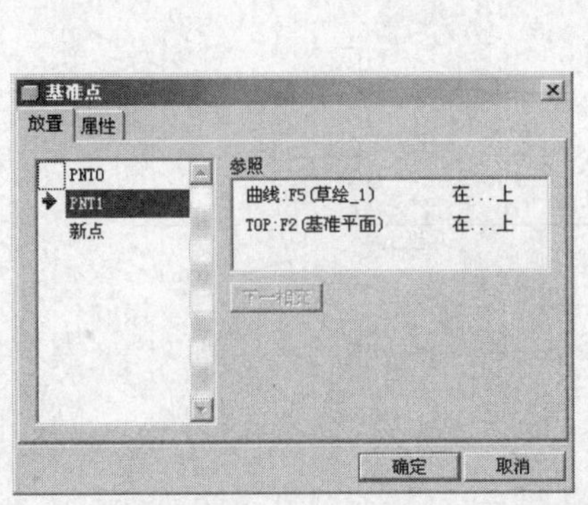

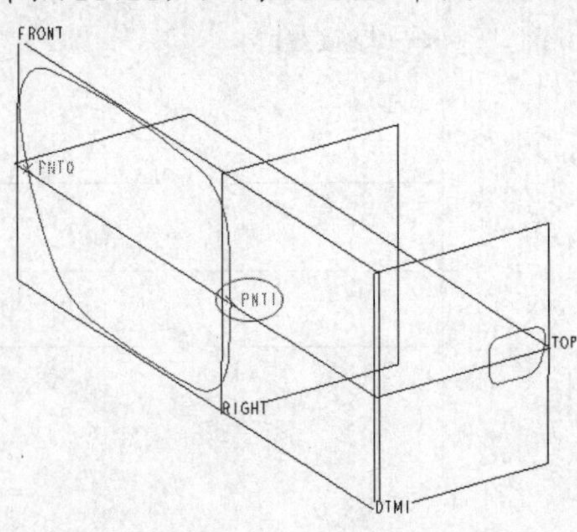

图10-103 新建基准点 PNT1

(4) 在基准平面 TOP 与草绘曲线 2 左侧交点处创建基准点 PNT2，如图 10-104 所示。

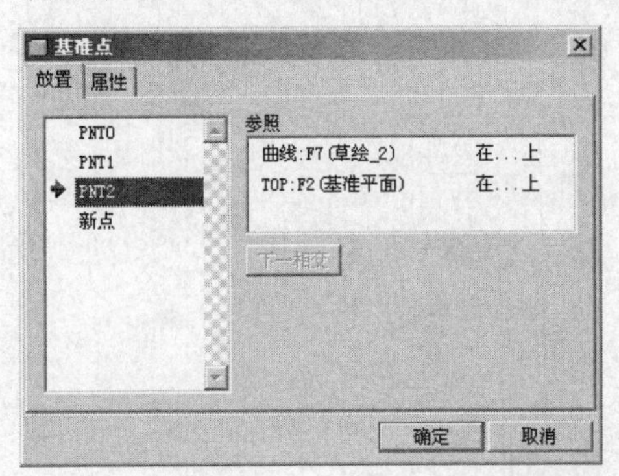

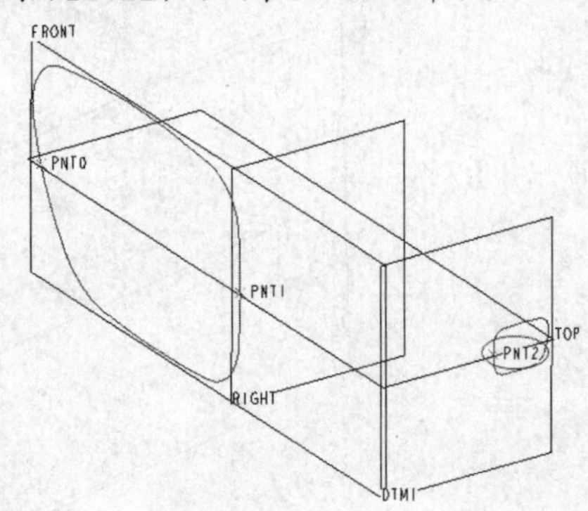

图10-104 新建基准点 PNT2

(5) 在基准平面 TOP 与草绘曲线 2 右侧交点处创建基准点 PNT3，如图 10-105 所示。

6. 创建草绘基准曲线 3。

(1) 选取基准平面 TOP 作为草绘平面。

(2) 按照图 10-106 所示使用上一步创建的 4 个基准点作为参照，使用 工具绘制曲线草图，最后创建的基准曲线如图 10-107 所示。

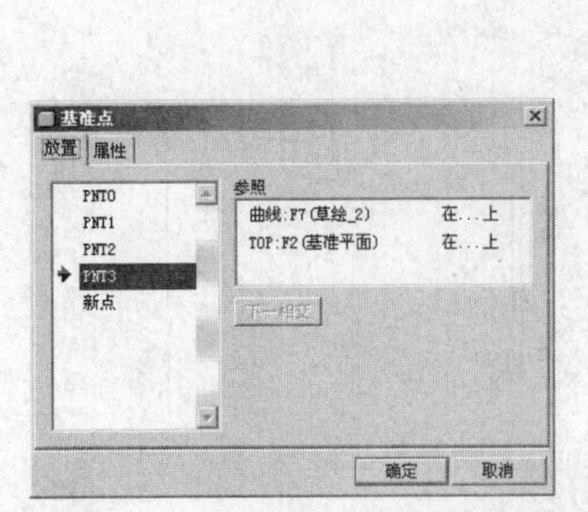

图10-105 新建基准点 PNT3

图10-106 绘制曲线草图

7. 创建边界混合曲面。

(1) 按照图 10-108 所示选取第 1 方向上的边界曲线。

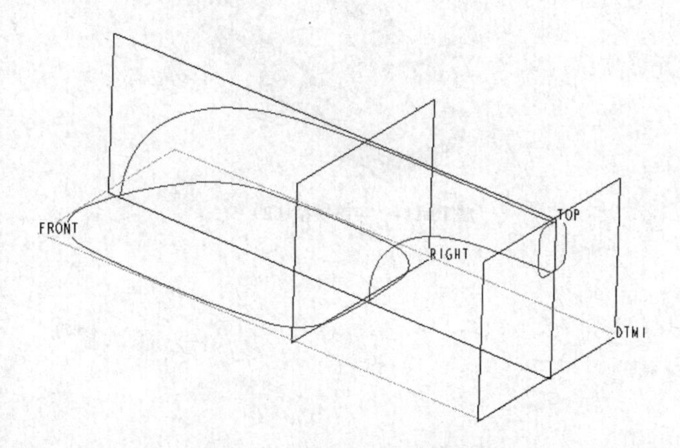

图10-107 最后创建的基准曲线

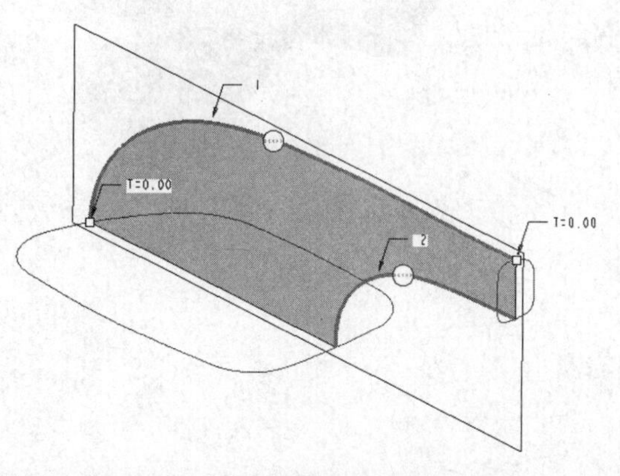

图10-108 选取第 1 方向曲线

(2) 按照图 10-109 所示选取第 2 方向上的边界曲线，最后创建的曲面如图 10-110 所示。

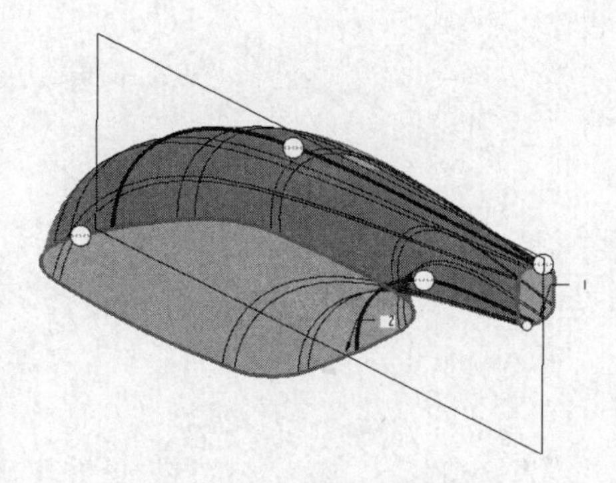

图10-109 选取第 2 方向曲线

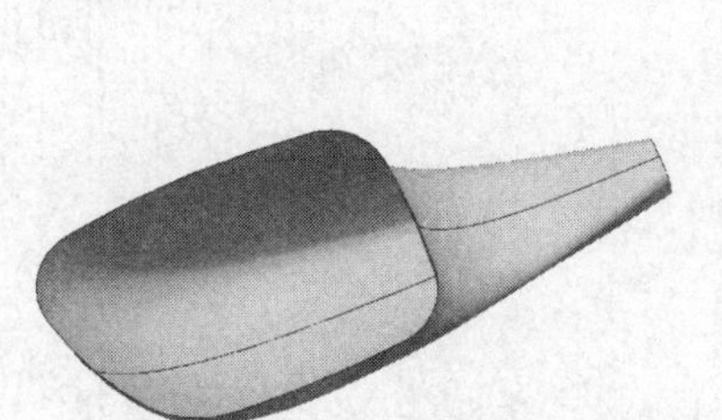

图10-110 最后创建的曲面

8. 加厚曲面。将曲面加厚 1.50 得到最终创建的壳体，如图 10-111 所示。图 10-112 所示为隐藏基准曲线后的结果。

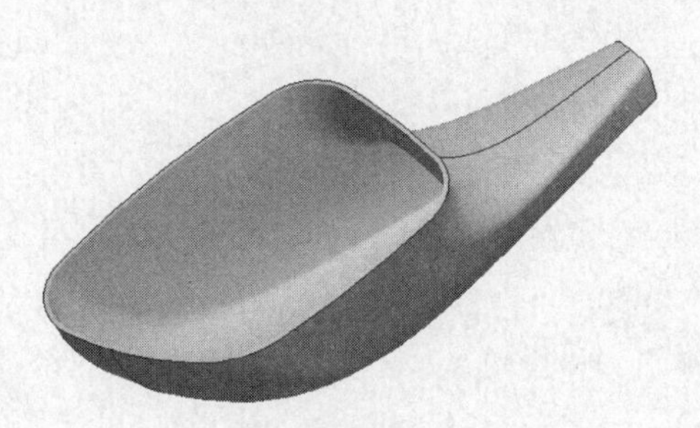

图10-111 加厚后的实体模型

图10-112 隐藏基准曲线后的结果

10.3 课后作业

1. 主要使用实体建模方法创建如图 10-113 所示的模型。

2. 主要使用曲面建模方法创建如图 10-114 所示的模型。

图10-113 实体模型（1）

图10-114 实体模型（2）

第11讲

机械装配设计

【学习目标】

 	• 掌握装配的基本概念和用途。 • 明确约束的种类及其用途。
• 明确在装配环境下创建零件的方法。 • 掌握组件装配的一般过程。 • 掌握分解图的创建方法。	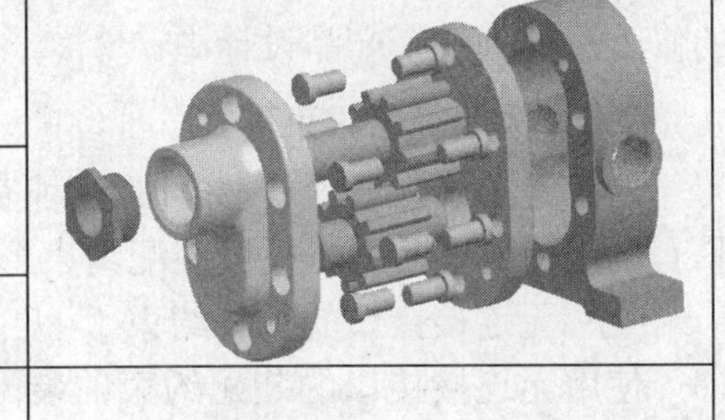
	• 阵列装配和重复装配的用法。

11.1 机械装配的基本原理

机械装配设计是指利用一定的约束关系，将各零件组合起来的过程。组合起来的整体就是装配体。在 Pro/E 的组件模式下，不但可以实现对装配操作，还可以对装配体进行修改、分析和分解。

11.1.1 知识点讲解

在上工具箱中单击按钮，打开【新建】对话框。在【类型】分组框中选择【组件】单选钮，在【子类型】分组框中选择【设计】单选钮，如图 11-1 所示，输入组件文件名后进入组件装配设计环境。

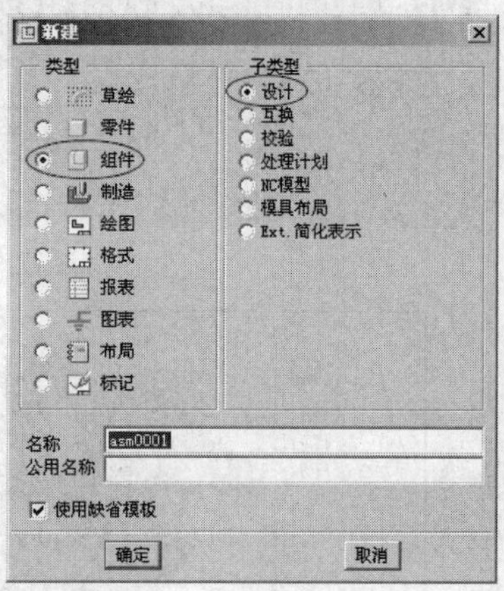

图11-1 【新建】对话框

一、 两种装配模式

元件的装配主要有以下两种思路：自底向上装配和自顶向下装配。

(1) 自底向上装配

自底向上装配时，首先创建好组成装配体的各个元件，然后按照一定的装配顺序依次将其装配为组件。这种装配模式比较简单、初级，其设计思路清晰，设计原理也容易被广大用户接受。

但是其设计理念还不够先进，设计方法也不够灵活，还不能完全适应现代设计的要求，主要应用于一些已经比较成熟的产品的设计过程，可以获得比较高的设计效率。

(2) 自顶向下装配

自顶向下的装配设计与自底向上的设计方法正好相反。设计时，首先从整体上勾画出产品的整体结构关系或创建装配体的二维零件布局关系图，再根据这些关系或布局逐一设计出零件模型。

现代设计中，通常先设计出整个产品的结构和功能后，再逐步细化到单个零件的设计。这种设计方法具有参数化设计的优点，能够方便地修改设计结果，还能够很容易地把对某一元件的修改反映到整个产品设计中。

二、 两种装配约束形式

约束是施加在各个零件间的一种空间位置的限制关系，从而保证参与装配的各个零件之间具有确定的位置关系。根据装配约束形式的不同，可以将装配约束划分为以下两类。

(1) 无连接接口的装配约束

使用无连接接口的装配约束的装配体上各零件不具有自由度，零件之间不能做任何相对运动，装配后的产品成为具有层次结构且可以拆卸的整体，但是产品不具有“活动”零件。这种装配连接称为约束连接。

(2) 有连接接口的装配约束

大多数机器在装配完成后，零件之间还应该具有正确的相对运动，如轴的转动、滑块的移动等。为此，在装配模块中引入了有连接接口的装配约束。这种装配连接称为机构连接，是使用 Pro/E 进行机械仿真设计的基础。

三、 装配设计环境

由零部件按照一定的约束关系组合而成的零件装配集合称为组件。一个组件中往往包括若干个子组件，子组件通常称为部件。

在装配环境下，模型树区的结构图包括组件、零件等装配体的组成部分以及它们之间的关系，如图 11-2 所示。

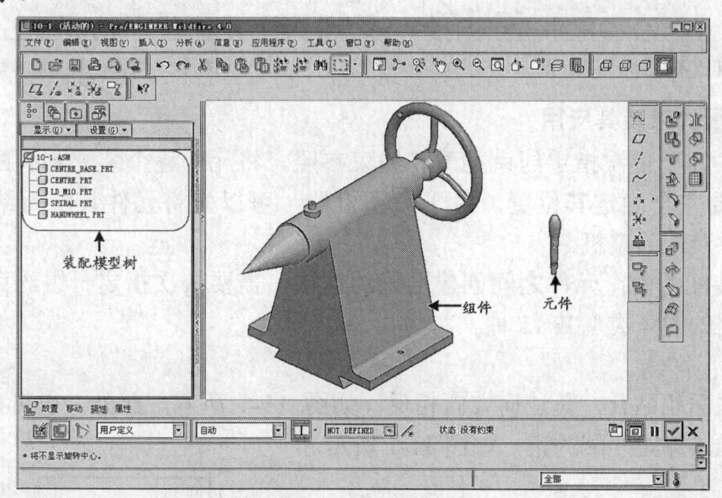

图11-2 装配设计环境

四、 装配工具

在右工具箱上单击按钮后，浏览到需要装配的零件并将其导入设计环境，同时打开装配设计图标板创建约束连接或者机构连接，如图 11-3 所示。本节仅介绍约束连接。

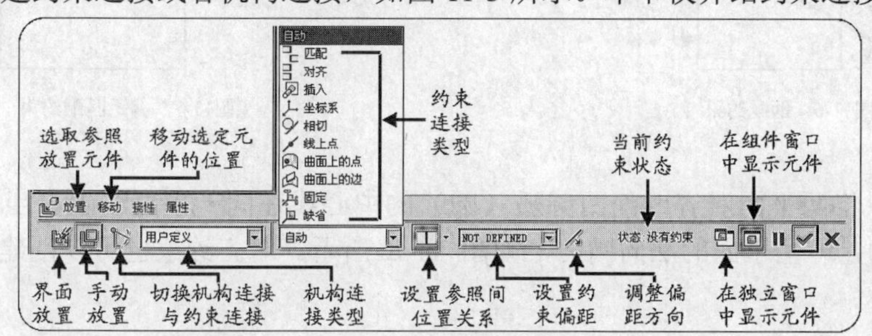

图11-3 设计图标板

(1) 【放置】上滑参数面板

在图标板左上角单击放置按钮，打开上滑参数面板，这里是指为新装配元件指定约束类型和约束参照以实现装配过程，如图 11-4 所示。

设计时，首先在右侧上方的下拉列表中为组件和新元件选取约束类型，然后为其指定约束参照，指定结果会显示在左侧的参数收集器中。

完成一组约束设置后，在图标板上会提示当前的约束状态，如果模型尚未达到需要的约束状态，可以继续添加新的约束和参照。

(2) 【移动】上滑参数面板

在装配过程中，为了在模型上选取确定的约束参照，有时需要适当对模型进行移动或旋转操作，这时可以在图标板左上角单击移动按钮，打开如图 11-5 所示的上滑参数面板，选取移动和旋转模型的参照后，即可将其重新放置。

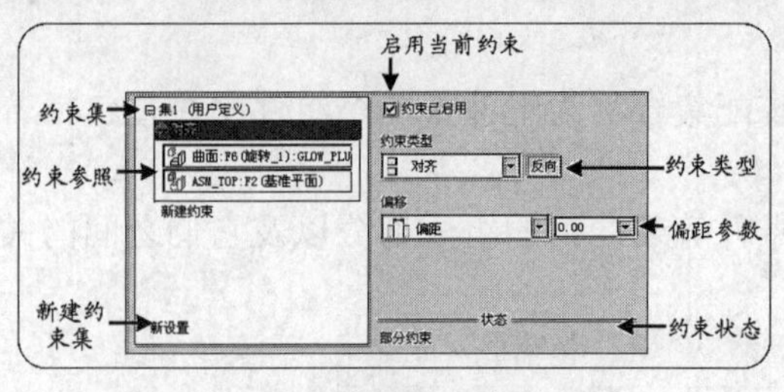

图11-4 【放置】上滑参数面板

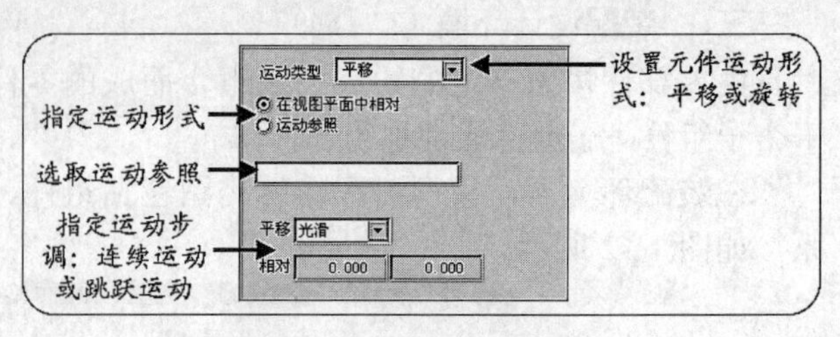

图11-5 【移动】上滑参数面板

五、 常用装配约束及其应用

组件装配时，需要依次指定约束类型和约束参照，将元件逐个装配到装配体中。通常情况下，每个零件需要完全确定其位置。对于大型机器，可以先将元件装配为结构相对完整的部件，然后再将部件装配为整机。

为了在参与装配的两个元件之间创建准确的连接，需要依次指定一组约束来准确定位这两个元件，这些可用的约束类型共 11 种。

(1) 匹配

匹配就是两平面相贴合，其法向方向相反，如图 11-6 所示。此外，也可在匹配的两个平面之间增加间距，构成偏距匹配约束，如图 11-7 所示。

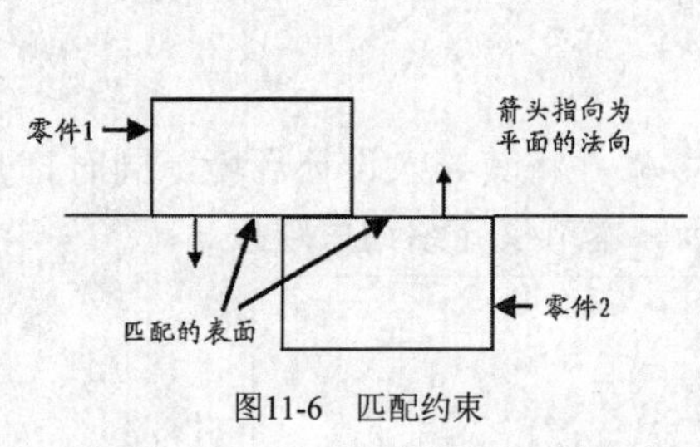

图11-6 匹配约束

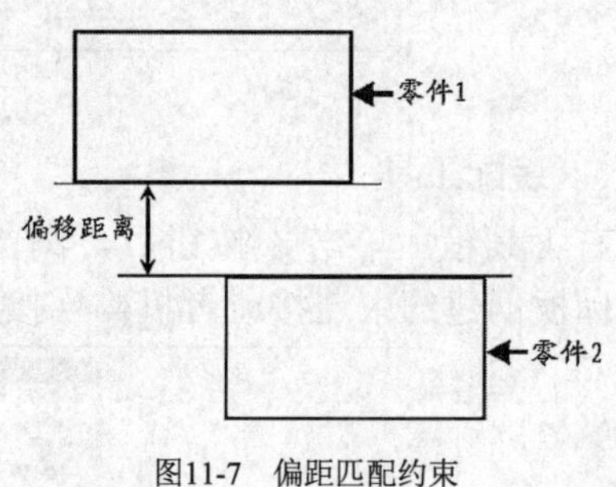

图11-7 偏距匹配约束

(2) 对齐

对齐约束可以将两平面对齐或使两圆弧（圆）的中心线在同一条直线上。当两平面相互对齐时，两平面同向，即两平面的法向同向，如图 11-8 所示。对齐约束也可以创建偏距对齐，如图 11-9 所示。

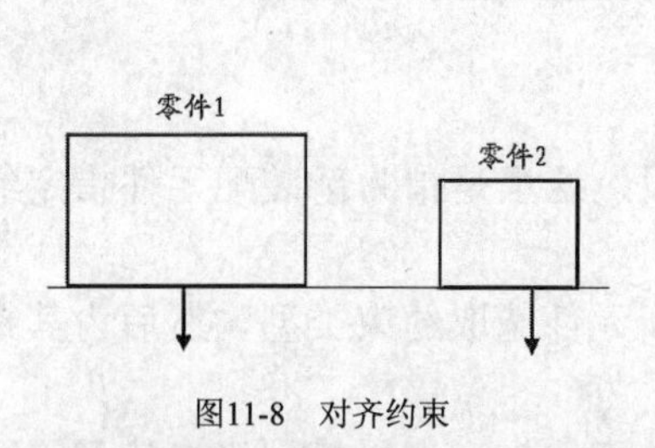

图11-8 对齐约束

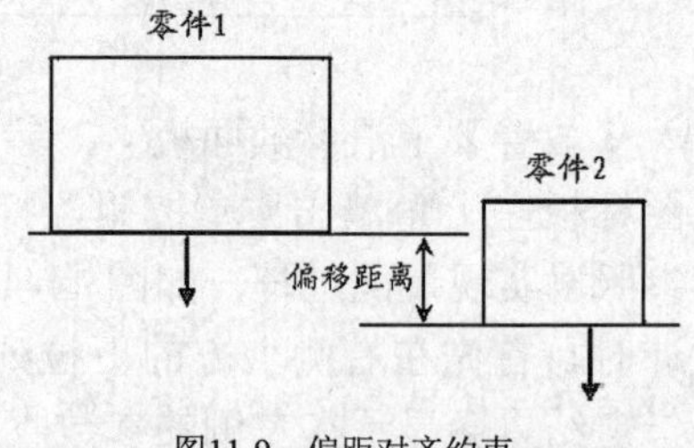

图11-9 偏距对齐约束

要点提示 指定对齐和匹配约束时，在两个对象上选取的参照类型必须相同，如选择的一个对齐参照是直线，另一个参照也必须是直线。

(3) 插入

插入约束主要用于轴与孔的匹配，设计时只需要在轴和孔上分别选取参照曲面即可创建连接，如图 11-10 所示。

(4) 坐标系

装配完成后，两个零件上的坐标系重合，如图 11-11 所示。利用坐标系进行装配时，必须注意 x 轴、y 轴和 z 轴的方向。

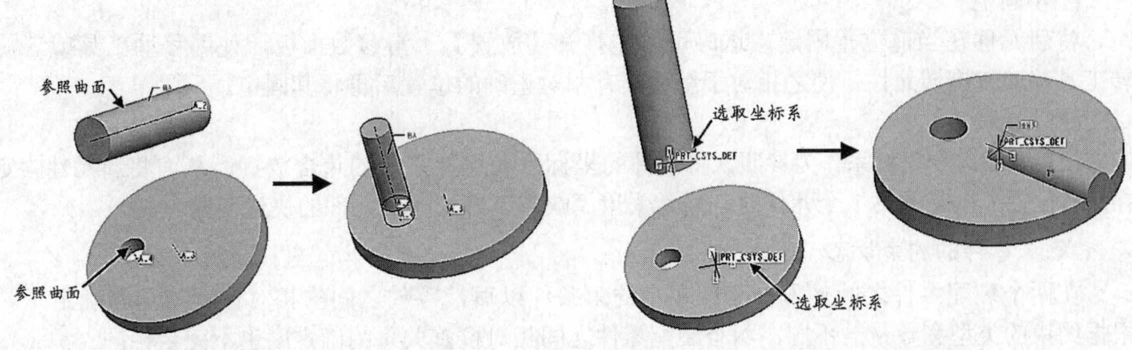

图11-10 插入约束

图11-11 坐标系约束

(5) 相切

零件上的指定曲面以相切的方式进行装配，设计时只需要分别在两个零件上指定参照曲面即可，如图 11-12 所示。

(6) 线上点

将元件上选定的点与组件的边线或其延长线对齐，如图 11-13 所示。

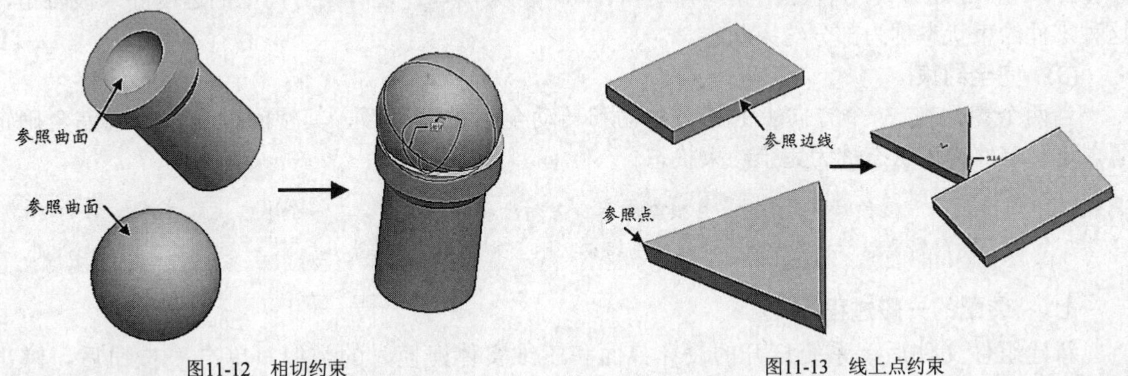

图11-12 相切约束

图11-13 线上点约束

(7) 曲面上的点

将元件上选定的点放置在组件指定的表面上，如图 11-14 所示。

(8) 曲面上的边

将元件上选定的边放置在组件指定的表面上，如图 11-15 所示。

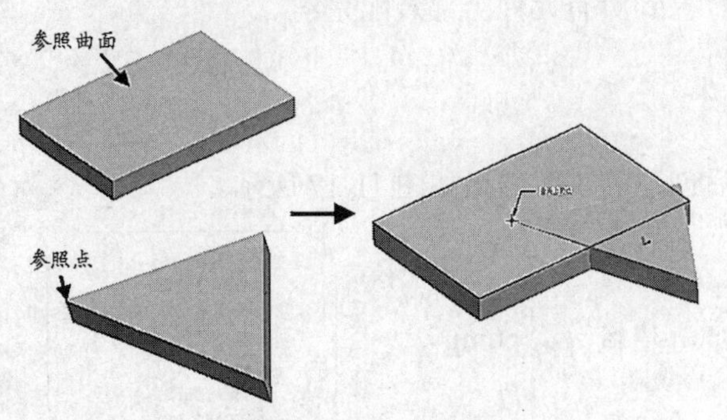

图11-14 曲面上的点约束

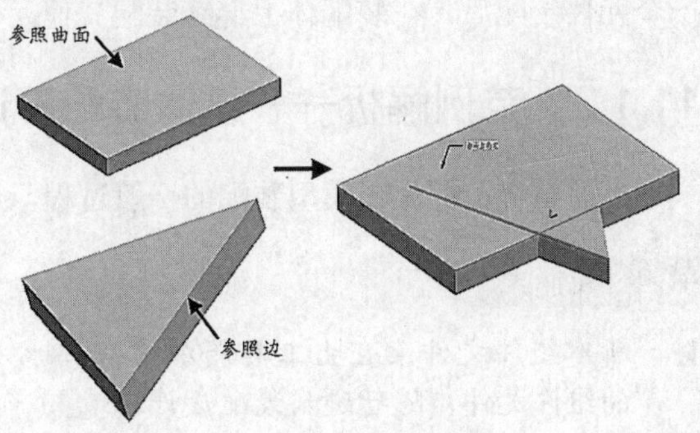

图11-15 曲面上的边约束

(9) 自动

用户直接在元组件上选取装配的参考几何，由系统自动判断约束的类型和间距来进行元组件的装配。这是一种比较快速的装配方法，通常只用于简单装配情况下。

(10) 固定

将新元件在当前位置固定，这时可以先打开【放置】上滑参数面板，使用移动工具或者旋转工具移动或旋转元件，使之相对于组件具有相对正确的位置后再将其固定。

(11) 缺省

使用缺省装配坐标系作为参照，将元件的坐标系和组件系统的重合放置，从而将新元件固定在缺省位置。在装配第 1 个元件时，通常采用“缺省”方式实现元件的快速装配。

六、 零件的约束状态

在两个装配零件之间加入一个或多个约束条件以后，零件之间的相对位置就基本确定了。根据约束的类型和数量的不同，两个装配零件之间相对位置关系的确定度也不完全相同。

(1) 无约束

两个零件之间尚未加入约束条件，每个零件处于自由状态，这是零件装配前的状态。

(2) 部分约束

在两个零件之间每加入一种约束条件，会限制一个方向上的相对运动，因此该方向上两零件的相对位置确定。但是要使两个零件的空间位置全部确定，根据装配工艺原理，必须限制零件在 x、y 和 z 这 3 个方向上的相对移动和转动。如果两零件还有某方向上的运动尚未被限定，这种零件约束状态称为部分约束状态。

(3) 完全约束

当两个零件在 3 个方向上的相对移动和转动全部被限制后，其空间位置关系就完全确定了，这种零件约束状态称为完全约束状态。

要点提示 零件无约束或者部分约束时，在模型树窗口中对应零件标识前会有一个小方块符号，如图 11-16 所示，这时需要继续补充参照，使之完全约束，小方块符号随之消失。

七、 装配的一般过程

新建组件文件后，系统打开的设计界面和三维实体建模时的类似，单击按钮后，弹出【打开】对话框，从该对话框中选取零件，将其打开后作为装配元件进行装配设计。当零件数量较多时，可以单击对话框上的 预览(P)>>> 按钮，在对话框右侧打开模型预览窗口以方便零件的选取。

装配一个零件时，需要依次选定一组约束类型和约束参照，直到正确放置元件为止，完成一个元件装配后，在装配体上继续装配其他元件，直到所有元件全部装配完毕。

11.1.2 范例解析——泵体装配设计 1

下面结合范例说明模型装配的一般过程，最后创建的装配结果如图 11-17 所示。

范例操作

1. 新建组件文件。在上工具箱中单击按钮，新建名为“pump”的组件文件，随后进入装配设计环境。
2. 使用默认方式装配泵体。

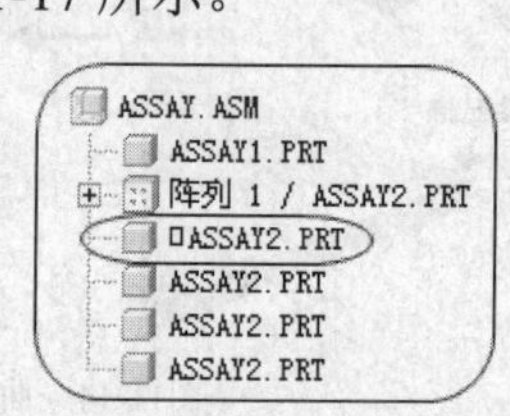

图11-16 装配模型树

(1) 在右工具箱中单击按钮，导入教学资源文件“\第 11 讲\素材\pump\pump_body.prt”，该零件为泵体模型，如图 11-18 所示。

图11-17 齿轮泵体

图11-18 泵体模型

(2) 在图标板上的选取约束类型为“缺省”，如图 11-19 所示。单击鼠标中键将该零件在默认参照中装配。

3. 装配主动齿轮。

(1) 在右工具箱中单击按钮，导入教学资源文件“\第 11 讲\素材\pump\master_gear.prt”，该零件为主动齿轮，为了便于选取参照，单击界面右下角的按钮，将其在独立窗口中显示，如图 11-20 所示。

图11-19 设计图标板

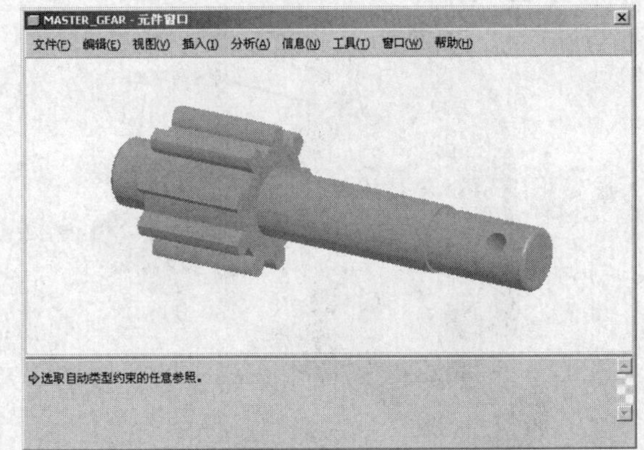

图11-20 独立窗口打开的主动齿轮

(2) 单击放置按钮，打开上滑参数面板。选择第 1 个约束类型为【插入】，然后选取如图 11-21 所示的平面作为参照，施加插入约束后的模型，如图 11-22 所示，此时的参数设置如图 11-23 所示。

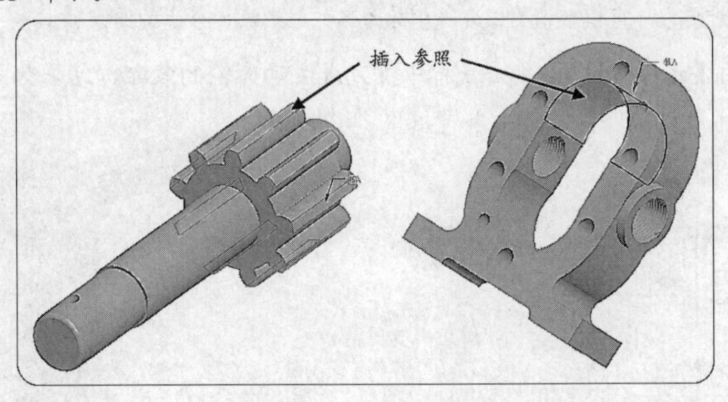

图11-21 插入约束参照

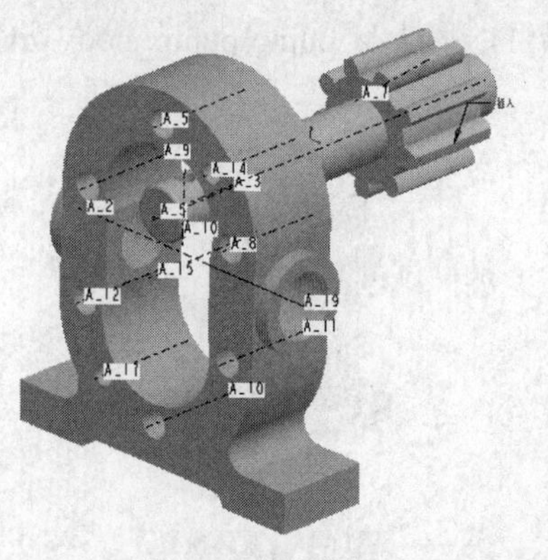

图11-22　插入约束

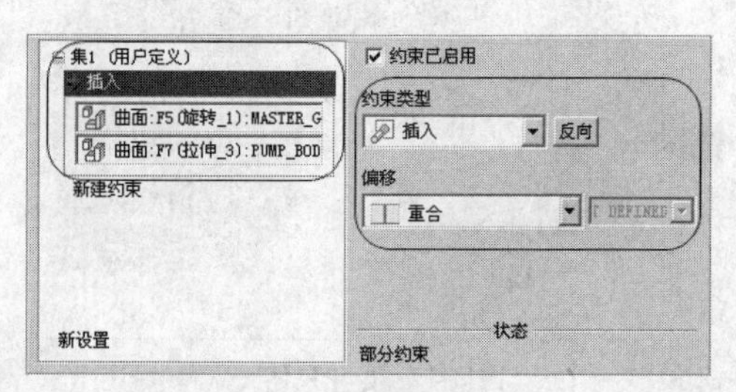

图11-23　设置装配参数（1）

要点提示　单击图标板左上角的移动按钮打开移动工具，单击主动齿轮零件，拖动鼠标可以使该齿轮沿着轴线方向移动，但是其他方向上的运动被限制，这说明两个零件的相对位置还没有完全确定。

(3) 在上滑参数面板中单击【新建约束】选项补充约束条件，在【约束类型】下拉列表中选择【对齐】选项，然后选取如图 11-24 所示的平面作为参照。施加对齐约束后的模型如图 11-25 所示。

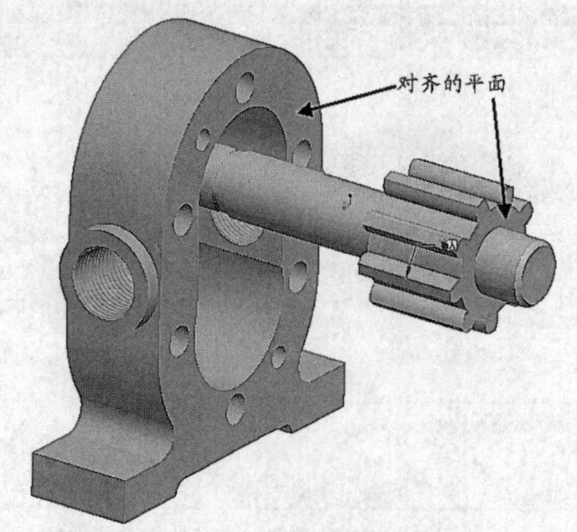

图11-24　选取约束参照

图11-25　约束后的零件

要点提示　在装配过程中，系统会根据先前的约束条件自动推断元件的装配位置，如果能够确定便会在【状态】栏下勾选【允许假设】复选框，并提示元件已【完全约束】，如图 11-26 所示。如果当前的装配位置并不符合设计要求，可以取消对该复选框的勾选并继续添加合适的约束项。

(4) 接受系统给出的【允许假设】，单击鼠标中键完成主动齿轮的装配，结果如图 11-27 所示。

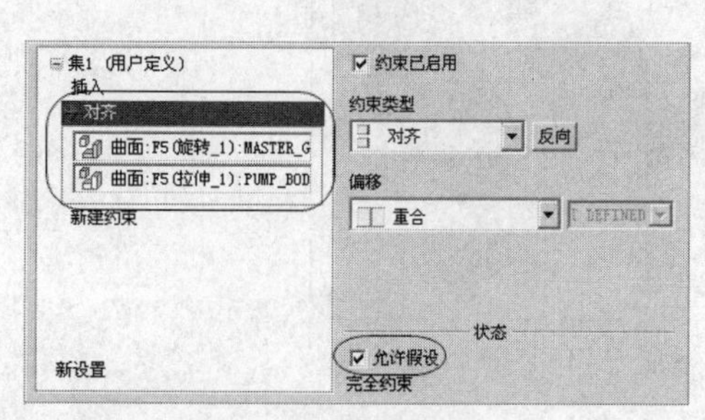

图11-26　设置装配参数（2）

图11-27　装配结果（1）

4. 装配从动齿轮。

(1) 在右工具箱中单击按钮，导入教学资源文件“\第 11 讲\素材\pump\slaver_gear.prt”，该零件为从动齿轮，如图 11-28 所示。

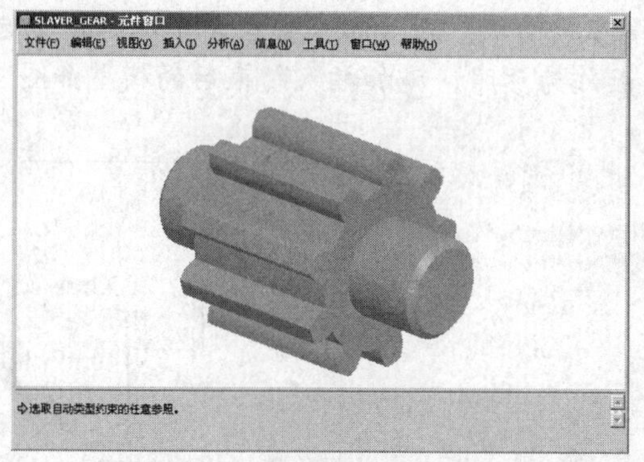

图11-28 独立窗口打开的从动齿轮

(2) 单击放置按钮，打开上滑参数面板。在【约束类型】下拉列表中选择【插入】选项，然后选取如图 11-29 所示的平面作为参照。施加插入约束后的模型如图 11-30 所示，两个零件的轴线对齐。

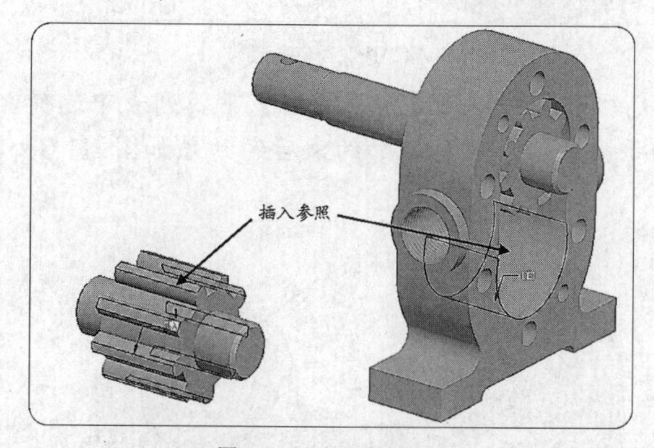

图11-29 选取约束参照

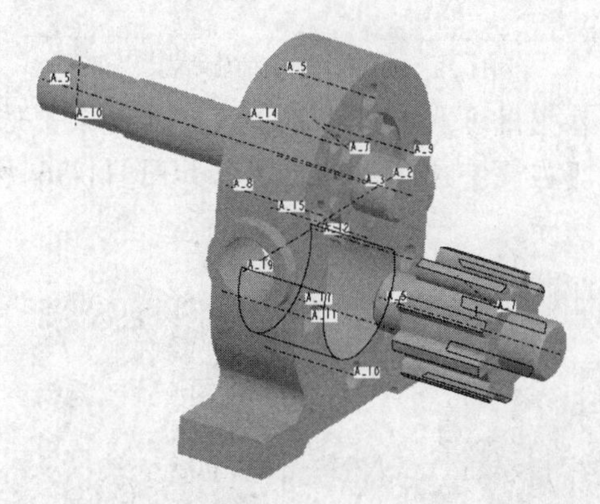

图11-30 元件约束状态

(3) 在上滑参数面板中单击【新建约束】选项补充约束条件，在【约束类型】下拉列表中选择【对齐】选项，然后选取如图 11-31 所示的平面作为参照。单击鼠标中键，装配结果如图 11-32 所示。

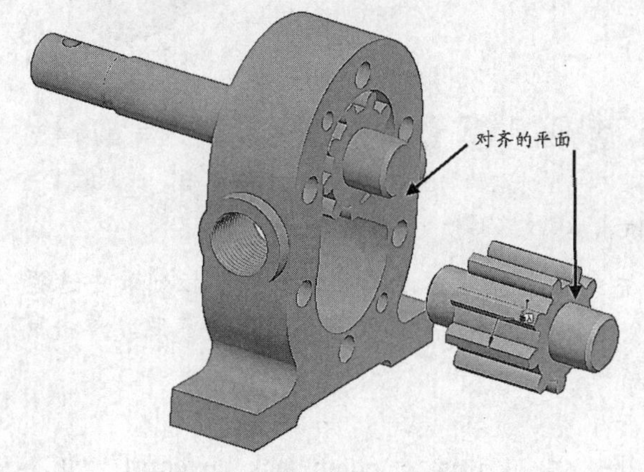

图11-31 选取约束参照

图11-32 装配结果（2）

5. 装配前端盖。

(1) 在右工具箱中单击按钮，导入教学资源文件“\第 11 讲\素材\pump\front_cover.prt”，该零件为前端盖，如图 11-33 所示。

(2) 单击放置按钮，打开上滑参数面板。在【约束类型】下拉列表中选择【插入】选项，然后选取如图 11-34 所示的平面作为参照。施加插入约束后的模型如图 11-35 所示，两个零件的轴线对齐。

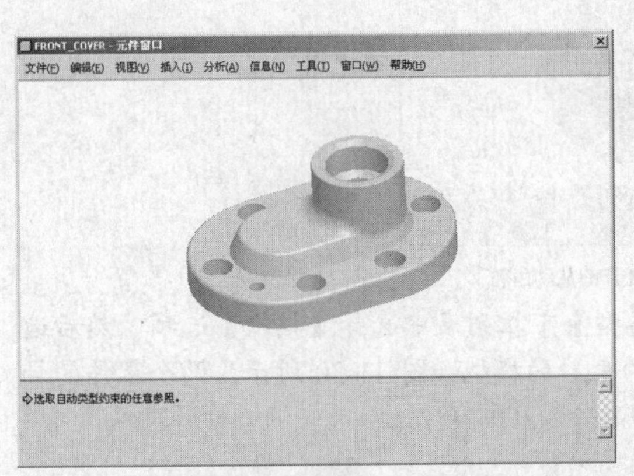

图11-33 独立窗口打开的前端盖　　图11-34 选取约束参照

(3) 在上滑参数面板中单击【新建约束】选项补充约束条件，在【约束类型】下拉列表中选择【匹配】选项，然后选取如图 11-36 所示的平面作为参照，施加约束后的结果如图 11-37 所示。

图11-35 元件约束状态

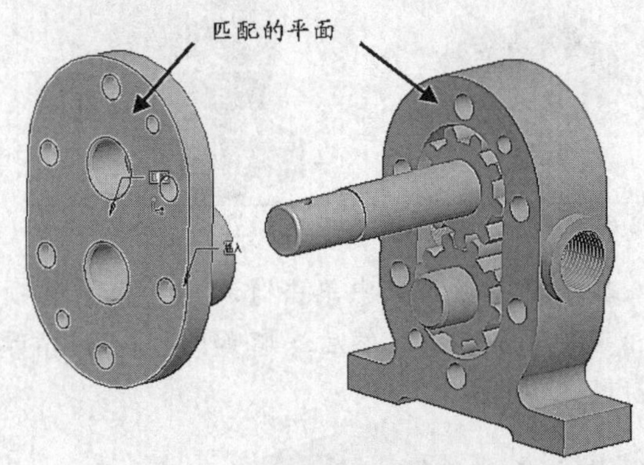

图11-36 选取约束参照

要点提示 此时在系统状态栏下勾选【允许假设】复选框，并提示元件已【完全约束】，但是显然此时前端盖还可以绕轴线旋转，并且转角不一样时，装配效果不一样。取消勾选【允许假设】复选框，此时的【完全约束】状态变为【部分约束】状态，下面继续添加约束条件使之完全约束。

(4) 在上滑参数面板中单击【新建约束】选项补充约束条件，在【约束类型】下拉列表中选择【对齐】选项；然后选取如图 11-38 所示两个元件上的 RIGHT 基准平面作为参照，单击鼠标中键，最终的装配结果如图 11-39 所示。

6. 装配后端盖。

(1) 在右工具箱中单击按钮，导入教学资源文件“\第 11 讲\素材\pump\back_cover.prt”，该零件为后端盖，如图 11-40 所示。

图11-37 元件约束状态

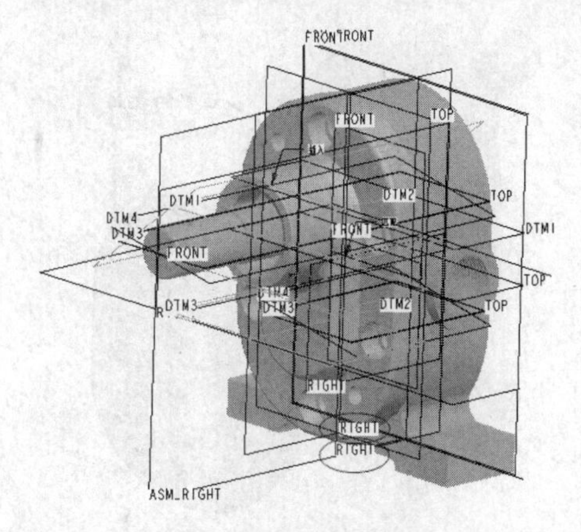

图11-38 选取约束参照

图11-39 装配结果（3）

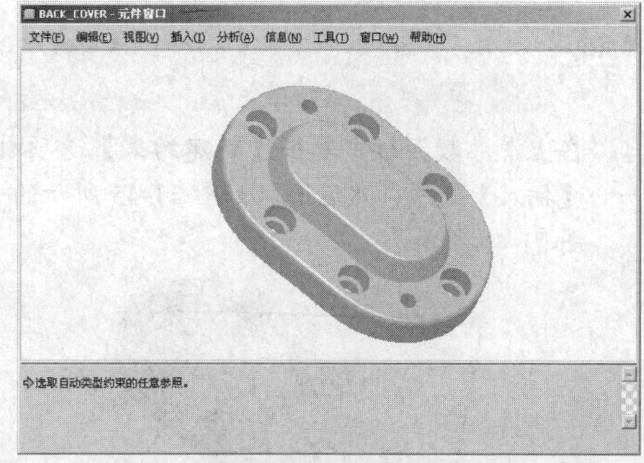

图11-40 独立窗口打开的后端盖

(2) 单击放置按钮，打开上滑参数面板。在【约束类型】下拉列表中选择【插入】选项，然后选取如图 11-41 所示平面作为参照。施加插入约束后的模型如图 11-42 所示，两个零件的轴线对齐。

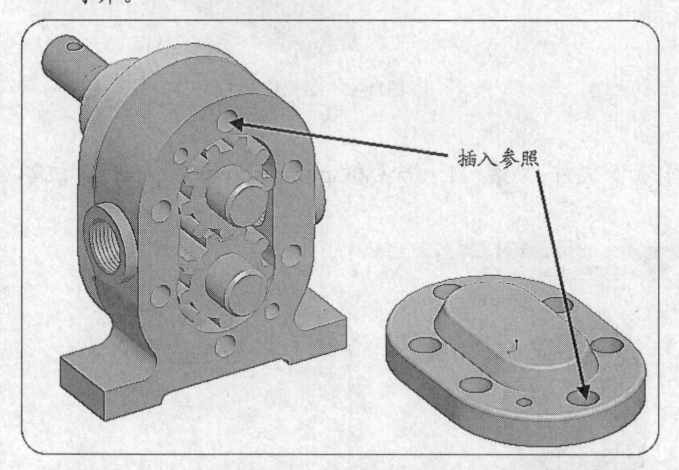

图11-41 选取约束参照

图11-42 元件约束状态

(3) 在上滑参数面板中单击【新建约束】选项补充约束条件，在【约束类型】下拉列表中选择【匹配】选项，然后选取如图 11-43 所示的平面作为参照。单击鼠标中键，装配结果如图 11-44 所示。

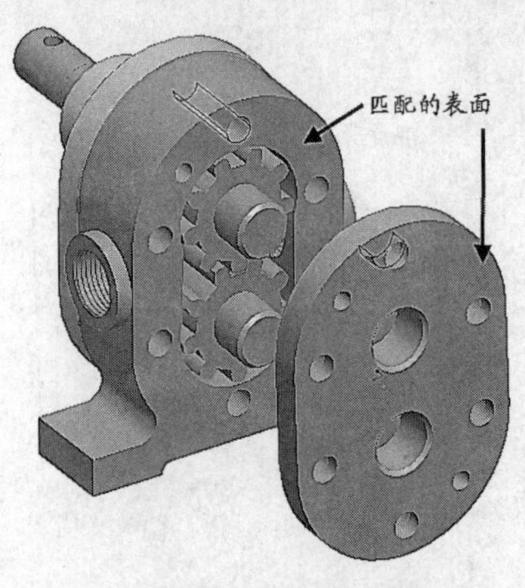

图11-43　选取约束参照

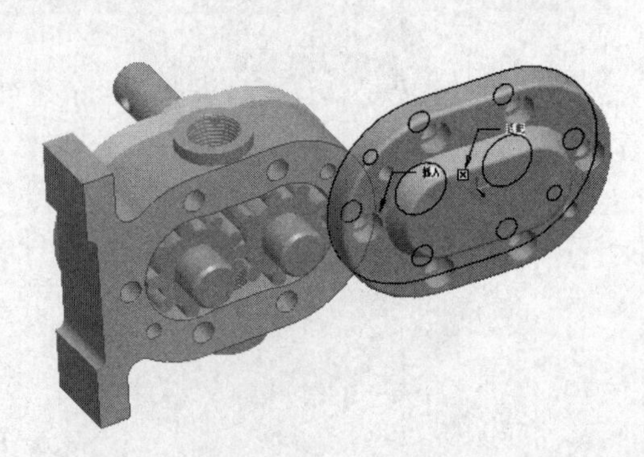

图11-44　元件约束状态

要点提示　此时【状态】栏下显示【允许假设】复选项，并提示元件已【完全约束】，显然这个装配结果并不正确，需要继续添加约束条件。

(4) 在上滑参数面板中单击【新建约束】选项补充约束条件，在【约束类型】下拉列表中选择【插入】选项，然后选取如图 11-45 所示的平面作为参照。单击鼠标中键，最后装配结果如图 11-46 所示。

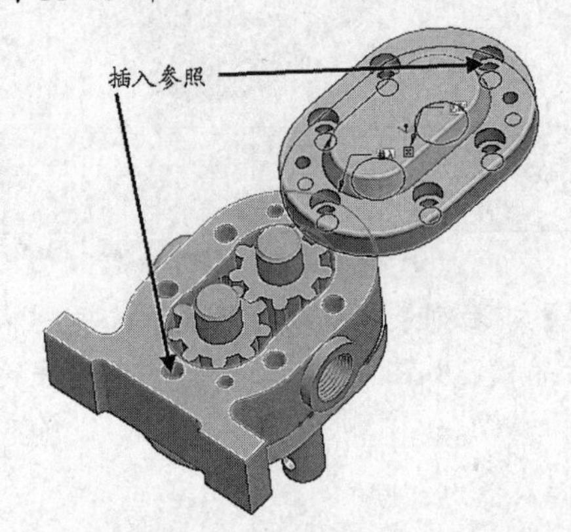

图11-45　选取约束参照

图11-46　装配结果（4）

7. 装配螺母。

(1) 在右工具箱中单击按钮，导入教学资源文件“\第 11 讲\素材\pump\screw_cap.prt”，该零件为螺母零件，如图 11-47 所示。

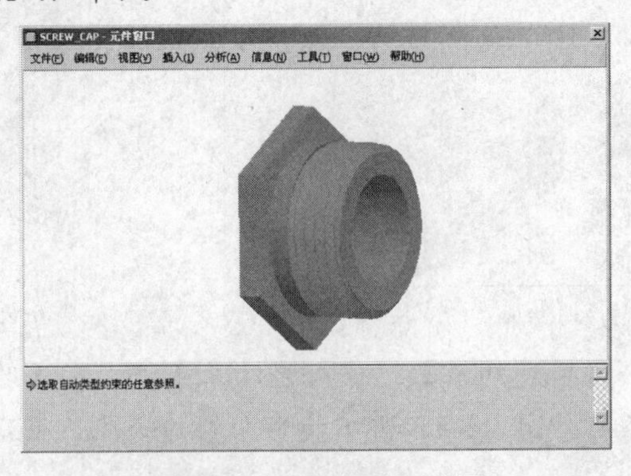

图11-47　独立窗口打开的螺母

(2) 单击放置按钮，打开上滑参数面板。在【约束类型】下拉列表中选择【插入】选项，然后选取如图 11-48 所示的平面作为参照。施加插入约束后的模型如图 11-49 所示，两个零件的轴线对齐。

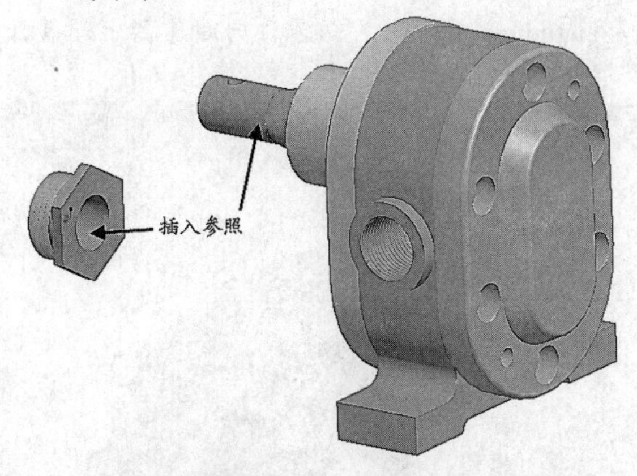

图11-48 选取约束参照

图11-49 元件约束状态

(3) 在上滑参数面板中单击【新建约束】选项补充约束条件，在【约束类型】下拉列表中选择【匹配】选项，然后选取如图 11-50 所示的平面作为参照。单击鼠标中键，最终装配结果如图 11-51 所示。

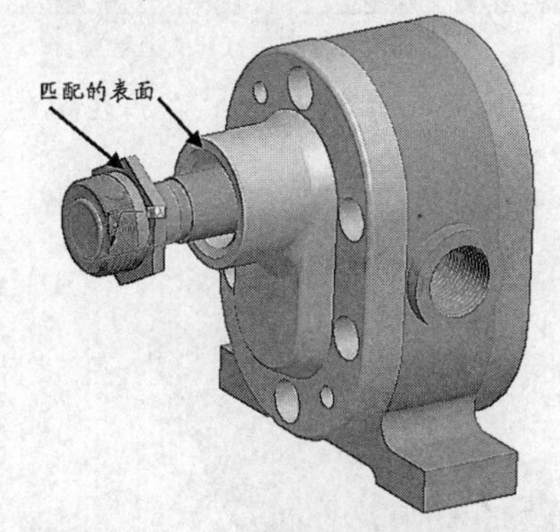

图11-50 选取约束参照

图11-51 最终装配结果

8. 保存文件。
选择菜单命令【文件】/【保存】保存文件，供后续设计使用。

11.1.3 课堂练习——减速器装配

练习使用组件装配方法装配如图 11-52 所示的减速器上下箱体。

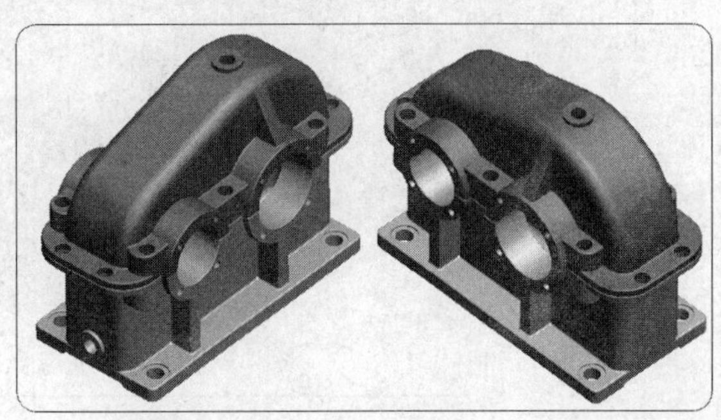
图11-52 减速器模型

操作提示

1. 新建组件文件。在上工具箱中单击按钮，新建名为“reduce”的组件文件，随后进入装配设计环境。
2. 使用默认方式装配下箱体。

(1) 单击按钮，导入教学资源文件“\第 11 讲\素材\reduce\bottom.prt”，该零件为减速器下箱体，如图 11-53 所示。

(2) 在图标板上选取约束类型为“缺省”，单击鼠标中键，将该零件在默认参照中装配。

3. 装配上箱盖。

(1) 单击按钮，导入教学资源文件“\第 11 讲\素材\reduce\top.prt”，该零件为减速器上箱盖，如图 11-54 所示。

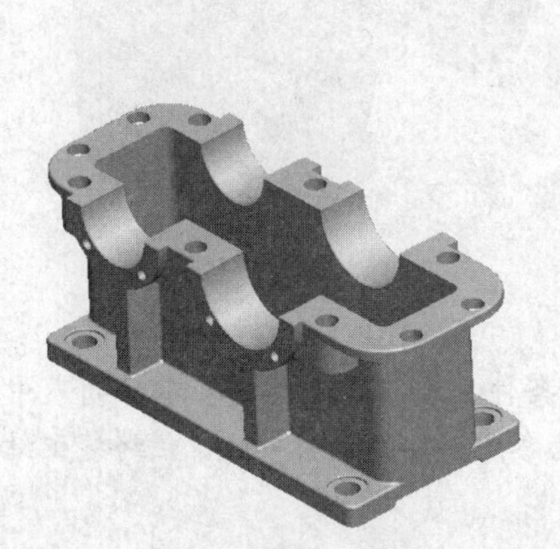

图11-53 减速器下箱体

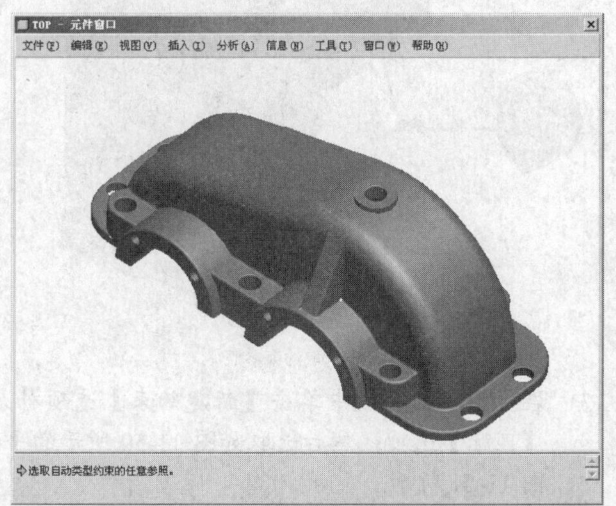

图11-54 独立窗口打开的上箱盖

(2) 设置第 1 个约束类型为“匹配”，选取如图 11-55 所示的平面作为参照，施加匹配约束后的模型如图 11-56 所示。

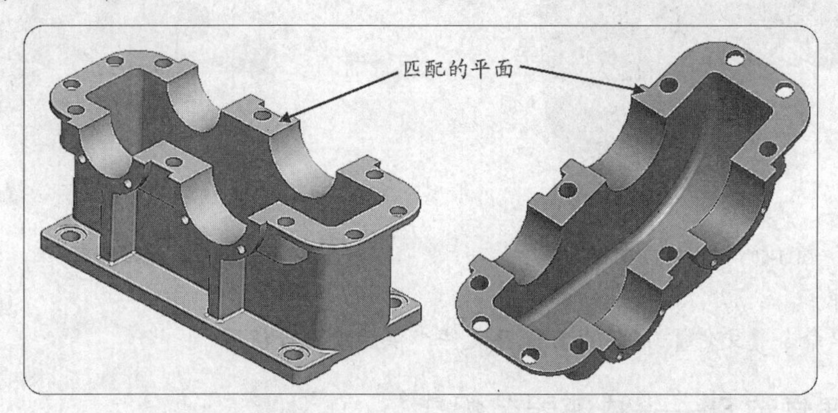

图11-55 匹配约束参照

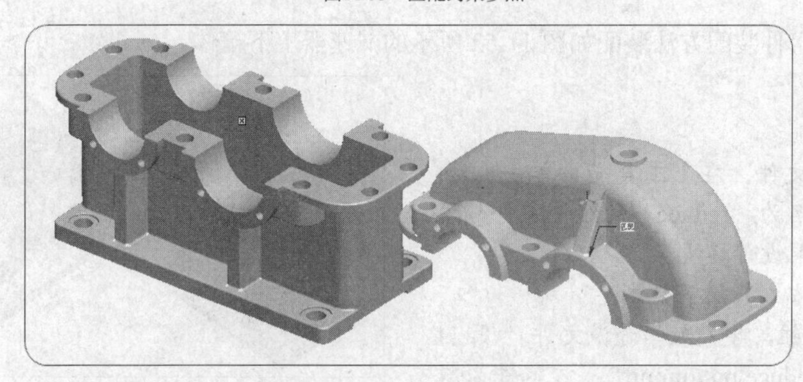

图11-56 元件约束状态

(3) 继续添加“插入”约束条件。选取如图 11-57 所示孔的内表面作为参照，施加插入约束后的模型如图 11-58 所示。

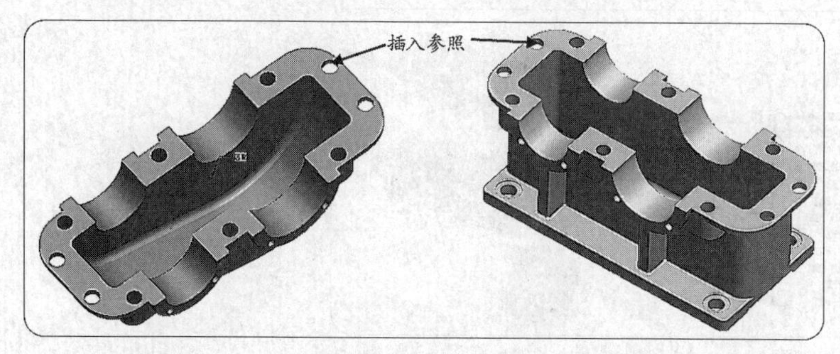

图11-57　插入参照

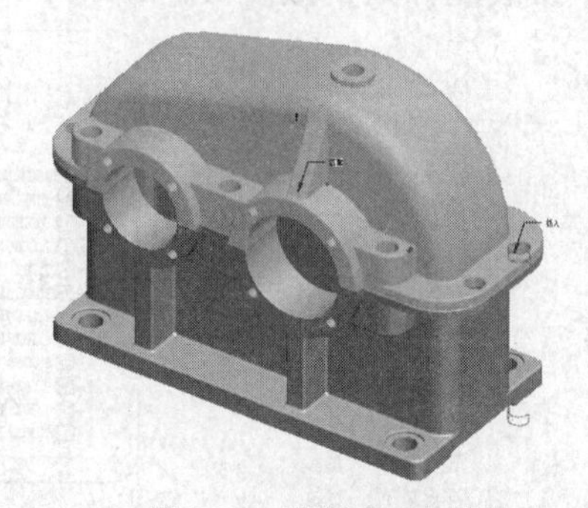

图11-58　应用参照后的模型

要点提示　此时上滑参数面板和图标板上的约束状态提示为“完全约束”。实际上，上箱盖并未完全确定位置，该元件还可以绕插入参照孔的轴线转动，它需要继续添加约束。

(4) 继续添加“对齐”约束。在【偏移】下拉列表中接受默认选项【定向】，然后选取如图 11-59 所示的平面作为参照。最终装配结果如图 11-60 所示。

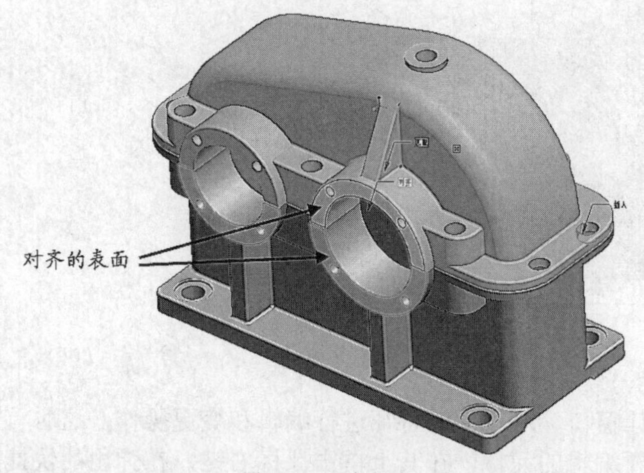

图11-59　对齐参照

图11-60　最终装配结果

11.2　高级装配设计

装配设计环境不同于零件建模环境，为了提高设计效率，必须熟悉该环境下的基本操作。

11.2.1　知识点讲解

在装配环境下，可以根据设计需要在装配环境下新建零件。同时，为了实现特殊的装配功能和提高设计效率，系统还提供了阵列装配和重复装配两种方法，主要用于对相同元件的装配。

一、 装配环境下的元件操作

装配体由多个元件组装而成，在设计中需要对选定的元件进行编辑、删除、修改等操作。

(1) 激活元件

在装配环境下，元件的激活和打开是进行零件操作的基础，只有在激活或打开元件后，才可以编辑元件。在图 11-61 中，顶级装配体处于激活状态，此时各元件上没有激活标志。当顶级装配体处于激活状态时，可以装配新元件以及在装配环境下新建元件。

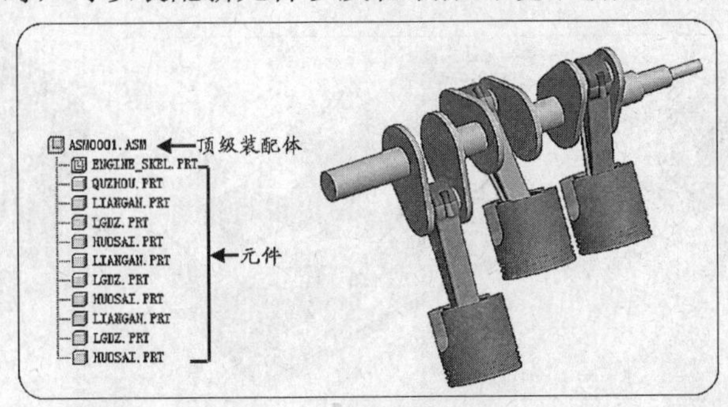

图11-61　装配体及其模型树

在模型树窗口中需要激活的元件上单击鼠标右键，在弹出的快捷菜单中选择【激活】选项，将其激活。此时被激活的元件前有一个激活标志，同时模型上的其他实体元件处于透明状态，如图 11-62 所示。

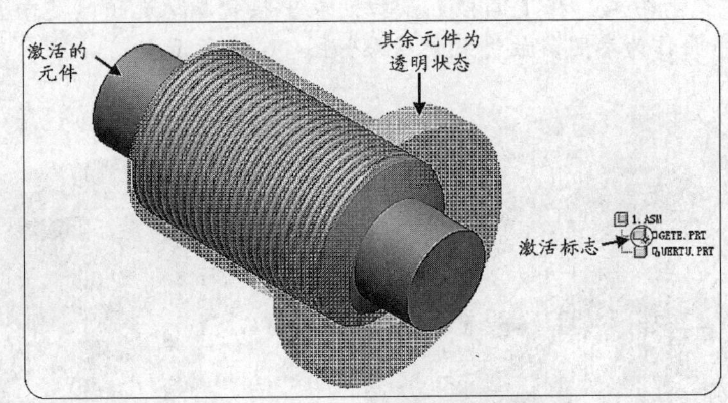

图11-62　激活元件后的装配体

(2)　打开元件

在组件模式下，也可以回到零件的设计窗口，对零件的特征进行编辑和变更操作，这时首先需要打开零件。在模型树窗口中选择需要编辑的元件，在其上单击鼠标右键，在弹出的快捷菜单中选择【打开】选项，打开独立的设计窗口。在这里可以对零件进行各种设计变更操作，其基本操作方法与零件设计模式下完全相同。

(3)　删除元件

在模型树窗口中选择需要删除的元件，此时工作界面上的元件显示为红色。在其上单击鼠标右键，在弹出的快捷菜单中选择【删除】选项，系统会弹出确认对话框，确认后即可将元件删除。

(4)　修改装配条件

在模型树窗口中，在需要修改装配条件的元件上单击鼠标右键，在弹出的快捷菜单中选择【编辑定义】选项，打开设计图标板重新定义或者修正装配条件。

(5)　隐藏元件

在装配体中，各个元件在装配空间中相互重叠，一个元件可能遮住了其他元件，为了更为全面观察元件的空间位置关系，可以隐藏选定的元件。

在模型树窗口中选定的元件上单击鼠标右键（或直接在模型上单击鼠标右键），在弹出的快捷菜单中选择【隐藏】选项，可以将该元件暂时隐藏起来，以便更好地观察被遮盖元件，如图 11-63 所示。如果需要重新显示该元件，只需要在类似的操作中选择【取消隐藏】选项即可。

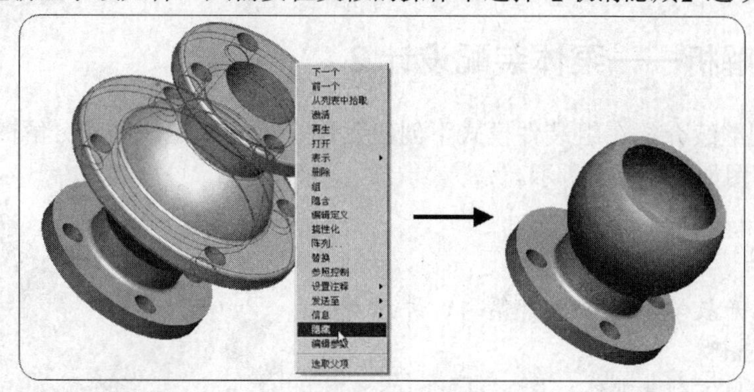

图11-63 元件的隐藏

(6) 隐含元件

隐含元件是将元件暂时从装配体中排除，从实际效果来看，与删除操作相似。但是删除后的元件通常不可恢复，而隐含的元件可以选择菜单命令【编辑】/【恢复】来恢复。

二、 阵列装配

使用阵列方式可以快速装配多个相同的元件。选取要阵列的元件后在右工具箱中单击▦按钮，打开阵列操作图标板，其中各选项的使用方法与基础建模中的阵列操作相同。在设计中，常用参照阵列来实现元件的快速装配。

三、 重复装配

当组件中需要多次放置一个元件（如螺栓、螺母、垫圈等零件）时，可以使用重复方式连续选取参照，以定义元件的位置。

四、 在装配环境下新建零件

在装配模式下可以依据已有元件的尺寸以及空间相对位置来创建新零件，其设计效率更高，还可以尽可能减少模型的修改次数。

五、 创建分解图

装配体的分解视图就是把元件分开来的视图。通过装配分解图可以更好地分析产品和指导生产。一般的产品说明书中，都会附带有产品的分解图，用以说明各部件的作用和使用方法。图 11-64 所示为一个装配体的分解图。

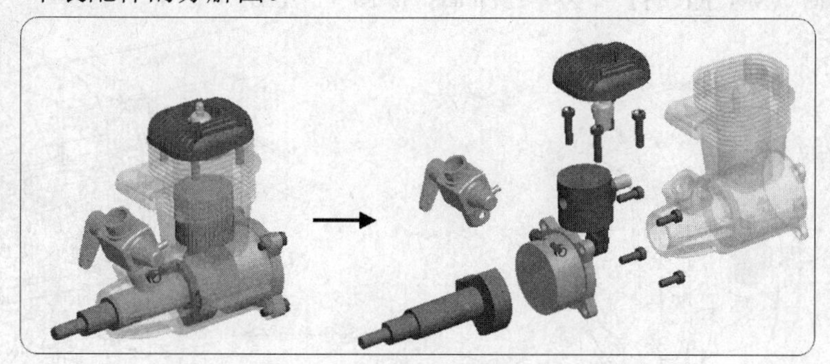

图11-64 装配体的分解图

对装配体分解后可以创建分解图，以便查看模型的结构和装配关系。组件装配完成后，选择菜单命令【视图】/【分解】，可以启动组件分解工具。

选择菜单命令【视图】/【分解】/【分解视图】，可以创建默认的分解结果，不过该结果往往并不能让设计者满意，需要进一步编辑。

11.2.2 范例解析——泵体装配设计 2

下面结合范例继续介绍在组装件模式下创建元件、重复装配、创建分解图等设计方法，最后创建的泵体分解图如图 11-65 所示。

图11-65 泵体分解图

范例操作

1. 打开文件。打开教学资源文件“\第 11 讲\素材\pump\pump.asm”
2. 进入在组件模式下创建零件。

(1) 在右工具箱中单击按钮，打开【元件创建】对话框，按照图 11-66 所示设置参数，然后单击鼠标中键。

(2) 在【创建选项】对话框中按照图 11-67 所示设置参数，然后单击鼠标中键。此时的模型为半透明模式，如图 11-68 所示。为了便于观察模型中的细节，在上工具箱中按下按钮显示线框模型，如图 11-69 所示。

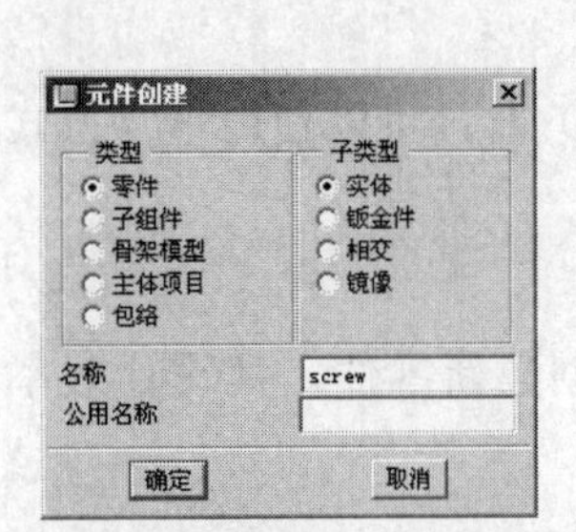

图11-66 【元件创建】对话框

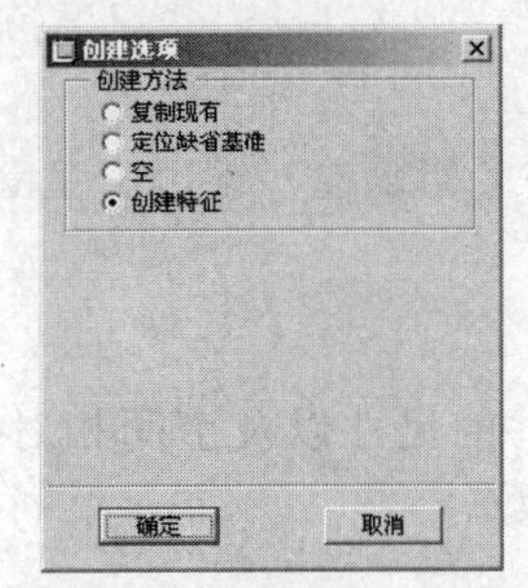

图11-67 【创建选项】对话框

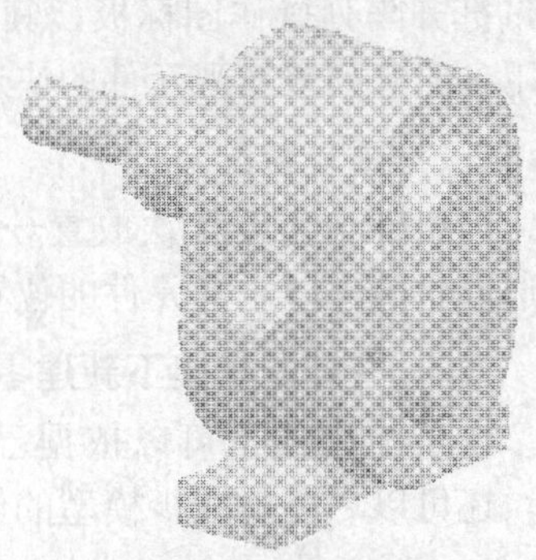

图11-68 半透明模型

3. 创建旋转特征。

(1) 在右工具箱中单击按钮，打开旋转设计工具。

(2) 选取基准平面 ASM_RIGHT 作为草绘平面，如图 11-70 所示。

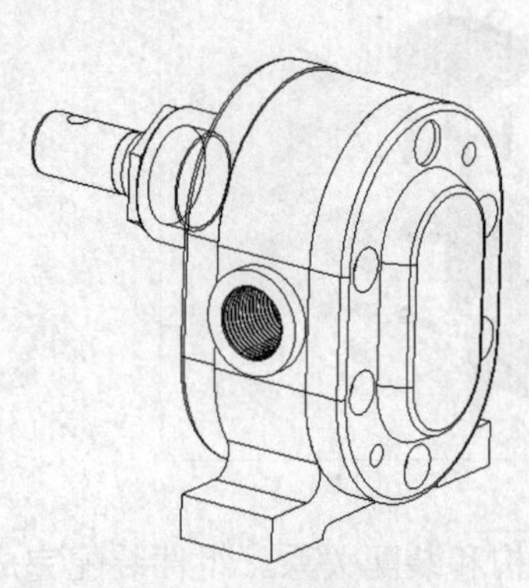

图11-69 线框模型

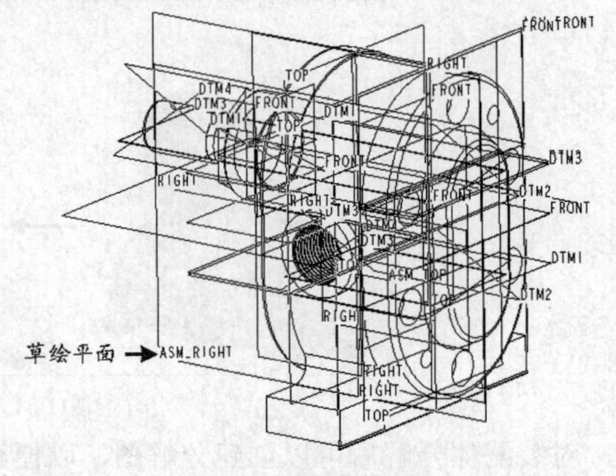

图11-70 选取草绘平面

(3) 在弹出的【参照】对话框中单击 关闭(C) 按钮将其关闭。系统弹出【缺少参照】提示对话框，单击 是(Y) 按钮。

(4) 在上工具箱中单击 按钮，显示隐藏线。使用 工具、 工具、 工具和 工具绘制如图 11-71 所示的旋转截面图。

(5) 单击鼠标中键，最后创建的旋转特征如图 11-72 所示。

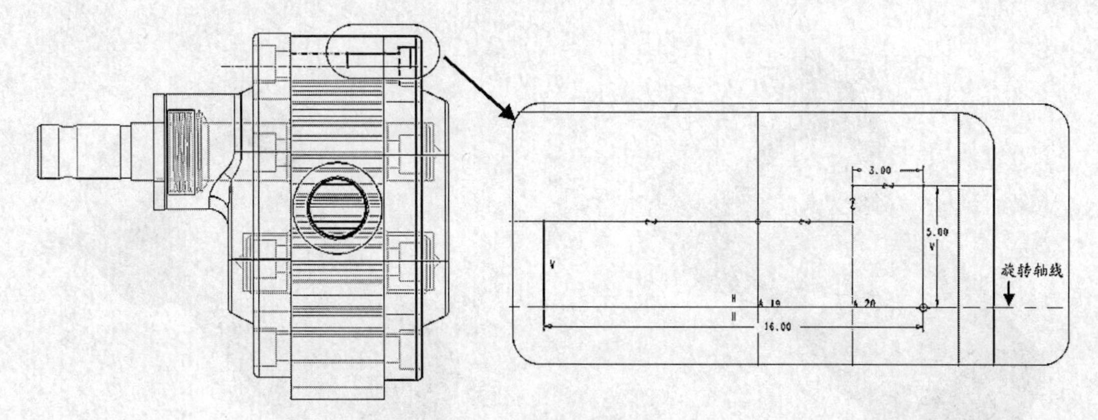

图11-71　草绘旋转截面图

一定要使用 工具选取孔边线绘制截面图，这样可以确保新创建螺钉与螺钉孔在尺寸上很好地配合，这也是在组件模式下进行设计的优势所在。此外，这里重点介绍在组件模式下创建特征的设计方法，因此简化了对螺钉的结构和细节设计。读者可以自行练习螺钉的详细建模操作。

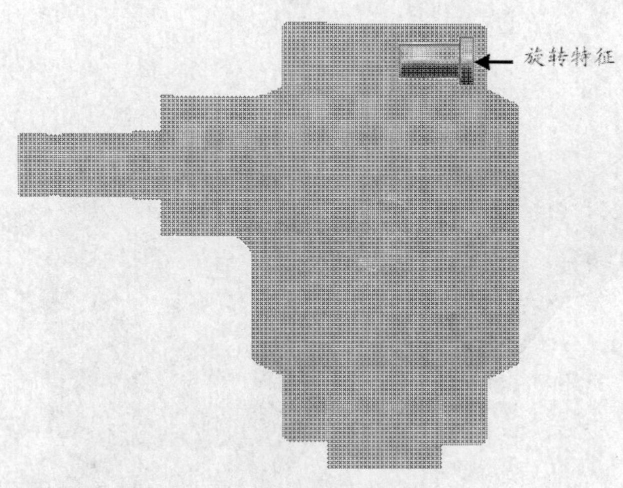

图11-72　新建特征

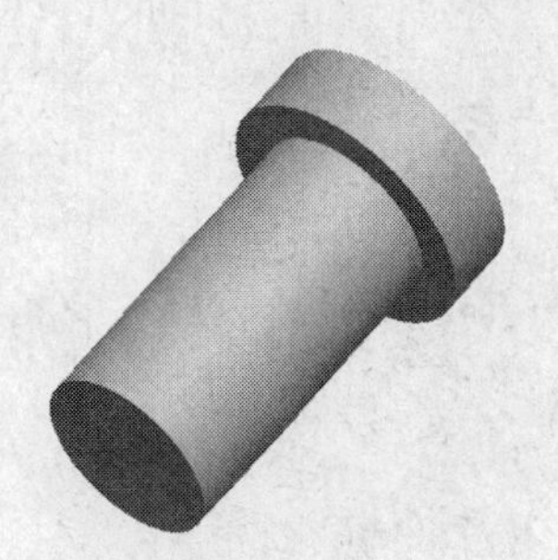

图11-73　零件

4. 打开新建特征继续设计。

(1) 在模型树窗口中的新建特征标识（其前有 标记）上单击鼠标右键，在弹出的快捷菜单中选择【打开】选项，打开零件及其设计环境，此时的零件如图 11-73 所示。

(2) 使用 工具在模型上创建【45 × D】倒角特征，选取倒角参照如图 11-74 所示，倒角结果如

图 11-75 所示。

(3) 选择菜单命令【文件】/【保存】，保存该文件。

(4) 选择菜单命令【文件】/【关闭窗口】，关闭零件建模环境，返回装配环境。

(5) 在模型树窗口中的新建特征标识上单击鼠标右键，在弹出的快捷菜单中选择【删除】选项删除该零件。

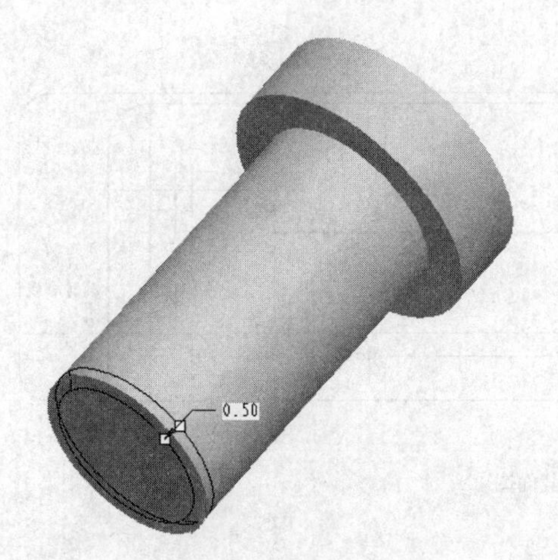

图11-74 选取倒角参照

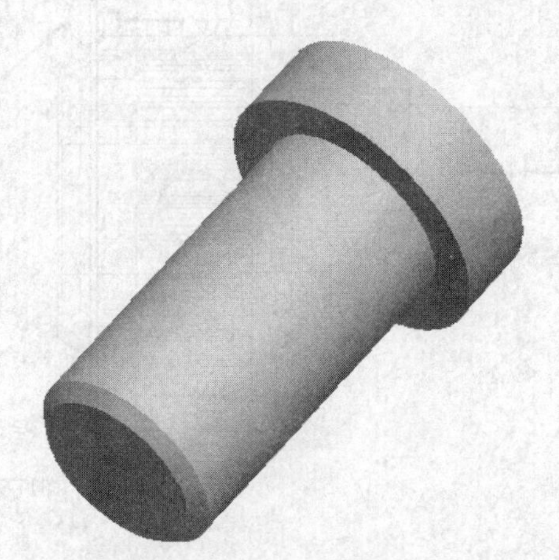

图11-75 倒角结果

5. 装配螺钉。

(1) 在右工具箱中单击按钮，导入教学资源文件"\第 11 讲\素材\pump\screw.prt"，即上一步创建的螺钉零件。

(2) 按照如图 11-76 所示使用一个插入约束和一个匹配约束完成螺钉的装配，装配结果如图 11-77 所示。

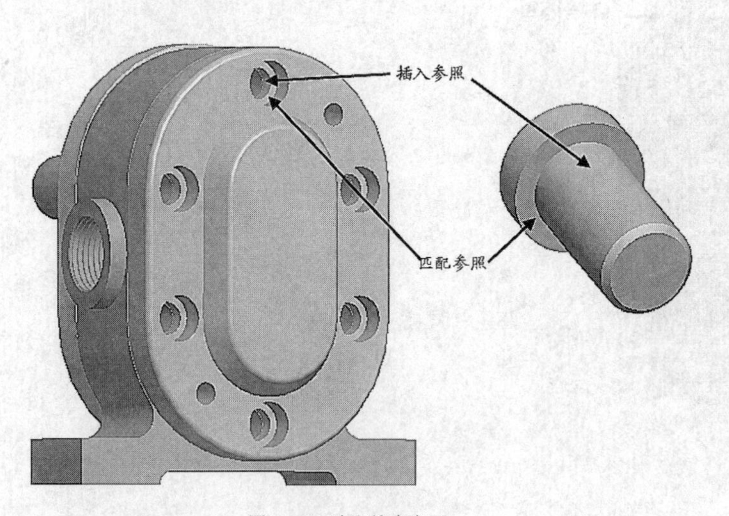

图11-76 选取约束参照

图11-77 装配第 1 个螺钉的结果

6. 重复装配螺钉。

(1) 选中上一步装配的螺钉零件，选择菜单命令【编辑】/【重复】。

(2) 在【重复元件】对话框中的【可变组件参照】分组框的列表框中选中【插入】约束，如图

11-78 所示，然后单击 添加 按钮，选取如图 11-79 所示的曲面，完成第 2 个螺钉装配，结果如图 11-80 所示。

要点提示 在【可变组件参照】分组框的列表框中未被选中的约束表示在重复装配时不改变约束参照，将使用与原始特征相同的参照。本例中没有改变所有螺钉的匹配约束参照，因为这些螺钉均贴合在同一平面上。

(3) 继续选取参照完成其余 4 处螺钉的装配，结果如图 11-81 所示。最后在【重复元件】对话框中单击 确认 按钮。

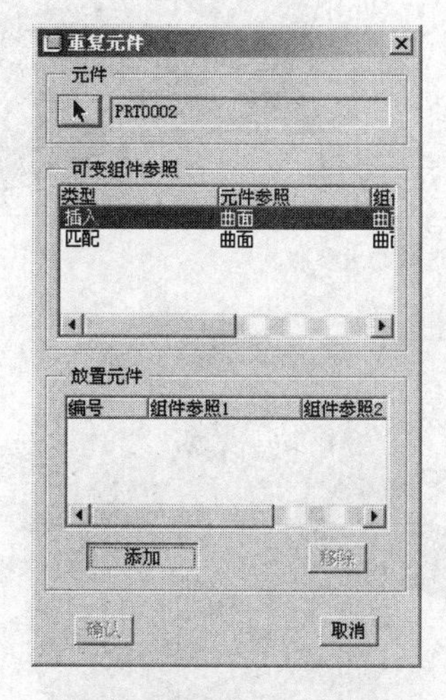

图11-78 【重复元件】对话框

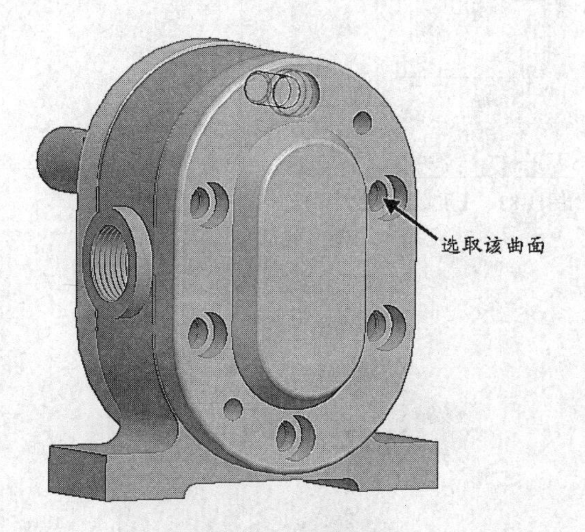

图11-79 选取参照

图11-80 装配第 2 个螺钉的结果

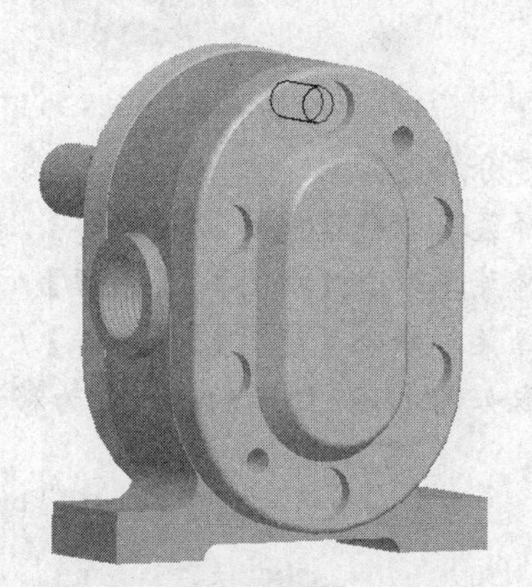

图11-81 装配其余螺钉后的结果

(4) 再一次选中上一步装配的螺钉零件，选择菜单命令【编辑】/【重复】。

(5) 在【重复元件】对话框中的【可变组件参照】分组框的列表框中选中【插入】和【匹配】约束，如图 11-82 所示，然后单击 添加 按钮。

(6) 在模型另一侧依次选取如图 11-83 所示的曲面和平面作为插入和匹配参照，完成第 1 个螺钉装配，结果如图 11-84 所示。

(7) 继续选取参照完成其余 5 处螺钉的装配，结果如图 11-85 所示。最后在【重复元件】对话框中单击 确认 按钮。

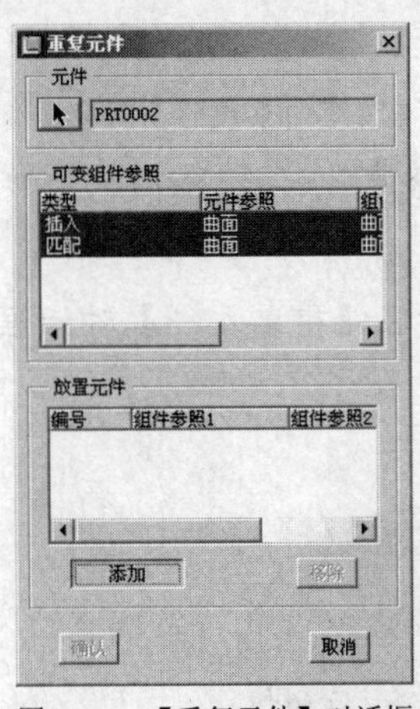

图11-82 【重复元件】对话框

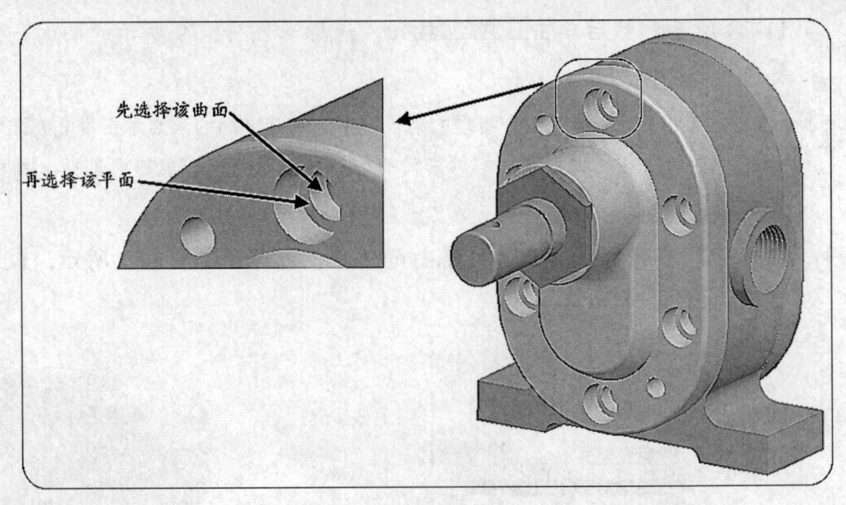

图11-83 选取约束参照

图11-84 装配第 1 个螺钉的结果

图11-85 装配其余螺钉后的结果

7. 创建分解图。

(1) 选择菜单命令【视图】/【分解】/【分解视图】，获得默认分解图如图 11-86 所示。

(2) 选择菜单命令【视图】/【分解】/【取消分解视图】，将装配图还原为分解前的状态。

(3) 选择菜单命令【视图】/【分解】/【编辑位置】，打开【分解位置】对话框。

(4) 选取如图 11-87 所示的轴线作为移动参照。

图11-86 默认分解图

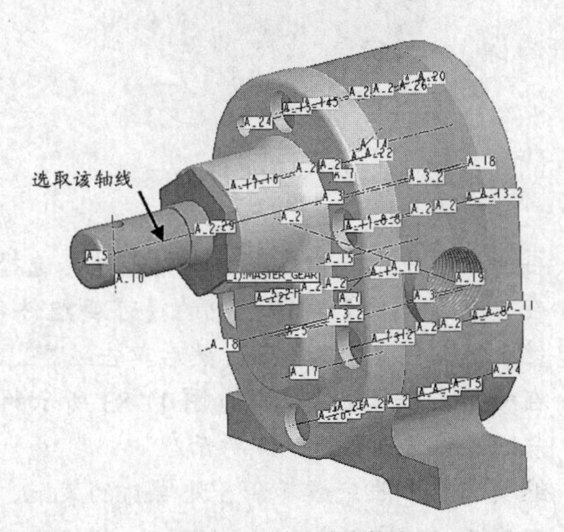

图11-87 选取移动参照

(5) 依次移动选定的元件，手动完成分解操作，参考结果如图 11-88 所示。最后单击鼠标中键完成分解操作。

图11-88　最后创建的分解图

11.2.3 课堂练习——阵列装配和重复装配

根据操作提示练习阵列装配和重复装配的用法。

操作提示

1. 新建组件文件。新建名为“assay”的组件文件，随后进入装配设计环境。
2. 使用默认方式装配下箱体。

(1) 单击按钮，导入教学资源文件“\第 11 讲\素材\exercise1\assay1.prt”。

(2) 使用默认方式装配零件，结果如图 11-89 所示。

3. 装配第 1 个元件。

(1) 单击按钮，导入教学资源文件“\第 11 讲\素材\ exercise \assay2.prt”。

(2) 为元件添加“插入”约束，约束参照如图 11-90 所示。

图11-89　默认装配结果

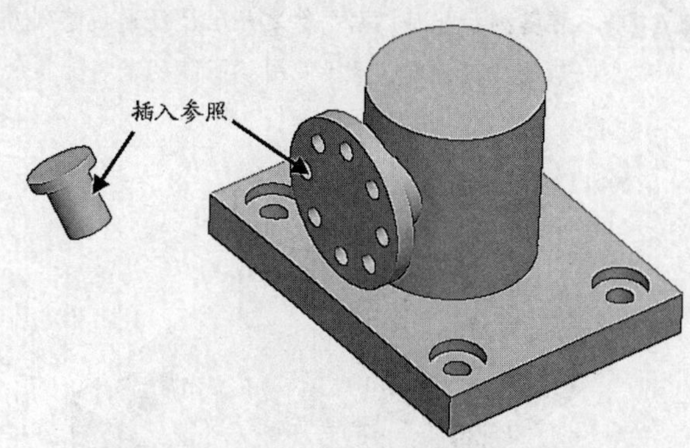

图11-90　选取约束参照

(3) 继续添加“匹配”约束，参照选取如图 11-91 所示，装配结果如图 11-92 所示。

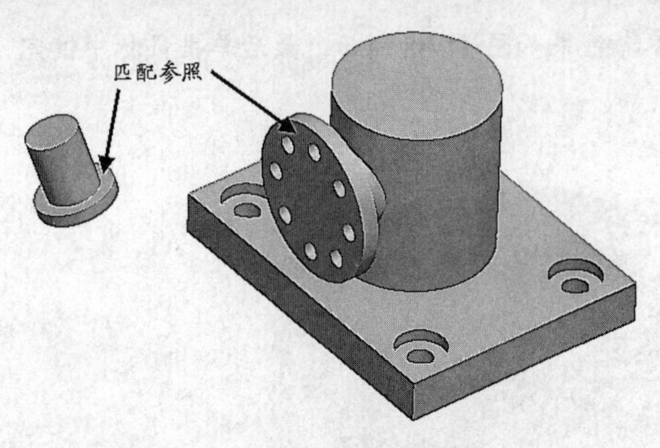

图11-91 参照选择

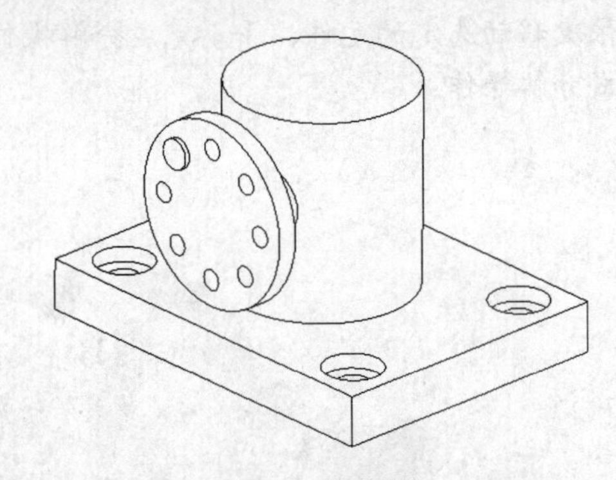
图11-92 装配结果

4. 阵列装配元件。

(1) 如图 11-93 所示，选中刚刚装配完成的元件 assay2，然后单击按钮打开阵列工具。

(2) 系统自动选中【参照】阵列选项，单击鼠标中键完成阵列操作，结果如图 11-94 所示。

5. 装配第 2 个元件。

(1) 单击按钮，导入教学资源文件“\第 11 讲\素材\exercise\assay3.prt”。

(2) 为元件添加“插入”约束，约束参照如图 11-95 所示。

(3) 继续添加“匹配”约束，参照选取如图 11-96 所示，装配结果如图 11-97 所示。

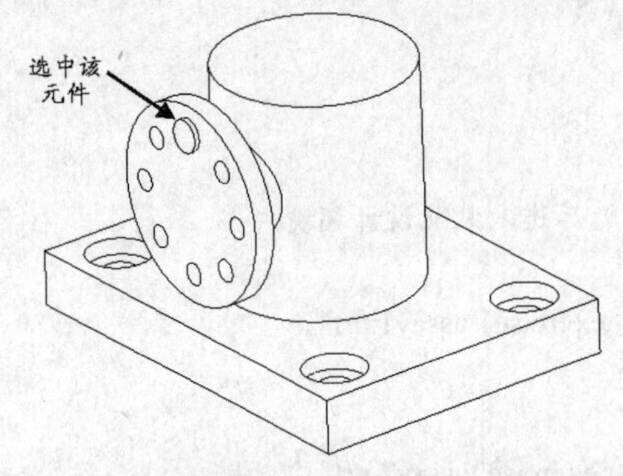

图11-93 选中装配元件

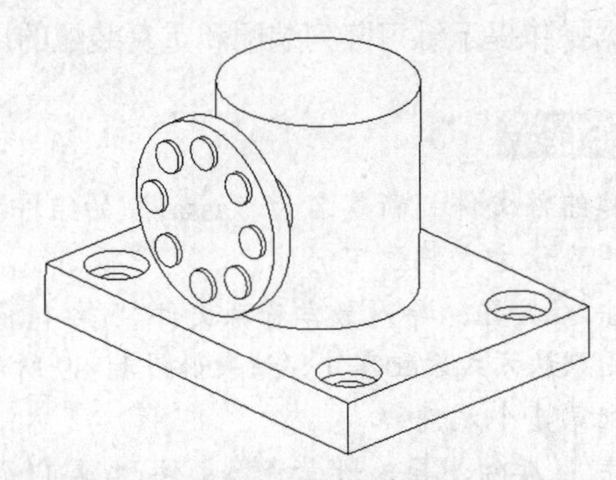
图11-94 参照阵列结果

要点提示 在阵列装配时，两个件之一上已经通过阵列方法创建了特征，例如本例的孔组就是采用轴阵列创建完成的，这样可以直接使用参照阵列来装配其余元件，设计效率高。

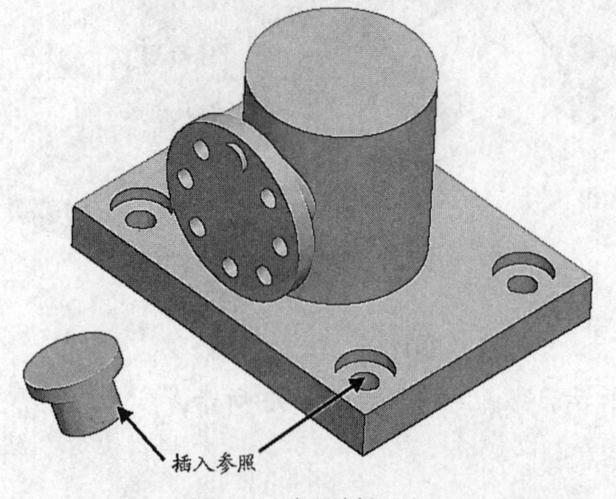

图11-95 参照选择（1）

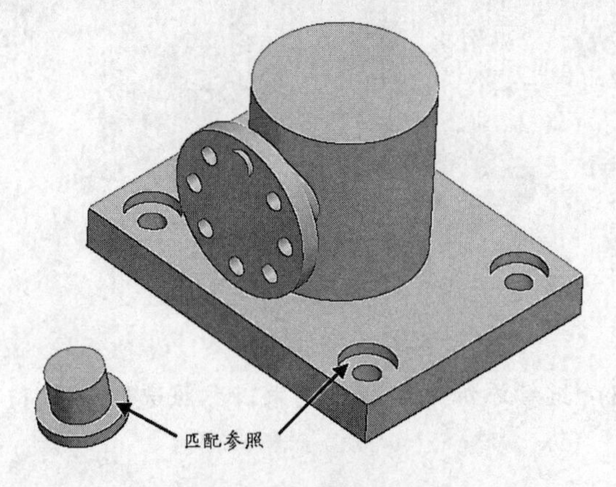

图11-96 参照选择（2）

6. 重复装配元件。

(1) 选中上一步装配的元件，然后选择菜单命令【编辑】/【重复】，打开【重复元件】对话框，在【可变组件参照】分组框的列表框中选取【插入】约束，如图11-98所示。

图11-97 装配结果

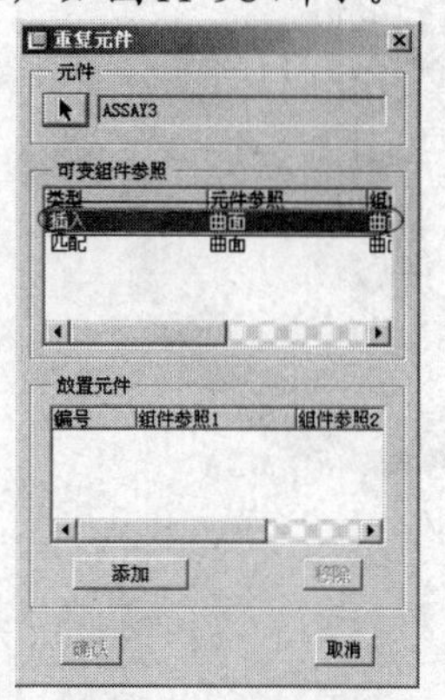

图11-98 选中约束参照

(2) 在【重复元件】对话框底部单击 添加 按钮，按照如图11-99所示依次选取底板孔的内表面作为参照，即可快速创建装配结果，如图11-100所示。

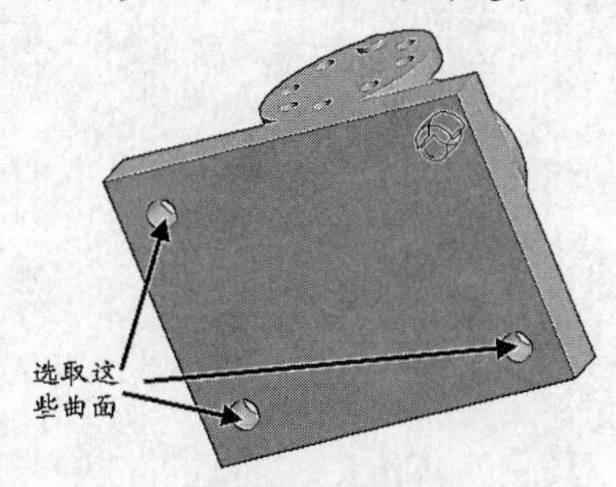

图11-99 选取参照

图11-100 重复装配结果

11.3 课后作业

一、思考题

1. 什么是“允许假设”，对装配设计有何指导意义？
2. 什么是“完全约束”和“部分约束”，二者对装配结果有何影响？

二、操作题

1. 打开教学资源文件“\第 11 讲\素材\齿轮组件”下的键、齿轮和轴 3 个模型，使用前面学过的方法创建齿轮轴组件，如图 11-101 所示。

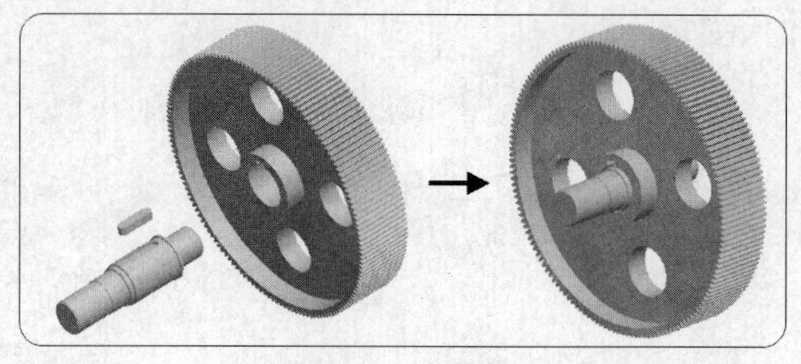

图11-101 装配齿轮组件

2. 依次打开教学资源文件“\第 11 讲\素材\风扇组件”下的“base.prt”、“fan.prt”和“shield.prt”零件，按照图 11-102～图 1-104 所示将其装配为风扇组件。

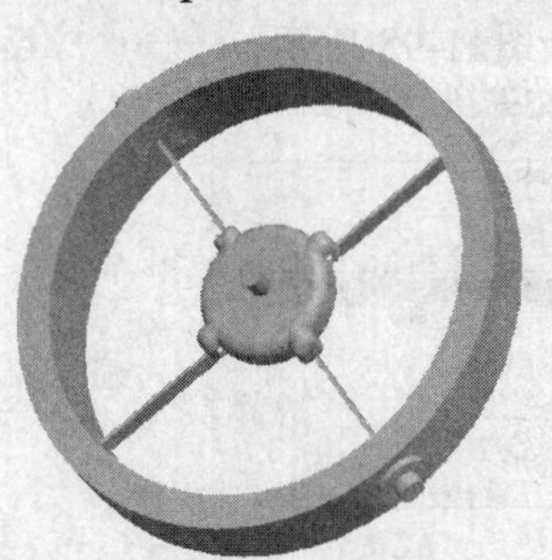
图11-102 风扇支架

图11-103 装配叶片后

图11-104 装配前盖后

第12讲

工程图

【学习目标】

- 明确工程图的结构。
- 明确视图的种类和用途。
- 掌握创建一般视图的方法。
- 明确创建其他各类视图的一般方法。

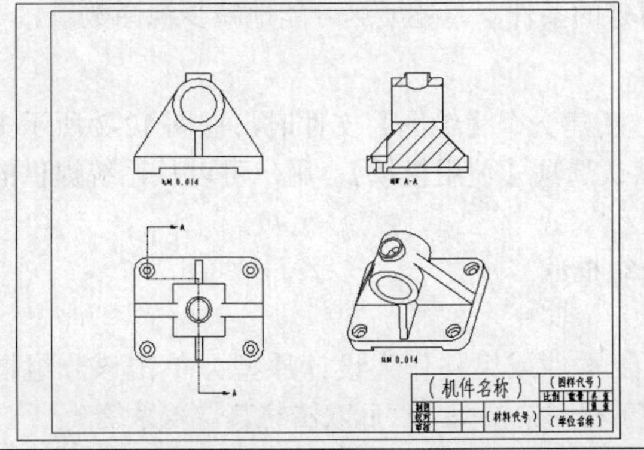

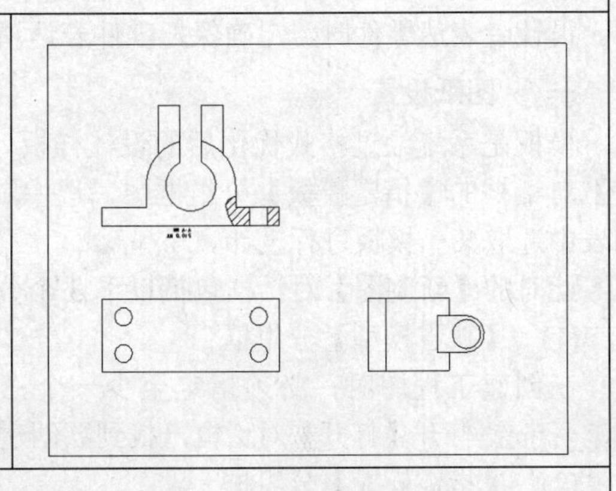

- 掌握视图的标注和修改方法和技巧。

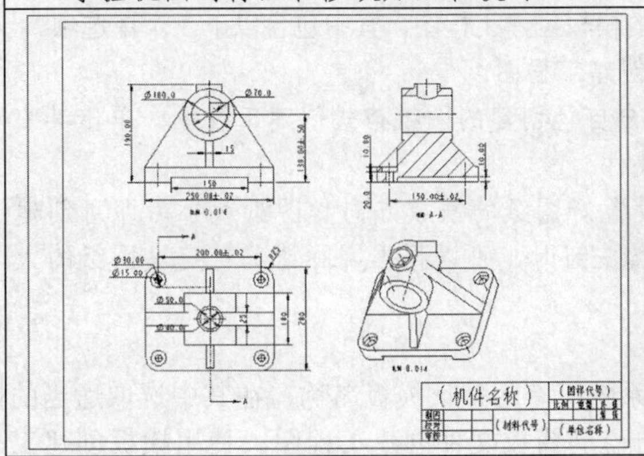

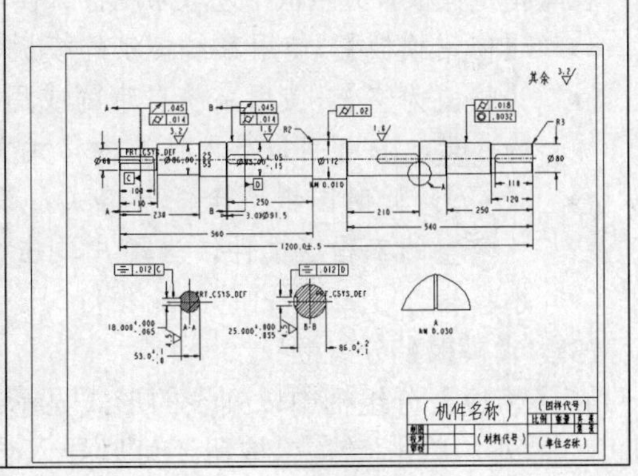

12.1 创建基本视图

选择菜单命令【文件】/【新建】，或在上工具箱中单击按钮，在打开的【新建】对话框中选择【绘图】类型，如图 12-1 所示。输入文件名称后单击确定按钮，系统弹出如图 12-2 所示【新制图】对话框，选取参照模型和图纸格式后，单击确定按钮，即可创建一个工程图文件。

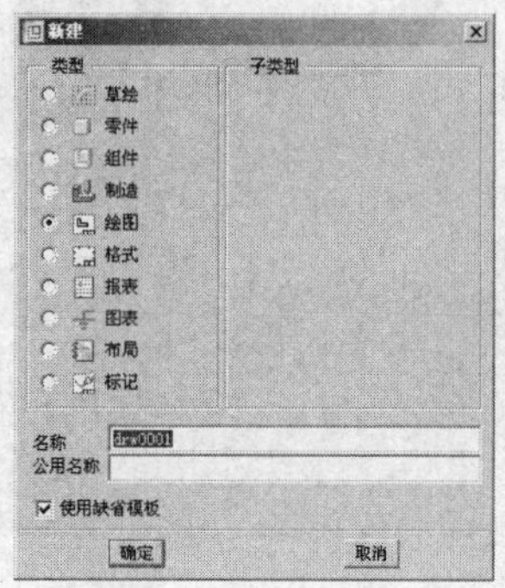

图12-1 【新建】对话框

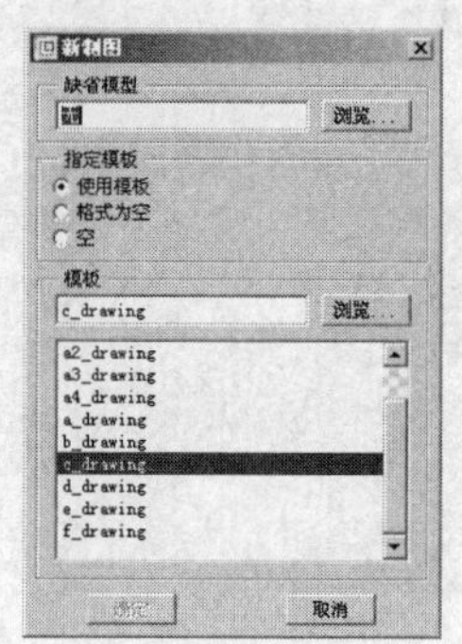

图12-2 【新制图】对话框

12.1.1 知识点讲解

工程图使用一组二维平面图形来表达一个三维模型，其中的每一个平面图形被称为一个视图。设计者表达零件时，在确保把零件表达清楚的条件下，还要尽可能地减少视图数量。

一、 图纸设置

模板是系统经过格式优化后的设计样板。新建一个【绘图】文件时，在图 12-2 所示【新制图】对话框的【指定模板】分组框中，选中默认选项【使用模板】，用户可以从系统提供的模板列表中选取某一模板进行设计。

此时的【新制图】对话框包括以下 3 个分组框。

(1) 【缺省模型】分组框

在创建工程图时，必须指定至少一个三维零件或组件作为设计原型。单击该分组框中的浏览...按钮打开【打开】对话框，找到欲创建工程图的模型文件后双击将其导入系统。

(2) 【指定模板】分组框

在【指定模板】分组框中选取采用什么样的模板创建工程图，其中包含以下 3 个单选项。

- 【使用模板】: 使用系统提供的模板创建工程图。
- 【格式为空】: 使用系统自带的或用户自己创建的图纸格式创建工程图。单击其中的浏览...按钮可以导入已有的格式文件。
- 【空】: 此时图纸不含任何格式，设置好图纸的摆放方向和图纸大小后即可创建一个空的工程图文件。当用户单击可变按钮时，可以根据实际情况自定义图纸的大小。

(3) 【模板】分组框

在【模板】分组框中以列表的形式显示系统所有的默认模板名称，在其中选取适当的模板即可。另外，单击浏览...按钮还可以导入自己的模板文件创建工程图。使用模板创建工程图时，系统会自动创建模型的一组正交视图，从而简化了设计过程。

二、 视图的种类和用途

Pro/E 中视图类型丰富，根据视图使用目的和创建原理的不同，可以分以下几类。

(1) 一般视图

一般视图是系统默认的视图类型，是为零件创建的第 1 个视图。一般视图是按照一定投影关系创建的一个独立正交视图，如图12-3 所示。通常将创建的第1 个一般视图作为主视图，并将其作为创建其他视图的基础和根据。

要点提示 由同一模型可以创建多个不同结果的一般视图，这与选定的投影参照和投影方向有关。通常，用一般视图来表达零件最主要的结构，通过一般视图可以最直观地看出模型的形状和组成。

(2) 投影视图

在创建一般视图后，用户还可以在正交坐标系中从其余角度观察模型，从而获得和一般视图符合投影关系的视图，这些视图被称为投影视图。图 12-4 所示为在一般视图上添加投影视图的结果，这里添加了 4 个投影视图，但在实际设计中，仅添加设计需要的投影视图即可。

图12-3 一般视图

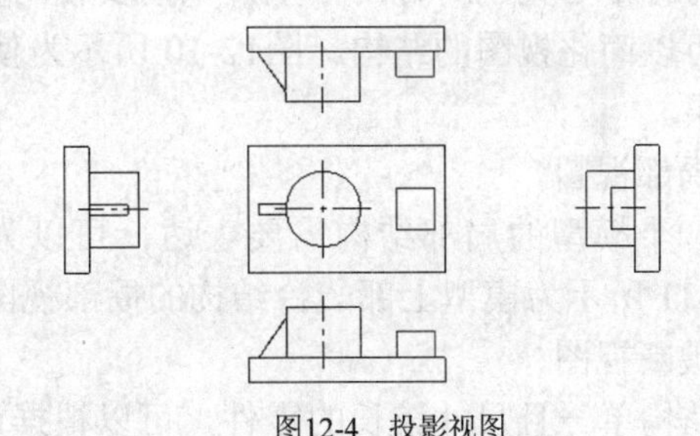

图12-4 投影视图

(3) 辅助视图

辅助视图是对某一视图进行补充说明的视图，通常用于表达零件上的特殊结构。如图 12-5 所示，为了看清主视图在箭头指示方向上的结构，使用该辅助视图。

(4) 详细视图

详细视图使用细节放大的方式表达零件上的重要结构。如图 12-6 所示，图中使用详细视图表达了齿轮齿廓的形状。

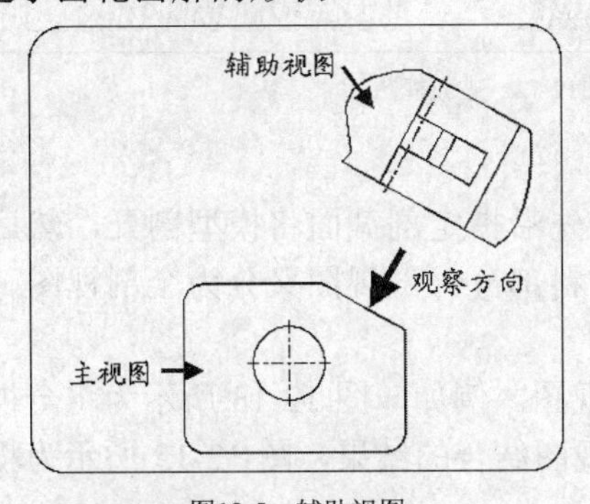

图12-5 辅助视图

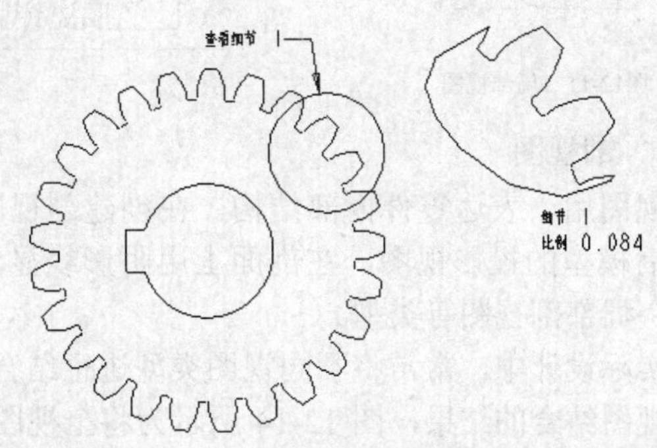

图12-6 详细视图

(5) 旋转视图

旋转视图是指定视图的一个剖面图，绕切割平面投影旋转 90°。图 12-7 所示为轴类零件，为了表达键槽的剖面形状，创建了旋转视图。

三、 全视图和部分视图

根据零件表达细节的方式和范围的不同，视图还可以进行以下分类。

(1) 全视图

全视图以整个零件为表达对象，视图范围包括整个零件的轮廓。例如，对于图 12-8 所示的模型，使用全视图表达的结果如图 12-9 所示。

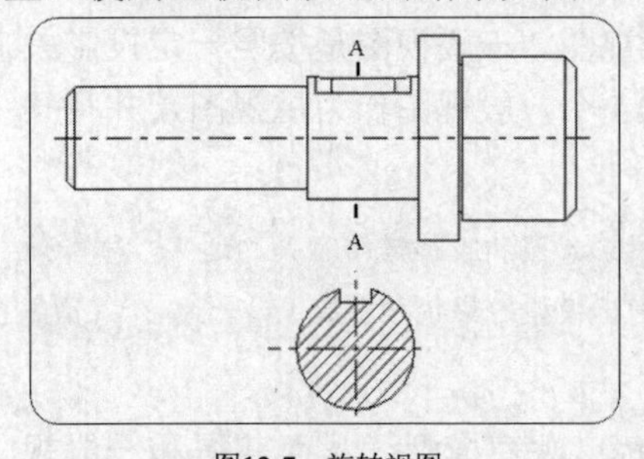

图12-7 旋转视图

图12-8 三维模型

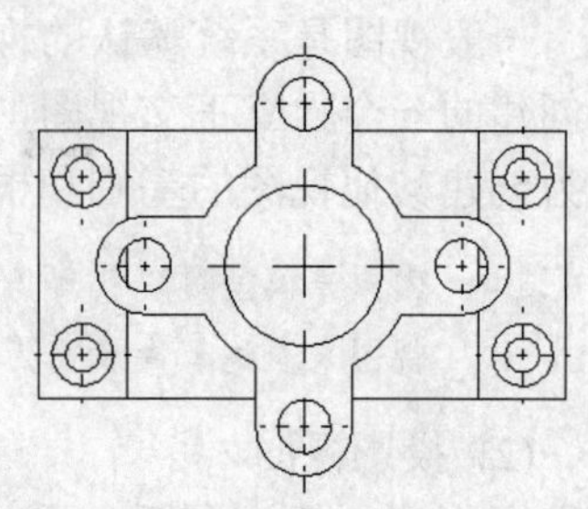
图12-9 全视图

(2) 半视图

对于对称中心完全对称的模型，只需要使用半视图表达模型的一半即可，这样可以简化视图的结构。图12-10 所示为使用半视图表达图 12-8 中模型的结果。

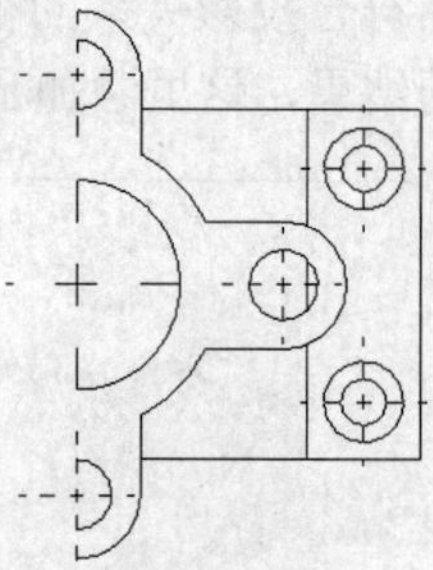

(3) 局部视图

如果一个模型的局部结构需要表达，可以为该结构专门创建局部视图。图 12-11 所示为模型上部凸台结构的局部视图。

图12-10 半视图

(4) 破断视图

对于结构单一且尺寸较长的零件，可以根据设计需要使用水平线或竖直线将零件剖断，舍弃部分雷同的结构以简化视图，这种视图就是破断视图。图 12-12 所示为长轴零件，从中部剖断创建破断视图。

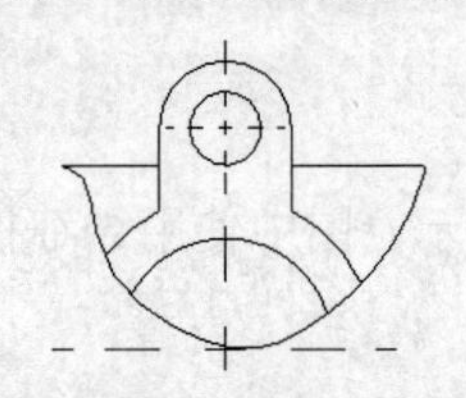
图12-11 局部视图

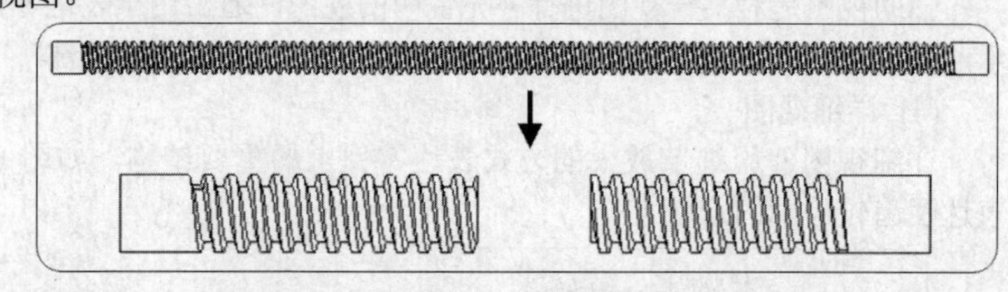
图12-12 破断视图

四、 剖视图

剖视图用于表达零件内部结构。在创建剖视图时，首先沿指定剖截面将模型剖开，然后创建剖开后模型的投影视图，在剖面上用阴影线显示实体材料部分。剖视图又分为全剖视图、半剖视图、局部剖视图等类型。

在实际设计中，常常将不同视图类型进行结合来创建视图。例如，图 12-13 所示为将全视图和全剖视图结合的结果，图 12-14 所示为将全视图和半剖视图结合的结果，图 12-15 所示为将全视图和局部剖视图结合的结果。

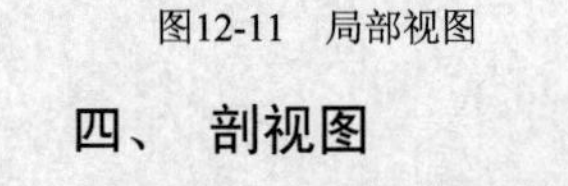

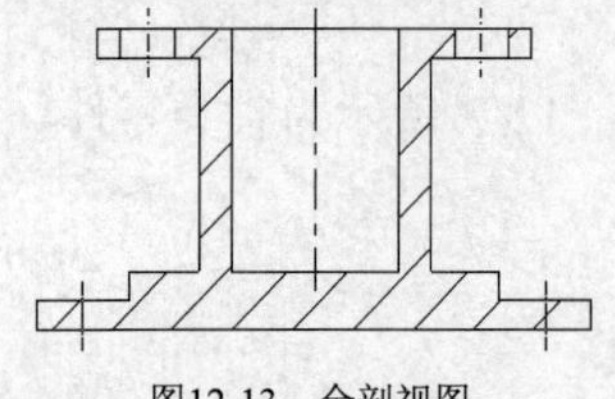
图12-13 全剖视图

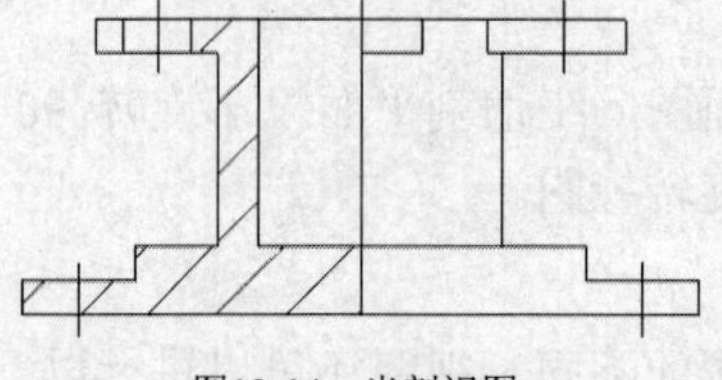
图12-14 半剖视图

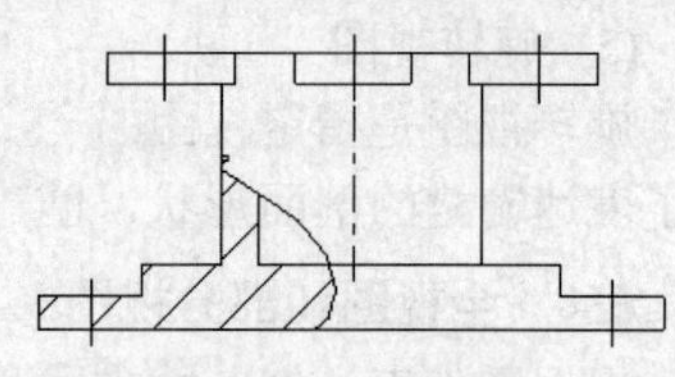
图12-15 局部剖视图

注意剖视图和断面图的区别，断面图仅表达使用剖截面剖切模型后模型断面的形状，而不考虑投影关系，如图 12-16 所示。

五、 工程图上的其他组成部分

一项完整的工程图除了包括一组适当数量的视图外，还应该包括以下内容。

(1) 必要的尺寸：对于单个零件，必须标出主要的定形尺寸。对于装配组件，必须标出必要的定位尺寸和装配尺寸。

(2) 必要的文字标注：包括视图上剖面的标注、元件的标识、装配的技术要求等。

(3) 元件明细表：对于装配组件，还应该使用明细表列出组件上各元件的详细情况。

一张完整的工程图如图 12-17 所示。

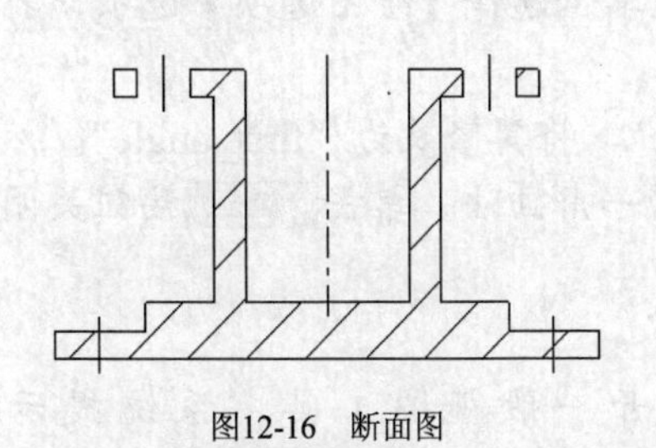

图12-16 断面图

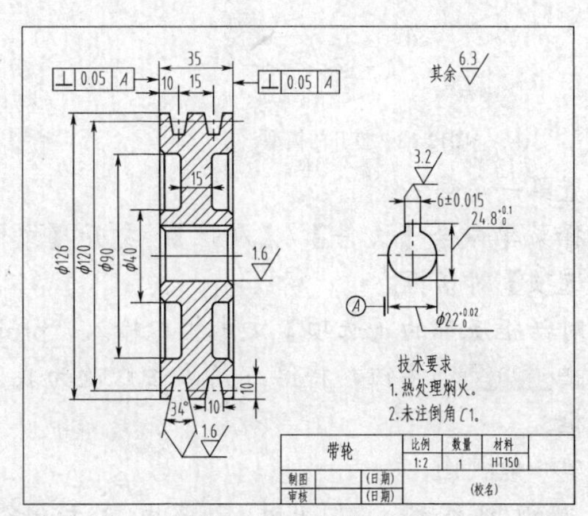

图12-17 工程图的构成

六、 创建一般视图

一般视图是工程图上的第 1 个视图。在新建【绘图】文件时，如果在【新制图】对话框的【指定模板】分组框中选择了【使用模板】单选项，系统会自动为选定的模型采用第三角画法创建 3 个视图，其中包括一个一般视图和两个投影视图。

在新建【绘图】文件时，如果在【新制图】对话框的【指定模板】分组框中选择了【格式为空】或【空】单选钮，系统不会自动创建任何视图。这时需要用户自己创建第 1 个视图，而第一个视图就从一般视图开始。

选择菜单命令【插入】/【绘图视图】/【一般】，或在上工具箱中单击按钮后，在设计界面上选取一点，随后打开【绘图视图】对话框，在该对话框依次设置参数创建一般视图。

12.1.2 范例解析——创建基本视图 1

下面结合范例说明各种视图的创建方法。

1. 新建绘图文件。

(1) 在上工具箱中单击按钮，新建名为“bearing_seat”的绘图文件。

(2) 在打开的【新制图】对话框中单击顶部的 浏览... 按钮，打开教学资源文件“第 12 讲\素材\bearing_seat.prt”，该模型如图 12-18 所示。

(3) 在【指定模板】分组框中选择【格式为空】单选钮，然后单击【格式】分组框中的 浏览... 按钮，打开教学资源文件“\第12讲\素材\format.frm”。设置参数后的【新制图】对话框如图 12-19 所示，单击 确定 按钮后进入如图 12-20 所示的绘图环境。

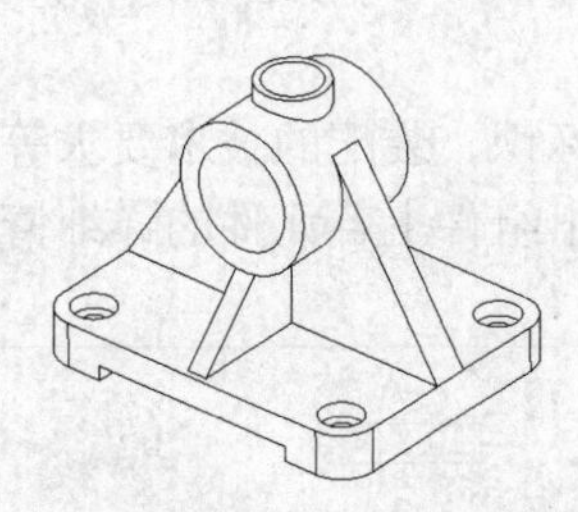

图12-18 打开的模型

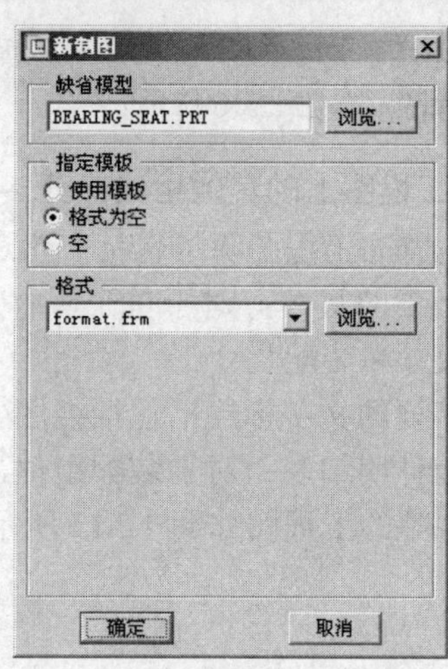

图12-19 【新制图】对话框

2. 设置第一角画法。

(1) 选择菜单命令【文件】/【属性】，打开【文件属性】菜单。选择【绘图选项】选项，打开【选项】对话框。

(2) 在对话框底部的【选项】文本框中输入“projection_type”，将其修改为“first_angle”，然后单击 添加/更改 按钮，将第三角画法修改为我国通用的第一角画法。单击 确定 按钮关闭对话框。

3. 创建一般视图。

(1) 设置视图类型。在上工具箱中单击按钮，打开一般视图工具。系统提示：选取绘制视图的中心点。，在屏幕图形区选择一点放置模型，并打开【绘图视图】对话框。在左侧的【类别】分组框中选择【视图类型】选项。

此时视图类型中只有【一般】可以选择，这里创建一般视图。在【视图方向】分组框中选择零件定位方法为【几何参照】。在【参照 1】下拉列表中选择【前面】选项，然后选取如图12-21所示的平面作为参照。在【参照 2】下拉列表中选择【右】选项，然后选取如图 12-22所示的平面作为参照。最后创建的一般视图如图 12-23 所示。

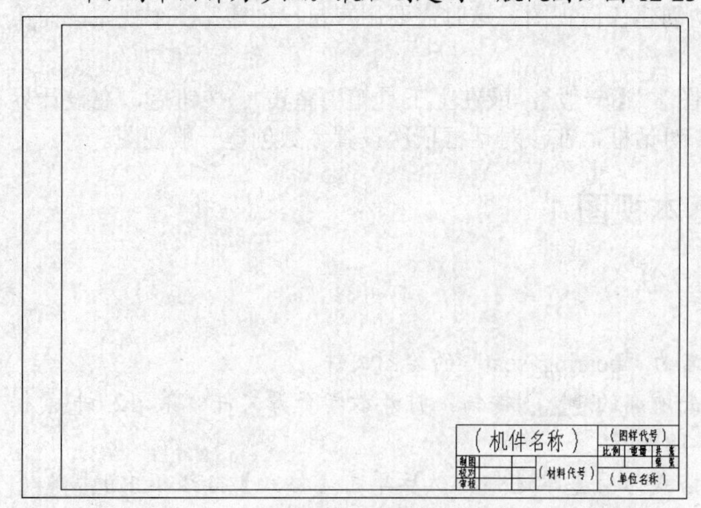

图12-20 新建的图纸

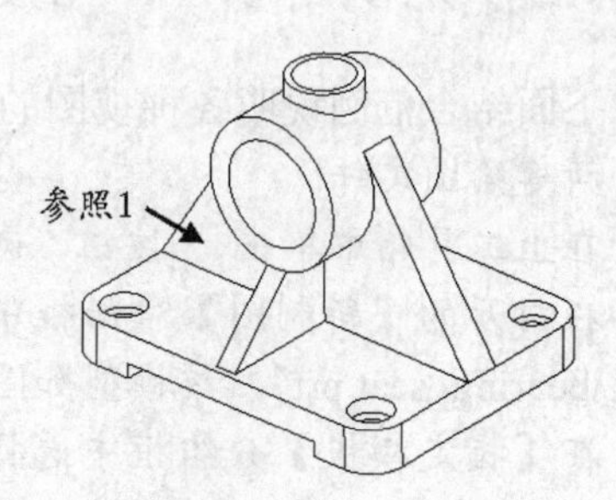

图12-21 设置参照（1）

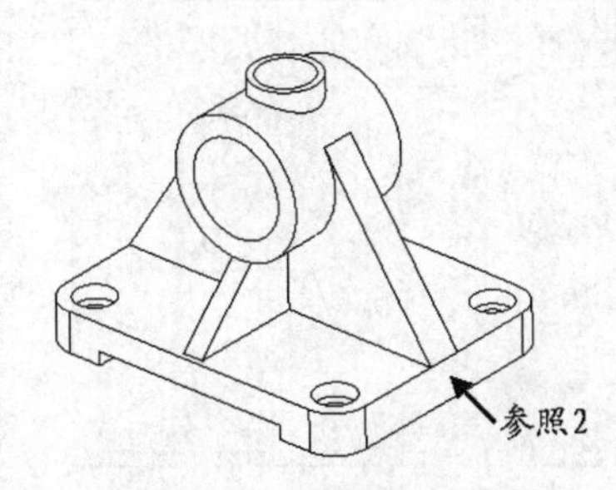

图12-22　设置参照（2）

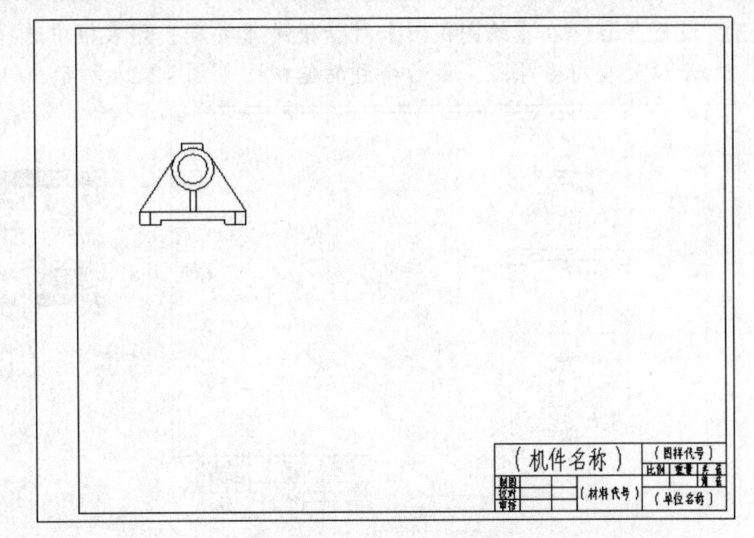

图12-23　创建的一般视图

(2) 设置比例。在【绘图视图】对话框的【类别】列表框中选择【比例】选项。在【比例和透视图选项】分组框中选择【定制比例】选项，设置比例为“0.014”稍放大一般视图。

(3) 设置视图显示方式。在【绘图视图】对话框的【类别】列表框中选择【视图显示】选项。在【显示线型】下拉列表中选择【无隐藏线】选项，在【相切边显示样式】下拉列表中选择【无】选项。

(4) 设置原点。在【绘图视图】对话框的【类别】列表框中选择【原点】选项。按照图12-24所示设置坐标系原点。其他按系统默认设置，单击 确定 按钮关闭对话框，得到的工程效果图如图12-25所示。

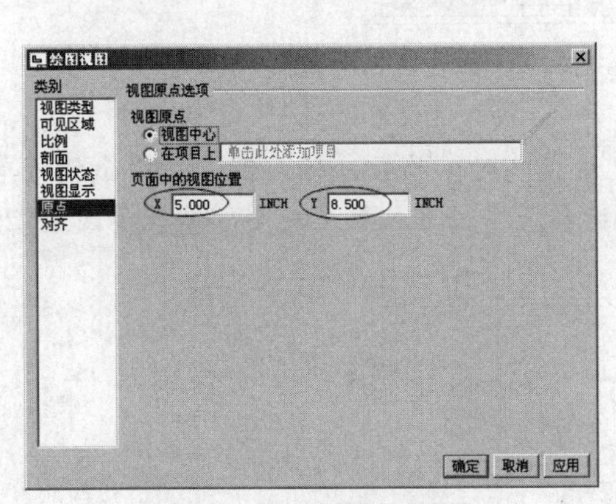

图12-24　【绘图视图】对话框

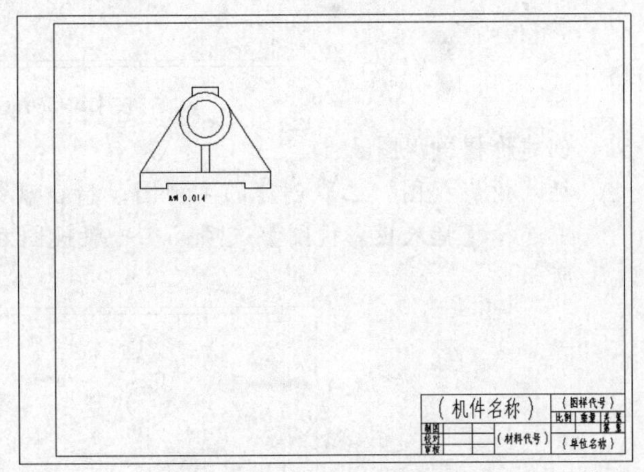

图12-25　调整参数后的一般视图

4. 创建俯视图。

(1) 插入投影视图。选取创建的主视图，待出现红色边框线时，长按鼠标右键，在弹出的快捷菜单中选择【插入投影视图】选项。在一般视图下部选取适当位置放置俯视图，结果如图12-26所示。

(2) 设置视图显示。双击刚才创建的俯视图，在【类别】列表框中选择【视图显示】选项。在【显示线型】下拉列表中选择【无隐藏线】选项，在【相切边显示样式】下拉列表中选择【无】选项。

(3) 设置原点。在【绘图视图】对话框的【类别】列表框中选择【原点】选项。按照图 12-27 所示设置坐标系原点。最后得到的俯视图如图 12-28 所示。

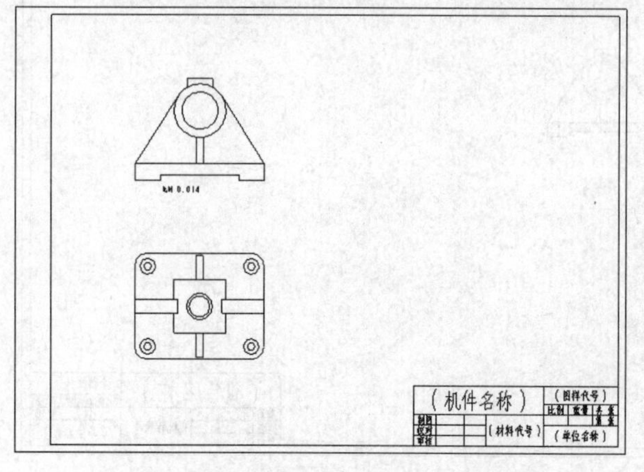

图12-26 创建俯视图

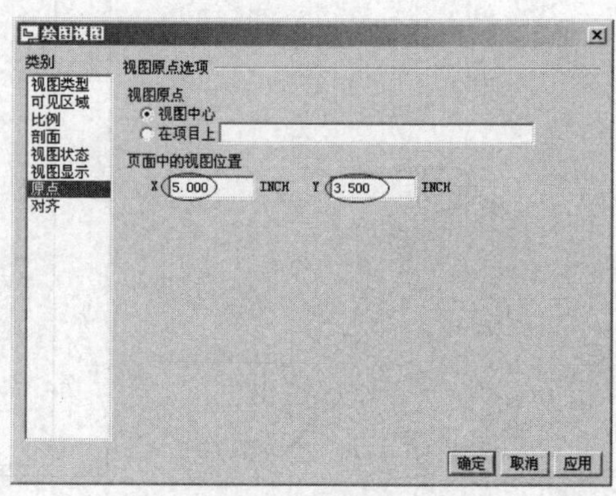

图12-27 【绘图视图】对话框

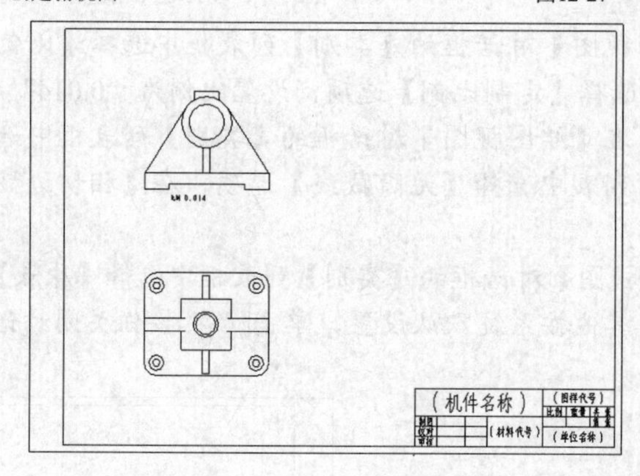

图12-28 完善后的俯视图

5. 创建阶梯剖视图。

(1) 插入投影视图。选取创建的主视图，待出现红色边框线时，长按鼠标右键，在弹出的菜单中选择【插入投影视图】选项。在一般视图右侧选取适当位置放置左视图，结果如图 12-29 所示。

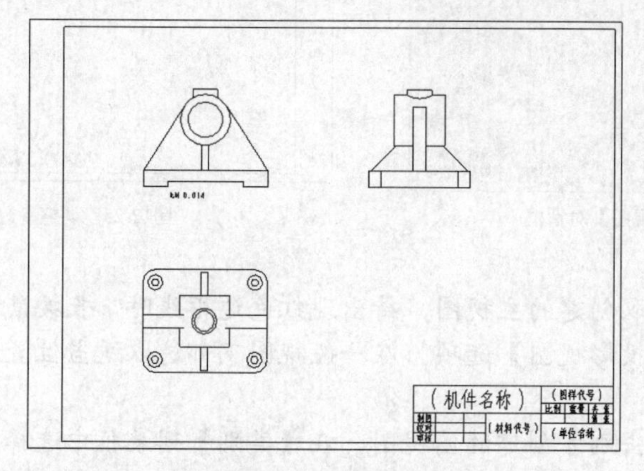

图12-29 创建左视图

(2) 设置视图显示。双击刚才创建的左视图，在【绘图视图】对话框的【类别】列表框中选择

【视图显示】选项。在【显示线型】下拉列表中选择【无隐藏线】选项，在【相切边显示样式】下拉列表中选择【无】选项。

(3) 设置剖面。在【绘图视图】对话框的【类别】列表框中选择【剖面】选项。在【剖面选项】分组框中选择【2D 截面】选项。

单击 + 按钮，系统弹出【剖截面创建】菜单。选择【剖截面创建】菜单中的【偏距】/【双侧】/【单一】/【完成】选项。

输入截面名为“A”。系统打开新的设计窗口来创建剖截面，选取如图12-30 所示的模型顶面为草绘平面，接受默认参照放置草绘平面后进入草绘模式。

在【草绘】菜单中使用线工具绘制如图 12-31 所示的阶梯剖面，完成后在【草绘】菜单中选择【完成】选项退出草绘环境。此时创建的左视图如图 12-32 所示。

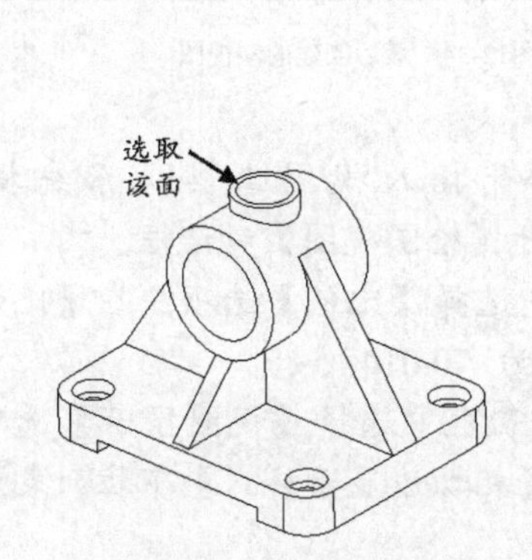

图12-30 选取草绘平面

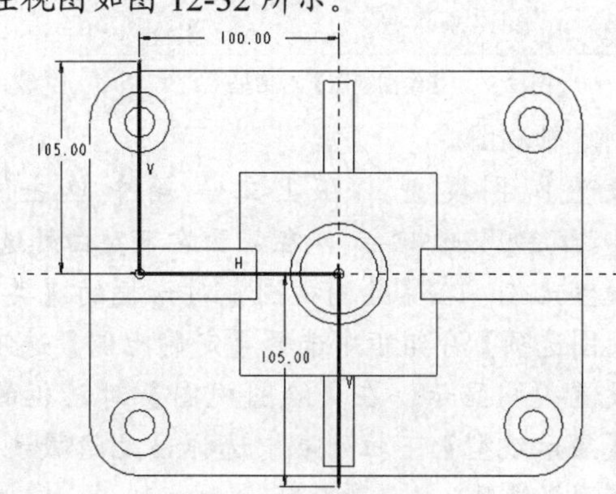

图12-31 绘制剖切平面

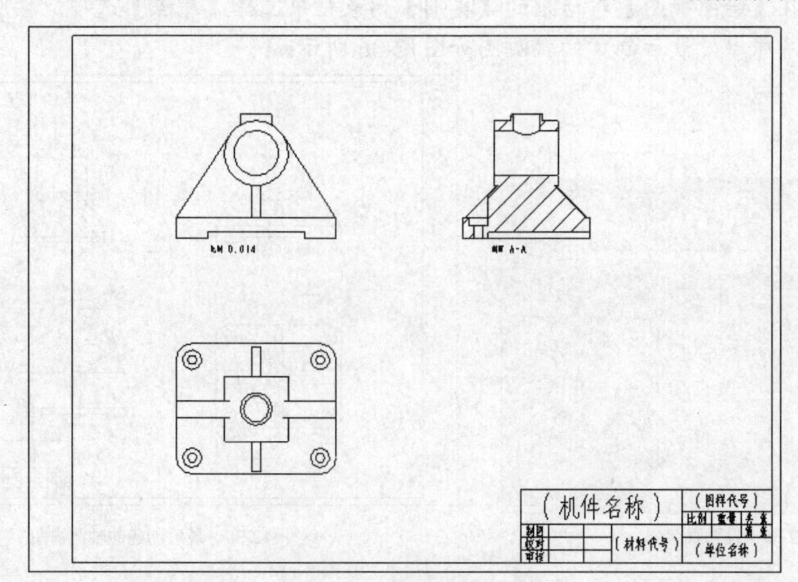

图12-32 最后创建的左视图

(4) 放置剖面箭头。拖动【绘图视图】对话框中底部的滚动条，在【箭头显示】栏下激活选取项目，如图 12-33 所示。选取俯视图为剖面箭头的放置视图。在【绘图视图】对话框中单击 应用 按钮后，其上将增加剖面箭头，如图 12-34 所示。

要点提示 如果要改变剖面箭头的指向，可以在【绘图视图】对话框中单击 按钮后再单击 应用 按钮。

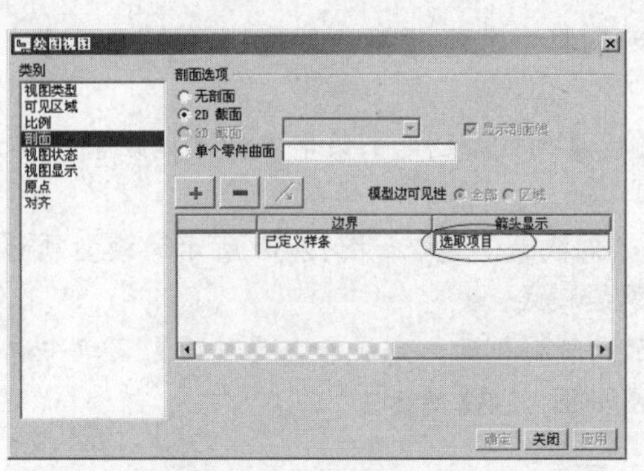

图12-33 【绘图视图】对话框

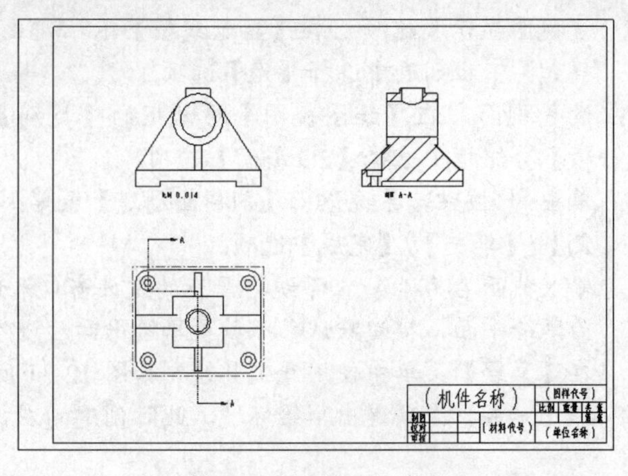

图12-34 最后创建的左视图

6. 创建轴测图。

(1) 设置视图类型。在上工具箱中单击 按钮，打开插入视图工具。系统提示：选取绘制视图的中心点。，在截面右下空白处选择一点，打开【绘图视图】对话框。

(2) 设置比例。在【绘图视图】对话框的【类别】列表框中选择【比例】选项。在【比例和透视图选项】分组框中选择【定制比例】选项，设置比例为“0.014”。

(3) 设置视图显示。在【绘图视图】对话框的【类别】列表框中选择【视图显示】选项。在【显示线型】下拉列表中选择【无隐藏线】选项，在【相切边显示样式】下拉列表中选择【无】选项。

(4) 设置原点。在【绘图视图】对话框的【类别】列表框中选择【原点】选项。按照图12-35所示设置坐标系原点，最后创建的轴测图如图12-36所示。

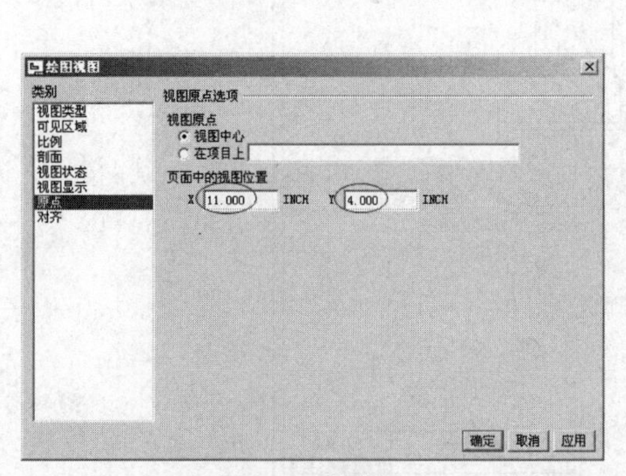

图12-35 设置原点

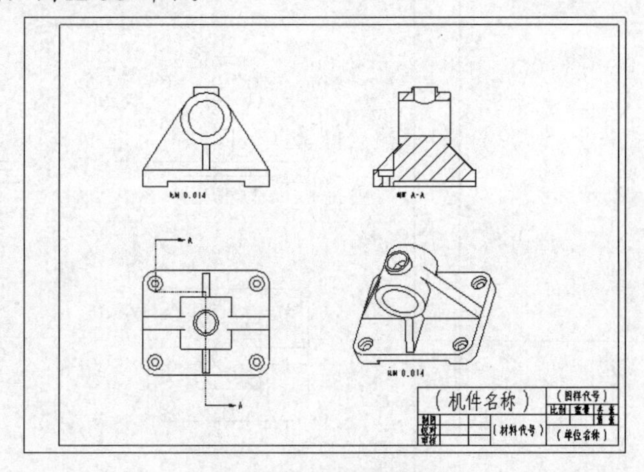

图12-36 最后创建的轴测视图

12.1.3 课堂练习——创建基本视图 2

按照操作提示完成支座模型工程图的创建过程。

1. 新建绘图文件。

(1) 新建名为“draw1”的绘图文件。
(2) 打开教学资源文件“第 12 讲\素材\frame.prt”，添加参照模型，如图12-37 所示。
(3) 按照图12-38 所示设置参数，进入如图12-39 所示的绘图环境。

图12-37 打开的模型

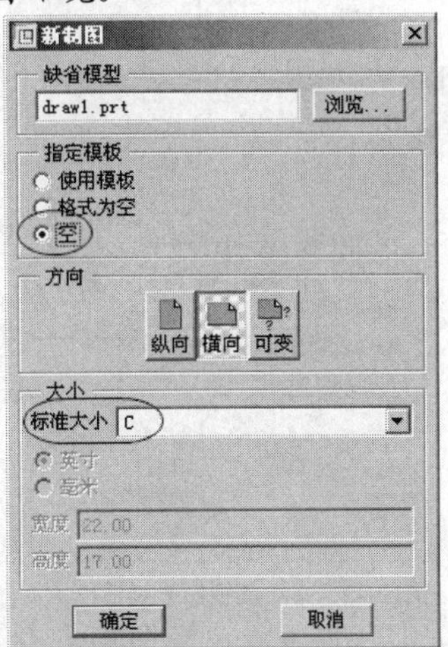

图12-38 【新制图】对话框

图12-39 打开的图纸界面

2. 创建一般视图。
(1) 设置视图类型。单击按钮，打开一般视图工具。
在绘图图纸左上部选择一点放置模型，选取视图类型为【一般】。
在【视图方向】分组框中选择零件定位方法为【几何参照】。
在【参照 1】下拉列表中选择【前面】选项，然后选取如图12-40 所示的平面作为参照。
在【参照 2】下拉列表中选择【右】选项，然后选取如图12-41 所示的平面作为参照。

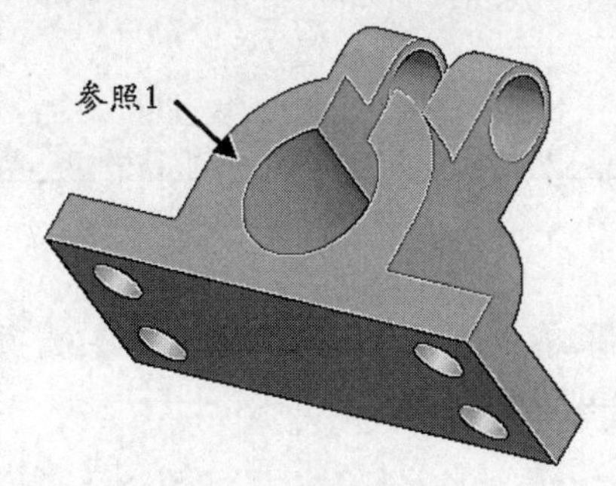

图12-40 选取参照（1）

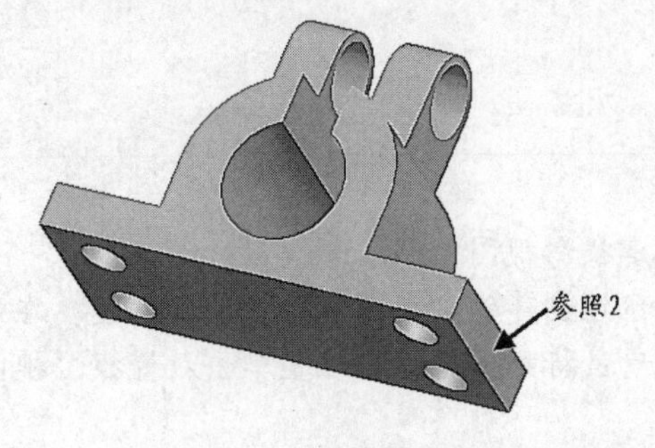

图12-41 选取参照（2）

具体设置如图12-42所示，最后创建的一般视图如图12-43所示。

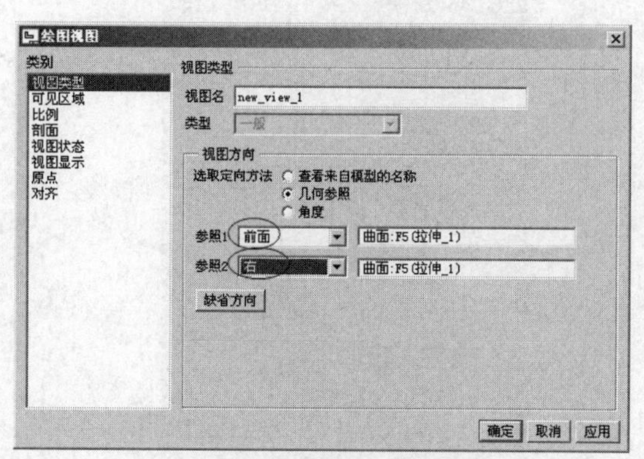

图12-42 【绘图视图】对话框

图12-43 创建的一般视图

(2) 设置比例。在【绘图视图】对话框的【类别】列表框中选择【比例】选项。
在【比例和透视图】分组框中选择【定制比例】选项，设置比例为“0.015”。
在新建的视图上单击鼠标右键，在弹出的快捷菜单中选择【锁定视图移动】选项，取消对视图的锁定，然后适当移动视图，结果如图12-44所示。

(3) 设置视图显示方式。在【绘图视图】对话框的【类别】列表框中选择【视图显示】选项。
在【显示线型】下拉列表中选择【无隐藏线】选项，在【相切边显示样式】下拉列表中选择【无】选项。

(4) 设置原点。在【绘图视图】对话框的【类别】列表框中选择【原点】选项。
按照图12-45所示设置坐标系原点，最后创建的视图如图12-46所示。

图12-44 移动后的视图

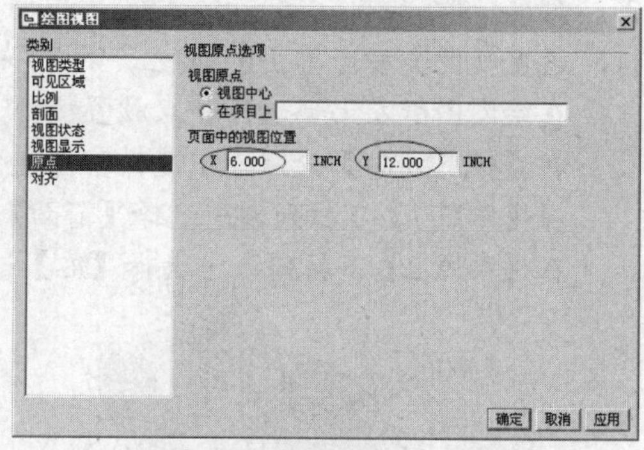

图12-45 【绘图视图】对话框

3. 创建投影视图1。

(1) 在已经创建的主视图上单击鼠标右键，在弹出的快捷菜单中选择【插入投影视图】选项。

(2) 移动鼠标指针在适当位置单击放置投影视图，如图12-47所示。

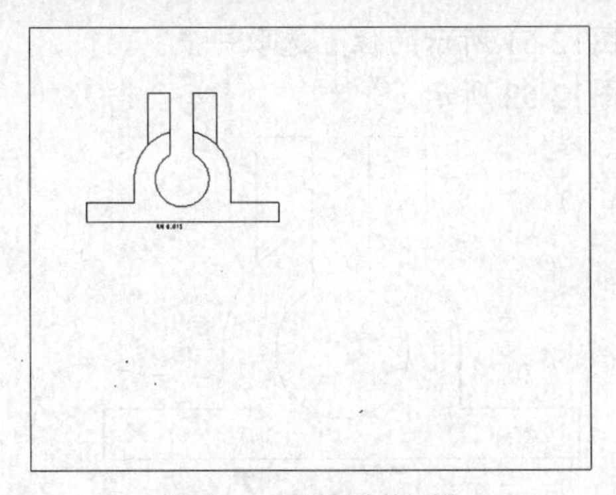

图12-46　最后创建的视图

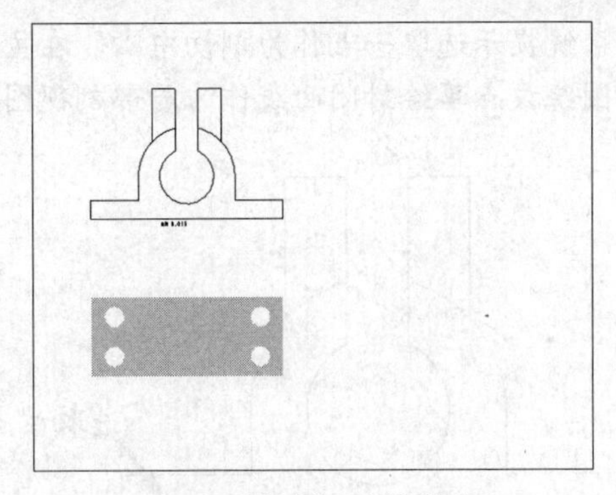

图12-47　创建第一个投影视图

4. 设置投影视图 1 的参数。在新建的投影视图上双击鼠标左键，打开【绘图视图】对话框，设置投影视图的相关参数，结果如图 12-48 所示。
5. 创建投影视图2并设置参数。在新建投影视图 1 上单击鼠标右键，在弹出的快捷菜单中选择【插入投影视图】选项，在其右侧适当位置单击放置投影视图，然后设置视图参数，结果如图 12-49 所示。

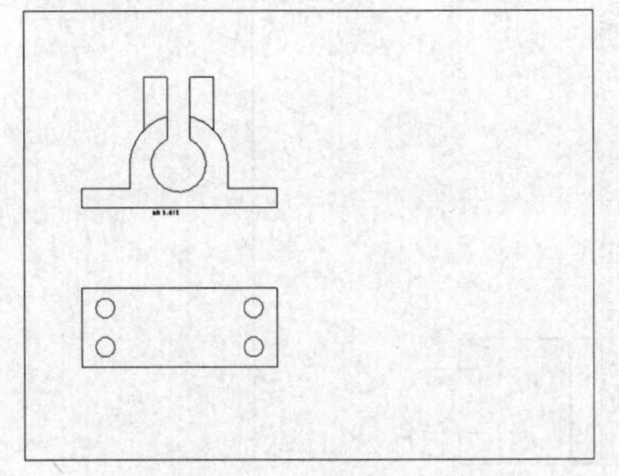

图12-48　设置参数后的视图

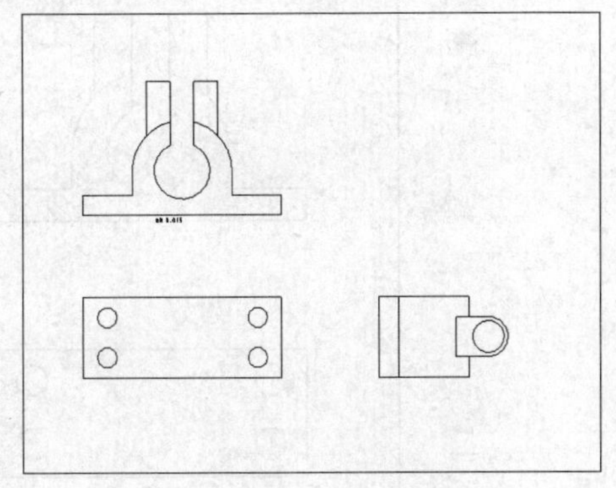

图12-49　创建第 2 个投影视图的结果

6. 创建局部剖视图。

(1) 双击主视图打开【绘图视图】对话框，在【类型】列表框中选择【剖面】选项。

(2) 在【剖面选项】分组框中选择【2D 截面】单选钮。

(3) 单击 + 按钮，在弹出的【剖截面创建】菜单中接受默认选项后单击【完成】按钮。

(4) 在界面底部的输入文本框中输入截面名称“A”，然后按 Enter 键。

(5) 在上工具箱中单击按钮，在模型上显示基准平面，然后选取基准平面 DTM2。

(6) 在【剖切区域】下拉列表中选择【局部】选项创建局部剖视图，如图12-50 所示。

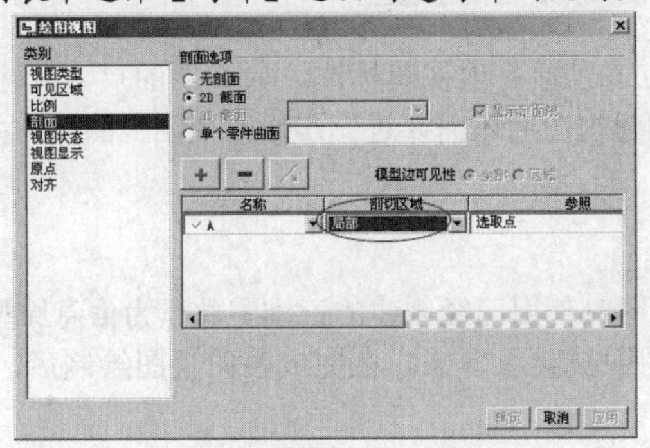

图12-50　【绘图视图】对话框

(7) 系统提示选取一点作为剖切中心，在主视图上如图12-51所示的位置选取一点。

(8) 围绕该点草绘封闭曲线作为局部剖视图范围，如图12-52所示。

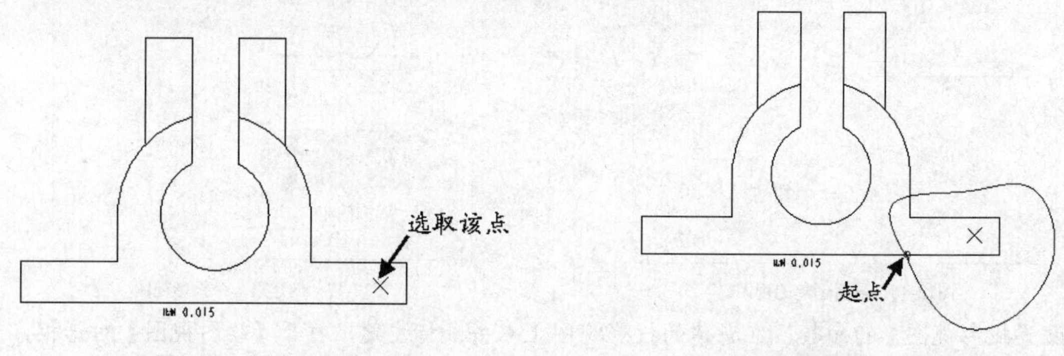

图12-51 选取剖切中线　　图12-52 绘制剖切区域线

(9) 在【绘图视图】对话框中单击 确定 按钮后，最后创建的视图如图12-53所示。

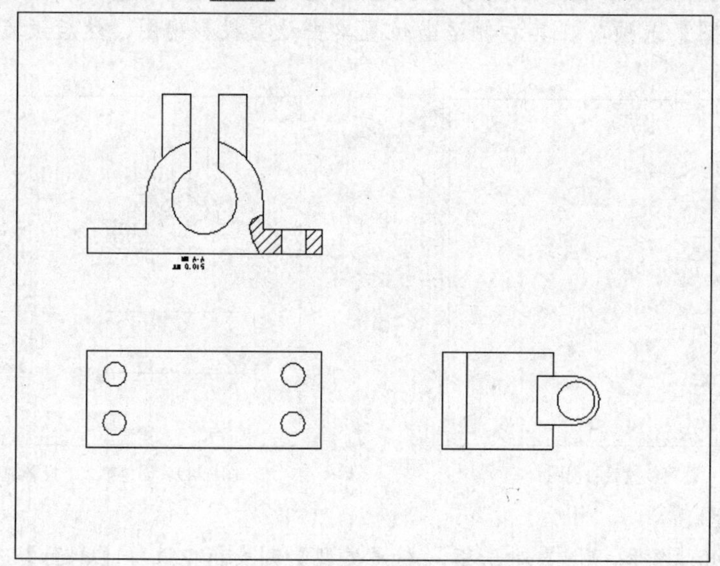

图12-53 最后创建的视图

7. 保存文件。选择菜单命令【文件】/【保存】，保存设计结果，在下一节中将继续在其上完善设计。

12.2 视图的操作和尺寸标注

一项完整的工程图还应该包括各项视图标注，如必要的尺寸标注、必要的符号标注、必要的文字标注等。另外，在创建视图后还需要进一步修改视图上的设计内容。

12.2.1 知识点讲解

由于 Pro/E 在创建工程图时使用已经创建的三维零件作为信息原型，因此，在创建三维模型时的尺寸信息也将在工程图中被继承下来。在完成各向视图绘制后，可以重新显示需要的尺寸并隐藏不需要的尺寸。

一、 标注和修改尺寸

在上工具箱中单击按钮，打开【显示/拭除】对话框，该对话框包括【显示】和【拭除】两个面板。其中，【显示】面板用来设置视图上需要显示的项目，【拭除】面板用来设置需要从视图上删除的项目。

使用【显示/拭除】对话框创建的尺寸常常并不理想，这时可以进一步调整指定的尺寸标注，主要包括上工具箱中的以下两个设计工具。

- ：将选定的一组尺寸与其中第 1 个选定尺寸对齐。
- ：打开【整理尺寸】对话框详细编辑尺寸。

如果还需要在视图上添加新的尺寸标注，可以在上工具箱中单击按钮，标注新的尺寸。在工程图上标注尺寸的方法与在二维草图上标注尺寸类似。

二、 几何公差的标注

选择菜单命令【插入】/【几何公差】，或在上工具箱中单击按钮，打开【几何公差】对话框。在【模型参照】选项卡中设置公差标注的位置，在【基准参照】选项卡中设置公差标注的基准，在【公差值】选项卡中设置公差的数值，在【符号】选项卡中设置公差的符号。

三、 标注注释

选择菜单命令【插入】/【注释】或单击按钮，系统打开【注释类型】菜单。在视图上选取注释标注位置后，即可通过系统的提示文本框输入注释内容。

四、 插入球标

球标是一种特殊的注释，是一种放在圆圈中的注释，通常其用途之一是在组件工程图中标示不同的零件。选择菜单命令【插入】/【球标】，后面的制作过程与制作注释相似，这里不再赘述。

五、 插入表格

在上工具箱中单击按钮，可以在视图中加入表格，此时系统弹出【创建表】菜单用来在视图中创建各类表格。

六、 视图的修改

创建视图后，如果还需要进一步修改视图，可以在需要修改的视图上双击鼠标左键，此时系统弹出【绘图视图】对话框，用于定义视图上的各项内容。

如果要删除某一视图，选取该视图后，在上工具箱中单击按钮即可。此外，如果在剖视图上双击鼠标左键，则可以在弹出的【修改剖面线】菜单中修改剖面线的基本内容，如剖面线的间距、倾角等。

12.2.2 范例解析——创建基本视图 3

下面继续在上一个实例基础上完善工程图设计。

1. 打开文件。打开上一节实例中保存的文件，继续在其上完善工程图设计。
2. 标注和调整尺寸。

(1) 显示和移动尺寸。单击按钮打开【显示/拭除】对话框。单击 显示 按钮，再单击 ⊢1.2⊣（尺寸）按钮和 ----A.1（轴）按钮，最后单击 显示全部 按钮，确认后得到工程图的效果图如图 12-54 所示。单击 接受全部 按钮，接受全部尺寸后关闭【显示/拭除】对话框。

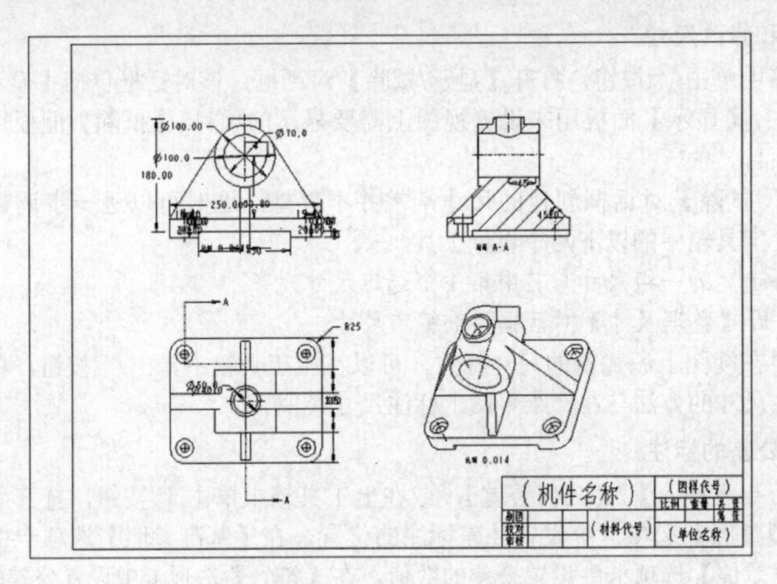

图12-54　显示尺寸后的视图

(2) 移动尺寸。选取尺寸，使之变为红色。当鼠标指针变为✥形状后，将位置重叠的尺寸移开，最后获得如图12-55所示的视图。

要点提示 此时得到的尺寸标注很不规范，大多数尺寸主要集中在主视图上。底板上的台阶孔不但标注的视图位置不合理，而且左右两侧重复标注，模型的总高尺寸标注也不合理，因此需要进一步调整尺寸标注。

(3) 拭除不规范和重复标注的尺寸。再次打开【显示/拭除】对话框，单击 拭除 按钮，在 拭除方式 中选择 ⊙ 所选项目 。放大视图，选中需要删除的尺寸后单击鼠标中键，将其删除；也可按住 Ctrl 键选取一组尺寸后，再单击鼠标中键，删除全部不合理的尺寸标注后得到的效果图如图12-56所示。

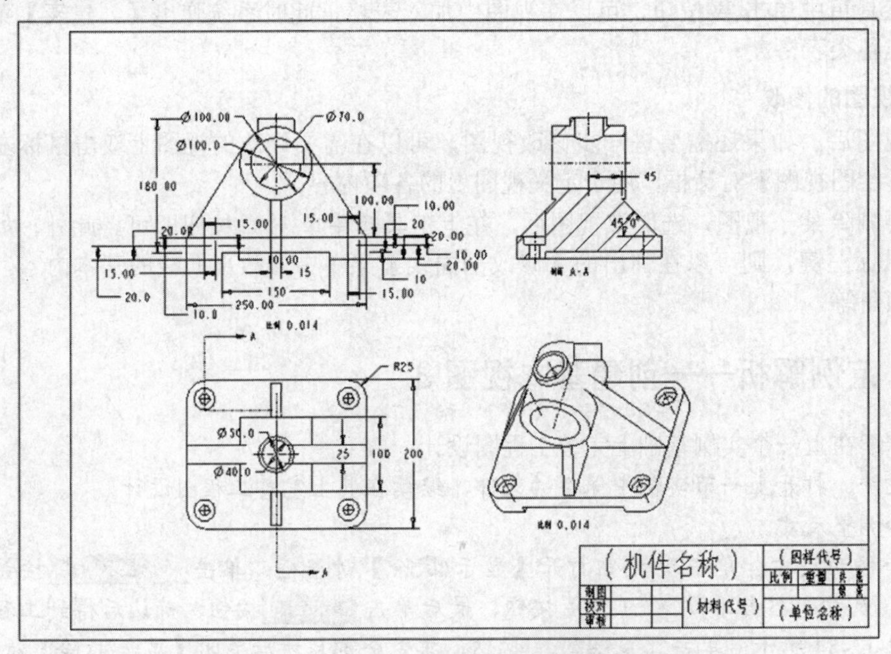

图12-55　移动尺寸后的视图

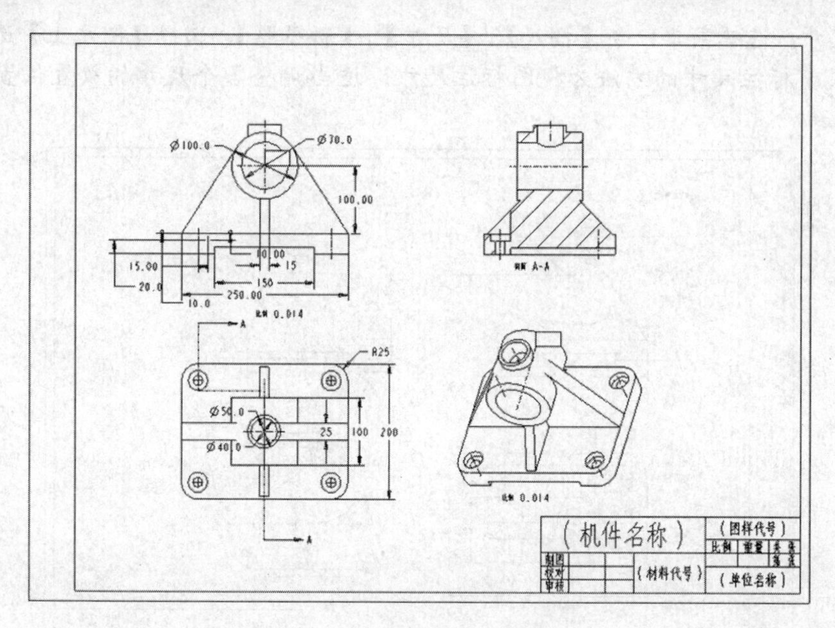

图12-56　删除部分尺寸后的视图

(4) 移动尺寸在视图上的位置。按住 Ctrl 键选中沉孔的两个深度尺寸，在其上长按鼠标右键，在弹出的快捷菜单中选择【将项目移动到视图】选项，如图12-57所示。

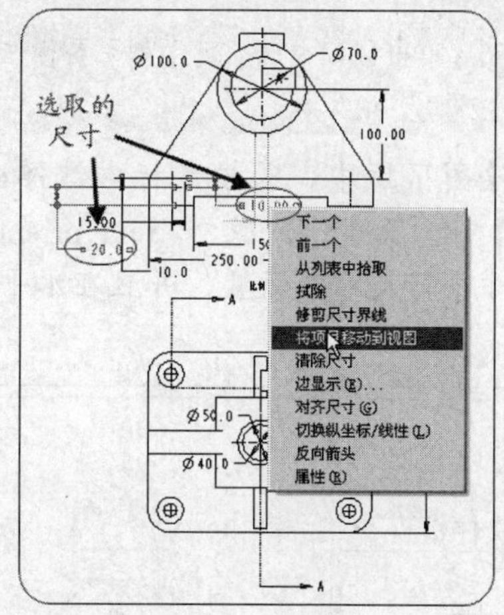

图12-57　选取移动对象

选取左视图为放置尺寸的视图，移动结果如图12-58 所示。但是移动后的结果并不理想，稍后继续编辑修改。

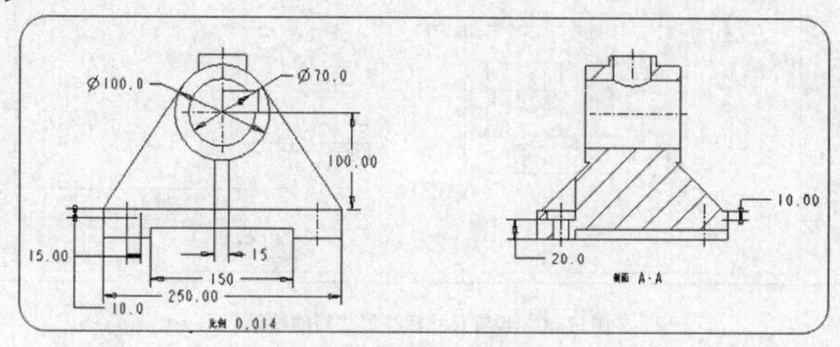

图12-58　移动尺寸后的结果

(5) 添加新尺寸。选择菜单命令【插入】/【尺寸】/【新参照】，选择【图元上】选项，仿照在草绘模式下标注尺寸的方法为视图标注尺寸。适当调整各个尺寸的放置位置，结果如图 12-59 所示。

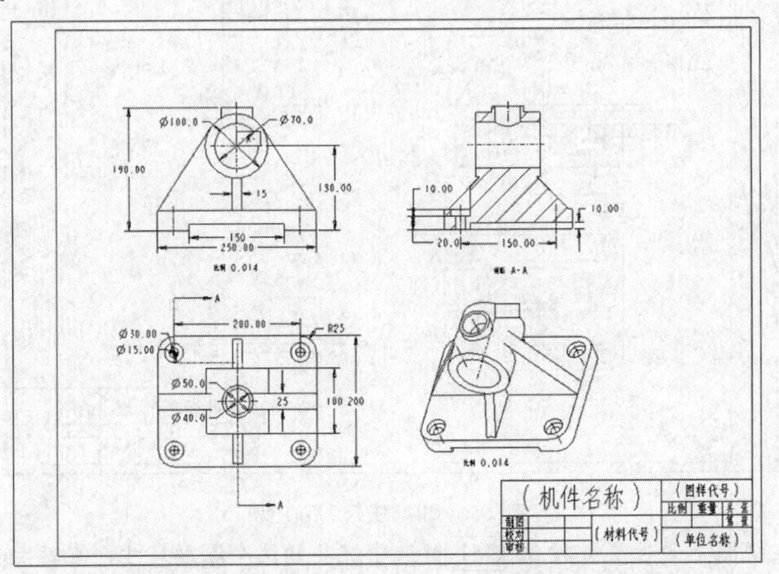

图12-59 添加新尺寸后的结果

要点提示 标注半径尺寸时，选中圆周然后单击鼠标中键即可，如果要标注直径尺寸，需要用鼠标左键单击圆周两次，然后再单击鼠标中键创建尺寸。

(6) 设置尺寸文本放置方式。在绘图区域中，长按鼠标右键弹出快捷菜单，选择【属性】选项，选择【绘图选项】选项，修改“text_orientation”选项的参数值为“parallel_diam_horiz”。将尺寸平行尺寸线放置，并且在水平方向布置直径尺寸，结果如图 12-60 所示。

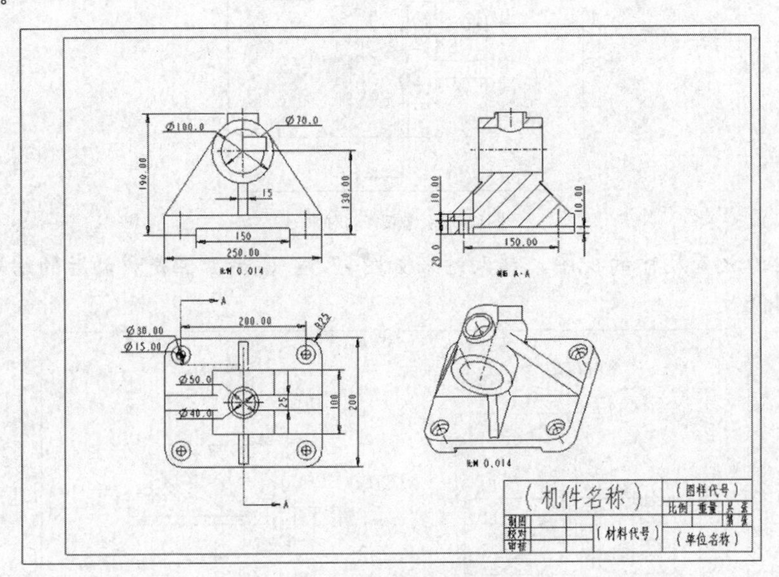

图12-60 设置尺寸标注形式后的结果

(7) 对齐尺寸。选取要对齐的多个尺寸，单击鼠标右键，在弹出的快捷菜单中选择【对齐尺寸】选项，或在上工具箱中单击 按钮，得到的结果如图12-61所示。

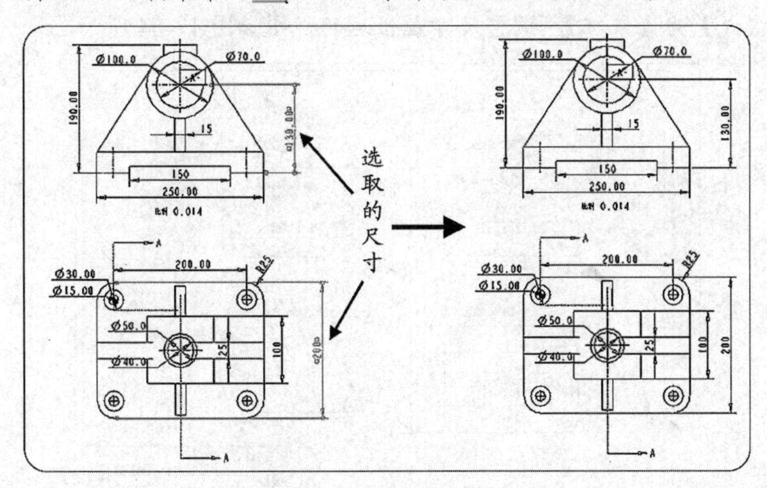

图12-61　对齐尺寸后的结果

3.　标注尺寸公差。

(1)　打开公差显示。在绘图区域中，长按鼠标右键弹出快捷菜单，选择【属性】选项，选择【绘图选项】选项，修改“tol_display”选项的特征值为“yes”，显示尺寸公差，结果如图12-62所示。

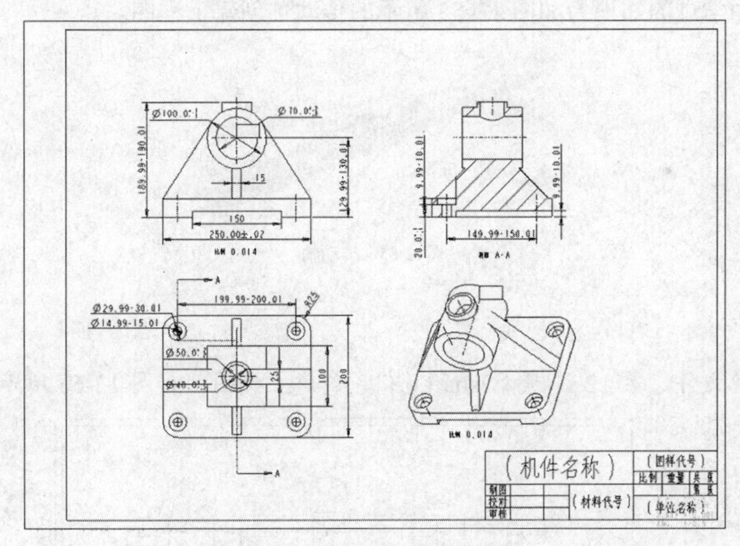

图12-62　显示尺寸公差后的结果

(2)　编辑尺寸。双击所要编辑的尺寸，如图12-63所示，系统弹出【尺寸属性】对话框。

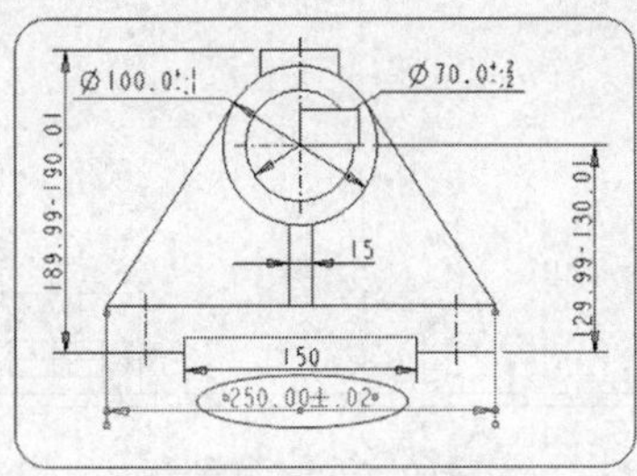

图12-63　尺寸属性

如果选定的尺寸不需要设置公差，可以在【尺寸属性】对话框中的【值和公差】分组框中设置【公差模式】为【象征】，调整尺寸属性后的视图如图 12-64 所示。

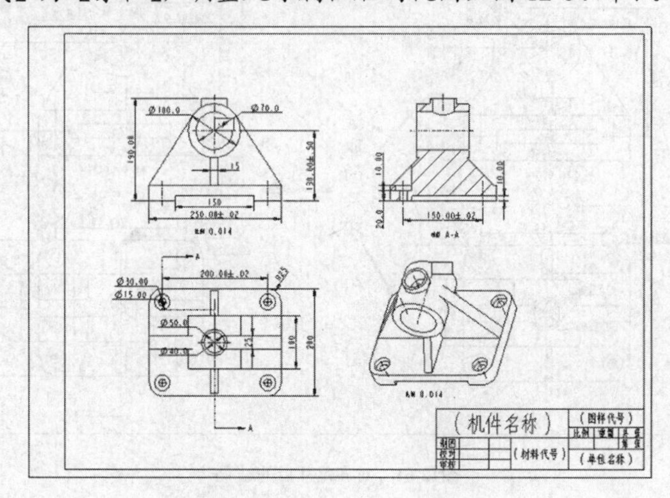

图12-64　调整尺寸属性后的视图

12.2.3　课堂练习——创建基本视图 4

综合运用前面学过的知识为如图 12-65 所示的传动轴创建工程图。

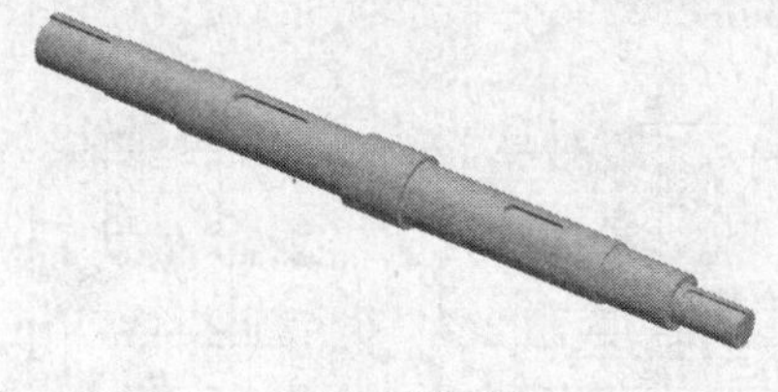

图12-65　传动轴

操作提示

1.　打开教学资源文件“第 12 讲\素材\shaft.prt”，创建主视图，如图 12-66 所示。

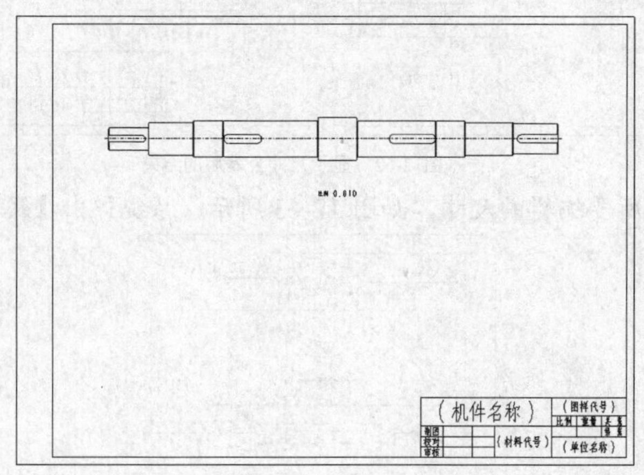

图12-66　创建主视图

2.　配置其他视图。这里配置了两个断面图和一个局部放大视图，如图 12-67 所示。

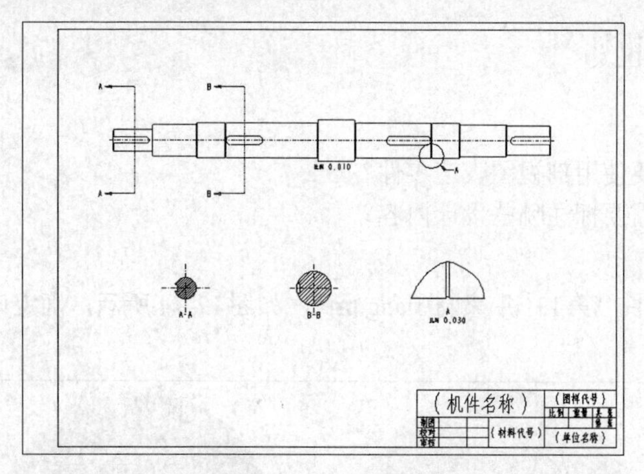

图12-67　配置一般视图

3. 完善尺寸标注，参考结果如图 12-68 所示。

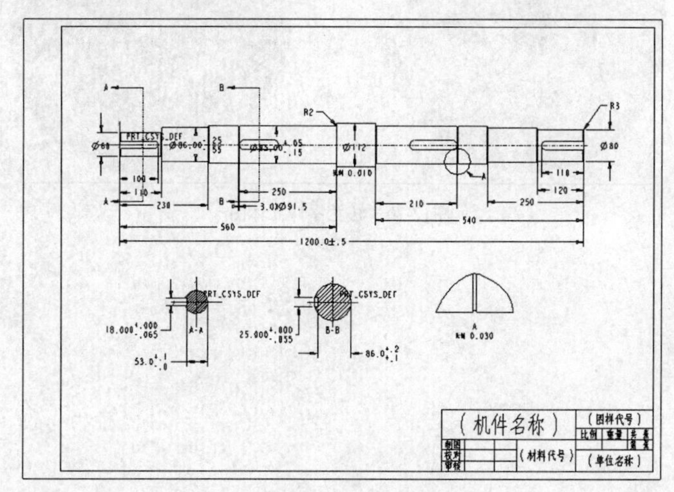

图12-68　完善尺寸标注

4. 标注形位公差和粗糙度等，参考结果如图 12-69 所示。

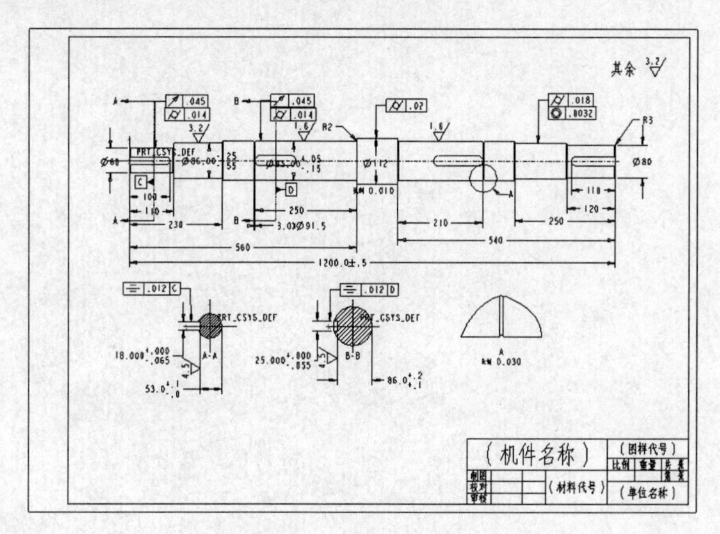

图12-69　完善标注后的视图

12.3 课后作业

一、思考题

1. 在什么情况下需要使用剖视图表达零件？
2. 在工程图上通常需要标注哪些设计内容？

二、操作题

打开教学资源文件"\第12 讲\素材\flang.prt"，如图12-74所示，确定该法兰零件的工程图表达方案。

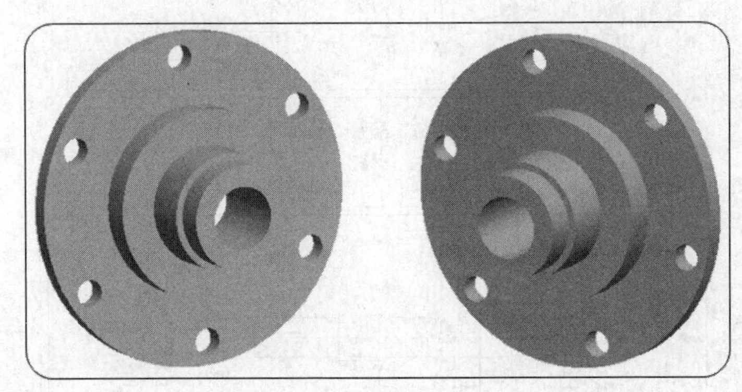

图12-70 法兰零件立体图